W0032199

STEFANIE

GERCKE

NACHTSAFARI

STEFANIE
GERCKE

NACHTSAFARI

ROMAN

HEYNE <

Verlagsgruppe Random House FSC® N001967
Das für dieses Buch verwendete
FSC®-zertifizierte Papier *EOS*
liefert Salzer Papier, St. Pölten, Austria.

Deutsche Erstausgabe im Wilhelm Heyne Verlag, München,
in der Verlagsgruppe Random House GmbH
Umschlaggestaltung: Eisele Grafik · Design, München
Satz: Leingärtner, Nabburg
Druck und Bindung: GGP Media GmbH, Pößneck
Printed in Germany
ISBN 978-3-453-26698-8

www.heyne.de

Prolog

Es war Juni, als sie sich kennenlernten. Die Schwalben zwitscherten auf den Dachfirsten, die Kastanien blühten, und Jasminduft hing süß und schwer in der warmen Luft. Bis an sein Lebensende würde dieser Duft Marcus an jenen Tag erinnern, bis an sein Lebensende würde er für ihn ein seelischer Zufluchtsort bleiben. Der Tag, an dem er sich unsterblich in Silke Ingwersen verliebte.

Er war geschäftlich von München nach Hamburg geflogen und auf der Suche nach der Adresse seines Geschäftspartners in eine ruhige Nebenstraße eingebogen. Dort fiel ihm ein quietschrotes Mini-Cabrio auf, das mit den Vorderrädern auf dem Bürgersteig parkte. Die Fahrertür stand offen, die Warnlichter blinkten. Er war schon fast vorbeigefahren, als er einen kleinen Jungen entdeckte, der weinend neben seinem zertrümmerten Rad hockte. Sofort stieg er in die Bremsen, fuhr die paar Meter zurück und sah genauer hin. Der Junge blutete aus mehreren Schürfwunden und zitterte vor Schock. Offensichtlich war das Kind angefahren worden.

Er schaltete ebenfalls den Warnblinker ein, sprang aus dem Wagen und ging vor dem Kleinen in die Hocke. Behutsam legte er ihm eine Hand auf die Schulter, spürte mit Genugtuung, wie das Zittern nachließ, die hastige Atmung sich beruhigte. Leise fragte er den Jungen nach seinem Namen und wo genau es ihm wehtue, als ihn eine wütende Frauenstimme unterbrach. Er fuhr herum.

Eine Frau – um die dreißig, sensationelle Figur, blondes, gelocktes Haar – hielt einen jüngeren Mann in Lederkluft und Fahrradhelm mit beiden Händen am Revers der Jacke gepackt und schüttelte ihn, obwohl er gut einen halben Kopf größer war als sie.

»Erst ein Kind anfahren und dann abhauen, Sie Schwein«, schrie sie den Mann an und schüttelte ihn noch einmal, dass Marcus hören konnte, wie ihm die Zähne klapperten. »Sie bleiben hier, bis die Polizei kommt, verstanden!«

Entgeistert starrte der Radfahrer auf die Frau herunter, schien so fassungslos zu sein, dass er nur Gestammel hervorbrachte.

»Was?« Aufgebracht zerrte die Frau an der Lederjacke.

Marcus stand auf, um ihr zu helfen, und erst in diesem Moment schien sie ihn zu bemerken. Prompt richtete sich ihr wutfunkelnder Blick auf ihn.

»Verdammt, glotzen Sie nicht so blöd! Rufen Sie die Polizei und einen Krankenwagen, Sie Trottel, und kümmern Sie sich um den Kleinen! Ich muss diesen Kerl hier daran hindern, sich aus dem Staub zu machen. Hiergeblieben!«, herrschte sie den Radfahrer an, als dieser versuchte, sich aus ihren Fäusten zu winden. »Fahrerflucht ist das«, fauchte sie und, um ihren Worten Nachdruck zu verleihen, bohrte ihm einen ihrer hohen, unangenehm spitzen Absätze in den Fußrücken.

»Und wenn Sie nicht gleich stillhalten, ramm ich Ihnen das Knie zwischen die Beine … Sie … Sie Fahrradterrorist!« Ihr Gesicht war krebsrot, ihre Augen schossen Blitze.

Das war der Augenblick, in dem Marcus sich unsterblich in sie verliebte.

Er hatte nur noch Augen für sie, registrierte kaum noch, dass die Polizei mit rotierendem Blaulicht und heulender Sirene erschien, kurz darauf ein Krankenwagen den Jungen abtransportierte und der Radfahrer in den Peterwagen verfrachtet und weggebracht wurde. Die Frau und er blieben allein zurück.

Über ihnen rauschten die uralten Kastanienbäume, der Jasmin duftete betörend. Ihre Augen waren blau. Nicht hellblau, nicht dunkelblau. Leuchtend blau wie die wilden Kornblumen auf den

Wiesen in Bayern. Entrückt verlor er sich in der kornblumenblauen Tiefe.

»Was ist?«, raunzte sie ihn ungeduldig an. »Habe ich einen großen Pickel auf der Nase?« Sie wühlte in ihrer Umhängetasche.

Er riss sich zusammen. »Nein … natürlich nicht … Entschuldigung.« Ihm blieb die Stimme weg. Die Zunge klebte ihm am Gaumen. Mit steigender Verzweiflung überlegte er, wie er sie davon abhalten konnte, für immer aus seinem Leben zu verschwinden, da fiel sein Blick auf ein Restaurant auf der gegenüberliegenden Straßenseite. Er räusperte sich und verbeugte sich leicht. »Ich heiße Marcus, Marcus Bonamour … Ich weiß nicht, wie es Ihnen geht, aber ich brauche jetzt einen Kaffee oder etwas Stärkeres. Wie ist es – da drüben ist ein Italiener, der sieht doch ganz nett aus?«

Und morgen können wir dann heiraten, hätte er fast hinzugesetzt, hielt sich aber gerade noch zurück. Das Blut schoss ihm heiß ins Gesicht, und er hoffte inständig, dass sie das nicht merken würde.

Sie streifte ihn mit einem flüchtigen Blick. »Hi, Silke Ingwersen«, erwiderte sie und sah dabei auf die Uhr. »Danke, aber ich habe überhaupt keine Zeit.« Sie zog ihren Wagenschlüssel aus der Tasche und wandte sich von ihm ab.

»Bitte«, sagte er und wurde von einem Gefühl überschwemmt, das er seit seiner Teenagerzeit nicht mehr gespürt hatte. Er öffnete den Mund, um etwas zu sagen, bekam aber nur ein weiteres gestottertes »Bitte« hervor.

Für einige Sekunden musterte sie ihn schweigend. Der Sommerhimmel spiegelte sich in ihren Augen wider. Ihm wurden die Knie weich.

»Okay«, entgegnete sie überraschend und marschierte quer über die Straße auf das Restaurant zu.

Benommen folgte er ihr, und kurz darauf nahmen sie an einem der langen Holztische vor dem Lokal Platz. Sie fegte die heruntergefallenen Kastanienblüten vom Tisch und stellte ihre Umhängetasche neben sich auf die Sitzbank.

»Keinen Alkohol«, wehrte sie sein Angebot für einen leichten, spritzigen Weißwein ab. »Cola, bitte. Ich muss noch fahren.«

Während sie die Speisekarte eher aus Verlegenheit studierten, stellten sie aber beide fest, dass sie ziemlich hungrig waren und dass Spaghetti alle vongole ihrer beider Lieblingsgericht war. Marcus rief die Kellnerin an den Tisch und gab die Bestellung auf.

»Das war sehr mutig von Ihnen«, sagte er, um das entstandene Schweigen zu füllen. »Der Kerl war größer und jünger als Sie. Und viel kräftiger.«

»Ich war wütend«, erklärte sie mit einem Schulterzucken.

Das war vor zweieinhalb Jahren gewesen. Nachdem sie viel zu lange eine Wochenendbeziehung geführt hatten, sich oft für mehrere Wochen aus beruflichen Gründen nicht sehen konnten, war Silke Anfang dieses Jahres zu ihm nach München gezogen. Nun wollten sie am 14. Januar heiraten, und zum ersten Mal in seinem Leben wusste Marcus, wie sich reines Glück anfühlte.

In den folgenden Monaten, in denen sein Leben auf den Kopf gestellt wurde, Dinge passierten, die er sonst nur von höllenschwarzen, durchwachten Nächten kannte, flüchtete er sich oft in den innersten Kern seiner Seele, in die Welt, wo es Silke gab und Licht und Wärme. Und eine Zukunft.

I

Am 29. November 2011 wölbte sich der azurblaue Himmel eines herrlichen Frühsommertages über Zululand. In der Hauptstadt Ulundi wurden um acht Uhr morgens 26 Grad Celsius gemessen, die Luft war weich und würzig, die Sonne strahlte, und die ekstatisch balzenden Webervögel blinkten wie Goldstücke zwischen saftig grünen Blättern. In München tobte zur selben Zeit ein Schneesturm.

Hector Mthembu hatte sein bescheidenes Haus, das in den Hügeln nördlich von dem Wildreservat Hluhluwe lag, schon vor Sonnenaufgang verlassen und erreichte nun die Mine, zu deren Wachmannschaft er gehörte. Die Luft stand still, es herrschte bereits eine Affenhitze, und er schwitzte wie ein Stier.

Auch Scott MacLean war heiß. Außerdem war er nach einer Nacht im Busch todmüde. Um seine Augen glühten rote, ringförmige Abdrücke, die ihn wie eine exotische Eule aussehen ließen, weil er auf der Suche nach der trächtigen Leopardin stundenlang durch sein Nachtglas gestarrt hatte. Trotz schmerzender Muskeln und brennender Augen war er restlos glücklich.

Im Morgengrauen hatte er die gefleckte Großkatze endlich in einer Felshöhle aufgestöbert und zu seinem Entzücken entdeckt, dass sie vier Junge säugte. Vier prachtvolle, gesunde Kätzchen. Als am längsten dienender Ranger des Wildreservats Hluhluwe würde er seinen Kollegen einen ausgeben müssen. Vierfacher Papa wurde man nicht jeden Tag.

Abgesehen davon hatte er sich vor zwei Tagen wieder mit Kirsty getroffen. Kirsty Collier mit den langen Beinen und der hinreißenden Sanduhr-Figur. Und den schönsten Augen, in die er je geblickt hatte. Wie er nach seiner Zeit auf der Universität, an der sie wie er Biologie und zusätzlich Tiermedizin studiert hatte, überhaupt je den Kontakt zu ihr hatte verlieren können, war ihm heute ein Rätsel. Vielleicht, weil sie sich damals Hals über Kopf in einen anderen verliebt hatte, einen, der ihr mehr bieten konnte als er, und vielleicht auch, weil er sich daraufhin zurückgezogen hatte, um seine Wunden zu lecken.

Erst Monate später hatte ihm ein Freund erzählt, dass der sie hatte sitzen lassen, ohne Vorwarnung, ganz brutal. Aber wie das Leben eben so ist, konnte er es sich damals weder zeitlich noch finanziell leisten, mal eben eintausendfünfhundert Kilometer quer durchs Land zu reisen. Anrufen wollte er sie nicht, weil er nicht wusste, was er einer Frau sagen sollte, die von jenem Mistkerl den Laufpass bekommen hatte, dessentwegen sie ihn verlassen hatte. Mit solchen Dingen tat er sich schwer.

Bald darauf hatte Kirsty wohl die Universität gewechselt, jedenfalls war sie, als er nachfragte, in ihrer alten Alma Mater nicht mehr eingeschrieben. Da er weder Telefonnummer noch Adresse von ihr hatte, war sie bald nur noch eine sehnsüchtige Erinnerung.

Doch das Schicksal war gnädig gewesen. Vor Monaten waren sie sich unvermittelt im Foyer des Durbaner Hotels über den Weg gelaufen, wo er auf der Tagung für Wildtier-Management einen Vortrag halten musste. Plötzlich stand sie vor ihm. Smart gekleidet in weißer Bluse, engem Rock und High Heels, was so ungewöhnlich für sie war, dass er im ersten Augenblick seinen Augen nicht traute. Ihm traten vor Aufregung Schweißperlen auf die Stirn, obwohl die Hotelhalle klimatisiert war.

»Scott«, begrüßte sie ihn. »Hallo.«

Verwirrt schaute er auf ihr Namensschild, das ihre Zugehörigkeit zu einer Cateringfirma verkündete. Kirsty Collier, stand da. Eventmanagerin. Seine Augenbrauen schossen erstaunt hoch.

Die Kirsty, die er gekannt hatte, hatte überhaupt nichts für Tätigkeiten übrig, die nichts mit ihrem angestrebten Beruf Tierärztin zu tun hatten.

»Ich kann auch ziemlich gut kochen«, erklärte sie auf seine Reaktion hin trocken.

Er stammelte irgendetwas Unzusammenhängendes und sah ihr anschließend für lange Sekunden stumm in die Augen. Dann öffnete er einfach seine Arme, und sie schmiegte sich an ihn.

»Du riechst nach Raubtierkäfig«, stellte sie fest und lachte.

Ein sinnliches Lachen, bei dem es ihm heiß und kalt den Rücken hinunterlief, und im selben Moment erkannte er, dass er das gefunden hatte, wonach er so lange gesucht hatte. Dieses Mal würde er Kirsty nicht wieder gehen lassen.

Mit einem versonnenen Lächeln marschierte er durch ein trockenes Flussbett zu seinem Geländewagen.

Marcus Bonamour hatte extrem schlechte Laune. Weil es Montag war, weil er sich mal wieder mit seinem Vater gestritten hatte und weil das Wetter in München seit Wochen einfach unerträglich scheußlich war. Ein bleischweres Gewicht in seiner Magengegend kündigte seine Winterdepression an, die in ihm hochkroch wie ein gefräßiges schwarzes Tier. Immer in diesen kalten, dunklen Tagen schlug es seine Klauen in seine Seele. Er ballte die Hände zu Fäusten. Einzig der Gedanke an Silke bewahrte ihn noch davor, in einer Welle von Trostlosigkeit zu ertrinken. Mit überwältigender Heftigkeit überfiel ihn die Sehnsucht nach ihr. Ihrem Lächeln, ihren Augen, ihrer duftenden Haut. Danach, sein Gesicht in ihrem seidigen Haarschopf zu vergraben. Seine Silky, wie nur er sie nennen durfte.

Keiner der drei Männer ahnte etwas von der Existenz des anderen. Auch Hector Mthembu und Scott MacLean waren sich noch nie begegnet, obwohl sie nur wenige Kilometer entfernt voneinander lebten. Sowohl Hector als auch Scott trafen an diesem 29. November eine Entscheidung, die unter normalen Umständen nur sie selbst berührt hätte, aber da Marcus Bonamour war, wer er war, überrollten ihn die Auswirkungen mit der tödlichen Wucht eines Hochgeschwindigkeitszuges und stießen ihn hinab in seine ganz private Hölle – geradewegs in die Arme derjenigen, die seine schwärzesten Albträume bevölkerten.

Was genau die Ereignisse schließlich ins Rollen brachte, ist im Nachhinein schwer festzulegen. Aber letzten Endes war die Bildung einer Methangasblase tief unter der kleinen Mine ausschlaggebend. Das Gas sickerte durch das Vulkangestein in den Stollen, und da es leichter war als Luft, verteilte es sich schnell, zog wie Rauch bis in die letzte Nische. Bald war der Punkt erreicht, an dem ein einziger Funke genügen würde, um den gesamten Berg in die Luft zu sprengen.

In der Mine wurden seltene Erden von großer Reinheit gewonnen, die im Zeitalter von Atomreaktoren, Bildschirmen und Lasern immense Bedeutung erlangt hatten und von Tag zu Tag teurer wurden. Jeder Erdhaufen wurde durchgesiebt, um auch noch das letzte kostbare Gramm zu gewinnen. Als man den Schatz an seltenen Erden entdeckte, war das kleine Bergwerk schon wegen Unrentabilität seit einiger Zeit stillgelegt, Wartungen waren seit Langem nicht mehr durchgeführt worden. Überhastet wurde trotz veralteter Ausrüstung der Betrieb wiederaufgenommen.

Hector hatte von Technik keine Ahnung. Zuvor arbeitete er als Einkaufswagen-Manager für einen Supermarkt. Das hieß, er schob die über den Parkplatz verstreuten Einkaufswagen zu einer langen Schlange ineinander und bugsierte die zur Wagenstation. Von Gefahren, die Gasansammlungen in einer Mine darstellten, hatte er noch nie etwas gehört.

Früher trugen Bergleute Kanarienvögel im Käfig mit in die Grube, die sie vor Giftgasen warnen sollten. Fielen die Vögel tot um, war es höchste Zeit, den Stollen zu verlassen. Aber seitdem die Schächte von Neonlampen beleuchtet wurden und es elektrische Grubenlampen gab, waren die lebenden Warnanlagen überflüssig geworden. Paradoxerweise kostete Hector Mthembu jedoch tatsächlich ein elektrischer Funke das Leben sowie die Tatsache, dass zwischen ihm und seinem Kollegen Wiseman Luthuli ein ständiger Streit schwelte.

Wiseman war zwar ohnehin ein Draufgänger, aber zunehmend unberechenbarer geworden, seit er vor Monaten angefangen hatte, Tik zu rauchen. Er ignorierte jegliche Vorschriften, besonders wenn Mädchen im Spiel waren. Und die umschwärmten den jungen Mann wie die Motten das Licht. Ständig brauchte er Geld. Viel Geld. Für Tik und für die Mädchen. Auch Hector hatte er schon angepumpt. Und natürlich keinen Cent zurückgezahlt. Doch neuerdings schien er überraschend flüssig zu sein, und Hector war sich sicher, dass er einer Gang angehörte, die für die vielen Überfälle in der Gegend verantwortlich war. Immer öfter erschien er einfach nicht zum Dienst oder verdrückte sich mit seiner Freundin in ein lauschiges Eckchen. Hector hatte es mittlerweile restlos satt, ständig für ihn einspringen und lügen zu müssen. Sowie sich die Gelegenheit ergab, würde er mit dem Minenmanager über Wiseman sprechen.

Der Eingang zum Schacht war heute, an einem Montag, mit einem soliden Eisentor verschlossen, weil die gesamte Belegschaft singend und tanzend – und mit Hackmessern, Speeren und Schusswaffen bewaffnet – zu einer Protestveranstaltung der Minenarbeitergewerkschaft gezogen war, um höhere Löhne zu erstreiten. Da Hector und Wiseman nicht der Gewerkschaft angehörten, waren sie vom Management zum Wachdienst eingeteilt worden. Sie verbrachten die Zeit im Schatten des Wachhäuschens, rauchten und tranken Bier, wobei sie ausgiebig über ihre Familien, die örtliche Politik und die Auswirkungen des Streiks auf ihre mageren Geldbeutel diskutierten.

Nachmittags gegen vier Uhr erschien überraschend Wisemans neue Freundin. Seine Hand auf ihr ausladendes Hinterteil gelegt, verdrückte er sich sogleich mit einem erwartungsfreudigen Grinsen mit ihr hinter das Gebäude.

Hector lehnte sich an die Hauswand und schloss die Augen. Ein merkwürdiger Schrei aus der Tiefe jenseits des Tores ließ ihn allerdings aufhorchen. Er rief nach Wiseman, der mit missmutigem Gesicht auftauchte und sich gar nicht erst die Mühe machte, seinen offen stehenden Hosenstall zu schließen. Hector erklärte ihm, was er gehört hatte.

Wiseman aber winkte hastig ab. »Easy, Mann! Da wird nichts sein. Das Tor ist zu, da kommt nicht mal 'ne Maus rein. Und da drin gibt's doch nichts zu holen.«

Seine Freundin, die Hände über den bloßen Brüsten gekreuzt, streckte den Kopf um die Hausecke und rief kichernd nach Wiseman – was ihm das Leben retten sollte.

Als Wiseman eiligst seiner Freundin wieder hinter das Gebäude folgte, stand Hector murrend auf, ergriff seine Taschenlampe, schloss den Personendurchgang auf und schob sich durchs Drehkreuz. Da er sich vor dunklen Löchern fürchtete, näherte er sich nur schrittweise dem gähnenden Maul des Mineneingangs, hielt sich am Torpfosten fest und spähte mit gerecktem Hals hinein.

Kühle, erdig-feuchte Luft strich ihm aus dem Schlund des Schachts entgegen, aber in der undurchdringlichen Finsternis konnte er außer einer toten Fledermaus zu seinen Füßen absolut nichts erkennen, auch vernahm er kein weiteres Geräusch. Gar nichts. Erleichtert richtete er sich auf.

Wiseman machte gerade eine weitere Flasche Bier auf, die Freundin kicherte, und Hector stellte sich seine junge Frau vor, ihre weichen Lippen, die Augen, die dunkel waren wie ihr schöner, wohlgerundeter Körper. Ihm wurde fast schwindelig vor Verlangen. Glücklicherweise war bald Feierabend.

Nur die unerfreuliche Vorstellung, zur Verantwortung gezogen zu werden, sollte doch ein Schaden entstanden sein, bewog ihn, lieber auf Nummer sicher zu gehen. Er wandte sich wieder dem bodenlos erscheinenden Loch zu, knipste seine Taschenlampe an und drückte mit der anderen Hand den großen Hebel herunter, der die Neonröhren an der Decke des Schachts anschaltete.

Der Hebel hakte. Hector klemmte sich die Taschenlampe unter den Arm, packte den Hebel mit beiden Händen, nahm alle Kraft zusammen und drückte. Aber nichts rührte sich. Das lag daran, dass Wartungsarbeiten viel zu selten und außerdem schlampig ausgeführt wurden, weil der Besitzer einen Hungerlohn zahlte und keiner sich verantwortlich fühlte.

So geschah es, dass vor einiger Zeit versehentlich eine Ratte im Kasten eingeschlossen wurde, ohne dass es irgendjemand bemerkt hätte. Da Ratten ständig Hunger haben und alles fressen, was sie zwischen die Zähne bekommen, hatte das Tier in seiner Not sogar die Kunststoffabdichtung des explosionsgeschützten Schaltkastens angenagt. Es war schon vor mehr als zwei Wochen verendet, als Hector entschied, den Schalter zu betätigen.

Hätte sich in den vergangenen Tagen der Druck auf die Methangasblase im Gestein nicht stetig erhöht, wäre vermutlich auch nichts passiert. Aber das Gas hatte sich immer weiter ausgebreitet, war durch winzige Felsritzen in den Schacht und schließlich durch die beschädigte Abdichtung ins Schaltgehäuse gekrochen.

Davon ahnte Hector natürlich nichts, als es ihm mit einem kraftvollen Ruck endlich gelang, den Hebel herunterzudrücken. Metall schlug auf Metall, Funken sprühten. Das dumpfe Grollen, das Sekunden später die Erde um ihn erschütterte, nahm Hector anfänglich nur unbewusst wahr, weil die Neonröhren aufleuchteten und er in ihrem Schein in einigen Metern Entfernung weitere tote Fledermäuse entdeckte. Mit einem mulmigen Gefühl im Magen wollte er herausfinden, warum die Fledermäuse tot von der Decke fielen, als ein weiß glühender Blitz ihn blendete.

Ihm war nur ein winziger Augenblick vergönnt, in dem er hätte verstehen können, was geschah, aber er tat es nicht, weil er nichts von Schlagwettern wusste. Was sicherlich ein Glück für ihn war, denn ohne Vorwarnung verwandelte sich seine Welt in einen brüllenden Feuerball.

Die ortsansässige Affenherde jedoch, die sich am Fuß der Mine an den Früchten eines Marulabaums gütlich tat, merkte es einen Atemzug, bevor die Methangasblase explodierte und der Berghang sich nach außen wölbte. Sie retteten sich auf einen entfernten Baum, wo sie sich schlotternd vor Angst an den Ästen festklammerten, während die Druckwelle unter Tage Hector in einen rötlichen Sprühregen verwandelte.

Der Stollen brach auf der gesamten Länge ein, das rare Erz wurde unerreichbar unter zig Tonnen von Geröll verschüttet. Hector Mthembus Überreste legten sich nach und nach als feiner, glänzend roter Film über den Schutt.

Scott MacLean hatte seinen Geländewagen inzwischen erreicht und wollte soeben einsteigen, blieb aber überrascht stehen. Er meinte, ein winziges Beben zu spüren, so als hätte sich die Erde kurz geschüttelt. Stirnrunzelnd konzentrierte er sich auf den Boden unter seinen Füßen. Aber alles blieb ruhig, es bewegte sich nichts, und er kam schnell zu dem Ergebnis, dass er sich wohl geirrt hatte. Offenbar hatte er gestern Abend wohl doch ein Bier zu viel getrunken, dachte er lächelnd. Er schwang sich auf seinen Sitz, startete den Motor und setzte langsam zurück auf die Sandstraße, die zu seiner Unterkunft führte.

Die Explosion in der kleinen Mine im Norden KwaZulu-Natals schaffte es nicht in die Medien im Rest der Welt, weil gleichzeitig die Eilmeldung von einem durchgeknallten Waffennarr, der im morgendlichen Berufsverkehr am Pariser Gare du Nord ein Dutzend Menschen mit Handgranaten in die Luft gesprengt und weitere Hunderte verletzt hatte, alle Nachrichten beherrschte. So erfuhr auch Marcus Bonamour, Geschäftsführer einer renommierten Erz-Handelsfirma und langjähriger Geschäftspartner der Minengesellschaft, nichts darüber.

Während die Arbeiter im heißen Zululand begannen, die Felsbrocken vor dem Mineneingang beiseitezuräumen, um nach Hector zu suchen und herauszufinden, was die Explosion hervorgerufen hatte, hatte Rob Adams, der weiße Manager der Mine, dagegen absolut existenzielle Sorgen. Sein Boss, der Besitzer der Mine, war ein harter Mann, der ihn auf der Stelle feuern würde, sollte sich herausstellen, dass schlampige Wartung die Ursache der Explosion gewesen war. Es gab genug arbeitslose Minenmanager, die seinen Job mit Kusshand übernehmen würden. Hektisch versuchte er im Laufe des Tages, die Lager anderer Minen bis hinauf nach Mosambik leer zu kaufen, um irgendwie die laufenden Lieferverträge erfüllen zu können und damit Zeit zu gewinnen, den Schutt wegzuräumen und die Produktion wieder aufzunehmen. Und um alles zu vertuschen.

Zwar war es ihm möglich, sich einige Partien zu sichern, doch die Nachricht von dem Unglück hatte sich wie ein Lauffeuer im Land verbreitet. Daher musste er Preise zahlen, die ihm die Tränen in die Augen trieben. Aber dafür würde er einige seiner wichtigsten Kunden beliefern können. Vorläufig wenigstens und auch nur teilweise, wie bei der Firma Bonamour & Sohn in München.

Von all diesen Vorgängen ahnte Marcus nichts. Zu diesem Zeitpunkt drängte er sich mit seiner Verlobten im winterlichen München durch die Menschenmenge, um Berge von Weihnachtsgeschenken für die Kinder von Silkes Cousine zu kaufen. Der Schneesturm, der morgens die Stadt in eine weiße Märchenlandschaft verwandelt hatte, hatte sich gelegt, und Silkes zwitschernd guter Laune war es gelungen, Marcus' Depression in die Schatten zu verbannen.

Tagsüber war der Schnee zu einem hässlichen Matsch geschmolzen. Silke machte gerade einen Satz über eine vereiste Pfütze, rutschte dabei aus und fiel Marcus lachend in die Arme. Prompt ließ er die Einkaufstüten fallen, zog sie an sich und küsste sie mit einer solchen Hingabe, dass der Fluss der Passanten stockte.

»Ich bin ein Eiszapfen«, murmelte Silke, noch immer mit ihren Lippen auf seinen. »Lass uns ins Luitpold gehen, Kaffee trinken und das größte Stück Torte mit den meisten Kalorien essen, das die zu bieten haben. Vielleicht kriegen wir sogar einen Platz im Palmengarten.«

Er lachte, ein warmes Glucksen tief in seiner Kehle. »Ich hätte da noch eine tolle Methode, dich aufzuwärmen«, flüsterte er.

Silke rieselte ein wohliger Schauer über den Rücken. »Lustmolch«, kicherte sie albern. »Füttere mich mit Sahnetorte, und du kannst alles mit mir machen.«

»Okay, dann nichts wie ins Luitpold. Je eher wir dort sind, umso schneller sind wir wieder weg.« Er grinste, ein augenblitzendes, freches Grinsen.

Silke wurden die Knie weich. Schon bei ihrem ersten Zusammentreffen hatte sie sich in dieses Lächeln verliebt. Und in seine gold funkelnden, braunen Augen, den kräftigen Mund. In den Geschmack seiner Haut und die Berührung seiner Hände, die immer sicher die Stelle fanden, wo sie gestreichelt werden wollte. Ihr Puls wurde schneller. Sie reckte sich hoch und küsste ihn.

»Andiamo, ab ins Luitpold!«, gurrte sie.

Marcus hob die Einkaufstüten hoch. »Holla«, sagte er, als sie ihm die Arme herunterzogen. »Scheint, als wäre unser Beutezug erfolgreich gewesen. Haben wir unser Soll denn schon erfüllt?«

Silke überlegte. »Ein paar Sachen fehlen noch, aber die könnte ich natürlich auch im Internet bestellen.«

»Doch da gibt's keinen Glühwein, und es macht nicht halb so viel Spaß«, protestierte er. »Du weißt, welches Vergnügen mir das bereitet … Wenn wir erst selbst Kinder haben, dann …« Wieder dieses intime Grinsen.

Silke jedoch durchfuhr ein scharfer Stich, und sie wurde aus ihrer euphorischen Stimmung gerissen. »Ach, so ein Mist!«, fiel sie ihm hastig ins Wort und sah weg, als sein Lächeln verrutschte. »Ich habe nasse Füße bekommen, und nun sind sie zu Eisklumpen gefroren«, sprudelte sie heraus. Immer noch geflissentlich seinen Blick vermeidend, streckte sie ein Bein vor und betrachtete mit gespielt ärgerlicher Miene die Schneeränder auf den Stiefeln. »Ich muss mir unbedingt neue Stiefel kaufen. Overknee wären am besten.«

Aber es gelang ihr nicht, die Kälte, die sich auf einmal in ihr ausgebreitet hatte, wegzureden. Sie stockte, sah sich wie in einer Blitzlichtaufnahme vor vierzehn Jahren in jener nüchternen Arztpraxis in England sitzen, drei kleine, weiße Tabletten vor sich auf dem Tisch aufgereiht, ein Glas Wasser daneben. Sie spürte wieder die Verzweiflung, die sie dorthin getrieben hatte, und gleichzeitig die pechschwarze Hoffnungslosigkeit, die von ihr Besitz ergriffen hatte, als ihr die Gynäkologin vor Kurzem eröffnet hatte, dass ihre Chancen auf eine Schwangerschaft äußerst gering seien.

Wegen der Abtreibung damals, weil nach Einnahme der Tabletten nicht alles restlos abgegangen war und der Arzt eine Ausschabung vornehmen musste, hatte sie ihr erläutert. Da sei etwas schiefgegangen.

Marcus wollte unbedingt Kinder haben – eine ganze Fußballmannschaft, wie er ihr lachend versicherte –, und sie hatte längst die Pille abgesetzt, aber bis heute hatte es nicht geklappt. Und bis heute hatte sie nie den Mut gefunden, ihm diese Abtreibung und deren grässliche Folgen zu beichten.

Doch wenigstens jetzt hatte sie es geschafft, Marcus abzulenken, denn er grinste und deutete auf ihre Stiefel. »Hoffentlich nicht mit Absätzen wie diese, dafür brauchst du eigentlich einen Waffenschein.« Er nahm alle Tüten in eine Hand und legte ihr den freien Arm um die Schultern. »Komm, ich habe Kaffeedurst.

Hinterher ist ja noch genügend Zeit, die restlichen Läden leer zu räumen. Oder auch für etwas anderes ...« Wieder der funkelnde Blick.

Froh, diese Klippe mal wieder umschifft zu haben, hakte sie sich bei ihm ein und zog ihn eilig über den Salvatorplatz. Dicke Flocken fielen aus steingrauen Wolken und bedeckten den Schmutz der Stadt mit blendendem Weiß, die Weihnachtsbeleuchtung blinkte wie Millionen Kerzen, Kinderaugen strahlten. Sie fanden einen Platz im Palmengarten, bestellten Luitpoldtorte und Café crème. Silke zog die Liste heraus, die sie bis zu ihrer großen Verlobungsparty nach Silvester noch abzuarbeiten hatten. Sie war längst überfällig, denn noch im Januar sollte die Hochzeit stattfinden.

Sie schaute hinaus. Draußen hatte starker Wind eingesetzt, der Himmel hing schiefergrau über den Dächern, der Schnee trieb waagerecht als glitzernd weißer Spitzenvorhang an den hohen Fenstern vorbei. Auf einem winterkahlen Baum hockten zwei Rabenkrähen. Schwarz, unheilvoll. Etwas wie eine böse Vorahnung kräuselte die Oberfläche ihres Bewusstseins. Fröstelnd verschränkte sie die Arme.

»Schön kuschelig hier«, sagte sie laut, als wollte sie jemanden übertönen. »Eigentlich sollten wir im Frühling heiraten. Wir könnten ein Schiff mieten und über den Starnberger See schippern.«

Marcus grinste. »Glaub nur nicht, dass ich dich noch so lange frei herumlaufen lassen werde.« Er zog ihren Kopf zu sich und küsste sie im Schutz der hochgehaltenen Speisekarte ausgiebig.

Silke fing dabei den Blick einer hübschen Dunkelhaarigen vom Nebentisch auf, die Marcus unverhohlen anflirtete. Über seine Schulter sandte sie ihr schweigend eine unmissverständliche Botschaft: Hände weg. Die Frau verzog süffisant die Mundwinkel, senkte aber ihren Blick.

Marcus stocherte in seiner Torte herum. »Mein Vater hat uns eingeladen, am zweiten Weihnachtstag mit ihm essen zu gehen«, sagte er zusammenhanglos, sah sie dabei nicht an.

Silke vergaß die Dunkelhaarige, warf die Liste auf den Tisch und überlegte ein paar Sekunden, wie sie am besten formulierte, was sie von dieser Einladung wirklich hielt. Ich lass mir von deinem Vater nicht Weihnachten verderben, hätte sie ihm gerne gesagt. Ich will nicht, dass er wieder versucht, dich kleinzumachen, wie fast jedes Mal, wenn wir ihn besuchen. Ich will nicht, dass du danach für Tage in einem schwarzen See von Schweigen versinkst und unerreichbar für mich bist. Er ist bösartig, und ich will eigentlich, dass du ihn aus deinem, aus unserem Leben verbannst.

Nach kurzem Nachdenken schluckte sie alles herunter und zwang sich stattdessen zu einem Lächeln. »An und für sich war geplant, dass wir meine Cousine besuchen. Ehrlich gesagt, habe ich versprochen, dass wir kommen. Die Kleinen freuen sich schon wahnsinnig. Du weißt, sie sind völlig vernarrt in dich und werden furchtbar enttäuscht sein, wenn wir nicht erscheinen.«

Im Geiste machte sie sich eine Notiz, Kathrin sofort anzurufen und ihr wegen der Einladung, die bisher noch gar nicht ausgesprochen worden war, Bescheid zu sagen. Ein Problem würde es nicht geben. Ihre große Cousine, zu der sie erst wieder Kontakt aufgenommen hatte, seitdem sie in München lebte – Kathrin war in Bayern geboren, aufgewachsen und verheiratet und einfach räumlich zu weit vom Norden entfernt –, mochte Marcus sehr gern. »Aber ich kann natürlich wieder absagen, wenn du lieber deinen Vater besuchst.«

Er reagierte, wie sie erhofft hatte. Spontan schüttelte er den Kopf. »Wir können doch die Kinder nicht enttäuschen«, rief er und blickte sehr zufrieden drein. »Da kann man wohl nichts machen. Dann müssen wir wohl bei Kathrin feiern.«

Das alles lag mittlerweile rund fünf Wochen zurück. Weihnachten war vorbei, und Marcus, der an diesem Freitag vor Silvester in seiner Firma am Schreibtisch saß, dachte mit einem Lächeln an das Fest bei Kathrin und ihrer großen Familie in deren idyllisch gelegenem Hof östlich des Ammersees. Es war herrlich turbulent gewesen, voller Wärme und Kinderlachen. Kathrin war eine wunderbare Köchin, und Silky und er hatten den Tag restlos genossen. Zu seiner heimlichen Freude hatte sich sein Vater eine saisonale Grippe eingefangen und musste die Feiertage im Bett verbringen. Zwar hatten sie ihn am zweiten Weihnachtstag in dem großen, überheizten Penthouse besucht, aber der Alte hatte sich so schlecht gefühlt, dass seine Haushälterin Marcus bat, den Besuch kurz zu halten. Nach einer halben Stunde hatten sie sich guten Gewissens wieder verabschieden können. Als er mit Silke das Haus seines Vaters verlassen hatte, war ihm der trübe Wintertag danach hell und freundlich erschienen. Vor lauter Begeisterung, dass er dieses Jahr so glimpflich davongekommen war, hatte er Silke in ein sündhaft teures Restaurant eingeladen.

Morgen stieg bei Freunden eine rauschende Party, wo sie das nervenzerfetzende Börsenjahr endlich zu Grabe tragen würden. Das versprach Vergnügen pur zu werden. Zusätzlich war am gestrigen Morgen die Nachricht gekommen, dass die erste Lieferung seltener Erden aus der letzten Bestellung aus Südafrika den Hamburger Hafen erreicht hatte. Somit konnte er den Vertrag mit seinem Hauptkunden pünktlich erfüllen.

Wie bei allen vorherigen Lieferungen hatte er sofort veranlasst, dass einige Muster gezogen wurden, um sicherzugehen, dass er gleichbleibende Qualität liefern konnte. Das Labor war überlastet, Silvester stand vor der Tür, und so würde das Ergebnis erst im Laufe der nächsten Woche feststehen. Aber da die ganze Sache nichts weiter als Routine war – bisher hatte die Qualität des Erzes immer der entsprochen, die den Kaufverträgen zugrunde lag –, sah er keinen Anlass zu besonderer Eile. Heute war ohnehin nichts mehr auf den Rohstoffmärkten los, die meisten Firmen machten entweder Inventur oder hatten wegen der Feiertage geschlossen. Er entschied, nach Hause zu fahren. Silky wollte noch Einzelheiten für ihre Verlobungsparty besprechen, die für sie, wie er schnell begriffen hatte, von größter Wichtigkeit war. Eine Art Nestbautrieb, vermutete er. Sie wohnten schon fast ein Jahr zusammen, waren jedoch nie dazu gekommen, alle seine Freunde einzuladen. Aber nun stand das Datum fest, und alle Eingeladenen hatten zugesagt, auch zwei Paare von Silkys Freunden aus ihrer Heimat Hamburg würden anreisen.

Gerade als er sich gut gelaunt seine Lederjacke anzog und seine Sekretärin nach Hause schicken wollte, klingelte das Telefon. Überraschenderweise meldete sich der Geologe vom Labor. Mit trockener Stimme trug er Marcus die Ergebnisse der Analyse vor und wünschte ihm anschließend ein frohes neues Jahr, bevor er auflegte.

Marcus erwiderte tonlos seine Wünsche und blieb, das Telefon noch in der Hand, wie erstarrt stehen. Ein Zittern schüttelte ihn. Das Telefon glitt ihm aus der Hand und schlug klappernd auf dem Tisch auf. Er nahm es nicht wahr. Lange Zeit stand er bewegungslos da und fixierte einen Punkt im Nichts.

Irgendwann riss er sich zusammen. Mit einer abrupten Bewegung zerrte er sich die Lederjacke von den Schultern, schleuderte sie auf den Boden und trat anschließend so voller Wut den Papierkorb quer durchs Büro, dass er gegen die Wand krachte. Erschrocken riss seine Sekretärin die Tür auf.

»Alles okay, Frau Miltenberg«, presste er hervor und winkte sie hinaus.

Die zwei schwarzen Haare auf Frau Miltenbergs Warze, die ihre Oberlippe zierte, bebten neugierig wie die Schnurrhaare eines Nagetieres, und Marcus musste sich beherrschen, sie nicht anzubrüllen. Er konnte diese Frau nicht ausstehen. »Sie können Schluss machen. Heute passiert hier nichts mehr. Na, gehen Sie schon.«

Die Sekretärin zog sich mit misstrauischem Ausdruck zurück. Allerdings war er sich sicher, dass sie hinter der Tür stand und lauschte. Und vermutlich würde sie seinem Vater hinterher alles brühwarm erzählen. Bei diesem Gedanken wurden ihm die Hände feucht. Energisch rieb er sie an den Hosen trocken. Auf irgendeine Weise musste er diese widerliche, schnüffelnde Spitzmaus loswerden. Einmal hätte er sie in einem grässlichen Anfall totalen Irrsinns fast die Treppe heruntergestoßen. Der Lift war defekt gewesen, sie stand vor ihm auf dem Treppenabsatz, sagte irgendetwas in ihrer nervigen, schrillen Stimme, und plötzlich war die Frustration der letzten Jahre wie ein glühender Lavastrom in ihm hochgeschossen. Wie ferngesteuert hatte er die Hände zum Stoß gehoben. Nur das Auftauchen des Mechanikers hatte ihn gerettet. Und Frau Miltenberg natürlich.

Er stellte sich ans Fenster und lehnte die Stirn ans kalte Glas. Sein Vater besaß achtzig Prozent der Firma, ihm gehörten die restlichen zwanzig und der Titel Geschäftsführer. Praktisch jedoch hatte er keinerlei Entscheidungsgewalt, war nichts weiter als ein kleiner Angestellter. Sein Vater befahl, er musste gehorchen. Sollte sein Hauptkunde ausfallen, geriet die Firma ins Trudeln, und dafür würde sein Vater ihm die Schuld geben. Ganz gleich, was der tatsächliche Grund war. Seit sein Vater sich vor vielen Jahren von seinem Amt als Richter zurückgezogen hatte, richtete er seine geballte Aufmerksamkeit nur auf ihn, sodass sich Marcus oft vorkam wie ein im Scheinwerferkegel gebanntes Wild. Und solange das so war, würde die Spitzmaus ihn überwachen. Reglos starrte er hinaus in das trübe Winterwetter. Den ganzen Tag war es nicht richtig hell geworden. Es war gerade früher Nachmittag, trotzdem war es praktisch schon dunkel. Er hasste diese Jahreszeit, vermisste Licht und Wärme und den klaren, weiten Himmel, vermisste Luft zum Durchatmen. Zwar würde es ab jetzt aufwärtsgehen, die Tage würden wieder länger werden, quälend langsam zwar, aber er bildete sich krampfhaft ein, dass sich das Licht schon verändert hatte, die Sonne, wenn sie denn mal schien, heller war und man ihre Strahlen spürte.

Doch heute war davon überhaupt nichts zu bemerken. Seit Tagen lastete eine graue Wolkendecke auf der Stadt, eisiger Ostwind heulte um die Häuserecken und zerrte an den Schirmen der Passanten. Abwesend beobachtete er die graue Masse Mensch, die als geduckter Schatten durch den trüben Schein der Straßenlaternen huschte. Lange stand er so da, die Lippen zusammengepresst, die Hände noch immer zu Fäusten geballt. Seine Gedanken rasten im Kreis. Verbissen mühte er sich, Ordnung in das Chaos zu bringen. Er beleuchtete die Situation von allen Seiten, versuchte, dem tonnenschweren Schatten seines Vaters zu entkommen, die kalte Stimme nicht zu hören, die ihm Schmerzen verursachte, als wäre sie ein Messer. Auf seiner Seele hatte sich über die Jahre ein dichtes Narbengewebe gebildet.

Irgendwann durchlief ihn ein Ruck. Langsam öffneten sich seine Hände, er kehrte in die Gegenwart zurück. Nach einem letzten Blick in die Düsternis wandte er sich vom Fenster ab. Es gab keine Alternative. Er musste nach Südafrika fliegen, sich vor Ort selbst ein Bild machen, was da los war. Und er musste dringend seinen Bedarf an seltenen Erden durch andere Minen abdecken, vielleicht sogar neue Geschäftsbeziehungen aufbauen. Die Flüge würde er selbst buchen. Nur so konnte er verhindern, dass Frau Miltenberg seinen Vater umgehend von seinen Plänen informierte.

Die Nummer des Reisebüros hatte er in seinem Telefon gespeichert. Er rief sie auf und wählte. Und wartete. Lange.

Obwohl es ihm für gewöhnlich durch eiserne Selbstkontrolle gelang, nicht zu viel über seinen Vater nachzugrübeln, brach sein Sicherheitswall in diesem Augenblick zusammen, und das Gesicht, das ihn bis in seine Träume verfolgte, tauchte vor ihm auf. Die mitleidlosen, glitzernd schwarzen Augen, diese Maske steinerner Verachtung, mit der Henri Bonamour schon diejenigen einzuschüchtern pflegte, die einst im Gericht vor ihm auf der Anklagebank saßen. Und immer hatte er gnadenlos die vom Gesetz erlaubte Höchststrafe verhängt. Allein der Gedanke daran löste in Marcus ein nervöses Flattern aus. Unbewusst griff er sich an die Kehle, hasste sich dafür, dass er noch im Alter von neununddreißig Jahren auf diese Weise reagierte und diesem Gefühl von Ohnmacht nichts entgegensetzen konnte.

Er hob seinen Blick und sah sich seinem Spiegelbild im Fensterglas gegenüber. Ein breitschultriger Mann schaute ihn an. Eins sechsundachtzig groß, kantiges Gesicht, braune Augen – glücklicherweise die seiner Mutter, nicht die glitzernd schwarzen seines Vaters, die undurchsichtig und hart wie Stein waren –, kurzes, dunkelbraunes Haar. Muskulös, obwohl er nun, da ihm sein Vater die Leitung der Firma übertragen hatte, wenig Zeit hatte, Golf zu spielen oder im Fitnessstudio zu trainieren. Joggen im Winter war ihm ein Graus. Für ihn war das eine Strafe und kein Vergnügen, denn seine Neigung, sich freiwillig so zu quälen, war sehr gering ausgebildet. Trotzdem waren seine Schultern noch immer breit, Arme und Beine die eines Sportlers, der Blick ruhig und entschlossen. Sein Gesicht verriet wenige Emotionen, das wusste er, er hatte sich das antrainiert. Das brachte ihm gelegentlich den Vorwurf von Arroganz ein, doch das störte ihn nicht.

Der Eindruck war der eines Mannes, mit dem zu rechnen war. Warum also konnte er seinem Vater nicht die Stirn bieten? Warum genügte der bloße Gedanke an diesen alten Mann, um ihn aus dem Gleichgewicht zu bringen? Er konnte das nicht verstehen.

Voller Unruhe musterte er sich noch einmal, und plötzlich, wohl durch eine Lichtspiegelung, meinte er hinter seinem Gesicht das seines Vaters zu erkennen.

Der gleiche kantige Schnitt, aber die Haut gelblich fahl und faltig, das Haar weiß, der Mund, schmaler als seiner, eingefasst durch tiefe Kerben. Und die Augen aus schwarzem Stein. Nicht wie seine. Der einzige Trost.

Er wusste tief in seinem Inneren, wo er sich selbst nicht mehr belügen konnte, dass er erst sein eigenes Leben leben konnte, wenn sein Vater tot war. Endlich gestorben. Eine explosive Mischung aus Frustration und brennender Wut schoss in ihm hoch, die sofort in bleierner Hilflosigkeit versank. Der Alte war bei guter Gesundheit, seine Aussicht, noch zehn, fünfzehn Jahre zu leben, war hoch. Zehn, fünfzehn Jahre, während deren er ihn weiter schikanieren würde.

Aber das würde er nicht noch einmal zulassen, schwor er sich. Diese Sache würde er allein durchziehen. Es musste endlich Schluss sein. Ein für alle Mal. Auch Silkys wegen. Er umklammerte das Telefon.

Die Pausenmusik verstummte endlich, eine weibliche Stimme tönte aus dem Hörer und verscheuchte vorübergehend seine Dämonen.

»Ich brauche zwei Plätze auf dem ersten Flug nach Südafrika, der von München abgeht. Ob Johannesburg oder Kapstadt als Ankunftsort ist mir egal, Hauptsache ist, ich komme so schnell wie möglich dorthin. Von da aus muss ich den nächsten Anschlussflug nach Durban erreichen.«

Während er auf die Antwort wartete, entlud sich seine Anspannung in einem Schweißausbruch. Kalte Nässe breitete sich unter den Armen aus, unter dem Pullover klebte ihm sein Hemd unangenehm auf der Haut. Kurzerhand schaltete er das Telefon auf Lautsprecher und zog Pullover und Hemd aus. Unter Druck schwitzte er immer, deswegen hielt er stets einen Vorrat an frischen Hemden im Büro bereit. Er holte eins aus dem Schrank neben der Tür, riss mit den Zähnen die Plastikverpackung auf und schüttelte das Hemd heraus. Gerade als er es in die Jeans steckte, meldete sich die Angestellte des Reisebüros wieder und teilte ihm mit, dass es für die nächsten zwei Wochen von München aus keine freien Plätze mehr gebe. Nicht einmal in der ersten Klasse. Südafrika sei ein sehr beliebtes Ziel und meist schon Wochen und Monate im Voraus ausgebucht. Besonders zwischen den Jahren gebe es keine Chance, einen Platz zu bekommen.

»Total überbraten«, sagte die Frau. »Überbucht«, setzte sie als

Erklärung hinzu. »Ellenlange Wartelisten. Auch für Business und First.«

»Egal wie, ich muss nach Durban«, knurrte Marcus.

Nach hektischem Hin und Her gelang es ihm, für Mittwoch zwei Plätze in der Businessclass von Frankfurt aus zu ergattern. Der Preis allerdings ließ ihn trocken schlucken. Doch er hatte keine Wahl.

»Okay«, erwiderte er. »Noch mal zur Bestätigung. Die Plätze sind für Mittwoch, den 4. Januar, Businessclass. Ich will am Fenster sitzen, nicht in der Mittelreihe. Stellen Sie die Rechnung an mich aus und schreiben Sie vertraulich auf den Umschlag.« Er hoffte, dass er auf diese Weise die Miltenberg davon abhalten konnte, den Brief zu öffnen.

Nachdem er den Pullover wieder übergestreift hatte, suchte er aus einer Liste die billigste Vorwahl für Südafrika heraus und wählte die Nummer der Mine. Den Manager, Rob Adams, erreichte er zwar, aber der Anruf stellte sich als äußerst frustrierend heraus. Der Mann behauptete, keine Ahnung zu haben, wovon Marcus redete, und als der massiv wurde, faselte er etwas von schlechtem Empfang, weil er in ein Funkloch geraten sei. Sekunden später war die Verbindung unterbrochen. Marcus stand mit dem rauschenden Hörer in der Hand da. Durch die verdächtige Reaktion überzeugt, dass der Mann alles nur vorgetäuscht hatte, um irgendetwas zu verbergen, brüllte er ein paarmal ins Mikrofon. Anschließend wählte er noch einmal, bekam aber nur das Besetztzeichen. Wütend knallte er das Telefon zurück auf die Ladestation und ließ seine Faust auf den Schreibtisch krachen. Wenigstens brachte ihn der Schmerz wieder einigermaßen zur Besinnung, und er überlegte, ob er Silky anrufen sollte, um ihr mitzuteilen, dass sie die Verlobungsfeier wegen einer dringenden geschäftlichen Verpflichtung absagen müssten, oder ob es ratsam wäre, ihr das persönlich zu sagen.

Er schwankte nur kurz mit seiner Entscheidung. Sie war seine große Liebe, und wollte er offenen Beziehungskrieg vermeiden, musste er ihr das persönlich sagen. Silky wirkte mit ihren strahlend blauen Augen und den weichen blonden Locken restlos bezaubernd. Und harmlos. Was auch meistens zutraf, nur wenn sie in Wut geriet, glich sie einem explodierenden Vulkan, bei dem alle in Deckung gingen. Er als Allererster.

Seine Gedanken sprangen zurück zu dem Augenblick ihres Kennenlernens im Frühsommer vor über zwei Jahren. Plötzlich roch er Jasmin, süß und betörend, meinte das Rauschen von uralten Kastanienbäumen zu vernehmen, das Zwitschern der Schwalben auf den Dachfirsten und fühlte die knisternde Spannung, die ihm den Atem genommen hatte, als er ihr zum ersten Mal in die Augen geblickt hatte.

Sein Herz reagierte mit einem Doppelschlag. Er lächelte. Für immer würde er mit diesem Duft, diesen Geräuschen, die Erinnerung an den wunderbarsten Tag seines Lebens verbinden. Für ihn hatte Silky ihre Karriere und ihre Freunde hinter sich gelassen, deswegen musste er jetzt sofort nach Hause fahren, um ihr zu sagen, dass sie die Verlobungsfeier verschieben mussten.

Im Jugendstilspiegel, der zwischen den beiden hohen Fenstern hing, sah er sich selbst ins Gesicht. Wie sollte er ihr das nur beibringen? *Hi, Silky, Liebling, du, was ich dir sagen wollte, tut mir leid, aber aus der Verlobungsparty wird nichts …*

Das klang so jämmerlich, dass ihm ganz schlecht wurde. Er würde sich etwas anderes einfallen lassen müssen. Niedergeschlagen wandte er seinem Spiegelbild den Rücken zu, hob seine Jacke vom Boden auf, zog sie an, wickelte den dicken Schal um den Hals und schloss das Büro hinter sich ab. Draußen empfingen ihn dichtes Schneegestöber und eisige Kälte. Tief gegen den Wind gebeugt, lief er zur Parkgarage.

2

Silke hatte sich in der Küche einen Kaffee gemacht, als sie Marcus' Wagen in die Einfahrt biegen sah.
Vergnügt lief sie zur Tür, um ihm zu öffnen. Der Wagen glitt eben in den Carport, und kurz darauf rannte Marcus, Laptop und Aktentasche unter dem Arm, den Weg zum Eingang hoch. Ein Wirbel von Schneeflocken trieb ihn ins Haus, und Silke warf die Tür schnell hinter ihm ins Schloss.

»Gib mir deine Jacke, die ist ja klatschnass. Ich hänge sie auf.«

Er schälte sich aus der Lederjacke, steckte den Schal in den Ärmel und reichte sie ihr wortlos. Silke hängte sie an die Außenseite des Garderobenschranks.

»Toll, dass du früher kommst.« Sie strahlte ihn an. »So können wir noch in Ruhe einen Kaffee trinken, bevor wir essen gehen. Was möchtest du haben? Kaffee, Espresso oder Cappuccino?«, fragte sie und wollte gerade zurück in die Küche gehen, als ihr klar wurde, dass er weder ein Wort gesagt noch ihr einen Kuss gegeben hatte. Was ungewöhnlich war. Sie drehte sich wieder zu ihm um.

Marcus stand mit hängenden Armen vor ihr. Seine Gesichtsfarbe war fahl, Wasser tropfte ihm aus den Haaren in den Hemdkragen, und sein Mund öffnete und schloss sich wie bei einem Fisch auf dem Trockenen, aber er brachte keinen Ton hervor.

»Sind dir Muskeln und Stimme eingefroren?« Mit liebevollem Spott strich sie ihm über die Wange. »Wäre ja kein Wunder bei dieser Kälte.«

Seine Haut fühlte sich kalt und klamm an, und sie hoffte, dass er sich nicht bei seinem Vater mit der Grippe angesteckt hatte. Sie hatte sich auf diese Party schon lange gefreut, und das Kleid, was sie dafür gekauft hatte, war ziemlich teuer gewesen. Mit einem Anflug von Besorgnis befühlte sie seine Stirn. Sie war ebenfalls kalt. Fieber hatte er also wohl nicht.

»Marcus? Ist etwas? Fühlst du dich nicht wohl?«, fügte sie hinzu, als er nicht antwortete.

Mit einer ruckartigen Bewegung wischte er sich mit dem Handrücken über die Stirn und schüttelte gleichzeitig vehement den Kopf. »Nein, ach was, es ist alles … in Ordnung. Bin einfach nur durchgefroren.« Er betrachtete sich im Garderobenspiegel, vermied es aber dabei, sie anzusehen. »Sauwetter heute«, murmelte er und beschäftigte sich mit dem korrekten Sitz seines aufgeweichten Hemdkragens.

Silke versuchte, seinen Blick im Spiegel einzufangen, aber seine Augen glitten zur Seite. Mit beiden Händen strich er sich die Nässe aus dem kurzen Haar, drückte ihr anschließend mit kalten Lippen einen Kuss auf den Mund, klemmte sich Aktentasche und Laptop unter den Arm und lief an ihr vorbei die Treppe hoch ins Obergeschoss, wo ihr Schlafzimmer und sein Büro lagen. Oben drehte er sich um.

»Ich stelle nur mein Notebook weg, mach mir doch bitte einen Cappuccino, dann können wir noch ein bisschen klönen, bevor wir uns fertig machen.«

Silke sah ihm nach. Offenbar hatte er einen schlimmen Tag gehabt. Die beste Medizin dagegen war sicher eine Party mit guten Freunden, lauter Musik und jeder Menge Hochprozentigem.

»Liebling, was hältst du von Spaghetti oder Pizza im Vapiano?«, rief sie die Treppe hinauf.

»Ja, ja, wunderbar. Genau das, was ich heute brauche«, kam die Antwort.

Und so verbrachten sie den Abend im Vapiano, wo es voll und laut war, und leerten eine Flasche Wein. Aber als sie dann ziemlich spät ins Bett gingen, hatte Marcus ihr noch immer nicht gesagt, was eigentlich mit ihm los war. Stattdessen hatte er sie wortlos in den Arm genommen und geküsst, seine Lippen über ihren Körper wandern lassen, sie da gestreichelt, wo es ihr ein wohliges Stöhnen entlockte. Doch plötzlich hatte er sich von ihr gelöst und auf den Rücken geworfen.

»Geht heut nicht«, knurrte er. »Tut mir leid.« Damit vergrub er den Kopf im Kissen.

»Kann ja mal passieren«, flüsterte sie und zog ihn an sich.

Am nächsten Morgen standen sie spät auf, und nach einem ausgedehnten Brunch, wobei jeder von ihnen Teile der *Süddeutschen* las – Marcus den Wirtschaftsteil und Silke das Feuilleton –, schlug sie vor, den Weihnachtsbaum abzuschmücken. So war sie das von ihrem Elternhaus gewohnt.

Marcus, der bisher ziemlich schweigsam gewesen war, legte die Zeitung weg und runzelte die Stirn. »Das ist jetzt wirklich blöd«, erwiderte er. »Ich glaube, ich habe die externe Festplatte mit der täglichen Sicherung im Büro vergessen. Vermutlich liegt sie irgendwo herum, was ja nicht die Idee von einer Sicherung ist. Stell dir nur vor, eine Silvesterrakete fliegt durchs Fenster und es brennt oder so, dann ist alles weg. Grauenvoller Gedanke!« Er stand auf. »Das heißt, ich muss schnell noch mal hinfahren, um sie zu holen. Tut mir leid, aber die Festplatte gehört hier in den Safe, wie jeden Tag.«

Silke kniff enttäuscht die Lippen zusammen, nickte jedoch ergeben. »Lässt sich ja wohl nicht ändern. Aber sei ja rechtzeitig zurück, dass wir uns in Ruhe für die Party fertig machen können.«

»Natürlich«, rief er vom Flur her, zog seinen Daunenmantel an, schnappte sich den Autoschlüssel und stürmte hinaus ins unwirtliche Winterwetter.

Gerade rechtzeitig, um sich umzuziehen, kehrte er nach drei Stunden zurück, erklärte die lange Abwesenheit damit, dass er wegen eines Unfalls im Stau gesteckt habe. Silke war so froh, dass er rechtzeitig aufkreuzte, dass sie nur nickte und auch vergaß, ihn zu fragen, ob er die Festplatte gefunden hatte.

Eilig zogen sie sich um und machten sich auf den Weg zu ihren Freunden. Die Temperatur war noch weiter gesunken, und es schneite schon wieder.

Die Wohnung der Haslingers war hell erleuchtet, Musik und Lärm schallten ihnen schon auf der Straße entgegen. Vom Balkon hörten sie das Gelächter der Gäste, die Nicole zum Rauchen in die Kälte geschickt hatte. Die Party war offensichtlich bereits in vollem Schwung.

Nicole erwartete sie an der offenen Wohnungstür. »Kommt bloß rein in die Wärme«, begrüßte sie sie mit Küsschen rechts und Küsschen links.

»Meine Güte, da wird man ja taub«, entgegnete Silke. »Haben eure Nachbarn schon die Polizei gerufen, oder sind die vorübergehend ausgewandert?«

»Nee.« Nicole grinste fröhlich. »Die sind vollzählig hier bei uns.«

»Ich brauche einen Wodka«, sagte Marcus und strebte umgehend zur überfüllten Bar, auf die Olaf so stolz war.

Silke entledigte sich ihrer Stiefel und stieg in die mitgebrachten High Heels. Von der Diele aus sah sie, dass am langen Tisch im Wohnzimmer mindestens ein Dutzend Gäste versammelt waren und lautstark miteinander plauderten.

»Sind wir die Letzten?«

Nicole sah sich um. »Mitnichten, da fehlen noch einige und die, die ohne Einladung kommen. Such dir einen Platz.«

Silke wurde mit viel Hallo begrüßt, und irgendjemand schob ihr einen Stuhl hin.

»Und, was gibt's Neues?«, fragte Nicole und goss ihr ein Glas Wein ein. »Hast du schon ein Kleid für deine Verlobungsparty? Komm, erzähl, ich platze sonst.« Sie lehnte sich mit neugierig glitzernden Augen vor.

»Na, was glaubst du denn.« Silke lachte und zeigte ein Foto von dem Kleid auf ihrem Handy herum. Aber immer wieder sah sie abgelenkt hinüber zur Bar. Marcus stand mit Olaf und ein paar anderen am Tresen und hielt schon das zweite Glas Wodka in der Hand. Vergeblich versuchte sie, seinen Blick einzufangen. Irgendetwas war mit ihm nicht in Ordnung. Mit halbem Ohr lauschte sie dem neuesten Klatsch, den Nicole stets parat hatte und mit saftigem Spott erzählte, bekam aber nur ein paar Brocken mit. Der aggressive Hardrock, der durchs Haus hämmerte, machte eine normale Unterhaltung fast unmöglich. Sie nippte an ihrem Weinglas und beobachtete Marcus mit steigender Sorge.

Der tobte sich – das braune Haar wirr, die Hände zu Fäusten geballt – allein zwischen seinen Freunden auf der Tanzfläche aus. Das Hemd hing ihm offen über die Hose, die nackte Brust war schweißüberströmt, seine Augen waren merkwürdig starr und gerötet. Wie in Trance tanzte er. Sie stellte ihr Glas hart auf dem Tisch ab. Tanzen konnte man das nicht mehr nennen. Es war nicht ausgelassen oder fröhlich, sondern wirkte eher wie die Choreografie eines Kampfsports.

Frustriert biss sie sich auf die Lippen. Offenbar war es mal wieder so weit. Insgeheim nannte sie es seine Anfälle. Vier, fünf Mal waren sie, seit sie sich kannten, durchgebrochen und hatten ihn derart verwandelt, dass sie ihn kaum als den Mann wiedererkannte, in den sie sich verliebt hatte. Ein paar Wochen nachdem sie sich kennengelernt hatten, hatte er sie nach München eingeladen, und da war es zum ersten Mal passiert. Auch auf einer Party bei den Haslingers.

Kurz nach ihrer Ankunft hatte er einen Anruf bekommen und war auf den Balkon ausgewichen, weil Olaf die Musik aufgedreht hatte. Der Anruf dauerte länger, und als er wieder ins Zimmer kam, wollte er nicht sagen, mit wem er gesprochen hatte, sondern packte sie plötzlich und zerrte sie auf die Tanzfläche. Zu ihrer eigenen Bestürzung wich sie im ersten Augenblick instinktiv vor ihm zurück, aber er nahm keine Rücksicht, sondern wirbelte sie herum, dass ihr schlecht wurde.

»Was ist los mit dir?«, schrie sie ihn bestürzt an und versuchte, sich aus seinem harten Griff zu befreien, aber ohne Erfolg.

Hinterher stellte sie ihn zur Rede.

Seine Antwort kam nach einer atemlosen Pause. »Hart arbeiten, wild feiern, es krachen lassen, das ist es, worum es geht. Sonst zählt doch nichts.«

Aber in seinen Augen glühten dabei ein so verzweifeltes Verlangen und ein Schmerz, derart abgrundtief, dass Silke zutiefst erschrak. In diesem Augenblick war sie sich sicher, geradewegs in die Hölle zu blicken.

»Kann ich dir helfen? Bitte sag's mir«, bettelte sie ihn an.

Doch er wehrte jede ihrer Fragen mit steinerner Miene mit Banalitäten ab. Am nächsten Tag aber war er wieder da, der Mann mit dem warmen Lächeln, den Augen, aus denen seine Liebe zu ihr sprach. Der Mann, den sie mehr liebte als sonst einen Menschen auf der Welt. Er nahm sie in die Arme und hielt sie fest, als wollte er sie nie wieder gehen lassen.

Ihre Angst verflüchtigte sich unter seinen Zärtlichkeiten. Sie schob das Ganze auf zu viel Alkohol und verdrängte den Vorfall. Doch dann passierte es nach ein paar Monaten noch einmal. Und dann wieder, und dieses Mal war der Abstand kürzer geworden. Und als Weihnachten näher rückte, brach es erneut aus ihm heraus.

Bis heute war sie noch nicht auf den Grund seiner Hölle gelangt. Zeitweise schien es ihm besser zu gehen. Er war ausgeglichener, doch die sprühende Energie, die ihn sonst umgab, schien abgestumpft. Den Grund fand sie eines Tages im Papierkorb des Badezimmers: eine leere Packung eines Medikaments, dessen Namen sie nicht kannte. Die Packungsbeilage war nicht dabei, und so holte sie sich aus dem Internet die nötigen Informationen.

Dabei erfuhr sie, dass das Mittel gegen Depressionen und vor allen Dingen bei Angststörungen eingesetzt wurde.

Bei diesem Wort war spontan das Gesicht des Vaters von Marcus vor ihrem inneren Auge aufgetaucht, sie hatte die frostige Kälte gespürt, die ihn umgab, und sie erinnerte sich an das, was ihr Marcus nach einer Flasche Wein eines Abends gebeichtet hatte.

Dass ihm allein ein Blick aus den stechenden Augen genügte, um ihm Schweißausbrüche zu verursachen, und dass er sich dafür hasste, noch in seinem Alter auf diese Weise auf seinen Vater zu reagieren. Einen zentnerschweren Mühlstein hatte er ihn genannt, der ihm die Luft zum Leben abdrückte.

Und da glühte für eine Sekunde das Höllenfeuer in seinen Augen. Als sie beunruhigt Genaueres wissen wollte, lachte er in einem plötzlichen Gemütsumschwung, küsste sie und meinte, dass er nur gerade mal sauer auf seinen Vater gewesen sei. Danach vermied er es, in dieser Weise über seinen Vater zu sprechen. Eigentlich sprach er so gut wie nie über ihn und auch nicht über den Rest seiner Familie. Sie wusste nur, dass seine Mutter in Australien lebte. Es gab keine Fotos von seiner Familie, keine Erinnerungsstücke. Keine Anekdoten. Nichts.

Irgendwann hatte sie für sich eine Erklärung gefunden, die zu passen schien. Die schmerzhafte Trennung seiner Eltern. Marcus hatte ihr erzählt, dass seine Mutter zu Beginn seines Studiums überraschend die Scheidung eingereicht habe. Danach habe eine verbissene Schlammschlacht stattgefunden. Voller Hass hatten seine Eltern um jede Kleinigkeit gestritten. Zwei Tage nach der Scheidung war seine Mutter mit einem anderen nach Australien ausgewandert und hatte jeden Kontakt abgebrochen. Auch zu ihm.

Als er ihr das erzählte, sah er so verloren aus, dass es ihr das Herz zerriss. Seitdem hatte sie immer wieder versucht, ihn dazu zu bewegen, entweder eine eigene Firma zu gründen oder sich eine Stellung bei einer anderen Firma in einer anderen Stadt oder sogar in einem anderen Land zu suchen, um dem Druck seines Vaters zu entkommen. Es würde nicht schwierig für ihn sein, als Geowissenschaftler war er begehrt. Aber sie stieß auf Granit mit ihren Vorschlägen. Alles blieb beim Alten. Und die Hölle flackerte in seinen Augen.

Tief in Gedanken leerte sie ihr Glas. Marcus kämpfte weiterhin seinen einsamen Kampf auf der Tanzfläche. Ein Blick auf die Uhr und das ohrenbetäubende Krachen vorzeitig abgefeuerter Silvesterknaller zeigten ihr, dass die Jahreswende kurz bevorstand. Irgendwie musste sie Marcus dazu bewegen, die Party so schnell wie möglich zu verlassen. Im allgemeinen Getümmel würde es vermutlich nicht auffallen.

Sie ging hinüber zum Buffet, das ziemlich leer geplündert aussah, als wäre eine Horde Affen über das Essen hergefallen. Flüchtig dachte sie darüber nach, wie merkwürdig es war, dass Menschen, die regelmäßig und meist zu viel aßen, auf Partys offenbar vollkommen ausgehungert zu sein schienen. Sie nahm einen Teller und suchte aus den Resten etwas Appetitliches für Marcus zusammen, holte aus der bereitstehenden Kaffeemaschine zwei Espressi und stellte das Tablett auf dem Tisch ab.

»Marcus muss endlich was in den Magen bekommen, sonst haut ihn der Alkohol um. Ich bin sicher, er hat mittags allenfalls ein belegtes Brötchen gegessen«, erklärte sie Nicole, die mittlerweile ein paar Dutzend Champagnergläser zum Anstoßen füllte. Sie bahnte sich ihren Weg durch die Tanzenden zu Marcus. Er sah sie aus glasigen Augen an, schlang aber überraschend die Arme fest um sie, legte die Wange an ihre und wiegte sie mit geschlossenen Augen.

»Lass uns etwas essen!« Sie musste schreien, um die Musik zu übertönen, und wollte ihn zum Tisch bringen, doch Marcus zog sie auf den Balkon.

»Ich brauche frische Luft«, murmelte er. »Nur für einen Augenblick.« Mit dem Fuß schob er die Glastür zu, ehe Silke, die ein schulterfreies Kleid trug, Gelegenheit hatte, ihren Daunenmantel zu holen.

Ohrenbetäubendes Krachen, feurige Farbkaskaden und Funken sprühende Raketen begrüßten sie, und ein eisiger Windstoß wirbelte ihr die Haare hoch. Ein Kälteschauer lief ihr über die Haut. Fröstelnd drängte sie sich näher an Marcus. Dabei spürte sie, dass jeder Muskel seines Körpers zuckte, als stünde er unter Hochspannung.

»Was ist?«, fragte sie leise und streichelte seine Hand. Sie war schweißnass und eiskalt, und sie musste an die Schachtel mit dem Mittel gegen Angststörungen denken. »Friss es nicht in dich hinein«, bat sie. »Sag's mir. Vielleicht kann ich dir helfen, außerdem ist zu zweit alles leichter. Das Jahr ist fast zu Ende. Jetzt ist eine gute Gelegenheit dazu.«

Ohne Vorwarnung ließ er seine Faust gegen den Rahmen der Balkontür krachen, dass sie zusammenzuckte.

»Verdammte Scheiße!«, brüllte er und hieb abermals auf den Holzrahmen ein, dass die Scheiben schepperten.

Den Ausdruck hatte sie bisher noch nicht oft von ihm gehört. Was setzte ihm nur so zu, dass er derart seine Beherrschung verlor? Sein Hemd war schweißdurchtränkt.

Schweigend reichte sie ihm ein Papiertaschentuch. Wortlos nahm er es und rieb sich Gesicht und Hals trocken. Nach einem langen Blick hinaus über die Stadt, wo alle feierten, wandte er sich ab und sah sie an. Eine grüne Rakete explodierte in der Nähe, und das zuckende Licht gab ihm ein geisterhaftes Aussehen.

»Wir müssen unsere Verlobung absagen«, platzte es aus ihm heraus.

Sie hielt sich am Balkongeländer fest. »Wie bitte?«, flüsterte sie.

»Ich meine nicht … natürlich nicht … nur die Feier …« Hilflos verhedderte er sich in seinen Worten, verstummte, versuchte, ihr ungeschickt einen Arm um die Schulter zu legen, und kratzte ihr dabei über den nackten Oberarm.

Vor Schreck konnte sie ihn nur entsetzt anstarren, verstand sekundenlang nicht, was er gesagt hatte. Dann traf es sie wie ein Schlag. Abrupt schob sie ihn von sich und verschränkte die Arme vor der Brust. Wenn sie sich über etwas aufregte, verschaffte sie sich meistens in flammenden Gefühlsausbrüchen Luft, aber diese Ausbrüche waren wie ein stürmisches Sommergewitter – genauso harmlos und genauso schnell vorüber. Und die Versöhnung umso süßer.

Jetzt aber lag ihr ein harter Eisklumpen im Magen, ein Gefühl von Bedrohung stieg in ihr auf. Die Kälte war plötzlich aggressiv geworden, eine Kälte, die in die Knochen kroch und ihre Seele frieren ließ. Was versuchte er ihr zu sagen? Wollte er mit ihr Schluss machen? In ihrem Kopf überschlugen sich die Fragen, doch sie bekam kein Wort heraus.

»Bitte«, sagte er und wich ihrem Blick aus. Nervös rieb er seine Hände aneinander, stammelte etwas von einem dringenden Flug nach Südafrika und sah dabei zunehmend elender aus.

Der Eisklumpen in ihr wuchs. »Was?«, fuhr sie ihn an. Seine Worte hatte sie zwar gehört, aber nicht wirklich verstanden. »Willst du dich ... willst du dich von mir trennen?« Die letzten drei Worte brachte sie kaum über die Lippen.

Marcus sah sie verständnislos an. »Wovon redest du? Ich sagte, ich muss nach Südafrika.« Sein Blick wurde flehentlich.

»Warum?«, fragte sie und ließ ihre Stimme klirren.

»Was warum?«

»Warum musst du nach Südafrika fliegen?« Sie betonte jedes Wort. »Hör endlich auf herumzustottern. Spuck's aus, und zwar in allen Einzelheiten.«

»Geschäftlich, es ist wichtig.« Es klang lahm, und er sah dabei zu Boden.

Es dauerte eine Weile, bis sie die nächsten Worte mit zitterndem Herzen hervorpressen konnte. »Wichtiger als unsere Verlobungsfeier?«

»Was? Nein, natürlich nicht … doch … nein, aber es ist was schiefgegangen …« Mit einer hilflos wirkenden Geste brach er ab.

»Was willst du damit sagen? Verdammt, erklär mir das! Von Anfang an. Was ist passiert? Warum benimmst du dich, als wäre die Welt zusammengebrochen?« Ohne es zu bemerken, hatte sie geschrien.

Er antwortete nicht gleich, sondern blickte lange dem goldfunkelnden Schweif einer vorbeifliegenden Rakete nach. Sein Gesicht war kreidebleich geworden. Schließlich holte er tief Luft, als müsste er sich für den nächsten Schritt stählen. »Ich arbeite mit einer Mine in Südafrika zusammen, von denen ich termingemäß eine Lieferung seltener Erden bekommen habe«, begann er schließlich, »aber die Muster, die ich ziehen ließ, sind so minderwertig, dass ich sie nicht gebrauchen kann. Mein Kunde – es ist einer der größten Elektronikkonzerne in Deutschland – wird diese Qualität ablehnen.«

»Und das ist so schlimm, dass du unsere Verlobung absagen willst? Wenn das so ist, kauf dieses Zeug doch woanders ein.«

Marcus rieb sich mit beiden Händen übers Gesicht und sah sie verzweifelt an. »Wenn das so leicht wäre. So schnell bekomme ich keine ausreichenden Mengen heran, das ist das Problem, und der Markt ist ohnehin praktisch leer gekauft.«

Sie sah ihn ungeduldig an. »Und das ist ein Problem? Es gibt doch sicher noch mehr Firmen, die diese Erden – was immer das ist – gebrauchen können.«

»Nein … das heißt, ja es gibt Firmen, aber das nützt mir nichts, die wollen auch nur Premiumqualität.« Mit gequältem Ausdruck schüttelte er den Kopf. »Ich muss da runter, da stinkt etwas gewaltig zum Himmel. Die Analyse ergab, dass die Qualität des Musters im Gegensatz zu der, die dem Kaufvertrag mit meinem Kunden zugrunde liegt, deutlich minderwertig ist. Eine Kontrollanalyse brachte das gleiche Ergebnis, und ich vermute, dass das Zeug nicht aus der Mine stammt, von der ich bisher das Material bezogen habe. Ich habe sofort bei Rob Adams, dem Manager der Mine in Südafrika, angerufen und eine Erklärung verlangt, aber …« Er versank wieder in brütendem Schweigen.

»Und, was hat er gesagt?«

Marcus hieb überraschend mit einer Hand durch die Luft, als wollte er jemanden erschlagen. »Der Mann wand sich wie ein Aal. Der Typ ist mir ziemlich unsympathisch. Er ist laut und großspurig und schwer zu fassen. Ich habe ihn nur einmal persönlich getroffen. Das war bei der Unterzeichnung der Verträge hier in München. Sonst sprechen wir ab und zu am Telefon miteinander oder tauschen E-Mails aus. Selbst bin ich noch nie dort gewesen.« Er ballte die Fäuste. »Ich kann ihn nicht richtig einschätzen. Weder ihn noch die Situation in der Mine. Ich muss da runter …«

Ehe er weiterreden konnte, wurde hinter ihnen die Balkontür aufgestoßen. In einer Wolke von Alkoholdunst steckte Olaf den Kopf heraus. Seine grauen Augen waren glasig, die Pupillen hatten die Größe von Stecknadelköpfen.

»Oh, oh, Silke, was sehe ich da? Du stößt ja Rauchwolken aus. Meine Güte, du siehst aus, als ob du gleich explodierst … bumm«, rief er mit alkoholschwerer Stimme und klatschte die Hände zusammen. »Was ist denn mit euch los? Ihr streitet euch doch nicht etwa? Das geht gar nicht. Es ist Mitternacht, ihr solltet euch küssen, ihr seid doch das penetrant glücklichste Paar in unserer Runde.«

Er torkelte vorwärts, sein zum Kuss gespitzter Mund zielte auf Silkes, verfehlte ihn jedoch, sodass der Kuss auf ihrer Schulter landete. »Die ist kalt«, stellte er fest und tätschelte sie. »Du erfrierst mir noch, und ihr habt ja gar nichts zu trinken.« Er grinste sie an, wobei er offenbar Mühe hatte, seine Augen richtig zu koordinieren. »Warte mal, da gibt es ein tolles Lösch… tolles Lösch… mittel«, lallte er. »Ganz prima gegen Rauchwolken. Bin gleich wieder da!« Damit fiel die Balkontür zu.

Silke packte Marcus am Arm. »Lass uns nach Hause gehen.« Sie gab sich die größte Mühe, gefasst zu wirken. »Dann können wir in Ruhe über alles reden.«

Aber es war zu spät. Ehe sie entwischen konnten, war Olaf zurück. Über die Schulter hatte er ihre beiden Daunenmäntel geworfen, in den Händen balancierte er drei Gläser, die er auf einem schneebedeckten Tischchen abstellte. Er reichte Marcus seinen Mantel und hielt Silke ihren hin, damit sie hineinschlüpfen konnte.

»Hier, damit du mir nicht zum Eiszapferl erstarrst.«

Alkohol, vermischt mit durchdringendem Knoblauchgeruch, wehte ihr entgegen. Silke bog den Kopf angeekelt zur Seite, ließ sich aber in den Mantel helfen.

»Danke«, murmelte Marcus und zog seinen ebenfalls an.

Olaf hielt Silke ein Wasserglas, in dem eine klare Flüssigkeit schwappte, unter die Nase. »Cheers, fröhliches neues Jahr! Runter damit, da kringeln sich die Fußnägel nach oben.«

Sie beschnupperte das Glas misstrauisch. »Was ist das?«

»Rrrrussischer Wodka«, schnurrte Olaf. »Unter anderem.«

»Danke, ich will nichts«, sagte sie und schob ihn beiseite, aber Marcus schnappte sich das für ihn bestimmte Glas und leerte es mit einem Zug.

»Bah! Das ist ja scheußlich. Was ist denn das für ein Gesöff!«, murrte er und schüttelte sich.

Olaf grinste vergnügt. »So dit und dat, wie ihr Nordlichter sagt, aber alles hochprozentig, garantiert. Komm schon, Silke«, er rückte noch näher an sie heran und sah ihr tief in die Augen, »so gefällst du mir gar nicht … überhaupt gar nicht. Sonst bist du doch immer so … so süß …« Er leckte sich über die feuchten Lippen.

»Das täuscht gewaltig«, fiel ihm Marcus mit schiefem Lächeln ins Wort. »Überleg es dir gut, bevor du dich mit meiner Silky anlegst, kann ich dir nur raten. Wenn du gemein zu Kindern oder Tieren bist, wird sie zur Furie.«

»Ich …« Olaf würgte an einem Schluckauf. »Ich würde nie gemein zu Tieren sein.« Eine Hand aufs Herz gelegt, schenkte er ihr den treuherzigen Blick eines Betrunkenen.

»Hab ich dir eigentlich mal erzählt, wie wir uns kennengelernt haben?«, fuhr Marcus fort, ganz offensichtlich froh, nicht mehr allein Silkes Zorn ausgesetzt zu sein.

»Nah«, nuschelte sein Freund. »So intim sind wir noch nicht.«

»Lass das, das gehört jetzt nicht hierher«, fauchte Silke ihren Verlobten an und schob gleichzeitig Olaf weg, der ihr wieder auf den Leib gerückt war. »Zieh Leine, du störst, und mir ist kalt!«

Aber das schien Olaf nicht im Geringsten zu beeindrucken. »Fröh… fröhliches … neues Jahr«, gluckste er, zog sie mühelos an sich und versuchte abermals, sie zu küssen. Silke, die ihn in nüchternem Zustand sehr gern mochte, aber in diesem Moment zu aufgewühlt war und ihn einfach nur ätzend fand, hätte ihm am liebsten eine Ohrfeige verpasst.

Marcus schien nichts bemerkt zu haben, denn er beschäftigte sich hingebungsvoll damit, seinen Mantel zuzuknöpfen, was ihm bei seinem Alkoholpegel offenbar Schwierigkeiten bereitete. Dabei vermied er jeden Blickkontakt mit ihr. »Immer bleiben Knöpfe übrig, versteh ich nicht«, murmelte er stirnrunzelnd und gab auf.

Silke zog ein genervtes Gesicht. »Trink weniger, dann passt es auch mit den Knöpfen.« Mit ein paar Handgriffen schloss sie seinen Kragenriegel. Er neigte zu Halsentzündungen und Bronchitis.

»Na, nun erzähl schon. Wann hat's bei euch denn gefunkt? Wer hat wen angebaggert?« Olaf schaute von einem zum anderen.

»Also«, begann Marcus, »es war Anfang Juni vor zweieinhalb Jahren in Hamburg. Ich suchte die Adresse eines Geschäftsfreundes und bog in Eppendorf …«

»Winterhude«, zischte Silke. »Ich meine es ernst, hör jetzt auf. Wir haben weiß Gott andere Probleme.« Sie bemerkte, dass Olaf aufhorchte und sie mit neugierig funkelndem Blick musterte. Sie biss sich auf die Lippen. Wusste Olaf von ihren Schwierigkeiten, wusste es jeder. »Lass es einfach«, sagte sie leise, wich aus, als Marcus sie streicheln wollte.

Hinter ihnen stieg eine Rakete hoch und zerbarst in Millionen goldener Sterne, die langsam auf die schneebedeckte Straße hinunterschwebten. Marcus beobachtete den Glitzerregen, der sich für Sekunden in Silkes Augen spiegelten.

»Es war der Augenblick, in dem ich mich unsterblich in dich verliebt habe«, flüsterte er »Der glücklichste Augenblick in meinem Leben.« Er startete einen zaghaften Versuch, ihre Hand zu ergreifen. Als sie es geschehen ließ, atmete er hörbar auf.

»Okay, du hast sie also kennengelernt, wie auch immer, das ist ja sch… egal, oder? Und wie ging's weiter?«, lallte Olaf. »Seid ihr gleich in die Koje gesprungen?«

»Idiot«, murmelte Silke. »Ständig nur das eine im Kopf.«

Olaf grinste selig. »Na, immer doch.« Bevor sie sich wehren konnte, griff er unter ihren Mantel, schob ihr seine Hand in den Ausschnitt und ließ sie über ihre bloße Haut gleiten.

»Olaf!«, zischte sie.

Marcus allerdings reagierte völlig überraschend. Seine Hand schoss blitzschnell vor, packte Olafs Handgelenk, drehte es ruckartig um, dass sein Freund aufjaulend vor Silke in die Knie ging. Gleichzeitig hob er die Faust und hätte ihm wohl ins Gesicht geschlagen, wenn Silke ihm nicht in den Arm gefallen wäre. Mehr erschrocken als wütend packte sie ihn am Mantelkragen.

»Hör auf, was ist los mit dir?«, rief sie und schüttelte ihn wie damals den Radfahrer, bis er wieder zur Besinnung kam und die Faust sinken ließ. Bestürzt hielt sie ihn weiter fest. Noch nie in ihrer Beziehung hatte er irgendwelche Anzeichen von Aggressivität gezeigt.

Olaf zog sich am Balkongeländer wieder hoch und starrte ihn an. »Sag mal, was ist eigentlich los mit dir?«

»Ja, was ist nur los mit dir«, flüsterte Silke, meinte aber etwas ganz anderes als Olaf.

»Lass einfach deine Finger von Silke«, knurrte Marcus, »dann gibt's auch kein Problem, kapiert?«

»Okay, okay«, murrte Olaf aufsässig.

»Marcus?«, sagte Silke leise.

Er antwortete nicht. Abwesend verfolgte er die Schneeflocken, die im leuchtenden Raketenregen leise vom Himmel fielen.

»Alles in Ordnung«, flüsterte er schließlich und legte ihr ganz vorsichtig den Arm um die Schultern, als erwartete er, dass sie sich wehren würde.

Das tat sie nicht, sondern lehnte sich an ihn, spürte seine Körperwärme, spürte aber auch sein inneres Zittern. Sie bemerkte, dass Tränen in seinen Augen schimmerten, und erschrak. Irgendetwas musste ihn völlig aus der Bahn geworfen haben. Geweint hatte er in ihrer Gegenwart noch nie. Stumm drückte sie seine Hand.

»Lass uns gehen«, sagte sie leise und hakte sich bei ihm unter. »Es ist jetzt Viertel vor zwei, und du hast einen harten Tag gehabt«, fügte sie hinzu, als er zögerte. »Morgen kannst du ausschlafen, und du wirst sehen, dann wird die Welt wieder in Ordnung sein.«

»Sicher«, sagte Marcus tonlos.

Sie waren nicht die Ersten, die sich verabschiedeten, wie sie schnell feststellte. Die Reihen hatten sich schon deutlich gelichtet, nur der harte Kern saß noch an der Bar.

Silke verzog das Gesicht. Ab jetzt würde das Ganze in ein grandioses Besäufnis ausarten, und dazu hatte sie überhaupt keine Lust. »Komm, wir verabschieden uns«, sagte sie und zog Marcus zur Bar.

Olaf und Nicole versuchten, sie zum Bleiben zu überreden, aber es gelang ihr, sich loszureißen und Marcus in die Diele zu bugsieren. Dort zog Silke ihre High Heels aus und die Stiefel an, Marcus lehnte derweil nur mit leerem Blick an der Wand.

»Du bist so blau, dass du schon schielst«, sagte sie genervt. »Zieh deine Schuhe an.«

Ihre Schals lagen über ihr in der Garderobenablage, sie nahm sie herunter und warf ihm seinen zu, den er prompt verfehlte. Ihren wickelte sie sich fest um.

Marcus brummte etwas, während er sich nach Schal und Schuhen bückte. »Ich schiel überhaupt nicht«, protestierte er.

3

Vor der Haustür schlug ihnen ein schneidend kalter Wind entgegen. Silke zog ihren Mantel fester am Hals zusammen, mühte sich, ihr langes Kleid so zu raffen, dass es nicht im Schneematsch schleifte.

»Fahr du, ich glaub, ich bin zu besoffen«, sagte Marcus, fummelte den Autoschlüssel hervor und ließ sich schwer auf den Beifahrersitz fallen.

»Ach, merkst du das auch schon?«, spottete sie und startete den Motor.

Fröhliches Gelächter lenkte ihren Blick auf den hell erleuchteten Eingang einer Bar, aus dem eine lärmende Menschenmenge hervorquoll. Offenbar war auch da gerade eine Silvesterfeier zu Ende gegangen. Nur noch ab und zu stieg eine Rakete in den dunklen Himmel.

Sie stellte den Scheibenwischer an und legte den Gang ein, streifte dabei Marcus mit einem Seitenblick. Die Lippen blutleer gepresst, die Augen bodenlose schwarze Löcher, saß er stumm neben ihr. Sie berührte seinen Oberarm. Seine Muskeln fühlten sich noch immer an, als wären sie aus Holz geschnitzt. Impulsiv wandte sie sich ab. Sie wollte es ihm nicht antun, dass sie zusah, wie er buchstäblich seelisch auseinanderfiel. Aber eine unscharfe Vorahnung, die wie ein kalter Nebel in ihr hochkroch, veranlasste sie, den Gang wieder herauszunehmen.

»Das mit der Mine war doch nicht alles, oder?«, fragte sie und war froh, dass ihre Stimme nichts von der inneren Unruhe verriet. »Irgendetwas quält dich noch viel mehr, das sehe ich! Lass uns darüber reden. Du bist doch nicht allein auf der Welt. Ich liebe dich, und vielleicht kann ich dir helfen. Es gibt für alles eine Lösung.«

Hoffentlich, dachte sie, denn so hatte sie ihn noch nie erlebt. Bisher hatte er ihr stets Halt gegeben.

Ohne zu antworten, stierte er hinaus in die tintenschwarze Winternacht.

Silke wartete mit angehaltenem Atem. »Marcus«, sagte sie schließlich. »Hast du mich überhaupt verstanden?«

»Ich werde diesen Kunden verlieren«, stieß er plötzlich hervor, aber so leise und undeutlich, dass Silke ihn kaum verstand. »Und da sein Auftragsvolumen gut achtzig Prozent meines Jahresumsatzes ausmacht, wird es mir finanziell wohl das Genick brechen. Geschäftlich und privat. Ganz abgesehen davon, dass mein Vater mich an die Wand nageln wird, bevor er mich rauswirft. Mindestens einmal wöchentlich muss ich mir von ihm anhören, was er über meine Fähigkeit, die Firma zu führen, denkt. Er sucht doch schon lange nach einem Anlass, mich loszuwerden. Jetzt hat er ihn.«

Fassungslos starrte sie ihn an. »Was … was soll das genau heißen?«, stammelte sie.

Marcus kaute auf seiner Unterlippe. »Ich weiß nicht, wie ich dir das erklären soll«, flüsterte er endlich.

Um einen Halt zu haben, verschlang sie die Finger ineinander, spürte, wie kalt und klamm sie waren, konnte nicht mehr atmen, weil ein tonnenschweres Gewicht ihr Herz zusammenpresste. »Sag's einfach«, krächzte sie. »Benutze Worte dafür. Ich verstehe Deutsch.«

Er heftete seinen Blick auf seine verkrampften Hände, und als er zu sprechen begann, war es in einem tonlosen Singsang. »Es ist eine ganz simple Sache: Wenn ich diesen Kunden verliere, wird mein Vater mich aus der Firma werfen, garantiert. Und dann habe ich kein geregeltes Einkommen mehr. Unsere Rücklagen reichen vielleicht für ein paar Monate oder so, wenn wir vorsichtig sind.« Seine Stimme schwankte. Tränen sammelten sich in seinen Augenwinkeln.

Silke sah es, und ihr wurde schwindelig. Sie drückte eine zitternde Hand auf den Mund, denn genau dieses Trauma hatte sie schon einmal erlebt. Anfang zwanzig war sie gewesen, und es hatte sie umso härter getroffen, weil die größte Sorge ihres damaligen Lebens ihre Abiturnote gewesen war. Ob sie es unter einem Durchschnitt von eins Komma fünf schaffen würde.

Sie hatte es geschafft und war daraufhin mit ihrer besten Freundin Andrea im Auto, das ihr Vater ihr zum achtzehnten Geburtstag geschenkt hatte, für den größten Teil eines Jahres durch Europa und England gebummelt. Kaum war sie zurückgekehrt, wurde sie von entfernten Verwandten nach Kalifornien eingeladen.

Dort hatte sie sich erst in San Diego und dann in Tony verliebt, der sich in einer Endlosschleife Wiederholungen von *Easy Rider* reinzog und irgendwie aus der Zeit gefallen war. Ständig angenehm bekifft, wanderten sie ziellos umher. Im Grand Canyon zog sie sich den schlimmsten Muskelkater ihres Lebens und Blasen von Pflaumengröße an den Fersen zu, die aber auf den wochenlangen Greyhound-Touren mit Tony kreuz und quer durch das riesige Land wieder heilten. Irgendwann landeten sie in Mexiko. Tony begann harte Drogen zu nehmen, bestahl sie und versuchte schließlich, sie auf den Strich zu schicken, weil er Geld für seine Sucht brauchte. Angewidert floh sie in die adrenalingeladene Atmosphäre New Yorks, um den Schmutz abzuschütteln. Und um Tony ein für alle Mal zu vergessen.

Ernüchtert und mit einem gemeinen Tinnitus, der in direkten Zusammenhang mit der Lautstärke in den dortigen Discos zu bringen war, kehrte sie endlich ins vergleichsweise idyllische Hamburg zurück. Ihre Abenteuerlust war vorerst gestillt.

Der Tinnitus verschwand irgendwann, kehrte nur bei großem Stress für kurze Zeit zurück. Sie studierte Literatur und Kunstgeschichte, weil das ihre Leidenschaft war, und Pharmazie, weil ihr

Vater von ihr erwartete, dass sie seine Apotheke übernehmen würde. Ihre Zukunft war gesichert, ihr Leben sorglos und bis zu diesem Zeitpunkt mehr als angenehm gewesen.

Kurz vor ihrem zweiundzwanzigsten Geburtstag ging ihr Vater durch riskante Immobiliengeschäfte Knall auf Fall pleite. Mit keiner Regung hatte er sich anmerken lassen, dass ihm das Wasser bis zum Hals stand. Innerhalb kürzester Zeit verlor er alles – die Apotheke, das große Haus im Alstertal und auch das Ferienhaus auf Sylt. Eine nicht aufzuhaltende Lawine überrollte die Familie und begrub sie unter sich.

Als ihre Mutter herausfand, dass er außer seiner Lebensversicherung alles verpfändet hatte, einschließlich ihrer Altersvorsorge, machte sie ihm in der Küche eine ungeheure Szene. Als der Streit tobte, hatte sie im Wohnzimmer gesessen und sich unter dem Worthagel gekrümmt, als würde sie geschlagen. Jedes Wort, das ihre heile Welt wie eine Abrissbirne traf, hatte sie mitbekommen. Starr vor Schreck, fast taub vom wieder aufgeflammten Tinnitus, konnte sie nur hilflos zuhören.

Irgendwann dröhnten die schweren Tritte ihres Vaters auf der Holztreppe, als er ins Schlafzimmer rannte. Ihre Mutter keifte ihm hinterher, benutzte dabei Worte wie Hammerschläge. Mit beiden Händen hatte Silke sich die Ohren zugehalten, aber es dämpfte den Schrecken nur wenig. Dann hatte die Schlafzimmertür geknallt, und in die tonnenschwere Stille war ein Schuss durchs Haus gepeitscht. Ihre Mutter war ebenfalls nach oben gerannt, und Sekunden später hatte sie zu schreien begonnen.

Silke umklammerte das Lenkrad. Diese Schreie würde sie bis ans Ende ihres Lebens nicht vergessen, auch nicht, was danach geschah. Irgendwann kamen Polizei, Notarzt, Sanitäter. Eine Woche später war die Beerdigung, dann kamen die Gläubiger. Allen voran die Banken. Als sie abgezogen waren, stand die Familie vor dem absoluten Nichts. Sie reagierte auf den Schock, indem sie sich seelisch abschottete. Sie konnte nichts fühlen, funktionierte rational, aber automatisch. Ihre Freunde kommentierten ihre offensichtliche Nervenstärke. Später sollte sie sich an diese Zeit immer nur bruchstückhaft erinnern.

Ihre Mutter musste eine Stelle an der örtlichen Supermarktkasse annehmen und starb jedes Mal fast vor Scham, wenn jemand aus ihrem früheren Leben in den Laden kam und sie erkannte. Sie wurde einfach nicht damit fertig, dass sie all ihre Statussymbole verloren hatte, keinen Mercedes mehr fuhr, sondern Fahrrad. Ein gebrauchtes Fahrrad. Weil sie nicht mehr mit ihren Golf spielenden Freunden mithalten konnte, zog sie sich von allen zurück. Ihr Liebling, Silkes Bruder, wanderte nach Australien aus, und Silke musste ihr Studium abbrechen, um genug für ihren eigenen Unterhalt und einen Zuschuss für ihre Mutter zu verdienen.

Das war der Zeitpunkt, als sie herausfand, dass sie ein Kind von dem Mann erwartete, mit dem sie Schluss gemacht hatte. Wegen der Gesetzeslage in Deutschland flüchtete sie nach England, wo die Abtreibungspille bereits zur Verfügung stand, und tat, was sie tun musste. Angesichts ihrer finanziellen Lage wusste sie keinen anderen Ausweg. Sie musste sofort Geld verdienen, und die Vorstellung, dabei ein Kind großzuziehen, stieß sie fast in den seelischen Abgrund.

Mit keinem Menschen hatte sie über ihre Situation geredet, auch nicht mit Andrea. Sie konnte es einfach nicht, obwohl sie sich eigentlich immer alles erzählten. Mit aller Kraft verdrängte sie das, was sie in England getan hatte, aber wenn ihr innerer Schutz mal nicht funktionierte und ihre Gedanken diese Wunde dennoch berührten, drückten ihr Trauer und schlechtes Gewissen die Kehle zu.

Zurück aus England rief sie ehemalige Freunde und Kollegen ihres Vaters wegen einer Anstellung an. Man versprach ihr, sich umzuhören, aber niemand rief zurück. Sie nahm es ihnen nicht übel. Die Wirtschaft befand sich in einer Krise, überall gab es reihenweise Entlassungen, da war ihr klar, dass ihre Chancen schlecht standen.

Also durchforstete sie Stellenanzeigen, schraubte ihre Ansprüche nach und nach auf den Nullpunkt und reihte sich schließlich in die lange Schlange im Arbeitsamt ein. Doch niemand wollte eine junge Frau, die sich zwar in deutscher Literatur und Kunstgeschichte auskannte und zweieinhalb Semester Pharmazie studiert hatte, ansonsten aber nichts vorweisen konnte.

Schließlich hatte sie eine sehr mäßig bezahlte Anstellung als Verkäuferin in einer Boutique gefunden – von den Erzeugnissen der angesagtesten Modedesigner verstand sie etwas und von den Frauen, die sie kauften, auch. An den Wochenenden arbeitete sie zusätzlich als Museumsführerin, was ihr sehr viel Spaß machte, und ergatterte, wenn auch sehr selten, Aufträge als externe Lektorin.

Die Zeit war beinhart gewesen, aber sie hatte sich durchgebissen, und darauf war sie stolz. Die Eigentümerin einer Kette von vier hochklassigen Boutiquen in Hamburg und Sylt sprach sie auf der lokalen Modemesse an und übertrug ihr kurz darauf die Leitung der Filiale in Hamburgs Innenstadt. Der Laden florierte, hauptsächlich wegen Silkes sicherem Stilempfinden und ihrer Art, auch Frauen mit einer nicht idealen Figur so gut zu beraten, dass sie ihn mit einem glücklichen Lächeln und einer schwarzen Einkaufstüte verließen. Und gern und oft wiederkamen.

Sie unterstützte ihre Mutter mit einer substanziellen Summe, aber diese erholte sich nie wieder von diesem Schicksalsschlag und starb vor fünf Jahren. Nach ihrem Tod hatte Silke zu ihrer Überraschung drei Schmuckstücke in einem Kilo Zucker versteckt gefunden, die ihre Mutter anscheinend für wirklich harte Zeiten heimlich beiseitegeschafft hatte. Der Erlös reichte für das Begräbnis und eine Spende für die Kinderkrebsstation im Universitätsklinikum in Hamburg. Vielleicht, so hoffte sie, konnte sie damit ein Leben retten. Ein Leben für das, das sie auf dem Gewissen hatte.

Silkes Bruder war nicht zur Beerdigung erschienen. Der Flug sei ihm zu teuer, schrieb er. Ihre Cousine Kathrin hatte einen Tag zuvor ihr erstes Kind bekommen und war deswegen verhindert gewesen. Die Freunde ihrer Mutter von früher hatten gedruckte Beileidskarten geschickt. Ihre Kollegen aus dem Supermarkt allerdings kamen fast vollzählig.

Und natürlich ihre Großeltern, die auf Amrum lebten. Mit rot geweinten Augen hatten sie jeder einen Arm um Silke gelegt, und so hatte sie die Beerdigung durchgestanden.

Abwesend beobachtete sie die wirbelnden Schneeflocken, die auf die Autoscheibe fielen. Das alles wollte sie nicht noch einmal durchmachen. Damals war sie abrupt aus ihrem behüteten Leben gerissen worden, und damals war sie allein gewesen. Jetzt war sie es nicht. Sie blickte zu Marcus. Jetzt hatte sie etwas, wofür es sich zu kämpfen lohnte.

Unbewusst kaute sie auf dem Nagel ihres Zeigefingers. Marcus war ein sehr vorsichtiger Geschäftsmann, hatte sie festgestellt. Wenn er sagte, dass seine Rücklagen nur ein paar Monate ausreichen würden, war das bestimmt übertrieben. Da war sie sich sicher. Oder untertrieben, das kam auf den Blickpunkt an. Im letzten Jahr war er an der Börse recht erfolgreich gewesen. Genaues wusste sie nicht. Über seine finanziellen Verhältnisse redete er nie, über die Firma nur selten. Als sie sich kennenlernten, hatte sie ihn gefragt, womit er sein Geld verdiente. Aber er wollte mit ihr nicht über Geschäfte reden. Mit ihr wolle er fröhlich sein, hatte er gesagt. Unbeschwert. Mit ihr wolle er lachen.

»Ich will meine Seele bei dir ausruhen«, hatte er geflüstert und sie geküsst.

Und so war es bisher gewesen. Sie redeten nicht über Geld. Natürlich hatte sie in Hamburg etwas gespart, aber das tastete sie nicht an. Aus dem Drama mit ihrem Vater hatte sie gelernt, an die Zukunft zu denken und vorsichtig mit Geld umzugehen. Vorerst verdiente sie es in München als freischaffende, deutlich unterbeschäftigte Lektorin und vertrat halbtags die Eigentümerin einer kleinen, sehr feinen Boutique, die weit über die Grenzen Münchens hinaus als Geheimtipp galt. Es reichte für Bücher, Kleidung und kleine Extras und ihren Teil vom Haushalt. Darauf hatte sie bestanden. Marcus hatte das anfänglich lachend abgewehrt, ihr versichert, dass er mehr als genug für sie beide verdiente, aber schließlich hatte er begriffen, dass sie ihre Unabhängigkeit brauchte. Nur die Miete, die sie ihm anbot, nahm er nicht an.

»Das Haus gehört …«, er zögerte fast unmerklich, »gehört mir«, fuhr er fort. »Sonst zwingst du mich, dich als Haushaltshilfe zu bezahlen.«

Ihre Kabbelei war in Gelächter untergegangen, und als sie dann im Bett landeten, fühlte sie sich unglaublich geborgen.

Marcus' Sicherheitsbedürfnis schien fast noch größer zu sein als ihres. Deswegen, so versuchte sie sich selbst zu überzeugen, konnte die Lage so dramatisch nicht sein. Schließlich gehörte ihm das Haus in Thalkirchen, sie saß im Augenblick am Steuer seines Porsche Cayenne, sie gingen häufig in ziemlich teure Restaurants und ins Theater. Also musste Geld vorhanden sein. Dem musste sie auf den Grund gehen.

»Bevor alle Stricke reißen, könntest du ja das Haus verkaufen, das dürfte doch ziemlich viel wert sein«, bemerkte sie, aber der Satz blieb unbeantwortet. »Marcus?« Plötzlich erinnerte sie sich an die winzige Pause, die er eingelegt hatte, bevor er sagte, dass das Haus ihm gehöre, und sie konnte nicht verhindern, dass ihre Stimme plötzlich brüchig wurde. »Dein Haus. Was ist damit?«

»Es gehört meinem Vater.«

»Und das Auto?«

»Ist geleast. Spart Steuern.« Er hatte das Gesicht in den Händen vergraben. Die Worte klangen dumpf durch seine verschränkten Finger.

Silke holte tief Luft. »Okay«, sagte sie ruhig, »diese Sache werden wir zusammen durchziehen. Dein Vater muss davon nichts erfahren. Es muss endlich Schluss sein mit seiner Tyrannei. Vielleicht ist es die beste Gelegenheit, um dich von ihm zu befreien.«

Gerade in diesem Augenblick teilte der Wind die schweren Wolken, Mondlicht floss über die Stadt und verwandelte den Schnee in einen Überwurf aus glitzernden Diamanten. Silke sah in die funkelnde Märchenlandschaft hinaus. Das Feuerwerk war verstummt, und die Geräusche der Stadt sanken zu einem Flüstern. Ruhe breitete sich in ihr aus.

»Ich habe schon einiges von der Welt gesehen«, sagte sie leise und mehr zu sich selbst, »aber nach Afrika bin ich noch nie gekommen. Und im Januar ist das Modegeschäft mausetot. Ich könnte locker freibekommen.« Ihr Ton machte den letzten Satz zu einer Frage.

Marcus sah sie erstaunt an. »Seit wann träumst *du* denn von Afrika? Das ist mir ganz neu.«

»Ach.« Sie machte eine vage Handbewegung. »Jeder träumt doch mal von Afrika. Zurück zu den Ursprüngen, zu den Wurzeln der Menschheit. Die unendliche Freiheit spüren, von der alle schwärmen, einmal Nelson Mandelas Lächeln live erleben ... Ich hatte mal vor, Afrika mit einer Freundin von Nord nach Süd zu durchqueren. Mit dem Fahrrad, aber irgendwie ist mir was dazwischengekommen, und ich bin woanders hängen geblieben.« In Mexiko mit Tony.

»Mit dem Fahrrad durch Afrika?« Sein Ton war bemüht ausdruckslos. »Ein bisschen naiv, oder? Davon hast du mir noch nie etwas erzählt.«

»Es gab tatsächlich schon ein Leben vor dir«, spottete sie sanft, »und wir haben ja noch alle Zeit der Welt, uns alles voneinander zu erzählen. Immer sutje, sutje, wie wir Küstenbewohner sagen.«

Sie verfielen beide in Schweigen. Marcus spielte abwesend mit seinem Verlobungsring, Silkes Blick wanderte abermals hinaus in die kalte Winternacht. Aber sie nahm die Schönheit des frisch gefallenen Schnees nicht wahr, sondern blickte in eine andere Welt, spürte Wärme, sah sonnenüberflutete Weite vor sich, endlosen Himmel.

»Afrika!«, rief sie plötzlich aus. »Afrika ... Herrgott, die Natur muss grandios sein und der Himmel über Afrika. Das letzte Paradies ...« Ihre Stimme verlor sich.

»Hitze, Staub und Dreck«, entgegnete Marcus lakonisch.

Die sonnenüberfluteten Weiten verdunkelten sich schlagartig. Sie fuhr herum. »Sei nicht so zynisch. Ich würde gern mitkommen, das alles mit dir teilen. Ich möchte die Dörfer der Eingeborenen besuchen, ich möchte sehen, wie sie leben, ihre Bräuche kennenlernen. Es soll dort Medizinfrauen geben, die ein Kraut für jede Krankheit haben, habe ich gehört. Das ist doch ungeheuer spannend! Und ich liebe es, in fremden Ländern über einheimische Märkte zu bummeln.«

Marcus brummte in sich hinein, erwiderte jedoch nichts, sondern verschränkte die Arme vor der Brust. Sein Blick verlor den Fokus, sein Gesichtsausdruck wurde leer.

Silke beobachtete, wie er sich vor ihren Augen in sein Inneres zurückzog. Unerreichbar für sie. Sie wartete. Unruhig, ungeduldig, aber sie schwieg eisern. Nach langen stummen Minuten hob er langsam die Lider, und Silke kam es vor, als würde er aus der bodenlosen Tiefe eines dunklen Meeres auftauchen, aus einer Welt, zu der sie keinen Zugang hatte.

»Diese Seite von dir kenne ich überhaupt noch nicht. So ... schwärmerisch.« Er nahm ihre Hand.

Sie spürte, dass er ihr den empfindlichen Daumenballen kitzelte. Ich möchte mit dir schlafen, hieß das. Ihr geheimes Zeichen. Mitten in einem vollen Restaurant oder auf einem Treffen mit Geschäftsleuten hatte er ihr so seine Liebe erklärt, und dann konnten sie es kaum abwarten, endlich allein zu sein.

Sie entzog ihm ihre Hand und steckte sie in die Manteltasche. »Wie ich sagte, es gibt manches an mir, das du von mir noch nicht weißt«, entgegnete sie kühl, weil sie enttäuscht war, dass er sie so offensichtlich ausschloss.

Marcus warf ihr einen unergründlichen Blick zu. »Mach dir nicht zu viel vor. Afrika ist nicht wirklich das Paradies, wie du das zu glauben scheinst. Es ist ein gewalttätiger Kontinent. Aids, Morde, Kidnapping und Vergewaltigungen am laufenden Band.«

Seine Bemerkung wirkte wie eine kalte Dusche. »Und woher willst du das wissen?«, fiel sie ihm aufgebracht ins Wort und hob rebellisch das Kinn. »Das ist doch Unsinn. Warum versuchst du, mir das Ganze von vornherein kaputt zu machen?«

Einen winzigen Moment lang zögerte er. »Das liest man doch überall. Selbst deutsche Zeitungen sind ständig voll davon«, wich er ihrer Frage aus. »Ich will nur nicht, dass du enttäuscht wirst.«

»Ach, Journalisten schreiben viel, um ihre Zeitung vollzukriegen«, rief sie, »und immer gerade das, was aktueller Trend ist, das ist doch bekannt. Ich habe längst aufgehört, das zu lesen. Ich will selbst herausfinden, was stimmt«, fügte sie trotzig hinzu. »Ich bin sicher, das ist alles maßlos übertrieben. Heutzutage kannst du doch nichts mehr glauben. Fotos schon gar nicht. Aber ich will mich dir schließlich nicht aufdrängen. Sag doch einfach, wenn du mich nicht dabeihaben willst.«

Wie einen Fehdehandschuh schleuderte sie ihm den Satz vor die Füße, aber innerlich zitterte sie. Unvermittelt war ihr, als würde ihr das Glück mit Marcus wie Wasser durch die Finger zerrinnen. Ein Kloß wuchs in ihrer Kehle.

Mit verständnislosem Stirnrunzeln sah er sie an. »Aber ich habe doch den Flug schon für dich gebucht … und ein tolles Hotel … hab ich jedenfalls vor«, stammelte er. »Superluxuriös.«

Verblüfft sah sie ihn an. »Da ist ja wieder mal typisch«, platzte sie heraus, schwankte zwischen jäh aufflammender Freude und einer nicht wirklich greifbaren Angst. »Woher sollte ich das denn wissen? Du hast kein Wort davon erwähnt. Hast du geglaubt, ich kann deine Gedanken lesen?«

Er aber hob nur in einer hilflosen Geste die Hände und glitt wieder in Schweigen ab, schien sich immer schneller, immer weiter von ihr zu entfernen.

Schließlich hielt sie es nicht mehr aus, bereute, dass sie sich nicht beherrscht hatte. »Rede mit mir«, flüsterte sie. »Bitte.«

Marcus' Miene war ohne Ausdruck, und Silke hatte Mühe zu atmen. Doch auf einmal lehnte er sich vor, hauchte das Fenster an, malte ein Herz aufs Glas und ihren Namen hinein.

Silky.

»Ich liebe dich«, flüsterte er. »Mehr als alles auf der Welt, vergiss das nie, ganz gleich, was passiert.«

Silke konnte nicht sprechen. Sie betrachtete das Herz, das nach und nach seine Form verlor und schließlich in Tropfen die Scheibe herunterlief.

Endlich löste sich der Kloß in ihrer Kehle. »Südafrika«, sagte sie leise, ihren Blick auf eine Welt jenseits der Kälte gerichtet. »Da ist doch zu dieser Zeit Sommer, oder? Heißer, afrikanischer Sommer.«

»Ja, natürlich. Das heißt, ich glaube schon …«, stotterte er, »es liegt ja auf der südlichen Halbkugel.«

Stumm sahen sie sich an. Auf Marcus' Zügen kämpften Hoffnung und Zweifel miteinander.

»Ich habe nichts anzuziehen«, stellte sie schließlich fest.

Erst begriff er ihre Worte offenbar nicht, aber dann schien eine Bürde von ihm abzufallen. Langsam breitete sich ein Lächeln auf seinem Gesicht aus. Es begann in seinen Mundwinkeln, erreichte seine Augen und brachte sie zum Strahlen. Er beugte sich zu ihr und küsste sie hingebungsvoll auf den Mund.

»Du hast Zeit bis Mittwochmorgen«, murmelte er, seine Lippen auf ihren.

Mit einer energischen Bewegung machte sie sich von ihm los. »Und ich will den Ozean sehen, einen richtigen Ozean, nicht nur einen wie die Nordsee. Wenn schon, denn schon.«

Marcus streckte seine Beine aus und legte die Hände hinter den Kopf, seine Miene war ausdruckslos. Sein Schweigen dauerte an, bis sie abermals die Geduld verlor.

»Was ist – geht das nicht? Südafrika ist doch umgeben vom Meer. Wir könnten nach Kapstadt fahren.«

Ein Ruck durchlief ihn. »Warte einen Augenblick, ich muss was überlegen … Kapstadt liegt geschätzte eineinhalbtausend Kilometer von der Mine entfernt, und dahin muss ich zuerst. Aber die liegt im Herzen von KwaZulu-Natal, in Zululand, und das grenzt im Osten an einen Ozean, der diesen Namen wirklich verdient. Der Indische Ozean …«

Er ließ den Satz in der Luft hängen, und für eine Sekunde leuchtete ein Ausdruck aus seinen Augen, den sie vorher noch nie gesehen hatte. Etwas wie ein tiefes Verlangen, stellte sie erstaunt fest. Aber das ergab keinen Sinn. Vermutlich hatte sie sich geirrt.

»Also, der Indische Ozean … wie weit ist es dorthin von der Mine?«

Er zuckte die Schultern. »Weiß ich nicht genau. Zwischen achtzig und hundert Kilometern Luftlinie, schätze ich. Die Mine ist mitten im Busch. Es soll dort ziemlich heiß sein, du wirst also leichteste Sommerkleidung und was Passendes für eine Buschwanderung brauchen. Und feste Schuhe.«

Damit hatte er ihr eine Steilvorlage für die wichtigste Frage gegeben, nämlich ob aus der Aussage über seine finanzielle Lage nur sein übertriebenes Sicherheitsbedürfnis sprach oder ob sie wirklich katastrophal war. Es war sinnlos, ihn direkt zu fragen. Mit Sicherheit würde er versuchen, sich hinter irgendeinem albernen Scherz zu verschanzen. Es gab nur einen Weg, die Wahrheit herauszufinden. Listig und hintenherum. Das war eigentlich nicht ihre Art, aber manchmal ging es eben nicht anders.

»Na, hoffentlich hält das meine Kreditkarte noch aus.« Wie angelegentlich prüfte sie den Lack auf ihren Fingernägeln. »Wie du weißt, habe ich gerade die Rechnung für unsere neue Couch bezahlt, und jetzt ist meine Karte etwas notleidend.«

Die Couch war teuer gewesen, aber Marcus hatte sich in das schöne Stück verliebt. Er wollte es haben, also wurde es gekauft. So lief das meistens. An dem Tag aber hatte er sein Portemonnaie zu Hause vergessen, und natürlich hatte sie ihre Kreditkarte gezückt, hatte jedoch wie er vergessen, ihr Konto mit der Hälfte des Betrages wieder auszugleichen. Angespannt wartete sie auf seine Antwort.

Für den Bruchteil einer Sekunde fiel sein Gesicht in sich zusammen, und sie hielt alarmiert die Luft an. Abwesend fuhr Marcus durch seine kurzen Haare, wie er es immer tat, wenn ihm etwas unangenehm war. Aber schließlich nickte er, als wäre er für sich zu einem grundlegenden Entschluss gekommen. Er zog seine Brieftasche aus der Jackentasche, nahm seine goldene Kreditkarte heraus, wendete sie abwesend hin und her und steckte sie wieder ein.

»Entschuldige, dass ich das vergessen hatte. Ich überweise dir den Betrag sofort.«

»Die Hälfte des Betrages. Nicht alles. Schließlich sitze ich ja auch auf der Couch, und das jeden Tag.«

»O ja, das hätte ich beinahe vergessen. Vielleicht sollten wir die Zeiten notieren, wer wann und wie lange darauf sitzt?« Ein Lächeln blitzte in seinen Augen auf.

Vor Erleichterung wurde ihr ganz schwindelig. Es war doch nicht so schlimm. Mit einem kleinen inneren Hüpfer von Vorfreude fuhr sie aus der Parklücke heraus. Marcus lehnte den Kopf zurück und schloss die Augen. Ein kurzer Blick auf seinen verkniffenen Mund, die zusammengezogenen Brauen, sagte ihr jedoch, dass er nicht schlief. Der Wagen schlingerte kurz, sie konnte gerade noch gegensteuern und musste ihre volle Aufmerksamkeit auf die schneeverkrustete Straße richten. Mit Marcus' kompliziertem Seelenleben würde sie sich befassen, wenn sie ohne Unfall durch das dichte Schneetreiben zu Hause angelangt waren.

Das Wochenende verbrachte Silke damit, den Freunden, die sie zur Party eingeladen hatten, über Facebook und per E-Mail Bescheid zu sagen, dass die Feier verschoben werden musste. Aus dringenden geschäftlichen Gründen. Was ja absolut der Wahrheit entsprach. Sonst sagte sie nichts. Andrea in Hamburg und Nicole Haslinger rief sie an, und natürlich auch ihre Großeltern.

Ihr Großvater war am Telefon. Seine raue Stimme, die knarrte wie die Wanten seines Kutters, erweckte Erinnerungen an Abende am Kaminfeuer, duftende Bratäpfel, an Geborgenheit und die fernen Tage einer sorglosen Kindheit. Ihm erzählte sie als Einzigem alles, was sie von Marcus erfahren hatte.

»Er sagt, wenn das mit der Mine schiefgeht, bricht es ihm finanziell das Genick, auch privat. Es ist wie damals bei Papa.« Sie musste schlucken, ehe sie weiterredete. »Es hat mir den Boden unter den Füßen weggezogen. Er verschweigt mir den Kern des Problems, davon bin ich überzeugt, und ich glaube, es hat mit seinem Vater zu tun.«

»Ihr fliegt wann nach Südafrika?«, unterbrach sie ihr Großvater.

»Mittwochabend, und auf der einen Seite freue ich mich natürlich, wer würde das nicht! Afrika! Aber ich habe ein ziemlich mulmiges Gefühl. Was soll ich tun, Großpapa?«

»Nichts, nimm's, wie es kommt. Vielleicht irrst du dich, außerdem kannst du mich schließlich immer erreichen, ich kann sogar inzwischen skypen.« Er lachte stolz. »Weißt du, Männer müssen manchmal hart am Wind segeln, min Deern, und wenn Marcus ins Schlingern gerät, musst du sein Anker sein. Marcus ist ein guter Junge. Wenn ihr zurück seid, kommt ihr für eine Zeit lang zu uns, dann nehme ich ihn mit aufs Meer und werde mal ein bisschen Tiefseefischen betreiben. Großmama wird begeistert sein, dann kann sie Orgien in der Küche feiern. Sie jammert immer, dass es sich für uns allein nicht lohnt.«

Als er auflegte, hörte sie ihn vergnügt glucksen. Sie lächelte. Wie immer hatte er es geschafft, sie aus ihrem Seelentief herauszuholen. Als Tiefseefischen bezeichnete ihr Großvater eine unverblümte Unterhaltung von Mann zu Mann. Wenn es jemand konnte, würde er auf den Grund von Marcus' Problemen kommen. Sie sah ihn vor sich. Weißes Haar, das Gesicht von Wind und Wetter braun gegerbt wie eine Walnuss, den alten, marinefarbenen Troyer hochgeschlossen, Schultern vom Einholen der Netze noch immer breit wie die eines Boxers und ein Lachen, das durch das Haus in den Dünen schallte, in dem Großmama in einer Duftwolke von frisch gebackenem Streuselkuchen und reiner Liebe wirkte.

Die Vorstellung allein genügte, dass sie sich ins Auto setzte und zum nächsten Konditor schlidderte, um Streuselkuchen zu besorgen. Zu Hause kochte sie eine große Kanne starken Kaffee, wärmte den Kuchen kurz im Herd auf und rief Marcus, der im Esszimmer auf seinem Computer herumhackte. Er kam hereingeschlurft, blass, die Augen rot geädert, aber nach der dritten Tasse Kaffee wurde er etwas lebhafter.

»Danke«, sagte er leise und zog sie in seine Arme.

»Weiß eigentlich dein Vater, dass du nach Südafrika fliegen willst?«

»Nein«, antwortete er heftig und umschlang sie noch fester.

»Gut. Sag's ihm einfach nicht.«

Am Montag ging sie auf Beutezug durch die Kaufhäuser, aber um diese Jahreszeit konnte sie kaum Sommersachen auftreiben. Schließlich wich sie auf die Boutique aus, in der sie arbeitete, obwohl die dank vieler Promi-Kunden für exorbitante Preise bekannt war. Silke kannte den Warenbestand und wusste, dass einige Stücke Überbleibsel vom letzten Sommer waren, in denen sich niemand, der im Rampenlicht stand, noch sehen lassen wollte. Sie erklärte ihr Problem der Besitzerin, die sie inzwischen als Freundin bezeichnen konnte, und die nahm sie mit ins Warenlager.

Sie wählte ein paar Stücke aus, wobei ein Safarianzug aus goldbeige schimmerndem Leinen mit Goldknöpfen ihr besonders ins Auge stach. Nach hartnäckigem Handeln, das mit viel Lachen und freundlichem Geplänkel gespickt war, konnte sie einen sensationellen Rabatt herausschlagen. Außerdem waren die Sachen erste Qualität und würden noch für ein paar Saisons halten, was ihr Gewissen weitgehend beruhigte.

»Sieht teuer aus«, bemerkte Marcus stirnrunzelnd, als sie den Anzug vorführte.

»Nicht wirklich«, erwiderte sie schnell und beeilte sich, ihn mit einer Frage abzulenken. »In welches Wildreservat werden wir fahren?«

»Hluhluwe und Umfolozi«, antwortete er und sprach das erste Wort wie Schluschlui aus. »Liegt in Zululand, und das liegt in Natal, wo auch die Mine ist.«

»Schlu… was? Das musst du aber buchstabieren.« Er tat es, und sie schrieb die Buchstaben einen nach dem anderen in ihren Planer. Abends gab sie die Namen ins Internet ein. »Wie heißen die Camps?«, rief sie Marcus zu, der am Fenster stand und dem Schneetreiben zusah. »Marcus? Hast du gehört, was ich gefragt habe?«

Er drehte sich mit verwirrtem Ausdruck um. »Was? Entschuldige, ich habe nicht zugehört. Was willst du wissen?«

»Wie die Camps da heißen, die in Schluhui … oder wie immer das ausgesprochen wird.«

»Hilltop und Mpila«, war die knappe Antwort.

Silke tippte auch das ein, und nach einiger Zeit stieß sie auf einen Blog über Umfolozi und das Camp Mpila. »Das muss ja der Wahnsinn sein«, murmelte sie. »Was man da alles sehen kann.« Aufgeregt las sie weiter, plötzlich aber stutzte sie. »O Gott«, flüsterte sie. »Das darf doch nicht wahr sein. Wenn du glaubst, dass ich da hinfahre, hast du dich geschnitten. Im vergangenen Jahr gab es zwei Angriffe durch Elefanten, die Touristenautos einfach umgeworfen haben. Ein Mann hat es nicht überlebt. Und in dem Fluss, der sich durchs Reservat windet, gibt's offenbar jede Menge Krokodile«, las sie vom Bildschirm ab. »Vor wenigen Wochen wollte sich ein Ranger die Füße im Fluss waschen, der nicht mal knietief war, als ein Krokodil urplötzlich auftauchte, zubiss und sich daranmachte, den Mann in seine Unterwasserspeisekammer zu ziehen«, fuhr sie fort. »Ich wusste gar nicht, dass Krokodile so was haben … Gott, allein die Vorstellung. Wie machen die das? Stapeln sie ihre Beute wie Fleisch im Kühlschrank?« Auf ihren Zügen lag blankes Entsetzen. »Die Frau vom Ranger packte ihren Mann unter den Armen und hielt ihn fest, bis das Krokodil losließ, aber ein Fuß ist ab, der andere sieht nicht gut aus. Das ist ja grauenhaft!«

Marcus reagierte so, wie sie es nicht erwartet hatte. Er lachte trocken und zuckte gleichzeitig die Schultern. »In Afrika gibt's eben Elefanten und Krokodile. Außerdem sollte man seine Füße besser in der Badewanne als im Fluss waschen. Der Ranger muss ziemlich dämlich gewesen sein. Sicherlich sind die Geschichten auch nur eine maßlose Übertreibung. Du weißt doch, im Internet kann jeder unzensiert schreiben, was er will. Vermutlich ist nichts davon wahr.«

»Du meinst, die Elefanten haben nicht zwei, sondern nur ein Auto umgeworfen?«, unterbrach sie ihn etwas bissig.

»So ähnlich«, gab er zu. »Aber ich verspreche dir, wir werden extra vorsichtig sein. Wir können ja einen Ranger buchen, der uns fährt.«

»Trotzdem«, meinte Silke misstrauisch. »Das müssen wir erst noch klären.«

Am darauffolgenden Mittwoch flogen sie nach Südafrika. Ihr Flug nach Frankfurt ging am frühen Abend, und ihr war an Bord sofort so schlecht geworden, dass sie sich übergeben musste.

Offenbar hatte sie die Flugangst bereits jetzt schon gepackt. Dichter Schneefall hatte eingesetzt, auf den Tragflächen ihres Flugzeugs bildeten sich Krusten, die im Nu vereisten, und die Maschine musste zur Enteisung gerollt werden. Beim Start umklammerte Silke Marcus' Hand, bis ihre Knöchel weiß hervortraten.

Bei der Landung in Frankfurt schneite es ebenfalls, aber nur leicht, doch sie wurden von starken Windböen derartig durchgeschüttelt, dass Silke plötzlich Marcus' Hand fahren ließ und wieder nach der Papiertüte griff. Nachdem die Maschine angedockt hatte, folgte sie bleich und mit einem sauren Geschmack im Mund Marcus in den Transitbereich.

»Wir haben noch Zeit, wir können es uns in der Lounge bequem machen«, sagte er.

Die Lounge war überfüllt, dennoch ergatterten sie zwei Sessel, sodass Silke sich etwas erholen konnte. Eine Stunde später gingen sie an Bord des Fliegers nach Johannesburg. Aber inzwischen waren draußen die Lichter des Flughafens hinter einem dichten Schneevorhang verschwunden, und der Wind hatte sich zum Sturm gesteigert. Silke konnte vom Fenster aus sehen, dass die riesigen Schneeräumfahrzeuge unermüdlich im Einsatz waren. Sie ergab sich in ihr Schicksal und schloss die Augen. Marcus ließ sich vom Flugbegleiter einen Gin Tonic geben.

Kurz darauf teilte der Pilot über die Bordsprechanlage mit, dass sich ihr Abflug verspäten würde, bis sich die Wetterverhältnisse gebessert hätten.

Ein unangenehm mulmiges Gefühl breitete sich in Silkes Magen aus, und sie fürchtete, sich schon wieder übergeben zu müssen, konnte den Würgereflex aber glücklicherweise beherrschen. Es dauerte ewig, ehe auch bei dieser Maschine die Tragflächen vom Eis befreit worden waren und sie endlich starten konnten. Während des Steigflugs zerquetschte sie Marcus' Finger förmlich. Aber als sie die Reisehöhe erreicht hatten, vergaß sie, dass zwischen ihr und der schneebedeckten Erde mehr als zehntausend Meter eisigen Nichts gähnten, so ruhig lag der riesige Jet in der Luft. Sie blätterte in den Modezeitschriften, die sie aus dem Zeitschriftenfach geholt hatte, und entspannte sich allmählich. Marcus war auf Whisky umgestiegen, leerte langsam einen nach dem anderen und legte gedankenverloren Salzmandeln auf dem Klapptisch zu Sternenmustern.

»Ich werde mir nach dem Essen den Film ansehen«, verkündete sie und spielte vergnügt mit den verschiedenen Sitzeinstellungen.

Noch während das Abendessen serviert wurde, wurde ein Aufruf des Pursers durchgegeben, dass sich Ärzte, die sich an Bord befanden, bitte so schnell wie möglich bei ihm melden sollten. Einige Reihen hinter ihnen entstand Bewegung, ein weißhaariger Mann ging in Richtung Cockpit und wurde gleich von dem herbeieilenden Purser in Empfang genommen. Eine halbe Stunde später kam eine weitere Durchsage, dass wegen eines dringenden medizinischen Notfalls eine Zwischenlandung in Rom notwendig sei. Marcus zog ihre Hand zu sich herüber und hielt sie fest.

Diese Zwischenlandung klappte reibungslos, aber als sie wieder starteten, wurde ihnen mitgeteilt, dass sie wohl mit rund drei Stunden Verspätung in Johannesburg landen würden. Passagiere mit Anschlussflügen sollten sich bitte bei dem Purser melden. Es werde dafür gesorgt, dass sie auf den frühesten Weiterflug gebucht wurden. Marcus zog die Tickets aus seiner Jackentasche und regelte das mit dem Purser, der gerade von Reihe zu Reihe ging.

Gleich darauf erschienen lächelnde Flugbegleiter mit dem Getränkewagen, und Marcus bestellte einen weiteren Whisky. Einen doppelten pur. Silke zog die Brauen zusammen. Normalerweise trank er lediglich ein Bier oder ein Glas Wein, höchstens auf Partys schlug er mal über die Stränge. Unruhe beschlich sie.

Er erschien ihr ungewöhnlich angespannt und einsilbig. Der geschäftliche Ärger, der ihn in Südafrika erwartete, schien doch gravierender zu sein, als sie angenommen hatte. Impulsiv nahm sie seine Hand und küsste seine Finger.

»Alles wird gut«, flüsterte sie.

Er quälte sich ein Lächeln ab.

4

Nachdem das Essen abgetragen worden war, fuhr Marcus seinen Sitz in die Liegeposition. »Ich bin hundemüde«, murmelte er. »Ich schlaf mal 'ne Runde.« Damit zog er die dunkelblaue Schlafbrille über die Augen und rollte sich zusammen.

Silke hingegen war hellwach. Sie sah sich einen Film an, irgendeine leichte Komödie, blätterte in Zeitschriften oder blickte hinaus. Myriaden von Sternen glitzerten im tiefen Blau des Weltraums, die Milchstraße flimmerte, und zu ihrem Entzücken entdeckte sie eine Sternschnuppe.

Hier und da blinkten die Lichter größerer Städte durch die Wolken, bald aber zerfloss das Nachtblau, der Himmel nahm einen rosa Schimmer an, und das Land unter ihr bekam Konturen. Berge schälten sich aus den tiefen Schatten, Seen leuchteten auf wie Silberstücke, dichte Urwälder wechselten in karge Ebenen über. Über Sambia stieg die Sonne aus dem Dunst, und als sie nach elf Stunden die Grenze von Botswana in Richtung Südafrika überquerten, brannte die Sonne durch die Seitenfenster. Ihre Aufregung stieg.

Zu diesem Zeitpunkt kehrte Scott MacLean bereits wieder mit der Handvoll Touristen, mit denen er auf Frühsafari gewesen war, zum Hilltop Camp in Hluhluwe zurück. Gegen halb vier hatte er deswegen aufstehen müssen. Kurz vor fünf ging die Sonne auf, und das war die beste Zeit, Tiere zu beobachten. Für gewöhnlich fiel es ihm ziemlich schwer, so früh aufzustehen, und meistens wälzte er diese Fahrten auf seine Kollegen ab, aber heute war er bestens gelaunt aus dem Bett gesprungen, denn er hatte sich entschieden, Kirsty Collier zu heiraten.

Kirsty, die erste seiner Freundinnen, die den Anblick von Spinnen oder Schlangen ohne hysterischen Anfall überstand. Da sie ehrenamtlich oft im Busch unterwegs war, um eingewanderte Pflanzen aufzuspüren und zu eliminieren, war das durchaus von Vorteil, aber sicher nicht selbstverständlich. Giftschlangen waren immerhin etwas anderes als hübsche, bunte Rankpflanzen oder niedliche Gazellen.

Für ihn bedeutete es die Hoffnung auf eine wunderbare Zukunft. Und Kinder. Zwar tickte auch bei Kirsty schon die berühmte Uhr, aber noch nicht sehr laut. Mit fünfunddreißig hatte sie noch ein paar Jahre. Hoffentlich. Außerdem hatte er schon mit der Verwaltung des Restaurants in Hluhluwe gesprochen und in Erfahrung gebracht, dass eine kompetente Restaurantmanagerin gesucht wurde, um die neu eingestellten einheimischen Mitarbeiter auszubilden, damit die später das Management selbst übernehmen konnten. Ihre Felderfahrung würde ihm erlauben, sie bei Einsätzen im Busch mitzunehmen, und er sah sich schon abends mit ihr vor dem gemeinsamen Cottage bei einem Sundowner sitzen. Nach einem von Kirstys köstlichen Gerichten.

Natürlich würde er ihr einen neuen Herd kaufen müssen. Und ein neues Bett, ein schön breites. Neue Bettwäsche ebenfalls. Wenn er abends todmüde und verschwitzt nach Hause kam, hatte er bisher immer irgendetwas aus dem Kühlschrank in sich hineingestopft, geduscht und sich danach dann aufs Bett gehauen. Da war es egal, ob es durchgelegen war und ob die Laken frisch oder seit Wochen nicht mehr gewechselt waren. So etwas würde Kirsty nie dulden. Sie hatte ein überschäumendes Temperament und hielt mit ihren Ansichten nicht hinterm Berg. Da flogen schon mal Gegenstände. Er sah sie vor sich, Arme in die Hüften gestemmt, wütend funkelnde Augen, fauchend wie eine Wildkatze. Ja, dachte er und musste trocken schlucken, ein neues Bett musste als Erstes her.

Den Kopf voller herzerwärmender Bilder lenkte er den Safariwagen über die buckelige Sandpiste und hätte fast einen Pillendreher überfahren, der seine Mistkugel gemächlich durch den Sand rollte. Vorsichtig machte er einen Schlenker um den schillernden Käfer und klopfte dabei zum wiederholten Mal auf die Hosentasche, um sicherzugehen, dass das kleine Kästchen noch dort war. Gestern war er den langen Weg nach Umhlanga Rocks gefahren, um beim besten Juwelier einen Ring auszusuchen. Heute würde er sie fragen, ob sie ihn haben wollte. Sein Herz schlug ihm vor Aufregung bis zum Hals.

Mit mehr als drei Stunden Verspätung begann der große Airbus den Anflug auf den Oliver-Tambo-Flughafen von Johannesburg. Silke und Marcus hatten ihr Handgepäck bereit, ein Flugbegleiter hatte ihre Jacken gebracht, und sie schnallten sich zur Landung an. Kurz darauf setzten die Reifen des Jets quietschend auf der Landebahn auf.

Vor ihnen war offenbar ein anderes Flugzeug aus Übersee gelandet, und sie fanden sich in einer langen Schlange übernächtigter Menschen vor der Passkontrolle wieder. Satzfetzen vieler Sprachen schwirrten umher und vereinigten sich zu einer sanften Melodie. Vor dem Schalter für Halter von südafrikanischen Pässen wartete eine optisch bunt gemischte Menge, und es ging deutlich munterer zu. Es wurde lauter geredet, viel gelacht, wobei Silke auffiel, dass Inder fast nur mit Indern redeten, Schwarze mit Schwarzen, Weiße mit Weißen und auch die Muslime praktisch nur mit ihresgleichen. Die Farben des Regenbogens schienen zumindest an diesem Ort sauber voneinander getrennt zu sein.

»Hast du deinen Pass bereit?«, fragte Marcus.

»Ja, natürlich.« Sie kramte ihren Pass aus ihrer Handtasche hervor und hielt ihn hoch.

Er nickte und fischte seinen Pass aus der Gesäßtasche seiner Jeans. Die Tickets hatte er zwischen die Seiten gelegt. Seine Bewegungen waren fahrig, die Tickets rutschten heraus und flatterten zu Boden, auch der Pass entglitt ihm. Silke bückte sich automatisch, dabei stießen sie mit dem Köpfen zusammen.

»Lass, ich mach das schon«, knurrte er und sammelte seine Dokumente wieder ein.

Als er sich aufrichtete, bemerkte sie, dass Schweißperlen auf seiner Stirn glänzten und selbst die Lederjacke Schweißflecken unter den Armen hatte. Besorgt nahm sie seine Hand. Sie war klamm und eiskalt.

»Sag mal, du wirst doch nicht krank? Hoffentlich hast du dir zu Hause nicht die Grippe angelacht, das könnten wir jetzt wirklich nicht gebrauchen.«

»Ach was.« Er zog seine Hand weg. »Mir geht es wunderbar, mir ist nur heiß.«

Silke erwiderte nichts. Die Ankunftshalle war voll klimatisiert und auf eine Temperatur heruntergekühlt, die als angenehm zu bezeichnen war. Sie trug einen Kurzmantel, der sicher kaum weniger wärmend war als Marcus' Lederjacke, und ihr war wirklich nicht zu warm. Vielleicht brütete er doch eine Grippe aus, vermutlich aber war es auch einfach nur Übermüdung. Es wurde Zeit, dass er sich mal entspannte. Offenbar war er völlig überarbeitet. Nach einem ungestörten Nachtschlaf im Camp würde es ihm sicherlich besser gehen. Ihre Stimmung hob sich.

Als sie an der Reihe waren, legte Silke ihre Unterlagen als Erste auf den Tresen, dabei streifte sie Marcus' Arm. Seine Muskeln waren so hart, als wären sie aus Stein. Sie erschrak.

»Was ist denn?«, flüsterte sie.

Aber er reagierte überhaupt nicht. Das Knallen von Stempeln lenkte ihre Aufmerksamkeit auf den Passbeamten, der eben ihren Pass zuklappte und ihn zu ihr hinüberschob.

»Have a nice holiday«, sagte er automatisch, ohne sie anzusehen, hatte seinen Blick schon auffordernd auf Marcus gerichtet.

»Ich warte auf der anderen Seite«, sagte sie, zog den Griff des Rollkoffers hoch, ging durch die Passkontrolle und betrat südafrikanischen Boden. Als sie sich zu Marcus umdrehte, fuhr ihr erneut der Schreck in die Glieder. Er war weiß wie die Wand geworden und starrte den Beamten wie hypnotisiert an.

»Ist dir nicht gut?«, rief sie ihm besorgt zu.

Marcus sah sie an, aber sein Blick ging durch sie hindurch, als würde er sie nicht erkennen. Mittlerweile hatte der Beamte die Daten im Computer überprüft, schob auch Marcus seinen Pass hin und wünschte ihm schöne Ferien. Für einen langen Moment rührte Marcus sich nicht, sodass die Frau, die ihm folgte, ihn ungeduldig ansprach. Er fuhr zusammen, nahm seinen Ausweis mit benommenem Gesichtsausdruck und passierte gesenkten Blickes langsam die Passkontrolle.

»Marcus, ist dir nicht gut?«, wiederholte sie ihre Frage, als er vor ihr stand.

Er hob seinen Kopf, seine dunklen Augen glitzerten, und dann lächelte er – das zähneblitzende Lächeln, das sie so an ihm liebte –, zog sie an sich und küsste sie zärtlich auf den Mund.

Überrascht ließ sie es geschehen. »Was ist los mit dir?«, fragte sie. »Erst bist du kaum ansprechbar und nun …« Ratlos wedelte sie mit ihrem Pass. »Nun strahlst du wie ein Honigkuchenpferd.«

Er blickte über die quirlige Menge hinweg, die sie umbrandete wie Felsen in einem Fluss. »Wir müssen uns beeilen, um überhaupt noch einen Flug nach Durban zu bekommen. Vorher müssen wir unser Gepäck abholen und hier durch den Zoll gehen.« Damit strebte er voller Energie in Richtung Gepäckausgabe, und Silke blieb nichts anderes übrig, als ihm zu folgen.

Sie hatten Glück und erwischten noch Plätze auf einem der letzten Flieger, die an diesem Nachmittag nach Durban starteten. Marcus rief vor Abflug noch kurz den Minenmanager in seinem Büro an, um ihm ihre Ankunftszeit mitzuteilen. Seine Blässe war seiner üblichen gesunden Gesichtsfarbe gewichen, und während des ganzen Fluges war er aufgekratzt und bester Laune. Auf einmal wirkte er Jahre jünger. Er scherzte mit ihr, flirtete mit der schwarzen Flugbegleiterin und konnte sich an der Landschaft, die unter ihnen vorbeizog, offenbar gar nicht sattsehen.

Silke versuchte zu ergründen, was hinter seiner überraschenden Wandlung steckte, aber vergeblich. Schließlich gab sie es auf, war einfach nur froh darüber.

Die Sonne sank schon dem Horizont entgegen, als sie dreißig Kilometer nördlich von Durban auf dem King Shaka Airport landeten.

»Wo wartet der Typ auf uns?«, fragte sie, während sie am Transportband nach ihren Koffern Ausschau hielten. »Wirst du ihn erkennen?«

»Rob Adams? Er ist so ein stämmiger, muskulöser Typ, schwarzes Haar, braune Haut, sieht aus wie ein Südspanier oder so, und er wartet am Ausgang, hat er mir vorhin am Telefon gesagt. Schau, da ist schon dein Koffer.« Marcus wuchtete ihn herunter, und gleich darauf polterte auch sein eigener aufs Band. Anschließend folgten sie dem Strom der übrigen Passagiere.

Sie erkannte Rob Adams nach Marcus' Beschreibung auf Anhieb, obwohl ein schwarzer Schnauzer fast die untere Hälfte seines Gesichts verdeckte. Er stand hinter der Absperrung und hielt ein Schild mit der Aufschrift »Mr. Bonamour« hoch. Marcus hob grüßend eine Hand.

»Hi, Leute, hierher«, rief der Südafrikaner und kam ihnen mit langen Schritten entgegen.

Marcus begrüßte den Minenmanager und stellte ihn anschließend Silke vor. Rob schüttelte ihnen beiden die Hand. Sein Griff war wie der einer Schraubzwinge, und Silke gab sich Mühe, das Gesicht nicht zu verziehen.

»Willkommen in Südafrika! Da haben Sie ja Glück gehabt, dass Sie noch Plätze nach Durban bekommen haben, was? Das muss ja ein Mordsschneesturm in Frankfurt gewesen sein. Hab erst ein Mal Schnee gesehen. In der Schweiz. Es war kalt wie in einer Tiefkühltruhe. Hab mir fast sonst was abgefroren.« Er grinste breit. »Ich weiß gar nicht, wie ihr Europäer das aushaltet.« Mit klimperndem Autoschlüssel ging er ihnen voraus in die schräg stehende Abendsonne. »Hier entlang. Mein Auto steht da hinten.«

Heißer Wind blies ihnen ins Gesicht, das Wegpflaster schien aus glühenden Kohlen zu bestehen. Silke kniff die Augen zusammen und setzte ihre nagelneue Sonnenbrille auf.

»Heiß hier«, bemerkte sie. »Und feucht.«

»Jep. Immer um diese Zeit. Wie im Brutofen, auch abends«, entgegnete Rob Adams fröhlich und schloss die Heckklappe eines großen Geländewagens auf. Mit kräftigem Schwung beförderte er ihre Koffer auf die Ladefläche und zog anschließend sorgfältig eine Abdeckung darüber. Als Silke die Notebook-Tasche zusammen mit ihrer Kamera neben sich auf den Rücksitz legte, schüttelte er den Kopf.

»Die Sachen sollten nicht so offen herumliegen. Das wirkt wie ein Köder für Diebe. Verstauen Sie sie besser in der Schublade, die unter dem Sitz eingebaut ist. Da müsste beides hineinpassen.«

Silke zuckte unbehaglich ihre Schultern. Zwar hatte sie gelesen, dass Südafrika ein gefährliches Land war, doch es war erschreckend, so unmittelbar damit konfrontiert zu sein. Nachdem sie eingestiegen waren, startete Rob den Motor, schaltete die Klimaanlage auf die höchste Stufe und drehte sich dann im Sitz zu Marcus um.

»Wir haben ein Problem«, begann er. »In etwa einer Stunde geht die Sonne unter, danach sollten wir auf Überlandstraßen nicht mehr unterwegs sein. Schon gar nicht in Zululand. Zum Wildreservat sind es von hier aus zweieinhalb Stunden Fahrt, wenn wir nicht in den Feierabendverkehr geraten, was allerdings sehr wahrscheinlich ist. Das heißt, dass wir es heute bei Tageslicht nicht mehr nach Hluhluwe schaffen. Außerdem wird nach sechs Uhr abends niemand mehr ins Reservat eingelassen. Aber ich habe dort schon angerufen, dass wir es heute nicht mehr schaffen und erst morgen kommen werden.«

»Und wo sollen wir übernachten?«, raunzte Marcus ihn genervt an. »Wo gibt's das nächste Hotel?«

»Ja, Mann, da liegt unser zweites Problem. Es sind Schulferien, und von Richards Bay im Norden bis nach Amanzimtoti südlich von Durban ist alles ausgebucht. Sogar Rattenlöcher sind doppelt belegt. Alles dicht, Leute. Da ist nichts zu machen.«

Marcus' Miene verfinsterte sich zusehends. »Und nun? Sollen wir im Auto schlafen?«

»Nein, natürlich nicht. Ich habe einen Vorschlag. Mir gehört ein nettes Ferienapartment in einem Ort namens Umhlanga Rocks, keine zwanzig Minuten Autofahrt südlich von hier. Ein sehr vornehmer Badeort übrigens. Dort könnten Sie übernachten, wenn es Ihnen recht ist.«

Marcus sah einen Augenblick lang nach draußen. »Geht ja wohl nicht anders«, raunzte er schließlich.

»Das ist doch wirklich nett«, flüsterte Silke ihm auf Deutsch zu, ehe sie aus Höflichkeit Rob Adams gegenüber auf Englisch weitersprach. »Das klingt wunderbar, vielen Dank, Mr. Adams ...«

»Rob«, unterbrach er sie. »Nennen Sie mich bitte Rob.«

»Rob – na klar, gerne, Rob. Ich bin Silke.« Sie vermied es, ihm ein zweites Mal die Hand zu reichen, die noch immer wehtat. »Vielen Dank für das Angebot. Das ist wirklich sehr großzügig. Werden Sie mit uns in dem Apartment übernachten?«

»Machen Sie sich keine Sorgen, das ist alles schon geregelt. Meine Eltern haben ein Ferienhaus in Umdloti, das ist der Nachbarort.«

Die Sonne berührte bereits den Horizont, ihre heißen Strahlen durchfluteten das Wageninnere. Rob Adams setzte eine sehr dunkle Pilotenbrille auf und trat aufs Gas. Während der Fahrt deutete er hierhin und dorthin, gab Kommentare über die vorbeifliegende Landschaft ab, doch von Marcus kam keine Reaktion. Nur einmal blaffte er den Minenmanager an, er solle doch bitte seine Aufmerksamkeit auf die Straße richten. Dann versank er wieder in Schweigen und schaute mit verschleiertem Blick aus dem Fenster.

Silke hingegen konnte sich nicht sattsehen. Rosa blühende Bougainvilleen am Straßenrand, smaragdgrüne Zuckerrohrfelder, dicke Dattelpalmen, die in einer langen Reihe einen Hügel hinunter zu einem lehmgelben Fluss zu marschieren schienen, auf dessen Sandinseln Reiher ihr weißes Gefieder putzten, und dann, nach einer Fahrt unter dem dichten Blätterdach des bis an den Straßenrand wuchernden Küstenurwalds hindurch, öffnete sich links von ihr eine von raschelndem Schilf umgebene Lagune. Drei riesige, cremeweiße Vögel setzten gerade zum Landeanflug auf der glitzernden Wasseroberfläche an.

»Pelikane«, quietschte sie aufgeregt. »Herrje, Marcus, sieh doch mal, Pelikane!«

Marcus hatte seinen Ellbogen auf die Fensterkante gestützt und nickte nur stumm.

Rob lachte stolz. »Gewöhnlich sieht man hier Seeadler, und letztes Jahr hatten wir dort sogar ein Nilpferd, das vom Norden heruntergewandert war.«

»Ein Nilpferd!« Sie verrenkte sich den Hals, bis die Lagune ihrem Blick entzogen war. »Gibt … gibt es hier auch Elefanten?«, stotterte sie aufgeregt.

»Außerhalb der Wildreservate nur, wenn die Dickhäuter mal wieder auf Wanderschaft gehen wollen und ausbrechen.«

»Ausbrechen? Können die Tiere denn aus den Reservaten entkommen?«

»Oh, locker«, gab Rob fröhlich zurück. »Im Augenblick ist gerade ein Löwe südlich vom Krügerpark unterwegs. Ein ganzes Heer von Rangern und Soldaten ist hinter ihm her, aber er entwischt ihnen ständig.«

Silke schwieg überwältigt. Auf dem Meer glitt eine Möwe dicht über der weiß schäumenden Gischt dahin. Mit singendem Herzen sah sie dem Vogel nach, bis er in der blauen Ferne verschwand.

In weniger als zwanzig Minuten erreichten sie nach rasanter Fahrt eine lebhafte Kreuzung, an der Rob nach links abbog und die abschüssige Straße hinunterfuhr.

»Hier sind wir. Das ist Umhlanga.«

Silke sah sich um. Läden und Hochhäuser rechts, der Rohbau einer riesigen Apartmentanlage links, geradeaus ein gelb geflecktes Rasendreieck mit ein paar gedrungenen Palmen und schön gewachsenen Laubbäumen, in deren Schatten ein Container stand. Davor saßen einige dunkelhäutige Männer in Uniform, redeten, rauchten oder dösten. Polizeiautos parkten unmittelbar daneben.

»Der lokale Polizeiposten«, erklärte Rob.

Marcus starrte zu den Uniformierten hinüber, sagte jedoch nichts.

Rob bog abermals ab. Am Straßenrand saß ein indischer Straßenhändler hinter einer goldgelben Pyramide aus Mangos und Ananas, und von Häusern eingerahmt konnte Silke die Brandung sehen. Sie ließ das Fenster herunter, und ein Schwall salziger, warmer Luft wehte ihr ins Gesicht. Das ständige Röhren der Brandung, schrilles Vogelgezwitscher, laute Fetzen fremder Sprachen prallten auf ihre Ohren. Alles mischte sich zu einem Klangbrei, der ihren Kopf füllte, und sie wurde von einer bleiernen Müdigkeit überrascht. Sie schloss die Augen.

Plötzlich schreckte sie mit einem Ruck hoch. Offenbar war sie tatsächlich in eine Art Sekundenschlaf gefallen. Rob hatte angehalten, ein Tor aus soliden Metallstreben glitt vor ihnen zurück, er fuhr hindurch.

Ein Inder in abgerissener Kleidung salutierte mit breitem Grinsen und öffnete die Fahrertür. »Hello, Sir.«

»Hi, Paddy. Alles okay hier?«

»Ja, Sir, alles ist gut.«

»Okay, Paddy, nimm die Koffer«, sagte der Minenmanager und an Silke gewandt: »Da geht's hinein.«

Rob schloss eine mit Messing beschlagene Tür auf und ließ Silke den Vortritt ins Apartment.

Silkes Blick wanderte durch den luftigen, lang gestreckten Raum zu der hohen Glasfront am Ende, über die geflieste Terrasse hinaus auf die unendliche Weite des Indischen Ozeans. Im Abenddunst glitzerten die Lichter von Dutzenden von Schiffen, die weit draußen auf Reede lagen. Es wirkte, als läge eine leuchtende Insel im Meer.

»Kommen Sie«, sagte Rob mit Stolz in der Stimme, während er durchs Zimmer marschierte und die Terrassentür aufschob.

Silke nahm Marcus an der Hand und trat mit ihm hinaus ins Freie. Und prallte zurück. Das Brüllen der Brandung sprang sie an wie ein wildes Tier, und nach dem Eiswind, der aus den Lamellenöffnungen unterhalb der Decken wehte, glaubte sie, in einem Dampfbad gelandet zu sein. Die Luft war salzig und so nass, dass sie fast flüssig schien und sie im ersten Augenblick nach Atem ringen musste. Aber die Feuchtigkeit umschmeichelte ihre Haut wie Seide, Himmel und Ozean hatten keine Grenze, und der aprikosenfarbene Widerschein der untergehenden Sonne verwandelte die Welt in eine lichterfüllte Kristallschale.

Für eine lange Weile betrachtete sie stumm diese Herrlichkeit, fühlte dankbar, wie sich ihre vibrierenden Muskeln entspannten und ihre Seele leicht wurde.

»Herrgott, ist das schön. Hier könnte ich bleiben«, murmelte sie und sah Marcus an.

»Der Krach und die ewige Feuchtigkeit würden dich schnell verrückt machen«, war seine ebenso überraschende wie harsche Antwort. »Mal ganz abgesehen von den anderen Dingen.«

»Wie bitte? Was für Dinge?«, rief sie. »Die Brandung ist so laut, ich habe das Letzte nicht verstanden.«

»Ach, nichts«, entgegnete er und ging zurück ins Wohnzimmer.

Rob zeigte ihnen das übrige Apartment und zum Schluss ihr Schlafzimmer. Beim Anblick der Betten verspürte Silke den fast unwiderstehlichen Impuls, sich einfach hineinfallen zu lassen, aber Rob schlug vor, noch in einem Steakhaus essen zu gehen. Außerdem könne man da auch den Plan für den nächsten Tag besprechen. Er händigte den Apartmentschlüssel an Marcus aus, sagte etwas, was ihn sichtlich aufbrachte, denn er quittierte Robs Bemerkung mit einer hitzigen Antwort, die Silke akustisch nicht mitbekam. Auf dem Weg zurück zum Auto diskutierten die beiden Männer heftig, und Silke wurde von einer tiefen Unruhe ergriffen. Nach der Euphorie in Johannesburg umgab Marcus seit ihrer Ankunft in King Shaka Nervosität wie ein dunkler Mantel. Irgendwas schien ihm große Sorgen zu machen. Sie sah zu ihm hinüber. Die Arme in die Hüften gestemmt, hatte er sich vor Rob aufgebaut. Es war unübersehbar, dass Marcus auf Streit aus war. Sie lief zu ihm, um nötigenfalls dazwischenzugehen, denn dieser Rob sah nicht so aus, als würde er klein beigeben.

»Liebling ...« Sie legte Marcus die Hand warnend auf den Arm.

Er reagierte nicht darauf. »Nein, ich will morgen noch zur Mine«, schnauzte er Rob an.

»Das wird nichts«, antwortete dieser offenbar völlig unbeeindruckt. »Wir haben sintflutartige Regenfälle gehabt, fast zwei Wochen lang, und die gesamte Region um Ngoma ist einfach abgesoffen. Verstehen Sie? Auch die Mine. Und überall schwimmen tote Kühe herum. Und Schlangen. Nur sind die nicht tot, sondern ziemlich lebendig. Und manchmal beißen sie jemanden.« Er lachte vergnügt. »Außerdem sind die Straßen praktisch alle gesperrt, und der Strom ist ausgefallen. So was passiert hier. Wir müssen das Wochenende abwarten und hoffen, dass die Verhältnisse Montag besser sind. Wir haben eine Hitzewelle, die sollte helfen, dass dann alles etwas abgetrocknet ist.«

»Mist«, fluchte Marcus und starrte einen vorbeischlendernden Schwarzen böse an.

»Was ist eigentlich mit dir los?«, fragte Silke zum wiederholten Mal.

»Nichts«, gab er kurz zur Antwort.

»Das glaube ich nicht.« Sie zog ihn ein paar Schritte abseits und nahm sein Gesicht zwischen die Hände. »Sag's mir. Vielleicht kann ich helfen. Bitte, Liebes.«

Für ein paar Sekunden antwortete er nicht, in seinem Gesicht arbeitete es. Es schien ihr, als wolle er ihr doch etwas sagen, etwas Wichtiges, und sie wartete angespannt. doch dann schüttelte er nur abwehrend den Kopf.

»Es ist wirklich nichts«, sagte er mit einem gezwungen wirkenden Lächeln. »Mach dir keine Sorgen. Alles ist in bester Ordnung.«

Silke ließ die Arme sinken. Heute hatten sie ihre Verlobung mit einer rauschenden Party feiern wollen, sie kannten und liebten sich seit über zweieinhalb Jahren, und bald würden sie heiraten. Natürlich stritten sie sich gelegentlich, das war schließlich normal, und fragte man sie, hatte sie sich bisher als himmlisch glücklich bezeichnet. Jetzt aber schob sich etwas zwischen sie, das spürte sie nur zu deutlich. Etwas Dunkles, Hartes. Etwas, das so kalt war, dass es sie innerlich frieren ließ. Sie blickte hoch zu seinem abweisenden Profil. Ein Schleier trübte das warme Braun seiner Augen, seine Miene war verschlossen, das kurze Haar verschwitzt. Ganz entfernt meldete sich ihr Tinnitus. Ihre Nackenmuskeln zogen sich krampfhaft zusammen, denn sie hatte gehofft, das Schrillen in ihrem Ohr für immer besiegt zu haben.

Robs gute Laune schien unter dem kurzen Disput mit Marcus nicht gelitten zu haben. Fröhlich pfeifend marschierte er zum Wagen, hielt ihr die Tür auf und fuhr zum Restaurant.

Die Steaks waren riesig und saftig, die Pommes frites etwas labbrig, dafür aber waren das Bier und die Cola kalt.

»Es hat sehr gut geschmeckt«, sagte Silke höflich, als sie ihren Teller wegschob, »aber ich kann einfach nicht mehr. Außerdem bin ich todmüde und möchte jetzt schlafen gehen.«

»Ich hole Sie morgen um neun ab, dann gehen wir frühstücken und fahren anschließend nach Hluhluwe«, verkündete Rob.

»Nach unserer Ankunft habe ich einen Ausflug zum St.-Lucia-See geplant. Dort gibt es die größte Flusspferdpopulation im südlichen Afrika, jede Menge Vögel und massenweise Krokodile. Das Restaurant, in dem wir anschließend zu Mittag essen werden, habe ich auch schon ausgesucht. Danach halten wir eine schöne Siesta, und anschließend geht's mit einem Ranger zu Fuß in die afrikanische Wildnis. Aber nehmen Sie Blasenpflaster mit, sonst jammern Sie schon auf halber Strecke über wunde Füße.« Er lachte und winkte einen Kellner heran. »Noch ein Bier, Marcus? Und Silke, vielleicht noch einen Amarula? Das ist eine Art Likör, der hier aus Früchten hergestellt wird, die wild im Busch wachsen. Schmeckt ein wenig wie Baileys Cream.«

Bevor Silke antworten konnte, fuhr Marcus dazwischen: »Ich bin nicht zum Vergnügen hier«, herrschte er Rob an, woraufhin die Temperatur im Restaurant schlagartig zu sinken schien.

»Nun hör aber auf!« Silke funkelte ihn an. »Diese Reise machen wir so schnell nicht noch einmal, das ist eine einmalige Sache. Ich lass mir die nicht durch deine Saulaune verderben! Kapiert? Außerdem sollte der Trip schließlich Ersatz für unsere Verlobungsfeier sein, hast du das schon vergessen? Ich nehme gerne einen Amarula«, sagte sie zu Rob gewandt, obwohl sie eigentlich keinen wollte. Doch Marcus musste einfach einsehen, dass sie nicht gewillt war, seine schlechte Laune weiter zu ertragen.

Marcus schwieg, seine Miene war finster.

Nur Rob Adams strahlte weiterhin penetrant gute Laune aus. »Natürlich ist mir klar, dass Sie so schnell wie möglich zur Mine wollen. Aber die Natur hat uns einen Strich durch die Rechnung gemacht. Ich schlage vor, dass Sie das Wochenende einfach genießen.« Er wirkte höchst zufrieden.

»Spielen Sie sich bloß nicht so auf.« Marcus bleckte die Zähne. »Sie wissen ganz genau, dass uns die Zeit davonrennt.«

»Die Straßen sind mit Schlamm überschwemmt. Wir sitzen mehr oder weniger fest. Im Game Reserve betrifft das nur einige der Wege, ich habe mich schon erkundigt«, antwortete Rob unerschütterlich. »Wie ich schon sagte, vor Montag können wir da sicher nichts ausrichten, akzeptieren Sie das einfach. Und bis dahin können wir uns doch eine nette Zeit machen.«

Unbeherrscht schlug Marcus sich mit der Hand auf den Schenkel, dass es klatschte, wobei Silke den unangenehmen Eindruck bekam, er hätte lieber Rob eine gelangt. »Nach dem Frühstück morgen setzen wir zwei uns zusammen und klären mal ein paar Dinge, ist das klar!«

Rob zog die Brauen zusammen. »Okay, okay, wenn Sie wollen. Die Frauen können sich ja dann an den Pool legen.«

Marcus grunzte in sein Bier, und Silke nahm das als Zustimmung. »Das ist eine gute Idee.« Sie lächelte betont freundlich. »Sie werden also morgen Ihre Frau mitbringen?«

»Ja, sie wartet schon in Umdloti auf mich.«

Rob zahlte und setzte sie wieder bei dem Apartment ab. Silke und Marcus gingen sofort schlafen.

5

Am nächsten Morgen wurden sie vom Telefon geweckt. Murrend griff Marcus nach seinem Handy und meldete sich. Silke blinzelte verschlafen zur Uhr. Es war kurz nach sechs. Stöhnend verkroch sie sich unter dem Kopfkissen, ihr Magen rebellierte. Kein Wunder, dachte sie, der Flug steckte ihr noch in den Knochen. Sie gab sich Mühe, die Übelkeit herunterzuschlucken.

Mit dem Hörer am Ohr wanderte Marcus ruhelos im Zimmer umher, wobei sich sein Ausdruck zunehmend verdüsterte.

»Verdammt«, brüllte er so laut, dass Silke unter dem Kissen hervorschoss. Er wischte sich mit der Hand übers Gesicht. »Tut mir leid, ich wollte nicht laut werden, es ist ja nicht Ihre Schuld. Wann ist es passiert?«

Eine Frauenstimme quäkte aus dem Hörer, aber Silke verstand kein Wort.

»Natürlich tut es mir leid für Rob«, sagte Marcus jetzt. »Ich hoffe, er hat nicht zu große Schmerzen, aber wer ist auf der Mine? Ich muss so schnell wie möglich dorthin … Was? Die streiken? Verflucht, auch das noch! Ich muss sofort den Besitzer sprechen. Können Sie mir seine Adresse oder Telefonnummer geben?« Das Telefon zwischen Schulter und Kinn geklemmt, fischte er einen Stift und eine seiner eigenen Visitenkarten aus dem Jackett, das er abends achtlos über den Stuhl geworfen hatte. »Legen Sie los, ich schreib es auf … Was?«, brüllte er nach einer Weile.

Erschrocken fuhr Silke bei seinem Ton hoch. Marcus wirkte, als hätte er einen Geist gesehen. Offenbar völlig aus der Fassung geraten, schaltete er das Telefon aus, warf es aufs Bett und ließ sich danebenfallen.

»Was ist denn?« Silke sah ihn fragend an.

»Ach«, er wedelte mit einer Hand, »wir müssen allein zum Hilltop Camp fahren. Rob Adams ist gestern Abend mit dem Auto verunglückt. Das war eben seine Frau Heather. Sie war ziemlich durcheinander. Offenbar hat Rob eine schwere Gehirnerschütterung und ist praktisch nicht ansprechbar. Außerdem hat er ein Bein mehrfach gebrochen, ein paar Rippen sind angeknackst. Mit anderen Worten, der fällt für die nächste Zeit komplett aus. Als wäre das nicht schon schlimm genug, wird die Mine auch noch bestreikt. Es ist doch zum Kotzen! Dieses alte Schwein.« Wütend starrte er vor sich hin.

»Welches Schwein? Wen meinst du damit? Das ist doch nicht alles, oder?«

Marcus zerrte wortlos ein Taschentuch aus der Tasche seiner Jacke und putzte sich die Nase. Auf Silke wirkte das wie eine Verlegenheitshandlung, um Zeit zu gewinnen. Sie wartete ungeduldig, bis er sein Taschentuch umständlich wieder weggesteckt hatte.

»Welches Schwein?«, wiederholte sie.

»Mein beschissener Vater«, presste er so hasserfüllt hervor, dass Silke zusammenzuckte. »Diese Heather hat mir so nebenbei mitgeteilt, dass die Mine einer Firma namens Natal Mining Corporation gehört, und ich hatte nicht die geringste Ahnung.«

»Was hat diese Firma mit deinem Vater zu tun?«

»Er versteckt sich hinter dieser Firma, und damit gehört ihm de facto die Mine. Ich habe es nicht gewusst, obwohl ich Geschäftsführer unserer gemeinsamen Firma bin.«

Verblüfft suchte sie nach Worten. »Wie kommt er denn zu einer Mine im Busch von Zululand?«

Seine Züge verzerrten sich wie bei körperlicher Qual. Er schien einen inneren Kampf mit sich selbst auszufechten. Schließlich warf er seine Hände in einer hilflosen Geste hoch. »Was weiß ich … Der Alte hat seine Finger in vielen Töpfen … in Russland … sogar in China.«

»Und hat das irgendwelche Konsequenzen für dich?«

»Rechtlich wohl keine, aber die Minenarbeiter streiken, weil man ihnen gekündigt hat. Sie fordern Wiedereinstellung und höhere Löhne. Der Auslöser war ein Unfall, sagte Heather, und als ich Genaueres hören wollte, stellte sich heraus, dass die Mine am 29. November in die Luft geflogen ist und dass das der Grund ist, warum mir Rob minderwertige Qualität geliefert hat. Außerdem ist es fraglich, ob und – wenn ja – wann die Mine je wieder in Betrieb genommen werden kann. Heather war erstaunt, dass ich davon nichts wusste.«

»In die Luft geflogen? Wie das?«

»Das weiß man nicht so genau. Vielleicht eine Methangasexplosion, allerdings behaupten die Arbeiter, dass die Ursache mangelnde Wartung war. Von präventiver Wartungsarbeit haben die hier keine Ahnung«, fügte er bissig hinzu.

»Daran hast du aber doch keine Schuld.«

»Das wird die Arbeiter nicht weiter interessieren. Sie sind laut Heather mit Pangas und Schusswaffen bewaffnet. Rob haben sie schon vom Gelände gejagt, seitdem wagt er sich nicht mehr dorthin, und die Polizei schafft es nicht, sie zu beruhigen. Wenn ich mich da blicken lasse, werden sie mich womöglich für den Unfall verantwortlich machen.«

»Was sind Pangas?«

»Pangas?« Marcus reagierte irritiert. »Ein Panga ist so eine Art Hackbeil«, murmelte er und zeichnete mit dem Zeigefinger die Umrisse eines Beils mit übergroßer Schneide in die Luft. »So etwa wie eine Machete. Hab ich gelesen, als ich mich über diese Gegend hier schlau gemacht habe.«

»Aha.« Dafür bewunderte sie Marcus. Er war immer sehr gründlich in solchen Dingen, studierte seine technischen Zeitschriften bis in die langweiligsten Einzelheiten, las jede Gebrauchsanweisung von Anfang bis Ende durch, was sie ziemlich kribbelig machte. Ihr Credo lautete: »Learning while doing«.

»Das ist ja wirklich zu blöd für dich, dass Rob jetzt nicht mit dir zur Mine fahren kann«, sagte sie und hatte Mühe, ihre ganz irrationale Freude zu verbergen, dass diese Umstände ihr ein paar ungestörte Tage mit Marcus bescheren würden. »Und er tut mir natürlich sehr leid, aber wie kommen wir nun in das Wildreservat?«

»Zumindest hat Heather einen Mietwagen arrangiert.« Marcus' Kinnbacken mahlten, aber er schien sich etwas beruhigt zu haben. »Um neun wird er gebracht. Die Frau klingt ganz kompetent. Wenigstens etwas.«

»Na, dann bin ich aber mal gespannt, ob wir je in diesem Hilltop ankommen.« Silke schwang ihre Beine aus dem Bett und sah ihn mit gerunzelter Stirn an. »Dir ist doch klar, dass hier Linksverkehr herrscht? Schaffst du das?«

»Klar. Das ist für mich kein Problem«, erwiderte er mit abwesender Miene. »Mir macht viel mehr Sorgen, wie und vor allen Dingen wann ich zur Mine komme. Die Streiks haben sich wie ein Buschbrand ausgedehnt. Aus Loyalität, wie es heißt, werden mittlerweile Minen in Zululand und bis nach Limpopo bestreikt, was mir Rob Adams auch nicht mitgeteilt hat, der Idiot. Dann hätten wir nämlich diese Reise verschieben und unsere Party feiern können.«

Marcus hatte erneut begonnen, im Zimmer auf und ab zu marschieren. Fünf Schritte geradeaus, Kehrtwendung, fünf Schritte zurück. Seine nackten Füße klatschten auf den Fliesen. »Das muss man sich mal vorstellen«, wütete er. »Die Bergarbeiter-Gewerkschaft leistet es sich doch tatsächlich, unbegrenzt Arbeitstage zu vergeuden, so als hätten die hier nicht genügend Produktionsprobleme und genügend Arbeitslosigkeit und Armut. Die sind wahnsinnig, das ist ein Pulverfass mit einer sehr kurzen Lunte. Gott, ich muss raus an die Luft.«

Gereizt schob er die Terrassentür zurück. Kaum war sie etwa zwei Zentimeter zurückgeglitten, schrillte ein nervenzerfetzendes Kreischen los, und er machte einen Satz zurück, als wäre er gebissen worden.

»Hilfe, was ist das?« Silke presste sich mit einem Ausdruck, als hätte sie Schmerzen, die Hände über die Ohren. Ihr Tinnitus regte sich.

»Einbruchalarm.« Marcus hatte mittlerweile einen schmalen Kasten neben dem Bett entdeckt, öffnete ihn und drückte ein paar Tasten. »Entschuldige – Rob hatte mir den Code gegeben, ich habe das aber einfach wegen der ganzen Probleme vergessen.«

Zentimeter für Zentimeter zog er danach die Terrassentüren auseinander, und als nichts weiter passierte, schob er sie ganz auf. Silke lief an ihm vorbei und lehnte sich übers Geländer. Das Donnern der meterhohen Brecher war ohrenbetäubend, der Horizont unendlich und der Blick atemberaubend.

»Toll«, rief sie beeindruckt aus und war froh, dass das Thema Mine für den Augenblick in den Hintergrund trat.

Doch mit der Verzögerung von einigen Sekunden ging hinter ihr ein weiterer Alarm los. Silke hatte den Eindruck, als würde sich jemand mit einer elektrischen Säge an ihrem Kopf zu schaffen machen. Sie rannte zurück ins Schlafzimmer, warf sich aufs Bett und hielt sich abermals die Ohren zu. »Mach das aus, schnell, ich halte das nicht aus!«

Marcus lief auf die Terrasse, fand einen tragbaren Alarm, der in der Ecke neben der Tür an der Wand montiert war, und stellte auch diesen ab. »Alles okay, mein Schatz, das war's wohl«, rief er und kam grinsend zurück ins Schlafzimmer.

Silkes Ohren klingelten. »Was gibt's da zu grinsen? Ist dieser Rob nicht ganz dicht? Was soll das? Das ist ja ein Hochsicherheitsgefängnis.« Misstrauisch hob sie die Hände an, und als alles ruhig blieb, nahm sie sie vorsichtig herunter. Ganz entspannt war sie noch nicht.

Marcus zog sie an das große Seitenfenster und deutete hinunter in den gepflegten Garten, der von einer hohen Mauer umgeben war. »Siehst du die Drähte?«

Silke blickte hinunter. Oben auf der Mauer glänzten mehrere

dünne Drähte, die in kurzen Abständen an nach innen geneigten Metallstäben befestigt waren. »Du meinst diesen Drahtzaun auf der Mauer?«

»Elektrischer Zaun«, erklärte er und zeigte auf verschiedene Stellen. »Und sieh mal, dort, dort und dort sind Kameras angebracht, die bestimmt vierundzwanzig Stunden von einer Sicherheitsfirma überwacht werden. Sollte der Stromkreis am Zaun unterbrochen werden oder eine Person aufs Grundstück gelangen, die nicht hierhergehört, sind die mit Sicherheit in Minuten hier. Bewaffnet.«

Wie in einer Filmsequenz sah Silke bewaffnete Männer vor sich, die das Apartment mit gezogenen Pistolen stürmten. Sie spürte, wie ihr das Blut in die Beine sackte. »Sag mir, dass Rob Adams einen Knall hat und psychiatrische Behandlung braucht. So kann man doch nicht leben!«

»Ach, man gewöhnt sich dran«, sagte er leichthin. »Rob ist keine Ausnahme. Hier hat das jeder, und die Sicherheitsvorkehrungen in diesem Apartment sind noch gar nichts, meint Rob. In Johannesburg sei es viel schlimmer. Bewaffnete Wachen am Eingang, Kontrollen wie am Flughafen. Auch er trägt eine Waffe, und wohin er auch geht, vergewissert er sich, was um ihn herum vorgeht.«

Silkes Blick wanderte über die Vorgärten der anderen Apartmentblocks, die die kilometerlange Strandpromenade säumten. Jedes dieser Grundstücke war von einer hohen, mit elektrischen Drähten gekrönten Mauer umgeben, und zwischen den flanierenden Touristen auf der Promenade patrouillierte Polizei. Stumm versuchte sie, eine Verbindung zu dem Bild zu finden, das sie vom Land der Regenbogennation gehabt hatte. Es fiel ihr schwer, und bedrückt ging sie ins Badezimmer, um sich zu duschen.

Pünktlich um neun Uhr brachte eine schmale, blonde Frau, die sich als Karen McKillop von Hertz vorstellte, das Auto, ein geräumiger Geländewagen. Karen machte einen sehr kompetenten

Eindruck und hatte alle Unterlagen bestens vorbereitet. Marcus erledigte den Papierkram, Karen händigte ihm den Schlüssel aus, wies ihn noch darauf hin, dass er bei einer Panne oder einem Unfall auf keinen Fall aussteigen solle.

»Türen verriegeln, Motor laufen lassen und uns anrufen«, sagte sie und lächelte Silke an, die sie verunsichert musterte. »Offiziell wird sogar dazu geraten, auszusteigen, sich hundert Meter weiter zu verstecken und dann die Polizei zu rufen … Geht bloß nicht immer.« Sie grinste. »Aber keine Aufregung, in diesem Fall wird unser Fahrer mit einem Ersatzwagen so schnell wie möglich zur Stelle sein. Falls Sie aber einen Unfall hatten und einen Krankenwagen benötigen – das hier sind die Notrufnummern.« Sie reichte Marcus einen Zettel und stieg zu ihrem Fahrer in den Wagen. »Rufen Sie mich oder meinen Mann aber auf jeden Fall an. Und, bevor ich es vergesse, Sie müssen unbedingt darauf bestehen, in ein Crosscare-Hospital gebracht zu werden, nicht in ein staatliches«, rief sie und ließ das Fenster hochsurren, bevor sie winkend davonfuhr.

Silke sah ihr mit hochgezogenen Brauen nach. »Ich will doch hoffen, dass sie das alles nicht so ernst gemeint hat, oder?«, wandte sie sich an Marcus.

»Ich denke doch«, war seine trockene Antwort.

»Die sind doch alle komplett paranoid hier«, murmelte sie, aber für einen kurzen Moment hatte sie das Gefühl, als würde der Boden unter ihr schwanken. »Lass uns frühstücken gehen«, sagte sie laut, um sich abzulenken. Heather hatte ihnen eine Strandbar namens La Spiaggia empfohlen, die nur ein paar Minuten zu Fuß vom Apartment entfernt lag.

Hand in Hand schlenderten sie die Promenade entlang, die mit meterhohem Mauerwerk gegen die donnernde See befestigt war, bis sie den Hauptstrand erreichten. Das La Spiaggia hatte eine herrliche Terrasse, und sie ergatterten einen Tisch ganz vorn, der ihnen einen Blick über Strand und Felsen, die donnernde Brandung und die Schiffe, die auf Einfahrtserlaubnis in Durbans Hafen warteten, bot. Im Süden schimmerten die Hochhäuser der Metropole durch den Dunst, und die kühne Konstruktion des Moses-Mabhida-Stadiums erhob sich wie ein auffliegender weißer Schwan über der Stadt. Silke sah hinunter auf den Strand. Direkt unter ihnen waren etwa fünfzig Meter mit Flaggen als Badezone gekennzeichnet und in einer verglasten Metallkonstruktion direkt neben der Restaurantterrasse Rettungsschwimmer stationiert.

Marcus folgte ihrem Blick. »Wollen wir schwimmen? Macht sicher Spaß in der Brandung.«

Silke schaute ihn entsetzt an. »In diesen Wellen? Ich bin doch nicht lebensmüde.«

Er lachte. »Du hast ja recht. Die Brandung an dieser Küste ist unglaublich gefährlich. Schon normalerweise ist sie zwei bis drei Meter hoch, bei Sturm kann sie mehr als das Doppelte oder Dreifache erreichen. Außerdem laufen stärkste Unterströmungen kreuz und quer zueinander – da hat man kaum eine Chance … hab ich gelesen«, setzte er schnell auf ihren erstaunten Gesichtsausdruck hinzu.

»Was du nicht so alles liest«, murmelte sie biestig. Er las unglaublich viel, und zu ihrem ständigen Verdruss behielt er auch noch praktisch alles.

Lachend winkte er dem Kellner, einem Schwarzen mit beachtlichem Wanst, der sie mit breitem Grinsen begrüßte.

»Ich habe Hunger«, verkündete Silke und orderte Croissants, Müsli, Kaffee und Rühreier.

Marcus schloss sich ihrer Bestellung an.

Es dauerte etwas, ehe ihr Frühstück kam – Silke fiel auf, dass sich hier niemand in hektischer europäischer Manier bewegte –, aber es war gut, beruhigte ihren immer noch meuternden Magen, und eine Stunde später schlenderten sie gesättigt am Strand zurück zum Apartment.

Silke verfolgte mit stummem Entzücken eine Schule Delfine,

die draußen auf dem Meer im Sonnenglitzern spielte, und beobachtete staunend Frauen in knappsten Bikinis, die sich neben verschleierten Muslimas in den Wellen vergnügten. Es schien keine Kluft zwischen ihnen zu bestehen, stellte sie beeindruckt fest und musste an den Antagonismus zwischen Menschen verschiedener Kulturen in Deutschland denken.

Marcus hatte die Hände in seinen aufgerollten Jeans vergraben und wanderte stumm neben ihr her, kickte nur ab und zu einen Stein über den Sand. »Wir müssen nachher noch ein paar Lebensmittel einkaufen«, sagte er irgendwann.

»Warum? Ich dachte, im Hilltop Camp gibt es ein Restaurant?«

»Gibt es auch, aber die zweite Nacht übernachten wir im Mpila Camp, und da gibt es keins und auch keinen ordentlichen Laden, sagt Heather. Aber wie im Hilltop Camp haben auch die Bungalows im Mpila eine Küche und draußen obendrein einen Grill.«

Sie gingen weiter, und er nahm ihre Hand. Vor ihnen erstreckten sich im flimmernden Gegenlicht seidig schwarze Klippen bis weit in die tosende Brandung.

»Ein erstarrter Lavafluss«, bemerkte Marcus.

Im Supermarkt im Zentrum von Umhlanga Rocks, der laut Aushang sieben Tage die Woche geöffnet war und in dem es sogar Nutella gab, kauften sie großzügig ein. Die umliegenden Restaurants waren schon zu dieser frühen Stunde gut besetzt, der Sprache nach zu urteilen, vorwiegend mit Einheimischen. An mehreren Tischen saßen nur Frauen, die an exotischen Drinks nippten und Salatblätter knabberten, leger angezogene Geschäftsleute tippten auf Pads herum, sehr wohlhabend wirkende Schwarze – auch mit Pads vor sich – hatten ständig ein Mobiltelefon am Ohr und diskutierten gleichzeitig gestenreich mit ihren Tischnachbarn. Es war eine lebhafte, dennoch sehr entspannte Atmosphäre, und Silke schlug vor, sich irgendwo dazuzusetzen und einen Kaffee zu trinken.

Marcus reagierte nicht gleich, sondern musterte mit einem Ausdruck, der zwischen Verblüffung und Ungläubigkeit schwankte, die Autos, die sich Stoßstange an Stoßstange durch die palmengesäumte Straße schoben und deren offensichtlich frustrierte Fahrer meist vergeblich nach einem Parkplatz suchten. »Die scheinen hier ja im Geld zu schwimmen«, bemerkte er.

Silke gab ihm schweigend recht. Selbst auf dem Strönwai in Kampen auf Sylt hatte sie selten derart teure Wagen gesehen. »Wie ist es, trinken wir einen Kaffee? An dem Tisch sind noch zwei Plätze frei.«

»Da sitzen doch zwei Leute.«

»Macht nichts, ich frage einfach, ob wir uns dazusetzen dürfen«, sagte sie und strebte dem Tisch zu.

Die beiden – ein Paar um die vierzig – luden sie bereitwillig ein, Platz zu nehmen. Die Bedienung war freundlich, der Kaffee gut, es wurde viel gelacht, und Silke fühlte sich sehr wohl. Bald entspann sich ein lebhaftes Gespräch mit ihren Tischnachbarn, die aus Sambia fürs Wochenende eingeflogen waren.

»Ich heiße Hannah, und das ist Brahms«, sagte die Frau, die hellblondes Haar und silbergraue Augen hatte.

Ihr Mann grinste. »Meine Mutter hat während der Schwangerschaft nur Johannes Brahms gehört«, erklärte er und hob eine Hand, um eine Kellnerin heranzuwinken. »Wir wollen ein kleines Sektfrühstück einnehmen, ihr leistet uns doch Gesellschaft?« Ohne eine Antwort abzuwarten, bestellte er Champagner, Austern, Langostinos, Salat für vier Personen. Während er mit der Serviererin redete, schlurfte eine ältere, weiße Frau in schäbiger Kleidung an ihren Tisch und bat leise um etwas Geld. Brahms zog einen Zehn-Rand-Schein hervor und gab ihn ihr. Die Bettlerin ließ ihn in ihrer weiten Hosentasche verschwinden und schob sich mit müden Bewegungen und hängenden Schultern zum Nachbartisch weiter, an dem vier schwarzen Männer saßen.

»Arme Sau«, bemerkte Brahms und wandte sich wieder der

Serviererin zu. »Und Pommes mit Chicken Wings, ich hab Hunger«, diktierte er ihr. »Gab's früher nicht«, sagte er und meinte wohl, dass eine Weiße bettelte.

»Drogenabhängig«, erklärte Hannah mit prüfendem Blick.

Das Essen wurde gebracht, und Silke hielt sich anfänglich zurück, aber nachdem sie Brahms immer wieder nötigte, schlürfte auch sie bald Austern und lutschte in Zitronenbutter getauchte Langostinos aus.

»Wir zahlen aber die Hälfte«, flüsterte sie Marcus zu.

Brahms beschrieb inzwischen seine Farm in der Nähe von Lusaka in den glühendsten Farben, erzählte Anekdoten von Tierbegegnungen, dass ab und zu ein Flusspferd über ihre Veranda marschierte und es in ihrer Papayaplantage fliegende Grüne Mambas gäbe.

Marcus sah von seinem Salat auf. »Seit wann können Mambas fliegen?«

»Die schleudern ihren Körper mit solcher Kraft hoch, dass sie locker zwei Meter oder mehr Abstand zwischen den Bäumen überwinden«, erklärte Hannah. »Kann man bei uns ständig beobachten. Fliegende Grüne Mambas.«

»Aha«, machte Marcus und schob ein Salatblatt in den Mund.

Silke hatte Mühe, sich das Leben der beiden vorzustellen. Es klang paradiesisch, aber fliegende Mambas fand sie doch erschreckend.

Brahms gab ihnen keine Chance, sich an der Rechnung zu beteiligen. »Es war uns ein Vergnügen, und wenn ihr Zeit habt, besucht ihr uns auf der Farm. Von Johannesburg aus ist es mit dem Flugzeug nur ein Katzensprung.«

Sie tauschten E-Mail-Adressen aus und verabschiedeten sich mit Küsschen rechts und Küsschen links, wie beste Freunde.

»Meine Güte, Austern«, prustete Silke, immer noch ganz atemlos von der Begegnung, als sie im Wagen auf dem Weg nach Hluhluwe saßen, »wie extravagant. Sollten wir ihnen vielleicht Blumen als Dank schicken?«

Er lachte. »Per E-Mail? Mach dir keine Sorgen, so sind die hier … offensichtlich. Das scheint die viel gerühmte afrikanische Gastfreundschaft zu sein, oder?«

Schwungvoll bog er auf den Highway nach Norden ein, und nach einigen Kilometern legte sich Silkes Sorge, Marcus könnte mit dem Linksverkehr Schwierigkeiten haben. Er fuhr sicher und zügig, und sie lehnte sich etwas entspannter zurück.

Nach etwa einer Stunde Fahrt bemerkte sie ein leichtes Rumpeln im gleichmäßigen Radgeräusch. Ein Blick auf Marcus' besorgtes Gesicht machte deutlich, dass er es ebenfalls gehört hatte.

»Was ist? Wir haben doch keinen Platten?«

»Ich fürchte doch«, antwortete er. »Und das mitten in Zululand«, knurrte er verbissen, seine gute Laune war wie weggewischt.

Im selben Augenblick wurde das Geräusch lauter. Marcus fluchte vernehmlich und lenkte den Wagen auf den unbefestigten Seitenstreifen. Er zog die Bremse an, ließ den Motor jedoch laufen. Sie sahen sich an.

»Und nun«, flüsterte sie, und ihre Hände wurden feucht, als sie an Karen McKillops Warnung denken musste.

Marcus hatte bereits sein Mobiltelefon hervorgezogen und die Nummer gewählt. Mrs. McKillop meldete sich sofort. Mit knappen Worten erklärte er ihr, was geschehen war, und beschrieb, wo sie ungefähr festsaßen.

»Ja, wir haben noch genug Benzin«, sagte er nach einem Blick auf die Anzeige. »Okay, danke.« Damit legte er auf und drehte sich zu Silke. »Der Fahrer fährt gleich mit einem Ersatzauto los. Wir waren gut eine Stunde unterwegs, also wird der Fahrer genauso lange brauchen.«

»Eine Stunde«, wiederholte sie unbehaglich.

Zu ihrer Überraschung zog Marcus einen Brustbeutel aus der Innenseite seines Hosenbunds hervor, der mit einer Sicherheitsnadel befestigt war, und steckte das Handy hinein.

»Ich habe da meine zweite Kreditkarte und Fotokopien unserer Ausweise drin«, erklärte er, als er ihren perplexen Blick auffing. »Falls wir überfallen werden, sind wir nicht ganz aufgeschmissen.«

Silke fasste sich an den Kopf. »Herrje, Marcus, nun mach mal halblang! Hier ist weit und breit niemand, der uns was Böses will. Hör auf, alles mieszumachen.«

Stumm deutete er nach draußen. Mit einem leichten Flattern im Magen schaute sie über das goldgelbe Grasmeer, das sich von der linken Straßenseite in ein flaches, weites Tal erstreckte. Etwa hundert Meter entfernt blinkten die Wellblechdächer dreier Rundhütten auf. Eine friedliche, fast idyllische Szene.

»Ja, und? Was soll da sein?«

Aber dann bemerkte auch sie es.

Vier dunkle Köpfe schwammen im flirrenden Licht durch das Grasmeer auf ihr Auto zu, verschwanden kurz in einer Senke, bis ihre Schultern aus dem kürzeren Gras am Abhang auftauchten, und gleich darauf konnte sie erkennen, dass es Männer waren und jeder von ihnen ein mörderisch aussehendes Hackbeil mit armlanger Klinge in der Hand trug.

»O Gott«, wisperte sie und rutschte tief in ihrem Sitz herunter. Ihr Puls dröhnte ihr in den Ohren. »Marcus, tu was …«

Aber es war zu spät. Sekunden später pressten sich vier ausdruckslose schwarze Gesichter an die Scheiben, vier Paar schwarze Augen, hart wie Kiesel, starrten sie an.

»Vielleicht wollen die nur helfen«, flüsterte Silke zittrig, verspürte dabei eine Angst, die sie vorher nicht gekannt hatte. Übelkeit schoss ihr sauer in den Mund.

Marcus aber fackelte nicht lange, sondern trat aufs Gas. Der Wagen machte einen Satz, und den Männern gelang es nur in letzter Sekunde zurückzuspringen. Wütendes Gebrüll war die Folge, und es hagelte Faustschläge auf Dach und Motorhaube. Marcus riss das Steuer herum, die Räder blockierten, der Motor erstarb.

Zornig trat einer der Zulus so lange gegen einen Rückspiegel, bis der abbrach, während seine Kumpane ihre schweißglänzenden Gesichter an der Frontscheibe zu grotesken Fratzen platt drückten. Silke presste sich in ihren Sitz und wimmerte. »Hilfe«, stammelte sie, konnte wie in einem schlimmen Albtraum nicht laut schreien, sondern nur flüstern.

Und dann bückte sich der Größte und hob einen Stein auf. Marcus' Hände am Lenkrad wurden weiß. Aber bevor er reagieren konnte, nahm Silke ihren ganzen Mut zusammen und ließ ihr Fenster um zwei Fingerbreit herunter.

»Sorry«, rief sie den Zulus auf Englisch durch den Spalt zu. »Meinem Mann ist einfach der Fuß von der Bremse gerutscht! Tut uns schrecklich leid. Haben Sie sich verletzt? Sollen wir Ihnen helfen?«

Die schwarze Faust mit dem Stein schwebte hoch in der Luft, der Mann fixierte sie mit einem Blick, der ihr glühend heiß durch die Adern jagte.

»Ah«, sagte der Zulu endlich und senkte seine Faust. Ein paar Sekunden flog sein Blick zwischen Silke und Marcus hin und her und blieb an Silkes Gesicht hängen. Ihre Augen trafen sich. Sie hörte auf zu atmen. Dann bog sich sein Mund zu einem schneeweißen Lächeln, das immer breiter wurde, immer spöttischer. Schließlich hob er eine Hand, wie um Silke zu salutieren, winkte seinen Genossen und sagte etwas auf Zulu in einem Ton von jemandem, der es gewohnt war, dass man seinen Befehlen folgte.

Die Männer traten daraufhin vom Auto zurück und schlenderten davon.

Marcus fiel aufatmend in seinen Sitz zurück.

Jetzt aber rastete Silke aus. »Sag mal, kannst du nicht mal normal reagieren?«, zischte sie. »Was, wenn die Schusswaffen gehabt hätten?«

Er zuckte die Schultern. »Man kann nie wissen.«

Diese lapidare Antwort ließ die Wut in ihr fast überkochen,

aber bevor die Auseinandersetzung eskalieren konnte, hielt ein Auto – ein großer Geländewagen mit getönten Scheiben. Die Fahrertür wurde geöffnet, und ein älterer, gut gekleideter Zulu stieg aus. Aus dem Beifahrerfenster lehnte sich eine ebenfalls ältere Frau, die unter der Krempe eines orangefarbenen Huts aufmerksam zu ihnen herüberschaute.

»Nimm dein Handy«, raunte Marcus. »Schalte das Video ein und halte auf den Kerl drauf.«

Ungläubig starrte sie auf den Bart des Apartmentschlüssels, der zwischen seinen Fingern hervorragte. Sein linker Daumen lag auf dem Zündhebel eines Feuerzeugs.

»Was soll das? Willst du dem Alten den Schlüssel ins Gesicht rammen? Oder ihn abfackeln? Das ist doch lächerlich!«

Mit versteinertem Gesicht sah er sie an. »Denk an die warnenden Worte von Karen McKillop. Tu einfach ein einziges Mal das, was ich dir sage! Wir können nicht sehen, wer sich noch in dem Wagen versteckt.«

»Eine Frau, da sitzt eine alte Frau drin! Und denk doch an eben.« Sie schob ihr Kinn vor. »Du hast echt einen Knall! Der Mann sieht wirklich nett aus, außerdem ist er auch ziemlich alt und bestimmt nicht gefährlich. Ich mach jetzt die Tür auf.«

Ohne sich weiter um ihn zu kümmern, setzte sie ihre Ankündigung in die Tat um und lächelte den Zulu an. »Guten Morgen«, sagte sie und spürte, dass Marcus neben ihr erstarrt war.

»Guten Morgen, Madam … Sir«, antwortete der Alte, schob seine Sonnenbrille auf den kahlen Kopf und streifte dabei mit einem schnellen Blick den platten Hinterreifen. »Das ist nicht gut«, stellte er fest.

»Allerdings«, erwiderte Silke und nahm den Mann genauer in Augenschein. Oberhalb seines Hemdkragens zog sich eine fleischrosa Narbe von Ohr zu Ohr. Wenn er schluckte, hüpfte sie auf und ab, schien zu grinsen wie ein breiter, rosafarbener Mund. Sie musste schlucken, als ihr dämmerte, dass jemand versucht hatte, dem Mann die Kehle aufzuschlitzen. Sie starrte die Narbe an wie das Kaninchen die Schlange und fragte sich, was diese Tatsache über diesen Afrikaner aussagte. Mehrere Erklärungen schwirrten ihr durch den Kopf, und alle waren überhaupt nicht dazu geeignet, ihr Nervenflattern zu beruhigen.

»Besuchen Sie unser Land?«, fragte der Zulu.

Mit einer Hand hielt er die Tür auf, mit der anderen hatte er den Rahmen gepackt, blockierte so mit seinem Körper die Öffnung. Im Auto wurde es dunkler.

Silke hob den Kopf. Die Narbe grinste ihr ins Gesicht. Instinktiv wich sie vor ihm zurück. »Ja, das sind wir«, presste sie heraus. »Touristen.«

Der Alte sah sie einen Moment an, seine Mundwinkel zuckten, die Narbe hüpfte, dann gab er die Tür frei und trat einen Schritt zurück. Es wurde wieder hell im Wageninneren. Silke atmete vorsichtig durch, schämte sich insgeheim dafür, automatisch angenommen zu haben, dass dieser Mann ein Krimineller war und ihnen Böses wollte.

»Madam, hier können Sie nicht bleiben«, sagte der Alte. »Das ist zu gefährlich. Es gibt zu viele Gangster auf unseren Straßen, und ein Menschenleben ist denen nichts wert.« Er zog ein bekümmertes Gesicht, als wollte er sich für diesen Umstand entschuldigen. Es war ein gutes Gesicht, fand Silke, verwittert und zerfurcht – geformt vom Leben, einem langen Leben, mit kräftigem Mund und überaus lebendigen schwarzen Augen.

Silke räusperte sich. »Und … was sollen wir Ihrer Meinung nach tun? Aussteigen und den Reifen wechseln?« Verstohlen wischte sie die Hände an ihren Jeans trocken.

Er wehrte fast erschrocken ab. »Auf keinen Fall. Nicht hier. Aber Sie könnten mit meiner Frau und mir zu unserem Haus fahren. Dort wären Sie sicher. Ich würde eine Wache für Ihr Auto organisieren.«

»Nein, danke …«, begann Marcus.

»Ja, bitte«, fuhr Silke dazwischen und wollte schon aussteigen, aber Marcus umklammerte ihren Arm.

»Silke«, sagte er warnend.

Der Alte schaute stumm von einem zum anderen, in seinen tiefgründigen Augen funkelte sanfter Spott, der jedoch nichts Verletzendes hatte, eher etwas nachsichtig Verständnisvolles. Er zog ein weißes Taschentuch hervor, wischte sich langsam die Stirn ab, steckte es sorgfältig wieder weg. Dann lächelte er. Ganz überraschend, und dieses Lächeln berührte Silke wie ein warmer Sonnenstrahl.

»Ich möchte keinen Streit zwischen Ihnen beiden verursachen.« Er sprach ein fast altmodisches Englisch. »Wenn Sie es vorziehen, in Ihrem Auto zu warten, werden meine Frau und ich ebenfalls hierbleiben. Als Schutz.« Er lächelte wieder. »Die Leute hier wissen, wer ich bin.«

Silke streckte ihm spontan die Hand hin. »Ich heiße Silke, und das ist mein … zukünftiger Mann Marcus.« Das Wort Verlobter war ihr auf Englisch nicht geläufig.

»Vilikazi, Vilikazi Duma, und das dort ist meine Frau Sarah. Haben Sie schon Hilfe gerufen?«

»Der Fahrer der Leihwagenfirma ist mit einem Ersatzwagen unterwegs«, sagte Marcus. »In etwa einer halben Stunde sollte er hier sein.«

»Meine Frau hat heißen Tee und Kekse dabei. Hat sie grundsätzlich, wenn wir über Land fahren. Sie ist immer für alle Gelegenheiten gerüstet. Kann ich Ihnen etwas anbieten?«

Silke erwartete, dass Marcus vehement ablehnen würde, aber etwas blitzte in der Tiefe seiner Augen auf.

»Gerne«, sagte er zu Silkes größter Überraschung und steckte Schlüssel sowie Feuerzeug weg. »Wir haben unser gesamtes Gepäck im Auto«, fügte er hinzu. »Und man hat uns gewarnt, es nicht unbeaufsichtigt zu lassen. Unter keinen Umständen.«

Vilikazi Duma nickte. »Ja – das ist ein sehr vernünftiger Rat.«

Er wurde von dem Geräusch eines ungesund klingenden Motors unterbrochen und hob den Kopf. Ein rostiger Lieferwagen, aus dessen Auspuff öliger Qualm quoll, näherte sich, kam schließlich schaukelnd hinter ihnen zum Stehen und spuckte acht Schwarze aus, junge Kerle, muskulös, schwielige Hände, abgerissene Kleidung. Breitbeinig gingen sie auf die beiden Autos am Straßenrand zu, mit schwingenden Armen, geballten Fäusten und lauerndem Gesichtsausdruck.

Wie Jäger, die auf Beute aus waren, fuhr es Silke durch den Kopf, und sie sog erschrocken die Luft zwischen den Zähnen ein. Marcus griff wieder nach dem Apartmentschlüssel.

Vilikazi aber lächelte den Ankömmlingen entgegen – ganz entspannt – und sagte ein paar Worte auf Zulu. Nicht laut, doch die Männer mussten ihn verstanden haben, denn sie blieben wie angewurzelt stehen und wechselten unsichere Blicke. Ihre Augen erfassten die Narbe an Vilikazis Hals und blieben da hängen. Augenblicklich veränderte sich ihre Haltung. Die Männer schienen in sich zu schrumpfen, ihre Schultern sackten herunter. Doch einer erwiderte etwas auf Zulu, in herausforderndem Ton, trotzig das Kinn gehoben, die Arme in die Seiten gestemmt.

Vilikazi Duma antwortete, noch immer milde lächelnd, mit einem eigenartigen Schmatzlaut, der wie ein Schlag mit der flachen Hand klang.

Die Wirkung war genau so – wie ein Schlag, und die Männer entfernten sich daraufhin so hastig, dass sie über ihre eigenen Füße stolperten.

Vilikazi Duma sah ihnen amüsiert grinsend nach. »Gut, man weiß hier, wer ich bin.«

Marcus stieg aus. »Danke.« Er reichte Vilikazi Duma die Hand, der ihn mit dem traditionellen afrikanischen Dreiergriff begrüßte.

»Veranstaltet ihr da eine Party ohne mich?«, schallte die Stimme von Sarah Duma zu ihnen herüber. Die gewichtige Zulu quoll aus der Beifahrertür, rückte ihren immensen Hut zurecht, zupfte das knöchellange Kleid glatt, das im gleichen Orange leuchtete wie der Hut, klemmte sich eine Thermoskanne und eine grüne Tupperdose unter den Arm und trat zu ihnen.

Stirnrunzelnd betrachtete sie den platten Reifen und wandte sich dann an ihren Mann. »Ich hab doch gesagt, wir sollten nicht ohne Thabiso fahren. Hab ich dir's nicht gesagt, du sturer, alter Mann? Wenn Thabiso hier wäre, könnte er den Reifen wechseln, und diese jungen Leute könnten weiterfahren. Und hast du ihn mitgenommen? Nein!«, beantwortete sie ihre eigene Frage. »Natürlich nicht!« Sie funkelte ihn an. »Thabiso ist unser Bodyguard, der auch Reifen wechseln kann«, erklärte sie Silke.

Silke aber klopfte das Herz, doch nicht vor Angst, sondern weil sie vollkommen von der Ausstrahlung dieser zwei Menschen gefangen war. Manchmal geschieht so etwas. Dass man von der Seele eines Wildfremden berührt wird, glaubt, ihn schon sein Leben lang zu kennen.

»Das wäre schade gewesen, denn dann hätten wir Sie nicht kennengelernt«, erwiderte sie mit schüchternem Lächeln.

Minuten später saßen sie im Leihwagen – Sarah und Silke vorn, Marcus und Vilikazi auf dem Rücksitz – aßen Kekse, tranken Tee und unterhielten sich angeregt.

»Leben Sie hier in Zululand?«, fragte Silke die Dumas.

»Das tun wir«, antwortete Vilikazi. »Ganz in der Nähe.«

Bald gab Sarah Anekdoten zum Besten, die sie als Haushaltshilfe bei den Weißen erlebt hatte, und Vilikazi beschrieb, wie er während des Freiheitskampfes vor langer Zeit in einer dunklen Nacht in KwaMashu von drei Polizeispitzeln überfallen worden war, die versucht hatten, ihm die Kehle durchzuschneiden.

»Das war dumm von ihnen«, sagte Sarah mit leichtem Grinsen und putzte sorgfältig die Kekskrümel von ihrem Kleid.

Silke sah sie fragend an.

Ein funkelnder Blick traf sie, schräg unter der orangefarbenen

Hutkrempe hervor. »Jetzt sind sie mausetot. Vilikazi hat ihnen das Messer abgenommen.«

Silke schüttelte sich unwillkürlich und wagte nicht, weiter nachzufragen, weil sie nicht wusste, wie sie mit einer Antwort umgehen sollte. Für einen flüchtigen Augenblick saß nicht die gemütliche Zuludame neben ihr, die so herzlich lachen konnte, dass ihr ganzer Körper bebte, sondern eine Frau mit einem Gesicht wie aus schwarzem Granit gemeißelt und Augen, die an schwelende Kohlen denken ließen. Eine, die sich durch den schmutzigen Sumpf von Gewalt und Kriminalität gekämpft hatte und selbst hart wie Stein geworden war.

Blicklos starrte sie hinaus. Ein schwarzer Vogel mit einem leierförmigen Schwanz flog auf und tanzte über das flirrende Grasmeer, Zikaden sirrten. Drei Polizeispitzel waren es gewesen, und offenbar hatte keiner den Zusammenstoß mit Vilikazi überlebt. Das Bild, das vor Silkes innerem Auge aufblitzte, war ein harter Kontrast zu der friedlichen Szene draußen. Vilikazi Duma, blutüberströmt, quer über den Hals ein klaffender Schnitt, ein Messer in der Faust, zu seinen Füßen die drei blutbesudelten, toten Angreifer. Wozu hatte die brutale Unterdrückung des Apartheidregimes Vilikazi und Sarah getrieben? Was lernt man unter derartigen Umständen?

Sie wusste nicht einmal, wie sich körperliche Gewalt anfühlte. Nie hatte sie eine Ohrfeige von ihren Eltern bekommen, geschweige denn, dass sie je in eine handgreifliche Auseinandersetzung verwickelt gewesen wäre.

Die beiden Zulus wirkten wie nette, abgeklärte Großeltern. Und das waren sie vermutlich auch. Aber etwas in Vilikazis Haltung, die Art, wie er mit den Männern eben geredet hatte, strahlte pure Stärke aus, mental und körperlich. Und Macht.

Ein plötzlicher Kälteschauer jagte ihr eine Gänsehaut über den Rücken. Ihre Fantasie reichte nicht aus, sich das frühere Leben dieser zwei Menschen auszumalen.

»Ich kann mir nicht vorstellen, wie es war, damals, während der Apartheidzeit«, sagte sie sehr leise.

Sarah rückte ihren Hut zurecht, der ihr zu tief über die Augen gerutscht war. »Kommen Sie und besuchen Sie uns, dann kann ich Ihnen davon erzählen. Bleiben Sie, so lange Sie wollen. Unser Haus ist groß. Es würde uns wirklich glücklich machen. Ich liebe Besuch.«

Bevor Silke antworten konnte, hielt hinter ihnen ein Auto mit quietschenden Reifen.

Marcus drehte sich um. »Na, endlich. Der Ersatzwagen ist da.« Er stieß die Tür auf, sprang aus dem Wagen und ging dem Fahrer, einem Zulu in weißem Hemd und dunkler Hose, entgegen.

»Ich bin Siyabonga«, verkündete der mit sympathischem Grinsen und begrüßte Marcus mit dem Dreiergriff. Als er Vilikazi und Sarah bemerkte, stutzte er, grinste noch breiter und grüßte den Älteren auf Zulu auf so ehrerbietige Weise, dass sich Silke erneut fragte, wer dieser Vilikazi war. Was er darstellte.

Sarah quälte ihre üppigen Kurven mithilfe ihres Mannes und unter Stöhnen aus dem Wagen und schüttelte die Kekskrümel von ihrem Kleid. Siyabonga gab Marcus die Papiere, und während der das Schriftstück überflog, lud er das Gepäck um. Zum Schluss suchte er den ganzen Wagen ab, um sicherzugehen, dass Silke und Marcus nichts zurückgelassen hatten. Dann holte er den Wagenheber, um den Reifen zu wechseln.

Vilikazi überreichte Marcus in der Zwischenzeit seine Visitenkarte – dass jeder hier Visitenkarten zu haben schien, hatte Silke in der kurzen Zeit schon mitbekommen –, und Sarah diktierte ihm die Adresse ihres Hauses in Umhlanga Rocks und ihre Mobiltelefonnummer. »Hier in der Nähe haben wir eine Farm, aber wir wohnen in Umhlanga. Da ist das Leben bequemer, und es gibt Hausangestellte, die den Geschirrspüler bedienen können und nicht denken, dass man sich in der Kloschüssel den Kopf wäscht.«

Sarah lachte dieses schwarze Lachen, das tief aus ihrem Bauch zu kommen schien und ihr wie dicke Sahne aus der Kehle floss, dann stieg sie in ihren Wagen. Silke klang dieses herrliche Lachen noch in den Ohren, als die beiden Zulus längst davongefahren waren. Erstaunt stellte sie fest, dass sie bedauerte, sich nicht länger mit den Dumas unterhalten zu können.

»Beeindruckend, die beiden«, sagte sie.

»Allerdings«, gab Marcus zurück, hielt ihr die Wagentür auf, und sie fuhren los.

6

Die restliche Fahrt zum Hluhluwe-Wildpark verlief ereignislos. Marcus konzentrierte sich auf den Verkehr und darauf, dass er Fußgänger nicht über den Haufen fuhr, die in fröhlicher Nichtachtung jeglicher Verkehrsregeln gemächlich über die Fahrbahn schlenderten. Je tiefer sie nach Zululand hineingelangten, desto öfter standen plötzlich Kühe und Ziegen in der Mitte der Straße und glotzten ihnen entgegen. Mehr als einmal musste er scharf auf die Bremse treten.

»Ich mach Gulasch aus dir, du blöde Kuh«, schrie er einem besonders stoischen Exemplar zu, woraufhin das Rindviech in aller Seelenruhe den Schwanz hob und einen grünen Fladen mitten auf die Straße fallen ließ. Dann drehte es schläfrig den Kopf und inspizierte ein Büschel Gras, das aus dem Asphalt wuchs, und rührte sich keinen Zentimeter.

Marcus' aufgebrachter Gesichtsausdruck reizte Silke so zum Lachen, dass ihr die Tränen kamen. Als sie wieder bei Atem war, bat sie ihn an einem der Stände, die die Straße säumten, anzuhalten, weil sie gern Ananas und Mangos kaufen wollte, aber Marcus lehnte kategorisch ab.

»Denk nur an die Kerle mit den Macheten.«

Ihr lag eine scharfe Antwort auf der Zunge, aber ihr war nicht nach Streit.

Gegen vierzehn Uhr ratterten sie am Eingang zum Hilltop Camp in Hluhluwe über einen breiten Streifen von Metallrollen. »Das ist wohl eine Wildbarriere«, bemerkte Marcus. »Hält die Big Five davon ab, sich im Camp ihr Dinner zu holen. Gibt ihnen ein unsicheres Gefühl.«

»Aha«, meinte Silke geistesabwesend, weil sie sich neugierig umsah.

Das Camp präsentierte sich als eine sehr übersichtliche, gepflegte Anlage. Vor ihr lag ein baumgesäumter Platz, in dessen Mitte eine mit Palmen und blühenden Sträuchern bepflanzte Insel schwamm. Ein ockerfarbenes, riedgedecktes Gebäude erstreckte sich auf der rechten Seite, Blumenbeete rahmten es ein. Die Sonne stand fast senkrecht, die Schatten waren scharf und kurz, das Licht aber hatte eine sanfte, goldene Tönung, war nicht so gleißend weiß wie an der Küste.

Marcus stellte den Wagen notgedrungen in der prallen Sonne ab, da alle Parkplätze unter den Bäumen besetzt waren. Mit einem Seufzer der Erleichterung – lange Autofahrten hatte sie noch nie gemocht – öffnete Silke die Wagentür. Der Hitzeschwall traf sie so unvorbereitet wie ein körperlicher Schlag.

»Mein Gott«, keuchte sie. »Ich komme mir vor, als ob ich über einem Grill hinge. Was ist noch mal der Garpunkt für Fleisch?«

Marcus schmunzelte. »Am besten bleibst du beim Auto, bis ich eingecheckt habe. Ich lasse die Klimaanlage laufen.« Er öffnete kurz die Heckklappe, um seinen Pass und die Buchungsunterlagen zu holen. »Bin gleich wieder da.«

Silke kicherte. »Vermutlich bin ich bis dahin schon verkohlt.«

Sie rutschte vom Sitz und stieg aus. Die sengende Hitze prallte in Wellen von der steinharten Erde ab, Sonnenstrahlen stachen wie Nadeln und brachten ihre Augen zum Tränen. Ihre knappen Shorts und das Spaghettiträger-Top boten dem heißen Wind, der ihre Haut im Nu austrocknete, viel Angriffsfläche. Zum ersten Mal verstand sie, warum Wüstenbewohner sich von Kopf bis Fuß in weite Baumwollgewänder hüllten. Sie flüchtete in den nächsten Schatten und sah sich um. Außer einem Reiher, der auf einem Baum saß und sich das weiße Gefieder putzte, und gaukelnden Schmetterlingen in den Blumenbeeten vor dem Restaurant war kein wildes Tier zu sehen, was sie fast ein wenig enttäuschte. Dann entdeckte sie allerdings ein Warnschild, auf dem die Silhouetten von Löwe, Elefant, Leopard, Nashorn und Büffel abgebildet waren. Während sie noch überlegte, was das zu bedeuten hatte, trat Marcus aus dem Gebäude.

»Alles okay«, rief er und steckte seinen Pass wieder ein. »Wir können gleich zum Bungalow fahren. Wir haben ein schönes Chalet bekommen. Direkt am Hang mit Blick übers Gelände.« Er öffnete die Fahrertür und stieg ein.

Silke verbrannte sich prompt Gesäß und Oberschenkel auf dem Sitz, der die ganze Zeit der Sonneneinstrahlung ausgesetzt gewesen war.

Marcus grinste. »Leg dir nächstes Mal ein Handtuch drunter.«

»Klugscheißer«, zischte sie.

Marcus lachte und bog in den schattigen Weg ein, der zu den Bungalows führte. Silke machte ihn auf das Warnschild mit den Tiersilhouetten aufmerksam.

»Weißt du, was das Schild bedeutet? Oder können Tiere hier Schilder lesen? Eintritt für Löwen verboten!« Sie kicherte spöttisch. »Oder warnt es davor, dass es im Park Raubtiere und so gibt? Das wäre ja wohl offensichtlich in einem Wildreservat, oder?«

Marcus' Mundwinkel zuckten. »Nein, es warnt davor, dass die hier im Camp herumlaufen könnten.«

»Was?«, schrie sie auf. »Hier im Camp? Aber dieser Rob Adams hat doch gesagt, dass das eingezäunt ist?« Ein Blick auf sein Gesicht machte ihr nur allzu deutlich, dass das offenbar nicht der Fall war.

»Wohl nur nachts. Vermutlich.«

»Das ist nicht dein Ernst … Hier gibt's doch Löwen, oder? Ist dir klar, dass ich eine Riesenangst vor den Biestern habe? Als Kind war ich mal im Zirkus, der als Highlight eine Raubtierdressur darbot. Der Dompteur ließ Tiger und Löwen Männchen machen, was ich übrigens schrecklich unwürdig fand. Einer der Löwen empfand das wohl auch so und hat den Dompteur durch die

Manege gejagt. Erst in letzter Sekunde schaffte es der Mann, am Gitter hochzuklettern, und das genau vor meinem Sitz. Der Löwe sprang brüllend dagegen, schlug immer wieder mit den Pranken nach dem Dompteur und verfehlte ihn nur um ein paar Zentimeter. Ich konnte ihm direkt in den Rachen sehen – ich konnte sogar seinen stinkigen Atem riechen. Wenn ich nur daran zurückdenke, fange ich schon zu zittern an. Seitdem habe ich zu Löwen ein gespaltenes Verhältnis.«

»Und wie hast du dir das in einem Wildreservat vorgestellt? Immerhin sind Hluhluwe und Umfolozi zusammen über neunhundertsechzig Quadratkilometer groß, da gibt es viele Löwen. Und Leoparden und so weiter …«

»Hast du gelesen, nehme ich an«, unterbrach sie ihn spitz. »Hältst du mich für dumm? Natürlich ist mir klar, dass die Tiere frei im Gelände herumlaufen, aber ich hatte es als selbstverständlich angenommen, dass die Camps mit Zäunen gesichert sind. Selbst normale Häuser sind in diesem Land doch mit meterhohen Mauern und elektrischen Zäunen gegen *Menschen* geschützt, und Raubtiere lassen sie so hereinspazieren? Das ist doch unverantwortlich. Ich möchte mal wissen, wie viele Touristen hier schon gefressen worden sind.«

»Na, du wolltest doch ein Abenteuer erleben.« Marcus' Grinsen wurde breiter. »Ich stell mir nur gerade dein Gesicht vor, wenn du morgen die Tür vom Chalet aufmachst, und draußen steht ein Löwe.« Seine Schultern begannen zu zucken, er wehrte sich heroisch gegen den Lachanfall, aber schließlich überwältigte es ihn. Er krümmte sich, die Tränen liefen ihm herunter, und dann bekam er auch noch einen Schluckauf.

»Geschieht dir ganz recht«, rief sie erbost. »Was ist daran so wahnsinnig komisch?«

»Du«, antwortete er immer noch prustend.

Sie knuffte ihn. »Na, ist ja toll, wenn ich zu deiner Belustigung beitrage.« Mit leicht verkniffenem Ausdruck suchte sie verstohlen das flirrende Grün, das rechts und links den gepflasterten Weg säumte, nach verräterischen Anzeichen ab. Als ein grauer Schatten über den Weg schoss, gleichzeitig etwas aufs Autodach knallte und sie Sekunden später in ein schwarzes Gesicht mit blitzenden, schwarzen Augen blickte, das sich direkt vor ihrer Nase an die Frontscheibe presste, schrie sie wie von Sinnen.

Marcus brüllte vor Lachen. »Das ist ein großer, böser Affe, der dich gleich fressen wird. O Gott, ist das komisch!«

Der Affe hüpfte von der Motorhaube herunter, setzte sich an den Straßenrand und kratzte sich mit nachdenklichem Gesichtsausdruck an seinem Bauch. Silke würdigte ihn und Marcus keines Blickes.

Die Anfahrt zum Chalet war steil, der Parkplatz knapp bemessen. Er lag im dichten Schatten mehrerer Bäume, ein schmaler Weg führte durch einen Tunnel herunterhängender Äste zum Haus, das einige Meter unter ihnen in den Hang gebaut war.

Silke streckte ihm die Hand hin. »Gib mir den Schlüssel, ich bring schon ein paar Sachen hinein.«

»Es gibt keine Schlüssel«, war seine lapidare Antwort.

»Wie, keine Schlüssel? Wir müssen doch das Haus abschließen können.«

»Schlüssel seien hier nicht notwendig, hat mir die dicke Dame an der Rezeption mitgeteilt«, erklärte er. »Hier brechen nur Affen ein, meinte sie«, setzte er mit unbewegter Miene hinzu, aber in seinen Mundwinkeln zuckte es schon wieder.

»Affen«, wiederholte Silke und stieg mit einem unwirschen Seitenblick auf Marcus aus, packte ihre Tasche, die Tüten mit reifen Mangos und Papayas vom Supermarkt sowie den kleinen Rollkoffer und stapfte hinunter zum Haus.

Die Eingangstür war tatsächlich nicht abgeschlossen. Als sie aufschwang, schlug ihr ein süßlicher Geruch nach Holzpolitur und trockenem Gras entgegen. Mit dem Koffer blockierte sie die Tür, um frische Luft hereinzulassen, und ging hinein. Ein kurzer

Blick rundum zeigte ihr, dass sich der Eingangsbereich auf einem Treppenabsatz befand, von dem eine kurze Treppe ins Obergeschoss und eine andere nach unten führte.

Der erste Eindruck war etwas altmodisch. Siebzigerjahrecharme. Terrakottafarbene Fliesen, viel dunkles Holz, ziegelrot und beige gestreifte Vorhänge, die Möbel aus Bambus und Rattangeflecht und hoch über ihr freiliegende, schwarzbraune Dachsparren und goldblondes Ried. Sie lief die kurze Treppe nach oben. Hier lag das Wohnzimmer, rechts eine offene Küche mit einem Bartresen, links ging es hinaus auf eine sehr große, überdachte Veranda. Sie stellte ihre Tasche und die Plastiktüte mit den Früchten auf dem Tresen ab und öffnete die Schiebetür.

Die Holzbohlen knarrten, sanfte Luft umfächelte sie, es roch nach trockenem Holz und feuchter Vegetation, und ein verführerischer Blütenduft wehte zu ihr herüber. Ans Geländer gelehnt, schaute sie verzückt über grüne Baumwipfel und grasbewachsene Hügel. Vögel schwirrten in den Bäumen, im dichten Gebüsch unter ihr flatterten bunte Schmetterlinge von Blüte zu Blüte, ein glänzend brauner Adler, so groß wie ein Schwan, saß mit stolzer Kopfhaltung im Laub einer Baumkrone und fixierte sie. Auf dem gegenüberliegenden Abhang entdeckte sie ein Nashorn, und ihre Aufregung stieg, als eine Miniaturausgabe des Kolosses aus dem hohen Gras auftauchte. In diesem Augenblick verliebte sie sich Hals über Kopf in Zululand.

Sie zog einen Stuhl von der Sitzgruppe heran, wollte sich gerade hinsetzen, als sie von einem leisen Schnattern und einem dumpfen Aufschlag aus ihrer Verzauberung gerissen wurde. Sie fuhr herum, konnte aber nichts sehen. Eine schattenhafte Bewegung, aufgeregtes Geschrei und lautes Splittern kamen vom Wohnzimmer. Sie rannte hinein und blieb wie angewurzelt stehen.

Vier silbergraue Affen hockten auf dem Küchentresen vor der zerfetzten Plastiktüte, in den Händen tropfende Mangos und Papayas, die dunklen Gesichter putzig mit gelbem Fruchtmatsch verschmiert. Vier Paar schwarze Augen funkelten sie an. Entgeistert flog ihr Blick durchs Zimmer. Mango- und Papayareste waren überall über den Fliesenboden verschmiert, leckten von den Wänden, sogar an der Decke hingen gelbe Klumpen. Dazwischen glitzerten Glassplitter.

Aufgebracht riss sie die Arme hoch. »Haut ab!«, schrie sie.

Die Affen schnatterten leise und machten keine Anstalten, der Aufforderung nachzukommen, sondern lutschten weiter mit offensichtlichem Genuss an den Früchten und beobachteten dabei aufmerksam jede ihrer Bewegungen.

Wut schoss in Silke hoch. Sie hatte sich so auf die Früchte gefreut, extra die schönsten und reifsten ausgesucht. Schreiend sprang sie auf die Tiere zu. Die Affen reagierten allerdings anders, als sie erwartete. Anstatt wegzulaufen, griffen sie an, bewarfen sie mit klebrigem Mangomatsch, nutzten ihre erschrockene Abwehrreaktion und fegten an ihr vorbei aus der Tür nach draußen.

Auf der Veranda rasten sie mit empörtem Geschrei herum und verschmierten die Fruchtreste auf Fliesen und Wänden.

»Marcus!«, kreischte Silke. »Hilfe! Komm sofort und sieh dir das hier oben mal an!«

Marcus, durch ihren Ton alarmiert, sprang die Treppe mit zwei Sätzen hoch und erstarrte mitten in der Bewegung, als er die Bescherung sah. »Was ist denn hier los? Hat hier eine Affenhorde gehaust?«, platzte es aus ihm heraus.

»Allerdings, aber woher weißt du das?«

»Sieht man doch.«

Sie musterte ihn verdrossen. »Aha, wäre mir jetzt nicht sofort eingefallen.«

»Wer soll das denn sonst gewesen sein, Schatz? Ich war's nicht, und ich nehme nicht an, dass du dich hier ausgetobt hast, also bleiben nur noch Affen, und die gibt es hier sicher in Massen.«

»Hätten doch auch Einbrecher sein können.«

»Wir sind in Afrika, schon vergessen?« Feixend stemmte er die

Arme in die Seiten und ließ seinen Blick über das Chaos wandern. »Ich hab dich doch gewarnt. Aber du hast die Eingangstür offen stehen lassen und die Balkontür auch. Du darfst weder Türen noch Fenster auch nur einen Spalt offen lassen, wenn du nicht im Zimmer bist. Und selbst wenn du im Zimmer bist, springen die einfach an dir vorbei und klauen alles, was essbar ist. Vorzugsweise Früchte. Die sollte man in verschlossenen Schränken oder im Kühlschrank aufbewahren.«

Sie spießte ihn mit einem Blick auf, der Stahl durchschnitten hätte, und verschränkte die Arme vor der Brust. »Hast du gelesen, was? Weißt du, dass du mit deinen oberschlauen Kommentaren richtig nervst?«

Marcus legte den Kopf schief, musterte sie mit einem weichen Lächeln.

»Was?«, fauchte sie.

Wortlos breitete er die Arme aus. »Komm her, mein Schatz, beruhige dich erst mal.« Er zog sie an sich, und obwohl sie sich anfänglich wehrte, küsste er sie, bis sie ihm die Arme um den Hals schob und sich an ihn schmiegte.

»Möchtest du woandershin?«, fragte er zärtlich. »Raus aus dieser Wildnis? Vielleicht für zwei Tage zum Palace of the Lost City? Der soll sehr luxuriös sein. Und Affen haben da mit Sicherheit strengstes Hausverbot.«

Sie lehnte sich in seinen Armen zurück und sah ihn an. »Ist das nicht dieser monströse Zuckerbäckerbau mitten im Nirgendwo?«

»Genau der. Nördlich von Pretoria.«

Schweigend machte sie sich von ihm los und ging hinaus auf die Veranda. Marcus folgte ihr. Auf dem gegenüberliegenden Hang tollte das Nashornkalb voller überschüssiger Energie neben seiner grasenden Mutter herum und jagte zwei Warzenschweinjunge in die Flucht, die mit steil aufgerichtetem Schwänzchen den Abhang herunterrannten. Die Luft war dicht und warm, aus den Büschen unter dem Chalet wehte Feuchtigkeit herauf, und bis auf das hohe Sirren der Zikaden und einen gelegentlichen Vogelruf war es absolut still. Sie blickte hinauf in das glühende Blau.

Davon habe ich geträumt, dachte sie und verlor sich in der Unendlichkeit des afrikanischen Himmels.

»Silke? Bist du noch bei mir? Was hältst du vom Palace of the Lost City?«

»Gar nichts, das ist viel zu teuer. Lass uns den Schweinkram da drinnen aufwischen.«

Eine halbe Stunde später warf sie aufatmend das Wischtuch in den Eimer, den sie unter der Spüle gefunden hatte, und wusch sich gründlich die Hände. Als sie sich umdrehte, hockte ein silbergraues Äffchen auf dem Wohnzimmertisch, klein wie eine Puppe, einen tropfenden Mangorest in den Fingern, und musterte sie mit neugierigen schwarzen Knopfaugen.

»Also, das ist doch der Gipfel!«, zeterte sie. »Hau ab, du dämliches Vieh!«

Das Äffchen machte einen Satz und hing gleich darauf im rotbraun gestreiften Vorhang.

Silkes Augen weiteten sich fassungslos. »Das glaub ich jetzt nicht … so eine … das ist doch …«, stotterte sie.

Weiter kam sie nicht. Das Gefühlschaos der letzten Tage schwappte in ihr hoch, und sie explodierte förmlich in einem Lachanfall. Sie schrie und weinte vor Lachen, woraufhin das Äffchen auf die Veranda flüchtete. Mit einem hilflosen Glucksen fiel Silke Marcus in die Arme.

»Hast du das gesehen?«

Und dann war sein Mund auf ihrem, eine Hand schob sich unter ihr Top, streichelte ihre Brust, die andere strich aufreizend langsam die Innenseite ihrer Schenkel hoch, bis ihr heiße Wellen über die Haut liefen. Sie gab einen Laut wie ein schläfriges Kätzchen von sich und wölbte ihm ihren Körper entgegen.

»Wo ist das Schlafzimmer?«, keuchte sie.

»Warte«, flüsterte er und kickte, ohne sie loszulassen, die Verandatür so hart zu, dass sie scheppernd ins Schloss fiel. Das kleine Äffchen kletterte in die Dachsparren, klammerte sich mit den Hinterbeinen fest und spähte, kopfüber hängend, neugierig zu ihnen hinein.

Keiner der beiden merkte es. Sie waren zu sehr damit beschäftigt, sich zwischen endlosen Küssen ihrer Kleider zu entledigen, während sie die Treppe zum Untergeschoss heruntertaumelten.

Das Schlafzimmer war geräumig, der Widerschein der Sonne malte einen goldenen Lichtstreifen über das breite Bett. Ineinander verschlungen fielen sie in die Kissen.

Seine Lippen wanderten über ihren Körper, ohne Hast, und jede Berührung jagte ihr Stromstöße durch die Adern, bis sie es kaum noch aushielt. Nur ihr keuchender Atem war zu hören, gemurmelte Koseworte, und unter seinen zärtlichen Händen lösten sich ihre verspannten Muskeln. Die Zeit schien stillzustehen, sie vergaß den Streit der letzten Tage und versank in der Tiefe seiner dunklen Augen. Es war wieder so zwischen ihnen, wie es am Anfang gewesen war.

Irgendwann meinte sie Salz auf seinen Lippen zu schmecken. Waren das Tränen? Erschrocken hob sie den Kopf.

»Was ist?«, wisperte sie.

Marcus hielt sie ganz fest. »Nichts«, flüsterte er. »Nichts.«

Als sie endlich voneinander ließen, rekelte sich Silke träge in seinen Armen. »Können wir bitte hierbleiben? Mindestens für den Rest unseres Lebens?« Sie schenkte ihm ein sinnliches Lächeln.

Er grinste. »Denk an die Affen.«

»Ach, Affen«, murmelte sie und küsste ihn.

Es dauerte eine weitere halbe Stunde, ehe sie kichernd aus dem Bett rollten. Sie duschten ausgiebig, bereiteten sich anschließend Kaffee zu, setzten sich auf die Veranda und ließen die friedliche Landschaft auf sich wirken.

Irgendwann sah Marcus auf die Uhr. »In zweieinhalb Stunden

wird das Camp geschlossen. Lass uns doch noch kurz ins Gelände fahren. Es ist magisch hier.«

Erstaunt sah sie ihn von der Seite an. »Etwas verstehe ich nicht. Während des Fluges warst du hypernervös, hast bei der Passkontrolle ausgesehen wie jemand, der sein Todesurteil erwartet. Danach hast du dich benommen, wie jemand, der eine Glückspille eingeworfen hat, aber später hast du Rob Adams und seine Frau angepfiffen und jetzt …«

Marcus riss theatralisch die Augen auf. »Wie kommst du denn darauf? Ich war hundemüde und überarbeitet und … und dann steht man halt manchmal neben sich. Aber wenn ich die beiden angepfiffen habe, muss ich mich wohl entschuldigen, nicht?« Bevor sie etwas sagen konnte, vergrub er sein Gesicht in ihrer Halsbeuge. »Herrgott, ich liebe dich.«

Obwohl sie den Eindruck hatte, dass er sich hinter diesem Wortvorhang versteckte, ließ sie sich ablenken und gab sich seinen Liebkosungen hin. Danach duschten sie noch einmal und tranken einen weiteren Kaffee.

»So, und jetzt raus zum Wagen«, rief Marcus und nahm die Autoschlüssel. »Bleib mir bloß vom Leib, sonst kommen wir überhaupt nicht mehr weg.«

Lachend warfen sie sich in ihre Sitze, küssten sich ein weiteres Mal ausgiebig, bevor Marcus endlich den Wagen startete. Langsam fuhren sie durchs Camp.

»Lass uns nachsehen, ob wir in dem Souvenirladen so etwas wie eine Straßenkarte von Hluhluwe kaufen können«, schlug er vor und parkte unter einem Baum vor dem Hauptgebäude.

Es gab ein schönes, bebildertes Heft, das neben sämtlichen Wegen, Picknick- und Beobachtungsplätzen auch alle Tierarten des Wildparks zeigte. Silke kaufte noch ein paar Schokoriegel und zwei eisgekühlte Colas. Hochzufrieden verließen sie den Laden und machten einen Abstecher durch die dämmrige Empfangshalle nach draußen auf die Restaurantterrasse. Unter einem weit ausladenden Baum standen Tische, an denen aber niemand saß. Stumm vor Staunen betrachteten sie die grandiose Landschaft, die sich vor ihnen ausbreitete. Das Gras leuchtete grün in der Nachmittagssonne, fliegende Wolkenschatten malten blaue Muster auf die Hügel, deren Konturen sich in der Ferne im blauen Hitzedunst auflösten. Vor ihnen turnte ein Schwarm rotköpfiger Finken im verfilzten Busch, eine kleine Eidechse mit kobaltblauem Schwanz huschte über die Fliesen, und hoch über ihnen, nur als winziger schwarzer Schattenriss im flimmernden Licht zu erkennen, zog ein Adler in majestätischer Ruhe seine Kreise.

»Herrgott, ist das schön«, flüsterte sie.

Marcus hatte seinen Arm um ihre Schultern gelegt. Er räusperte sich. »Traumhaft«, sagte er und klang, als hätte er eine schwere Erkältung.

»Traumhaft«, wiederholte eine tiefe Stimme hinter ihnen.

Silke fuhr herum. Ein breitschultriger Mann in khakifarbener Safariuniform, Gewehr geschultert, Buschhut in die Stirn gedrückt, stand vor ihnen. »Das ist unser Afrika. Seit Jahrhunderten ist diese Landschaft praktisch unverändert«, sagte er mit leiser Inbrunst und schaute über das Land. »Shaka Zulu hat hier gejagt.«

Seine Augen hatten, wie Silke fand, das helle Blau, das sie von Nordseefischern kannte. Er war ihr auf Anhieb sympathisch.

»Hi, ich bin Scott, Ranger von Hluhluwe. Willkommen in unserem Paradies. Ich habe eben an der Rezeption gehört, dass Sie für morgen Nachmittag eine Buschwanderung gebucht haben?«

»Haben wir«, bestätigte Marcus und betrachtete den Mann mit abwartender Miene.

Scott MacLean lächelte breit. »Dann werde ich Ihr Führer sein. Ich freue mich darauf. Bis morgen Nachmittag dann. Wir treffen uns am Nyalazi Gate.« Er wandte sich schon zum Gehen, als sein Blick an den hochhackigen Sandaletten von Silke hängen blieb. »Die lassen Sie aber zu Hause, hoffe ich. Laufschuhe sind angesagt, noch besser Buschstiefel. Und ein Sonnenhut, vorzugsweise mit Nackenschutz. Tragen Sie möglichst lange Hosen. Shorts sind zwar sexy, aber das finden Mücken, Zecken und Schlangen auch.« Er winkte ihnen fröhlich zu und verschwand wieder im Inneren des riedgedeckten Gebäudes.

Silke sah ihm nach. »Der wirkt wie ein richtig netter Kerl. Das wird aufregend, und ich freu mich schon wahnsinnig.«

Vergnügt liefen sie durch die Eingangshalle hinaus zum Parkplatz, wo ihr Wagen mittlerweile in der prallen Sonne schmorte. Marcus startete den Motor, drehte die Klimaanlage auf Sturm, um die Bruthitze im Inneren zu mildern. Silke breitete ein vorsorglich eingepacktes Handtuch auf dem heißen Leder aus. Dabei fiel ihr Blick durch das Seitenfenster auf einen Mann, einen schwer bewaffneten Schwarzen, der eine Art militärischen Tarnanzug in schmutzigem Petrolgrün trug. Er lehnte im Schatten an einem Baum und kaute auf einem Grashalm, wobei sich eine sternförmige Narbe auf seiner Oberlippe bewegte, als würde dort ein kleiner, rosafarbener Oktopus kriechen. Über den Rand seiner Sonnenbrille hinweg starrte er unverwandt zu ihnen herüber.

Sie lächelte ihn unsicher an, wusste eigentlich nicht, warum, denn freundlich sah der Mann wirklich nicht aus. Er erwiderte auch nicht ihr Lächeln, sondern fixierte sie weiterhin.

»Der Kerl da drüben verursacht mir eine Gänsehaut«, flüsterte sie Marcus zu. »Dem möchte ich im Dunkeln nicht begegnen.«

Marcus ließ seinen Blick schweifen. »Wen meinst du?«

»Sieh nicht sofort hin. Der Typ in Uniform mit der Sonnenbrille. Er steht da drüben unter dem Baum und sieht aus, als wollte er uns fressen.«

Marcus tat so, als wischte er einen Fleck auf der Fensterscheibe weg, und drehte sich dabei wie zufällig um. Suchend blickte er zum Baum. »Da ist niemand«

Silke sah auf, aber der Mann war wie vom Erdboden verschluckt. Irritiert schüttelte sie den Kopf. »Er trug eine Art Tarnuniform, war bis an die Zähne bewaffnet und hat uns angestarrt.«

»Na, der hat sich dann wohl in Luft aufgelöst, jedenfalls ist er weg, also können wir ihn vergessen. Oder vielleicht hast du dich ja auch geirrt und ein Gespenst gesehen.«

»Ich neige nicht dazu, Gespenster zu sehen«, fuhr sie ihn kratzbürstig an. »Dieses Gespenst trug, wie ich sagte, einen Tarnanzug und kaute auf einem Grashalm. Der Mann hat da gestanden, und wenn ich es mir recht überlege, hat er dich angestarrt, und zwar außerordentlich unfreundlich.«

Marcus zuckte nur gleichgültig mit den Schultern, was ihr das Gefühl vermittelte, dass er ihr nicht glaubte. Das wiederum ärgerte sie ziemlich. Aber sie hielt ihren Unmut im Zaum. Sie wollte sich diesen schönen Tag nicht verderben. Gleich darauf ratterten sie über die Wildbarriere, und für einen Moment meinte Silke, das Aufblitzen der Sonne auf Metall zu sehen und das Krachen brechender Zweige unter schweren Schritten zu hören. Unruhig spähte sie durch das rückwärtige Fenster. Aber da war nur der Eindruck eines Schattens. Ein kompakter Schatten allerdings, der sich nicht bewegte. Der uniformierte Schwarze? Stirnrunzelnd schaute sie wieder nach vorn.

Vom Camp verlief die Straße auf einem Hügelrücken entlang. Hinter einem mannshohen Steinhaufen führte ein Sandweg nach links in buschbewachsenes Gelände, rechts fiel das Land fast senkrecht in ein weites Tal ab. Marcus fuhr an den Straßenrand, drehte die fauchende Klimaanlage aus, ließ sein Fenster herunter und lehnte sich hinaus. Silke machte es ihm nach. Wärme wehte herein, und die Musik des afrikanischen Buschs erfüllte die Luft. Insektensirren, das Lachen einer Taube, leises Rascheln von Wind, der sanft über das trockene Gras strich, und hoch über ihnen der wilde Schrei eines Raubvogels.

Stumm blickten sie sich um. Unter ihnen glitzerte die Nachmittagssonne auf dem Hluhluwe-Fluss, der sich als breites Band durch das Tal wand. In seiner Mitte leuchteten gelbe Sandinseln, auf denen Silke ein paar schwarze Flecken ausmachen konnte.

»Sind das Tiere oder Felsen?« Sie deutete hinunter. »Ich kann das nicht genau erkennen.«

»Büffel«, sagte Marcus. »Oder Flusspferde. Vielleicht auch Wildebeest … Gnus«, setzte er schnell hinzu, als sie erstaunt auf den fremdartigen Namen reagierte. »Glaub ich jedenfalls. Hast du das Fernglas dabei?«

Silke zog es unterm Sitz hervor und spähte hindurch. Mit einem Achselzucken gab sie es an ihn weiter. »Irgendwas großes Schwarzes. Ob das nun Büffel oder Gnus sind, keinen Schimmer.«

Marcus blickte kurz durch den Feldstecher. »Büffel«, stellte er fest. »Mindestens ein halbes Dutzend. Und hier, sieh mal, ein Isivivaneni.« Er deutete auf den Steinhaufen. »So haben die Zulus ihre Leute begraben, die im Busch gestorben sind. Hyänen und andere Aasfresser konnten sie so nicht ausgraben, und jeder, der vorbeikommt, sollte einen Stein aufheben, darauf spucken und ihn respektvoll auf den Steinhaufen legen. So bittet er die Ahnen, ihn auf seinem weiteren Weg zu beschützen.«

Silke sah ihn finster an. »Woher weißt du das nun wieder?«

Marcus grinste fröhlich. »Steht da geschrieben.« Er wies auf eine eingemauerte Metallplakette, die neben dem Steinhaufen am Wegrand stand.

Silke stieg wortlos aus, kümmerte sich nicht darum, als Marcus ihr besorgt zurief, dass es wegen der wilden Tiere zu gefährlich sei, hier auszusteigen, sondern hob einen besonders schön gemusterten, faustgroßen Stein auf. Sonnenwarm lag er in ihrer Hand. Sie spuckte darauf und platzierte ihn auf die Spitze des Steinhaufens.

»So«, sagte sie, als sie wieder einstieg. »Nun sind wir gegen alle Unbill gefeit.«

Sie kamen nicht weit an diesem Nachmittag. Marcus wählte den schmalen Sandweg den Hügel hinauf, wo sie eine Suhle entdeckten, in der sich eine Warzenschweinfamilie und mehrere Büffel wälzten. Rotäugige Madenhacker turnten auf ihrem Rücken herum. Während sie ihnen gebannt zuschauten, schob sich von rechts der Kopf einer Giraffe aus dem Gras über den Wegrand. Nach und nach folgte der endlos lange Hals, der muskulöse Körper und die langen, staksigen Beine. Silke wagte kaum zu atmen, als das Tier einen Augenblick stehen blieb, langsam seinen Kopf senkte und aus dunklen, langbewimperten Augen durch die Frontscheibe ins Auto spähte. Dann marschierte es zur Suhle. Sekunden später erschien ihr Junges, tanzte in grazilen Sprüngen zu seiner Mutter, die mit gespreizten Vorderbeinen an einer Wasserlache stand und den Kopf zum Trinken herunterbeugte.

»Hast du schon jemals so etwas Wunderbares gesehen?«, flüsterte Silke ehrfürchtig.

Marcus antwortete nicht.

Viel zu bald mussten sie zurück ins Camp fahren. Silke, die befürchtete, dass die Affen sich irgendwie erneut Zutritt zu dem Haus verschafft hatten, streckte vorsichtig den Kopf durch die Eingangstür und lauschte. Zu ihrer Beruhigung war kein Affe zu sehen, und alles war so, wie sie es hinterlassen hatten.

Marcus sah auf die Uhr. »Wir müssen uns zum Dinner umziehen. Ich habe in einer halben Stunde einen Tisch im Restaurant reserviert. Es soll ziemlich voll werden, wurde mir gesagt, weil heute Nachmittag eine Reisegruppe angekommen ist.«

Kurze Zeit später erschien Silke im schimmernden Designer-Safarianzug mit Goldknöpfen und hochhackigen Goldsandalen.

»Hoppla, wie ungewohnt«, bemerkte er. »Aber sehr stylisch.«

7

Die Sonne war schon untergegangen, als sie am Haupthaus ankamen, aber wirklich dunkel war es nicht. Über ihnen wölbte sich ein Sternenhimmel, wie ihn Silke in ihrem Leben noch nicht gesehen hatte.

Marcus legte den Arm um sie. »Lass uns nachher auf der Terrasse noch einen Sundowner trinken, von da ist der Anblick sicher noch spektakulärer, weil kein künstliches Licht stört«, flüsterte er.

Hingerissen legte Silke den Kopf in den Nacken und betrachtete die Milchstraße, die als prachtvoll funkelnder Sternenteppich auf samtigem Blau lag. Die Anspannung der letzten Tage rann aus ihr heraus wie Wasser. Afrikas Zauber existierte also doch.

Aber er währte nicht lange. Die Wirklichkeit drängte sich mit wüstem Gebrüll zwischen sie. Marcus blieb abrupt stehen. Im Schein einer Laterne kletterte ein massiger Mann in einem uniformähnlichen Khakianzug aus einem Geländewagen, schimpfte lautstark in ein Mobiltelefon, beugte sich gleichzeitig ins Wageninnere und tauchte mit einem Gewehr in der Hand wieder auf.

»Shit«, brüllte der Mann und dann noch ein paar Worte in gutturalem Afrikaans, die sehr unfreundlich klangen. Damit klappte er das Handy zu und steckte es in seine Brusttasche.

Silke musterte ihn verstohlen. Alles an ihm war groß, Kopf, Hände, Füße und besonders sein Bauch. Die Buschstiefel waren mit Schlamm verschmiert, eine militärisch wirkende Kappe saß auf dem kugelförmigen Kopf. An seiner Hüfte baumelte ein Pistolenhalfter, in einer Hand hielt er das Gewehr, mit der anderen kratzte er sich genüsslich unter seinem Hemd. Anschließend lehnte er sich mit gekreuzten Beinen an den Kotflügel seines Autos, streifte sie und Marcus mit einem gleichgültigen Blick und konzentrierte sich darauf, den doppelten Lauf seines Gewehrs mit einem Tuch zu polieren.

»Mein Himmel«, stieß Silke hervor und stöckelte genervt weiter. »Hier scheint ja eine ganze Armee unterwegs zu sein.«

Als Marcus nicht antwortete, drehte sie sich zu ihm um. Im fahlen Schein der Laterne sah sie, dass sein Gesicht alle Farbe verloren hatte.

»Was ist?« Sie legte ihm die Hand auf den Arm. »Um Himmels willen, du zitterst ja. Hast du zu viel Sonne abbekommen?« Mit dem Handrücken prüfte sie seine Wangen und die Stirn. »Scheint nicht so.«

Wie in Trance wandte er den Kopf. Mühsam bewegte er die Lippen, brachte aber keinen Ton hervor.

Ein metallisches Ratschen zog erneut ihre Aufmerksamkeit auf den Uniformierten. Er hatte den Lauf seines Gewehrs abgeknickt, schob zwei Patronen hinein und schlug den Lauf wieder hoch.

Sie zupfte Marcus am Ärmel. »Nun komm schon, der tut uns sicher nichts. Außerdem habe ich Hunger«, rief sie ungeduldig und zerrte ihn energisch an dem Mann vorbei, der keinerlei Regung zeigte, die sie auf sich und Marcus hätte beziehen können.

Eine hübsche Zulu mit lachenden, schwarzen Augen war die Empfangsdame des Restaurants. Sie prüfte ihre Reservierung, nahm die Speisekarte und ging ihnen voraus. Marcus stolperte hinter ihr her, stieß mehrfach gegen die Stühle anderer Gäste und hätte um ein Haar eine zierliche Blondine umgerannt, was er nicht einmal zu bemerken schien. Sie wurden zu einem schönen Tisch am Fenster geführt, und Silke war froh, endlich ihren Platz erreicht zu haben. Sie sah sich um. An der gegenüberliegenden Wand war ein äußerst lecker aussehendes Buffet aufgebaut, rechts von ihnen lag ein verglaster Anbau, in dem jedoch niemand saß.

»Ich brauche einen Drink«, presste Marcus hervor, winkte einer

Serviererin, einer Zulu mit strengem Gesicht und ausladendem Hinterteil, und bestellte einen doppelten Whisky. »Willst du auch einen?«

Silke zog die Brauen zusammen, kommentierte sein Benehmen jedoch nicht. »Bestell mir bitte einen Wein. Weiß und leicht.« Sie stand auf. »Ich sehe mir in der Zwischenzeit das Essen an«, verkündete sie und schlängelte sich an den dicht stehenden Tischen vorbei zum Buffet, das in einem großen Halbrund aufgebaut war.

Es duftete köstlich. Neugierig hob sie jeden Deckel hoch und schnupperte. Als sie bei den Hauptspeisen angelangt war, war ihr Teller schon so sehr mit Salat, Lachs, überbackenen Muscheln und Carpaccio vom Impala überhäuft, dass sie diskret ihren Daumen gebrauchen musste, damit die Croutons nicht vom Salat herunterpurzelten.

»Lecker, was?« Eine tiefe Stimme hinter ihr.

Vorsichtig ihren Teller balancierend, warf sie einen verstohlenen Blick über die Schulter. Fröhliches Grinsen, tief gebräuntes Gesicht, unmöglich blaue Augen in einem Kranz von Lachfalten, sonnenblonde Haare, breite Schultern, Rangeruniform.

Zu offensichtlich, dachte Silke, nickte lediglich lächelnd und kehrte zu Marcus zurück, der nur in sein Whiskyglas starrte.

»Willst du dir nicht auch etwas zum Essen holen?«, fragte sie. »Wenn du zu lange wartest, ist das Buffet leer gegessen, und zwar von mir.« Sie lachte, in der Hoffnung, ihn aus seiner merkwürdigen Stimmung herauszuholen. »Hast du schon meinen Wein bestellt?«

Als Antwort winkte er eine Kellnerin heran und hielt sein Glas hoch. »Dasselbe noch mal. Und bringen Sie die Weinkarte.«

Silke bemerkte, dass seine Augen bereits einen leicht glasigen Ausdruck angenommen hatten. Sie seufzte. Was war nur in ihn gefahren? Sein Stimmungsumschwung hätte nicht krasser sein können. Sie dachte an die Szene mit dem Weißen vor dem Restaurant, der bewaffnet war, als würde er in den Krieg ziehen. Aus

Marcus' Reaktion hatte sie im ersten Augenblick geschlossen, dass er den Mann kannte. Aber der hatte überhaupt keine Notiz von ihm genommen, und sie konnte sich auch beim besten Willen nicht vorstellen, wo Marcus einem solchen Menschen begegnet sein sollte. Es musste die Sorge um sein Geschäft sein, um die Mine. Die Konsequenzen, von denen er geredet hatte, waren ja auch beängstigend, obwohl sie sich immer noch sicher war, dass alles nicht so dramatisch war, wie er annahm.

»Ich bin auf die Buschwanderung gespannt.« Sie spießte ein Stück Lachs auf und hielt es ihm hin, um ihn vom Alkohol abzulenken, aber Marcus wehrte brummend ab.

Genervt aß sie den Lachs selbst. »Sieh nur zu, dass du morgen Nachmittag nüchtern bist, sonst bandle ich mit dem netten Ranger an. Der ist genau mein Typ.«

»Na, pass auf, dass dich das Khaki-Fieber nicht erwischt«, bemerkte er.

»Khaki-Fieber?« Verblüfft ließ sie die Gabel sinken. »Ist das gefährlich? Ansteckend?«

»Wie man's nimmt ...« Sein Ton war spöttisch.

Gerade wollte Silke nachhaken, als eine Kellnerin mit der Weinkarte erschien, die er ausgiebig studierte.

Silke hatte ihren Teller leer gegessen und stand auf. »Ich mache mich jetzt über die Hauptspeisen her. Kommst du mit?«

»Ich suche uns einen schönen Wein aus, dann komme ich nach. Geh du schon vor.«

Silke beschloss, ihm einfach einen Teller aufzufüllen und dafür zu sorgen, dass er aß – und wenn sie ihn stopfen musste wie die sprichwörtliche Gans.

Mit klickenden Absätzen marschierte sie ein zweites Mal zum Buffet. An der Tür zur Bar entdeckte sie Scott MacLean, der in ein Gespräch mit einem der Kellner, einem jungen Zulu, vertieft war. Als er sich zum Gehen wandte, erkannte er sie und winkte ihr zu.

»Waffen sind bei uns nicht erlaubt«, rief er grinsend und zeigte auf ihre Stilettos. »Die sind ja mörderisch.«

»Sie hatte ich auch nicht im Visier«, gab sie zurück.

Scott MacLean lachte laut los. »Bis dann!«, rief er und ging leise pfeifend durch die Bar hinaus in die warme Nacht.

Silke sah ihm mit einem Anflug von Neid nach. Das ist ein Mann, der wirklich glücklich und zufrieden zu sein scheint, dachte sie und schnupperte dann am Curry.

Und das war Scott MacLean auch. Glücklich. Denn Kirsty hatte seinen Antrag angenommen. Seitdem befand er sich in einem euphorischen Gemütszustand, wie er ihn noch nie erlebt hatte. In Hochstimmung marschierte er los.

Dieser Zustand aber sollte letztendlich schuld daran sein, dass er eine folgenschwere Entscheidung traf. Anstatt den sorgfältig gerodeten Weg zu seinem Haus zu nehmen, wählte er die Abkürzung, die erst durch hohes Savannengras und dann durch dichten Busch führte.

Er tat es, weil es schon spät war, weil er Hunger hatte und weil er bereits um halb vier Uhr morgens wieder aufstehen musste, um mit den ersten Touristen zu Fuß das Reservat zu erkunden. Und außerdem weil Kirsty auf ihn wartete. Er drückte die überhängenden Zweige beiseite und tauchte im Busch unter.

Scotty, wie ihn alle nannten, war einer der erfahrensten Ranger seines Landes, geboren und aufgewachsen im heißen, wilden Norden KwaZulu-Natals nahe der Grenze zu Mosambik, als Sohn des legendären Mac MacLean, der ebenfalls Game Ranger gewesen war. Scotty las Spuren wie ein alter Buschmann, erkannte instinktiv das Wesen eines Tieres, sodass es Außenstehenden vorkam, als verstünde er dessen Sprache. Wenn ihm die Hektik des modernen Lebens zu viel wurde, ließ er Handy und Funkgerät im Nachttisch zurück und verschwand für Tage irgendwo im Busch. Keiner wusste, wo, denn die ursprüngliche Buschsavanne war südlich der mosambikanischen Grenze praktisch nur noch in den unzähligen eingezäunten Wildparks erhalten. Seine Kollegen vermuteten, dass es ihn zurück in den heißen Busch im Norden zog, in seine Heimat um Kosi Bay, wo er aufgewachsen war. Dort wohne seine Seele, hatte er einmal bemerkt, als er mehrere Whiskys intus hatte.

Im Busch ernährte er sich von dem, was er fand. Von Früchten und Nüssen, kleinen Fischen, die er aus den flachen Seitenarmen des Usutu-Flusses zog, und von fetten Mopaniraupen, die er seit seiner Kindheit schätzte und abends über dem Feuer röstete. Ab und zu warf er eine Handvoll Termiten mit Wildkräutern in die Pfanne, die er, wenn sie nicht in Gebrauch war, am Gürtel mit sich trug. Termiten mochte er. Mit Pfeffer, Salz und einem Hauch von Curry. Sie lieferten wie die Mopaniraupen gutes Eiweiß.

Kehrte er dann zurück in das kleine Haus, das ihm vom Management des Wildreservats gestellt worden war, war er wieder heiter und ausgeglichen. Wie gesagt, Scotty MacLean war einer der besten Kenner der afrikanischen Wildnis.

Deswegen war seine Entscheidung, an diesem Abend trotz der rasch aufziehenden Nacht die Abkürzung zu nehmen, absolut vertretbar, auch wenn der Trampelpfad nirgendwo breiter war als die Schultern eines Menschen und durch einen mannshohen Tunnel von raschelndem Savannengras führte. Schließlich konnte er nicht ahnen, dass dort eine halbe Stunde zuvor eine Familie verspielter Mungos im letzten Widerschein des Sonnenuntergangs herumgetollt war und dabei eine Schwarze Mamba überrascht hatte, die soeben eine Maus verschlungen hatte und auf der Suche nach einem Unterschlupf durchs Gras glitt, um den Nager in Ruhe verdauen zu können.

Der jüngste der Mungos landete ungeschickt auf dem Schwanz des olivfarbenen Reptils, das sich blitzschnell aufrichtete. Aber bevor es die zentimeterlangen Giftzähne in den Leib des kleinen Mungos versenken konnte, biss eines der erwachsenen Mitglieder

der Mungofamilie zu und verletzte die Mamba am Rücken. Die bäumte sich auf, riss ihr Maul auf und zeigte ihren Rachen, dessen violettschwarzer Farbe sie ihren Namen verdankt. Die eleganten Schleichkatzen verschwanden mit wenigen Sätzen in den nächtlichen Schatten.

Von der Bisswunde behindert, die eine Handbreit unter ihrem Schädelansatz saß, kroch die Schlange mühsam davon, stieß auf einen Termitenhügel und fand in etwa einem Meter Höhe eine flache Ausbuchtung. Sie legte ihren fast drei Meter langen Körper in ordentliche Schlingen und bettete den Kopf mit dem verletzten Hals darauf. Das Blut auf der Wunde koagulierte bereits. Sie würde bald verheilen. Allerdings drückte im Augenblick der Bluterguss auf die Rückennerven, sodass sich das Tier nicht wie gewöhnlich um ein Drittel seiner Körperlänge aufrichten konnte, sondern nur um wenige Zentimeter.

Das alles konnte Scotty nicht ahnen, genauso wenig, welche Auswirkung die Folgen seiner Fehlentscheidung auch auf das Leben von Marcus und Silke Bonamour haben würden. Der Ranger ging den engen Weg entlang, den Strahl seiner Taschenlampe immer vor sich auf den Boden gerichtet, um nicht unversehens in ein Loch oder gar auf eine Schlange zu treten, obwohl die meisten von ihnen bei der geringsten Bedrohung in Deckung gingen.

Doch das Hämmern seiner festen Schritte erzeugte ein Mikrobeben, das sich in der ausgetrockneten Erde bis zu dem Termitenhügel neben dem Pfad fortsetzte. Die Mamba nahm es wahr, hob den Kopf so hoch, wie es ihr möglich war, öffnete in einer Drohgebärde den Rachen und fauchte wie eine übel gelaunte Katze.

Scotty MacLean stieß im selben Augenblick ein lautes Schimpfwort aus, weil er auf einen losen Stein getreten und umgeknickt war. So überhörte er die Warnung des Reptils. Stattdessen leuchtete er auf seine Uhr und fluchte noch einmal. Schon Viertel vor acht. Kirsty konnte ziemlich laut werden, wenn er zu spät kam, doch die Beschaffenheit des Wegs erlaubte ihm keine schnellere

Gangart. Seine Hand mit der Lampe schwang im Rhythmus seiner Schritte, der Lichtkegel huschte über den Weg und den unteren Teil des Termitenhügels.

Im Endeffekt war es knapp ein Zentimeter, der über sein Schicksal entschied. Außer zwei scharfen Nadelstichen im fleischigen Teil seines kleinen Fingers und gleich darauf an der Außenkante des Handtellers spürte er im ersten Moment nichts. Ein anderer hätte es wohl kaum registriert oder geglaubt, sich an einem Dorn gestochen zu haben, aber Scotty war zu erfahren. Ihm war auf der Stelle klar, was passiert war.

Im gleißenden Strahl der Taschenlampe hielt er seine Hand vors Gesicht und sah die zwei punktförmigen Wunden seitlich am kleinen Finger sowie die auf der Handfläche. Im selben Augenblick entdeckte er die Schwarze Mamba, die unbeholfen vom Termitenhügel herunterrutschte.

Da wusste er, dass er kaum mehr als zwanzig Minuten zu leben hatte, sollte er die volle Dosis Gift abbekommen haben. Und wie der Weg bis zu seinem Ende sein würde. Das Gift der Mamba ist neurotoxisch; es lähmt nach und nach die Nervenfunktion, die Muskeln versagen, am Ende auch die des Zwerchfells und die, die dem Herzmuskel die Impulse geben.

Er hatte einen schwarzen Farmarbeiter nach einem Mambabiss sterben sehen und war sich klar, was ihn erwartete. Erst würde er das Gefühl haben, dass Millionen von Ameisen unter seiner Haut kribbelten, Unmengen von Speichel würden sich in seinem Mund sammeln, und er würde extreme Schweißausbrüche erleiden. Dann würde er schläfrig werden und sich betrunken fühlen. Der Verlust über die Kontrolle aller Körperfunktionen war das Nächste, starke Brustschmerzen würden einsetzen und Urin sowie Kot abgehen. Immer häufiger würde er in eine flache Bewusstlosigkeit absinken und wieder auftauchen, gleichzeitig würde zunehmend Atemlähmung einsetzen und schließlich sein Herz versagen.

Flüchtig dachte er daran, über sein Mobiltelefon Hilfe zu holen. Aber die würde nicht annähernd rechtzeitig hier sein können. Ein Hubschrauber konnte hier nicht landen, nicht in der immer dichter werdenden Dunkelheit, nicht im Busch, und ehe Hilfe ihn zu Fuß erreichen könnte, wäre es mit Sicherheit zu spät. Wenn sein Handy überhaupt Empfang hatte.

Seine Hand zitterte, als er es hervorzog. Er unterdrückte die Befürchtung, dies könnte bereits die erste Wirkung des Gifts sein, und prüfte das Empfangssignal. Ein einziger Balken, der immer wieder verschwand und schließlich ganz wegblieb. Von den zwanzig Minuten, die ihm theoretisch blieben, war fast eine vergangen. Abgesehen davon war er von seinem Arzt gewarnt worden, dass er nach mehreren Schlangenbissen und ebenso häufigen Gegengift-Injektionen gegen die Inhaltsstoffe allergisch geworden war. Das nächste Mal würde ihn entweder das Gift oder das Gegengift umbringen, hatte man ihm mitgeteilt. Nur erfahrene Ärzte in einem gut ausgerüsteten Krankenhaus würden das abfangen können. Ein solches Krankenhaus war von seinem jetzigen Standort über achtzig Kilometer entfernt. Viel zu weit. Ebenso gut hätte es auf dem Mond liegen können.

Blitzschnell traf er eine Entscheidung. Während er die Hand herunterhängen ließ, um zu verhindern, dass das Gift sich zu rasch ausbreitete, zog er mit der anderen eine der zwei breiten Kreppbandagen hervor, die er immer bei sich trug. Er wickelte sie um den herunterhängenden Oberarm bis über das Ellbogengelenk und verknotete sie fest. Nach einem sekundenlangen Zögern, in dem er seine aufsteigende Panik bezwang und sich dabei die Lippen blutig biss, zerrte er sein Beil aus dem Gürtel und schickte ein Dankgebet zum Himmel, dass er es stets rasiermesserscharf hielt. Er legte seinen Arm auf einen Baumstumpf und ertastete mit den Fingerspitzen den Zwischenraum zwischen Handwurzel und dem Armknochen. Dann presste er die Zähne zusammen, dass es knirschte, setzte das Beil probeweise unterhalb der Handwurzel an, holte aus und durchtrennte sein Handgelenk.

Seine Schreie hallten durch den Busch. Vögel gaben schrille Warnrufe von sich, Affen kreischten vor Schreck auf und stoben durch die Baumwipfel davon. Immer noch brüllend, stopfte er das abgeschnittene Glied in die Hosentasche, um es nicht als Häppchen für die Hyänen zurückzulassen. Aus dem Stumpf stürzte das Blut, aber in der Hoffnung, dass ein Teil des Gifts so herausgespült wurde, unternahm er für kostbare zehn Sekunden keinen Versuch, es zu stoppen. Erst dann umwickelte er den Stumpf mit der zweiten Bandage, die sich sofort tiefrot färbte.

Gleich darauf musste er sich krampfhaft übergeben und war binnen Sekunden schweißüberströmt. Gleichzeitig schienen Heerscharen von Ameisen über seine Haut zu kribbeln, und mit einem für ihn ungewöhnlichen Anflug von Panik stellte er im selben Moment fest, dass er kaum noch seine Füße voreinander setzen konnte und ernsthafte Atembeschwerden einsetzten. Wie betrunken schwankte er durch den Busch, und nur der Gedanke an Kirsty hielt ihn noch aufrecht.

8

Inzwischen war Marcus betrunken. Mit der Weinflasche in der Hand stand er schwankend vom Tisch auf, torkelte ein paar Schritte, bekam jedoch die Tischkante zu fassen und hielt sich fest. Langsam drehte er die Flasche auf den Kopf und sah offensichtlich fasziniert zu, wie der letzte Tropfen Merlot an seinem Glas vorbei auf die Tischplatte fiel.

»Leer«, lallte er. »Komplett leer. Man bringe mir die nächste.« Er lachte zu laut und stieß auf. »Ups«, sagte er, schlug die Hand vor den Mund und fiel wieder auf seinen Stuhl. »He, du da – beweg dich!«, rief er und zielte mit dem Zeigefinger auf den schwarzen Weinkellner.

»Marcus, hör auf! Du benimmst dich unmöglich, außerdem schielst du schon«, zischte Silke in sein Ohr. »Erstens steht dir das nicht, und zweitens heißt das, dass du bis zum Rand voll bist.«

»Ach ... Unsinn ... mein ... Schnuckelchen ... ich hab doch ...« Er versank kurz in grüblerisches Schweigen. »Kann gar nicht schielen«, verkündete er und lächelte dümmlich. »Aber ich kann auf zwei Fingern pfeifen ... so.« Er steckte Zeige- und Mittelfinger in den Mund, spannte seine Lippen und pustete. Ein Speichelregen ergoss sich auf den Tisch.

»Herrgott, Marcus!«, fauchte sie. Ihre Stimme war rau, wie immer, wenn ihr Temperament sich dem Siedepunkt näherte. Sie griff nach der Weinflasche, aber Marcus erwischte sie vor ihr und wich mit einem kleinen Schlenker aus.

Die Flasche am Hals gepackt, stand er erneut auf, breitete seine Arme weit aus. »Da ... da ... da ...«, sang er und vollführte ein paar kompliziert wirkende Tanzschritte. Als er dabei erstaunlicherweise nicht das Gleichgewicht verlor, grinste er Silke triumphierend an. »Siehst du! Bin nicht betrunken, überhaupt nicht!« Unbeholfen streichelte er ihr übers Gesicht. »Meine süße … Silke … immer auf mein … Wohlergehen bedacht …« Er wedelte unvorsichtig mit der Flasche, sie rutschte ihm aus der Hand und zersplitterte auf dem Holzboden.

»Peng«, sagte er und setzte sich wieder.

»Reiß dich jetzt endlich zusammen«, fuhr sie ihn unterdrückt an. Mit einem Anflug von Verlegenheit blickte sie zu dem älteren Paar am Nachbartisch, das, wie sie mitbekommen hatte, ebenfalls Deutsch sprach, und sich peinlich berührt umgedreht hatte. »Tut mir leid, sonst ist er nicht so … Die Hitze, wissen Sie.«

Der Mann nickte verständnisvoll, die Frau zog eine Grimasse und schüttelte ihren grauen Pferdeschwanz. Silke versuchte, mit den Fußspitzen die Splitter unauffällig zu einem Häufchen zusammenzufegen und die Scherben mit einer Serviette aufzuheben. Der Ranger, der sie am Buffet angesprochen hatte, ging eben an ihrem Tisch vorbei und bemerkte das Malheur.

»Lassen Sie nur, das ist kein Problem, das haben wir gleich«, meinte er zu Silke. »Ich hole jemanden, der das auffegt. Sabisi!«, rief er und hob eine Hand.

Eine ältere Kellnerin schaute herüber, und er zeigte auf die Scherben. Die Frau kam kurz darauf mit Handfeger sowie Schaufel an den Tisch und fegte die Splitter ächzend zusammen. Sie war sehr korpulent, und das Bücken fiel ihr offensichtlich schwer.

»Sorry«, sagte Silke, gab ihr einen Zwanzig-Rand-Schein und bedachte ihren zukünftigen Mann dabei mit einem pechschwarzen Blick.

»Schon okay«, brummte die Kellnerin und schlurfte davon.

»So, alles wieder in bester Ordnung.« Der Ranger grinste. »Machen Sie sich keine Gedanken. In dieser Hitze wirkt Alkohol viel schneller als gewöhnlich. Ich bin übrigens Rick, Ranger in diesem Paradies.«

»Silke«, sagte sie und wies auf Marcus. »Marcus. Wir werden morgen in Umfolozi sein, in einem Camp namens Mpila, und das, was ich über das Camp im Internet gelesen habe, beunruhigt mich etwas. Vielleicht können Sie uns ein paar Tipps geben?«

Statt zu antworten, musterte Rick erst sie und dann Marcus eingehend. »Kann es sein, dass wir uns schon mal getroffen haben?«, fragte er dann. »Sind Sie von hier? Waren Sie schon einmal in Hluhluwe-Umfolozi?«

Silke öffnete den Mund, aber Marcus fiel ihr überraschend scharf ins Wort. »Noch nie … Wir waren noch nie …« Er fuchtelte mit den Händen, da ihm offenbar nicht einfiel, was er sagen wollte, und fixierte den Ranger frustriert mit glasigen Augen. »In Afrika«, brachte er schließlich heraus.

»Aha, dann hab ich mich wohl geirrt. Das ist bei den vielen Gästen, die täglich hier ankommen, schon mal möglich, obwohl ich ein gutes Gedächtnis für Gesichter habe. Darf ich?«, fragte er und zeigte auf den freien Stuhl neben Silke, die nickte. Mit dem Rücken zu Marcus gewandt, sah er ihr tief in die Augen. »Silke.«

Er sprach es wie Marcus auch Silky aus.

»Was für ein hübscher Name. Passt zu Ihnen. Sie habe ich noch nie hier gesehen, da bin ich mir sicher. Eine Frau wie Sie würde ich niemals vergessen«, raunte er.

»Ach ja?« Silke bedachte ihn mit einem spöttischen Blick. Warum nur glaubten Männer, dass dieser Satz für eine Frau ein Kompliment bedeutete? Erwarteten sie, dass man sich ihnen hingerissen zu Füßen warf? »Und was für eine Frau bin ich? Hässlich … dumm … Nase zu groß?«

Aber bevor sie fortfahren konnte, wurde sie unterbrochen.

»Ich kann Scotty nicht erreichen«, rief eine Frauenstimme hinter ihr.

Silke drehte sich um.

Eine Frau mit blondem Pferdeschwanz und Baseballkappe

stand vor Rick. Sie wirkte aufgeregt. »Nicht einmal die Mailbox meldet sich. Weißt du, wo er ist?«

Er schüttelte den Kopf. »Auf dem Weg nach Hause, würde ich schätzen. Vermutlich hat er mal wieder vergessen, sein Mobiltelefon aufzuladen. Das kennen wir doch schon. Mach dir keine Sorgen, Kirsty. Er ist sicher schon zu Hause und erwartet dich sehnsüchtig.«

»Ja, da wirst du recht haben. Warte nur, bis ich ihn zwischen die Finger kriege. Dem werde ich gründlich die Meinung sagen.« Trotz ihrer kriegerischen Ansage klang die Frau erleichtert. »Ich werde ihm einen Ersatzakku schenken. Bis morgen.«

»Bis morgen. Melde dich, wenn was ist«, antwortete Rick und widmete sich wieder Silke.

Mit gerunzelter Stirn blieb die Frau aber stehen.

»Ist noch was?«, fragte Rick mit einer Spur von Ungeduld in seinem Ton.

Kirsty antwortete nicht. Ihr Blick ruhte auf Silke und sprang dann zu Marcus, der betrübt in sein leeres Glas starrte, und wieder zurück zu Silke. Mit irritiertem Ausdruck schüttelte sie schließlich den Kopf. »Nein, es ist nichts. Wohl nur eine Verwechslung.«

Mit dieser rätselhaften Bemerkung lief sie in Richtung Ausgang, durch den eben drei Personen das Restaurant betraten. Voran ging ein ziemlich großer Mann mit raspelkurzem, hellem Haar und psychedelisch buntem Hawaiihemd, Hand in Hand mit einer dunkelhaarigen Schönheit. Sie hatte eine blendende Figur, trug khakifarbene Bermudas, die Ärmel der weißen Bluse waren hochgekrempelt. Das schwarze Haar war kinnlang und schwang glänzend wie ein Seidenvorhang um ihr Gesicht.

Silkes Laune sank rapide. Plötzlich kam sie sich in ihrem Designer-Outfit fürchterlich aufgetakelt vor. Missmutig musterte sie den Mann, der hinter den beiden auftauchte. Er war ebenfalls überdurchschnittlich groß, jedoch eher dunkel wie ein Südländer, und auch er trug ein wild gemustertes Hawaiihemd, dazu ein breites Grinsen im Gesicht.

»Hi, Rick«, rief die Frau.

Der Ranger sah hoch und sprang mit erfreutem Lächeln auf. »Jill! Schön, dich zu sehen.«

»Sei gegrüßt, Rick, alter Junge«, rief der Mann, der als Letzter hereingekommen war. »Na, gibt's schon wieder einen Ausbruch von Khaki-Fieber? Du siehst aus wie die Katze, die den Kanarienvogel verschlungen hat.«

Khaki-Fieber? Silke lehnte sich vor. Schon wieder dieses Fieber, das Marcus bereits erwähnt hatte. Grassierte hier etwa eine gefährliche Krankheit? Wie Dengue-Fieber oder Schlimmeres? Sie nahm sich vor, sobald wie möglich im Internet danach zu recherchieren. Als sie aufsah, fing sie gerade noch den abschätzenden Blick des Rangers auf, der sich aber daraufhin blitzschnell dem Neuankömmling zuwandte.

»Bisher ist noch niemand infiziert«, hörte sie ihn sagen. »Weit und breit sind alle bei bester Gesundheit. Noch, zumindest.« Ein eigenartiges Grinsen begleitete seine Worte.

Warum grinste der Mensch so komisch? Es kratzte Silke so unangenehm wie spitze Dornen über die Haut, obwohl sie sich noch nicht einmal über den Grund klar war.

Der Mann, der wie ein Südländer aussah, lachte spöttisch. »Na, das tut mir aber leid. Aber gib die Hoffnung nicht auf, du …« Sein Blick glitt zu Silke.

»Geht's nicht noch ein bisschen lauter?«, fuhr ihm Rick über den Mund und boxte ihn gleichzeitig hart auf den Oberarm. »Reden wir lieber von dir. Wo hast du denn die schöne Anita gelassen?«

Der Themenwechsel war so abrupt, dass es Silke auffiel.

Der andere Mann rieb sich seinen Oberarm. »Nächstes Mal sei ein bisschen zärtlicher zu mir.« Er drohte Rick mit dem Finger. »Du weißt, dass ich schnelle Reflexe habe, und dann tut's weh.« Spielerisch ballte er eine Faust. »Anita und ich treffen uns morgen in Kapstadt und fliegen nach Deutschland. Unser Visum läuft in einer Woche ab. Eigentlich müssten wir nur für sieben Tage das Land verlassen, aber aus irgendeinem Grund hat Anita Sehnsucht nach Kälte, Matsch und Schnee.« Er schüttelte sich theatralisch. »Wenn es nach mir geht, sind wir sehr bald wieder zurück.«

»Schschschneematsch«, trötete Marcus auf Deutsch. »Scheußlich. Kalt und nass, aber keine Affen …«

»Da haben Sie recht, keine Affen«, erwiderte der Mann ebenfalls auf Deutsch. »Kommen Sie aus Deutschland?«, wandte er sich an Silke.

Sie nickte knapp. »Aus München. Wir sind gestern erst angekommen.«

»Aber nicht ursprünglich, oder? Ich höre eine deutliche norddeutsche Sprachfärbung. Klingt eher nach Nordseesprotte. Ich kann den Hering geradezu riechen und die Wellen an den Sylter Strand klatschen hören.«

Silke lachte. »Stimmt. Ich komme tatsächlich von der Nordseeküste.«

Er streckte ihr die Hand hin. »Dirk Konrad. Ebenfalls aus dem kühlen Norden. Um genau zu sein, auch von der stürmischen Nordseeküste.«

Silke nahm seine Hand und drückte sie.

Der Mann hatte ein sehr anziehendes Lächeln, und seine lockere Art gefiel ihr auf Anhieb.

»Ich bin Silke Ingwersen, und das ist Marcus Bonamour. Er ist Münchner.«

»Kommen … aus Deutschland.« Marcus griente stolz. »Bayern – da komm ich her. Hab nur meine Lederhosen vergessen.«

Der Ranger hatte inzwischen die dunkelhaarige Frau in den Arm genommen und drückte ihr einen schallenden Kuss auf jede Wange. »Jill, dein Wachhund ist ja schon wieder dabei.« Er schoss dem Mann an ihrer Seite einen gespielt feindseligen Blick zu. »Hat der denn nichts anderes zu tun, als hinter dir herzuscharwenzeln? Nie hab ich dich mal für mich allein«, flüsterte er ihr ins Ohr und küsste sie noch einmal.

Jill zog ein todernstes Gesicht. »Ach, ich habe zwar versucht, Nils anzuketten, aber er hat so herzerweichend gejault, dass ich ihn wieder losbinden musste. Außerdem will ich mir ja keinen Ärger mit dem Tierschutzverein einhandeln.«

»Wuffwuff«, machte der Mann im Hawaiihemd und küsste sie besitzergreifend.

Der Ranger schob ihn weg. »Hau ab, Nils, lass sie mir wenigstens für ein paar Minuten, du hast sie doch noch dein ganzes Leben. Wie geht's eigentlich? Was hat euch nach Hilltop verschlagen? Habt ihr schon die eigenen Betten vermietet? Ich habe gehört, dass das Geschäft derartig brummt, dass man neidisch werden könnte.«

Jill winkte ab. »Dazu gibt es im Augenblick wirklich keinen Grund. In unserer Küche ist ein Wasserrohr geplatzt, und gefühlte tausend Liter haben sich als Flutwelle bis in die Bar ergossen. Jetzt schwappt da ein nicht sehr sauberer See, und prompt ist das Wasser natürlich in die Steckdosen gelaufen. Es knallte, Funken sprühten, und ich dachte, der Herd explodiert. Glücklicherweise passierte das, nachdem das Dinner für unsere Gäste fertig war. Nur wir drei«, ihre Handbewegung schloss Dirk Konrad mit ein, »haben heute noch nichts zu essen bekommen und sterben fast vor Hunger. Habt ihr noch was für uns übrig?« Sie warf einen sehnlichen Blick aufs Buffet.

»Klar, wir werden euch schon satt bekommen«, sagte Rick. »Beim Buffet wird noch nachgelegt, und à la carte ist heute der Warzenschweinbraten besonders lecker, Springbock in Rosinensoße kann ich auch empfehlen.«

Nils rieb sich den Magen. »Deine gute Tat für heute. Ich bin schon ganz schwach vor Hunger.«

Rick zog einen Stuhl zurück. »Wollen wir uns nicht alle zusammensetzen? Ist das okay?«, fragte er Silke. »Das könnte interessant für euch werden. Die Geschichten, die Jill über diese Gegend erzählen kann, sind es wert, gehört zu werden.«

Silke streifte Jill mit einem essigsauren Blick, riss sich aber zusammen, um nicht als komplette Zicke dazustehen. Schmallippig lächelte sie ihre Zustimmung.

Marcus, der bisher nicht reagiert, sondern verdrießlich in sein leeres Weinglas gestarrt hatte, blinzelte. »Die ist hübsch«, er zeigte auf Jill, »wer ist das?«

Jill lachte und verbeugte sich. »Danke fürs Kompliment. Ich werde es in eine Schublade stecken und immer dann hervorholen und polieren, wenn ich mal nicht so gut drauf bin. Ich bin Jill Rogge«, sagte sie und zeigte dann auf Nils, »und das ist mein Mann Nils. Wir haben eine Farm ein paar Kilometer von hier entfernt.«

»Das klingt ein bisschen zu bescheiden«, mischte sich Rick ein. »Jill gehört eins der schönsten privaten Wildreservate hier und gleichzeitig eine der ältesten Farmen dieser Gegend«, erklärte er Silke. »Nun setzt euch schon hin«, fügte er hinzu und zeigte auf den freien Stuhl neben sich.

Der Nachbartisch war frei geworden, Nils und Dirk schoben die beiden Tische zusammen und erweiterten so die Runde. Das ältere Paar hatte vor ein paar Minuten gezahlt und war gegangen, nicht ohne Marcus betont missbilligend zu mustern. Silke hätte ihnen am liebsten die Zunge herausgestreckt.

Nils nahm neben Silke Platz, die den Kopf in den Nacken legen musste, um zu ihm aufzuschauen, wenn er etwas zu ihr sagte. Obwohl sie nicht gerade klein war, fühlte sie sich auf eine merkwürdige Weise unterlegen. Ein Gefühl, das sie als außerordentlich unangenehm empfand, besonders im Hinblick auf die Erscheinung seiner Frau.

Inzwischen rief Rick die alte Serviererin heran, und nach einer halben Stunde standen endlich Wein, Wasser, zwei Portionen Warzenschwein sowie zwei Portionen Springbock auf dem Tisch.

Silke holte Marcus kurzerhand eine Portion Curry mit Reis und Chutney vom Buffet, den er, wie sie wusste, leidenschaftlich gerne aß. Sie stellte den Teller vor ihm auf den Tisch und setzte sich. »Hier, du brauchst mal etwas Festes im Magen.«

Er schob ihn knurrend mit angeekeltem Gesicht weg.

»Marcus«, flüsterte sie warnend, »gleich gibt's Ärger, und zwar richtigen.«

Bei diesem Ton erwachte er zum Leben. Er nahm Silke die Gabel ab, stützte den Kopf in eine Hand und stocherte lustlos in seinem Essen herum.

Silke sah seinem Treiben einen Augenblick schweigend zu, bevor sie sich zu ihm beugte. »Du isst jetzt etwas und trinkst einen Espresso, sonst schaffst du es nicht einmal bis zum Haus, und tragen kann ich dich ja wohl nicht. Ich schwör's, ich lass dich sonst draußen liegen, und wenn dich die Löwen holen, musst du allein damit fertigwerden.«

»Hasse Espresso«, protestierte Marcus und warf einen verlangenden Blick auf die Weinflaschen, dann einen auf sie. »Ein Glas, mein Herz, das letzte, ich schwör's«, bettelte er.

»Ja, ja«, sagte sie mit zusammengezogenen Brauen und wedelte mit einer Hand, um die Aufmerksamkeit der Bedienung zu erregen, was aber nicht von Erfolg gekrönt war. Frustriert wollte sie aufstehen, um selbst Kaffee vom Buffet zu holen, als Nils sie zurückhielt.

»Also, ich könnte auch einen Espresso vertragen«, sagte er mit einem Seitenblick auf Marcus, der trübsinnig das Etikett der Weinflaschen studierte. »Mit viel Zucker. Wer will sonst noch einen?«

»Ich«, antworteten alle übrigen Anwesenden wie aus einem Mund.

Nils brauchte nur den Finger zu heben, und es erschienen gleich zwei der Kellnerinnen.

»Danke für die Unterstützung«, sagte Silke leise zu ihm.

»Da nicht für, wie wir Hamburger sagen«, grinste Nils.

»Wir könnten uns eigentlich auf Deutsch unterhalten«, sagte Jill zu Silke. »Mein Ururgroßvater ist 1848 aus dem Bayerischen Wald in dieses Land gekommen, und meine Ururgroßmutter Catherine kam aus der Nähe von Hamburg. In unserer Familie wurde immer Deutsch gesprochen. Mehr oder weniger wenigstens. Nur Rick hier würde dann kein Wort verstehen. Er spricht zwar außer Englisch, Zulu, Afrikaans und einigen weiteren Eingeborenensprachen auch Elefantisch, aber Deutsch kann er nicht …«

Silke unterbrach sie ungläubig. »Elefantisch? Wie die mit dem Rüssel?«

»Wie die mit dem Rüssel. Fließend! Ohne Scherz«, versicherte Jill ihr auf Englisch, woraufhin Rick geschmeichelt abwinkte.

»Doch, es ist wahr«, sagte Jill. »Neulich hatte ich einige Dinge in der Nähe von Durban zu erledigen und bin auf dem Rückweg einfach durch Umfolozi gefahren. Dabei geriet ich in eine Herde randalierender Dickhäuter. Ein paar Jungbullen, die aus einem anderen Park stammten, wo man den Rest ihrer Familie erlegt hatte, gerieten außer Rand und Band.«

»Haben Wilderer die Elefanten abgeknallt?«, fiel Silke ihr ins Wort.

»Nein, Ranger. Zur Bestandsreduzierung.«

»Nette Umschreibung«, murmelte Silke.

»Ich weiß, aber so etwas ist leider nötig.« Jill wirkte bedrückt. »Das hatte erst kürzlich stattgefunden. Keins der älteren Tiere war noch da, um die jungen Elefantenbullen zu erziehen, und sie benahmen sich wie außer Kontrolle geratene Jugendliche, trampelten alles kurz und klein.«

»Würde ich auch, wenn man mir so was antun würde«, warf Silke ein.

In Jills Gesicht zuckte es. »Wie dem auch sei, Rick kreuzte glücklicherweise auf. Zwei Stunden lang redete er einer alten Leitkuh gut zu, bis die sich endlich bequemte, die jungen Tiere und die übrigen Mitglieder ihrer Familie so weit zu beruhigen, dass sie friedlich abzogen. Es war ein absolut unglaubliches Erlebnis, das ich bis an mein Lebensende nicht vergessen werde.« Sie lachte. »Schon allein, weil ich vor lauter Angst kaum atmen konnte. Ohne ihn«, sie zeigte mit dem Daumen auf Rick, »wäre ich zu Brei getrampelt worden.«

Silke drehte sich zu dem Ranger um. Erst jetzt fiel ihr auf, wie breit seine Schultern waren, wie kräftig und zuverlässig seine Hände, wie fest und klar sein Blick. Ihre Augen glitten an seinem Körper hinunter, und in diesem Augenblick lächelte er sie an. Jäh wurde ihr heiß und kalt. Ein feiner Schweißfilm legte sich auf ihre Haut. Entsetzt von dieser völlig unerwarteten und ganz und gar unemanzipierten Höhlenweibchenreaktion, versuchte sie, sich innerlich zur Ordnung zu rufen.

Halt suchend griff sie nach Marcus' Hand. Mit ihm war sie verlobt, ihn würde sie heiraten, doch ihr Blick flatterte immer wieder zu Rick.

Was war bloß mit ihr los? Ihre Fingerkuppen fuhren über ihre Wange, die förmlich glühte. Die Vermutung, dass sie hochrot im Gesicht war, lag nahe und verursachte ihr eine weitere Hitzewallung. Es musste diese Schwüle sein und der Wein, der ihr durch den Körper pulsierte, ihr Blut erhitzte und die Beine schwer machte. Das musste es sein! Mit zitternden Fingern goss sie sich ein Glas eiskaltes Mineralwasser ein und stürzte es so hastig hinunter, dass sie hinterher hustend nach Luft schnappen musste. Anschließend presste sie das kalte Glas an ihre Schläfe und hoffte, dass es ihre verräterische Gesichtsfarbe etwas mildern würde.

»Und wo in Deutschland bist du zu Hause?«, erkundigte sich Jill.

»München«, antwortete Silke und war dankbar für die Ablenkung. »Seit Kurzem.« Aus den Augenwinkeln betrachtete sie Marcus. Sein Kopf hing nach hinten, die Augen hatte er geschlossen, der Mund stand halb offen. »Aber wenn er so weitermacht, werde ich nicht mehr lange da sein«, rutschte es ihr heraus.

Marcus musste ihren Ausspruch mitbekommen haben, denn er nahm ihre Hand und küsste sie. »Entspann dich, Schatz«, murmelte er.

Jill blickte mit kaum übersehbarer Neugier von einem zum anderen. »Dein Nachname – Bonamour – kommt in Südafrika öfter vor«, sagte sie zu Marcus. »Eine Schulfreundin von mir hieß so, und die kam aus einer großen Familie, die hier in Natal lebt. Kommst du ursprünglich aus dieser Gegend? Aus Südafrika?«

»Südafrika, ich?« Für ein paar Sekunden schien Marcus Mühe zu haben, seine Augen zu fokussieren, dann aber wurde sein Blick überraschend klar. Er setzte sich kerzengerade auf. »Nein, absolut nicht. Ich bin Deutscher.« Er schwang eine Hand im Halbkreis, wobei er Silke um ein Haar ins Gesicht geschlagen hätte. »Bonamour ist ein Hugenottenname, und wir Hugenotten sind doch über die ganze Welt verteilt, nicht wahr? Über die ganze große, weite Welt.« Er blinzelte Jill anzüglich an. »Papa war immer unterwegs.«

Jill ging nicht darauf ein, sondern schwieg mit gerunzelten Brauen, dachte offenbar über etwas nach. »Meine Ururgroßmutter entstammte ebenfalls einer Hugenottenfamilie«, sagte sie schließlich und musterte ihn dabei noch immer mit Irritation.

»Aha, da hast du es«, sagte Marcus und wirkte etwas nüchterner. »Uns gibt's überall auf der Welt … Und bist du Deutscher oder Südafrikaner?«, fragte er Nils in einem Ton, der deutlich machte, dass er das Thema wechseln wollte.

»Das frage ich mich auch manchmal. Ursprünglich komme ich aus Hamburg, und laut Pass bin ich noch Deutscher, aber«, Nils bedachte seine Frau mit einem intimen Lächeln, »mein Herz ist fest in südafrikanischer Hand. Und der da«, er wies auf seinen Freund Dirk, »der sieht zwar aus wie ein sizilianischer Pirat, aber er ist Friese, man sollte es kaum glauben! Bestimmt hat einer seiner Vorfahren aus dem Süden in grauer Vorzeit Schiffbruch erlitten, ist an die Nordseeküste gespült und in letzter Sekunde von einem hübschen Friesenmädel gerettet worden, dem er dann prompt den Kopf verdreht hat. Daher hat er wohl auch die blauen Augen.«

»Ha!«, machte Dirk Konrad. »Tatsächlich waren die Friesen ziemlich wüste Küstenbewohner, die mit falschen Positionslaternen Schiffe in Untiefen lockten, um sie zu plündern. Sie fanden meinen armen Vorfahr, der nur ein harmloser Frachtkapitän war, am Strand und raubten ihn aus.« Sein spöttischer Blick wanderte über seinen Freund und blieb an dessen kräftigen Oberarmen hängen. »Riesige, muskelbepackte Strandpiraten, mit Keulen bewaffnet und nichts im Hirn – das waren vermutlich deine Vorfahren!« Ein lästerliches Grinsen begleitete seine Worte.

Die gegenseitigen Hänseleien gingen weiter, es wurde viel gelacht und getrunken, und Silke entspannte sich etwas. »Was machst du beruflich?«, fragte sie Dirk irgendwann.

»Mein Mann und Dirk sind beide Journalisten«, fiel Jill ein, »beide sind eigentlich Kriegsreporter, und beide erzählen gerne Märchen, die man nicht unbedingt glauben muss.«

»Kriegsreporter.« Silke zog die Brauen hoch. »Und über welchen Krieg berichtet ihr? Hier ist doch alles friedlich.«

Wieder antwortete Jill. »Nils arbeitet als freier Korrespondent für deutsche Medien, und Dirk faulenzt herum, während seine Frau sich damit abplagt, die Geschichte ihrer Familie aufzuschreiben, die nach dem Krieg hierher ausgewandert ist. Übrigens …«

Der schrille Warnruf eines Vogels unterbrach sie, begleitet von panischem Flügelflattern, ein paar Affen kreischten Alarm. Silke fuhr hoch und starrte aus dem Fenster in die Nacht. Auch die anderen merkten auf.

»Nachtjäger«, murmelte Rick.

Unwillkürlich lief Silke eine Gänsehaut über den Rücken. Nachtjäger. Etwas, das lautlos durch den Busch schlich und auf Beutejagd war. Das klang so unheimlich. So etwas Gefährliches gab es in Deutschland nicht. Da wurde die Nacht durch Millionen Straßenlaternen, Autoscheinwerfer und erleuchtete Fenster erhellt, die Straßen waren zu allen Tages- und Nachtzeiten belebt. Man konnte allenfalls Ratten begegnen oder Mardern, die Autokabel annagten. Das gefährlichste Raubtier dort war zweibeinig.

Dirk lehnte sich zurück, faltete die Hände über seinem Bauch und sah Rick an. »Nun erzähl mal ein paar saftige Gruselgeschichten von Krokodilen und Löwen, die Touristen fressen und so, damit unsere neuen Freunde hier gebührend beeindruckt sind und auch das Gefühl haben, sich in Afrika zu befinden. Vielleicht die mit der Frau und der Giraffe.«

»Oh, aber mit dem größten Vergnügen.« Rick rieb sich die Hände. »Also, im Norden unseres schönen Landes führte im Oktober eine Frau ihre Hunde in einem Wildreservat spazieren und stieß auf eine Giraffe. Die Hunde bellten, die Giraffe hatte Angst um ihr Kalb und trat zu.«

»Und?«, fragte Silke.

Rick zuckte die Schultern. »Sie traf die Frau im Genick. Der Kick hätte einen Büffel erledigt. Sie war sofort tot.«

Silke starrte ihn an. »Hast du auch ein paar nette Geschichten, solche voller Afrikaromantik, die zu Herzen gehen? Mit niedlichen Löwenbabys und so?«

»Massenweise, aber dazu ist mein Glas zu leer, und ich bin hier quasi im Dienst. Aber morgen habe ich frei.« Er sah ihr tief in die Augen.

Nils hob mit einem spöttischen Grinsen sein Glas. »Na, dann Prost.«

Eine schnelle Serie von trockenen, harten Explosionen veranlasste alle, den Kopf zu heben und zu lauschen.

»Was war denn das?«, fragte Silke beunruhigt. »Klang wie Silvesterraketen oder Schüsse?«

»Hab ich gar nicht gehört«, sagte Rick und schaute in die Nacht hinaus.

»Waren Schüsse«, nuschelte Marcus in sein leeres Glas. »Maschinengewehr.«

Silke musterte ihn genervt. »Maschinengewehr. Wer soll hier denn mit einem Maschinengewehr herumballern? Außerdem, woher willst du das wissen?«

Mittlerweile waren auch andere Gäste auf die Schüsse aufmerksam geworden, und es entstand unterschwellige Unruhe. Ein älterer Mann mit dem feisten Aussehen eines wohlhabenden Pensionärs bemerkte für alle hörbar, dass das tatsächlich eine Salve aus einem Maschinengewehr zu sein schien.

»Sie.« Er lehnte sich zu Rick hinüber. »Sie gehören doch zu diesem Verein. Wer schießt hier mit Maschinengewehren? Und erzählen Sie mir nicht, dass das Feuerwerkskörper waren. Ich bin Kriegsveteran, Erster Golfkrieg, ich weiß, was ich gehört habe.«

Jill und Rick wechselten einen schnellen Blick.

Jill zuckte mit den Schultern. »Sag einfach die Wahrheit.«

»Wilderer«, antwortete Rick mit einer knappen Handbewegung. »Sie kommen von Mosambik rüber. Es ist eine Sache von die oder wir. Unsere Männer haben gar keine andere Wahl. Sie schützen nicht nur die Tiere, sondern auch Sie.«

Silke brauchte einen Moment, ehe sie begriff, was der Ranger da gesagt hatte. »Die erschießen die Wilderer?«, fragte sie ehrlich entsetzt.

»Das ist Afrika«, gab der Ranger nur zurück. »Fressen oder gefressen werden. So ist es nun mal.« Er spielte mit dem Salzstreuer, sah niemanden dabei an.

Silke hatte auf einmal das beunruhigende Gefühl, sie stünde auf einem hohen Berg, im Sonnenschein, Blumen um sie herum, und sähe auf ein Land hinab, ein fremdes, dunkles Land, das unter einer drohenden Wolke lag. Sie presste ihre Hände auf die Augen, um dieses erschreckende Bild zu verscheuchen. »Davon hört man bei uns aber nichts«, flüsterte sie.

Niemand kommentierte diese Bemerkung.

9

Mit letzter Kraft war Scotty in sein Haus gestolpert.

»Herrgott, Scott!«, schrie Kirsty beim Anblick des blutenden Armstumpfes und wurde kalkweiß.

»Schwarze Mamba«, keuchte er mühsam, da ihm inzwischen das Atmen schwerfiel. »Serum im Kühlschrank, schnell! Alle Ampullen. Ruf Hilfe!« Er stolperte an ihr vorbei durch sein kleines Wohnzimmer und fiel aufs Sofa, wo er mit geschlossenen Augen nach Luft rang, aber noch so viel Instinkt besaß, seinen Armstumpf auf die Lehne hochzulegen, damit nicht noch mehr Blut herauspumpte, bevor er das Bewusstsein verlor.

Kirsty rannte zur Küche, rief dabei über Funk den Manager des Reservats an, betete, dass er noch im Büro war, weil sie seine Privatnummer nicht kannte. Aber sie hatte Glück. »Scotty … Schwarze Mamba«, stieß sie atemlos hervor, als er sich meldete.

»Bleiben Sie am Gerät, ich leite Sie weiter«, sagte der Mann.

Adrenalin schoss ihr durch die Adern. »Er hat …« Sie musste trocken schlucken, ehe sie fortfahren konnte, weil ihr die Zunge am Gaumen klebte. »Er hat sich die Hand abgeschnitten«, wisperte sie heiser vor Aufregung ins Funkgerät, während sie die Kühlschranktür aufriss. Der Plastikbehälter mit der Notfallausrüstung stand auf dem obersten Regal. Sie zog ihn heraus, aber er entglitt ihrer schweißnassen Hand, fiel auf den Boden und rutschte unter den Vorratsschrank. Das Funkgerät fest umklammernd, warf sie sich auf die Küchenfliesen und fischte den Behälter hervor. Im Funkgerät knackte es, die Stimme des Arztes drang durch.

»Was soll ich machen?«, schrie sie noch im Liegen.

»Klaren Kopf bewahren. Machen Sie den Notfallkasten auf.«

Sie blieb einfach auf dem Boden sitzen und öffnete den Kasten. Der Arzt erklärte ihr Schritt für Schritt, was sie tun sollte, und unter dem Einfluss seiner ruhigen Stimme legte sich das Zittern ihrer Hände, sodass sie es schaffte, die Ampullen mit dem Gegengift aus dem Notfallbehälter zu nehmen, mit seiner Anweisung eine zu köpfen und den Inhalt in eine Spritze aufzuziehen. Dann stemmte sie sich hoch, rannte ins Wohnzimmer. Scotts Gesicht war leichenblass und schweißüberströmt, sein Atem kam rau und unregelmäßig.

»Okay, ich bin bei ihm.«

»Hören Sie gut zu. Sie injizieren entweder in die Haut oder in den Muskel, drücken langsam die Spritze herunter, bis sie leer ist. Dann ziehen Sie gleich die nächste auf und wiederholen das, bis alle Ampullen aufgebraucht sind. Eigentlich müsste das Serum intravenös gegeben werden, aber das sollte nur jemand machen, der eine dementsprechende Ausbildung hat. Wo sitzt der Biss?«

»Das … das kann ich nicht sehen«, stotterte sie. »Es muss in der Hand gewesen sein, die hat er abgehackt.« Tränen liefen ihr übers Gesicht.

»Okay«, kam die besonnene Stimme aus dem Funkgerät und beschrieb ihr präzise, wo sie zu injizieren hatte.

Sie tat, was er ihr sagte, und schilderte auf seine Frage hin Scotts Zustand. »Er kann nicht mehr ordentlich sprechen, seine Augenlider hängen herab und … und er atmet sehr schwer. Ich glaube, er hat das Bewusstsein verloren.« Ihre Stimme verriet die aufsteigende Panik.

»Puls? Fühlen Sie am Hals nach. Direkt unterm Ohr.«

Kirsty ertastete ein Flattern. »Schnell, aber spürbar.«

»Das ist gut«, sagte der Arzt. »Halten Sie ihn absolut ruhig. Wir sind gleich da, und so lange bleibe ich am Funkgerät. Ich lasse Sie nicht allein.«

Kirsty klammerte sich mit einer Hand an das Gerät wie an den sprichwörtlichen rettenden Strohhalm, mit der anderen hielt sie Scotts und verbrachte die längsten und fürchterlichsten Minuten ihres bisherigen Lebens. Scotts keuchende Atemzüge wurden flacher und seltener, und mit jeder atemlosen Pause stieg ihre Verzweiflung. Sie presste seine Hand an ihre Wange und betete leise.

Es dauerte einen Moment, ehe sie den großflächigen Blutfleck auf seiner Hosentasche wahrnahm. In dem Glauben, dass er dort eine weitere Verletzung hatte, zog sie die Tasche auseinander, konnte aber nichts erkennen und griff hinein. Ihre Finger fühlten etwa Nasses, Glitschiges. Instinktiv packte sie zu und beförderte das Objekt zutage. Sie hob es dicht vors Gesicht, um es besser erkennen zu können. Es war ein blutiger Fleischklumpen.

Mit einem Aufschrei ließ sie ihn fallen. Es gab ein klatschendes Geräusch. Vollkommen verstört starrte sie dieses Ding an, begriff für lange Sekunden nicht, was sie da vor sich hatte. Als ihr schließlich klar wurde, dass da eine menschliche Hand lag, Scotts Hand, musste sie sich explosionsartig übergeben.

Schluchzend kniete sie sich hin und wischte die schmierige Lache auf, verzweifelt darauf bedacht, die Hand nicht zu berühren. Sie zwang sich, darüber nachzudenken, was sie damit anfangen sollte. Sollte sie sie einfach liegen lassen, damit der Arzt sie sich ansehen konnte? Sie hatte keine Ahnung, wie lange die Amputation her war – Scott war nicht ansprechbar, er konnte ihr das nicht sagen –, war sich auch nicht klar, ob ein Chirurg sie wieder annähen könnte. Und Scotts Hand einfach in den Müll zu werfen war undenkbar. Bevor sie zu einem Entschluss kommen konnte, nahm sie ein Motorengeräusch wahr, das sich schnell näherte.

Wie elektrisiert lief sie zur Tür. Eben hielt der größte Geländewagen des Reservats vor ihrer Haustür, und der Arzt – mit dem eingeschalteten Funkgerät in der Hand – und vier Ranger sprangen heraus. Einer trug den Arztkoffer, die anderen hasteten bereits mit der Trage ins Haus.

Kirsty folgte ihnen, blieb jedoch im Hintergrund, um nicht

im Weg zu sein. Sie zitterte wie ein Blatt im Sturm. Der Arzt kniete vor dem Sofa und schlang als Erstes einen Stauschlauch um den verletzten Arm und legte anschließend eine Infusion.

»Ab mit ihm, schnell, aber vorsichtig«, befahl er den Rangern. »Wissen Sie, wo die Hand abgeblieben ist?«, fragte er Kirsty. »Wenn wir das Krankenhaus rasch erreichen, kann sie vielleicht wieder angenäht werden.«

Stumm deutete sie auf den Fleischklumpen. Der Arzt hob das abgetrennte Glied auf und drehte sich zu ihr um. »Bringen Sie einen Plastikbeutel gefüllt mit Eis, schnell! Und ein Tuch.«

Kirsty musste warten, bis die Ranger Scotty hinausgetragen hatten, ehe für sie der Weg zur Küche frei war. Sie öffnete die Tür zum Tiefkühlfach, sah dabei aus den Augenwinkeln, wie Scott im starken Licht der Autoscheinwerfer auf die Ladefläche, auf der sonst kranke Tiere transportiert wurden, gehoben wurde. Sie handelte wie betäubt, kippte alle Eiswürfel, die sie im Gefrierfach finden konnte, in eine Plastiktüte, schnappte sich zwei weitere Tüten sowie ein Küchentuch und rannte hinter dem Arzt her, der sich bereits auf die Ladefläche zu Scott schwang.

»Sie kommen mit«, befahl er und half ihr mit einem Ruck hinauf. Er nahm ihr das Eis und die Plastiktüten ab, schob die Tüten ineinander, zog sie über Scotts abgetrennte Hand, umwickelte das Ganze mit dem Tuch und steckte alles in die Tüte mit dem Eis.

»Das mit den Extra-Tüten war clever. So wird es mit großer Wahrscheinlichkeit keine Erfrierungen geben«, meinte er mit anerkennendem Blick. Dann reichte er ihr einen Handscheinwerfer. »Immer dorthin leuchten, wo ich arbeite. Ein Hubschrauber wartet keine fünf Minuten von hier auf uns.«

Er hatte recht. Nach einer rasanten Fahrt über Stock und Stein gelangten sie auf eine weite Lichtung. Der Helikopter hatte die Scheinwerfer eingeschaltet, seine Rotorblätter nahmen bereits Geschwindigkeit auf. In Windeseile wurde der Patient umgeladen, und der Arzt kletterte hinterher, hielt dabei die Tüte mit Scotts abgeschnittener Hand sorgfältig fest.

»Wohin bringen Sie ihn?«, schrie Kirsty über das Röhren des Motors hinweg.

»Nach Hlabisa, für Ngoma oder Richards Bay bleibt keine Zeit«, brüllte der Arzt, während er bereits die Tür zuzog.

Kirsty stand wie gelähmt auf der Lichtung. Die Rotoren wirbelten immer schneller, Dreck flog ihr in die Augen, der künstliche Sturm zerrte an ihrem kurzen Kleid. Sie sah dem Hubschrauber nach, dessen starker Lichtstrahl wie ein blendend weißer Finger über den Busch huschte.

Bis sie ihn kaum noch hören konnte, stand sie da, und erst als einer der Ranger, die mit ihr zurückgeblieben waren, sie sanft am Arm nahm und zum Wagen führte, kam sie zu sich. Sie versuchte, sich loszureißen.

»Ich muss mein Auto holen, ich muss zu Scotty.«

»Na klar. Wir bringen dich hin«, sagte der Ranger, der sie noch immer am Arm führte. »In diesem Zustand kannst du nicht fahren, außerdem können wir Scotty nicht allein lassen, und wir kennen den schnellsten Weg.«

10

Das Wummern von Hubschrauberrotoren ließ die Gesellschaft im Restaurant aufhorchen.

»Wohin fliegen die um diese Zeit?«, fragte Silke.

Jill und Rick wechselten einen kurzen Blick. »Vielleicht hat sich einer der Gäste einen Fuß verstaucht und wird ins Krankenhaus gebracht«, erwiderte Jill. »Wie du siehst, gibt es hier besten Erste-Welt-Service.«

»Oh.« Silke war wider Willen beeindruckt. Genervt blickte sie auf Marcus, der den Kopf auf die Arme gelegt hatte und leise schnarchte. Sie warf einen Hilfe suchenden Blick in die Runde, woraufhin Rick sein Funkgerät vom Gürtel loshakte und eine Taste drückte. Es knackte, und eine männliche Stimmte meldete sich.

»Yebo.«

»Vukani, Rick hier«, sagte der Ranger und sprach dann auf Zulu weiter.

Silke bekam überhaupt nichts mit, fing aber das winzige Lächeln auf, das in den Mundwinkeln Jills spielte. Argwöhnisch, dass sich die Besitzerin der Lodge über sie lustig machen könnte, fragte sie: »Was hat er gesagt?«

»Dass uns jemand abholen soll«, brummte Marcus und rieb sich die Augen.

Silke fuhr gereizt herum. »Und woher willst du das wieder wissen? Oder kannst du plötzlich diese Eingeborenensprache verstehen?«

Marcus wirkte momentan verwirrt, dann schien er sich zu fangen. »Vermute ich doch nur.« Wie zu einem Rettungsanker griff er nach einem Stück Brot und begann daran zu knabbern. »Welche Sprache ist das?«, fragte er Dirk.

»Zulu. Was genau er gesagt hat, habe ich auch nicht richtig verstanden. Bisher habe ich nur ein paar Worte von der Sprache aufgeschnappt. Ich finde sie schrecklich kompliziert.«

»Er hat einen der Ranger herbeordert, um Marcus zum Bungalow zu helfen«, erklärte Jill.

Silke beobachtete sie weiterhin etwas misstrauisch. Aber der Ausdruck auf Jills Gesicht war freundlich und offen.

»Besucht uns doch auf Inqaba«, schlug sie vor. »Kommt gleich morgen. Ich muss meine Kontrollfahrt machen, da könnte ich euch Inqaba zeigen.«

»Das ist eine einmalige Gelegenheit, kann ich euch versichern«, warf Rick ein, bevor Silke antworten konnte. »Andere Leute bezahlen viel Geld dafür.«

Silke musterte Jill von der Seite. Offenbar hatte sie sich in der Eigentümerin von Inqaba geirrt. »Danke, wir kommen gern. Aber jetzt muss ich Marcus ins Bett bringen. Offenbar wirkt in dieser Hitze Alkohol tatsächlich viel schneller. Er fällt sonst nicht so aus der Rolle, aber der Flug war sehr stressig, außerdem hat er einigen Ärger hinter sich. Das kommt sicher auch noch hinzu.« Sie lächelte entschuldigend. »Es tut mir wirklich leid.«

Nils kniff seine Augen amüsiert zusammen. »Da machst du einen Fehler. Never explain, never apologize, wie ein englischer Freund, der einen kilometerlangen Stammbaum besitzt und in einem eiskalten Schloss aufgewachsen ist, mir geraten hat. Erkläre nie etwas, entschuldige dich nie. Nach einer Weile akzeptieren die Leute das, und anschließend bewundern sie dich heimlich dafür, weil sie selbst gern so wären. Von da ab kannst du dich so schlecht benehmen, wie du willst. Klappt prima, wie ich festgestellt habe.«

»Der Rat klingt gut«, erwiderte Silke, ohne eine Miene zu verziehen. »Ich werde mich also in Zukunft intensiv in schlechtem Benehmen üben.«

Nils ließ einen abschätzenden Blick über sie wandern. Was er sah, schien ihm zu gefallen. »Das wird dir schwerfallen. Du bist nicht arrogant genug.« Wie Silke und auch zuvor Dirk hatte er auf Deutsch gesprochen.

Ein Lächeln zuckte um ihre Mundwinkel. »Warte nur ab, bis du mich richtig kennenlernst. Ich kann ein Ausbund an schlechten Manieren sein.« Dieser Nils Rogge gefiel ihr. Sein trockener Humor erinnerte sie an ihre Heimat im hohen Norden Deutschlands, an den weiten Himmel, die klaren Farben, an die Menschen, die nicht viel drum herumredeten.

Rick hielt das Funkgerät noch in der Hand. »Welche Nummer hat euer Bungalow?«, wollte er von ihr wissen.

»Zweiundvierzig. Warum?«

»Yees, Mann, Ssswei… Ssswei…«, versuchte sich Marcus an dem Wort. »Sssweiundviessig«, sagte er endlich und schaute Beifall heischend in die Runde. »Hat zwei Schlafzimmer … eins für sie … eins für ihn. Praktisch, wenn man besoffen ist, oder?«

»Sehr praktisch«, zischte Silke. »Und jetzt sei leise.«

»Zweiundvierzig«, sagte Rick ins Funkgerät. »Wir sind im Restaurant. Over and out.« Damit unterbrach er die Verbindung. »Vukani ist im Anmarsch. Er wird gleich da sein«, verkündete er.

»Und wer ist Vukani?«, wollte Silke wissen.

»Einer der Ranger. Er wird euch zum Bungalow begleiten, und ich werde ebenfalls mitkommen. Vielleicht braucht ihr Hilfe, Marcus ins Haus zu bringen. Vukani ist zwar sehr kräftig, aber sicher ist sicher.«

Silke quittierte das mit einem höflichen Lächeln. »Danke, ich bin wirklich müde. Das ist sehr freundlich. Komm, Marcus, wir warten vor dem Restaurant.« Sie hakte ihn fest unter und zog ihn vom Stuhl hoch. »Ach, übrigens, wir werden es wohl erst übermorgen schaffen, eure Einladung anzunehmen, Jill. Für morgen haben wir schon etwas vor. Wir machen eine Buschwanderung mit einem der Ranger. Wäre das auch in Ordnung?«

Nachdem Jill ihr versichert hatte, dass das völlig in Ordnung sei, verabschiedete sie sich und marschierte, Marcus vor sich herschiebend, in Richtung Ausgang.

Auch der Ranger stand auf. In der Tür drehte er sich noch einmal um. »He, Jill, falls die Flutwelle nicht eingedämmt sein sollte, wir haben noch ein paar Betten frei. Also ehe ihr zu Amphibien mutiert …«

»Gott bewahre, aber danke«, sagte Jill. »Habt ihr das gehört?«, fragte sie ziemlich laut. Ihre klare Stimme durchdrang selbst die Unterhaltungen der anderen Gäste.

Silke, die den Raum noch nicht verlassen hatte, verstand die Frage deutlich. Spontan blieb sie stehen und drehte sich um. Warum, war ihr eigentlich nicht klar, doch irgendein Wort musste ihre Aufmerksamkeit erregt haben. Sie lauschte mit gesenktem Kopf.

»Also der hat Rick doch bestimmt verstanden?«, fuhr Jill fort. »Oder …«

Vom Rest des Satzes bekam Silke nur die Worte »Südafrikaner vom Land« mit und wollte gerade ihren Weg fortsetzen, als sie Nils' Antwort vernahm.

»Ja«, sagte der. »Und auch yes hat er yees ausgesprochen, als …«

Eine Lachsalve der Gäste am Nebentisch löschte zu Silkes Verdruss den Rest seiner Antwort aus.

»… aufgewachsen ist«, schnappte sie gerade noch auf. Und auch von den folgenden Sätzen, die Jill sagte, verstand sie nur Bruchstücke.

»… kurios … fress ich einen Besen, wenn er Zulu … der Mann lügt – aber warum?«

Inzwischen hatte sich Marcus von ihr losgemacht und torkelte unsicher auf den Ausgang zu, rempelte dabei einen Kellner an, aber Rick hatte ihn inzwischen eingeholt, packte ihn mit geübtem Griff unterm Arm und bugsierte ihn nach draußen. Silke jedoch blieb wie angewurzelt stehen, obwohl sie eigentlich gehen wollte. Unbewusst rieb sie sich die Magengegend und drehte sich so, dass sich Jill und die beiden Männer in ihrem Blickfeld befanden und sie einigermaßen verstehen konnte, was an dem Tisch geredet wurde.

»Müsste man mal rausfinden, was?«, sagte der Friese gerade, der wie ein sizilianischer Pirat aussah. »Ich werde mich mal darum kümmern. Zwei Tage habe ich ja noch sturmfreie Bude und nichts zu tun. Anita hat seit Monaten den ganzen Tag am Computer gesessen, und der Rest der Welt existiert dann nicht für sie. Damit meine ich in erster Linie mich.«

»Ach je, du armes, vernachlässigtes Hascherl«, spottete Jill und tätschelte ihm die Wange.

»So ist es«, erwiderte Dirk. »Bonamour heißt er, nicht? Den Namen werde ich mal durchs Internet jagen, mal sehen, was da alles so hochkommt.«

Silke zuckte zusammen, als hätte sie einen Schlag bekommen. Bonamour? Alarmiert beugte sie sich vor. Redeten diese Leute etwa tatsächlich von Marcus? Im Geiste ging sie das, was sie von dem Gespräch mitbekommen hatte, noch einmal durch, und es erschien ihr unwahrscheinlich, dass die drei von Marcus gesprochen hatten. Trotzdem, warum wollte der Pirat im Internet über den Namen Bonamour recherchieren? Vielleicht über Henri Bonamour? Oder hatte sie sich da doch verhört?

»Mir käme so eine kleine journalistische Schnitzeljagd im Augenblick gerade recht, damit ich nicht einroste«, vernahm sie Dirks weittragende Stimme.

Silke sah wieder zu ihnen hinüber. Die beiden ehemaligen Kriegsreporter grinsten sich fröhlich an und steckten die Köpfe zusammen. Ihr Gemurmel allerdings war nicht zu verstehen, und obendrein kam Jill jetzt in ihre Richtung. Glücklicherweise blieb sie stehen, um mit einer jungen Frau ein paar Worte zu wechseln. Schnell schlängelte sich Silke an den restlichen Gästen vorbei. Kopfschüttelnd überdachte sie das Ganze noch einmal, aber es ergab einfach keinen Sinn. Vermutlich hatte sie aus dem Gehörten die falschen Schlüsse gezogen, schließlich hatte sie ja nur Bruchstücke der Unterhaltung mitgekriegt. Außerdem war ihr schleierhaft, warum die drei sich ausgerechnet für Marcus oder sie – zwei vollkommen Fremde – interessieren sollten.

Eilig strebte sie durch die Bar, wo mittlerweile jeder Platz mit Touristen besetzt war. Weiche, duftgeschwängerte Nachtluft strömte durch die geöffnete Tür, Gläser klirrten, Stimmengewirr aus mehreren Sprachen erfüllte den Raum, wurde immer wieder von Gelächter unterbrochen. Für einen kurzen Moment war sie versucht, sich dazuzusetzen, Marcus einfach seinem Schicksal zu überlassen und an dem Spaß hier teilzuhaben, doch da sie wirklich hundemüde war, verließ sie das Gebäude.

Im mückenumschwirrten Schein einer Straßenlaterne entdeckte sie Rick und einen bulligen, untersetzten Schwarzen, die mit Marcus vor ihrem Wagen auf dem Parkplatz standen und lauthals miteinander diskutierten. Ihre Stimmen trugen in der stillen Nachtluft klar zu Silke hinüber. Marcus beharrte eigensinnig darauf, das Auto vor dem Restaurant stehen zu lassen und durch die laue Nacht zu Fuß durchs Camp zu ihrem Chalet zu spazieren.

»Hilft bei der Verdauung, und ich könnte meinen Alkohol…« Er stolperte über das Wort, wiederholte es dann aber langsam, Silbe für Silbe. »Al-ko-hol-pe-gel.« Er grinste stolz. »Geht doch! Also, ich kann den Pe-gel etwas abarbeiten.«

»Ich gehe ganz bestimmt nicht zu Fuß – auf keinen Fall«, rief Silke schon von Weitem. »Ich habe gehört, dass Schlangen es sich nachts mit Vorliebe auf dem warmen Pflaster bequem machen und dass es hier reichlich Kobras und Schwarze Mambas gibt … und Grüne.« Sie schüttelte sich theatralisch.

»Und fliegende«, warf Marcus ein und grinste. »Die darfst du nicht vergessen.«

Silke ignorierte ihn. »Ich habe nicht die geringste Lust, auf eine zu treten und womöglich gebissen zu werden und daran zu verrecken. Ich fahre! Wenn du laufen willst – bitte, ich kann dich nicht zwingen mitzufahren.«

»Spieß sie doch mit deinen Absätzen auf«, bemerkte Marcus unerwartet bissig und lenkte damit aller Blicke auf ihre hochhackigen Sandaletten.

Vukani grinste vor Vergnügen, aber ein unwirscher Blick von Rick, der Silke die Tür vom Geländewagen aufhielt, ließ ihn verstummen.

»Silke hat völlig recht«, sagte er. »Das mit den Schlangen stimmt, und man sollte kein Risiko eingehen, die sind fast alle tödlich giftig. Auch wenn ihr keine Schlangen sehen könnt, heißt das nicht, dass sie nicht direkt vor euch im Gras lauern. Sie sind Meister der Tarnung.«

Silke überlegte, ob er einen Scherz machte. Aber seine Miene verriet nichts dergleichen. Schweigend setzte sie sich ans Steuer, Rick half Marcus auf den Beifahrersitz und stieg mit Vukani auf die Rückbank. Langsam fuhr sie den unbeleuchteten Weg durchs Camp. Unter den zerfledderten Blättern einer wilden Banane ruhte eine Zebrafamilie, und im huschenden Strahl ihres Scheinwerfers glühten zwei Augenpaare auf. Sie nahm den Fuß vom Gas.

»Was war das?«

»Impala, vielleicht«, antwortete Rick. »Könnten natürlich auch Hyänen gewesen sein. Ich habe nicht darauf geachtet.«

»Hyänen, aha.« Sie drehte den Rückspiegel so, dass sie sein Gesicht beobachten konnte. Aber sie fand nicht die Spur von Ironie. Offenbar schien er es tatsächlich ernst zu meinen. Ihr Herz klopfte schneller, und mit einem Flattern im Magen erinnerte sie sich an das Warnschild am Eingang. Jenes, auf dem die Silhouetten von Löwe, Elefant, Leopard, Nashorn und Büffel abgebildet waren. Sie hatte geglaubt, dass das Schild den Touristen einen angenehmen Kitzel von Gefahr geben sollte. Außerdem war sie sich sicher gewesen, dass im Camp genügend Autos fuhren und

Menschen herumliefen und die Tiere daher freies Gelände vorziehen würden.

Sehr vorsichtig fuhr sie weiter und war froh, als sie ohne weitere Zwischenfälle das Chalet erreichten.

»Bringt ihn ins andere Schlafzimmer«, sagte sie zu den Rangern. »Wir schlafen heute getrennt.«

Ohne sich weiter um Marcus zu kümmern, ging sie ins Haus, prüfte, ob ungebetene Gäste sie besucht hatten, und verschwand im Badezimmer. Sie hörte Marcus' dumpfen Protest, als Rick ihn ins Gästezimmer beförderte. Rick rief ihr ein lautes »Bye-bye!« zu, dann fiel die Eingangstür ins Schloss. Sie stellte die Dusche an.

Später lag sie noch lange wach, der Alkoholgestank, der von Marcus ausging und durchs ganze Haus zog, hing ihr in der Nase. Ihre Gedanken sprangen unkontrolliert hin und her. Irgendwann schob sich das Gesicht ihrer Mutter vor ihr inneres Auge. Zigarette in der einen, Weinglas in der anderen Hand, die Kleidung nicht so makellos, wie sie es von ihr gewohnt war. Sie roch kalten Rauch und säuerlichen Wein, als würde sie tatsächlich vor ihr stehen. Und sie hörte ihre immer mutloser klingende Stimme.

Über Schmerzen klagte sie, in der rechten Schulter, weil die Waren der Kunden am Scanner vorbeigezogen werden mussten, in den Knien, weil ihre Wohnung im dritten Stock lag und kein Lift vorhanden war, über ihr jetziges Dasein allgemein und über die Rücksichtslosigkeit ihres Mannes, der einfach so Selbstmord verübt hatte. Silke schnitt es ins Herz. Sie liebte ihre Mutter.

Doch dann kam der Tag, an dem sie die ehemals so elegante, kultivierte Frau lallend auf dem Sofa liegend vorfand. Auf dem Teppich eine leere Flasche Korn vom Discounter, stellte sie fest. Eine abstoßende Wolke von kaltem Rauch und Alkohol verpestete die Luft, ihr Pullover war mit Erbrochenem besudelt. Das Beängstigende aber war gewesen, dass ihre Mutter eine brennende

Zigarette in der Hand gehalten und die glühende Asche bereits einen Schwelbrand im Polster verursacht hatte.

Sie setzte sich auf und vergrub das Gesicht in den Händen, um die Erinnerung an die letzten Monate im Leben ihrer Mutter auszulöschen. Als ihr das nicht gelang, stand sie auf, schob die Gardine zurück und starrte in den nächtlichen Busch. Der Mond war eine leuchtende Orange, die im samtblauen Himmel hing. Das Licht floss über die Hügel, modellierte die Kuppen in tiefem Grün, verwandelte Bäume und Büsche in geheimnisvolle Schatten. Einer bewegte sich. Sie kniff die Augen zusammen. War es ein Nashorn? Ein Elefant? Oder doch nur ein sanfter Windstoß, der die Buschzweige bewegt hatte? Ein spitzer Schrei schwebte für eine Sekunde über den Hügeln.

Sie schlang sich schützend die Arme um den Leib. Nachtjäger, hatte Rick gesagt. Irgendwo lachte jemand. Ein unangenehmes Lachen. Eine kurze Kadenz von abgehackten Tönen, die hochstieg und gleich darauf abfiel.

Ein Mensch? Sie lauschte. Jetzt hörte sie es wieder, aber dieses Mal lachten mehrere, alle in der gleichen Tonfolge, und sie erkannte das wieder. In Dokumentarfilmen über Afrika hatte sie es gehört. Hyänen.

Ein Schatten huschte durch ihr Blickfeld, ein klagender Vogelruf erklang, unter ihr stapfte etwas schnaufend durchs Gestrüpp. Wieder meinte sie, einen Aufschrei zu vernehmen, lauter, näher als vorher, und sie zuckte zusammen. Eine zarte Wolke driftete am Mond vorbei, Blätter flirrten silbern. Sie zog sich vom Fenster zurück, schloss den Vorhang sorgfältig und schlüpfte wieder unter das Laken.

In diesem Augenblick fühlte sie sich sehr einsam.

II

Marcus wurde von einem glühenden Sonnenstrahl geweckt, der ihm genau ins Gesicht brannte. Mit einem Grunzlaut zwang er sich, seine Lider zu heben, und wurde gleichzeitig gewahr, dass ihn jemand energisch an der Schulter rüttelte.

»Was soll das?«, schimpfte er und fuhr hoch, bereute es jedoch sofort, als er in Silkes Gesicht sah. »Was ist? Ist es schon morgens?« Stöhnend ließ er sich wieder in die Kissen fallen. Der Raum drehte sich um ihn, sein Kopf drohte zu platzen.

»Schon seit Stunden. Los, aufstehen«, gab Silke knapp zurück und riss ihm das Bettlaken weg.

»Was ist denn mit dir los? Du bist ja grauenvoll drauf.«

»Was los ist? Was wohl!«, fuhr sie ihn an. »Dreimal darfst du raten.«

Aber seine Lider wurden sofort wieder schwer, die Augen fielen ihm zu.

»Weißt du was?« Silkes wütende Stimme schnitt ihm mitten durch den Kopf. »Ich würde dir am liebsten in den Hintern treten!«

Er kniff seine Augen fest zu und überlegte, ob er einfach so tun sollte, als wäre er wieder eingeschlafen. Vielleicht würde sie sich ja bald wieder beruhigen. Doch die Hoffnung, damit durchzukommen, erwies sich als vergebens. Silke war in Rage und nicht aufzuhalten.

»Ich bin so was von stinksauer auf dich«, zischte sie. »Du warst gestern total besoffen und hast dich restlos danebenbenommen. Und mich blamiert. Außerdem bist du mitten in der Nacht bei mir aufgetaucht, durchs Zimmer getappt, hast dich wortlos aufs Bett geworfen und bist sofort in eine Art Alkoholnarkose gefallen, aus der ich dich einfach nicht aufwecken konnte. He, hörst du mir eigentlich zu?«

Mühsam öffnete er die Augen. »Aber natürlich, Schatz«, flüsterte er mit matter Stimme, konnte sich nicht erklären, warum sie die Tatsache, dass sie im selben Bett geschlafen hatten, bemerkenswert fand. Das taten sie doch immer. Und mit großem Vergnügen.

»Du hast geschnarcht wie ein Weltmeister und mit jedem Atemzug nach Fusel stinkende Wolken ausgestoßen. Es war ekelhaft.«

»Tut mir leid«, sagte er, hatte jedoch keine Ahnung, wovon sie redete. Konzentriert mühte er sich, sich den gestrigen Abend ins Gedächtnis zu rufen, aber er stieß auf eine Nebelwand. Irgendwie hatte er einen Filmriss. Teilweise wenigstens, nur ein paar Bildfetzen kreisten in seinem Kopf. Dass er sich offensichtlich völlig betrunken hatte, war ihm allerdings klar. Und da das, seit er Silke kannte, bis zu der Silvesterparty praktisch nicht mehr vorgekommen war, hatte es ihn wohl völlig umgehauen.

»Das letzte Glas Wein war wohl schlecht«, versuchte er einen uralten Scherz anzubringen.

Durch zusammengekniffene Lider blinzelte er zu ihr hinauf und stellte fest, dass der Scherz voll danebengegangen war. Sie hatte die Hände in die Hüften gestemmt und sah furchtbar wütend aus.

»Ich musste im anderen Zimmer schlafen, das auch schon nach Alkohol stank, weil du nicht dazu zu bewegen warst, wieder dorthin zurückzukehren. Es war heiß und stickig, und ich konnte das Fenster nicht öffnen, weil im Mückengitter ein kleines Loch war, und das hat offenbar jede Mücke im Umkreis von zwei Kilometern mitbekommen. Die Biester sind zu Heerscharen reingekrochen. Hier, sieh dir das an!« Sie streckte ihm die Arme hin, auf denen mehrere zerkratzte Stiche prangten. »Mücken lieben mich.«

»Ich dich auch«, bemerkte er hoffnungsvoll, erntete aber nur einen erbosten Blick.

»Gestern Abend ist es so schnell dunkel geworden, dass ich überhaupt nichts von der Umgebung erkennen konnte, und der Blick vom anderen Zimmer geht geradewegs in grünes Gestrüpp und ist völlig unspektakulär. Mal sehen, wie es von hier aus ist.« Sie spähte durch einen Spalt hinaus. »Oh«, rief sie erstaunt. »Wie wunderbar. Sieh dir das nur an.« Sie riss die Vorhänge mit einem kräftigen Ruck auf.

Gleißendes Licht flutete den Raum, und Marcus schloss mit unwirschem Schnaufen seine Augen. »Muss das sein? Ich bin todmüde.« Er probierte seinen bewährten Dackelblick, der jedoch keinerlei sichtbaren Eindruck auf seine Verlobte machte. Innerlich seufzte er. Nach der vergangenen Nacht war er mit der Situation restlos überfordert.

»Allerdings, du hast was gutzumachen«, fuhr sie ihn an.

Der Ton sagte ihm unmissverständlich, dass ein größerer Temperamentsausbruch drohte. Hastig beschattete er seine Augen und sah gehorsam ins flimmernde Licht. Ein prächtiger Schmetterling schwebte auf durchsichtigen Flügeln in der klaren Luft vorbei. Ein Anblick wie ein gerahmtes Bild.

»Schön«, murmelte er und ließ seinen Blick schnell über ihre Figur gleiten. »Wirklich schön.«

»Ha! Außerdem stinkst du noch immer nach Alkohol.« Damit schleuderte sie ihre zerzauste Haarpracht über die Schulter und stolzierte aus dem Raum. »Soweit ich hören kann, sind alle anderen Gäste längst im Busch unterwegs, und draußen ist es einfach herrlich, also sieh zu, dass du schnell auf die Beine kommst, sonst halten die Tiere schon wieder Mittagsruhe«, rief sie noch und knallte die Badezimmertür zu, die sie aber sofort wieder öffnete. »Du«, sie zeigte mit dem Daumen zum Gang, »du benutzt das andere Bad.« Die Tür knallte abermals, und Sekunden später meinte er Würgegeräusche zu hören, doch kurz darauf rauschte die Dusche. Also war offenbar alles in Ordnung.

Er schwang die Beine aus dem Bett und vergrub mit einem

Jammerlaut den Kopf in den Händen, überlegte, wie er es bis ins Badezimmer schaffen sollte, ohne sich zu übergeben. Ächzend stemmte er sich auf die Füße, trat ans Fenster und starrte mit brennenden Augen über die weite Landschaft. Ein Affe glotzte aus einem Busch zu ihm hinauf und schnatterte leise, im Hintergrund ästen zwei Nashörner, auf ihren Rücken saßen zwei seidenweiße Reiher.

Es war schön, dachte er, sehr schön, das stimmte, aber alles, was ihn im Augenblick interessierte, war, so schnell wie möglich zur Mine hinauszufahren, um den entstandenen Schaden zu begutachten. Ob seine Zukunft dort begraben lag. Was er seinem Vater dann sagen würde. Er drängte den destruktiven Gedanken zurück in die hinterste Ecke seines Bewusstseins und überlegte, wie er Rob Adams erreichen konnte, um nachdrücklich darauf zu dringen, schon heute dorthin zu fahren. Schließlich waren es kaum eineinhalb Stunden Fahrt zur Mine. Wenn er nicht völlig falschlag, war heute Sonnabend, und das war auch hier ein Arbeitstag. Krampfhaft versuchte er, sich daran zu erinnern, ob er den Manager oder seine Frau um die Nummer seines Mobiltelefons gebeten hatte, kam aber zu keinem Ergebnis. Eine Hand an die Stirn gepresst, suchte er seine Hose, in der vermutlich sein Mobiltelefon steckte.

Er fand die Hose und auch das Telefon und rief seine Kontakte auf. Und fluchte leise. Die Nummer war nicht im Gerät gespeichert. Ihm fiel ein, dass ihn diese Heather angerufen hatte. Er fand ihre Nummer unter den eingehenden Anrufen und wählte sie mit einem erleichterten Seufzer, bekam jedoch keine Antwort.

Doch auf einmal flatterte ihm ein Erinnerungsfetzen durch den Kopf. Irgendetwas war vorgefallen, aber was? Hartnäckig wie ein biestiges Insekt und genauso schwer fassbar schwirrte ihm der Gedanke im Hirn herum. Ums Verrecken fiel ihm nicht ein, was es war. Rob. Mine. Heather. Irgendetwas war da gewesen.

Dann aber traf es ihn. Unfall. Rob. Nicht ansprechbar. Eine Welle von Übelkeit überschwemmte ihn, und er sank auf die Bettkante.

Hinter ihm flog die Badezimmertür auf, ein Schwall Feuchtigkeit breitete sich aus. Silke erschien mit einem um den Körper gewickelten Handtuch und tropfenden Haaren im Schlafzimmer. Ihr Ausdruck war nach wie vor unwirsch.

»Jetzt beeil dich, sonst ist der Tag vorbei. Wenn wir schon mal hier sind, will ich auch was davon haben. Ich will die Big Five sehen.«

Abermals veranlasste ihn ihr Ton dazu, ihrer Aufforderung ohne weiteren Verzug nachzukommen, und eine halbe Stunde später stieg er die Treppe hoch ins Wohnzimmer. Silke kam mit einem Stück Brot und einem dampfenden Kaffeebecher von der Veranda herein. Der Kaffeeduft regte seine Lebensgeister wieder etwas an. Außerdem sah sie in den knappen Jeansshorts und einer weißen Bluse, die sie in der Taille geknotet hatte, zum Anbeißen aus.

»Hallo, Schatz. Du siehst klasse aus.«

Aber sie ignorierte das Kompliment. »Na endlich!«, sagte sie in kühlem Ton. »Es ist ein Traumtag. Strahlende Sonne, keine Wolke in Sicht. Lass uns schnell frühstücken und dann in den Busch fahren. In der Küche steht alles. Da kannst du dir dein Frühstück selbst machen.« Damit marschierte sie zurück auf die Veranda und schloss die Schiebetür mit einem Knall, dass die Scheiben klirrten.

Marcus traf das Geräusch wie ein Hammerschlag. Schmerzhaft verzog er das Gesicht. So was konnte sein Kopf noch nicht vertragen. Trübsinnig ging er in die Küche. Also war sie immer noch sauer, denn sonst bereitete sie immer das Frühstück, deckte den Tisch hübsch, meistens sogar mit Blumen. Schweigend bestrich er zwei Scheiben von dem gummiartigen Weißbrot, das man hier im Supermarkt bekam, mit Butter und Marmelade, kippte Fertigmüsli in eine kleine Schale und goss Milch darüber.

Er sah zu ihr hinaus. Sollte er zu ihr gehen? Oder war es klüger, sich aus der Schusslinie zu halten?

Er hatte den Gedanken noch nicht zu Ende gedacht, als sich plötzlich etwas Riesiges, Graubraunes aus dem Nichts auf Silke stürzte und sie mit solcher Wucht am Kopf traf, dass sie fast vom Stuhl gestoßen wurde. Sie schrie auf, Kaffeebecher und Brot flogen ihr aus der Hand, und sie griff sich mit beiden Händen ans Gesicht. Vor Schreck unfähig, sich zu rühren, starrte er hinaus, und diesen Anblick würde er nie vergessen.

Mit ausgebreiteten Flügeln stand ein riesiger Adler schräg über Silke in der Luft, seine gelben Augen auf sie fixiert. Ohne einen Warnlaut schoss er herunter, zielte mit dem Schnabel wie mit einer Speerspitze auf ihren Kopf. Unmittelbar vor ihr breitete er seine Schwingen weit aus, bremste so seinen Sturzflug ab, richtete sich auf und streckte seine furchterregenden Krallen vor. Und traf Silke noch einmal.

Marcus machte einen Satz zur Schiebetür und riss sie auf, aber er kam zu spät. Der Adler wirbelte herum und griff erneut an. Doch Silke musste ihn gesehen haben. Mit einer blitzschnellen Drehung hechtete sie sich unter den Balkontisch. Der Angriff des großen Raubvogels ging ins Leere. Elegant glitt er davon und war kurz darauf nur noch ein schwarzer Punkt im tiefblauen Himmel.

Marcus warf sich vor dem Tisch auf den Boden und zog sie vorsichtig darunter hervor. Langsam hob sie das Gesicht, und er erschrak bis ins Mark. Einen Zentimeter unterhalb ihres Augenlids war die Haut aufgeschlitzt. Die Wunde blutete stark, genau wie ihre Hand, die der Adler beim zweiten Angriff getroffen hatte. Er holte sein Taschentuch hervor und wischte das Blut von ihrer Wange. Einen einzigen Zentimeter weiter, und das Auge wäre zerstört gewesen. Jetzt war er hellwach.

»Komm, ich bring dich hinein und verbinde das.«

»Was war das?«, fragte sie noch etwas benommen. »Ich dachte, mich hätte eine Kanonenkugel getroffen.«

»Ein Raubadler.«

»Ein Raubadler«, wiederholte sie und taumelte ins Wohnzimmer. »Wie konntest du den denn so schnell identifizieren? Mir war zuerst nicht mal klar, dass es ein Vogel war. Erst als er plötzlich über mir stand …«

Marcus antwortete, ohne weiter zu überlegen. »Ach, die sind hier relativ häufig.«

»Hast du gelesen«, bemerkte sie trocken und wischte sich das hervorquellende Blut von der Wange.

Marcus zuckte unbehaglich mit den Schultern. »Vermutlich. Irgendwo. Vielleicht in dem Sawubona-Magazin, das ich im Flieger nach Durban gelesen habe.« Er versuchte ein Lächeln, aber ihre Miene zeigte ihm, dass Sturm drohte.

»Da stand nichts über Adler drin, schon gar nicht über Raubadler«, sagte sie langsam, und ihr Gesicht rötete sich zusehends.

Ihren Blick spürte er wie Nadelstiche und überlegte fieberhaft, wie er die Situation deeskalieren konnte. Vielleicht durch Ablenkung. »Dann muss ich es eben irgendwo anders gelesen haben. Es ist doch im Augenblick nicht so wichtig, wer dir das Auge aushacken wollte, oder? Ich hol jetzt die Pflaster aus dem Erste-Hilfe-Kasten. Der ist unten in meinem Koffer.« Damit wandte er sich ab und strebte der Treppe zu.

Aber sie streckte die Hand aus und hielt ihn auf. »Du scheinst dich in der Gegend und in der Tierwelt auszukennen, und außerdem habe ich seit gestern Abend den Verdacht, dass du die Eingeborenensprache verstehst. Daraus leite ich ab, dass du schon mal hier warst, und zwar für längere Zeit. Und wenn das so ist, warum verheimlichst du mir das? Sag's mir!«

Ihre Fragen kamen im Maschinengewehrtempo, und Marcus tat so, als hätte er sie nicht verstanden. »Wie bitte?«, erwiderte er nur.

Für einen Augenblick schwieg sie, schien einen inneren Disput mit sich selbst auszutragen, dann holte sie tief Luft. »Was ist eigentlich los mit dir, Liebling?« Ihre Stimme war so liebevoll, dass ihm ganz warm wurde. Sie hob die Hand und wollte ihm übers Gesicht streicheln, aber er bog den Kopf zurück.

»Gar nichts ist mit mir los, warum?«

Silkes Miene verschloss sich. »Dann gib mir bitte eine einleuchtende Erklärung, warum du bei der Passkontrolle am Johannesburger Flughafen fast umgekippt bist vor … vor was? Angst? Wovor? Und hinterher hast du dich aufgeführt, als wärst du high. Marcus?«

Er zuckte mit den Schultern und schwieg, einfach weil er nicht wusste, wie er ihr antworten sollte.

»Deine Stimmungsumschwünge sind mir unheimlich. Es ist, als hättest du eine Wesensänderung durchgemacht.«

»Ach«, sagte er nach einer Pause, »das bildest du dir nur ein. Ich bin, wie ich immer war.«

»Ich bilde mir gar nichts ein«, fauchte sie ihn an.

Es war offensichtlich, dass sie sich nur mit Mühe wieder unter Kontrolle brachte.

»Sag mir einfach, dass ich mich irre«, sagte sie leise, »dass du noch nie hier warst. Damit wäre ich zufrieden.«

Marcus sah sie gepeinigt an, sah die Angst, die sich als Maske über ihr Gesicht gelegt hatte, die plötzlichen Tränen, die ihre Augen röteten. Aber ihm rasten so viele Gedanken im Kopf umher, dass es ihm nicht möglich war, sie in Worte zu kleiden. Er schwieg weiter.

Sie wischte sich die Tränen aus den Augenwinkeln. »Bitte, tu uns das nicht an«, flehte sie. »Bitte nicht. Irgendetwas quält dich, irgendetwas schiebt sich zwischen uns und drückt uns auseinander.«

Aber alles, was er zustande brachte, war ein gekünstelt klingendes Lachen. »Ach wo. Nichts drückt uns auseinander. Du hast bloß zu viel afrikanische Sonne abbekommen, da sieht man manchmal rosa Schweinchen fliegen.«

Ihr Gesicht wurde dunkelrot. »Erzähl mir doch keinen Schiet von irgendwelchen rosa Schweinchen!«, schrie sie. »Was geht hier vor?« Ihr Blick wurde zusehends misstrauischer. »Du warst schon mal hier!«

»Ich war noch nie in Afrika.«

»Und warum besäufst du dich plötzlich, das tust du doch für gewöhnlich nicht?« Ihre Stimme kletterte die Tonleiter hoch. »Also, was ist los? Ich will das auf der Stelle wissen!« Sie schob ihr Gesicht ganz dicht an seines heran.

Er sah in ihre kornblumenblauen Augen, auf die vollen Lippen und konnte einfach nicht widerstehen. Er küsste sie.

Silke allerdings reagierte nicht so, wie er es sich erhofft hatte. Offenbar war das der Tropfen, der das Fass zum Überlaufen brachte. Wortlos stieß sie ihn beiseite, so überraschend und heftig, dass er ein paar Schritte zurücktaumelte, stürmte ins Untergeschoss, und Sekunden später hörte er die Eingangstür hart ins Schloss fallen.

Bestürzt rannte er hinter ihr her, sprang die beiden Treppen hinunter – immer zwei Stufen auf einmal, wobei er stolperte und übel umknickte. Auf einem Bein hüpfte er zur Tür, riss sie auf und humpelte den Pfad zum Hauptweg hoch, bekam gerade noch mit, dass ein Safariwagen neben Silke hielt und ein Mann sich aus dem Fenster beugte. An dem blonden Haarschopf erkannte er Rick, den Ranger. Rick wechselte ein paar Worte mit Silke und öffnete dann die Beifahrertür. Sie stieg ein, Rick wendete und fuhr in Richtung Ausgang des Camps.

Marcus sprintete hinter dem Auto her, schrie auf, weil sein Fuß höllisch wehtat, und hielt sich an einem Baum fest. Der Ranger trat aufs Gas, und der Wagen entfernte sich. Marcus blieb schwer atmend auf einem Bein stehen und beschloss, darauf zu warten, dass Silkes Zorn abkühlte. Meist dauerte das nicht lange. Also hinkte er ins Haus zurück und untersuchte seinen Knöchel. Glücklicherweise war er kaum geschwollen, und er entschied sich gegen eine Bandage. Sollte es schlimmer werden, würde er eine Packung mit Eiswürfeln darumwickeln, aber im Augenblick war das nicht notwendig.

Er stieg in knielange Shorts, warf das dazugehörige Hemd über und begann, Silkes und seine Sachen zusammenzupacken, denn gegen zehn mussten sie das Chalet verlassen haben. Auf die beschauliche Fahrt durchs Reservat freute er sich ganz besonders. Bis ihm einfiel, dass Silke die Fahrt im Augenblick mit Rick machte. Er drehte sich um, starrte auf den Punkt, wo Ricks Wagen abgebogen war.

Und je länger er dorthin starrte, desto heißer wurde die Wut auf diesen Kerl. Er war gestern stockbetrunken gewesen, doch in seinem Alkoholnebel hatte er trotzdem mitbekommen, wie der Typ Silke angemacht hatte. Und wie sie auf ihn reagiert hatte. Dieses wandelnde Klischee eines Buschhelden, der mit Sicherheit jede einigermaßen gut aussehende Touristin anbaggerte. Und vermutlich flachlegte. Buschschwein wäre die passendere Beschreibung.

Ihm schoss die Galle hoch. Stöhnend humpelte er zum Wagen, warf sich auf den Sitz und raste Silke und Rick hinterher.

Silke lehnte den Kopf zurück. Sollte Marcus ruhig ein wenig schmoren. Im Augenblick brauchte sie Abstand zu ihm. Vielleicht schaffte sie es, irgendwie hinter diese Ungereimtheiten zu kommen. Obwohl sie in ihrem tiefsten Inneren vor der Wahrheit zitterte. Dass er etwas vor ihr verbarg, dessen war sie sich sicher. Nur was? Und warum?

Rick streifte sie mit einem verständnisvollen Blick. »Streit gehabt?«

Sie nickte wortlos.

»Willst du darüber reden?«

Für ein paar Sekunden antwortete sie nicht, weil sie über das Wildgatter ratterten und die Erschütterungen sie gehörig durchrüttelten.

»Nein danke«, sagte sie schließlich knapp.

Die Strecke war kurvenreich, rechts fiel das Land steil in ein tiefes Tal ab, das am Horizont durch die verschwommenen Konturen flacher Hügel begrenzt wurde. Links überzogen sonnengebleichtes Gras, Gestrüpp und ein paar niedrige Bäume die wellige Anhöhe. Mit zurückgelegtem Kopf ließ sie sich vom Fahrtwind das Haar ums Gesicht blasen. Er roch nach vertrocknetem Gras und süßlich, wie nach Mimosen. Mit Andrea war sie durch die herrlichen Mimosenwälder von Mandelieu La Napoule in Südfrankreich gefahren.

»Gibt es hier Mimosen? Es duftet danach. Ein wenig wie in Frankreich«, erkundigte sie sich.

»So etwas Ähnliches. Mimosen sind ja eine Akazienart, und eine hiesige hat auch gelbe Blütenbälle, die sehr süß duften. Da drüben wachsen welche, kannst du sie sehen?« Er zeigte auf einige Bäume mit flachen Kronen, die ihre Zweige wie einen großen Schirm ausbreiteten. Im sonnengesprenkelten Schatten lagerte eine goldfarbene Antilopenfamilie.

»Hübsch«, sagte sie. »Wohin fährst du?«

Seine Augen wurden schmal, er ließ die Zähne blitzen. »Ich muss was aus unseren Unterkünften holen.« Er lockerte mit einem Finger das rote Tuch, das er um den Hals trug. »Hast du Lust mitzukommen? Zum Mittagessen sind wir wieder zurück. Versprochen.«

Silke hatte Lust. »Gern.« Sie drehte sich zu ihm und warf ihm ein schnelles Lächeln zu, war sich allerdings nicht bewusst, dass die Wunde vom Raubadler inzwischen stark blutete und ihre rechte Gesichtshälfte blutverschmiert war.

Sekundenlang starrte er sie entsetzt an und verriss dabei das Steuer. Der Wagen rutschte über lockeres Geröll, das den krustigen Asphalt bedeckte, aber bevor sie über die Straßenböschung in die Tiefe stürzten, rammte er seinen Fuß auf die Bremse. Silke flog nach vorn, der Gurt ließ sie zurückschnappen.

»Was war denn das?«, rief sie. »Büffel, Elefant, Löwe?«

Keuchend wischte sich Rick die Schweißperlen von der Stirn.

»Was zum Teufel ist denn mit deinem Gesicht passiert? War das etwa Marcus?«

Silke berührte ihre Wange, und als sie die Finger wegnahm, waren die Spitzen rot von Blut. »Nein, nein, wir haben uns zwar ziemlich gestritten, doch er würde nie auch nur einen Finger gegen mich erheben. Aber du wirst es nicht glauben, ich bin tatsächlich von einem Adler angegriffen worden. Er schoss aus dem Nichts auf mich zu und hackte mir seine Klauen ins Gesicht.« Sie wischte die Finger an einem Taschentuch ab. »Marcus meint, es wäre ein Raubadler gewesen. Gibt es so etwas hier?«

Rick antwortete für einen Moment nicht, sondern konzentrierte sich auf die schmale Straße, die sich steil am felsigen Berghang entlangwand. Das Terrain unter ihnen wirkte wie ein Spielzeugland, und zwei Büffel, die sich auf den Sandinseln des Hluhluwe sonnten, waren nur schwarze Punkte, winzig wie Fliegendreck.

»Raubadler gibt es hier, und zwar viele. Hast du auf der Veranda gesessen und etwas gegessen? Ein Brötchen vielleicht? Hast du es in der Hand gehalten?«, fragte er.

Erstaunt sah sie ihn an. »Ja, ein Brötchen, und ja, ich habe es in der Hand gehalten.«

»Treibt der sich also immer noch hier rum«, brummte er in sich hinein.

»Was soll *das* denn heißen? Hat der Adler etwa schon andere Leute angegriffen?«

»Ein oder zwei Mal. Der Vogel hatte es nicht auf dich, sondern auf das Brötchen abgesehen, und Marcus hat recht. Das war ein Raubadler. Der Name sagt ja schon alles.«

»Also ist das immer derselbe Adler?«

»Keinen Schimmer. Vorgestellt hat er sich mir noch nicht, aber der Verdacht drängt sich auf. Irgendwelche Touristen müssen den Vogel gefüttert haben, und er hat mit der Zeit gelernt, dass wenn er im Camp einen Menschen mit etwas zu essen auf einem der

Balkons erspäht, der Tisch dann auch für ihn gedeckt ist. Er ist ein Tier und folgt nur seinen Instinkten.«

»Na super!«, fuhr sie ihn scharf an. »Davor muss doch gewarnt werden. Sonst gibt es ja alle möglichen Warnschilder hier – gegen Löwen, Elefanten und so weiter. Als Nächstes krabbelt ein Kleinkind mit einem Keks in der Faust auf dem Balkon herum und wird angegriffen. Diese Raubvögel tragen ja ganze Schafe und Ziegen weg, da ist so ein kleines Kind doch gar nichts!«

Vor ihnen öffnete sich eine Haltebucht. Rick parkte dort und zog einen Erste-Hilfe-Kasten unter seinem Sitz hervor.

»Zeig mal her. Hm … beide Wunden müssen desinfiziert werden.«

»Du hast meine Frage noch nicht beantwortet«, blaffte sie ihn an.

Rick grinste sie fröhlich an. »Du meinst, ob ein Raubadler mit einem Kleinkind davonfliegen kann? Ach, das halte ich für ziemlich unwahrscheinlich. Beute mit mehr als fünf Kilo Gewicht schaffen diese Vögel wohl nicht.«

Jetzt wurde Silke laut. »Na, toll. Ihr habt wirklich Nerven. Was steht dann auf dem Warnschild? Achtung, Kleinkinder, die fünf Kilo oder weniger wiegen, anbinden, oder … Adler schnappen sie sich als Frühstückshäppchen für ihre Jungen?«

Rick strich ihr überraschend zärtlich übers Haar. »Nun beruhige dich doch. Ich werde mich darum kümmern. Versprochen. Im Augenblick ist es wichtig, dass deine Wunden versorgt werden, damit sie sich nicht entzünden. Wunden, die Tiere einem beigebracht haben, sind meistens mit Bakterien verseucht. Außerdem fressen Adler auch Aas. Nun halt doch mal still.«

Er legte seine Hand unter ihr Kinn und drehte ihr Gesicht so, dass er den blutigen Riss unter ihrem Auge genau inspizieren konnte. Silke beherrschte sich und hielt still. Mit einem alkoholgetränkten Wattebausch reinigte er die Haut um die Wunde und nahm anschließend eine Tube aus dem Kasten.

»Glück gehabt«, murmelte er. »Der Kratzer ist lang und hässlich, aber nicht tief. Das muss nicht einmal genäht werden.« Großzügig verteilte er ein rotbraunes Gel darauf und klebte anschließend ein Pflaster darüber, das die Wunde zusammenzog. »So, und nun lass mal deine Hand sehen.«

Silke legte ihre Hand in seine, und er fuhr vorsichtig über die Kratzer, die quer über ihren Handrücken liefen. »Der Riss im Gesicht stammt meines Erachtens von dem Schnabel, aber auf der Hand hat der Adler dich mit einer Kralle erwischt«, sagte er, während er das Blut abtupfte. »Doch die sind auch nicht sehr tief, was ein Glück ist, denn direkt darunter laufen die Sehnen zu den Fingern entlang. Wenn die zerrissen worden wären, wäre das ziemlich unschön.«

»Die Untertreibung des Jahrhunderts«, entgegnete Silke und sah auf seine kräftigen Hände, die so überraschend sanft sein konnten. Ihr Blick wanderte hoch, über die muskulösen Schultern, die Augen, die unter dem hellen Haar leuchteten, und blieb an seinem Mund hängen. Ein Mund mit klar gezeichneten Lippen und Lachkerben rechts und links. Urplötzlich wurde sie von einer bleiernen Müdigkeit befallen, die ihre Muskeln schwer und träge machte. Mit einem Seufzer lehnte sie ihren Kopf ins Polster zurück und überließ sich mit geschlossenen Augen seiner Behandlung.

Seine Finger glitten wie ein warmer Hauch über ihre Haut. Der nussige Geruch nach sonnenwarmer Haut, sauberem Schweiß und schwach nach würzigem Holzrauch stieg ihr in die Nase. Sie schlug die Augen auf. Und schaute geradewegs in seine. Stumm sahen sie sich an, Rick hielt ihre Hand, und sie war sich des Drucks seiner Finger bewusst. Noch immer war sie aufgewühlt von dem Streit, dem Frust über Marcus' Heimlichtuerei und der bohrenden Ahnung, dass ihre Beziehung daran zerbrechen könnte. Und tief in ihrem Inneren stak die Frage wie ein heißer Splitter, wer Marcus – der Mann, den sie bald heiraten würde – in Wirklichkeit war.

All das wollte sie vergessen. Wenigstens für einen kurzen Augenblick. Sie schloss erneut die Augen, musste ein Stöhnen unterdrücken, als er ihre Bluse aufknöpfte und den Knoten in der Taille löste. Der Druck seiner Finger wurde stärker, sie spürte, wie er mit dem Daumen ihren Handballen sanft massierte. Ihr vegetatives Nervensystem reagierte heftig. Jede seiner Berührungen verursachte ein Feuerwerk.

Ricks Gesicht schwebte nur Zentimeter über ihrem, dann presste er seine Lippen auf ihre, seine Zunge streichelte die empfindliche Haut auf der Innenseite, seine Hände wanderten über ihren Körper. Ihre Lider flatterten. Rick hob den Kopf. Sein Grinsen war träge, seine blauen Augen tasteten sich über ihr Gesicht, zu den Lippen, wanderten zu ihrem Brustansatz und blieben auf ihren nackten Schenkeln liegen.

Silke stieg das Blut in den Kopf, ihr Puls raste. Was passierte gerade mit ihr? Plötzlich verwirrt und ziemlich verlegen, drehte sie sich zur Seite und drückte sich in die äußerste Ecke von ihrem Sitz, war zutiefst entsetzt über sich selbst. Sie liebte Marcus. Er war der Mann, von dem sie immer geträumt hatte. Offenbar hatte die Auseinandersetzung mit ihm sie derart aus der Bahn geworfen, dass sie sogar die Kontrolle über sich selbst zu verlieren drohte.

Nein, fuhr es ihr plötzlich durch den Kopf, der Streit war es nicht. Streit kam immer mal vor, das war nur der vorüberhuschende Regenschauer an einem Sommertag. Es war diese bohrende Unruhe, diese diffuse Angst, die wie eine allesfressende Amöbe in ihr hochkroch, dass mit Marcus etwas nicht stimmte. Mit seinem Leben. Dass es nicht so verlaufen war, wie er ihr das erzählt hatte. Dass er nicht der war, für den sie ihn hielt. Der heiße Splitter schnitt ihr durchs Fleisch. Sie sah Marcus vor sich. Solide, zuverlässig, liebevoll. Ihr Marcus mit den zärtlichen Händen und seelenvollen Augen.

Doch der Splitter bohrte sich tiefer. War er das alles, oder wollte sie ihn nur so sehen? Plötzlich erschien ihr sein Ausdruck nicht mehr seelenvoll, sondern hart. Kalkulierend. Seine Haltung drohend. Unbewusst klammerte sie sich an Rick, der sie mit Inbrunst küsste.

Später vermied sie es, darüber nachzudenken, wie weit sie gegangen wäre, wenn sie nicht durch ein sich rasch näherndes Motorengeräusch zurück in die Wirklichkeit gestoßen worden wäre. Ein vollbesetzter Safariwagen hielt neben ihnen. Rick löste mit einem ungeduldigen Knurren seinen Mund von ihrem, und Silke fuhr sich schnell mit beiden Händen durchs Haar und knöpfte ihre Bluse zu. Der Wagen war offen und wurde von einer Frau in Rangeruniform gesteuert.

»Hi, Rick«, rief sie, als der sich mit genervtem Ausdruck aus dem Fenster lehnte. »Wir haben Löwen gesehen, ungefähr zwei Kilometer von hier, unter einem Baum ... ein prachtvolles Männchen und zwei Weibchen!« Beifall heischend schaute sie zu ihnen herüber.

Rick schob seine Sonnenbrille wie ein Visier vor die Augen und gab sich begeistert. »Vielen Dank, das ist ja wunderbar. Ich bin schon den ganzen Morgen auf der Suche nach Löwen. Hat das Männchen eine schwarze Mähne?«

Die Frau schüttelte den Kopf. »Mein Friseur würde die Farbe als Goldblond beschreiben.«

»Ah, dann weiß ich, welches Männchen das ist.« Rick tippte dankend zwei Finger an die Stirn und wartete, bis das Auto um die nächste Kurve gebogen war, ehe er Silkes verbundene Hand in seine nahm und eine Fingerspitze nach der anderen küsste, die aus dem Verband ragten. Dann legte er ihr die Hand in den Schoß, ließ seine ein paar Sekunden dort liegen, sodass Silke seine Wärme durch den Stoff ihrer Shorts spürte. Ihr Puls beschleunigte sich wieder.

»Wir suchen uns einen Platz, wo uns keiner so schnell überrascht«, murmelte er mit einem Seitenblick, der ihr auf der Haut prickelte, und verließ die Haltebucht.

Den langen Weg hinunter ins Tal schwiegen sie beide. Der Ranger machte sie nur hin und wieder auf Wild aufmerksam. Eine Gruppe graziler Impalas, Nashörner, die in einer Suhle lagen, dösende Kaffernbüffel im Schatten einer Schirmakazie. Löwen begegneten sie nicht, obwohl Rick ständig nach ihnen Ausschau hielt.

»Die sind so hervorragend getarnt, ihr lohfarbenes Fell verschmilzt so perfekt mit ihrer Umgebung, dass wir womöglich schon längst an ihnen vorbeigefahren sind. Meist liegen sie faul herum, und man kann höchstens ihre schwarzen Ohren zwischen den Grasspitzen ausmachen. Wenn man aufpasst. Oder sie sind inzwischen weitergezogen.«

Im Tal breitete sich ein goldenes Grasmeer vor ihnen aus, heißer, würziger Wind raschelte durch die trockenen Halme, strömte durchs offene Fenster, streichelte Silkes Haut und verwirbelte ihr das Haar.

Afrika, dachte sie, während sie einem blau schillernden Vogel nachsah, der eine Strecke neben ihnen herflog und dann auf einem toten Baum landete, wie wunderbar das doch ist.

»Welche Ausbildung braucht man, um Ranger zu werden?«, erkundigte sie sich.

Rick kniff die Augen zusammen. »Nun, wie das so ist«, sagte er schließlich. »Man hat einen Traum, der platzt, man gerät ins Trudeln, landet auf der Schnauze, rappelt sich irgendwie wieder auf, und plötzlich ist mehr Zeit im Leben verstrichen, als einem lieb ist. Wie das so passiert.«

Schulterzucken begleitete diese Aussage, eine vage Handbewegung. Dann fuhr er fort: »Aber eines Tages habe ich eine Anzeige der Limpopo Field Guiding Academy gelesen, einer Ausbildungsstätte für Game Ranger. Daraufhin habe ich mein letztes Geld zusammengekratzt, mich beworben und bin angenommen worden. In der Ausbildung musste ich kilometerlange Fußmärsche unter extremsten Bedingungen machen, ich habe Spurenlesen gelernt, außerdem, dass die Ausscheidungen von Fleischfressern besonders streng riechen und der Urin von paarungsbereiten Nashörnern grauenvoll stinkt. In Vogelkunde muss ich fit sein, Gefahren im Busch richtig einschätzen und so weiter. Es war eine tolle Zeit.«

Seine Züge nahmen einen träumerischen Ausdruck an. »Bevor ich damit anfing, wollte ich nur Geld verdienen. Mir war nicht klar, dass dieser Beruf meine Leidenschaft werden würde. Aber es hat mich zu einem glücklichen Menschen gemacht …« Auf einmal unterbrach er sich und bremste sanft. »Sieh mal«, sagte er und zeigte in den dichten Busch.

Silke sah nichts als Gestrüpp. »Was meinst du?«

»Das Nashorn, direkt vor uns … hinter der ersten Buschreihe.«

Angestrengt spähte sie dorthin, aber erst allmählich wurde ihr klar, dass der graue Felsen im Blättergewirr atmete. Und dann löste sich ein winziges Nashorn vom großen, rutschte die Böschung herunter und landete ein paar Meter vor ihrem Wagen. Quiekend rief es nach seiner Mutter.

»Meine Güte, ist der niedlich«, flüsterte sie.

»Nicht mehr lange. Dann ist er ein großer, schlecht gelaunter Spitzmaulnashornbulle, der mordsgefährlich werden kann.«

Jetzt rutschte das Muttertier ebenfalls schnaufend auf die Straße, schwang langsam herum, baute sich zwischen ihrem Kalb und dem Geländewagen auf und senkte den mächtigen Kopf. Kurzsichtig blinzelte es zu ihnen hinüber.

»Alles in Ordnung«, murmelte Rick. »Wir tun deinem Kalb nichts.« Er setzte den Wagen langsam ein paar Meter zurück, um der Nashornkuh mehr Raum zu geben.

Schließlich wandte sich das Tier ab, trottete, gefolgt von seinem Kalb, ein paar Meter weiter die Straße entlang und walzte seitwärts in die Büsche.

Rick fuhr behutsam an. »Und was machst du, wenn du dich

nicht mit Raubadlern anlegst? Oder bist du nur dafür zuständig, das Geld unter die Leute zu bringen, das Marcus verdient?« Sein Grinsen war frech und herausfordernd.

Silke quittierte das mit einem schiefen Lächeln. »Selbstverständlich, mit vollen Händen. Wir haben einen ganzen Keller voller Goldstücke … wie Dagobert Duck.« Sie zog die Brauen hoch. »Du klingst, als hältst du alle Touristen für reich.«

»Sorry, war eine dumme Bemerkung. Aber es gibt viele von ihnen, die mit ihren Euros oder Dollars nur so um sich werfen. Das geht einem manchmal schon auf die Nerven.«

»Das kann ich nachvollziehen«, sagte Silke, die sich das sehr gut vorstellen konnte, wenn sie an manche ihrer Kundinnen in der Boutique dachte.

»Na, in unserem Keller herrscht gerade mal gähnende Leere, und ich arbeite halbtags in einer Boutique, wo solche Frauen einkaufen. Ansonsten bin ich freie Lektorin, wobei die Betonung auf *frei* liegt. Buchläden gehen ein wie Primeln ohne Wasser, sogar die großen Ketten, die Verlage zahlen immer kleinere Vorschüsse, und so wird mancher begabte Schriftsteller doch lieber Lehrer oder Automechaniker, ehe er Lebenszeit opfert, um ein Buch zu schreiben, das nie das Licht der Bücherwelt erblickt, und ich habe nichts zu tun.«

»Lektorin. Ach. Ist das aufregend?« Sein Ton verriet, dass er das nicht glaubte.

Silke dachte einen Augenblick nach, bevor sie antwortete. »Aufregend? Du meinst, bin ich atemlos vor Spannung, habe ich Herzjagen und nasse Hände, wenn ich ein neues Manuskript in die Hände bekomme?« Ein kleines Lächeln spielte um ihre Mundwinkel. »Doch, ja, das passiert schon. Sehr selten, aber es passiert. Und dann ist es ein unglaubliches Gefühl. Jagdfieber nennt man das wohl.«

»Fremder Leute Bücher korrigieren … das ist aufregend?« Er schob die Sonnenbrille hoch und sah sie an.

Silkes Lächeln vertiefte sich. »In fremde Welten eintauchen, das ist aufregend.«

»Aha«, sagte er, konnte das jedoch offensichtlich nicht nachvollziehen. »Ich habe keine Zeit zu lesen.«

»Ich weiß nicht, wie man ohne Bücher leben kann«, erwiderte sie leise. »Jede Geschichte ist ein Fenster zu einem anderen Leben.« Sie stützte ihren Arm auf den Fensterrahmen, um sich hinauszulehnen. Das Metall war glühend heiß, daher zog sie ihn schleunigst zurück. »Ist es hier immer so heiß?«, wechselte sie das Thema und rieb sich den Arm. »Als wir in King Shaka Airport aus dem Flugzeug stiegen, dachte ich, ich wäre in einem türkischen Dampfbad gelandet. Ich habe kaum Luft bekommen.«

Rick angelte sich seinen Buschhut vom Rücksitz und setzte ihn auf. »Ach, das ist fast immer so um diese Zeit. Glutofenhitze und die Luft wie Wasserdampf. Macht die Haut schön weich. Du wirst praktisch keine Cremes brauchen.« Er nahm den Fuß vom Gas und ließ seine Finger ihren Oberschenkel bis unter den Saum ihrer Shorts hochwandern, aber Silke zuckte zurück und stieß die Hand weg.

»Nicht«, flüsterte sie rau, traute ihren eigenen Gefühlen nicht, war restlos verunsichert, weil sie sich selbst nicht mehr verstand. Ein derartiges inneres Chaos hatte sie seit ihrer Teenagerzeit nicht mehr erlebt. »Ich … ich könnte einen Kaffee gebrauchen«, stotterte sie, um ihn abzulenken.

Ein funkelnder Seitenblick, ein anzügliches Grinsen. »Das trifft sich gut. Ich habe im Haus eine brandneue Kaffeemaschine, die nur darauf wartet, ausprobiert zu werden«, raunte er und brachte es tatsächlich fertig, diesen prosaischen Vorschlag wie ein unanständiges Angebot klingen zu lassen. Ihre Blicke verhakten sich. Die Luft schien zu vibrieren.

Unversehens spürte sie, wie ihr die Sinne erneut verschwammen, sie dabei war, sich wieder fallen zu lassen, und dass sie dem nichts entgegenzusetzen hatte.

Verzweifelt beschwor sie Marcus' kantiges Gesicht herauf, die zärtlichen Hände. Seine Wärme, in die sie sich flüchten konnte. Tränen schossen ihr in die Augen, und die Sehnsucht nach ihm nahm ihr den Atem. Sie schämte sich, dass sie je an ihm gezweifelt hatte, schämte sich, je die Befürchtung gehabt zu haben, er könnte ein anderer sein. Schämte sich in Grund und Boden für das, was fast zwischen ihr und Rick geschehen war.

Nach ein paar Sekunden hatte sie so viel Selbstbeherrschung zurückgewonnen, dass sie den Ranger von sich schob. »Und dann muss ich zurück zum Chalet«, sagte sie schnell, wie um sich selbst zu überrumpeln. »Wir ziehen heute nach Mpila um. Marcus wird schon warten.«

»Okay«, sagte Rick gedehnt. »Klar, schaffen wir leicht. Wir sind gleich bei den Unterkünften. Vielleicht bleibt ja doch Zeit ...« Wieder dieses laszive Grinsen, und es war offensichtlich, dass er sich dessen Wirkung mehr als hinreichend bewusst war.

Silke sah es, und Ärger schoss in ihr hoch. Anscheinend glaubte er, dass er nur einen Knopf bei ihr zu drücken hatte und schon würde sie in seine Arme fallen. So ist es doch auch, kicherte eine ungebetene Stimme in ihrem Kopf, genau so. Sie zog eine Grimasse und zwang sich, aus dem Fenster zu sehen.

Nach ein paar Minuten bogen sie in einen Feldweg ein und hielten vor einem winzigen, riedgedeckten Bungalow. »Wir sind da.«

Mit einem Satz war er auf die harte, rote Erde gesprungen, um den Wagen herumgelaufen und hatte ihr die Tür aufgerissen, bevor sie es selbst tun konnte. Er streckte ihr die Hand entgegen, um ihr herunterzuhelfen, aber Silke schlug sie aus, wollte jede Berührung mit ihm vermeiden.

»Danke«, sagte sie und schlängelte sich an ihm vorbei. »Ist das dein Haus?«, fragte sie, um die Unterhaltung unverfänglich zu halten.

»Mein eigenes Haus steht woanders, das hier ist meine dienstliche Unterkunft. Vorsicht!«, rief er, umfasste ihre Taille und zog sie so ruckartig zur Seite, dass sie die Balance verlor und gegen ihn fiel. »Da war eine besonders große Spinne. Die können sehr unangenehm beißen.«

Silke konnte keine Spinne sehen, weder eine große noch eine kleine. »Ich habe keine Angst vor Spinnen«, bemerkte sie trocken und wollte sich aus seinem Griff winden, aber seine Hand lag noch immer fest auf ihrer Hüfte, während er mit der anderen die Haustür öffnete.

»Komm rein, es ist noch genug Zeit, die Kaffeemaschine auszuprobieren«, sagte er dicht an ihrem Ohr und langte dabei blitzschnell unter ihre Bluse, um ihre Brust zu streicheln.

»Lass das«, fauchte sie und schlug seine Hand weg. Hart, dass es klatschte.

»Nun sei doch nicht so«, murmelte er in ihr Haar und schob sie über die Türschwelle.

Silke stolperte über Buschstiefel, die im Eingang standen, und stürzte gegen die Wand, die über und über mit Fotografien bedeckt war, die alle Rick mit großen Tieren zeigten. Rick wollte ihr aufhelfen, aber sie schob ihn beiseite. Ihr Blick fiel zu der offenen Tür am Ende des Flurs, durch die blendendes Sonnenlicht strömte, und auf ein breites Bett. Die Bettwäsche war blütenweiß, die Decke einladend zurückgefaltet.

Sah es bei ihm immer so aus? Oder hatte er ihr Treffen geplant, hatte sie wie eine Spinne in sein Netz locken wollen? Sie versteifte sich und wurde rot vor Scham. Jetzt wollte sie nur noch eins, nämlich zurück zum Chalet, zurück in Marcus' Arme.

»Komm, ich zeig dir das Haus«, raunte Rick, und abermals spürte sie seine Hand an ihrer Taille.

Mit einer heftigen Bewegung schüttelte sie ihn ab. Der Kerl gab ja wirklich nie auf. Sie wollte ihm gerade ein für alle Mal klarmachen, dass er sie in Ruhe lassen sollte, als eine weibliche, etwas schrille Stimme ertönte.

»Rick, dem Himmel sei Dank, dass du kommst.«

Silke drehte sich um. Eine Frau kam auf sie zugelaufen. Wild tanzender, blonder Pferdeschwanz, sportliche Figur, lange Beine, verweinte Augen, schwarze Wimperntusche rann ihr über die Wangen. Silke erkannte sie. Es war die Frau, die gestern Abend an ihrem Tisch gewesen war und Rick etwas gefragt hatte.

Die Frau nickte Silke wortlos zu, zog den Ranger zur Seite und redete eindringlich auf ihn ein. Es musste etwas Unangenehmes sein, denn die Stimme der Frau war tränenschwer und seine Miene wurde sehr ernst. Er zog sie kurz an sich, streichelte ihr tröstend den Rücken, bevor die Frau wieder davonhastete.

Rick war blass unter seiner Sonnenbräune geworden. »Wir müssen sofort zurück ins Camp. Ich hole nur schnell die Unterlagen aus dem Haus, dann fahren wir«, teilte er Silke hastig mit. »Wir müssen unsere …«, er zögerte, ein blasser Abglanz seines frechen Lächelns huschte über sein Gesicht, »unsere Kaffeepause vertagen.« Damit verschwand er im Haus.

Silke setzte sich auf einen weißen Plastikstuhl, der neben dem Eingang stand. Insgeheim war sie heilfroh über die Unterbrechung, die ihr half, ihr inneres Gleichgewicht wiederzufinden.

Als Rick wieder herauskam, einen Stapel Unterlagen unter dem Arm, stand sie auf.

»Komm schnell, wir müssen uns beeilen. Tut mir leid, aber das ist ein Notfall.« Damit lief er zum Wagen, und Silke folgte ihm.

»Ist etwas Schlimmes passiert?«, fragte sie, während sie einstieg.

Rick hatte den Motor schon gestartet. »Mach dir keine Sorgen, das hat nichts mit den Gästen zu tun. Interner Ärger. Der allerdings ist saftig.«

Er fuhr weitaus schneller als die erlaubten vierzig Stundenkilometer, sodass Silke sich am Sitz festklammern musste, um nicht hin und her geworfen zu werden. Als sie endlich den geteerten Weg erreichten, atmete sie auf und löste ihre verkrampften Hände vom Sitz. Völlig unvermittelt bremste Rick scharf und nahm ihren Kopf so fest in seine Hände, dass sie ihn nicht mehr bewegen konnte.

»Das muss jetzt sein«, raunte er und bedeckte ihr Gesicht, ihren Hals, ihren Mund mit wilden Küssen.

Sie konnte sich nicht wehren. Seine Hände hielten ihr Gesicht wie in einer Schraubzwinge. Sie packte seine Finger, um sie auseinanderzubiegen, aber er war zu kräftig. Mit seinem Körper drückte er sie ins Polster, presste seinen Mund auf ihre fest geschlossenen Lippen und versuchte, sie mit seiner Zunge auseinanderzuschieben. Als sie um sich trat, schlang er seine Beine um ihre. Silke hatte die beklemmende Vision einer Python, die ihren Leib immer fester um sie wickelte. Panisch trommelte sie mit den Fäusten auf seinen Rücken, als sie über seine Schulter hinweg einen Geländewagen erblickte, der auf sie zuraste. Sie schrie dumpf auf, aber Rick verschloss ihr die Lippen mit seinen, sodass ihre Warnung unhörbar wurde. Sie trat um sich, denn der Zusammenprall mit dem Geländewagen schien unausweichlich, doch plötzlich bremste der scharf, und Marcus sprang heraus.

Mit zwei, drei Schritten erreichte er ihr Auto und riss die Fahrertür auf. Ohne ein Wort zu sagen, packte er Rick am Hemd, zog ihn mit einem Ruck heraus auf die Straße und verpasste ihm einen Faustschlag, dass der Ranger drohte, in die Knie zu gehen.

»Du geiles Schwein«, knurrte Marcus. »Lass die Finger von meiner Frau, wage ja nicht, sie auch nur noch einmal anzusehen. Hast – du – das – verstanden, du versauter Bock?« Mit jedem Wort schüttelte er Rick, dass diesem der Kopf wackelte. »Antworte«, brüllte er.

Rick brachte es fertig zu grinsen. »Okay, okay«, nuschelte er, weil ihm Blut aus der Nase lief. »Beruhige dich, Mann.«

Marcus holte jedoch wortlos ein weiteres Mal mit der Faust aus und traf Rick im Solarplexus. Der krümmte sich mit einem Aufschrei zusammen, presste die Hände auf seine Mitte, würgte und hustete.

Silke war vor Schock erstarrt. Marcus hielt Rick am Halstuch fest, und der Ranger schien völlig hilflos zu sein. Sprachlos sah sie zu, wie Marcus, ihr zurückhaltender, liebevoller Marcus, der eine lästige Fliege verschonen würde, das Halstuch mit einer abrupten Bewegung seiner Faust zudrehte und Rick mühelos hochhob. Rick zappelte nach Luft japsend in seinem Griff und lief puterrot an.

»Marcus!«, schrie Silke in Panik auf. »Um Himmels willen, lass ihn los. Du erwürgst ihn ja.«

»Hoffentlich«, zischte er bösartig und drehte noch einmal am Tuch.

Endlich löste sie sich aus ihrer Starre und lief um den Wagen herum, drängte sich zwischen die Männer, hängte sich mit ihrem ganzen Gewicht an Marcus' freien Arm und hinderte ihn tatsächlich daran, noch einmal zuzuschlagen. Als sähe er sie zum ersten Mal, starrte er sie an.

»Du lässt ihn sofort los, verdammt!«, fauchte sie.

Immer noch starrte Marcus sie an, als würde er sie gar nicht erkennen. Dann stieß er plötzlich den Ranger so heftig von sich, dass der strauchelte und hinfiel.

»Hau ab, du Würstchen«, sagte er und wandte sich Silke zu. »Kommst du mit mir?«, fragte er leise. Sein Ton klang bittend.

Silke, eine Hand an den Lippen, als könnte sie Ricks Kuss im Nachhinein wegwischen, sich peinlich bewusst, dass Marcus mit Sicherheit den Kuss beobachtet hatte, hörte die Traurigkeit darin, die Sehnsucht, und ihr fehlten die Worte, darauf zu antworten. Mit einem heißen Stich im Herzen nickte sie nur.

In der Hitzestille klangen ihre Schritte laut wie Trommelschläge. Hinter ihnen knallte die Fahrertür zu und mit abgewandtem Gesicht fuhr Rick an ihnen vorbei. Ihren Blick fest auf ihre Fußspitzen gerichtet, vermied Silke es, ihm nachzusehen.

Marcus war stehen geblieben und musterte sie aus schmalen Augen. »Khaki-Fieber scheint hier zu grassieren«, bemerkte er wie nebenbei, überging ihre gestotterte Frage, was er damit meine, und fuhr ruhig fort: »Ich dachte, wir fahren erst an den Zincakeni

Dam, dann weiter zur Maphumalo Picnic Site am Hluhluwe-Fluss. Wir können uns von der Küche einen Picknickkorb einpacken lassen und dort etwas essen. Da ist auch die Anlegestelle für das Ausflugsboot. Vielleicht sind wir rechtzeitig da, um mitzufahren. Danach machen wir uns auf den Weg durch Hluhluwe nach Mpila. Einverstanden?«

Betreten wich sie seinem Blick aus. Nach der Vorstellung eben war sie auf einen Streit vorbereitet gewesen, laute Vorwürfe, verletztes Schweigen. Dieser abrupte Übergang zur Tagesordnung brachte sie unversehens aus dem Gleichgewicht. Nach kurzem Nachdenken kam sie zu der Überzeugung, dass er damit ihren Fragen nach den wahren Hintergründen dieser Reise aus dem Weg gehen wollte. Aber das würde sie nicht zulassen. Um ihrer gemeinsamen Zukunft willen. Jetzt war weiß Gott nicht der rechte Augenblick, aber heute Abend in Mpila würde sie in Ruhe mit ihm reden. Und sich entschuldigen.

»Äh … das klingt gut«, sagte sie. »Zinca… wie?«

»Zincakeni Dam. Das ist ein kleiner Staudamm. Er liegt nicht weit von hier. Aber zuerst müssen wir zurück zum Hilltop Camp, um unsere Sachen abzuholen.«

12

Marcus schwieg auf der Fahrt, worüber Silke mehr als froh war, denn sie hatte schon ein Verhör über ihren Ausflug mit Rick befürchtetet. Als sie auf den weiten Platz vor der Rezeption einbogen, sah Marcus auf die Uhr.

»Kurz vor zehn. Gerade noch rechtzeitig. Aber wir müssen uns beeilen und auch gleich unsere Rechnung bezahlen.«

Er fuhr weiter zum Chalet und parkte so nahe am Eingang wie möglich. Die Sonne stand inzwischen als weiß glühende Scheibe am brennend blauen Himmel, die Hitze strahlte von den Pflastersteinen wider und brannte sich durch die Sohlen ihrer Sandalen.

Silke wurde bewusst, dass ihre Bluse und Shorts durchgeschwitzt waren. »Ich muss erst duschen«, sagte sie.

»Dazu ist es jetzt zu spät. Die Reinigungskolonne ist bereits im Anmarsch.« Er wies auf die zwei schwarzen Frauen, die mit Mopp, Besen und Eimer langsam den Weg zu ihnen herunterschlenderten.

Silke entschuldigte sich, rannte ins Bad und erbrach ihr brennend schlechtes Gewissen in die Toilette. Kurz erwog sie, sich die Bluse vom Leib zu reißen und sie in den Mülleimer unter dem Waschtisch zu stopfen – die Erinnerung an Rick und das, was sie getan hatte, würde sie nie herauswaschen können, aber ihre frische Kleidung war bereits im Koffer verstaut. Also spülte sie sich wenigstens schnell den Mund aus und half danach Marcus, die Sachen in der Küche zusammenzupacken. Im Supermarkt in Umhlanga Rocks hatten sie vorsorglich auch Kühltaschen gekauft, um ihren Proviant bis nach Mpila frisch zu halten.

In Windeseile wurden sie fertig, und Marcus vergewisserte sich mit einem schnellen Rundgang durchs Chalet, dass sie nichts hatten liegen lassen.

Unter den überhängenden Zweigen eines gelb blühenden Baumes fand er direkt vor der Rezeption einen Parkplatz. Außer Gläserklingen und schläfrigen Stimmen, die vereinzelt von den Sonnendecks der anderen Chalets herüberklangen, war es still. Die meisten Gäste hielten nach der Morgensafari wohl eine Siesta oder lagen am Pool.

Verstohlen schnupperte Silke an ihrem Top und verzog das Gesicht. Sie musste unbedingt duschen, das Gefühl und den Geruch von Ricks Händen von ihrer Haut abwaschen. Und ihr schlechtes Gewissen. Vielleicht konnte nur sie das riechen, aber so konnte sie unmöglich mit Marcus zum Picknick fahren. Ihr Blick glitt schuldbewusst zu ihm, und ihr wurde noch heißer. Außerdem musste sie auf die Toilette und hatte keine Vorstellung, wie derartige Örtlichkeiten in der Wildnis aussehen würden. Wenn es sie denn überhaupt gab. Sie hatte nicht vor, sich einfach in den Busch zu setzen und sich danach in einem krokodilverseuchten Gewässer zu reinigen.

»Weißt du, wo sich die Waschräume befinden? Ich könnte glatt als Stinktier preisgekrönt werden.«

Mit dem Daumen zeigte er auf das ockerfarben verputzte Toilettengebäude, das auf dem Weg zur Bar lag. »Da entlang«, sagte er lakonisch.

Aber bevor sie sich in Bewegung setzen konnte, zog er sie zu ihrer Überraschung mit einem Ruck in seine Arme und begann, sie wortlos zu streicheln. Über den Rücken, ihre nackten Schultern, am Hals entlang und sehr sachte über ihre Lippen. Sie spürte die angenehme, trockene Wärme seiner schlanken Finger, fühlte das Pochen seines Herzens durch ihr dünnes Oberteil, fühlte ihr eigenes schneller schlagen.

»Ich liebe dich«, murmelte er in ihr Haar. »Vergiss das nie, was immer auch passiert. Du bist alles, was ich habe. Wenn ich dich verliere, ist mein Leben verloren.« Er ließ ihr keine Gelegenheit zu reagieren, sondern verschloss ihren Mund mit seinem und küsste sie. Hart und fordernd. Besitzergreifend.

Reflexartig stemmte sie sich mit beiden Händen gegen seine Brust, um sich zu befreien, aber er hielt sie noch fester, gab ihre Lippen nicht frei, küsste sie weiter, bis sie sich der heißen Welle ergab, die sie überschwemmte.

Ein flimmernder Sternenwirbel drehte sich in ihrem Kopf, ihr Puls hämmerte. Schemenhaft tauchte Ricks Gesicht aus dem Sternengeflimmer auf. Von einem brennenden Schamgefühl gepackt, erwiderte sie Marcus' Küsse, leidenschaftlich, fast verzweifelt, als könnte sie damit den Vorfall mit Rick ungeschehen machen.

Eine köstliche Ewigkeit später hob er seinen Kopf und lachte ein tiefes, samtiges Lachen. »Ich glaube, wir werden gleich wegen Erregung öffentlichen Ärgernisses aus dem Camp gewiesen.« Er drehte sie in seinen Armen so, dass sie über seine Schulter eine Gruppe Touristen sehen konnte, die neugierige Blicke zu ihnen herüberwarfen. Einer filmte sie sogar unverfroren mit seiner Handykamera.

»Schade, dass wir im Augenblick keine Unterkunft haben, wo wir ungestört sein könnten«, rutschte es ihr heraus.

Wieder dieses tiefe Lachen. »In zwei oder drei Stunden könnten wir unseren Bungalow in Mpila erreichen, wenn wir uns beeilen und uns keine Elefantenherde aufhält«, flüsterte er. »Oder wir suchen uns ein abgelegenes Plätzchen im Busch und parken dort.« Seine braunen Augen glitzerten.

Sie kicherte. »Und zwanzig neugierige Affen sehen zu? Nein danke.« Sie spürte, dass ihr der Schweiß aus den Haaren lief. »Herrje, ist mir heiß! Ich wünschte, ich könnte irgendwo duschen.«

»Es gibt einen Swimmingpool hier, möchtest du dich vielleicht da kurz abkühlen?« Er begleitete seine Worte mit erneuten Küssen.

Vor lauter Erleichterung, dass der Eindruck, den die Szene zwischen ihr und Rick bei ihm hervorgerufen haben könnte, allem Anschein nach ausgelöscht war, musste sie kichern.

»Mein Bikini ist im Koffer, ich ziehe mich in der Toilette um.« Ihre Stimme schwankte vor innerer Erregung.

Marcus schloss die Heckklappe auf, und sie fischte den Bikini aus ihrem Koffer, gab ihm noch einen schnellen Kuss und wäre am liebsten wie ein unbeschwertes Kind davongehüpft.

In übermütiger Laune trat sie aus dem Toilettengebäude und entdeckte Marcus, der, Hände in den Hosentaschen vergraben, Kopf gesenkt, in der sengenden Sonne auf dem heißen Pflaster hin und her marschierte.

»Eine Stunde etwa können wir erübrigen«, rief er. »Ich habe mich gerade erkundigt, als ich bezahlt und auf unseren Picknickkorb gewartet habe. Danach müssen wir los, sonst kommen wir nicht rechtzeitig in Mpila an und die guten Bungalows sind schon vergeben. Steig ein. Der Pool ist am anderen Ende des Camps. Meine Badehose habe ich schon angezogen.«

Ein Kronenkranich stolzierte am Rand des Beckens entlang und fischte ins Wasser gefallene Käfer heraus. Ein paar Liegen standen unter Sonnenschirmen um den Pool, nur zwei waren von einem jungen Paar besetzt. Sie wollte schon eine der Liegen tief in den Schatten einiger überhängender Bäume ziehen, aber der Mann hinderte sie daran.

»Nicht so nah an die Büsche«, rief er ihr in stark südafrikanisch gefärbtem Englisch zu. »Es gibt eine Menge Schlangen hier und vor allen Dingen Affen, die vor nichts Respekt haben. Die klauen Ihnen das Kissen unterm Hintern weg, wenn Sie nicht aufpassen!«

Aufgescheucht ließ Silke ihren Blick über das Gelände fliegen, konnte jedoch weder Schlangen noch Affen entdecken. Was natürlich nicht hieß, dass sich dort keine aufhielten. Schleunigst schob sie den Liegestuhl zurück an seinen ursprünglichen Platz unter dem Schirm, obwohl es dort heiß war, weil das dünne Tuch die sengende Sonne kaum milderte. Nachdem sie sich niedergelassen hatte, bedankte sie sich.

»Hi, ich bin Peter«, stellte sich der Mann mit freundlichem Lächeln vor, »und das ist meine Frau Cheryl.«

Silke nannte ihre Namen, während Marcus sich neben sie auf einen Deckchair setzte.

»Sind Sie zum ersten Mal hier?«, fragte Cheryl und streckte sich träge.

Silke betrachtete ihre ebenmäßige Bräune, den durchtrainierten Körper und fragte sich, ob alle Südafrikaner so wahnsinnig gesund und sportlich aussahen, alle diese blendend weißen Zähne hatten. Auch ihr Mann Peter wirkte, als würde er den Großteil seiner Zeit mit Sportarten wie Surfen oder Rugby verbringen. Das Leben der Wohlhabenden in Südafrika schien hauptsächlich bei Sport und Spiel in der freien Natur stattzufinden.

Etwas wie Neid kroch in ihr hoch. Sie stellte sich vor, wie ein Besuch an einem deutschen Hotelpool abgelaufen wäre, dachte an die entspannten, kontaktfreudigen Menschen dieses Landes. Auf einmal spürte sie eine ziehende Sehnsucht, konnte aber nicht definieren, wonach. Mit einem ratlosen Kopfschütteln gab sie auf und lächelte Cheryl an.

»Sie sind Südafrikaner, nicht wahr? Wo leben Sie?«

»Im Kriegsgebiet«, grinste Peter, und auf Silkes erschrockenen Ausdruck hin fügte er hinzu: »In Johannesburg.«

»Kriegsgebiet?«, wiederholte sie stirnrunzelnd.

»Wir nennen das so, kommt wohl daher, weil wir im Auto entführt worden sind, unser Haus wurde bereits zwei Mal ausgeräumt, unser Nachbar erschossen.«

Silke konnte ihn nur entsetzt anstarren, war sich nicht klar darüber, ob dieser Mann ihr einen zicmlich großen Bären aufbinden wollte oder ob er es tatsächlich ernst meinte. Die anschließende Reaktion seiner Frau erklärte allerdings einiges.

»Halt die Klappe, Peter«, sagte sie scharf. »Über solche Sachen reden wir nicht, das weißt du.«

»Davon gehen sie aber nicht weg«, widersprach er und grinste aufreizend, jedoch ohne jegliches Amüsement. »Vogel-Strauß-Politik ändert nichts daran.«

Silkes erster Impuls war, sich zurückzuziehen. Hier drohte anscheinend ein Ehestreit, und es gab kaum etwas, was ihr unangenehmer war, als wenn Eheleute sich in ihrem Beisein stritten. Ihr Mienenspiel war wohl offensichtlich, denn Cheryl lachte.

»Keine Angst, wir gehen uns nicht an die Kehle. Damit warten wir, bis wir allein sind.«

So kamen sie ins Gespräch, und beide Südafrikaner erzählten witzige Anekdoten aus einem Leben, in dem es Kindermädchen, Haushaltshilfen und Gärtner, Country Clubs, ewig gutes Wetter und regelmäßig Ferien am Meer gab. Doch nach und nach, meist nur in einer beiläufigen Bemerkung, kam heraus, dass sie fingerdicke Gitter vor allen Fenstern hatten, meterhohe Elektrozäune ihr Haus schützten und sie gerade einen neuen Schrank für ihre ständig wachsende Waffensammlung gekauft hatten.

Silke warf Marcus einen verunsicherten Seitenblick zu, der aber schien nicht zuzuhören, sondern polierte mit Hingabe seine Sonnenbrille.

»Waffen und elektrische Zäune«, sagte sie langsam. »Wie können Sie so nur leben?«

»Wir sind Buren. Wir haben die Wagenburg erfunden«, antwortete Peter leichthin. »Abgesehen davon haben wir eine Scheißangst. Deswegen Waffen und elektrische Zäune.«

»Und abgerichtete Hunde«, warf Cheryl ein.

Schockiert sah Silke sie an. »Viele Südafrikaner wandern aus, habe ich gelesen.«

Cheryl zuckte mit den Schultern. »Wohin sollten wir gehen? Uns will doch keiner haben. Unser Geld ist im Ausland nichts wert, und in Europa haben die Schengen-Staaten ihre Grenzen dichtgemacht.« Sie stand auf, setzte sich an den Pool, den Sonnenhut tief in die Stirn gezogen, und spielte mit den Zehen im Wasser. »Außerdem lassen wir uns nicht aus unserem Land vertreiben«, sagte sie voller Leidenschaft. »Meine Familie lebt hier seit fast einhundert Jahren. Wir haben genau wie die ein Recht, hier zu leben. Das haben wir uns hart erarbeitet.«

»Wer sind die?«, fragte Silke aus Höflichkeit.

Cheryl presste die Lippen zusammen, machte dann eine vage Handbewegung. »Na, unsere schwarzen Brüder, wer sonst? Aber lassen wir das Thema. Ich hasse Politik, besonders in dieser Hitze.« Damit warf sie ihren Sonnenhut zielsicher auf den Liegestuhl, glitt ins Wasser und kraulte mit kräftigen Armbewegungen einige Längen, ehe sie sich auf dem Rücken treiben ließ. »Kommen Sie rein, wir können uns im Pool unterhalten. Sonst kriegen Sie noch einen Hitzschlag«, rief sie Silke zu.

Silke sprang mit einem Satz ins Wasser. »Komm, Marcus, es ist herrlich!«, rief sie.

Marcus machte einen Hechtsprung in das Becken, und auch Peter folgte ihnen. Zu viert durchpflügten sie das türkisfarbene Wasser, sodass die Wellen über den Rand schwappten. Schließlich hingen sie lachend am Rand. Cheryl tanzte wassertretend vor ihnen auf und ab, fragte, woher Marcus und sie kämen.

»Wir leben in München, aber ich komme aus dem kühlen Norden Deutschlands. Ich bin in der Nähe der Nordsee aufgewachsen«, antwortete Silke. »Marcus ist Bayer. Da lernt man erst Skilaufen, dann auf Berge zu kraxeln, danach erst vernünftig laufen. Swimmingpools gibt es bei uns eher selten.«

»Jodeln und Lederhosen, richtig?« Cheryl gluckste. »Und dieses Schürzenkleid mit dem sexy Ausschnitt – wie nennt ihr das?«

Silke genoss die unverfängliche Unterhaltung. »Dirndl. Kennen Sie Bayern?«

»Das hab ich im Fernsehen gesehen.« Cheryl kicherte. »Oktoberfest, 'ne Menge grölender Menschen, humpa-humpa.« Sie spielte mimisch Trompete. »Ich war noch nie in Übersee«, fügte sie hinzu, schwang sich auf den Beckenrand und ließ sich stöhnend in den Liegestuhl fallen.

Auch Silke stieg aus dem Pool, legte sich wieder in den Schatten und schloss die Augen. Bis auf das durchdringende Sirren der Zikaden erstickte die Hitze jedes andere Geräusch.

»Was machen Sie? Haben Sie Kinder?«, erkundigte sich Cheryl.

»Noch nicht, aber hoffentlich bald«, antwortete Silke und unterdrückte die Erinnerung an London. »Und Sie?«

»Drei. Wir haben sie und unser Kindermädchen bei meinen Eltern abgeladen. Die haben ein großes Haus, ein noch größeres Grundstück und viel Zeit. Außerdem züchten sie Hunde, und eine ihrer drei Hündinnen hat immer Junge.« Sie lachte. »Wenn wir die Gören wieder abholen, stinken sie meist nach Hundescheiße und haben ihre Manieren vergessen, aber dafür haben wir ein paar Tage Ruhe. Peter ist sehr beschäftigt, und ich bin viel allein.«

»Was macht er denn?«

»Keinen Schimmer. Irgendwas mit Aktien. Um Peters Geschäfte kümmere ich mich grundsätzlich nicht. Meine Aufgabe ist es, das Geld unter die Leute zu bringen, und das tue ich mit Leidenschaft.«

Ihre Unterhaltung plätscherte schläfrig dahin, und in kürzester Zeit platzte Silke vor Hitze fast der Kopf. Das lauwarme Wasser im Pool bot überhaupt keine Abkühlung mehr. Mit Verlangen dachte sie an die Klimaanlage im Auto. Marcus schien das zu spüren, denn er sah auf die Uhr.

»Wir müssen los, Schatz, es wäre schade, durchs Reservat zu hetzen. Wir haben im Mpila Camp einen Bungalow gebucht«, erklärte er den Johannesburgern. »Und die werden mittags verteilt. Wer zuerst kommt, hat die Auswahl.«

»Ja, sicher. Ich komme.« Silke stand auf und warf sich ihr Handtuch über die Schulter. Aber da fiel ihr noch etwas ein. »Geh schon vor«, rief sie ihm nach. »Ich komme gleich nach.«

Sie wartete, bis Marcus die Sachen zusammengepackt hatte und sich außer Hörweite befand. Dann wandte sie sich an die beiden Südafrikaner. »Können Sie mir sagen, ob es hier Khaki-Fieber gibt und ob es gefährlich ist?«, fragte sie leise.

Zu ihrem Erstaunen prusteten beide laut los. »Khaki-Fieber befällt nur Frauen«, gluckste Cheryl. »So bezeichnet man das, wenn sich eine Frau einem Ranger an den Hals wirft. Die tragen ja alle khakifarbene Uniformen.« Sie machte eine Handbewegung. »Verstehen Sie? Daher Khaki-Fieber.«

Silke schoss die Schamröte ins Gesicht. »Danke«, stotterte sie, setzte schnell die Sonnenbrille auf und lief, ohne sich zu verabschieden, davon.

Marcus hatte alle Türen des Wagens geöffnet und lächelte ihr entgegen.

»Bin gleich wieder da«, rief sie ihm zu und floh ins Toilettengebäude, um sich umzuziehen und sich zu sammeln. Als sie Marcus wieder gegenübertreten konnte, hatte er sich ebenfalls umgezogen und saß bereits hinterm Steuer. Die offenen Türen hatten zwar den Hitzestau im Auto nicht wesentlich verbessert, aber auf ihrem Sitz lag ein Handtuch.

»Danke«, sagte sie und beugte sich zu ihm, um ihm die Wange zu streicheln.

Er fing ihre Hand ein und drückte einen Kuss auf die Innenseite. »Alles wieder gut?«

Nein, antwortete sie schweigend. Das ist es nicht, aber das klären wir später, wenn ich aufgehört habe, mich zu Tode zu schämen. Khaki-Fieber! Also nickte sie und wandte ihr Gesicht ab, bis sie sicher war, dass die verräterische Röte abgeklungen war.

»Heute Abend reden wir über alles«, sagte Marcus. »Versprochen.«

»Über alles?«, stammelte sie, glaubte für einen schrecklichen Augenblick, dass er ihren Fast-Fehltritt mit Rick meinte.

Marcus starrte ins Gestrüpp vor ihnen. »Heute Abend erkläre

ich dir, was mir auf der Seele liegt. Allein packe ich das nicht mehr.« Ohne sie anzusehen, startete er den Motor.

Silke war zu verblüfft, um Worte zu finden. Dass Marcus von sich aus über seine Probleme reden würde, hatte sie am wenigsten erwartet. Ihr wurde ganz leicht ums Herz. Spontan zog sie seinen Kopf zu sich heran und küsste ihn. Erst sanft, dann mit wachsender Leidenschaft. Eine Meerkatze, die zusah, schnatterte leise und hüpfte leichtfüßig davon.

»Lass uns fahren und ein einsames Plätzchen suchen«, sagte sie heiser und ließ ihre Zunge über seine Lippen gleiten.

»Das wird doch noch ein schöner Tag«, stöhnte er nach einer atemlosen Pause. »Aber den besten Bungalow ergattern wir dann nicht.«

Silke zog die Nase kraus. »Dann schlafen wir eben unter freiem Himmel.«

Unbemerkt von ihnen brodelten über dem Mosambikstrom die Wolken, schwollen zu bedrohlichen Türmen an, schoben sich über den östlichen Horizont von Zululand und löschten die Sonne aus. Aber noch brannte der Himmel über Hluhluwe in tiefem Ultramarin, und die Sonne strahlte heiß. Nur die Vögel waren verstummt, und das Licht hatte bereits jene Giftigkeit angenommen, die einem gewaltigen Gewitter vorausging. Konturen waren wie geätzt, Fackellilien tanzten als glühende Flammen auf dem Grasmeer, und die Hügel leuchteten chromgrün.

Silke und Marcus erkannten die Zeichen nicht, fanden die glühenden Farben einfach nur schön. Doch wie sollte es auch anders sein. Sie waren Stadtmenschen, ihr Himmel war von Dächern zerschnitten, der Horizont von Häuserfassaden verstellt.

13

Inzwischen kehrten auf Inqaba die ersten Gäste von der Morgensafari zurück. Müde, hungrig, aber glücklich. In einer munteren Gruppe versammelten sie sich auf der Restaurantterrasse. Schleierwolken, zart wie Musselinvorhänge, waren aufgezogen und milderten das Brennen der Sonnenstrahlen, was allgemein als angenehm empfunden wurde. Besonders von denjenigen, die sich auf der Safari einen heftigen Sonnenbrand zugezogen hatten, weil sie vergessen hatten, sich einzucremen.

Jill Rogge jedoch beobachtete die Wolken mit kritischem Blick. Auch sie konnte das aufziehende Gewitter noch nicht sehen, aber sie war hier geboren und aufgewachsen, daher wusste sie, dass eins kommen würde. Die Luft war weicher geworden, feuchter, der Wind böiger. Vorsichtshalber rief sie Thabili, ihre Restaurantmanagerin zu sich, die eben in die Küche gehen wollte. Thabili gab schnell noch eine Anweisung an eine der Kellnerinnen und kam auf Jill zu.

Thabili war drall, ihre Haltung stolz und aufrecht, und seit sie die Hotelfachschule, auf die sie Jill geschickt hatte, absolviert hatte, sorgte sie jeden Tag dafür, dass der Restaurantbetrieb lief wie eine gut geölte Maschine.

Jill sah auf einmal das kleine Mädchen, das Thabili gewesen war, als sie zum ersten Mal auf Inqaba auftauchte, in Gedanken neben der Zulu herhüpfen. Barfüßig, mit Augen wie Schwarzkirschen und stacheligen Rattenschwanzzöpfchen. Ein verschüchtertes kleines Ding, das kaum Schulbildung genossen und noch keinen modernen Haushalt von innen gesehen hatte, das glaubte, dass es Zauber des weißen Mannes war, wenn man einen Schalter drückte und das Licht anging. Noch immer war Jill voller Bewunderung, wie Thabili es geschafft hatte, diesen Abgrund zwischen ihren Kulturen so mühelos zu überwinden.

Die Zulu zog ihre dottergelbe Weste glatt. »Gibt es Probleme?«

Jill deutete auf die Wolken. »Da kommt was, und es sieht unfreundlich aus. Lass bitte die Tische drinnen auch eindecken, falls unsere Gäste gezwungen sind, sich schnell ins Haus zu retten.«

»Was ist mit dem Zelt für deine Party drüben?«, fragte Thabili. »Der Sturm wird es wegpusten.«

Jill überlegte. Heute Abend feierten sie in ihrem Privathaus Nils' und auch ihren Geburtstag nach. So machten sie das jedes Jahr. Für ihre privaten Feiern blieb meist wenig Zeit, und auf diese Weise war es ein Aufwasch. Sie hatte ein weißes Zelt auf der Terrasse errichten lassen, weil die Wettervorhersage trockenes Wetter versprochen hatte. Wenn nun ein Gewitter über Zululand drohte, musste man alles festzurren, was nicht niet- und nagelfest war. Und Schwimmwesten bereitlegen, dachte sie missmutig. Die Wassermassen, die dann durchs Gelände stürzten, konnten den Victoriafällen Konkurrenz machen.

Seufzend zog sie ihr Smartphone hervor, rief den Weather Channel auf, nur um festzustellen, dass der inzwischen tatsächlich seine Vorhersage geändert hatte. Die App, die ihre Freundin Angelica als unverzichtbar angepriesen hatte, wollte man wissen, ob es nur ein ganz normaler Guss oder eine Sintflut sein würde, hatte sie vergessen herunterzuladen. Ärgerlich steckte sie das Telefon wieder weg. Beim Mittagessen würde sie vielleicht Zeit dazu finden.

»Du hast recht. Lass es zur Vorsicht von Thabo und Mbani mit Stricken verankern. Nils ist drüben, er wird ihnen sagen, was sie tun sollen. Wie weit seid ihr ansonsten mit den Vorbereitungen?«

»Kein Problem«, sagte Thabili. »Aber die zwei Gäste von Bungalow drei fühlen sich nicht gut und meinten, es wäre der Salat gewesen.« Sie grinste vielsagend. »Sie waren gestern bis zum Schluss in der Bar.«

Jill verdrehte die Augen. Wenn sich Gäste schlecht fühlten, wurde das immer auf den Salat geschoben, obwohl der letzte Cuba Libre am Abend zuvor zu viel gewesen war. Das hieß, um den heißen Brei herumreden, vielleicht eine Flasche Wein gratis auf den Tisch stellen, denn nur eine einzige offizielle Beschwerde, dass das Essen auf ihrer Lodge nicht in Ordnung war …

Sie mochte gar nicht daran denken. Es gab genug Neider, die auf Inqaba schielten. »Okay, ich kümmere mich darum.«

Genervt machte sie sich auf den Weg zur Rezeption, um mit Jonas Dlamini noch einige Fragen bezüglich einer Buchung einer Reisegruppe zu besprechen. Jonas Dlamini war der Enkel ihres alten Kindermädchens Nelly. Er war vor gut fünfzehn Jahren auf der Suche nach einem Job zu ihr gekommen. Ein magerer, junger Mann, hungrig nach Leben, nach Erfolg, der nur ein paar abgetretene Schuhe besaß, aber einen Universitätsabschluss als Bauingenieur. Ein Mann, der sich geschworen hatte, nie wieder Kuhdung an den Füßen kleben zu haben, endlich dem zähen Schlamm der dunklen Riten und Traditionen seiner Stammesgenossen, die sich von allem Neuen bedroht fühlten, zu entkommen. Obwohl sie ihm nur sehr wenig zahlen konnte, fing er als Aushilfe bei ihr an der Rezeption an.

Er erwies sich als Juwel, hielt ihr den Rücken frei, brachte ihre Bücher in Ordnung und wurde als beinhart in Preisverhandlungen von den Lieferanten gefürchtet. Ohne ihn würde Inqaba im Chaos versinken, das war ihr klar. Wenn sie wieder einmal überarbeitet war, wieder einmal ein Gast unsinnige Forderungen stellte und sie es nicht mehr fertigbrachte, gelassen und freundlich zu lächeln, dann war Jonas zur Stelle und rettete die Situation mit seinem Charme. Mit fragendem Ausdruck hob er den Kopf von seinen Büchern.

Jill angelte einen Bonbon aus dem Glasgefäß, das Jonas immer auf seinem Tresen stehen hatte. »Weißt du, wo sich Kira und Luca herumtreiben?«

»Kira striegelt ihr Pony, und Luca ist in der Küche und schlägt sich den Bauch voll«, war die prompte Antwort.

»Und zum Mittagessen kann er dann nichts mehr essen!«, sagte sie verärgert. »Ich werde mir mal Nomusa vorknöpfen.«

Die Küche war seit einiger Zeit Lucas Lieblingsort, und Nomusa, die Köchin, die ihre Kochlöffel wie Dressurpeitschen schwang und wie ein mittelalterlicher Despot über das Küchenpersonal herrschte, wurde butterweich, wenn Luca sie umschmeichelte. Sie und ihre Töchter, die als Aushilfen arbeiteten, wenn Inqaba voll ausgebucht war – und das war es letztlich fast immer –, konnten ihm nicht widerstehen und verwöhnten ihn nach Strich und Faden. Was er natürlich gnadenlos ausnutzte.

»Lass es gut sein, Jill«, erwiderte Jonas. »Luca wächst schneller als ein Bambushalm und braucht alles, was er in sich hineinstopfen kann. Der wird mal größer als Nils, und wie das mit Bambushalmen so ist, wenn er nicht kräftig genug ist, fällt er um.« Seine Hand fiel demonstrativ krachend auf den Tresen. »Einfach so. Ein ordentlicher Zulu muss Substanz haben. Nimm dir ein Beispiel an mir.« Mit einem fetten Lachen klatschte er sich auf seinen Bauch, der in letzter Zeit immer runder geworden war.

Jill lachte. Ein fetter Bauch war bei den Zulus ein Zeichen von Wohlstand. »Lenk nicht von Luca ab. Er hat sich in der Küche wohnlich eingerichtet, lässt sich bedienen und hält Nomusa und ihre Mädchen nur von der Arbeit ab, und das kostet Geld.« Damit wandte sie sich ab, um zu ihrem Privathaus zu gehen, blieb aber noch einmal stehen. »Woher weißt du eigentlich immer, wo die Gören sind? Ich habe die meiste Zeit keine Ahnung, wo sie sich herumtreiben, dabei bin ich ihre Mutter.«

Jonas formte eine Brille mit Zeigefinger und Daumen und grinste, dass sein gold überkronter Schneidezahn vorn rechts, den er sich neuerdings zugelegt hatte, in der Sonne blinkte.

Jill musterte ihn abwesend. Meine Augen sind in ganz Zululand, hieß das. Ihr war klar, dass er überall seine Impimpi sitzen hatte – seine Spione, die ihm jeden Vorfall berichteten und jedes Gerücht zutrugen.

»Was ist?« Jonas sah sie unverwandt an. »Deine Gedanken wandern durch Schatten, das kann ich sehen …«

»Es wird ein Unwetter geben«, sagte sie leise und ging. Dabei fragte sie sich, wer Jonas eigentlich war. Der gutmütige Zulu, den sie seit ihrer Kindheit kannte, ganz bestimmt, und auch der intelligente, effiziente Organisator und charmante Empfangschef. Aber der Jonas Dlamini, der immer alles von jedem wusste, der alles erfuhr, lange bevor es andere hörten, der verursachte ihr dieser Tage gelegentlich ein nervöses Kribbeln im Magen.

Auf dem Weg zu ihrem Haus blieb sie einen Augenblick unter dem betörend süß duftenden Frangipanibaum stehen, den ihre Ururgroßmutter Catherine gepflanzt hatte, und schaute durch die Zweige zurück zur Rezeption. Jonas telefonierte, gestikulierte mit einer Hand, seine rosa Handfläche leuchtete auf. Ein starker Kontrast zu seiner dunklen Haut.

Als Kind hatte Jill angenommen, dass die Hautfarbe ihrer Freunde von zu viel Sonneneinstrahlung herrührte, und hatte nicht weiter darüber nachgedacht. Erst als sie älter wurde, in die Schule kam und alle ihre Klassenkameraden weiß waren, niemand von der Sonne braun wurde, begriff sie die Wahrheit. Begriff den vollen Horror der Apartheid. Trotzdem hatte sie sich immer als weiße Zulu empfunden, geglaubt, dass diese Barriere für sie nicht galt, glaubte, zu ihnen zu gehören.

Als das alte Regime zusammenbrach, hatte sie sich auf die neue Zeit gefreut. Perverserweise jedoch war die Linie, die Schwarz und Weiß trennte, schärfer geworden, der Graben tiefer. Immer öfter stieß sie bei ihren Zulus, wie sie ihre Angestellten nannte, gegen eine unsichtbare Mauer, die früher nicht da gewesen war. Gespräche verstummten, wenn sie sich näherte, Blicke wurden getauscht und sich mit jenem Lächeln abgewandt, das hieß: Sie ist weiß, sie ist nicht eine von uns. Fragte sie, was los sei, waren die Antworten oft ausweichend und vage. Schmerzhaft war ihr inzwischen klar geworden, dass sie von Jonas und ihren anderen Freunden dunkler Hautfarbe nur das sehen konnte, was die ihr erlaubten. Dieser letzte geheime Ort ihrer Seelen hatte sich ihr verschlossen.

An manchen Tagen war sie überzeugt, sich das alles nur eingebildet zu haben, aber dann hörte sie ein Wort, sah eine Geste, und da war die Mauer wieder. Massiv, dunkel und unüberwindbar hoch.

Ihr Blick wanderte abermals zu ihrem alten Freund. Lächelnd scherzte er mit einer Touristin aus Europa, die offen mit ihm flirtete, aber sein Lächeln schien ihr jetzt einen Hauch von Arroganz zu haben, gewürzt mit einer winzigen Prise Spott. Oder redete sie sich das nur ein? War sie einfach zu empfindlich geworden, paranoid wie die meisten Weißen in Südafrika?

Abwesend pflückte sie ein lederartiges Frangipaniblatt und bemerkte dabei, dass es von der Mittelrippe her vertrocknet war. Alarmiert sah sie hoch und entdeckte noch mehr tote Blätter. War der Baum krank? In der Familie hieß es immer, solange dieser Frangipani wuchs und gedieh, würden auch Inqaba und alle, die hier lebten, gedeihen. Catherine Steinach hatte den Frangipani einst vor über einhundertfünfzig Jahren gepflanzt. Ende des neunzehnten Jahrhunderts wurde der ursprüngliche Baum im Zulukrieg zerstört, aber Catherine hatte rechtzeitig mehrere Ableger genommen. Einige davon waren eingegangen, aber dieses Exemplar hatte überlebt und stand seit der Zeit an diesem Ort. Ging dieser herrliche Baum jetzt etwa auch ein? Eine plötzliche Vorahnung rieselte ihr über den Rücken, und sie schüttelte sich. Ihre Einbildung lief offenbar auf Hochtouren.

Sie drehte das Blatt hin und her, konnte aber nicht erkennen, ob die Ursache für die Braunfärbung ein saugendes Insekt oder einfach nur Trockenheit war. Vor ein paar Jahren hatte ein Gast den Baum mit einer Flasche Portwein gewässert, woraufhin der

Frangipani praktisch alle Blätter abwarf und ihr Gärtner die Erde austauschen musste. Sie bückte sich, zerrieb etwas Erde zwischen den Fingern und schnupperte daran. Trockene, sandige Erde, nichts weiter. Also würde sie den Baum mit systemischem Insektengift behandeln. Sie ließ das Blatt fallen, schob Jonas gedanklich beiseite und lief zum Haus.

Dort fand sie Nils und Dirk über den Computer gebeugt. Als Nils sie bemerkte, winkte er sie aufgeregt heran. »Sieh dir nur an, was wir auf Google gefunden haben.«

Jill lehnte sich mit fragendem Blick vor und las die Worte, auf die Nils seinen Zeigefinger gelegt hatte, laut vor. »Henri Bonamour.«

Ihr Kopf schnellte hoch, und sie starrte Nils mit geweiteten Augen an. »Mein Gott! The Hanging Judge – Hangman Bonamour!«, rief sie aus, war so überrascht, dass es ihr für einen Augenblick die Sprache verschlug. »Das ist ja ein Ding«, brachte sie schließlich hervor. »Daher kam mir der Name so bekannt vor.«

»Dann lies hier weiter.« Der Zeigefinger glitt ein paar Zentimeter tiefer. »Sein Sohn heißt Marcus.«

Jill beugte sich wieder vor. »Das kann doch kein Zufall sein!«, rief sie erregt.

Sie stieß sich vom Tisch ab und wanderte im Raum umher, grub tief in ihrem Gedächtnis nach längst verschütteten Erinnerungen. »Die Familie des Henkers wohnte in Durban North, in einem Haus, das einer Festung glich, das war allgemein bekannt«, begann sie. »Sein Sohn Marcus ist mit meinem Bruder im Internat gewesen, allerdings ein paar Klassen unter ihm. Und irgendwann – ich glaube, es war einundneunzig oder zweiundneunzig oder um den Dreh – ist der Hangman verschwunden. Die Zeitungen waren damals voll davon. Zu der Zeit funktionierte die staatliche Pressezensur schon nicht mehr vollständig, da sickerte so etwas manchmal durch. Ins Ausland soll er sich abgesetzt haben und bei irgendeiner befreundeten Regierung untergekrochen sein.«

»Chile, oder?«, warf Dirk ein. »Ich meine, so etwas zu erinnern.«

»Es wurde auf jeden Fall allgemein angenommen, dass ihn ein südamerikanisches Land aufgenommen hatte. Mit Frau und Sohn und vermutlich einem Haufen Geld. Die Familie besaß unter anderem große Ländereien, Minen und Fabriken in Natal. Vielleicht haben sie die zu Geld gemacht, obwohl der Hangman zu jener Zeit wohl nur noch schwer Käufer finden konnte. Kein Mensch gab damals auch nur einen Pfifferling für die Zukunft unseres Landes, unsere Währung war nichts wert.«

Sie beugte sich noch einmal über den Computer, ließ den Cursor hoch zum Bild von Henri Bonamour laufen und starrte es an. »Können wir das vergrößern? Ich glaube zwar, dass es der Henri Bonamour ist, aber ich will mir wirklich sicher sein.«

Nils klickte auf das Bild. Die Webseite baute sich schnell auf, das Foto war etwas körnig, aber der abgebildete Mann ziemlich gut zu erkennen.

»Das ist er hundertprozentig. Hangman Bonamour … man glaubt es nicht.« Aus den Augenwinkeln nahm sie eine Bewegung an der Tür wahr und richtete sich auf. Jonas Dlamini stand im Rahmen. »Jonas, was gibt's?«, fragte sie ungeduldig.

Jonas zuckte, als hätte sie ihn überrascht. »Äh, ich müsste mal für eine Stunde weg. Geht das in Ordnung?« Sein Blick flackerte hinüber zu dem Monitor, der noch immer das Bild von Henri Bonamour zeigte, und zurück zu Jill. »Kannst du mich vertreten?«

Jill blickte auf ihre Armbanduhr. »Ungern. Doch wenn du das wirklich nicht auf morgen verschieben kannst – meinetwegen, aber bitte sei spätestens in einer Stunde wieder da.«

»Yebo.« Jonas vollführte eine militärisch zackige Drehung und verschwand.

»Wo waren wir gerade? Ach ja, das ist der Hangman, und der Marcus von vorgestern sieht ihm wirklich ähnlich. Schaut mal genau hin.«

Nils und Dirk lehnten sich gleichzeitig vor und unterzogen das Foto einer kritischen Musterung.

»Mund, Gesichtsform und Statur stimmen«, sagte Nils nach eingehender Prüfung. »Auch die Haltung, aber die Augen von diesem Marcus sind irgendwie anders.«

»Lebendiger«, warf Jill ein. »Menschlicher. Der Hangman hat Schlangenaugen. Starr, ausdruckslos … Ich habe ihn einmal auf einer Sportveranstaltung im Internat gesehen.« Sie schüttelte sich. »Ein fürchterlicher Mensch. Er strahlte reine Bösartigkeit aus.« Sie blätterte durch die Datei und fand ein weiteres Foto. »Da, seht, ein Bild von seinem Sohn. Das könnte unser Marcus sein, oder?«

Es war ein Schwarz-Weiß-Foto und zeigte einen sehr jungen Mann in Buschkleidung. Arme vor der Brust verschränkt, kantiges Gesicht, die Augen unter dem militärisch kurzen Haar zurückhaltend, abwartend.

Stumm studierten die beiden Männer das grobkörnige Bild. »Ja«, sagte Dirk schließlich. »Das ist durchaus möglich. Was meinst du?«, wandte er sich an seinen Freund.

»Denke ich auch«, antwortete der. »Aber wie gesagt, die Ähnlichkeit kann auch zufällig sein.«

»Ich frage mich nur, was dahintersteckt.« Jill fuhr sich mit einer nervösen Bewegung durchs Haar. »Der Hanging Judge ist nicht vergessen, und wenn ich daran denke, was er getan hat …«

»Und was hat er getan?«, fragte Dirk. »Ich meine, der Name spricht ja für sich. Hanging Judge. Der Richter, der Todesurteile austeilte.«

»Und zwar am Fließband«, erklärte Jill. »Damals wurde jeden Tag ein Mensch gehenkt, und die meisten wurden an seinem Gericht und von ihm verurteilt. Als das Apartheidregime kurz vor dem Zusammenbruch stand, muss ihm wohl klar geworden sein, dass seine Tage gezählt waren. Die hätten ihn in Stücke gerissen.«

Sie biss sich auf die Lippen und studierte noch einmal das Foto. »Ganz sicher bin ich mir nicht, aber wenn ich die beiden vergleiche – den Marcus von damals mit dem Marcus, den wir vorgestern kennengelernt haben –, denke ich, dass er derselbe ist. Es ist mir jedoch schleierhaft, was Henri Bonamour dazu verführen könnte, das Wagnis einzugehen, hierher zurückzukehren«, fuhr sie fort. »Er würde sein Leben aufs Spiel setzen. Jeder, den er in den Tod geschickt hat, hatte Familie und Freunde, und keiner von denen wird je vergessen, was ihnen angetan wurde, und auch nicht den Mann, der das veranlasst hat. Es gibt zu viele, die ihm den Tod wünschen, und viele, die das für Geld mit Vergnügen ausführen würden. Ein Menschenleben ist sehr billig in diesem Land.«

Sie verstummte, und von den Mienen der beiden Männer konnte sie ablesen, welche Bilder jetzt wohl vor ihrem inneren Auge auftauchten. Täglich bekam man im südafrikanischen Fernsehen und in den Zeitungen Fotos von Menschen zu sehen, die ermordet worden waren. Aus Rache, Habgier, Eifersucht oder einfach nur so. Grässlich zugerichtete Leichen, die sie oft bis in ihre Träume verfolgten. Hin und wieder fragte sie sich, wie Nils und Dirk, die beiden ehemaligen Kriegsreporter, das verkrafteten, was ihnen im Lauf ihrer Arbeit vor die Linse gekommen war. Manchmal stöhnte Nils im Schlaf, schlug sogar um sich, wenn sie ihn dann aber weckte und in die Arme nahm, konnte er sich an nichts Konkretes erinnern, nur dass er in einer Welt von unaussprechlicher Grausamkeit gefangen war. Häufig dauerte es sogar den folgenden Tag, bis er diese Last – vorübergehend – abschütteln konnte.

Dirk lehnte sich in seinem Stuhl zurück und streckte seine Beine aus. »Hat sein Sohn etwas mit alldem zu tun? Ist der auch Richter gewesen?«

Jill dachte einen Moment nach. »Weiß ich, ehrlich gesagt, nicht«, erwiderte sie schließlich. »Mein Bruder ist gleich nach dem Schulabschluss in die Armee eingezogen worden. Das wird bei Marcus Bonamour nicht anders gewesen sein – sein Vater wird als glühender Verfechter der Apartheidregierung schon dafür gesorgt haben, dass er für sein Land kämpft. Die patriotischen Parolen, die damals die Offiziellen von sich gaben, dröhnen mir noch heute in den Ohren. So muss es in Nazi-Deutschland gewesen sein. Für Volk und Vaterland«, rief sie und stieß mit bitterem Spott eine Faust in die Höhe.

Nils trommelte nachdenklich mit der Kugelschreiberspitze auf der Schreibtischoberfläche, legte ihn beiseite und tippte auf der Computertastatur herum.

»Ich sehe mich noch ein bisschen im Netz nach weiteren Details über die Bonamours um«, sagte er. »Irgendwie fasziniert mich das Ganze. Man sollte doch glauben, dass diese Leute nie wieder wagen würden, sich in Afrika blicken zu lassen, geschweige denn in Südafrika. Wenn Marcus tatsächlich jener Marcus ist, muss er einen sehr, sehr triftigen Grund haben, einen lebenswichtigen, um in sein Heimatland zurückzukehren.«

»Der Mann hatte Angst«, sagte Jill langsam. »Das konnte man sehen. Glaubt mir, dem war nicht wohl in seiner Haut, und das ist untertrieben. Er war stockbesoffen, und seine Silke schien mir ziemlich verstört zu sein. Sie hat doch immer wieder betont, dass er für gewöhnlich so nicht sei, was immer das heißen soll. Viele betrinken sich, um Angst in Schach zu halten«, fügte sie nachdenklich hinzu und dachte bei den Worten an ihren Bruder.

Er kämpfte an der angolanischen Grenze gegen Rebellen und war zu einem kurzen Heimataufenthalt auf der Farm eingetroffen. Müde, abgekämpft, blass unter der Sonnenbräune, älter aussehend, als er es tatsächlich war. Ganz gegen seine Art hatte er sie fest in den Arm genommen und leise zu sprechen begonnen.

»Die Angst ist wie ein Raubtier, das dich aus dem Nichts anfällt«, flüsterte er und presste sie so hart an sich, dass ihr die Luft wegblieb. »Es schlägt seine Klauen und Zähne in dein Fleisch und reißt es dir von den Knochen. Es frisst deine Seele auf.«

Sein Blick war leer gewesen, seine Miene verzerrt und seine Hände, die ihren Rücken berührten, kalt und klamm. Noch heute drehte sich ihr der Magen bei der Vorstellung um, was er in jenem Moment vor sich gesehen hatte.

Nils schien zu bemerken, dass sie etwas quälte, und zog sie auf seinen Schoß. »Du hast Silke und Marcus doch auf eine Fahrt durch Inqaba eingeladen, Honey. Haben sie sich schon gemeldet?« Er küsste ihren Nacken mit Hingabe.

Die Berührung seiner Lippen sandte ein Kribbeln ihre Nervenbahnen entlang, sie atmete seinen vertrauten Geruch ein, und unter seinem zärtlichen Streicheln lösten sich ihre düsteren Gedanken auf. Mit einer Katzenbewegung schmiegte sie sich an ihn.

»Nein, haben sie nicht, und ihre Nummer haben sie mir nicht gegeben. Ich muss also warten, bis sie anrufen. In dem Fall werde ich sie zum Essen einladen. Dann könnt ihr euch auf Marcus stürzen und ihn auseinandernehmen. Ich möchte nur wissen, wie viel diese Silke wirklich von ihm weiß. Sie wirkte weder knallhart noch abgebrüht. Und das müsste sie als seine Frau und Fast-Schwiegertochter vom Hangman sein. Man kann nicht mit so einem Menschen leben, wissen, was er getan hat, und sein Leben genießen. Dazu muss man selbst ein menschliches Schwein sein.«

»Das ist Silke mit Sicherheit nicht«, wehrte Nils entschieden ab. »So genervt, wie sie von seiner Vorstellung war, glaube ich, dass sie keine Ahnung von alldem hat. Sie wirkte nicht wie jemand, der sich so verstellen kann. Ich glaube, dass sie ahnungslos ist.«

»Und viel zu hübsch, um anders zu sein, nicht wahr?«, spottete Jill.

Ihr Mann ging auf die Herausforderung nicht ein. »Ich sollte mich wundern, wenn mich meine Menschenkenntnis da im Stich lässt.«

»Na, dann wartet aber eine üble Überraschung auf die Frau, wenn ihr Verlobter der ist, für den wir ihn halten«, warf Dirk ein.

Nils streckte sich, dass es knirschte. »Mann, knurrt mein Magen.

Willst du mich verhungern lassen, Liebling?« Demonstrativ zog er die Wangen ein und sah seine Frau vorwurfsvoll an. »Ich halluziniere schon von saftigen Steaks mit Pommes. Nachher können wir immer noch auf den Spuren von Hangman quer durchs Internet marschieren ...«

»Ich wohl nicht«, unterbrach Dirk ihn. »Ich werde von Deutschland aus recherchieren müssen, denn eigentlich bin ich nur gekommen, um mich zu verabschieden. Ich fahre von hier aus gleich zum Flughafen, fliege zu Anita nach Kapstadt und abends mit ihr weiter nach Deutschland, und morgen suhle ich mich schon in Schneematsch.« Er zog ein Gesicht. »Ich hoffe, ihr seid richtig neidisch.«

Jill fuhr hoch. »Was? Ihr fliegt heute? Aber ich habe euch doch schon vor Wochen eingeladen!«

»Anita hat sich in ihren Nachforschungen vergraben und deswegen wohl vergessen, dir Bescheid zu sagen, dass wir ein paar Tage früher fliegen. Und bevor du mich anraunzt, dass ich das ja auch mal hätte tun können – du hast recht, aber ich habe gedacht, Anita hätte das erledigt. Shit happens.« Er grinste entschuldigend.

»Könntet ihr den Flug nicht einfach um einen Tag verlegen?«, fragte Jill. »Eine Party ohne euch ist doch nur der halbe Spaß. Außerdem wollen wir ein Lamm am Spieß grillen.« Dirk würde für gegrilltes Lamm alles tun, das wusste sie.

»Ich wünschte, es gäbe da eine Möglichkeit, aber das geht nicht, wirklich nicht.« Dirk hob mit sichtlichem Bedauern die Hände. »Die Flüge nach Deutschland sind randvoll, schon seit Wochen. Da passt keine Fliege mehr rein. Wenn wir jetzt auch noch umbuchen, würden wir wohl nur noch einen Platz auf den Tragflächen bekommen, wenn überhaupt.«

»Wann kommt ihr wieder?«, wollte Nils wissen.

Dirk zuckte die Schultern. »Geplant ist der Rückflug in vier Wochen, aber mal sehen, was sich ergibt. Da drüben ist es jetzt verdammt kalt, und eigentlich bin ich nicht besonders scharf darauf, bis zu den Knien im Schnee zu versinken. Irgendwann werde ich dann steif gefroren wieder ausgegraben. Der Ötzi aus Afrika.«

Jill fiel etwas ein. Sie glitt von Nils' Knien. »Warte mal, ich habe etwas für Anita. Ich wollte es ihr auf der Party geben.« Sie lief aus dem Zimmer und kehrte gleich darauf mit einem länglichen Päckchen in der Hand zurück. Es war in weißes Lackpapier eingeschlagen und mit einer butterblumengelben Schleife gebunden.

Dirk nahm es und wog es lächelnd in der Hand. »Was ist es? Werden die Drogenhunde am Zoll deswegen anschlagen?«

»Das glaube ich nicht, es sei denn, sie sind auf alte Fotos abgerichtet. Kürzlich stieß ich auf eine Kiste mit Papieren und anderem Zeug meines Vaters und fand dabei diesen Stapel Fotos. Sie sind alle von der Farm ihrer Eltern.«

»Von Timbuktu?«, hakte er nach.

Jill nickte. »Und dabei lag ein Zeitungsartikel mit der Geschichte, wie ihr Vater die todkranke Frau des Farmers gerettet hat und dafür ein Stück Land bekam. Ich möchte wetten, dass Anita diese Dokumente nicht hat, und vielleicht helfen sie ihr dabei, ihre Familiengeschichte aufzuschreiben.«

»Danke. Ich bin sicher, dass sie vor Freude Luftsprünge machen wird.«

»Hat sich die Sache zwischen Anita und ihrer Schwester eigentlich geklärt? Haben sie sich wieder vertragen? Als ich das letzte Mal von der Sache hörte, herrschte Eiszeit zwischen ihnen, und Anita durfte Timbuktu nicht einmal betreten.«

»Daran hat sich nichts geändert. Und das wird wohl auch nichts mehr. Cordelia, diese blöde Schnepfe, hat sogar gedroht, ihr die Hunde auf den Hals zu hetzen. Sie wird Anita den Tod von Maurice nie verzeihen …«

»Aber sie konnte doch überhaupt nichts dafür!«, unterbrach ihn Jill. »Es war ein eindeutiger Fall von Notwehr, die Staatsanwältin hat ihre Klage zurückgezogen, und Anita hat einen 1a-Freispruch bekommen.« Sie lächelte bei der Erinnerung daran. »Und dann hat der Saal getobt, wisst ihr noch?«

»Ja, und wir alle wären fast wegen Ruhestörung rausgeflogen, aber das wäre es wert gewesen«, bestätigte Nils. »Aber dass Anita sich selbst angezeigt hat, war äußerst riskant. Auf hoher See und vor Gericht bist du in Gottes Hand, das ist ein alter Spruch. Aber hier hat sie wirklich Glück gehabt, dass die Sache so eindeutig war. Es hätte ihr durchaus passieren können, dass die Polizei sie erst mal einkassiert hätte, bis …«

»Hör auf!«, befahl Dirk. »Darüber will ich nicht nachdenken. Bis zu ihrer Verhandlung habe ich nicht schlafen können, solchen Schiss hatte ich davor. Ich habe ihr sogar vorgeschlagen, ihr einen falschen Pass zu besorgen, damit sie das Land verlassen konnte. Aber nein, meine Anita musste ihren Sturkopf durchsetzen, ohne Rücksicht auf meine Nerven.«

»Ich fand es unglaublich mutig«, sagte Jill.

Dirk stand auf und begann, gesenkten Kopfes im Zimmer umherzuwandern. »Ich verstehe auch nicht, warum Cordelia verbissen daran festhält, dass alles Anitas Schuld ist. Sie schiebt ihrer Schwester nicht nur den Tod von Maurice in die Schuhe, sondern auch, dass sie und Mandla nicht wieder zusammengefunden haben. Er sei die große Liebe ihres Lebens, sagt sie.« Er blieb stehen.

Aufgebracht warf Jill die Hände in die Luft. »Dass ich nicht lache! Mandla, der Zulu, der Widerstandskämpfer, dessen Geschäft das Töten war und der wie Len Pienaar Dutzende Menschen umgebracht hat, nur unter umgekehrten Vorzeichen. Und Cordelia, die feine weiße Lady, die sich als junges Ding aus Einsamkeit und Protest gegen ihren stockkonservativen Vater in den gut aussehenden Kerl verliebt hat – das konnte doch nicht gut gehen.«

»Ich habe Mandla ein paarmal getroffen«, sagte Nils und stand ebenfalls auf. »Bei dem läuft es selbst mir kalt den Rücken herunter. Der Mann ist kaputt, verbogen … etwas in ihm ist geborsten. Und er ist immer noch auf der Jagd, noch immer auf der Suche nach denjenigen, die ihm das damals angetan haben. Len Pienaar ist tot.«

Dirk hob die Schultern. »Schon, das stimmt. Keine Frage. Aber für Cordelia wird sie immer diejenige sein, die ihren und Mandlas Sohn getötet hat.«

»Was für ein Unsinn«, warf Jill ein. »Maurice hat am Ende Selbstmord begangen, das ist unumstritten, und Anita hat Len Pienaar nur in Notwehr angeschossen. Das ist Fakt. Und Maurice hat dem Kerl die Kniescheiben zerschossen, dass er nicht mehr fliehen konnte, das ist auch Fakt ...« Ihre Stimme wurde heiser. Sie schluckte hart.

Und keinen Menschen hatte sie je so gehasst wie Len Pienaar, vor keinem Menschen hatte sie sich je so gefürchtet. Ihren Bruder und ihre Mutter hatte er auf dem Gewissen gehabt, hatte so ihre Familie zerstört, und sie war froh gewesen, als er tot war. Aber das Ende des Apartheid-Killers war unaussprechlich grausam gewesen. Nachdem er den Buren angeschossen hatte, hatte Maurice seine Löwen, die er für die Trophäenjagd und für Potenzmittel für Fernost züchtete, auf den wehrlos am Boden liegenden Pienaar gehetzt. Die Raubkatzen hatten ihn bei lebendigem Leib aufgefressen.

Manchmal, in dunklen Nächten, geisterte diese Szene durch ihre Träume. Dann kam sie für Tage nicht von dem Horror los und zuckte jedes Mal zusammen, wenn einer ihrer Löwen in der Ferne brüllte.

Nils legte seine Hand auf ihre. »Vergiss es«, sagte er leise. »Es ist vorbei, und er hat bekommen, was er verdient hat.«

Sie schenkte ihm ein schnelles Lächeln, dankbar für sein Einfühlungsvermögen. »Ich weiß. Aber er war auch ein Mensch.«

»Den Anspruch, ein menschliches Wesen zu sein, hatte der längst verwirkt.« Dirks Ton war laut und heftig. »Vergiss nicht, ich durfte hilflos zusehen, als er Anita ins Löwengehege geschleppt hat.«

»Aber die Sache mit dem Hangman ist ewig her«, fiel Jill ihm ins Wort, darauf versessen, dass das Fenster zur Vergangenheit zugeschlagen wurde. Sie wollte nie wieder an Len Pienaar denken oder an das, was er ihrer Familie angetan hatte.

»Ich kann mir einfach nicht vorstellen, dass nach Pienaars Tod noch einer seiner Komplizen im Land geblieben ist. Wer immer damals an diesen Scheußlichkeiten teilgenommen hat, wird sich aus dem Staub gemacht haben. Nach Südamerika oder so. Wäre ja Selbstmord, wenn nicht.«

»Mir fällt gerade ein, dass Nappy de Villiers mal so etwas erwähnte«, sagte Dirk langsam und presste zwei Finger an die Stirn, wie immer, wenn er seinem Gedächtnis auf die Sprünge helfen wollte. »Dass Mandla jemanden Bestimmtes suchte, meine ich. Aber er wusste nicht, um wen es da ging. Vielleicht ist es auch nur noch eine fixe Idee Mandlas. Was der Mann durchgemacht hat, übersteht niemand ohne tiefe seelische Wunden …«

Bevor er weiterreden konnte, schoss ein schwarzes Fellknäuel um die Ecke und tanzte jaulend um Jills nackte Beine, zwickte sie mit spitzen Zähnen, als sie nicht schnell genug reagierte. »Au, du verrückter Köter, benimm dich«, rief sie lachend. »Das ist seit vorgestern unser neuestes Familienmitglied. Wir haben ihn aus dem letzten Wurf von Roly und Poly behalten. Er heißt Tiger und gehört Kira«, erklärte sie Dirk.

»Niedlich«, erwiderte er knapp und brachte seine Beine in Sicherheit.

»Aber nicht mehr lange.« Nils kraulte dem Welpen das glänzende Fell. »Der wird mal ein großer, böser Dobermann, wie es sein Vater ist, und hoffentlich ein ebenso fantastischer Wachhund, der auf meine Kleine gut aufpasst.«

»Hunde in einem Wildreservat? Geht das gut?« Dirk hielt dem Welpen seine Hand zum Beschnuppern hin und machte umgehend Bekanntschaft mit dessen scharfen Zähnchen. Er zuckte zurück. »Für Löwen und Hyänen sind die doch ein willkommener Leckerbissen, besonders in dieser Größe.«

»Als kleine Mahlzeit zwischendurch sozusagen.« Nils grinste.

»Da habt ihr recht.« Jill hockte sich vor den Hund, der vor lauter Entzücken quiekte und mit seinem gesamten Hinterteil wedelte. »Aber tagsüber halten sie sich in ihrem umzäunten Bereich am Haus auf. Nach Einbruch der Dunkelheit lassen wir sie allerdings frei im Haus herumlaufen. Sie sind unser bester Schutz.«

Sie stockte, dachte an jene Nacht, als ihr drastisch vor Augen geführt wurde, welch gefährliche Waffe abgerichtete Hunde sein konnten. Sie war mit den Kindern allein zu Hause gewesen. Gegen zwei Uhr nachts hörte sie ein Schurren, als würden Möbel gerückt, metallisches Klirren und dann ein Keuchen, tiefes Knurren und merkwürdiges Klicken, als würde jemand mit Fingernägeln auf eine harte Oberfläche tippen. Ihr war sofort klar gewesen, dass Roly und Poly einen Einbrecher gestellt haben mussten.

Tatsächlich fand sie ihn im Wohnzimmer, auf den Boden hinter die Couch gequetscht und vor Schock und Angst schlotternd. Einen Schwarzen in abgerissener Kleidung, blutüberströmt, umstellt von den aufgeregt knurrenden Hunden. Poly hatte seine Fänge im Oberschenkel des Mannes vergraben und ließ nach Dobermannart nicht locker.

Natürlich hatte sie Roly und Poly auf der Stelle zurückgepfiffen, aber die waren vom Blutgeruch so erregt, dass sie es für endlose Minuten nicht schaffte, die Hunde zu bändigen. Erst als sie ihm und auch Roly eins auf die Schnauze gegeben hatte, hatten sich die Hunde zurückgezogen. Es hatte im Krankenhaus einiger Transfusionen bedurft, um den schweren Blutverlust des Einbrechers auszugleichen.

Es gab eine Anzeige, die jedoch abgewiesen wurde, weil sich der mit einer Pistole bewaffnete Mann bereits im Haus befand und eine unmittelbare Gefahr für sie und die Kinder darstellte. Die Kunde von dem Vorfall brandete in einer Welle über ganz Zululand, und seitdem verirrten sich Eindringlinge nur äußerst selten in die Lodge und in ihr Privathaus gar nicht mehr. Trotzdem bestand Nils darauf, den Schlafbereich mit einer schweren Eisentür schützen zu lassen. Die Fenstergitter ließ er ebenfalls verstärken und den elektrischen Zaun erhöhen. Ihr eigenes Hochsicherheitsgefängnis, nannte sie es.

»Sie sind hervorragende Wachhunde«, sagte sie und sehnte sich für einen Augenblick zurück in ihre Kindheit, in der es keine elektrischen Zäune, fingerdicken Gitter und Videoüberwachung gegeben hatte, in der sie allein das riesige Gebiet von Inqaba durchstreifte, Rohrratten mit einer Steinschleuder jagte und manche Nacht in der Hütte ihrer Kindheitsfreunde, den Zuluzwillingen Popi und Thandile Kunene, verbrachte. Damals war Inqaba Agrarland gewesen. Ananas, Mango und Avocado hatte ihr Vater angebaut, Pferde und Kühe gehalten. Wildtiere hatte es kaum gegeben. Außer Affen und Schlangen natürlich und ein paar Antilopen.

Damals hatte sie ihr Leben als paradiesisch empfunden. Erst als der Apartheidstaat zusammenbrach, war ihr klar geworden, dass sie einer Fata Morgana aufgesessen war.

»Können wir von etwas anderem reden?«, bat sie. »Meine Albträume sind schon überbevölkert.«

Dirk räusperte sich. »Ich muss auch los, ob ich will oder nicht. Der Flieger wartet nicht.«

Sie spürte plötzlich ein Ziehen in der Herzgegend. Anita und Dirk waren neben Angelica und Alastair ihre engsten Freunde, und schon immer ging ihr der Abschied von Menschen, die sie liebte, an die Nieren. Ganz tief in ihrem Inneren saß die Furcht, dass es ein Abschied für immer sein könnte. »Ich … ich werde euch vermissen … sehr, aber ihr kommt doch zurück?« Ihre Stimme stieg mit plötzlicher Beunruhigung. »Ihr schleicht euch doch nicht einfach davon, oder?«

»Keine Chance, schon allein wegen des Essens auf Inqaba kommen wir wieder.« Dirk lachte. »Aber ehrlich gesagt, ich verhandle gerade wegen einer Reportage in Brasilien. Nur eine kurze

Sache. Kann also sein, dass sich unsere Rückkehr ein bisschen hinzieht. Aber zurückkommen werden wir. Das ist ein Versprechen.« Dirk drückte sie plötzlich an sich. »Pass auf dich auf, hörst du? In jeder Beziehung.«

Jill nickte, musste schlucken und flüchtete sich in Nils' Arme. Nach einem Blick auf ihr bekümmertes Gesicht zog er sie fest an sich. »Wenn er sich verdrücken will, werde ich diesen friesischen Piraten an den Haaren wieder herbeiziehen. Versprochen«, sagte er und küsste sie.

Dirk blickte gespielt säuerlich drein. »Manchmal seid ihr wirklich penetrant, geradezu peinlich. Wie lange seid ihr verheiratet? Elf Jahre? Zwölf?«

Nils grinste, den Arm um die Taille seiner Frau gelegt. »Fast vierzehn.«

»Na also. Da hat man nicht mehr verliebt zu sein. Außerdem bist du auch viel zu alt dazu. Da oben«, er tätschelte mit einem süffisanten Lächeln seinen Oberkopf, wo das Haar noch üppig spross, »wird es schon licht.«

Nils strich reflexartig über sein kurzes Haar. »Da wird nichts licht«, rief er erbost. »Du bist nur neidisch!«

»Stimmt«, gab Dirk zu. »Allerdings nicht auf deine schüttere Haarpracht, sondern auf deine ganz und gar hinreißende Familie. Wo sind Kira und Luca? Ich kann doch nicht gehen, ohne mich von ihnen zu verabschieden. Und von Nelly auch. Sie redet sonst nie wieder mit mir. Das könnte ich nicht ertragen.«

»Nelly macht Ferien und erholt sich in ihrem Dorf, obwohl sie, wie ich sie kenne, ihre Familie zum Wahnsinn treibt, weil sie sich in alles einmischt und sich einen feuchten Kehricht darum kümmert, dass längst ein anderer Chef des Stammes ist. Luca ist mit Sicherheit in der Küche und mutiert allmählich zu einem fetten Hippo, und Kira ist im Stall. Sie würde ihr neues Pony am liebsten mit ins Bett nehmen. Ich werde sie holen.«

Sie winkten, bis von Dirks Auto nur noch eine rötliche Staubwolke zu sehen war. Es flossen eine Menge Tränen, und Kira lief wieder zu den Ställen, um sich bei ihrem Pony auszuheulen. Luca war verschwunden, bevor Jill herausfinden konnte, was er jetzt vorhatte.

»Manchmal frage ich mich, ob es gut für die Kinder ist, so ungezügelt in der Wildnis aufzuwachsen«, sagte sie zu Nils, während sie zurück zum Haus gingen.

Der grinste. »Sieh doch, was aus dir geworden ist. Immerhin was annähernd Vernünftiges, obwohl du im Busch zwischen Affen groß geworden bist.«

»Trotzdem bin ich froh, dass sie dieses Jahr ins Internat kommen.« Sie zog ein bekümmertes Gesicht. »Auf der einen Seite, auf der anderen werde ich sie schrecklich vermissen. Das Haus wird so leer sein.«

Seine Augen funkelten. »Wollen wir da vielleicht Abhilfe schaffen?«

»Lüstling«, kicherte sie.

14

War das Mister Dirk?«, keuchte eine kurzatmige Stimme hinter ihr, als sie mit Nils im Hof wegen eines Anbaus an die Küche sprach.

Jill drehte sich um. Vor ihr stand eine gewichtige Schwarze in lockerem Hängekleid und breitkrempigem Strohhut, die deutlich hörbar nach Luft schnappte. Nelly Dlamini.

»Nelly, was machst du denn hier? Wolltest du nicht Ferien machen? Dich erholen? Nichts tun?«

Die Zulu blinzelte unter ihrem Hut hervor. »Geht nicht«, murrte sie. »Die Kinder brauchen mich, das weißt du. Nomusa mästet Luca, als wäre er ein Zulujunge, der zeigen soll, dass sein Vater viele Kühe hat, dabei hat sein Vater gar keine Kühe, und Kira hat sich in einen Jungen aus ihrer Schule verguckt. Ich muss auf sie aufpassen. Der ist ein Nichtsnutz.« Sie schnaufte.

Jill merkte auf. Dass Kira sich neben ihrem Pony überhaupt für menschliche Wesen interessierte, hatte sie nicht erwartet, und schon gar nicht für Jungs. Die galten bisher als blöd. Sie würde sich wohl mal mit Kira unterhalten müssen. Ein Mutter-Tochter-Gespräch führen. So schnell geht das, dachte sie. Eben war sie noch mein Baby, jetzt ist sie an der Schwelle, eine Frau zu werden. Nelly hatte das offenbar vor ihr gemerkt.

Seit Ben, ihr Mann, der zu Lebzeiten Oberhaupt seines Stammes war, gestorben war, fühlte Nelly sich einsam und verbrachte die meiste Zeit bei Jill und den Kindern. Ihr größter Kummer war, dass Jonas seine Kinder auf eine Schule in Durban geschickt hatte, ihre Tochter war mit Mann und Kindern nach Johannesburg gezogen und kam nur noch selten nach Inqaba, um ihre

Mutter zu besuchen. Die Sehnsucht in den Augen der alten Frau schnitt Jill ins Herz.

Auch sie vermisste Ben Dlamini sehr. Alles, was sie über Tiere und Pflanzen wusste, hatte er ihr beigebracht. Schon als Kind hatte er sie auf seinen Armen mit in den Busch genommen, kannte den Namen jedes Tiers, jedes Baumes, zeigte ihr, wie man aus Spuren lesen konnte, ob eine Schlange giftig war oder welche Pflanzen man gefahrlos essen konnte. Auch den medizinischen Nutzen vieler Pflanzen lehrte er sie und brachte ihr bei, in den Wolken die Zeichen eines Sturms zu erkennen, lange bevor er sich zusammenbraute. Das alles brachte Nelly heute Kira und Luca bei, und Jill war froh darüber. Ihr Leben war untrennbar mit den Dlaminis verwoben.

Als ihr vor vielen Jahren das Wasser bis zum Hals stand und sie Gefahr lief, Inqaba zu verlieren, war sie gezwungen gewesen, ein Drittel ihres Landes an den weitverzweigten Clan von Ben Dlamini zu überschreiben, im Gegenzug dafür, dass die Männer auf ihrer Farm weiterarbeiteten. In diesen Verhandlungen hatte sich Ben als trickreich und schlau wie Imfene, der Pavian, erwiesen. Aber sie hatten sich geeinigt, und er hatte zu Lebzeiten dafür gesorgt, dass die Verträge von seinen Leuten eingehalten wurden. Benjamin Sibusiso Dlamini war ein guter Mann gewesen, und oft wünschte sie, dass er noch da wäre und mit seiner väterlichen Autorität und seinem Status als Häuptling die jungen Kerle im Zaum hielte, deren Murren über die Abmachung immer lauter wurde. Der neue Häuptling war nicht annähernd die Persönlichkeit, die Ben gewesen war, interessierte sich mehr für ganz junge Mädchen als für die Belange seines Volkes und hatte gerade die vierte Frau geheiratet. Die Jungen jedoch schielten neidisch auf das Gebiet Inqabas. Schon waren die ersten Abordnungen verschiedener anderer Clans bei ihr erschienen und hatten ihre Ansprüche auf das Land angemeldet. Weil angeblich ihre Großeltern irgendwo auf dem Gelände begraben sein sollten oder einer ihres Stammes in grauer Vorzeit dort seinen Hof gehabt hatte. Die Ansprüche wurden bereits vor dem Land Claims Court verhandelt, und jedes Mal, wenn sich diese Tatsache in ihr Bewusstsein drängte, wurde ihr schlecht.

Ab und zu war Ben Dlamini mit ihr auf die höchsten Hügel gestiegen, um zuzusehen, wie die Sonne sich über den Horizont schob und die Nebel, die die Täler füllten, rosig färbte. Dann hatte er ihr erzählt, wie seine Vorfahren hier gelebt hatten, und bei seinen Worten war vor ihren Augen ein Paradies entstanden. Dass das Bild schief war, hatte sie erst erkannt, als sie erwachsen war.

Im Land der Zulus hatte immer Krieg geherrscht. Blutige Stammesfehden unter den einzelnen Familien waren an der Tagesordnung, Viehdiebstahl eine beliebte Methode, die eigenen Herden zu vergrößern. Bisher hatte sich nicht viel geändert. Damals wurden die Kämpfe mit messerscharfen Pangas und Speeren ausgetragen, heute mit Schusswaffen, und man stahl sich noch immer gegenseitig regelmäßig das Vieh. Neben Entführungen, illegalen Einwanderern, Menschen- und Drogenschmuggel waren diese Fehden bösartige Geschwüre, die Zululands Gesellschaft zerstörten.

»War das Mister Dirk?«, wiederholte Nelly laut.

Mit einem Ruck kam Jill zu sich. »Ja, das war er.« Verstohlen sah sie auf die Uhr. Unterhaltungen mit Nelly zogen sich meist ins Unendliche, weil ihre ehemalige Nanny vom Hundertsten ins Tausendste kam und den Begriff »Zeit« nicht zu kennen schien.

»Ich geh dann mal zurück ins Büro«, bemerkte Nils und verdrückte sich eiligst.

Nelly spitzte die Lippen und blickte der Staubwolke nach, die Dirk verschluckt hatte. »Wohin will er?«

Jill erzählte es ihr, woraufhin Nelly ihre Augen verdrehte. »Warum will er zurück in sein kaltes Land reisen?«, wollte sie wissen. »Warum bleibt er nicht bei uns? Hier ist es warm, und *wir* sind hier.«

Jill erklärte ihr das Problem mit dem Visum, was blankes Unverständnis bei der Zulu auslöste.

»Du musst mit dem Minister sprechen«, rief Nelly empört. »Ich habe im Fernsehen gesehen, dass er nächsten Monat hierherkommt. Sag ihm, wir brauchen Mister Dirk und seine Frau. Sie ist eine gute Frau, sie hilft uns.« Mit einem Trompetenstoß schnäuzte sie in ihr Taschentuch. »Ich glaube, sie werden bald ein Kind bekommen«, sagte sie und warf ihr aus den Augenwinkeln einen listigen Blick zu.

Jill verbarg ein Lächeln. Nelly war unheilbar neugierig, eine Meisterin im Fischen nach Neuigkeiten, erschnupperte Geheimnisse, bevor überhaupt irgendjemand davon wusste – eine Eigenheit, die sie ihrem Enkel Jonas vererbt zu haben schien.

»Wo sind die Kinder?«, fragte Nelly. »Ich muss mich um sie kümmern.«

»Kira ist sicher bei ihrem Pony, und Luca treibt sich vermutlich wieder in der Küche herum. Es wäre mir eine große Hilfe, wenn du ein Auge auf sie haben könntest, aber nur, wenn es dich nicht zu sehr anstrengt«, setzte sie hinzu, wohl wissend, dass Nelly sofort protestieren würde. Was sie dann auch tat.

»Willst du damit sagen, dass ich alt bin? Und zu nichts nütze?«, fauchte ihre alte Nanny. »Hier«, empört hob sie den rechten Arm und spannte die Armmuskeln an, »der Arm kann noch immer schwere Wassereimer tragen!«

Jill lachte und strich Nelly über die Wange. Jonas hatte im Haus seiner Großmutter eine moderne Küche einbauen lassen. Wassereimer brauchte sie schon lange nicht mehr zu schleppen. »Du bist eine wundervolle Großmutter für Kira und Luca, und ich bin froh, dass ich dich habe.«

Nelly verschränkte die Arme vor der Brust. »Yebo«, brummte sie, aber ein Lächeln zuckte um ihren großzügigen Mund, und Jill hätte schwören können, dass Tränen in ihren Augen glänzten.

Sie sah abermals auf die Uhr. »Ich muss los, Nelly. Sag Thabili

Bescheid, dass du hier zu Mittag essen wirst.« Frohgemut zu wissen, dass ihre Kinder unter Aufsicht sein würden, wandte sie sich zum Gehen.

Aber Nelly war noch nicht fertig. Auffällig scharrte sie mit den Füßen und kratzte sich am Kinn. Es war offensichtlich, dass sie noch etwas loswerden wollte.

»Ist noch was, Nelly? Brauchst du noch etwas?«

Nelly stieß einen tiefen Seufzer aus. »Nein, aber etwas ganz Schreckliches ist passiert.« Sie riss Augen und Mund auf, um das Entsetzliche zu unterstreichen.

Jill reagierte, wie es von ihr erwartet wurde. »Was ist Schreckliches passiert?«

Nelly atmete bedeutungsschwer. »Der Mann, der Mpofu genannt wird …«

Eland, übersetzte Jill für sich. Schon für die Buschmänner war die große Antilope heilig. Das Tier, das die Sonne aus den Fängen der Göttin der Finsternis gerettet und wieder an den Himmel gehängt hat. Scott MacLean wurde von den Zulus so genannt.

»Was ist mit Scotty?«

»Der Teufel hat ihn besucht.«

Jill runzelte die Stirn. Was wollte ihr Nelly sagen? Hatte sie sich von ihrer Sangoma schon wieder abstruse Ideen in den Kopf pflanzen lassen? Nellys Welt war unendlich größer als ihre. Sie umfasste nicht nur die reale, sondern auch jene, in der die lange Reihe ihrer Ahnen wohnte, mit denen sie in regem Kontakt stand – was sie jedes Mal mindestens ein Huhn kostete, wenn sie etwas Ernstes auf dem Herzen hatte. Und das Schattenreich, das von Geistern und Teufeln bevölkert wurde, die so wirklich für Nelly waren wie für sie eine Mango, die sie in der Hand halten konnte.

»Der Teufel?« Sie konnte einen spöttischen Unterton nicht unterdrücken.

»Imamba Mzinyane«, flüsterte Nelly, machte aus ihrer Hand eine Kralle und verdrehte die Augen.

Auf einmal verstand Jill Nelly. Scotty MacLean war offenbar von einer Schwarzen Mamba gebissen worden. Gerade wollte sie fragen, wo, wann und wie das passiert war, da kam Nelly ihr zuvor.

»Mpofu hat keinen Arm mehr.«

Jetzt hatte die Zulu ihre vollste Aufmerksamkeit. »Was?«, schrie sie auf. »Der Arm ist ab? Von einem Schlangenbiss? Das kann doch gar nicht sein!«

Nelly nickte triumphierend. »Ab hier!« Sie zog mit dem Finger eine Linie über das linke Schultergelenk. »Und dann …« Sie begann, den ganzen Vorfall in den blutrünstigsten Einzelheiten auszumalen, als unvermittelt Kiras Stimme hinter ihnen ertönte.

»Hi, Nelly, bist du hier, um mir Scones zu machen? Bitte, bitte, du machst einfach die besten. Mit viel Sahne und deiner super Guavenmarmelade. Bin gleich wieder da, ich muss nur noch meinem Pony schnell Wasser geben«, zwitscherte sie und war weg.

Dem hatte Nelly nichts entgegenzusetzen. »Ich denke, Mpofu wird sich zu seinen Ahnen gesellen«, bemerkte sie zum Abschluss unheilschwanger und marschierte zur Küche.

Jill wurde übel, aber bei Nelly wurde jede noch so kleine Maus zu einem Riesenelefanten. Hastig zog sie ihr Mobiltelefon hervor und wählte die Nummer von Kirsty, um zu hören, was wirklich vorgefallen war. Das Telefon klingelte. Und klingelte, bis der Anrufbeantworter ansprang. Scotty MacLeans raue Stimme, die ihr mitteilte, dass er nicht im Haus sei. Jill legte auf. Derartige Sachen konnte man schließlich absolut nicht auf einen Anrufbeantworter sprechen. Da fiel ihr ein, dass Scotty der Cousin von Alastair war. Sie wählte, und kurz darauf meldete sich Angelica.

»Ich hab's schon gehört«, rief sie, bevor Jill etwas sagen konnte. »Ganz Zululand summt wie ein Bienenkorb, und in der letzten Version hat sich Scotty selbst den Kopf abgeschnitten. Kirsty ist eben bei uns angekommen. Das Fernsehen stand schon bei ihr vor der Tür, selbst durchs Klofenster haben sie ihr Fragen gestellt, da ist sie zu mir geflüchtet …«

Jill unterbrach sie. »Angie, sag mir auf der Stelle, was los ist! Er soll von einer Schwarzen Mamba gebissen worden sein und seinen Arm verloren haben? Wie soll das passiert sein?«

»Gebissen worden ist er, das stimmt. Kirsty hat mir gerade berichtet, was wirklich geschehen ist.« Sie beschrieb in allen Einzelheiten, was Scott zugestoßen war. »Glücklicherweise war Kirsty zu Hause und konnte den Rettungshubschrauber rufen. Jetzt liegt Scott auf der Intensiv vom Crosscare in Hlabisa. Es geht ihm …«

»… den Umständen entsprechend«, hörte Jill Kirstys tränenschwere Stimme aus dem Hintergrund. »Mit anderen Worten: beschissen. Es steht total auf der Kippe.«

Jill wurde von Mitleid überschwemmt. »Es tut mir furchtbar leid. Lassen sie sie wenigstens zu ihm? Sie ist ja nicht seine Frau und somit nicht mit ihm verwandt.«

»Tun sie«, antwortete Angelica. »Sie war nur nach Hause gefahren, um Zahnbürste und so weiter für Scott zu holen und sich vorerst vor den Medienhaien zu verstecken … Kirsty, trink deinen Tee«, hörte Jill ihre Freundin rufen. »Ich habe vier Löffel Zucker hineingetan und einen Schuss Brandy, um deinen Kreislauf anzukurbeln, also runter damit. Du musst wieder auf die Beine kommen. Scotty braucht dich!«

Jill musste trotz der ernsten Situation lächeln. Das war typisch Angelica. Praktisch, kompetent, zuverlässig, ein Herz aus Gold und das auf dem rechten Fleck. »Gib Kirsty unsere ungelistete Nummer. Da kann sie zu jeder Zeit anrufen, wenn sie Hilfe oder auch nur seelische Unterstützung braucht. Bitte sie, uns Bescheid zu sagen, wenn eine Änderung von Scottys Zustand eintritt.«

Nachdem ihr Angelica das zugesichert hatte, kam Kirsty noch kurz an den Apparat, dankte ihr für das Hilfsangebot und versprach, sich zu melden, wenn es Neues zu berichten gab.

»Ich werde heute Nacht zu Hause schlafen, weil ich morgen früh im Game Capture Centre erwartet werde. Dort leite ich eine Besprechung, wie wir gegen Anredera cordifolia vorgehen …«

»Und was ist das?«, unterbrach Jill sie. »Mensch, Tier, Pflanze?«

»Äh, das ist eine Schlingpflanze, du wirst sie kennen«, sagte Kirsty. »Glänzende Blätter, duftende, weiße Blütenkerzen. Sie überwuchert alles, was nicht schnell genug wegrennen kann, und erwürgt es im Endeffekt. Kommt aus Südamerika. Reiß sie sofort raus, wenn sie bei dir auftaucht. Ich fahre jetzt ins Krankenhaus.«

Jill hörte, wie die Haustür ins Schloss fiel und im Hintergrund die Ridgeback-Meute von Angelica anschlug, was bedeutete, dass Kirsty die Farm verließ.

»Jilly«, sprach Angelica wieder ins Telefon. »Da ist noch etwas. Scotty hatte einen Verlobungsring in der Tasche. Offenbar wollte er ihr einen Antrag machen.«

»O mein Gott«, flüsterte Jill entsetzt. »Die arme Frau.«

»Kann man wohl sagen. Ihr erster Verlobter, der ihre große Liebe war, hat sie sitzen lassen und nun … manchmal ist das Leben grausam.«

Sie redeten noch kurz über ihre Familien, dann verabschiedeten sie sich. Jill ging zurück ins Haus und dachte darüber nach, wie hundsgemein das Schicksal sein konnte. Innerhalb von Sekunden klingelte das Telefon.

»Ist noch was?«, meldete sie sich in der Annahme, dass es noch einmal Angelica war. Aber es war Sarah Duma, die ihr Kommen für die Party absagte.

»Vilikazi hat eine üble Bronchitis, kriegt kaum Luft, will aber trotzdem aufstehen. Du kennst ihn ja. Aber ich habe ihm ein paar leckere Kekse gebacken, und nun schläft er wie ein Baby.«

Ihr keuchendes Lachen drang durch den Hörer, und Jill schmunzelte. Sarah, die sich in der medizinischen Wirkung der einheimischen Pflanzen so gut wie Ben Dlamini auskannte, hatte ihrem Mann einfach eine heftige Dosis Haschisch in den Keksteig gerührt. Dafür war sie bekannt.

»Grüß ihn von mir, wenn er wieder aufwacht. Wenn es ihm

besser geht, kommt ihr zu uns zum Essen«, sagte sie zum Abschied und machte einen Umweg über die Küche, um Thabili zu informieren, dass die Dumas nicht kommen würden.

Zincakeni Dam stellte sich als ein schlammiges Wasserloch heraus, in dem sich Dutzende von Kaffernbüffeln und Zebras suhlten. Zwei Weißstörche stocherten im Matsch nach Fröschen und ähnlichen Leckerbissen, und grazile Schmetterlinge mit Flügeln wie aus kostbarem Glas drängten sich um eine Wasserpfütze und tranken. Marcus hielt den Wagen an. Schweigend beobachteten sie das Treiben am Wasserloch, entdeckten nach und nach immer mehr Tiere.

Marcus legte seine Hand auf ihren nackten Schenkel. Mit einem kehligen Stöhnen lehnte Silke ihren Kopf an seine Schulter und schloss die Augen, aber das unterschwellige Brummen eines Motors schreckte sie rüde auf. Ein schmerzhaft fremdes Geräusch in der Stille. Gleich darauf schob sich ein Safariwagen voller Touristen über die Kuppe.

Mit einer Grimasse zog Marcus seine Hand zurück und fuhr zum Maphumalo-Picknickplatz. Sie redeten kaum. Jeder hing seinen eigenen Gedanken nach, und Silke spürte, dass sich die unbeschreibliche Ruhe dieser grandiosen Landschaft wie Balsam auf ihre Seele legte. Alle Probleme schrumpften zu erträglicher Größe, auch Marcus' seltsames Verhalten in den vergangenen Tagen erschien nicht mehr so beängstigend wie noch an diesem Morgen.

»Da sind wir«, sagte Marcus, parkte unter dem Zweiggewirr eines dichten Buschs und begann, ihr sanft den Nacken zu streicheln.

Silke bog ihren Hals wie ein Kätzchen, das liebkost wird, schaute dabei hinaus. Vor ihnen erstreckte sich ein sandiger Platz, hölzerne Bänke und Tische luden unter Schattenbäumen zum Verweilen ein, am Abhang zum Fluss raschelte goldgrünes Schilf im sanften Wind.

Sie fing seine wandernde Hand ein. »Warte«, flüsterte sie und stieg aus. Mit einem Singen im Herzen suchte sie einen geschützten Platz, wo sie sich ungestört niederlassen konnten.

Das Gras im Picknickbereich war kurz gehalten, aber Kotballen von beeindruckender Größe zeugten davon, dass das Warnschild vor den Big Five nicht log. Hastig drehte sie sich im Kreis. Aber der Platz lag friedlich in der brütenden Hitze. Kein Elefant oder Löwe war zu sehen.

»Das ist mir zu … offen«, rief sie Marcus zu und kicherte.

Marcus war hinter sie getreten und schlang seine Arme um sie. »Im Auto ist es noch schön kühl, da sind wir ungestört«, raunte er ihr zu und küsste sie auf den Nacken.

»Daraus wird wohl nichts«, bemerkte sie und deutete wortlos nach links, wo ein beigefarbener SUV parkte. Gleich darauf entdeckte sie ein älteres Paar, jene Gäste, die am Abend zuvor am Nachbartisch gesessen hatten und die so peinlich berührt von Marcus' Betragen gewesen waren. Auf einem der Holztische hatten sie Esswaren ausgebreitet.

»Mist«, entfuhr es Marcus. »Lass uns abhauen.«

Aber die beiden hatten sie ebenfalls gesehen, und der Mann winkte ihnen zu. »Hallo, hallo«, rief er.

»Hallo«, erwiderte Silke unwirsch.

»Na, wieder nüchtern«, rief der Mann in deutlich schwäbischem Tonfall.

»Blödmann«, murmelte Silke und bleckte die Zähne.

»Die sind fast fertig mit Essen, die sind wir bald los. Dann haben wir Ruhe«, flüsterte Marcus, während er breit zu den beiden hinübergrinste. »Hab mir nur Mut angetrunken, falls ich einem Löwen begegne. Ich hab eine Heidenangst vor denen.«

»Löwen … oje, dann drehen Sie sich mal um«, rief der Mann.

Silke fuhr wie ein Blitz herum. Aber da war nichts. Nur ein Affe saß auf dem untersten Zweig eines mächtigen Baumes und starrte verlangend auf die ausgebreiteten Speisen. Langsam wandte sie sich um. »Haha«, sagte sie.

Der Mann brüllte vor Lachen und schlug sich klatschend auf beide Schenkel. Die Frau kicherte überlegen. »Na, das hat Ihnen wohl einen Schrecken eingejagt, was? Aber ich konnte einfach nicht widerstehen – Sie haben so ängstlich ausgesehen.«

»Und ich habe gelogen«, erwiderte Marcus. »Vor Löwen habe ich überhaupt keine Angst, nur vor Schlangen, diesen großen, grünen, wie die da, die direkt über Ihnen vom Zweig herunterhängt.« Er zeigte auf den Baum, dessen Äste sich tief über den Tisch bogen und in dem Silke außer einem kleinen Schmetterling kein lebendes Wesen entdecken konnte. Schon gar nicht eine Schlange.

Die Frau sprang mit einem Schrei auf und rannte mindestens zehn Meter weit weg. Der Mann, das runde Gesicht rot angelaufen, stierte mit schreckgeweiteten Augen angestrengt in den Baum, und als er offenbar nichts entdeckte, bedachte er Marcus mit einem langen Blick, dann prustete er los.

»Oje, oje«, sagte er und wischte sich die Lachtränen aus den Augen. »Jetzt sind wir quitt. Ich bin Rudi Schäufele, das ist meine Frau Petra. Wir nehmen gerade unser zweites Frühstück ein. Möchten Sie vielleicht einen Kaffee?«

»Kaffee wäre ganz wunderbar«, sagte Silke schnell und stellte sich und Marcus vor. »Wir sind aus München.«

Der Kaffee war überraschend gut, und Frau Schäufele berichtete stolz, dass sie stets ihren eigenen Kaffee aus Deutschland mitführten und sich den, wo immer sie sich aufhielten, im Hotel aufbrühen ließen. »Sogar in Thailand klappte das«, fügte sie hinzu.

Nachdem sie ausgetrunken hatte, fotografierte Rudi Schäufele das Warnschild. »Schade, dass kein Elefant da ist, das Bild würde sich gut über unserem Kamin machen«, sagte er zu seiner Frau, die daraufhin aufgeregt nickte. Er fotografierte das Schild von allen Seiten, mit seiner Frau davor und dahinter, und schließlich gab er Silke den Apparat und posierte mit lässig gekreuzten Beinen und seiner Frau im Arm.

Marcus schien gelangweilt und war schon zum Hluhluwe-Fluss weitergewandert. Nachdem auch Silke das Schild fotografiert hatte, marschierten sie und die Schäufeles im Gänsemarsch über den bedenklich baufälligen Holzsteg zur Anlegestelle.

Am Ende des Anlegers lag ein Ausflugsboot mit türkisfarbenem Dach – mitten in dem wogenden Schilfmeer. Von einem Fluss war nichts zu sehen. Nicht einmal eine Wasserpfütze glitzerte in der Sonne. Nur harte, von wulstigen Furchen durchzogene rote Erde.

Ellbogen an Ellbogen lehnten sie sich auf das hölzerne Geländer, entdeckten nach längerem Hinschauen ein Krokodil auf einer Sandinsel, das sich von Madenhackern die Zähne putzen ließ. Die Luft vibrierte vom Sirren der Insekten, Libellen in glühenden Edelsteinfarben flirrten umher. Angesichts der grandiosen Landschaft, der Giraffenfamilie am gegenüberliegenden Ufer, deren Köpfe komisch aus einer Baumkrone ragten, verstummte selbst die bisher ständig plappernde Frau Schäufele. Ihr Mann schoss mindestens ein Gigabyte Fotos mit seiner augenscheinlich brandneuen Digitalkamera, ehe sie zurück zu ihrem Tisch schlenderten.

»Noch einen Kaffee?«, fragte Petra Schäufele, offenbar bemüht, Silke und Marcus zum Bleiben zu bewegen.

Marcus wechselte einen kurzen Blick mit Silke. »Danke gern, einen Augenblick Zeit haben wir noch. Aber dann müssen wir weiter.«

Frau Schäufele goss dampfenden Kaffee aus der Thermoskanne in Pappbecher und legte je einen Keks dazu. Währenddessen erzählten die beiden Schwaben mit sichtlichem Stolz, dass sie schon das vierte Mal hier seien, und gaben ihnen haufenweise Ratschläge, was sie sich unbedingt ansehen mussten. Schließlich zog Herr Schäufele noch eine gedruckte Liste heraus, auf der alle Vögel, die im Wildpark vorkamen, verzeichnet waren.

»Die haben wir schon alle abgehakt.« Er zeigte auf die vielen Häkchen vor den Vogelnamen. »Super, oder?«

»Super«, sagte Silke und hoffte, dass die Schäufeles sich bald auf den Weg machen würden.

Frau Schäufele lehnte sich vor. »Heute Abend werden wir mit einem Ranger eine Buschwanderung zu Fuß machen, wie jedes Mal, wenn wir hier sind. Was wir da schon erlebt haben! Sie glauben es nicht.« Sie breitete die Hände aus und blickte himmelwärts. »Das müssen wir Ihnen unbedingt noch erzählen. Ganz und gar unglaubliche Sachen, gell, Rudi?«

»Ganz unglaublich«, bestätigte er.

»Ach, wie interessant. Eine solche Wanderung haben wir auch gebucht«, fiel Marcus ein. »Aber wir übernachten in Mpila, nicht im Hilltop Camp, also werden wir wohl keine Gelegenheit mehr haben, Ihren faszinierenden Erzählungen zu lauschen. Am späten Nachmittag treffen wir uns mit dem Ranger am Nyalazi Gate.«

»Welch ein Zufall, wir haben auch in Mpila gebucht!« Rudi Schäufele klatschte in die Hände. »Wir können uns ja in unserem Bungalow treffen, zu einem Glas Wein. Wir haben einen sehr guten Wein dabei. Ich bin übrigens der Rudi, und das ist die Petra«, sagte Herr Schäufele und grinste. »Wir können ja heute Abend Brüderschaft trinken. Nach dem Game Walk wird es sicher viel zu erzählen geben.«

»Gott bewahre«, murmelte Marcus, aber so leise, dass glücklicherweise wohl nur Silke ihn verstand.

»Ich bin Silke, und das ist Marcus«, versuchte sie schnell abzulenken. »Wissen Sie schon, wohin die Wanderung führen wird?«

Rudi wischte sich Kekskrümel vom Mund und trank ein paar Schlucke Kaffee. »Wir werden ins Jagdgebiet von Shaka Zulu gehen, dem …«

»… legendären Zulukönig«, ergänzte Petra und warf Silke seufzend einen vielsagenden Blick zu. »Von dem träume ich schon, so viel habe ich mir schon über den von Rudi anhören müssen.«

»Na und? Bildung tut nicht weh«, gab ihr Mann fröhlich zurück. »Also, seine Fallgruben, in die er das Wild treiben ließ, sind einigermaßen erhalten, aber was den Game Walk so speziell macht, ist die Tatsache, dass der gesamte südöstliche Teil von Umfolozi das Rückzugsgebiet für die Tiere ist. Touristen dürfen es nur zu Fuß und nur in Begleitung eines Rangers betreten. Unser Ranger ist ein Mann namens Scotty MacLean. Soll der beste und erfahrenste sein. Wir lernen ihn nachher kennen.«

»Den haben wir bereits kennengelernt«, sagte Silke. »Ein sehr sympathischer Mann. Sehr vertrauenerweckend.« Mit energischen Handbewegungen wedelte sie die Insekten weg, die sie und die vielen Kotballen, die auf dem Picknickplatz herumlagen, lautstark umsummten.

Sie lehnte sich mit den Armen auf die warme Oberfläche des Holztischs, den Sonnenkringel als leuchtende Spitzendecke bedeckten. Unter den Bäumen war die Hitze gefangen, kein Blatt bewegte sich. Eine sinnliche Trägheit ergriff von ihr Besitz. Mit geschlossenen Lidern sog sie genussvoll die heiße Luft ein und versuchte, sie in einzelne Duftnoten zu zerlegen. Sonnenwarme Erde, trockenes Gras, der dumpfe Geruch von Moder, überlagert vom süßlichen nach Verwesung, der aus dem Schlamm des eingetrockneten Flusses stieg. Der scharfe Gestank von Urin und Dung, der unangenehm in der Nase prickelte.

Und dann war da noch etwas Undefinierbares, etwas, das ihr ins Blut ging wie Wein und das Herz leicht machte. Ihr Blick strich über die Kronen der gedrungenen Palmen, über das im sanften Wind wogende Schilf hinauf in den Himmel, der sich wie eine schimmernde Kristallschale über Zululand wölbte.

»Unendliche Weite«, flüsterte sie.

»Freiheit«, ergänzte Rudi und blickte sich strahlend um.

»Afrika«, sagte Marcus leise, mehr zu sich selbst, aber es lag so viel Leidenschaft in diesem einen Wort, dass ihn Silke verwundert von der Seite ansah. Seine Züge waren weich geworden, sein Blick voller Sehnsucht in die dunstige Ferne gerichtet.

Die Schäufeles machten geräuschvoll Anstalten, ihnen Fotos

von Kindern, Enkelkindern, Haus und Ferienhaus zu zeigen, und der Augenblick verflüchtigte sich. Marcus stand abrupt auf und erklärte, dass sie sich sputen müssten, um rechtzeitig in Mpila einzuchecken, und dass sie vorher noch die schönsten Beobachtungspunkte von Hluhluwe besuchen wollten.

Die beiden verzogen enttäuscht ihre Gesichter, zeigten jedoch Verständnis. Mit der hastigen Versicherung, dass sie sich auf jeden Fall heute noch zur Buschwanderung treffen würden und danach zu einem Wein, verabschiedeten sich Silke und Marcus.

»Mein Gott, waren das Nervensägen«, stöhnte Marcus, als die Autotür ins Schloss gefallen war. »Hoffentlich wandern die in einer anderen Gruppe als wir, sonst werde ich rabiat.«

»Ach, Leute sind halt so«, erwiderte Silke. »Das musst du locker nehmen. Komm, lass uns ein anderes lauschiges Plätzchen suchen.« Sie bedachte ihn mit einem Lächeln, das ihn veranlasste, schleunigst loszufahren.

Die Sonne stieg höher, die Hitze wurde noch stärker. Kurz vor der Weggabelung, an der sich der Isivivaneni befand, bogen sie ab und fuhren den steilen Weg hoch zur Hügelkuppe. Ein mächtiger, dicht belaubter Baum stand in einsamer Pracht, etwas weiter suhlten sich drei Büffel unter einer Schirmakazie.

»Herrgott, ist das schön«, flüsterte Silke überwältigt.

Marcus hielt an und zeigte stumm auf die Böschung zu ihrer Rechten. Zwei Giraffen erschienen, die zu dem großen Baum stolzierten. Silke war hingerissen und schoss Serienfotos, drehte anschließend noch ein Video und wünschte sich, dass sie für immer in dieser traumhaften Welt bleiben könnte.

Marcus aber startete den Motor wieder. Die Büffel reagierten mit nervösen Ohrenbewegungen auf die Störung, die Madenhacker flatterten aufgescheucht von ihren Rücken hoch, und die Giraffen schlenderten im Kamelgang davon.

»Schade«, bemerkte Silke.

»Mach dir nichts draus, das ist erst der Anfang. Es gibt noch viele Rastplätze, und wir werden noch genug Tiere sehen«, sagte er mit einem verheißungsvollen Funkeln in seinen braunen Augen, das ihr wohlige Schauer über die Haut rieseln ließ.

Doch sie entdeckten kaum Wild. Die meisten Wasserlöcher waren ausgetrocknet, sogar im Crocodile Pond war nicht die kleinste Pfütze übrig geblieben, und außer ein paar Schwalben und Schmetterlingen rührte sich da nichts. Obwohl sie auch die kleinsten Abzweigungen erkundeten, zu jedem Aussichtspunkt fuhren, war das Aufregendste, was sie sahen, eine Herde lebhafter Impalas, die vor ihnen über die Straße liefen. Und nie waren sie ungestört. Entweder stand schon ein Auto dort, oder Motorengeräusch kündigte die Ankunft eines anderen an.

»Vielleicht ist es jetzt über die Mittagszeit zu heiß für Tiere«, meinte Marcus. »Lass uns picknicken, ich habe ohnehin Hunger, und wer weiß, wann wir heute noch zum Essen kommen. Da vorn scheint ein geeigneter Platz zu sein.«

Der Platz hieß Siwa-Saminkhosikazi und lag hoch über einem kleinen Fluss, in dem erstaunlicherweise noch Wasser floss. Lehmig gelbes Wasser, das träge Palmen und Ried umspülte, die sein Ufer säumten. Auf dem Abhang und auf der anderen Seite wuchs dichte, saftig grüne Vegetation, aus der sich eine von Büschen und Bäumen gekrönte Felswand erhob. Auf dem Picknickplatz selbst standen ebenfalls hölzerne Tische und Bänke unter Schatten spendenden Bäumen. Erleichtert stellten sie fest, dass sie den Platz für sich allein hatten. Fragend sahen sie sich an.

»Lass uns erst essen«, sagte Silke schließlich und setzte sich an einen Tisch, der einen wunderbaren Blick über den Fluss auf die Felswand bot. »Danach haben wir Zeit.«

Marcus holte ihren Picknickkorb und packte den Lunch aus, der aus Salat, kaltem Hähnchen, Sandwiches, Karamellpudding und eisgekühlten Colas bestand. Silke war erstaunt, wie hungrig sie war, bis ihr einfiel, dass sie heute nur ein Stück Brot gegessen hatte. Übergangslos sprangen ihre Gedanken zurück zu dem

Augenblick im Geländewagen, als sie Ricks Lippen auf ihren gespürt hatte. Blut schoss ihr in den Kopf. Ihr Blick schnellte zu Marcus, von der unsinnigen Angst befallen, dass er ihre Gedanken lesen könnte. Aber er riss gerade mit Genuss ein großes Stück Fleisch aus einem Hähnchenschenkel.

Mit einem innerlichen Aufatmen widmete sie sich dem Salat, und für eine Weile aßen sie schweigend, bis sie sich zufrieden zurücklehnte. Eine satte Müdigkeit breitete sich in ihr aus, ihre von der Hektik des Alltags abgestumpften Sinne schärften sich, sie nahm Dinge wahr, die ihr sonst entgangen waren.

Sie spürte die Erschütterung der Luft, die das Schrillen der Zikaden verursachte, den leisen Windhauch eines vorbeigaukelnden Schmetterlings, hörte das Ried wispern, das Rascheln der Palmen, als erzählten sie einander Geschichten aus längst vergangenen Tagen. Die Welt schien sich langsamer zu drehen, Geräusche flossen ineinander, Farben wurden zu einem psychedelischen Rausch. Sonnenblitze funkelten durchs flirrende Blätterdach, und sie schloss geblendet die Augen. Bis auf das Sirren der Zikaden war es absolut still, selbst die Schwalben, die in Deutschland so überschwänglich zwitscherten, jagten lautlos. Hinter ihren geschlossenen Lidern wurden ihre Gefühle zu leuchtenden Farben, sie fühlte die Wärme Afrikas auf ihrer Haut, ließ sich von der Illusion von Frieden und Freiheit verführen. In diesem Augenblick war sie zur Gänze erfüllt von einem betörenden Glücksgefühl.

Bis das laute Brummen eines Motors und menschliche Stimmen sie unsanft zurück in die Wirklichkeit zerrten. Etwas desorientiert sah sie hoch. Ein beiger SUV fuhr unter einen Baum und hielt an. Breitestes Schwäbisch klang durch die Stille.

»Verdammt, die Schäufeles«, explodierte Marcus. »Die haben mir gerade noch gefehlt. Weiß der Geier, wie die uns gefunden haben.«

»Kann man nichts machen«, erwiderte sie. »Vermutlich ist das Zufall. Schließlich sind die Plätze, wo man aussteigen kann, begrenzt.«

Petra Schäufele sprang mit Elan aus dem Wagen. »Hallo, hallo«, rief sie. »Endlich haben wir Sie gefunden!«

»Von wegen Zufall! Hab ich doch recht gehabt«, flüsterte Marcus. »Die sind uns nachgefahren.«

Das schwäbische Ehepaar kam mit dem Ausdruck größter Dringlichkeit auf sie zugeeilt. »Wir dachten schon, wir würden Sie nicht mehr erwischen«, sagte Rudi. »Haben Sie es schon gehört? Es ist etwas Furchtbares passiert. Ein Ranger hielt uns unterwegs an und hat es uns berichtet. Und er hat uns gebeten, es Ihnen weiterzusagen, falls wir Sie noch treffen sollten.«

Silke sah ihn entsetzt an. Alle möglichen Szenarien liefen blitzschnell durch ihren Kopf. Der plötzliche Ausbruch einer hoch ansteckenden Krankheit, Feuer im Park, Überfall, ein hungriges Löwenrudel in unmittelbarer Nähe auf Jagd. »Was sollen wir gehört haben?«, stotterte sie.

»Scotty MacLean, der nette Ranger, mit dem wir die Buschwanderung machen sollten, ist von einer Schwarzen Mamba attackiert worden.« Petra musste vor Aufregung nach Luft schnappen, ehe sie atemlos weiterredete. »Sie soll auf ihrem Schwanz getanzt sein – stellen Sie sich das vor! Die steht mindestens so hoch«, ihre Hand schwebte etwa eindreiviertel Meter über dem Boden, »und gefaucht hat sie wie eine Wildkatze, und die Giftzähne sind länger als mein Zeigefinger.«

»O mein Gott«, flüsterte Silke. »Ist der Mann gebissen worden?«

»Mehrfach.«

»Ist er … hat er überlebt?«

»Das ist noch nicht sicher«, unterbrach Rudi seine Frau. »Sie hat ihn voll erwischt, aber er hat Unglaubliches getan.« Er streckte seine Hand hoch und spreizte die Finger, zog dann mit dem anderen Zeigefinger eine Linie über das Handgelenk. »Er hat sein Jagdbeil genommen und sich die Hand abgehackt. Zack – ab!«

Silke schrie auf. »Was?«

»Die Hand – hier abgehackt«, bestätigte Rudi und zog erneut

die Linie. »Das muss man sich mal vorstellen. Trotzdem hat er Gift abbekommen. Er liegt auf der Intensivstation, es geht um Leben und Tod!«, rief er mit dramatischer Geste.

Selbst Marcus war blass geworden, und Silke schoss Übelkeit in die Kehle. Irgendwo hatte sie gelesen, dass der Tod nach einem Mambabiss unvorstellbar schrecklich war. Entsetzt suchte sie mit den Augen die Erde nach Schlangen ab, dachte an die Warnung von Rick, dass sie vermutlich keine entdecken würde, auch wenn sie schon fast auf ein Reptil draufgetreten war. Sie sah die Frau vor sich, die Rick vor seinem Haus angesprochen hatte, ihre verweinten Augen, die verzweifelte Miene. Sie hatte keine Rangeruniform getragen. Vielleicht war sie die Frau von Scotty MacLean.

»O Gott«, war alles, was sie hervorbrachte.

»Wir werden stattdessen in ein privates Wildreservat fahren«, sagte Rudi. »Es grenz direkt an Hluhluwe. Inqaba heißt es. Sehr edel, sehr gutes Essen, und man kann Privatfahrten buchen. Dann hat man einen Ranger ganz für sich allein. Ziemlich teuer, aber es ist das Geld wert. Haben Sie nicht Lust mitzukommen? Auf getrennten Rechnungen, natürlich.«

Silke und Marcus verständigten sich durch einen schnellen Blick, und sie schüttelte fast unmerklich den Kopf.

»Danke für den Vorschlag«, antwortete Marcus, »aber wir wollen uns Zeit auf dem Weg nach Mpila lassen und uns in Ruhe im Bungalow einrichten. Ich nehme an, wir werden als Ersatz für die Wanderung Umfolozi selbst erkunden, ein Picknick machen und so?« Er sah Silke fragend an, die sofort nickte. »Gut, das ist also abgemacht. Ich habe viel über Umfolozi gelesen«, fuhr er fort. »Der nordwestliche Teil muss traumhaft sein. Jede Menge Suhlen, die gut besucht sein sollen. Der Weg führt direkt an den Windungen des Schwarzen Umfolozi entlang, wo häufig Leoparden gesichtet werden, wie man mir an der Rezeption sagte, und am Mphafa-Ansitz gibt es sogar einen Wasserfall.«

»Aber nicht dieses Jahr«, unterbrach Rudi mit wichtiger Miene.

»Es ist bestimmt viel zu trocken dafür. Letztes Jahr hat es stark geregnet, da gab's genug Wasser, das strömte da wie die Victoriafälle über die Felsen. Herrlich, sage ich Ihnen. Wir haben die schönsten Vögel gesehen. Jetzt dürften Sie da nur trockene Felsformationen antreffen.«

Marcus verzog ärgerlich das Gesicht. »Wir werden es ja sehen«, sagte er kurz und öffnete eine Coladose. »Willst du noch etwas zu trinken, Silky?«, wechselte er das Thema, und als sie bejahte, goss er ihr ein.

Petra Schäufeles Blick fiel auf den Picknickkorb. »Das sieht aber lecker aus. Wo haben Sie das denn aufgetrieben?«

»Ich habe das in der Küche vom Hilltop Camp zusammenstellen lassen«, entgegnete Marcus. »Kann ich nur empfehlen.«

Petras Miene wurde säuerlich. »Und ich bin schon vor Sonnenaufgang aufgestanden, um das Picknick vorzubereiten.« Sie warf ihrem Mann einen vorwurfsvollen Blick zu. »Nächstes Mal bestellst du ebenfalls etwas im Hilltop. Schließlich sind das auch meine Ferien. In Stuttgart hab ich genug im Haushalt zu tun.«

Marcus grinste, sah jedoch betont auf die Uhr. Silke packte alles zusammen, und auf dem Weg zum Auto warfen sie ihren Müll in den Abfalleimer, nachdem es Marcus gelungen war, den komplizierten Verschluss zu öffnen.

»Ich bin ja froh zu wissen, dass ich mindestens so intelligent bin wie ein Affe«, murmelte er.

Silke fragte, was er damit meinte, und er erklärte ihr, dass alle Abfalleimer sozusagen affensicher verschlossen wurden, weil die Biester längst herausgefunden hatten, dass darin ständig Leckerbissen zu finden waren.

»Selbst Hyänen haben gelernt, Abfalleimer und sogar Kühlschränke in Zelten zu knacken.«

Silke sah ihn spöttisch an. »Hast du gelesen.«

Er grinste vergnügt. »Nein, das hat man mir an der Rezeption erzählt. Zelte kann man hier übrigens auch mieten.«

Sie lachte laut. »In einem Zelt werde ich bestimmt nicht übernachten. Ich würde kein Auge zutun. Ich brauche die Gewissheit, dass eine solide Steinmauer mich vor Elefanten und Raubkatzen schützt.«

»Und Schlangen.«

Sie schüttelte sich.

Das Wageninnere war kochend heiß, die Sitze wie glühende Herdplatten. Marcus ließ die Fenster hochsurren und stellte die Klimaanlage auf Sturm. Schäufeles winkten heftig, Silke winkte zurück, dann waren sie endlich allein.

Die Landschaft veränderte sich allmählich, wurde weiter, offener, die Hügel wichen in den Dunst zurück, dorrendes Gras bedeckte die sanft geschwungenen Hänge. Schirmakazien und Palmgruppen boten Schatten gegen die Mittagshitze. Unter jeder Baumkrone lagerten Tiere. Büffel, Impalas, Zebras und unter einer auch vier Giraffen. Sie hatten ihre langen Beine graziös unter ihren Körper gefaltet und schauten hoheitsvoll in die Landschaft. Silke ließ ihr Fenster herunter und genoss den Luftzug.

Eine Unterführung lief unter der Straße hindurch, die Hluhluwe und Umfolozi teilte, und unmittelbar danach kreuzten sie den träge dahinfließenden Schwarzen Umfolozi. Mitten auf der Brücke, die nur durch eine wenige Zentimeter hohe Begrenzung vom strömenden Wasser getrennt war, stand ein Elefant. Ein riesiges Tier mit mächtigen, vom Alter gelb verfärbten Stoßzähnen. Er schwang seinen Kopf, dass der Rüssel hin und her pendelte, und sah ihnen mit halb aufgestellten Ohren entgegen.

Marcus hielt an.

»Himmel«, flüsterte Silke. »Der ist aber größer als die im Zoo.«

Angespannt beobachteten sie den Dickhäuter, der mit den Ohren flappte und sie nicht aus den Augen ließ. Ansonsten rührte er sich nicht. Silke kaute auf ihrer Unterlippe. »Was ist, wenn der da nicht bald weggeht?«

Marcus lachte leise. »Dann warten wir artig. Wenn wir uns mit dem anlegen, gewinnt der todsicher, und das kann ziemlich wehtun.« Er lehnte sich über den Rücksitz und fischte zwei Colas aus der Kühlbox.

»Mir ist auf einmal ganz schlecht«, flüsterte sie. »Ich glaube, ich muss mich übergeben.«

»Was ist denn los, Silky?«, fragte er besorgt.

»Ich weiß nicht, vielleicht die Aufregung, oder vielleicht steckt mir noch der lange Flug in den Knochen. Kannst du nicht einfach zurückfahren? Hinter uns liegt ein Picknickplatz, ich habe das Schild gesehen, und da könnte ich ...«

Marcus warf einen Blick in den Rückspiegel und zeigte dann mit dem Daumen nach hinten. »Ich würde ja sofort zurückfahren, aber da gibt es ein größeres Problem.«

Silke fuhr herum und starrte durchs Rückfenster. Geradewegs in die langbewimperten Augen eines Elefanten, der nur unwesentlich kleiner war als der, der ihnen den Weg über die Brücke blockierte.

»Mist!«, fluchte sie und krümmte sich. »Vielleicht kannst du hupen?«

»Hupen?« Er lachte. »Lieber nicht. Das mögen die beiden bestimmt nicht und werden sicher wütend. Das möchte ich nicht erleben. Ich kann dir nur einen Pappbecher anbieten, in den kannst du dann ... Oh! Oh!«, sagte er sichtlich alarmiert und startete den Motor wieder.

Der alte Elefantenbulle hatte sich in Bewegung gesetzt und schlenderte auf sie zu, war jetzt vielleicht zwanzig Meter von ihnen entfernt und beäugte sie unverwandt.

»Bist du angeschnallt?«, fragte er. »Wir müssen vielleicht einen fliegenden Start hinlegen.« Deutlich angespannt ließ er das riesige Tier nicht eine Sekunde aus den Augen.

»Da hing eine Warnung in unserem Chalet, dass Elefanten in diesem Park sehr gefährlich sind und es strafbar ist, sich ihnen auf mehr als fünfzig Meter zu nähern«, wisperte sie.

»Na, der Dicke da vorn scheint davon nichts zu wissen«, war die leise Antwort.

Silke schluckte nur. Der riesige Dickhäuter kam noch näher, bis er direkt vor ihrem Auto stand, streckte den Rüssel aus und schnupperte. Sie riskierte es nicht, sich zu bewegen, hob nur langsam die Augen und sah in den Rückspiegel. Der Elefant, der sich hinter ihnen aufhielt, war zum Rand der schmalen Straße gegangen und rupfte Blätter von einem Baum. Zwischen dem Busch auf der anderen Straßenseite und dem Tier war der Abstand groß genug, um mit dem Auto passieren zu können.

»Wenn es brenzlig wird, kannst du rückwärts an dem anderen vorbeifahren, glaub ich. Zumindest wenn der nichts dagegen hat«, setzte sie hinzu, als das Tier einen armdicken Ast abbrach, als wäre es ein Streichholz, und über die Straße schleuderte, ehe es einen weiteren Schritt in den Busch machte.

Marcus legte den Rückwärtsgang ein. Der Bulle stand nun unmittelbar vor ihnen, der Rüssel mit der Greifnase schwebte näher heran, tastete über das Glas, und Silke wurde mit Schrecken bewusst, dass ihr Seitenfenster zwei Handbreit offen stand. Doch es war zu spät, den Fensterheber zu betätigen, der Elefant hatte die Lücke gefunden, steckte sein behaartes Organ ein paar Zentimeter hinein und schnaubte. Silke wurde ein warmer, stinkender Luftstoß ins Gesicht geblasen. Sie erstarrte, biss die Zähne zusammen, um nicht zu wimmern, und versuchte, die hochschießende Übelkeit zu ignorieren.

»Ganz ruhig«, sagte Marcus plötzlich. »Wir wollen dir nichts tun, lass uns nur vorbei.« Seine Stimme war ein tiefes, sanftes Murmeln. Er sprach, als würde er mit einem verschreckten Kind reden. »Ein Prachtkerl bist du. Geh einfach zwei Schritte beiseite, dann können wir wegfahren, und du hättest deine Ruhe … Geh zu deiner Freundin … Nun komm schon.«

Der Bulle schnaufte, zog seine Nase zurück, spähte noch einmal neugierig ins Auto und schlurfte davon.

»Kann ich die Augen wieder aufmachen?«, flüsterte Silke rau. »Lässt er uns vorbei?«

»Du kannst, er ist weg, er turtelt hinter uns mit seinem Gspusi«, erwiderte er und rollte im Leerlauf bis zur Mitte der Brücke.

Die Elefanten beschnupperten und befühlten sich und kümmerten sich nicht mehr um sie. Silke sah Marcus mit einer gewissen Verwirrung von der Seite an.

»Alle Achtung, das hast du wirklich super gemacht – wo hast du denn das gelernt?«

Marcus zuckte mit den Schultern. »War doch nichts dabei. Funktioniert bei Kindern und Hunden, warum also nicht auch bei Elefanten.« Sachte gab er Gas.

Silke lief schon das Wasser im Mund zusammen. »Jetzt wird's aber langsam eng«, ächzte sie.

»Versuch einfach, an etwas anderes zu denken.« Beruhigend streichelte er ihr Knie.

Nach ein paar Kilometern entdeckten sie ein Schild, das den Weg zum Capture Centre wies.

»Dort können wir hinfahren. Hältst du bis dahin durch?«

Silke aber hatte die Hände vor den Mund gepresst und stieß nur ein grunzendes Geräusch hervor.

15

Doch sie hielt durch. Im Gebäude des Game Capture Centre gab es Toiletten, Marcus fuhr sie bis zur Tür, und kurz darauf kam sie sichtlich erleichtert zum Auto zurück. Marcus war inzwischen ausgestiegen und hatte die Sonnenmilch aus dem Koffer geholt.

»Na, geht's wieder?«, rief er ihr entgegen.

»Ja, einigermaßen, war sicher nur die ganze Aufregung.« Sie breitete die Arme aus und ließ sich von der weichen Brise umfächeln. Doch nach ein paar Schritten stach ihr scharfer Raubtiergestank in die Nase, und sie blieb vor einem Gehege stehen, das sie vorher nicht bemerkt hatte.

Zwei Löwen strichen ruhelos am Gitter entlang. Der männliche Löwe, ein beeindruckendes Muskelpaket mit einer schwarzen Mähne, die Schultern und Brust bedeckte, und unangenehm direktem Blick, kam lautlos näher, bis er unmittelbar vor ihr stand. Sie fuhr zurück. Der Löwe war riesig. Seine Schulter war in Höhe ihrer Brust, und als er jetzt den Kopf hob, überragte er sie locker.

Langsam richtete er seine Ohren wie Antennen auf sie und fixierte sie unverwandt. Er tat nichts weiter, als sie mit ausdruckslosen, gelben Augen anzustarren, aber ihr standen die Haare zu Berge, und ihr wurde abwechselnd heiß und kalt. Sie vergaß, dass ein solides Gitter sie vor einem Angriff schützte, stand wie angewurzelt da, konnte keinen Muskel bewegen. Wie das sprichwörtliche Kaninchen vor der Schlange.

Wie von weit her drang plötzlich männliches Gelächter an ihre Ohren. »Gib acht, iBhubhesi will dich zum Frühstück fressen«, warnte eine raue Stimme. Wieder lachte jemand dieses anzügliche, kehlige Lachen.

Mit großer Kraftanstrengung löste sie sich von dem verstörenden Blick der Raubkatze und drehte sich um. Drei Schwarze in petrolfarbenen militärischen Tarnanzügen, Käppis tief ins Gesicht gezogen, Augen hinter spiegelnden Sonnenbrillen versteckt, lehnten in lockerer Haltung an einem Lattenzaun. Dem anzüglichen Gelächter und den lebhaften Gesten nach zu urteilen, schienen sie sich über sie zu unterhalten.

»IBhubhesi liebt Weiße, sie sind zarter als wir Schwarze«, rief ein anderer spöttisch, und seine Kameraden lachten.

Silke betrachtete die Männer genauer. Alle drei waren mit Maschinengewehren ausgerüstet, und von ihren Gürteln hingen unter anderem ein Funkgerät, ein Pistolenhalfter und ein handliches Beil. Rucksäcke standen zu ihren Füßen.

Wozu wurden hier bis an die Zähne bewaffnete Soldaten gebraucht? Irgendwelche Stammesfehden, von denen sie meinte, in der deutschen Presse gelesen zu haben? Zulus gegen Zulus? Nun, es ging sie nichts an, und sie wollte sich schon abwenden und zum Auto gehen, da fiel ihr etwas an dem Mann in der Mitte auf, einem breitschultrigen Kerl, der die anderen um einen halben Kopf überragte. Etwas, was sie nicht sofort einordnen konnte. Sie sah genauer hin. Auch er lachte, seine Zähne schimmerten weiß in seinem mahagonibraunen Gesicht, und eine sternförmige, rosa Narbe auf seiner Oberlippe bewegte sich wie ein winziger Oktopus.

Beim Anblick dieser seltsamen Narbe rührte sich etwas in ihrer Erinnerung. Irgendwo hatte sie die schon mal gesehen. Aber wo? Schwer zu erwischen, wie ein Fischchen im trüben Wasser, flitzte der Erinnerungsschnipsel durch ihren überhitzten Kopf, aber schließlich bekam sie ihn zu fassen, und sie erkannte den Mann wieder. Es war derselbe, den sie gestern bei ihrer Ankunft im Hilltop Camp gesehen und der sie auf die gleiche eigenartige Weise angestarrt hatte.

Jetzt wandte er den Kopf, seine Augen waren hinter einer sehr dunklen Sonnenbrille verborgen, die wie übergroße Insektenaugen wirkten. Trotzdem wusste sie, dass er sie fixierte. War das Zufall? Sie konnte seine exakte Blickrichtung nicht erkennen. Er wandte den Kopf um einige Zentimeter, und die Insektenaugen glitten von ihr ab hinüber zu Marcus. Abrupt hörte der Mann auf zu lachen. Sein Gesichtsausdruck wurde starr, als wäre er auf der Jagd und hätte seine Beute im Visier.

»Marcus«, flüsterte sie angespannt.

Aber der räumte irgendetwas im Heck um und konnte sie offenbar nicht hören.

»Marcus«, wiederholte sie.

Zerzaust und rotgesichtig schlug er die Klappe zu. »Was ist?«

»Dahinten stehen drei bewaffnete Schwarze …«, raunte sie.

Marcus sah kurz zu ihnen. »Ja, das sind die von der Anti-Wilderer-Patrouille der Ranger. Sehen brutal aus, was? Sind die auch. Von den Wilderern überlebt praktisch keiner. Die Ranger schießen sofort und fragen erst später, wer das war. Wenn überhaupt.« Er ging um ihr Auto herum und öffnete die Fahrertür. »Was ist mit denen?«

»Der Kerl in der Mitte ist der unangenehme Typ, den ich gestern beim Hilltop Camp gesehen habe, der, der uns dauernd angestarrt hat. Und jetzt tut er es wieder. So als würde er uns kennen, und das kann ja schließlich nicht sein. Langsam wird mir das unheimlich. Sieh mal unauffällig hin.«

Mit einem nachsichtigen Lächeln kam Marcus ihrer Aufforderung nach. Für den Bruchteil einer Sekunde wirkte er wie jemand, der zu Tode erschrocken war, aber das war so schnell vorbei, dass Silke es kaum mitbekam, vor allen Dingen, weil Marcus sich plötzlich in einem fürchterlichen Hustenanfall vornüberkrümmte. Hastig zerrte er sein Taschentuch aus der Hosentasche und hustete so heftig hinein, dass seine Ohren rot wurden.

»Entschuldige … muss 'ne Fliege verschluckt haben«, krächzte er, das Gesicht immer noch im Taschentuch vergraben. »Muss was trinken.« Damit sprang er ins Auto, schnappte sich seinen Buschhut, drückte ihn sich tief in die gerötete Stirn und klappte die Sonnenblende herunter. Eine Hand mit dem Taschentuch weiter aufs Gesicht gedrückt, startete er den Wagen.

Silke vergaß die Wilderer-Patrouille und stieg ebenfalls ein. »Was war denn das?«, fragte sie mehr verblüfft als verwirrt.

»Wie ich sagte, muss wohl eine Fliege verschluckt haben«, er hustete abermals und fuhr durch das Tor des Centenary Centre hinaus. »Steckt mir immer noch im Hals.«

Silke fiel auf, dass er ziemlich angegriffen wirkte. Die Röte war aus seinem Gesicht gewichen und hatte eine fleckige Blässe hinterlassen. Schweißperlen standen ihm auf der Stirn, die er wiederholt mit dem Taschentuch abwischte. Es wird wohl diese brutale Hitze sein, nahm sie an. Obwohl die Klimaanlage auf Hochtouren lief, brannte die fast senkrecht stehende Sonne durch die Windschutzscheibe und sorgte dafür, dass auch ihr der Schweiß herunterlief.

»Du wolltest doch was trinken.« Sie hob eine Flasche Mineralwasser aus der Kühltasche und reichte sie ihm. »Hier.«

Schweigend, mit abwesender Miene den Kopf schüttelnd, wehrte er ihr Angebot ab, schaute stattdessen lange in den Rückspiegel.

»Hast du Angst, dass uns der Löwe oder ein Elefant verfolgt?«, frotzelte sie.

Seine Reaktion war unerwartet. »Sei mal einen Augenblick ruhig, ich muss nachdenken.«

So verdutzt war sie, dass sie widerspruchslos tat, was er verlangte, obwohl ihr die Frage auf der Zunge brannte, worüber er nachdenken musste. Ungeduldig biss sie sich auf die Lippen. Sein Gesichtsausdruck verriet ihr nichts. Keine Emotion, nur kalte Konzentration. Lediglich die Finger seiner rechten Hand trommelten einen lautlosen Wirbel auf dem Lenkrad.

»Okay«, sagte er irgendwann. »Alles klar.« Er nahm ihr die Flasche ab, trank ein paar Schlucke und gab sie zurück.

»Was ist klar? Worüber musstest du so intensiv nachdenken? Lass mich daran teilhaben.«

»Ich habe einen Schatten gesehen, wo kein Schatten sein konnte«, war die überraschende Antwort.

»Einen Schatten?« Ihr Blick strich rasch über den Busch und die sonnenbeschienene Sandstraße. Kein Lebewesen war zu sehen. »Ich kann nichts erkennen. Du siehst Gespenster. Vermutlich ist hinter uns irgendein Tier über die Straße gesprungen und hat einen Schatten geworfen.«

»Kann sein, kann aber auch nicht sein. Ich glaube, da war jemand.«

Verwirrt drehte sie sich zu ihm. »Jemand?«

»Genau wie dir hat mir dieser eine Kerl von der Wilderer-Patrouille auch nicht gefallen.«

»Wie sollte der denn so schnell hinter uns hergekommen sein?«, fiel sie ihm ungläubig ins Wort. »Außerdem hat er doch nichts mit uns zu tun.«

Flüchtig sah er zu ihr hinüber, wirkte dabei sehr angespannt. »Man kann nie vorsichtig genug sein.«

»Was bitte meinst du damit? Überleg doch mal. Der Mann kann schließlich nicht fliegen, und wäre er uns mit dem Wagen gefolgt, hätten wir den auf jeden Fall gehört. Du musst dich geirrt haben.«

»Na, hab ich dann wohl. Muss eine Täuschung gewesen sein«, beendete er ziemlich abrupt das Thema.

Ein verschwommenes Gefühl von Bedrohung beschlich sie. Die Kälte, die sie überfallen hatte, als er ihr mitgeteilt hatte, dass sie die Verlobungsfeier absagen mussten, kroch jetzt wieder in ihr hoch. Marcus war seit zweieinhalb Jahren der Mensch, dem sie bedingungslos vertraute, ihr unverrückbarer Halt, nachdem ihr Vater so jäh das seelische Fundament zerstört hatte, auf dem sie ihr Leben bis dahin gebaut hatte. Jetzt war auch dieser Halt gelockert, sie schwamm in einem Meer widerstreitender Gefühle, wusste nicht mehr, was sie glauben sollte, was wahr war und was nicht. Wusste nicht mehr, ob sie in Marcus nur das gesehen hatte, was sie sehen wollte. Ob sie nur eine Fassade gesehen hatte. Sie schlang sich die Arme um den Leib und zog die Schultern zusammen.

Der Empfangsraum des Mpila Camps, der in einem separaten Häuschen lag, war eng, dunkel und mit zahlreichen Fliegen bevölkert. Geckos lauerten mit glänzend schwarzen Augen auf den offen liegenden Balken des Rieddachs. Eine Fliege landete in der Nähe eines fast durchsichtig hellgrauen Hausgeckos. Blitzschnell huschte er hinüber und verspeiste sie mit hörbarem Knirschen. Hinterher leckte er sich mit offensichtlichem Genuss seine gepanzerten Lippen. Silke schüttelte sich.

Während sie ungeduldig und schwitzend zusahen, wendete die uniformierte, füllige Zulu hinter dem Tresen aufreizend langsam die Seiten des Gästebuchs. Schließlich bestätigte sie ihre Reservierung, ließ Marcus unterschreiben und gab ihm die Zimmernummer. Auf seine Frage nach einem Schlüssel wurde ihm beschieden, dass die Bungalows keine Schlüssel hätten, wie in Hluhluwe auch.

Silke dachte an die Affen und zog ein Gesicht.

»Ach, übrigens«, rief die Rezeptionistin laut hinter ihnen her, während sie hinaustraten. »Seien Sie vorsichtig beim Grillen. Es kommt vor, dass Hyänen versuchen, das Fleisch vom Grill zu klauen. Passen Sie gut darauf auf, sonst ist Ihr Abendessen weg.« Sie lachte und sagte etwas auf Zulu zu ihrer Kollegin, woraufhin die ebenfalls laut lachte und Silke dabei einen herausfordernd spöttischen Blick zuwarf.

»Na, klasse«, murmelte Silke bestürzt. »Hast du das gehört?«

»Ach, das ist doch alles Quatsch. Die wollte dich bloß erschrecken. Zulus sollen einen besonderen Humor besitzen, habe ich gehört.«

Kurz darauf hielten sie vor einem kastenförmigen Bungalow mit Rieddach. Ein Weg aus geborstenen Steinplatten führte zur schmucklosen Eingangstür.

Silke sah sich stirnrunzelnd um. Mehrere gleiche Häuser standen in großem Abstand voneinander auf einem Plateau aus geröllbedeckter Erde, auf der ein paar genügsame Dornenbüsche und spärliche Grasbüschel ihr Dasein fristeten. Eine Familie von Perlhühnern scharrte zwischen Bauschutt im Staub.

»Sieht ja nicht gerade toll aus«, murmelte sie.

»Hauptsache, die Betten sind weich und der Kühlschrank funktioniert«, meinte Marcus nur, während sie zum Haus gingen.

Drinnen roch es muffig, und der Bungalow hatte eine deutlich primitivere Einrichtung als das Chalet von Hilltop, aber die Dusche funktionierte, und die Betten hielten einer ersten Prüfung stand, als Silke sich mit Schwung daraufwarf und nicht durchsackte.

»Ist in Ordnung. Wir haben ja nicht vor, uns lange hier drinnen aufzuhalten«, bemerkte sie zu Marcus, während sie die Lebensmittel in den Kühlschrank räumte und die Kühlelemente ins Gefrierfach packte. »Und auf der Terrasse können wir schön essen. Es gibt auch einen Grill. In Afrika im Mondschein grillen. Wie romantisch!« Sie lächelte ihn an. »Fertig«, rief sie und schloss die Tür.

Auf der Außenseite klebte eine mit Fliegendreck gesprenkelte Plastikhülle, in der eine gedruckte Mitteilung steckte. Sie warf nur einen flüchtigen Blick darauf, aber das Wort »Warnung«, das fett gedruckt über dem Text stand, veranlasste sie, ihn anzusehen.

»Seien Sie gewarnt«, las sie halblaut vor. »Mpila Camp ist nicht umzäunt. Wilde Tiere laufen frei durch das Camp, besonders nachts. Stellen Sie sicher, dass Ihre Türen nachts stets fest verschlossen sind. Bleiben Sie immer in unmittelbarer Nähe Ihrer Unterkunft.«

Sie wirbelte herum und blickte aus dem Fenster zu Marcus,

der ihr restliches Gepäck heranschleppte, und bemerkte, dass sich unter dem Baum, wo der Bauschutt lagerte, inzwischen eine Familie Warzenschweine eingefunden hatte und eifrig nach Futter stöberte. Marcus ging keine drei Meter an ihnen vorbei. Sie rannte zur Tür.

»Schnell, ins Haus!«, schrie sie. »Hinter dir läuft eine Herde Warzenschweine herum!«

Marcus lachte. »Na und? Die sind doch schon halb domestiziert. Dahinten, neben dem Nachbarbungalow, grasen zwei Springböcke. Vermutlich wissen die schon, wann sie hier zum Dinner erscheinen müssen. Leute füttern die sicher, auch wenn das verboten ist.«

»Und als Nächstes trampelt hier ein Elefant durch den Vorgarten«, gab sie aufgeregt zurück. »Hier, sieh dir das mal an!« Sie zeigte ihm den Warnhinweis. »Sind die wahnsinnig geworden? Hast du gesehen, wie weit der Grill vom Haus entfernt ist?«

Als er den Kopf schüttelte, zerrte sie ihn durchs Wohnzimmer auf die Terrasse und deutete auf einen Grill, der mindestens fünfzehn Meter vom Haus auf einer spärlich mit Gras bewachsenen Fläche stand. »Da ist er!«

Statt einer Antwort ergriff Marcus ihre Hand und zog sie am Grill vorbei zur Abbruchkante und machte eine Handbewegung, die das Land bis zum Horizont einschloss. Unmittelbar vor ihnen fiel der Hang steil zu einem Fluss ab, der sich in engen Kurven durch die Ebene wand und noch Wasser führte. Tief unter ihnen zog eine Herde Büffel vorbei.

»Ist das nicht herrlich?«, fragte er. »So einen Blick bekommst du beim Grillen so schnell nicht wieder. Den kann man mit Geld doch nicht bezahlen.«

Silke vermied es hinunterzuschauen, machte sich von Marcus los und trat einige Schritte zurück. Steile Abhänge verursachten ihr akuten Schwindel.

»Keine zehn Pferde könnten mich dazu bringen, da draußen

als Löwenköder herumzulaufen«, fauchte sie. »Wir braten unser Steak in der Pfanne.«

»Ach, das siehst du alles zu eng.«

»Das ist mir so was von egal, das kannst du dir gar nicht vorstellen«, gab sie patzig zurück. »Vorhin hast du mir noch erzählt, dass Hyänen sogar die Kühlschränke in Zelten aufkriegen – da sollte doch so eine unverschlossene Haustür keine große Schwierigkeit darstellen, oder?«

Das Geräusch eines heranfahrenden Wagens unterbrach sie.

Silke spähte hinüber. »Warte mal, nebenan sind offenbar gerade Leute angekommen.«

Zwei Paare stiegen aus dem Landrover aus. Die Männer hatten kurz geschorene Haare, ansehnliche Muskelpakete und laute Stimmen, die Frauen waren blond und sonnengebräunt. Alle trugen praktische Safarikleidung, Buschhüte mit Nackenschutz und große Sonnenbrillen.

»Das sind bestimmt Südafrikaner. Ich geh mal rüber, vielleicht kennen die sich aus und können uns Tipps geben, wie man sich hier am besten verhält.«

Nachdem sie sich mit einem schnellen Blick davon überzeugt hatte, dass kein wildes Tier auf sie lauerte, sprintete sie zu den neuen Nachbarn hinüber.

Diese stellten sich als zwei Paare um die vierzig heraus. Beide Frauen hatten sorgfältiges Make-up und sehr weiße Zähne. Nach der lockeren Begrüßung boten sie Silke ein eisgekühltes Dosenbier und einen Stuhl an. Obwohl sie durstig war und es verführerisch zischte, als einer der Männer die Bierdosen öffnete, lehnte sie dankend mit der Frage ab, ob es sicher sei, draußen vor dem Bungalow zu grillen. Sie berichtete, was die Frau an der Rezeption über die Hyänen gesagt hatte.

»Ich habe mich natürlich sehr darüber erschrocken. Wir sind nämlich zum ersten Mal in einem afrikanischen Wildpark«, erklärte sie. »Also richtige Grünschnäbel.« Sie lächelte gewinnend.

»Also.« Einer der Männer lehnte sich mit einem amüsierten Blick vor. »Das ist so, man sollte natürlich bestimmte Vorsichtsmaßregeln beachten ...« Und dann erzählte er ihr von dem Mann, der im letzten Jahr beim Grillen von einem Leoparden angefallen worden war.

Silke erstarrte.

»Da vorn ist es passiert, am Grill vor Ihrem Haus. War allerdings seine eigene Schuld«, fügte er schulterzuckend hinzu. »Er hätte es machen sollen wie wir. Wir Männer grillen, unsere Frauen umkreisen den Grill ständig mit großen Handscheinwerfern und leuchten das Gelände ab. Das hält die meisten Raubtiere ab.«

»Die meisten«, krächzte Silke.

»Und im Gelände immer schön darauf achten, dass die Fenster geschlossen sind«, setzte sein Freund noch eins drauf. »Sonst geht's Ihnen so wie der Frau im Krügerpark, die eine hungrige Löwin mit einem einzigen Prankenhieb aus dem Auto gezogen hat.«

Silke, die mit zunehmendem Entsetzen gelauscht hatte, hob eine Hand. »Danke ... danke«, stotterte sie. »Das reicht vollkommen. Das war sehr freundlich. Mehr will ich gar nicht wissen.«

Damit floh sie zurück zu Marcus, jeden Moment darauf gefasst, dass ein Leopard aus dem Nichts auftauchen und sie anfallen könnte.

Marcus sah ihr erwartungsvoll entgegen. »Und? Grillen die nebenan?«

Erregt baute sie sich vor ihm auf. »O ja, das tun sie allerdings. Sie haben starke Scheinwerfer dabei, und die zwei Frauen umkreisen sie ständig und leuchten die gesamte Umgebung aus. Und weißt du, warum?« Vor Aufregung blieb ihr glatt die Luft weg, und sie brauchte einen Moment, um wieder zu Atem zu kommen.

»Letztes Jahr«, fuhr sie schließlich fort und betonte dabei jedes Wort einzeln, »letztes Jahr ist ein Mann beim Grillen genau vor unserem Bungalow von einem Leoparden angefallen und so schwer verletzt worden, dass er kurz darauf starb. Was sagst du jetzt?« Herausfordernd verschränkte sie die Arme vor der Brust.

Aber Marcus schwieg und sah dabei nicht sonderlich besorgt aus.

Irritiert betrachtete sie ihn. Ließ ihn das kalt? Der grausige Tod eines Menschen, der von einer Raubkatze gerissen worden war? Das konnte sie sich nicht vorstellen. Unvermittelt sah sie ihn auf dem Weihnachtsfest, das sie bei ihrer Cousine verbracht hatten, vor sich. Marcus, wie er liebevoll mit Kathrins Kindern spielte, und als plötzlich ein Spatz gegen das Wohnzimmerfenster prallte, hatte er ihn aufgehoben, aus seinem Schal ein Nest gebaut und in der Küche zusammen mit den Kindern gewartet, bis der Vogel sich so weit erholt hatte, dass er ihn freilassen konnte. Das Bild deckte sich überhaupt nicht mit dem, das er jetzt abgab. Vielleicht glaubte er der Aussage der Leute nicht.

»Die Sache ist hier durch alle Zeitungen gegangen, und du kannst es im Internet nachlesen, wenn du denen nicht glaubst«, fuhr sie fort. »Und die Sache mit den Hyänen stimmt auch. Denen nebenan ist schon Fleisch von diesen Bestien geklaut worden, und sie sagten, dass sie großes Glück gehabt hätten, dass die Hyänen nicht sie angegriffen haben, sondern ihre Lammkeule.« Verwirrt schüttelte sie den Kopf. »Südafrikaner scheinen alle ein bisschen verrückt zu sein. Die haben sich darüber kaputtgelacht, fanden das einfach nur herrlich abenteuerlich. An deren Stelle wäre ich nie wieder in ein Wildreservat gefahren. An deren Stelle wäre ich wohl ausgewandert.«

Wieder kam kein Kommentar von Marcus. Doch sie kannte ihn gut genug, um zu erkennen, wie es hinter seiner Stirn arbeitete. Wie ihr schon öfter aufgefallen war, schienen ihm manchmal einfach die Worte zu fehlen, um das auszudrücken, was er dachte und fühlte. Sie legte den Kopf schief und lächelte ihn an. »He, ich kann keine Gedanken lesen.«

Die Sonne stand zwar schon tief, aber die Hitze hatte nicht

nachgelassen, deshalb zog sie sich in den Schatten des Dachvorsprungs zurück. »Du musst mit mir reden, sonst weiß ich nicht, woran ich bin«, sagte sie leise und meinte schon lange nicht mehr nur die Frage, wo sie ihre Steaks braten sollten.

Aber Marcus schwieg weiterhin, schien mehr an einem leise raschelnden Ameisenstrom interessiert zu sein, der unter dem Fensterrahmen hindurch ins Wohnzimmer führte. Trotzdem war sie sich sicher, dass er mit einem inneren Konflikt kämpfte. Mit steigender Spannung starrte sie ihn an.

Ein sachter Windstoß wirbelte Staub auf und wehte ihr eine getrocknete Samenkugel vor die Füße. Sie kullerte auf den Steinplatten mit dem Geräusch wie von einer Babyrassel hin und her. Es kratzte ihr an den gereizten Nerven, und plötzlich wurde der innere Druck zu viel. Sie kickte die Samenkugel ins Gras.

»Ich will hier weg«, platzte sie heraus. »Ich mutiere hier zum Angsthasen. Ich erkenne mich nicht wieder, und das gefällt mir überhaupt nicht. Das bin nicht ich, verstehst du? Aber randalierende Elefanten, blutrünstige Raubkatzen und hungrige Hyänen sind mir einfach zu viel, ganz zu schweigen von den giftigsten Schlangen, die auf diesem Planeten leben, und Krokodilen, die eine Unterwasserspeisekammer haben …« Die Sätze sprudelten so schnell aus ihr heraus, dass sie sich verhaspelte und erst tief durchatmen musste, ehe sie ruhiger fortfahren konnte. »Denk an diesen armen Scotty. Ein erfahrener Ranger, der, wie ich gehört habe, im Busch aufgewachsen ist und sich angeblich auskennt wie kein Zweiter, und trotzdem hat es ihn erwischt. Sich vorzustellen, was er tun musste, um sein Leben zu retten, das ist doch unmenschlich.«

Was sie nicht sagte, war, dass ihr die Summe der Merkwürdigkeiten in seinem Verhalten seit ihrer Abreise einfach keine Ruhe ließ. Dass sich die Summe all dieser Vorkommnisse als spitzer Stachel in ihr Fleisch gebohrt hatte und dass das der eigentliche Grund dafür war, dass sie so schnell wie möglich das Camp und den Umfolozi verlassen wollte. Und Südafrika.

»Auf derartige Buscherfahrungen möchte ich verzichten«, schob sie nach.

Marcus war noch immer mit den Ameisen beschäftigt. Mit dem Fuß häufte er Sand über einen Teil der Insekten. Binnen Sekunden hatte sich der kribbelnde Strom geteilt, umfloss das Hindernis, vereinigte sich wieder auf der anderen Seite und setzte unbeirrt seinen Weg fort.

»Faszinierend, was?«, murmelte er und ließ seinen Blick über den Abhang hinaus in die Ferne schweifen.

Silke stieß ihn an. »He, hast du mir eigentlich überhaupt zugehört?«

Mit einem halb ratlosen, halb spöttischen Lächeln sah er sie an. »Habe ich, und ich verstehe dich nicht. Das ist Afrika, und hier gibt's wilde Tiere. Davon hast du doch geträumt. Wie hattest du dir ein Wildreservat denn vorgestellt? Wie im Zoo, wo man Löwenbabys streicheln darf?« Der sarkastische Unterton war unüberhörbar.

Im ersten Moment war sie von seinem Spott getroffen und verstummte gekränkt, aber dann siegte ihre rebellische Natur. »Auf jeden Fall habe ich nicht damit gerechnet, dass ich beim Grillen von einer Raubkatze angefallen werden könnte«, fuhr sie ihn aufgebracht an. »Oder von Hyänen. Oder dass die Möglichkeit, von einem Elefanten zu Brei getrampelt zu werden, eine durchaus reale ist und Löwen angeblich Weiße bevorzugen, weil sie zarter sind als Schwarze.« Ihre Stimme wurde schrill.

»Ach, so drastisch wird's schon nicht kommen. Sieh das Ganze doch einfach als aufregendes Abenteuer …«, begann er, aber Silke stoppte ihn mit einer Handbewegung.

»Hör auf. Versuch nicht, mich zu überreden. Das wird dir nicht gelingen.«

»Lass mich doch mal ausreden«, sagte er ruhig. »Es stimmt, es ist manchmal gefährlich, und Angst zu haben, wenn du mit Elefanten konfrontiert wirst, ist mehr als legitim. Ehrlich gesagt, wäre es dumm, keine zu haben. Angst in solchen Situationen ist etwas sehr Gesundes.«

»Na, toll«, fuhr sie ihn aufsässig an. »Danke, dann bin ich ja beruhigt.«

»Afrika hilft dir, dich selbst kennenzulernen, zu dem Kern deines Wesens zu gelangen«, fuhr er leise fort. »Hier trachtet dir ständig jemand nach dem Leben. Im Busch gibt es wilde Tiere, hochgiftige Schlangen, im Meer jagen Haie, in den Flüssen Krokodile, und in der Stadt lebt der Mensch, das erbarmungsloseste Raubtier auf dem Planeten … Es tötet dich nicht, weil es Hunger hat, sondern manchmal nur so.« Er schien mehr zu sich selbst zu sprechen, und Silke hörte ihm mit offenem Mund zu.

Erst nach einer langen Pause redete er weiter. »Diese ständige Gefahr macht dir bewusst, dass du am Leben bist. Sie lehrt dich, wozu du fähig bist …«

Ein durchdringender Vogelruf unterbrach ihn, und beide sahen automatisch hoch. Ein Kranich segelte aus dem Blau des Himmels und setzte tief unter ihnen am Fluss zur Landung an.

»Deine Seele bekommt Flügel«, flüsterte Marcus und schaute hinauf in dieses endlose Blau.

Silke konnte nicht glauben, was sie hörte. »Sag mal, bist du auf Drogen? Wovon redest du? Dass ich am Leben bin, weiß ich auch so, und das ist der Punkt, verstehst du? Ich möchte es auch bleiben.« Ein heftiger Schmerz begann in ihrem Hinterkopf zu pochen.

Sie musterte ihn misstrauisch. Lyrisch war er ihr noch nie gekommen, und ihr fiel es schwer, seine jetzige Stimmung mit ihrem sonst so pragmatischen, analytisch denkenden Marcus in Verbindung zu bringen. Immer mehr war sie sich sicher, dass ihn irgendetwas in den Grundfesten erschüttert hatte, buchstäblich. Das bereitete ihr Sorgen, und die verdichteten sich immer mehr zu einem schwarzen Hintergrundrauschen, das sie nicht mehr loswurde.

Und da war sie wieder, diese Kälte, die ihr eine Gänsehaut über den Rücken jagte und ihr im Magen brannte. Sekundenlang wurde ihr schwindelig, als stünde sie auf schwankendem Boden, dann aber riss sie sich zusammen und stemmte die Arme in die Hüften.

»Ich habe einen sehr ausgeprägten Selbsterhaltungstrieb, und deswegen möchte ich hier weg«, sagte sie energisch.

Er blinzelte zu ihr hinüber, als würde er geblendet. »Drogen? In einer Weise stimmt das. Afrika ist eine Droge. Es macht süchtig ...« Wieder verrannen seine Worte.

Sie starrte ihn an, sah in einem grellen Flashback statt seinem Tonys Gesicht vor sich, die drogenverschleierten Augen, seinen ziellos irrenden Blick, den Speichelfaden, der ihm aus dem Mundwinkel rann. Unwillkürlich suchte sie in Marcus' Zügen nach verräterischen Anzeichen einer Drogensucht. Was hatte auf der Medikamentenpackung gestanden, die sie gefunden hatte? Sie durchsuchte ihr Gedächtnis, konnte sich aber nicht mehr an den Namen erinnern, nur dass es gegen Depressionen und Angststörungen war. Quälte ihn etwas so sehr, dass er diese Pillen nehmen musste, um seelisch zu überleben? Hatten die ihn so verändert?

Von plötzlichem Mitgefühl überwältigt, griff sie nach seiner Hand. »Wir könnten doch ein paar Tage am Indischen Ozean verbringen. Beide unseren Kopf freibekommen.« Und wo es mit Sicherheit keine Wilderer-Patrouillen gab, fügte sie im Stillen hinzu, keine finsteren, bis an die Zähne bewaffneten Kerle, die einen anstarrten, als wollten sie einen zum Frühstück fressen. Und niemanden, weder Tier noch Mensch, der sie verfolgen würde. »Schon vergessen? Das hast du mir versprochen.«

Desorientiert, als wäre er gerade aufgewacht, sah er sie an, und sie wiederholte ihren Vorschlag. Auf einmal begannen seine Augen zu funkeln, über seine Züge huschte der Anflug eines frechen Grinsens.

»Da kommst du aber vom Regen in die Traufe, meine Süße. Im Indischen Ozean wimmelt es nämlich von Tieren, die dir an den Kragen wollen. Haie, die über sechs Meter lang und zwei Tonnen schwer sind – für die bist du gerade mal die kleine Mahlzeit zwischendurch –, Zitterrochen, die elektrische Schläge austeilen, und Portugiesische Galeeren mit ihren meterlangen Fäden, deren Stich dich auf die Intensivstation bringen kann, und Fische, deren Rückenstacheln todbringendes Gift enthalten. Wenn du versehentlich auf sie trittst – das war's dann. Es gibt sogar Muscheln, die bei Berührung tödlich giftige Pfeile abschießen.«

»Hast du irgendwo gelesen, nehme ich an«, sagte sie bissig und nicht wenig aufgebracht.

Wollte er sie zum Narren halten? Spielte er ihr was vor? Und wenn ja, wann? Jetzt oder vorhin mit seinem Gerede über Gefahren, die einem bewiesen, dass man lebte? Ihr Mitleid schlug abrupt in heftige Empörung um.

»Dann schwimm ich eben in einem Pool«, schrie sie ihn an. »Oder muss ich da mit Monsterkrokodilen rechnen? Wasserschlangen? Oder Hippos mit armlangen Hauern?« Ihre Stimme kletterte die Tonleiter hoch. Langsam wurde sie richtig wütend, und zu allem Überfluss dehnte sich der Schmerz in ihrem Hinterkopf aus wie eine heiße Blase, die zu platzen drohte. »Der Punkt des Ganzen ist: Ich will hier weg!«, fauchte sie. »Ganz einfach. Raus aus Mpila, raus aus Umfolozi. Ist das klar genug ausgedrückt?«

Marcus tat das Unerwartete. Er machte einen Schritt auf sie zu, nahm ihr Gesicht zwischen seine Hände und küsste sie, bis sie ihre Gegenwehr aufgab und es geschehen ließ.

»Mein Liebling, natürlich braten wir die Steaks in der Küche«, murmelte er schließlich. »Und ich werde die Türen nachts verrammeln, dass man sie nicht mal mit einer Panzerfaust aufsprengen könnte, außerdem verspreche ich dir, dass wir uns von Elefanten weit, weit entfernt halten. Wenn sie am Horizont auftauchen, drehen wir um und hauen ab.«

Völlig überrumpelt von diesem Stimmungsumschwung, ganz schwindelig von seinen Küssen, seinem vertrauten Geruch, seinen Händen, schmolz der Kern ihres Zorns unter seiner Zärtlichkeit wie Eis in der Sonne, und schon war sie mehr als bereit zu glauben, dass sie sich sein befremdliches Verhalten nur eingebildet hatte.

»Lass uns den Park jetzt gleich verlassen«, murmelte sie aus einem Mundwinkel. »Elefanten sehe ich mir in Zukunft im Zoo an.«

Ohne Vorwarnung schob er sie von sich. Mit zusammengepressten Lippen schüttelte er den Kopf. »Geht nicht.«

»Was?«, rief sie. »Sag mir nicht, dass das nicht möglich ist!« Das schwarze Hintergrundrauschen war plötzlich wieder lauter geworden.

»Mir war nicht klar, wie spät es schon ist. Selbst wenn wir auf der Stelle packen, werden wir nicht vor Einbruch der Dunkelheit zu einem der Gates gelangen.« Mit zwei Fingern hob er ihr Kinn und küsste sie noch einmal. »Heute und morgen ist die Mine ohnehin geschlossen, und der Streik ist noch nicht beendet. Es hat also keinen Sinn …«

»Das ist mir völlig egal«, fiel sie ihm ins Wort. »Wir können uns ein Hotel dort in der Nähe suchen und den Tag gemütlich am Pool verbringen.«

»Ein Hotel?« Marcus lachte laut auf. »Die Mine liegt irgendwo im Nirgendwo. Wenn wir Glück haben, finden wir eine Frühstückspension, und die wird mit Sicherheit nicht in der Luxuskategorie liegen. Um das mal gelinde auszudrücken. Einen Pool darfst du nicht erwarten.«

»Na, dann eben keinen Pool, immer noch besser als eine blutrünstige Raubkatze im Nacken.«

Er grinste frech. »Also gut. Wenn du dich mit Kakerlaken und Bettwanzen anfreunden kannst.«

»Bettwanzen?«, jaulte sie auf.

»Und Flöhe.« Sein Grinsen wurde breiter. »Aber ich habe einen Vorschlag. Vorausgesetzt, du kannst bis übermorgen durchhalten. Die Mine liegt nordwestlich des Reservats. Ich habe mir das bereits auf der Karte angesehen – warte einen Augenblick, ich hole sie.« Er ging ins Haus und kam mit der entfalteten Karte zurück.

»Hier, wir verlassen Umfolozi am Nyalazi Gate, da, wo wir hineingekommen sind, und wie du dich erinnern wirst, ist das vielleicht vierzig Minuten von Mpila entfernt. Dann fahren wir auf der Straße, die Umfolozi von Hluhluwe trennt, nach Ngoma, wo wir hoffentlich eine anständige Unterkunft finden.« Er fuhr die Route mit dem Finger nach. »Von da aus geht es auf Schotterstraßen zur Mine, hat Rob gesagt. Wenn wir mit der Sonne aufstehen und hier gleich nach dem Frühstück losfahren, brauchen wir uns nicht zu hetzen und können unterwegs anhalten, wenn es etwas Interessantes zu sehen gibt. Einheimische Märkte zum Beispiel. Okay?«

Silke nagte an ihrer Unterlippe. Am liebsten hätte sie Umfolozi auf der Stelle verlassen, und auf keinen Fall würde sie noch zwei Nächte in dieser Wildnis verbringen. Energisch schüttelte sie den Kopf. »Keine zehn Pferde werden mich dazu bringen, noch bis übermorgen … Warte mal, mir fällt da gerade etwas ein. Diese Jill hat uns doch auf ihre Wildfarm eingeladen – erinnerst du dich, oder ist das im Alkoholnebel untergegangen?«, setzte sie spitz hinzu.

»Dunkel. An sie erinnere ich mich. Sie war sehr hübsch, das weiß ich noch«, neckte er sie und wich lachend ihrem spielerischen Boxhieb aus.

»Also dann fragen wir bei ihr auf der Stelle an, ob sie ab morgen früh noch ein freies Zimmer oder einen Bungalow hat. Von dort ist es bestimmt nicht weiter zur Mine als von hier aus. Oder?«

»Da hast du recht« sagte er nach kurzem Überlegen. »Es ist sogar näher. Aber das wird nichts für dich ändern. Wenn du dem Wildreservat entkommen willst, darfst du Inqaba nicht besuchen. Auch da gibt es die Big Five. Löwenrudel, eine Elefantenherde,

Büffel, Nashörner und ungewöhnlich viele Leoparden. Und jede Menge Hyänen und Schlangen.«

»Kann sein«, fiel sie ihm ins Wort, »aber so teuer, wie es da offenbar ist, werden die sicher Besucher besser bewachen. Tote können ihre Rechnung nicht mehr bezahlen. Hluhluwe gehört zu den staatlichen Wildparks, da arbeiten nur Angestellte. Jill ist Eigentümerin, die wird sich anders um ihre Gäste kümmern.« Sie zog ihr Mobiltelefon aus der Tasche ihrer Shorts, rief Jills Nummer auf und reichte es ihm. »Hier, ruf du sie an. Dein Englisch ist besser als meins.« Was zwar nicht stimmte, aber er überließ immer ihr die privaten Anrufe, jetzt sollte er das auch einmal erledigen.

Mit deutlichem Widerwillen nahm er den Apparat. »Die sind komplett ausgebucht, hat Jill gesagt«, gab er zu bedenken.

Sie verdrehte die Augen. »Sie hat uns eingeladen. Versprüh eben großzügig deinen Charme. Das wirst du doch schaffen.«

Marcus seufzte ausdrucksvoll und ging ein paar Schritte abseits, bekam Jill Rogge offenbar gleich an den Apparat. »Jill, hier ist Marcus Bonamour. Der Typ, der sich gestern Abend so danebenbenommen hat …« Einige Minuten lachte und scherzte er mit seiner Gesprächspartnerin, dann legte er mit einem zufriedenen Grinsen auf und hob den Daumen. »Alles in Ordnung. Ab morgen hat Jill nicht nur einen Bungalow für uns, sondern hat uns eingeladen, nachmittags mit ihr ins Gelände zu fahren. Wahnsinnig nett, nicht?«

»Wahnsinnig«, gab sie wenig begeistert zurück. »Aber ins Gelände? Das kann ich auch hier haben. Darüber reden wir noch. Mir schwebt eigentlich ein Nachmittag am Pool vor, in der einen Hand einen Champagner, in der anderen etwas Leckeres zu essen.«

Marcus ließ seine Schultern mit offensichtlicher Erleichterung nach vorn fallen. »Das wird sich wohl arrangieren lassen. Sowohl einen Pool wie Champagner wird eine Lodge wie Inqaba im Angebot haben. Dazu braucht man nur eine fette Kreditkarte. Zufrieden?«

Mit einem Anflug von schlechtem Gewissen blickte sie ihn an. »Sekt tut's auch.«

»Ach, wir werden schon überleben, mach dir keine Sorgen«, sagte er leichthin. »Schau lieber mal, was da drüben los ist!« Er deutete mit dem Daumen aufs Nachbarhaus.

Silke drehte sich um. An dem Bungalow, dessen Bewohner vor ein paar Minuten weggefahren waren, turnte eine Gang von mindestens einem Dutzend Meerkatzen herum, offensichtlich auf der Suche nach einer Möglichkeit, ins Innere zu gelangen. Sie rüttelten an Fenstergriffen, zogen an der Tür, bohrten ihre dünnen Finger in jede Lücke, und es dauerte nur Sekunden, bis einer entdeckte, dass das Toilettenfenster nicht ordentlich geschlossen war. Mit erstaunlicher Kraft drückte der Affe es weiter auf und verschwand mit seinen Kumpanen im Haus. Es polterte, als würde jemand kegeln, dann zersplitterte Glas, und ein grauer Schatten kam kreischend aus dem Fenster geschossen.

»Oje, die schlagen ja alles kurz und klein«, schrie Silke auf. »Wir müssen etwas unternehmen!«

Bevor sie losrennen konnte, hielt Marcus sie fest. »Wie denn? Wir kommen ja gar nicht ins Haus, die Öffnung ist viel zu klein. Da bleiben wir wie der Korken in der Flasche stecken.«

»Hier gibt's doch keine Schlüssel.«

»Wir können nicht einfach ein fremdes Haus betreten, das wäre wie ein Einbruch. Außerdem ist eine Horde Affen nicht ungefährlich. Warte, da drüben sind zwei Angestellte. Die sollen sich darum kümmern.«

Er lief zu zwei gewichtigen schwarzen Frauen, die, mit Eimer und Wischmopp beladen, schwatzend vorbeischlenderten. Eindringlich redete er auf die Frauen ein, deutete dabei nachdrücklich auf den Nachbarbungalow, wo gerade ein Affe aus dem Fenster stieg und am Verschluss einer Plastikflasche mit rotem Saft knabberte. Als er nicht weiterkam, schlug er sie mehrfach auf den Boden und schnatterte aufgebracht.

Die beiden Zuludamen schauten interessiert dem Spektakel zu, klickten etwas auf Zulu und lachten herzlich. Marcus gestikulierte, die Frauen lachten lauter, schüttelten ausdrucksvoll den Kopf, klaubten ihr Arbeitsgerät auf und setzten ihren Weg unbeeindruckt fort.

Marcus kehrte zu Silke zurück. »Sie sagen, sie können nichts machen, das Haus reinigt jemand anderes, und da es hier außerdem massenweise Affen gibt, passiert so was eben, wenn die Leute ihre Fenster nicht ordentlich verschließen«, berichtete er, zuckte vielsagend mit den Schultern und wollte offenbar etwas hinzufügen, aber Silke kam ihm zuvor.

»Wage ja nicht zu sagen, das ist Afrika«, fauchte sie. »Das hängt mir zum Hals raus. Wenn ich das noch einmal höre, schrei ich.«

Marcus kapitulierte mit erhobenen Händen. »Okay, okay, ich hab's verstanden. Aber so ist es eben.« Er wandte sich ab und ging wortlos bis zum Rand des Hügelabhangs.

Silke gesellte sich zu ihm, behielt aber das gesamte Plateau im Blick, immer sprungbereit, falls Gefahr drohte.

»Herrlich hier«, murmelte er. »Was hältst du davon, wenn wir zum Abschied noch einmal in den Busch fahren? Du hast selbst gesagt, dass man so eine Reise nur einmal im Leben macht.«

Silke biss sich schweigend auf die Lippen, wusste nicht, wie sie ihm klarmachen konnte, dass es nicht nur wegen der Löwen und Elefanten war, dass sie das Camp so schnell wie möglich verlassen wollte, sondern auch wegen ihrer Sorge um ihn.

»Wir haben noch knapp zwei Stunden, bis es dunkel und das Camp geschlossen wird«, fuhr er fort, ehe sie antworten konnte. »Vergiss nicht, wir werden so etwas wohl nie wieder sehen, und ich schwöre dir, wenn ich wegen der Mine alles geklärt habe, fahren wir für ein paar Tage ans Meer. In das schönste Hotel, das es gibt. Und heute Abend reden wir über alles.«

Er machte Anstalten, sie in seine Arme zu ziehen, aber sie wich ihm aus und ging ins Haus. Doch dort war die Luft stickig, und eine Klimaanlage gab es nicht. Sie flüchtete sich wieder auf die Terrasse, warf sich auf einen der hölzernen Sessel und sah brütend zu, wie die Meerkatzen nebenan mit Bierflaschen, Kissen und einzelnen Schuhen ins Freie kletterten. Ein junger Affe schwenkte eine Schminktasche, aus der er mit einiger Mühe einen Lippenstift hervorpulte, den Verschluss auffummelte und nach eingehender Untersuchung den Stift auffraß, wobei sich seine Lippen scharlachrot färbten. Er sah wie ein winziger, grinsender Clown aus. Der Anblick entlockte Silke gegen ihren Willen dann doch ein Schmunzeln.

Die Affenhorde trollte sich bald, jedes Mitglied hielt seine Beute fest an sich gepresst. Stille senkte sich über das Plateau. Die Bewohner der übrigen Häuser waren offenbar ins Gelände gefahren, denn nirgendwo parkte ein Auto vor der Tür. Außer einem Schwarm Perlhühner, der zwischen den trockenen Grashalmen nach Körnern pickte, war kein Lebewesen zu sehen.

Silkes Blick verschwamm, und das blaue Federkleid der herrlich gezeichneten Hühnervögel wurde zu bunt schillernden Farbflecken, während sich zum wiederholten Mal ihre Gedanken in einer endlosen Schleife in ihrem Kopf drehten.

Momentaufnahmen tauchten vor ihr auf. Marcus' totenblasses Gesicht im Auto nach der Party bei den Haslingers, sein Gebaren an der Passkontrolle, was sie im Nachhinein nur als Panik interpretieren konnte, das aber auf verwirrende Weise gleich darauf in Euphorie umgeschlagen war. Dann war da der gereizte Umgang mit Rob Adams, der gestrige Abend, an dem er sich hatte volllaufen lassen, der Hustenanfall beim Anblick des bewaffneten Rangers im Tarnanzug und dann diese seltsame Sache, dass er immer wieder Dinge über dieses Land wusste, die er angeblich gelesen hatte.

Schweigend malte sie Kringel mit den Fußspitzen im Sand. Der Verdacht, dass Marcus sich nicht zum ersten Mal in diesem Land aufhielt, hatte sich in den letzten Stunden als pechschwarzes Unwetter an ihrem inneren Horizont zusammengeballt. Seitdem blähte es sich rasend schnell auf, wurde von Minute zu Minute schwärzer und drohender. Sie fröstelte trotz der glühenden Hitze.

»Allein packe ich das nicht mehr«, hatte er gesagt und versprochen, ihr heute Abend zu erzählen, was ihm auf der Seele lag.

Und genau das ist es, fuhr es ihr durch den Kopf, ich fürchte mich vor der Wahrheit.

Ihr Blick glitt zu Marcus, der, die Hände in den Hosentaschen vergraben, mit dem Rücken zu ihr am Abhang stand. Jetzt wirkte er wie ausgewechselt, vollkommen normal – wenn das der richtige Ausdruck war. Im Augenblick zumindest schien es, dass der Spuk, der mit erschreckenden Stimmungsumschwüngen und völlig untypischem Verhalten einhergegangen war, vorbei war.

Sie rieb sich mit beiden Händen übers Gesicht. Sicher war er nur überarbeitet. Zum Jahresende ging es in seinem Geschäft immer turbulent zu, und das war auch die Zeit, in der er sich oft und heftig mit seinem Vater stritt. Vielleicht war er mal wieder mit dem Alten aneinandergeraten, ohne dass er ihr davon berichtet hatte, und hatte deswegen bei Olaf und am vorigen Abend zu viel getrunken. Vielleicht hatte er auch gar keinen Grund. Das passierte eben mal.

Ein paar Minuten noch wälzte sie alles hin und her, betrachtete alle Argumente, alle Vorkommnisse von allen Seiten, und dann spürte sie, wie sich der Druck langsam von ihrer Seele hob. Sie atmete auf. Das war's bestimmt. Es gab keine finsteren Geheimnisse im Hintergrund. Sie hatte ihm unrecht getan. Energisch schob sie alle Zweifel hinter die innere Mauer, hinter der sie allen seelischen Müll verschwinden ließ. Sie sah hoch.

Gerade in diesem Moment warf er ihr über die Schulter einen Luftkuss und ein strahlendes Lächeln zu.

»Ich liebe dich«, las sie von seinen Lippen ab.

Ihr wurden augenblicklich die Knie weich, und ihr Herz tat einen Sprung. Lautlos fiel der Verdacht, der sich in ihr mittlerweile zu monströser Größe aufgebläht hatte, in sich zusammen.

Ihr innerer Horizont war wieder klar. Plötzlich schien das Licht strahlender zu sein, die Gerüche intensiver, und das Flüstern des Windes in den Blättern wurde zu klingenden Harfentönen. Sie war so erleichtert, dass ihr die Tränen kamen, und sie musste sich erst räuspern, bevor ihre Stimme ihr gehorchte.

»Keine Tuchfühlung mit Elefanten und Löwen?«

Er wirbelte herum. Sein Gesicht leuchtete. »Keine!« Er legte eine Hand aufs Herz.

»Okay«, sagte sie und stand auf. »Fahren wir.« Lächelnd streckte sie ihm eine Hand hin.

Marcus aber zog sie in die Küche. »Wir müssen unbedingt etwas zu trinken mitnehmen. Sonst fängt unser Blut in der Hitze an zu brodeln.«

»Grässliche Vorstellung«, murmelte sie und verdrehte die Augen.

Zusammen mit den Kühlelementen packten sie ein paar Coladosen in die Kühlbox. Silke warf noch zwei Marsriegel dazu. »Brauchen wir sonst noch etwas?«

»Ach wo, wir sind ja in spätestens zwei Stunden wieder zurück.« Er trug die Tasche zum Geländewagen und kletterte hinein. »Vergiss den Fotoapparat nicht!«, rief er ihr zu.

16

Kurz nachdem sie das Camp verlassen hatten, fuhr Silke mit einem Aufschrei in ihrem Sitz herum. »Da ist dieser gruselige Buschkrieger wieder«, stieß sie hervor. »Dort, zwischen den Büschen.«

Marcus atmete scharf ein, bremste gleichzeitig, verriss dabei fast das Steuer und fuhr ebenfalls herum. Er verrenkte sich den Hals und starrte mit zusammengekniffenen Augen angestrengt zu der Stelle im Gestrüpp, auf die Silke zeigte. Nach ein paar Sekunden ließ er seinen Atem entweichen wie die Luft aus einem Ballon.

»Das ist ein Felsen, kein Lebewesen. Du siehst Gespenster«, sagte er und legte ihr beruhigend seine Hand aufs Knie.

Silke lehnte sich weit aus dem Fenster und schaute zurück. »Jetzt ist der Felsen weg«, bemerkte sie trotzig und ließ das Fenster hochfahren. Es klemmte etwas, und sie musste mit der Hand nachhelfen.

»Vergiss es. Der Typ müsste uns bis hierher gefolgt sein, und welchen Grund sollte er haben, uns anzustarren?«

»Das weiß ich doch nicht. Sag du's mir«, gab sie schnippisch zurück.

Marcus war an eine Kreuzung gelangt und hielt an. »Ich muss mal pinkeln«, sagte er. »Bitte sieh mal auf der Karte nach, ob es bald einen Rastplatz gibt. Schnell, wenn's geht.«

Silke lächelte und studierte kurz die Karte. »In zwanzig Kilometern ist ein Picknickplatz mit Toiletten eingezeichnet.«

»Das halte ich nicht aus. Gibt es nicht einen Ansitz in der Nähe? Hide heißt das hier.«

Silke fuhr mit dem Finger die eingezeichnete Straße nach. »Hier, in circa acht Kilometern auf der linken Seite liegt … Mphafa Hide – so steht es hier. Ob es da einen Lokus gibt, weiß ich nicht. Es ist jedenfalls keiner eingezeichnet. Sonst kannst du ja eine Coladose benutzen. Ich trinke sie vorher leer.« Sie kicherte.

Marcus verzog genervt das Gesicht. »Gibt es hier irgendwo einen Aussichtspunkt?«, drängte er.

Silke senkte ihren Blick wieder auf die Karte. »In fünf Kilometern ungefähr ist einer. Viewsite, steht da. Da willst du doch nicht …?«

Marcus bog nach links ab. »Aber sicher. Da kann man aussteigen. Das reicht. Du kannst ja Wache stehen und mich warnen, wenn sich ein Löwe nähert.« Er trat aufs Gas.

»Du darfst hier nur vierzig Stundenkilometer fahren«, murmelte sie vorwurfsvoll.

Marcus ignorierte ihre Bemerkung und raste unvermindert schnell weiter. Die Räder gerieten kurz in die weiche Böschung und drehten durch, der Wagen schlingerte, sodass Silke sich erschrocken am Haltegriff festklammerte.

»Bist du lebensmüde?«, japste sie.

»Sorry, aber es pressiert wirklich«, knurrte er und rutschte auf dem Sitz herum.

Endlich kam der Aussichtspunkt in Sicht, aber als sie näher kamen, mussten sie entdecken, dass er mit einem Wagen aus Johannesburg besetzt war. Die Insassen, zwei Paare, waren ausgestiegen und filmten.

»Da wird's nichts. Zu viele Zuschauer. Soll ich die Cola leer trinken?«, fragte sie mit mitfühlender Miene und lachte laut los, als er ihr die Zähne zeigte.

»Halt dich fest«, rief er und drückte das Gaspedal durch. Die Nadel kletterte schnell auf sechzig Stundenkilometer.

»Um Himmels willen, hier geht es doch nicht um Leben oder Tod«, protestierte sie.

»Irgendwo muss dieser blöde Hide doch sein«, knurrte er und spähte nach vorn.

»Dahinten ist das Schild zum Mphafa Hide«, sagte sie kurz darauf. »Fahr langsamer, sonst schaffst du die Kurve nicht.«

Der Geländewagen schleuderte um die Kurve auf einen schmalen, mit losem Geröll bedeckten und von tiefen Furchen durchzogenen Sandweg. Links daneben verlief ein felsiges Flussbett. Nur noch wenige Wasserpfützen glitzerten zwischen den ockerfarbenen Felsen. Silke ließ ihr Fenster herunter. Brütende Hitze, geschwängert vom Gestank irgendeines Wildtieres, strömte herein. Sie rümpfte die Nase und steckte den Kopf hinaus. Das hohe Sirren der Zikaden vibrierte in der Luft, eine Taube lachte von einer Baumkrone herunter. Kein Mensch war zu sehen oder zu hören.

»Halleluja«, sagte Marcus, bremste scharf unter einer lichten Baumgruppe, die etwas Schatten warf. »Nichts wie raus.« Er ließ den Motor laufen.

»Hoffentlich gibt's hier eine Toilette«, sagte sie und reckte den Hals.

Durch die gegenüberliegende Gittertür, die den Zugang zum Mphafa Hide verschloss, konnten sie den knapp einen Meter breiten Pfad erkennen, der nur durch einen Bretterzaun gegen die umliegende Wildnis geschützt war. Der Mphafa Hide selbst war von hier aus nicht zu sehen.

Marcus lachte etwas überdreht. »Das ist mir so was von egal. Ich schaff's eh nicht weiter als bis zum Busch da drüben.«

Silke stieß die Tür auf und setzte einen Fuß auf das Trittbrett, um herunterzuspringen. Im selben Moment packte Marcus ihren Arm und riss sie zurück.

»Tür zu, schnell!«, zischte er, und als sie zu überrascht war, um zu reagieren, warf er sich über ihren Schoß, rammte ihr dabei den Ellbogen in den Magen, kümmerte sich nicht um ihren Aufschrei, sondern angelte nach der Tür und zog sie mit einem Ruck zu.

»Was ist denn jetzt los? Du hast ja einen Knall!« Silke schubste ihn zurück und rieb sich ihre Bauchgegend. »Du tust mir weh. Und was sollte das überhaupt?«

Marcus deutete stumm zu der Baumgruppe. Silke folgte der Richtung seines Zeigefingers, und plötzlich wurde ihr der Hals eng. Keine drei Meter vom Auto entfernt schälten sich die Umrisse eines massigen, lohfarbenen Körpers aus dem flimmernden Licht, zwei gelbe Augen fixierten sie unverwandt.

Ihre Zähne begannen ohne ihr Zutun aufeinanderzuschlagen. Erschrocken hielt sie ihren Kiefer fest und presste die Zähne hart aufeinander, um das Geräusch zu unterdrücken, aber die schwarzen Ohrenspitzen zuckten und richteten sich dann wie zwei Antennen auf sie. Erst in diesem Moment wurde ihr klar, dass ihr Fenster offen war und dass sich zwischen dem ausgewachsenen Löwen und ihr keinerlei Barriere befand. Ein einziger Prankenhieb würde genügen, sie aus dem Auto zu ziehen …

Mit schweißnassen Fingern drückte sie auf den Fensterheber. Die Scheibe ruckelte, stockte, was ihr fast einen Herzschlag bescherte. Sie packte zu, zog heftig, und dann surrte das Fenster quälend langsam hoch. Wie gelähmt starrte sie dabei zu der Raubkatze hinüber und hatte plötzlich das schwindelerregende Gefühl, dass ihre überreizten Nerven ihr schon Trugbilder vorgaukelten, denn plötzlich waren da vier Augen, die sie unverwandt anstierten.

»Heiliger Strohsack«, flüsterte Marcus rau. »Schau dir das an.«

Es war wie nachts am Sternenhimmel. Je länger Silke hinsah, desto mehr Löwen entdeckte sie. Die zwei im Gestrüpp der Baumgruppe, einen weiteren, der auf der anderen Seite des Weges im Schatten auf dem Rücken lag, die Pfoten in die Luft gestreckt, und wie ein schnurrendes Kätzchen aussah. Der vierte hatte neben der Bretterwand alle viere von sich gestreckt, und der fünfte, offenbar der Pascha, stolzierte mit königlicher Ruhe auf ihren Wagen zu.

»Nichts wie weg hier«, flüsterte sie. Ein Zeitungsfoto von einem Löwen blitzte vor ihrem inneren Auge auf, der auf einen Touristenwagen gesprungen war, während ein anderer die Reifen zerfetzte. »Schnell!«

Marcus trat einmal kurz aufs Gas, nicht so, dass der Motor aufheulte, sondern dass es eher wie die höfliche Bitte an den Pascha wirkte, den Weg freizugeben.

Das Ergebnis war nicht ermutigend. Der Pascha hatte sich vor ihrer Kühlerhaube aufgebaut und sah nicht so aus, als würde er weichen wollen. Der Löwe, der auf dem Rücken döste, zuckte mit der Pfote und blinzelte, die anderen reagierten nicht. Marcus fluchte lautlos und legte den Rückwärtsgang ein. Silke beobachtete mit angehaltenem Atem, wie die Raubkatzen mit zunehmender Entfernung immer kleiner wurden und dann endlich hinter der ersten Kurve verschwanden.

Am Ende des Pfads riss Marcus das Steuer herum, trat gleichzeitig auf die Bremse und betätigte die Handbremse, dass der Wagen im Powerslide herumschleuderte und in Fahrtrichtung auf dem Hauptweg landete. Silke prallte mit dem Schädel hart gegen die Seitenstreben.

»Jetzt hab ich aber die Nase randvoll«, fauchte sie ihn an. »Ich will zurück zum Camp, und zwar auf der Stelle. Das reicht mir jetzt. Dreh um!«

Ihr Kopf dröhnte, und sie befingerte die Stelle an ihrer Stirn, auf der bereits eine Beule zu fühlen war.

»Erst muss ich mal«, quetschte er heraus.

Rücksichtslos raste er die Schotterpiste entlang, kümmerte sich nicht darum, dass er mit den Rädern immer wieder in tiefe Furchen knallte, die der letzte Regen hinterlassen hatte. Silke protestierte lautstark, was allerdings keinen Eindruck auf ihn zu machen schien. Es blieb ihr nichts anderes übrig, als sich mit Armen und Beinen auf dem Sitz zu verankern, um nicht unkontrolliert herumgeworfen zu werden.

Auf einer Kuppe öffnete sich eine Ausbuchtung im Weg, die einen freien Blick über die unmittelbare und weitere Umgebung bot. Marcus bremste scharf, vergewisserte sich kurz, dass nirgendwo ein Raubtier lauerte, sprang heraus und erleichterte sich mit geschlossenen Augen und einem seligen Ausdruck auf dem Gesicht.

»Herrgott, ich dachte, ich platze«, stöhnte er, als er wieder in den Wagen kletterte. »Wollen wir eine Cola trinken, meine Süße?«

Silke verschluckte sich fast vor Lachen. Sie angelte zwei Coladosen aus der Kühltasche und riss die Laschen auf.

»Mann, hat das gutgetan.« Marcus wischte sich den Mund ab und warf die Dose hinter den Sitzen auf den Boden.

Auf Silkes Stirn pochte die Beule, ein dumpfer Schmerz breitete sich vom Hinterkopf aus, und der Tinnitus fing an zu pfeifen. Sie angelte eins der Kühlelemente aus der Kühltasche und presste es erst auf die schmerzende Stelle, dann in ihren Nacken.

»Ich bin müde«, sagte sie. »Müde und hungrig, und mein Kopf brummt. Ich will ins Camp, und abgesehen von einer langen Dusche, will ich bewaffnete Ranger und eine dicke Hausmauer als Schutz zwischen mir und den Raubtieren wissen.«

Er blinzelte ihr belustigt zu. »Also ist der afrikanische Traum ausgeträumt? Doch lieber Streichelzoo?«

Silke presste ihre Lippen zu einem Strich zusammen. Wenn sie etwas wirklich nicht leiden konnte, war es, ausgelacht zu werden. »Schön, dass ich zu deiner Belustigung beitragen kann«, antwortete sie kühl.

»Sorry«, erwiderte er zerknirscht. »War nicht so gemeint, Liebling.« Er tätschelte ihr den Oberschenkel. »Wir fahren bis zur nächsten Gabelung, dann drehe ich um, okay?«

»Hm«, machte sie, schob seine Hand aber nicht weg.

Allmählich änderte sich die Landschaft. Rechts und links erstreckte sich lichte Buschsavanne, Sonnenflecken spielten im spärlichen Gras, und in den Wasserlöchern wälzten sich Nashörner und Warzenschweine.

Andere Autos begegneten ihnen nicht, aber viel Wild. Keine Raubkatzen, keine Elefanten, aber im flirrenden Schatten jeder Schirmakazie lagerten Huftiere: Büffel, größere Antilopenherden, Zebras.

Marcus kam kaum über den ersten Gang hinaus. Zum einen wegen des Zustands des Wegs, dessen Oberfläche von tief ausgefahrenen Rinnen durchzogen war, zum anderen um eine Kollision mit einem Tier zu vermeiden. Er schaltete die Klimaanlage aus, ließ die Fenster heruntersurren und lehnte sich weit hinaus, um ein badewannengroßes, mit Wasser gefülltes Schlagloch sicher zu umfahren. Warme, leicht feuchte Luft strömte herein. Der Schwarm goldfarbener, spatzengroßer Vögel, der aufgereiht am Wasserrand trank, stob hoch und fiel schrill zwitschernd ins Gebüsch ein. Ihr gelbes Gefieder leuchtete zwischen dem staubigen Grün. Kaum hatte der Wagen wieder ebenen Boden unter den Rädern, musste Marcus bremsen, weil eine Herde zierlicher Impalas vor ihnen über den Weg tänzelte.

»Das hier sieht schon eher nach Paradies aus«, flüsterte sie. »So friedlich.«

Marcus allerdings wirkte zunehmend unruhiger, sah ein paarmal stirnrunzelnd auf die Uhr. Und als Silke ihn nach ein paar Kilometern fragte, was los sei, hielt er an.

»Irgendwo müssen wir falsch abgebogen sein, und es ist schon zwanzig nach sechs. In vierzig Minuten wird das Nyalazi Gate geschlossen, eine halbe Stunde später ist es stockdunkel. Wir müssen sofort umdrehen. Gib mir bitte mal die Karte.«

Silke fischte den Plan vom Rücksitz und breitete ihn aus. Gemeinsam beugten sie sich darüber.

»Hier«, er legte den Zeigefinger auf eine Wegkreuzung, die mit der grünen Ziffer 24 markiert war, »hier hätten wir nach rechts abfahren müssen. Dann wären wir jetzt schon fast wieder im Camp. Die Wege haben Nummern, die auf Felssteinen am Wegrand stehen. Hast du die bemerkt?«

»Das schon, aber ich kann mich nicht erinnern, die 24 gesehen zu haben. Ehrlich gesagt habe ich auch nicht wirklich darauf geachtet. Vielleicht ist der Stein umgeworfen worden. Von einem schlecht gelaunten Elefanten vermutlich«, setzte sie spöttisch hinzu. »Aber da vorn steht auch wieder ein Stein mit einer Nummer.« Sie spähte durchs Fernglas. »Das ist Nummer 23.« Stirnrunzelnd prüfte sie die Karte.

»Merkwürdigerweise folgt die nicht direkt auf die Nummer 24, sondern sie liegt zwischen 22 und 19.«

»Verdammt«, knurrte Marcus und begann, auf der Karte die eingetragenen Kilometer bis zum Camp zu zählen. »Auf dem kürzesten Weg sind es etwa zweiundzwanzig Kilometer, bis wir in Mpila sind. Das sollten wir gerade eben noch schaffen. Wir drehen um. Schnall dich fest an«, sagte er, wendete und trat aufs Gas.

Silke klammerte sich am Haltegriff fest. »Wie lange, schätzt du, werden wir brauchen?«

»Auf diesen Wegen? Auf jeden Fall mehr als vierzig Minuten, wenn wir uns an die Geschwindigkeitsbegrenzung halten … und wenn uns nichts weiter aufhält«, fügte er leiser hinzu.

»Oh.« Sie schwieg bestürzt. »Aber vielleicht treffen wir ja auf einen Rangerwagen, die können per Funk im Camp Bescheid sagen. Mein Telefon hat mal wieder keinen Empfang.«

Kein menschliches Wesen kreuzte ihren Weg, aber inzwischen war die heißeste Zeit des Tages vorbei, und alle Tiere schienen ihre ausgedehnte Siesta hinter sich zu haben. Sie bevölkerten hauptsächlich die Schotterstraße, auf der sie sich vorzugsweise in der Mitte tummelten.

Nachdem erst eine unübersehbare Anzahl von Impalas in Zeitlupe über die Straße zog, kurz darauf eine Nashornkuh mit ihrem Jungen den Weg blockierte und schließlich ein Pavianrudel aufs Auto hüpfte und wie ungezogene Bengel über Motorhaube und Dach tobte, war den beiden klar, dass sie niemals rechtzeitig im Camp ankommen würden.

Silke löste ihren Gurt, um sich am Knöchel zu kratzen, wo sie irgendein Insekt gestochen hatte. »Die merken doch bestimmt, wenn jemand fehlt?« Sie hielt ihr Handy hoch, um irgendwo auch nur einen Balken Empfang zu bekommen. »Nichts. Nicht mal ein kurzes Zucken. Meinst du nicht auch, dass die abends durchs Camp gehen und die Autos zählen oder so?«

»Das kann ich mir nicht denken. Aber ich bin sicher, wenn wir verspätet dort erscheinen, werden sie uns noch einlassen.«

»Ja, natürlich, da wirst du recht haben. Ich hab uns beide hier schon mutterseelenallein mitten in der afrikanischen Savanne übernachten sehen, um uns herum Elefanten, hungrige Löwen … was?«, schrie sie voller Schreck auf, als Marcus urplötzlich den Fuß auf die Bremse rammte, dass der SUV noch meterweit über die Sandstraße und voll in einen dichten Dornenbusch rutschte. Silke klammerte sich mit der rechten Hand an den Sitz, die linke stemmte sie gegen das Armaturenbrett. Fingerlange Dornen kratzten quietschend über das Metall, ehe der Wagen, leicht auf die Seite geneigt, zum Stehen kam.

»Was ist passiert?«, rief sie. »Ich konnte mich gerade noch abstützen, sonst wäre ich mit dem Kopf durch die Scheibe geknallt. Musste das so hart sein?«

Stumm deutete Marcus durch die Windschutzscheibe nach vorn. Vor ihrem Kühler ragte ein dickes, graues Hinterteil aus dem Busch in den Weg. Der Schwanz mit der haarigen Quaste wedelte aufgeregt.

Silke sah genauer hin. »Das ist doch ein Nashorn, oder? Kannst du nicht einfach langsam daran vorbeifahren?«

Marcus versteifte sich auf einmal, seine Fingerknöchel auf dem

Lenkrad wurden weiß. »Nein«, flüsterte er und zeigte auf die andere Straßenseite. »Das ist kein Nashorn. Das ist ein Elefantenjunges, und da kommt seine Mutter.«

Eine Elefantenkuh trat auf die Straße und schnaubte. Das Junge quiekte, trabte zu ihr und wurde liebevoll begrüßt und zur Sicherheit unter den Bauch seiner Mutter geschoben. Zwei andere weibliche Elefanten folgten ihr und flankierten Mutter und Kalb. Sofort folgte ein weiterer grauer Koloss, ein ausgewachsener Bulle, und noch einer, bis eine geordnete, lange Reihe der Dickhäuter über den Weg zog. Jeder blieb stehen, schwang seinen Rüssel in ihre Richtung und sog den fremden Geruch ein, marschierte aber bald weiter an ihnen vorbei.

»Wir rühren uns nicht vom Fleck, sind mucksmäuschenstill«, murmelte er ihr ins Ohr, »sonst erschrecken sie, und das kann höchst unerfreulich für uns werden.«

Doch dann geschah es. Drei der Elefanten drängten sich auf einmal ungestüm aus der Reihe. Sie teilten sich auf, zwei marschierten zum Heck des Autos, der dritte blieb vor dem Kühler stehen. Die drei waren nicht ganz so groß wie der alte Bulle, jedoch deutlich neugieriger.

»Das sind Jungbullen«, wisperte Marcus. »Praktisch ausgewachsen, aber nichts als Unfug im Kopf.«

Mit dem Rüssel betasteten die beiden hinter dem Auto den rückwärtigen Scheibenwischer, zogen daran wie übermütige Jugendliche und entdeckten bald, dass es einen lauten Knall gab, wenn der Wischer zurück an die Scheibe schnappte. Das wiederum erweckte offenbar großes Interesse, denn die Dickhäuter wiederholten den Spaß, bis der Scheibenwischer mit einem Knacks abbrach.

»Marcus«, wimmerte Silke.

»Scht.« Er nahm ihre Hand. »Ganz ruhig. Das sind Hooligans, die sollte man nicht reizen. Wenn die über die Stränge schlagen, wird's gefährlich. Wenn wir uns ruhig verhalten, ziehen die bald ab.«

Silke vergaß nachzufragen, woher er diese Weisheit hatte. Sie war zu sehr damit beschäftigt, ihre aufsteigende Panik im Zaum zu halten. Ihr Tinnitus, der sie ohnehin schon quälte, steigerte sich ins Unerträgliche.

Nach und nach tauchten immer mehr Elefanten auf, und die wanderten nicht friedlich in den Busch. Von den Aktivitäten der drei jüngeren Bullen angelockt, blieben sie stehen und umkreisten das Auto.

»Es müssen fast hundert sein.« Marcus' Worte waren nur ein Hauch.

»Ich habe Angst.« Ihre Stimme gehorchte ihr kaum, sie war schweißüberströmt.

Eine Handvoll der grauen Riesen, die bereits vorbeigezogen waren, kehrten aus dem Busch zurück, unter ihnen ein riesiger Bulle mit meterlangen Stoßzähnen. Langsam und bedächtig inspizierten sie den Geländewagen, schlugen beim Anblick seiner Insassen erregt mit den Ohren und schwangen unschlüssig die Rüssel hin und her. Abgerissene Blätter und Sand wurden hochgewirbelt, die Luft war erfüllt von rumpelnden Geräuschen und dem Quieken der Jungen.

Besonders die drei jungen Bullen bekundeten großen Forschergeist. Bald hatte einer von ihnen den Außenspiegel am Wickel. Er zerrte, drehte und bog ihn hin und her, bis er abbrach und ihm vor die Füße fiel. Er beschnupperte ihn, schnaufte, schubste ihn mit dem Rüssel hin und her. Schließlich hob er langsam seinen Fuß, dessen Sohle die Größe einer Bratpfanne hatte, setzte ihn auf den Spiegel und zermalmte ihn zu Splittern, die er anschließend neugierig mit seinem Rüssel betastete. Dabei bohrte sich ein Splitter in seine empfindliche Nase. Er schlug erschrocken mit den Ohren, schüttelte seinen Rüssel, um den Splitter loszuwerden, und stieß einen wütenden Schrei aus.

Marcus sog zischend die Luft zwischen den Zähnen ein und packte Silkes Hand. »Beweg dich nicht.«

»Kannst du nicht jemanden anrufen und Hilfe holen?«, wimmerte sie und drückte sich tief in ihren Sitz.

»Wen denn? Ich kann doch nicht die Polizei holen.«

»Warum nicht? Die haben schließlich Waffen. Oder noch besser, ruf die Ranger an, die sollen die Biester verjagen. Die haben sogar Maschinengewehre.«

»Die würden eher uns erschießen als ihre kostbaren Elefanten«, war die lapidare Antwort.

»Hast du denn keine Notfallnummern bekommen?« Wie Marcus hatte Silke ihre Stimme so weit gesenkt, dass sie sich gegenseitig nur knapp verstehen konnten.

Er schüttelte millimeterweise den Kopf. »Ich hab nur die von der Hauptverwaltung in Pietermaritzburg, wo wir gebucht haben. Vielleicht können die uns weiterhelfen, vielleicht zur Rezeption vom Hilltop durchstellen.« Hastig blätterte er durch seine Kontakte und fand die Nummer. Die Tastentöne dröhnten laut wie Glockenschläge, und er zuckte zusammen. »Nichts«, sagte er und stellte die Tastentöne ab. »Es ist Wochenende, da ist kein Büro besetzt. Außerdem haben wir hier offenbar nur sporadischen Empfang.«

»O Gott, was ist das?« Silke klammerte sich an seine Hand und stierte auf ihr Seitenfenster.

Wie eine graue Wand schob sich gerade ein alter Elefantenbulle davor und fummelte am Türgriff herum. Es klapperte laut. Sie schrie in Todesangst auf, der Elefant langte noch einmal zu. Die Tür knirschte, und die Panik in ihr kochte über. Sie drehte durch.

In einer völlig sinnlosen Geste warf sie, um sich zu schützen, die Arme hoch. »Hau ab!«, kreischte sie, so laut sie konnte. »Hau ab!«

Marcus warf sich blitzartig über sie und hielt ihr den Mund zu, aber es war zu spät. Der Bulle stellte die Ohren hoch, schwang seinen Rüssel von Seite zu Seite, tänzelte zwei, drei Schritte zurück und dann wieder vor.

»Der kommt! Schnall dich an. Schnell!«, zischte Marcus.

Aber Silke rührte sich nicht, sondern starrte dem riesigen Elefanten wie hypnotisiert entgegen. In letzter Sekunde langte Marcus über sie hinweg, und es gelang ihm, ihren Sitzgurt zu schließen. Als das Schloss zuklickte, schwang der Bulle sein rechtes Vorderbein und trat gegen die Wagentür. Der SUV schaukelte heftig von einer Seite zur anderen wie ein Ruderboot auf hoher See.

In Silkes Kopf drehte sich grellweißes Licht. Sie öffnete ihren Mund und schrie wie von Sinnen.

Das durchdringende Geräusch aber schien den Bullen restlos in Rage zu versetzen. Wieder tänzelte er zurück, dieses Mal wesentlich weiter und senkte kurz den massigen Kopf. Mit einem gellenden Trompetenstoß, der Silke vollends ausrasten ließ, klappte er die Ohren zurück an seinen Körper, rollte den Rüssel schneckenförmig auf und stürmte auf sie zu.

Unaufhaltsam, ein schreiender, grauer Koloss auf Kollisionskurs. Bruchteile von Sekunden später verdunkelte seine graue Masse ihr Fenster. Silke schloss die Augen, saß da mit gesenktem Kopf, fest in den Klauen ihrer eigenen Todesangst, und erwartete versteinert ihr Ende.

Sechs Tonnen blindwütiger Elefant donnerten gegen ihre Tür, es krachte, das Metall faltete sich zusammen, als wäre es Papier. Der Geländewagen kippte langsam zur anderen Seite, wippte noch ein, zwei Mal kurz und blieb liegen. Silke wurde mit dem Oberkörper über Marcus' Sitz geworfen, der Ganghebel bohrte sich in ihre Seite, ihr Kopf prallte hart gegen das Lenkrad. Glücklicherweise hielt ihr Gurt.

Absurderweise tuckerte der Motor noch, was offenbar den Elefantenbullen erneut in Rage versetzte, denn er stieß einen markerschütternden Schrei aus und trat abermals zu. Es krachte und knirschte, die Windschutzscheibe ächzte, und das Motorengeräusch wurde abrupt abgeschnitten. Aber der Alte hatte noch nicht genug. Er rollte den Rüssel ein, nahm Anlauf, senkte seinen mächtigen Schädel und rammte den Wagen mit der Breitseite über den Pfad ins Gebüsch, durchs dornige Unterholz, bis sich der SUV knallend mit dem Dach um einen Baumstamm wickelte. Der Dickhäuter streckte triumphierend den Rüssel hoch und trompetete seinen Sieg heraus.

Und dann brach die Hölle los.

Die Kühe schrien und rannten aufgeregt durcheinander, die Jungen drängten sich Schutz suchend unter die Bäuche ihrer Mütter. Die Jungbullen waren zurückgewichen, doch ein weiterer ausgewachsener Bulle mit prächtigen Stoßzähnen, der in wachsender Angriffslust mit den Ohren schlug, beteiligte sich nun an dem Spaß, und zu zweit benutzten die Dickhäuter das Fahrzeug als Punchingball. Unaufhaltsam donnerten ihre Tritte gegen das Metall, krachten die Stoßzähne ins Blech, steigerte sich ihr Schreien zum nervenzerfetzenden Kreischen von hundert Kreissägen.

Silke wand sich wie in Höllenqualen. Ihr Körper wurde durchdrungen von diesem Kreischen, es schnitt durch jede Faser, durch ihren Kopf, wurde so unerträglich, dass es sie langsam in die Bewusstlosigkeit drängte.

Plötzlich stoppte das Schreien, die Tritte gegen das Fahrzeug ebenfalls. Silke wurde sich dessen erst bewusst, als sie Marcus' Hand an ihrer Schulter spürte und seine Stimme ganz entfernt durch dumpfes, vibrierendes Rumpeln, erderschütterndes Stampfen, Krachen und Splittern brechender Äste drang. Erst im Nachhall verstand sie seine Worte.

»Liebling, bist du okay?«

Sie stöhnte, zwang ihre Lider mit Mühe auseinander und blinzelte durch den Spalt. Zwei Handbreit über ihrem Gesicht hing das eingebeulte Dach und vermittelte ihr den erschreckenden Eindruck, in einem Metallsarg zu liegen. Ihr rechter Arm war unter ihrem Rücken eingeklemmt, aber es gelang ihr, ihn hervorzuwinden, und mit beiden Händen presste sie gegen das Dach. Es brachte gar nichts. Sie langte hinter sich, tastete nach Marcus, fand seine Hand, die ihre sogleich fest umschloss, und schickte ein Dankgebet zum Himmel.

Das Splittern von umgetretenen Bäumen, Brechen von Ästen und das triumphierende Trompeten der Elefanten entfernten sich allmählich, als die abziehenden Dickhäuter sich den direktesten Weg durchs Dickicht bahnten.

»Gott sei Dank«, wisperte sie. »Sind sie weg? Ist es vorbei?«

»Nein.« Seine Stimme war angespannt. »Sieh nach rechts.«

Silke tat, was er sagte, und ihr stockte der Atem. Unmittelbar hinter der Frontscheibe war eine massive graue Felswand aus dem Boden gewachsen. Eine Felswand mit Augen aus Eis, lackschwarze Pupillen auf Kaffeebohnengröße zusammengezogen, bohrten sich in ihre. Sie wimmerte hilflos.

»Die werden nicht abziehen, bevor sie uns nicht fertiggemacht haben und …«

Marcus konnte den Satz nicht beenden, und Silke hatte keine Zeit, sich zu wundern, woher er das wusste, denn wie zur Bestätigung krachte ein gewaltiger Tritt ins Wrack. Das Metall schrie auf, Silke wurde gegen das Dach geschleudert, ihre Hand wurde aus der von Marcus gerissen, Lichtpunkte tanzten wie Glühwürmchen durch ihr Blickfeld. Der nächste Tritt, begleitet von gellenden Schreien, traf das, was vom Heck übrig war, und ihre Welt explodierte in einem roten Sternenregen. Sie stöhnte vor Schmerzen, Marcus brüllte etwas, was sie jedoch nicht verstand. Längst hatte sich ihr Gurt gelöst, sie wurde herumgeschleudert wie eine Stoffpuppe, gegen das Dach, die Seitenstreben, die Kühlbox, die mit jedem Stoß im Innenraum unkontrolliert herumflog.

Mit unglaublicher Wucht rammte der Bulle seine Stoßzähne ins Metall und hob den Geländewagen mit einem Ruck hoch, warf ihn krachend aufs Dach, wo er, Räder in die Luft gestreckt, auf dem Rücken liegen blieb wie ein hilfloser Käfer. Der Sternenregen vor Silkes Gesichtsfeld wurde schwächer, schließlich verlosch er ganz.

Sie trieb schwerelos in einem dunklen, warmen Meer, sah nichts, hörte nichts, wünschte sich nur, dass sie für immer so weiterdriften könnte, aber eine schwere Last drückte ihr den Brustkasten zusammen, sodass jeder Atemzug eine übermenschliche Anstrengung kostete. Außerdem kitzelte sie etwas am Kopf. Sie knurrte unwirsch, wollte nichts davon wissen, wollte sich nur schleunigst zurück in die weiche Wärme fallen lassen, als ihr Gehörsinn wieder einsetzte.

Ein lang gezogener Schrei von der Tonlage und Intensität einer Feuersirene veranlasste sie, mit einem Ruck hochzuschießen. Was sie allerdings sofort bereute, denn ihr Kopf kollidierte mit einer sehr harten Kante, was zur Folge hatte, dass es wieder Sterne regnete. Abermals gellte dieser grausige Schrei in ihren Ohren, schmerzhaft lautes Gelächter, und dann absurderweise Vogelgezwitscher. Widerwillig hob sie die Lider.

Im Raum herrschte Dämmerlicht. Wurde es Morgen, und wenn ja, welcher? Oder zog die Nacht auf? Aus dem Sternennebel schälte sich ein dunkles Gesicht. Funkelnd schwarze Augen, gelbe Zähne zu einem Grinsen gebleckt, ein knochiger Finger, der in der langen Nase bohrte. Gleichzeitig spürte sie, dass jemand sie an den Haaren zog. Kräftig.

»Lass das«, fauchte sie und fasste sich an den Kopf, erwischte etwas, was sich wie ein Hühnerfuß anfühlte. Ein Hühnerfuß, der sich an ihrer Hand festkrallte? Sie schielte zur Seite. Der Hühnerfuß war dunkelgrau mit schwarzen Nägeln. Noch funktionierte ihr Gehirn nicht wie gewünscht, und sie brauchte eine Weile, ehe sie begriff, dass ein junger Pavian auf ihrer Brust saß und sie vergnügt an den Haaren riss.

Sie schrie, der Affe schrie. Vor Schreck schlug sie um sich, das Tier machte einen Satz, und das Gewicht auf ihrer Brust verschwand. Verwirrt und zittrig dachte sie darüber nach, wie ein Pavian in ihr Schlafzimmer gelangt sein könnte, bis ihr bruchstückweise einfiel, was passiert sein musste, bevor sie im Sternenregen versunken war.

Doch sosehr sie auch versuchte, die Bruchteile des Puzzles zu einem Ganzen zu fügen, es gelang ihr nicht. Nur dass sie sich nicht in ihrem Schlafzimmer befand, begriff sie. Nervös betastete sie ihre Umgebung. Sie lag auf einer harten, unebenen Unterlage in einem klaustrophobisch engen Raum, der aber zumindest am Fußende nach außen hin offen war. Eine Art Höhle? Es erinnerte sie unangenehm an den Tag, als man sie in die Röhre eines Magnetresonanztomografen geschoben hatte, und an den unerwarteten und heftigen Anfall akuter Platzangst, der sie damals getroffen hatte.

Sie streckte einen Arm hoch und berührte das Dach. Überraschenderweise war es weich gepolstert, die Seitenwände auch. Frustriert schloss sie wieder die Augen, um in Ruhe darüber nachzudenken, wo sie sich befinden könnte, aber ein quietschendes Geräusch riss ihr den Kopf hoch.

Stöhnend stützte sie sich auf ihre Ellbogen, registrierte nebenbei, dass es mittlerweile so dunkel war, dass sie so gut wie nichts mehr erkennen konnte, und es demnach wohl eher später Abend war als frühmorgens. Das bestätigte sich, als der Mond durch die Wolken brach, ihre Umgebung in geisterhaftes Licht tauchte und sie sich Auge in Auge mit einem ausgewachsenen Pavian sah, der sich an der Außenseite ihrer Höhle zu schaffen machte. Erschrocken dämmerte ihr, dass sie sich nicht in ihrem Bett befinden konnte. Sie sah hoch und bemerkte verwirrt, dass Sitze über ihr hingen, und ihr wurde bewusst, dass sie im Geländewagen lag, und zwar auf der Innenseite vom Dach. Ihr Blick flog durch den Wagen. Das Dach war tief eingedrückt, durch den schmalen Spalt, der zwischen Sitzen und Dach verblieb, konnte sie sehen, dass die Frontscheibe geborsten war und die Seitenfenster – das

Ende der vermeintlichen Röhre – ebenfalls. Und dieser Riesenaffe da draußen war damit beschäftigt, einen Teil der zerquetschten Motorhaube abzubrechen.

Eine Bilderkaskade von den vorangegangenen Ereignissen stürzte mit großer Brutalität auf sie nieder. Innerhalb von Sekunden war sie schweißgebadet. Inzwischen hatte der Pavian Erfolg. Das Metall riss mit einem entsetzlichen Kreischen, woraufhin ihr sofort klar wurde, dass der Schrei, den sie gehört hatte, kein menschlicher gewesen war, sondern reißendes Metall. Der Pavian schien so begeistert von seiner Tat, dass er sich sofort daranmachte, ein weiteres Stück Metall zu demontieren. Der junge Affe, der auf ihrer Brust gesessen hatte, war auf das Armaturenbrett gehüpft und schwenkte triumphierend etwas Glitzerndes. Silke platzte der Kragen.

»Jetzt habe ich aber die Faxen dicke«, zischte sie, packte ein Kühlelement, das direkt neben ihrem Kopf gelandet war, und schleuderte es nach dem Affen. Es verfehlte zwar sein Ziel, aber das Tier ließ das glitzernde Ding fallen und verschwand mit einem empörten Schrei aus ihrem Blickfeld.

Silke nahm das nicht mehr wahr. Wie hypnotisiert starrte sie auf dieses metallisch funkelnde Objekt, das vom Lenkrad pendelte. Es war Marcus' Armbanduhr, und die Erkenntnis katapultierte sie ins Jetzt. Alle fehlenden Puzzlestücke fielen an ihren Platz. Panik packte sie. Wo war Marcus? Sie horchte ins Dunkel. Aber außer dem eintönigen Ruf eines Vogels, dem Ächzen des zusammengedrückten Metalls und dem Schnattern der Affen war nichts zu vernehmen. Keine menschliche Stimme.

»Marcus«, flüsterte sie. »Kannst du mich hören?«

In höchster Spannung hielt sie den Atem an. Der Vogel war verstummt, für Sekunden hörte sogar das Pfeifen in ihren Ohren auf. Es herrschte Totenstille. Erdrückende, tonnenschwere Stille, dass sie glaubte, daran ersticken zu müssen. Sie rang nach Atem, wagte nicht, sich zu bewegen, damit ihr auch nicht der geringste Laut entging.

»Marcus«, stammelte sie und lauschte wieder. Eine Ewigkeit – bis ein einziger Laut sie erlöste. Ein Wort, voller Inbrunst gesprochen.

»Scheiße!«

Es war unverkennbar Marcus' Stimme, dumpf, schwach, aber voller Leidenschaft.

»Hier bin ich!«, schrie sie. »Marcus! Wo bist du?«

Eine lange Pause entstand. »Silke?«, röchelte er. »Liebling, bist du verletzt? Ich bin hier, aber ich kann dich nicht sehen.«

»Nein … nein … glaub ich jedenfalls nicht.« Sie schluchzte vor Erleichterung und bewegte probeweise Arme und Beine. »Es tut verdammt weh, als hätte mich jemand verprügelt, aber alles scheint zu funktionieren. Soweit ich das beurteilen kann, ist das Auto umgeworfen worden, und ich liege auf dem Dach, und die Sitze sind über mir.«

Marcus tat ein paar gequälte Atemzüge. »Ich hänge im Fahrersitz fest. Kannst du meinen Gurt lösen?«, fragte er gequetscht. Offenbar bekam er nur schwer Luft. »Ich kann's nicht.«

»Warte, ich versuch's.« Silke tastete sich zu dem Zwischenraum zwischen Dach und Rückenlehne und spähte hindurch, aber eine schwarze Wolke schob sich vor den Mond, und die Welt um sie herum verlosch. Blindlings tastete sie weiter, bis ihre Finger etwas Weiches, Warmes berührten, und sie merkte schnell, dass es sein Hinterkopf war. Mit wenigen Griffen verschaffte sie sich einen ungefähren Eindruck von seiner Situation.

Marcus hing offenbar in seinem Gurt vom Sitz herunter, seine Schultern berührten das Dach, sein Kopf war am Hals abgeknickt und wurde auf die Schultern gepresst, das Lenkrad klemmte ihn zusätzlich ein.

Glücklicherweise verdünnte sich jetzt die Wolke vor dem Mond zu einem Schleier, blasses Licht erhellte das Innere des Geländewagens. Sie wartete, bis sich ihre Augen daran gewöhnt hatten. Zu ihrem Entsetzen begriff sie, dass wohl nur der Gurt ihn davor gerettet hatte, sich das Genick zu brechen.

Hastig drückte sie sich auf die Knie, übersah dabei jedoch die Mittelkonsole. Sie stieß ihren Kopf so hart an, dass sie sich auf die Zunge biss. Der Eisengeschmack von Blut füllte ihren Mund. Sie spuckte es aus. Am liebsten hätte sie sich hingelegt und gewartet, bis sie ihre Sinne wieder beisammenhatte, aber Marcus' angestrengtes Röcheln trieb sie zur Eile an. Vorsichtig schob sie ihre Hand durch den Zwischenraum und streckte sich, bis sie das Gurtschloss fühlen konnte.

»Halt dich am Gurt fest, sonst fällst du runter und brichst dir dann doch noch den Hals«, sagte sie und führte seine Hände, bis er den Bauch- und Schultergurt sicher gepackt hatte.

»Achtung, festhalten«, rief sie und drückte auf den Knopf.

Der Gurt schnappte auf, Marcus stöhnte vor Anstrengung, aber es gelang ihm, sich seitlich so vorsichtig aufs Dach gleiten zu lassen, dass er sich nicht weiter verletzte. Schwer atmend blieb er auf dem Rücken liegen, saugte mit offenem Mund Luft tief in seine gequetschten Lungen ein. Silke hörte mit Sorge das Rasseln in seiner malträtierten Kehle, aber nach und nach wurden seine Atemzüge ruhiger.

»Okay, geht wieder«, sagte er endlich und kroch auf die Beifahrerseite. Mühsam faltete er seine Knie unter sich, bis er geduckt auf Händen und Knien saß und sich, den Kopf oben ins Sitzpolster gepresst, umsehen konnte. Der Mond war wieder hinter einer Wolke verschwunden, und es herrschte undurchdringliche Dunkelheit.

»Warte, bis ich erkundet habe, wie es hier drinnen aussieht. Ich taste mich jetzt langsam vorwärts. Vielleicht kriege ich das Handschuhfach auf. Da ist eine Taschenlampe drin.«

Offenbar war ihm das gelungen, denn mit lautem Klappern öffnete sich das Fach, und der Inhalt ergoss sich aufs Dach.

»Bingo«, murmelte er, und gleich darauf zerschnitt ein heller Lichtstrahl die Finsternis. »Streichhölzer haben wir auch«, sagte er und hielt die Schachtel triumphierend hoch. »Sehr praktisch nachts im Busch.«

Silke trat inzwischen mit den Füßen an die verkantete hintere Tür. Es gab einen dumpfen Laut, aber sie bewegte sich nicht einen Zentimeter.

»Die sitzt bombenfest«, stellte sie fest. Ihre Stimme schwankte. »Und was machen wir jetzt?«

»Jetzt nehmen wir alles aus dem Auto mit, was wir im Busch brauchen können, dann machen wir uns auf den Weg.«

»Witzbold. Wir können ja die Elefanten zurückpfeifen und sie bitten, eine Tür zu öffnen.« Marcus antwortete nicht. »Marcus? Alles okay?«

Im selben Augenblick umschlang sie von hinten ein Arm, und etwas Feuchtes drückte sich an ihr Gesicht. Sie schlug um sich, wollte schreien, aber eine Hand presste sich auf ihren Mund. Sie biss hart hinein.

»Aua, Liebling, ich bin's«, sagte Marcus' Stimme dicht an ihrem Ohr.

»Verdammt!« Sie fuhr herum. »Bist du verrückt geworden? Ich hätte fast einen Herzinfarkt bekommen. Wie bist du rausgekommen?«

»Die Frontscheibe ist rausgebrochen, ich konnte nach draußen kriechen. Und nun werde ich dich herausholen, das heißt, ich muss erst mal versuchen, ob ich die Tür aufbekomme, sonst muss ich dich irgendwie herausziehen. An den Beinen.« Er ließ den Lichtstrahl über die zersplitterten Scheiben huschen. »Aber lieber nicht durch die Seitenfenster. Hier ist zu viel Glas stehen geblieben. Da reißt du dir die Haut in Fetzen. Du kriechst am besten durch die Heckklappe – wenn ich die überhaupt aufkriege.«

Er knipste die Lampe wieder aus, und es wurde jäh wieder

pechschwarz. Sie hörte ihn an der Klappe hantieren, Metall knirschte, er fluchte. Die Lampe flammte erneut auf, und sie sah, wie er mit dem Strahl die Ränder der Tür abtastete. Er grunzte unzufrieden.

»Okay, wir versuchen es«, sagte er. »Wenn du unter der Rückenlehne durch nach hinten kletterst und von innen mit den Füßen dagegendrückst, klappt's vielleicht.« Er nahm die Taschenlampe zwischen die Zähne. »Achtung, ich zähl bis drei, dann trittst du dagegen. So hart du kannst!«

Silke kroch in den Kofferraum, stemmte ihren Oberkörper gegen die Lehne und setzte die Füße an die Heckklappe. Marcus zählte, Silke nahm ihre ganze Kraft zusammen und trat bei drei zu. Es knirschte, aber es gelang Marcus, die Klappe so weit aufzureißen, dass sie sich, Füße zuerst, herauswinden konnte. Dornen griffen nach ihr und rissen ihr die Haut an den Beinen auf. Sie fauchte ein Schimpfwort.

»Warte, wir sind offenbar im Dornengestrüpp gelandet. Ich halte die Zweige zurück«, sagte Marcus. Er ächzte und murmelte einen Fluch. »So, jetzt … schön langsam runterrutschen.«

Silke schob sich vorsichtig über die Heckklappe, und Marcus ließ die Zweige los, fing sie auf und hielt sie fest umschlungen.

»Herrgott, hab ich Angst um dich gehabt«, flüsterte er und bedeckte ihr Gesicht mit Küssen. »Bist du okay?«

»Jetzt ja«, wisperte sie. »Grün und blau, schätze ich, aber es ist alles dran, und ich kann alles bewegen … Lass mich bitte nie wieder los. Ich habe gedacht, das war's, jetzt sterben wir. So eine Angst habe ich noch nie in meinem Leben gehabt.«

»Ich auch nicht«, gab er zu. »Eine Scheißangst. Aber nun müssen wir zusehen, dass wir zurück zum Camp kommen.« Einen Arm um ihre Taille gelegt, langte er in seine Hüfttasche, zog sein Telefon hervor und schwenkte es langsam von rechts nach links. »Kein Empfang. Nirgendwo. Wenigstens ist es noch intakt. Hast du deins dabei?« Er steckte es wieder ein.

Sie nickte, fischte es aus der Tasche ihrer Shorts und warf einen Blick darauf. »Auch in Ordnung, aber ich habe ebenfalls keinen Empfang.«

»Hast du deine Buschstiefel dabei?« Er leuchtete auf ihre Füße.

Sie trug nur leichte Ballerinas. »Nein, die sind im Bungalow. Ich habe ja nicht erwartet, dass ich quer durch den Busch zu Fuß zurück ins Camp laufen muss«, versuchte sie sich in Galgenhumor, was ihr nicht gut gelang.

»Mist«, war sein Kommentar. »Die Buschstiefel solltest du immer mitnehmen, wenn du in der Wildnis bist – wie du siehst, kann man nie vorher wissen …«

»Das war genau das letzte Mal, dass du mich im Dschungel antriffst«, unterbrach sie ihn. »Ab sofort werde ich mich nur noch in den Großstadtdschungel stürzen. Himmel, ist das heiß.« Mit beiden Händen hob sie ihr Haar vom Nacken. Es war nass geschwitzt. Die Luft war so dicht, dass sie wie Flüssigkeit in ihre Lungen floss. Aus dem Nichts rauschte ein kurzer Windstoß durch die Zweige, aber er war nicht kalt, sondern heiß wie ein Hauch aus der Hölle.

Marcus schnupperte. »Es riecht nach Regen. Wir werden ein Gewitter bekommen … bald«, murmelte er vor sich hin. »Wir müssen schnellstens aus diesem Dickicht heraus und den Weg finden. Hör zu, Liebling. Wenn das Unwetter losbricht, müssen wir aufpassen, dass wir uns nicht verlieren.« Er zog den Gürtel aus seinen Shorts und drückte ihr ein Ende in die Hand. »Hier, lass das unter keinen Umständen los.«

»Ja, sicher«, sagte sie erstaunt. »Aber können wir nicht im Auto bleiben und das Gewitter abwarten?«

»Auf keinen Fall. Da werden die Blitze als Erstes einschlagen. Weit und breit gibt es sonst keinen Gegenstand aus Metall, und glaub mir, die Gewitter hier sind etwas anderes als in Deutschland. Als würde der Weltuntergang hereinbrechen. Man nennt sie nicht umsonst *electrical storms* … elektrische …«

Silke zog die Brauen zusammen. »Danke, ich kann Englisch. Von elektrischen Stürmen habe ich allerdings noch nie gehört.«

Sie wollte weitersprechen, aber der Mond hatte sich durch die Wolken gekämpft und flutete die Landschaft mit gespenstisch fahlem Licht. Zum ersten Mal konnten sie erkennen, wo sie sich befanden. Das heißt, sie konnten sehen, dass das Wrack des Wagens im dichten Gestrüpp lag. Marcus richtete den Taschenlampenstrahl auf den mit zentimeterlangen Dornen gespickten Busch, in dem sie festsaßen.

»Mist, wir sind mitten in einem Wag-'n-bietjie-Busch gelandet …« Er sprach es »Wachn-bikkie-Busch« aus. »Das wird schwierig werden, hier mit heiler Haut rauszukommen.«

Silke betrachtete die Stacheln, die wie riesige Widerhaken aussahen und paarweise am Ast saßen. Einer war nach vorn, der andere nach hinten gerichtet. Vorsichtig prüfte sie die Spitze eines der mörderisch aussehenden Dornen, der ihr direkt ins Gesicht ragte. »Die sind ja spitz wie eine Injektionsnadel. Wie hast du den genannt?«

Vorsichtig befreite er sie von einem Dorn, der sich durch eine Falte ihres Oberteiles gebohrt hatte, glücklicherweise, ohne ihr die Haut zu verletzen. »Auf Deutsch heißt er Wart-ein-wenig-Busch. Sehr passend, oder?«

Silke versteifte sich für Sekunden in seinem Arm, dann stemmte sie sich mit einer Hand gegen seine Brust, drehte mit der anderen sein Gesicht so, dass er ihr in die Augen sehen musste.

»Erzähl mir nicht schon wieder, dass du das irgendwo gelesen hast. Jetzt ist Schluss damit«, sagte sie langsam. »Verstehst du? Wir müssen reden, und zwar ohne Wenn und Aber.«

Marcus war völlig verstummt, sogar die Luft schien er anzuhalten. Ihre Hand lag auf seiner Brust, sie spürte das Hämmern seines Herzens. Das kalte Mondlicht zeichnete seine erstarrten Züge nach. Weiße Flächen, schwarze Schlagschatten. Scharfe

Konturen wie bei einem Holzschnitt. »Was verbirgst du vor mir?«

»Gar nichts.« Er senkte seinen Blick zu Boden.

»Doch, tust du. Du ziehst dich von mir zurück ... Ist es etwas, was ich getan habe?«

Sein Kopf schnellte hoch. »Was? Du? Natürlich nicht!« Er war sichtlich erregt. »Ich sag dir doch, es ist nichts. Außerdem haben wir wirklich keine Zeit zu vergeuden. Wir müssen so schnell wie möglich hier weg.«

Sie kniff die Lider zusammen. »Ist es etwas, was du getan hast? Oder nicht getan? Rede mit mir, sonst gehe ich keinen Schritt weiter«, flüsterte sie. »Bitte.«

Sachte fuhr sie mit dem Zeigefinger die Falten nach, die sich von den Nasenflügeln zu seinen eingekniffenen Mundwinkeln zogen. Einmal links und einmal rechts. »Ich erkenne dich kaum noch wieder«, sagte sie leise und fragte sich, wer er wirklich war.

Sein Blick flackerte, für einen Augenblick verbarg er sein Gesicht in ihrer Halsgrube. »Es ist nichts«, entgegnete er schließlich tonlos. »Glaub mir. Ich habe mich nicht verändert. Ich liebe dich.«

Sie spürte seinen warmen Atem an ihrem Hals. »Du warst schon einmal in Südafrika, hier, in Zululand«, sagte sie plötzlich, und es war keine Frage. »Und ich will auf der Stelle wissen, warum du mir das verschweigst.«

Marcus reagierte mit einem krampfartigen Zusammenziehen seiner Umarmung, versuchte sie daraufhin, noch fester an sich zu ziehen, ihr Gesicht an seine Brust zu drücken, aber sie wehrte sich vehement.

»Vor dir habe ich noch keinen Menschen so geliebt wie dich.« Sie sagte es leise, fast wie zu sich selbst. »Was ist hier passiert, wovor du dich so fürchtest, dass du es mir nicht sagen kannst, Liebling? Warum bist du vor diesem schwarzen Ranger weggelaufen? Bitte, sag's mir.«

Er ließ die Arme herunterfallen, bewegte seine Kiefer, als würde er auf etwas Zähem kauen. Bevor er jedoch ein Wort hervorgebracht hatte, erschütterte ein tiefes, dumpfes Grollen die Atmosphäre.

Silke erschrak. »Kommen die Elefanten etwa zurück?«

»Nein, das Gewitter ist im Anzug«, rief Marcus und ließ sie los. »Ich habe doch gesagt, wir müssen hier weg. Reden können wir später. Nimm das Ende vom Gürtel und halte dich immer dicht hinter mir.« Damit schwang er herum und hielt die Zweige des Wag-'n-bietjie-Buschs für sie zurück. »Los, wir haben nicht viel Zeit. Duck dich und kriech unter den Zweigen hindurch.«

Sie hatte keine Wahl, als ohne Widerrede zu gehorchen. Ihr standen die Haare auf den Armen zu Berge, als wäre sie in ein starkes elektrisches Feld geraten. Gleichzeitig überfiel sie ein so erschreckendes Gefühl von unmittelbarer Bedrohung, dass jeder Nerv in ihrem Körper vibrierte. Dass sie ihre Tasche mit ihrem Pass und dem Geld im zerstörten Wagen vergaß, registrierte sie in ihrem Schrecken nicht.

»Ich habe Angst«, stammelte sie. »Dieses Gefühl … Mir stehen die Haare zu Berge …« Zu ihrer Verblüffung hörte sie ihn kurz auflachen.

»Das kommt vom Gewitter. Die elektrostatische Aufladung. Hier ist sie besonders stark, daher auch elektrische Stürme. Sowie es regnet, ist der Spuk vorbei.«

»Hoffentlich«, murrte sie. Ihr fiel nicht ein, noch einmal zu hinterfragen, woher er sein Wissen nahm, zu sehr war sie damit beschäftigt, mit heiler Haut durchs Dornengebüsch zu gelangen.

Nach ein paar Minuten wurde der Mond durch schwarze Wolken verschluckt, und sie konnte keine Hand mehr vor den Augen sehen. Marcus schaltete die Taschenlampe ein, und der weiße Lichtfinger führte sie durchs Dickicht. Als in einiger Entfernung plötzlich tanzende Lichter auftauchten, wurde ihr vor Erleichterung ganz schwindelig.

»Da sind Leute«, krächzte sie. »Da vorn. Sie tragen Lampen, kannst du sie leuchten sehen?«

Marcus hielt die Stablampe in die Richtung, antwortete aber nicht gleich. »Das sind keine Menschen«, flüsterte er dann in einer Stimme, die ihr ein Kribbeln über den Rücken jagte. »Das sind Hyänen.«

»Was?« In Panik starrte Silke auf die Lichter. Sie waren eiförmig und schienen immer zu zweit ein Ballett zu tanzen. Dazu hörte sie ein eigenartiges Gekicher.

»Ihre Augen reflektieren das Licht von unserer Taschenlampe.« Er bückte sich, fand einen Ast und schleuderte ihn auf die Hyänen. Mit einem lauten Aufjaulen verschwand der Spuk. »So, die sind weg, und wir müssen weiter, und zwar schnell. Halt dich am Gürtel fest.«

Silke tat, was er gesagt hatte, trotzdem strauchelte sie immer wieder, stolperte über quer liegende Äste, stieß sich an Felsen. Obwohl sie nicht wirklich nachtblind war, hatte sie im Dunkeln Schwierigkeiten, Gegenstände und Konturen zu erkennen. Marcus dagegen konnte nachts sehen wie eine Katze. Eine Hand wie einen Fühler ausgestreckt, die andere um den Gürtel geklammert, folgte sie ihm.

»Ich habe meine Tasche vergessen«, keuchte sie irgendwann und blieb stehen. »Mein Pass und mein Geld … wir müssen zurück.«

Marcus zog sie weiter. »Wenn du vom Blitz verkohlt wirst, brauchst du keinen Pass mehr. Wir holen das alles morgen. Außerdem habe ich Kopien von den Pässen im Bungalow. Wir beantragen einfach neue.«

Silke protestierte nicht mehr, sondern stolperte wortlos hinter ihm her. Immer wieder krachte der Donner Schlag auf Schlag, ohne Unterlass, und dann mischte sich ein Brausen darunter, ein tiefes Rauschen, das rasend schnell näher kam, anschwoll, bis es laut war wie ein herannahender Zug. Silke duckte sich erschrocken. Das Rauschen fegte über sie hinweg, und dann war er da. Der Regen.

Ein Donnerschlag erschütterte das Universum, ein Wasserfall stürzte auf sie herunter. Binnen einer Minute verwandelte sich ihre Welt in eine donnernde Wasserhölle, unablässig zuckende Blitze zerrissen die Schwärze, täuschten ihren Blick, machten sie zunehmend orientierungslos. Ein reißender Bach strudelte um ihre Knöchel, zerrte mit erschreckender Stärke an ihren Beinen. Marcus war nur noch ein tanzender Schemen im Regengrau. Ihr einziger Rettungsanker war das Ende des Gürtels, der aber war nass geworden, glitschig, und sie musste sich mit beiden Händen daran festhalten.

Dann trat Marcus offenbar in ein Erdloch und rutschte aus, der Gürtel wurde ihr aus der Hand gerissen, sie verlor das Gleichgewicht und landete mit Wucht auf Händen und Knien. Sie biss einen Schmerzensschrei zurück und zog sich am Stamm eines Baumes wieder hoch. Mit einer Hand klammerte sie sich am Baum fest, mit der anderen hielt sie ihr Haar, aus dem ihr das Wasser in die Augen rann, aus dem Gesicht.

Das Gewitter tobte direkt über ihnen. Blitze entluden sich mit ohrenbetäubendem Krachen, zerhackten ihr Blickfeld in Lichtsplitter, der Donner erschütterte jede Faser ihres Körpers. Marcus konnte sie nicht sehen.

»Marcus!«, schrie sie. »Wo bist du?« Nach mehreren schreckerfüllten Sekunden erkannte sie seine Umrisse und hörte seine Stimme.

»Bleib stehen, wo du bist. Ich komme zu dir«, brüllte er.

Laut schluchzend klammerte sie sich an dem Baumstamm fest, der im tobenden Sturm schwankte, als wäre er nichts als ein Bambushalm. Krampfhaft versuchte sie, Marcus in der silbergrauen Regenwelt nicht aus den Augen zu verlieren. Fast hatte er sie erreicht, als er plötzlich wieder hinter dem Wasservorhang verschwunden war. Angestrengt starrte sie dorthin, wo er eben noch gestanden hatte.

Nichts.

Kein Schatten, keine Bewegung, kein Laut.

»Marcus?«, schrie sie über das Tosen des Unwetters hinweg. Sie lauschte konzentriert.

Keine Antwort.

Sie sah ihn vor sich, als sie gefragt hatte, ob er schon einmal in diesem Land gewesen sei, und jetzt fiel ihr auf, was sie in der Aufregung nicht wirklich wahrgenommen hatte. Seine Körpersprache in jenem Moment war für sie im Nachhinein klar und deutlich: Verzweiflung, Angst, Hilflosigkeit, das hatte er signalisiert.

Angst wovor? Vor der Rückkehr der Elefanten? Vor dem Gewitter?

Ihre Nerven sirrten, und dicht unter der Oberfläche ihres Bewusstseins lauerte eine heiße Furcht vor etwas Schrecklichem, als hätte ihr Instinkt ein Geräusch, einen Geruch wahrgenommen, der ihren wachen Sinnen noch entging. Ein verästelter Blitz zischte herunter, und in dem plötzlich taghellen Licht entdeckte sie ihn. Er stand halb abgewandt von ihr, sodass sie ihn nur im Profil sehen konnte.

»Marcus!«, rief sie ihn und kämpfte sich durch den aufgeweichten Boden in seine Richtung. »Hier bin ich.«

Aber er reagierte überhaupt nicht. Reglos stand er da, hatte den Kopf halb gesenkt und stierte auf einen Punkt einige Meter von ihm entfernt. Inzwischen fuhren unaufhörlich Blitze herunter, zwei, drei auf einmal, verästelt wie ein grell leuchtendes Wurzelgeflecht, über den ganzen Himmel verteilt. Eine schreckliche Beklemmung packte sie, während sie Marcus' Blick folgte.

Im zuckenden Licht nahm sie schemenhaft die Umrisse eines Menschen wahr – den Proportionen nach die eines Mannes. Eines großen Mannes, der breitbeinig dastand und ein Gewehr in der Hand trug. Sie erkannte ihn sofort. In allen Einzelheiten. Auch den winzigen, rosa Oktopus auf seiner Oberlippe. Vor Schreck blieb ihr der Mund offen stehen.

Es war der Ranger von der Wilderer-Patrouille, jener, der Marcus angestarrt hatte wie eine Raubkatze ihre Beute. Der, vor dem Marcus kopflos davongefahren war.

»Marcus!«, schrie sie, und Panik schnürte ihr fast die Kehle zu.

Marcus drehte sich zu ihr um, im grellen Blitz wirkte sein Gesicht wie eine Totenmaske. »Lauf weg«, brüllte er. »So schnell du kannst.« Er sprintete durch den Regenvorhang auf sie zu, blankes Entsetzen verzerrte sein Gesicht.

Aber er schaffte es nicht. Mit einer geschmeidigen Bewegung erreichte ihn der Ranger und warf ihn wie einen Sack zu Boden. Vor Schock konnte Silke sich nicht rühren. Die beiden Männer verknäulten sich ineinander, Marcus schlug um sich wie ein Berserker. Brüllte wie ein Stier. Das Nächste, was sie sah, war, wie der Mann auf Marcus' Brust kniete und ihm ein Stück Papier hinhielt. Soweit Silke erkennen konnte, war es etwa so groß wie eine Heftseite.

Marcus schlug das Papier zur Seite und ging mit den Fäusten auf den Mann los. Er landete einen Treffer in dessen Gesicht, der Ranger antwortete mit einem bösartigen Knurren und hob das Gewehr, Kolben zuerst.

Der nächste Blitz zischte in unmittelbarer Nähe herunter, blendete Silke, dass sie für Sekunden vollkommen blind war. Als sich ihr Blick endlich wieder klärte, waren Marcus und der Ranger verschwunden.

Ungläubig starrte sie auf den Fleck, wo sie die beiden zuletzt gesehen hatte. Aber da war nichts als Gestrüpp, schwarze Schatten und im aufgewühlten Matsch die Kampfspuren.

»O Gott«, wisperte sie. »O Gott.« Sie kämpfte sich durch den knöcheltiefen Schlamm dorthin, wo die Männer aufeinander losgegangen waren.

»Marcus!«, rief sie in das Tosen der Elemente. »Marcus!«

Aber sie bekam keine Antwort. Sie schrie weiter seinen Namen, bis ihr die Kehle wehtat und ihr das Herz aus der Brust zu springen drohte. Doch außer dem Rauschen des Wolkenbruchs, dem Krachen von Donner und Blitz hörte sie nichts, und allmählich sickerte die Erkenntnis in ihr Bewusstsein, dass sie in diesem Inferno allein war.

Langsam sank sie auf die Knie.

17

So schnell wie das Gewitter aufgezogen war, fiel es in sich zusammen, und der Regen hörte auf, als hätte jemand den Hahn abgedreht. Der Donner grollte noch ein paarmal wie ein gesättigter Löwe, die Wasserströme, die durch den Busch strudelten, wurden schwächer, bis nur noch ein leise gluckerndes Rinnsal übrig blieb.

Silke kniete noch immer wie betäubt am Boden, mitten im Schlamm, und versuchte zu begreifen, dass Marcus von einem riesigen Afrikaner entführt worden und sie nachts ohne Schutz in dieser Wildnis zurückgeblieben war. Allein. Wenn man von hungrigen Löwen und randalierenden Elefanten absah.

Sie schüttelte sich, bemüht, die Wand beiseitezuschieben, die sich zwischen ihr und der Wirklichkeit aufgebaut hatte. Eine ähnlich eigenartige Reaktion auf einen seelischen Schock hatte sie schon einmal erlebt. Beim Tod ihres Vaters. Offenbar schützte sich ihr Organismus mit einer Art Betäubung davor, dass ihr das volle Ausmaß ihrer Lage klar wurde und sie daraufhin in kopflose Panik ausbrach. Dieser Mechanismus hatte es ihr erlaubt, sich, ohne zusammenzubrechen, durch die Hinterlassenschaft ihres Vaters zu wühlen, sich mit Gläubigern und Banken auseinanderzusetzen, die notwendigen Behördengänge zu erledigen, ihre Mutter zu trösten, die Beerdigung zu organisieren.

Hier und jetzt waren die Konsequenzen allerdings gravierender. Eine unkontrollierte Handlung, eine falsche Entscheidung, und es könnte sie das Leben kosten.

Aus Erfahrung wusste sie, dass die Auswirkungen sie irgendwann einholen würden, aber bis dahin war sie dankbar, dass ihr

Kopf klar war. Im Augenblick hatte sie einfach Mühe zu verarbeiten, was sich eben vor ihren Augen abgespielt hatte. Marcus und dieser Ranger waren in der Zeitspanne zwischen zwei Lidschlägen verschwunden. Wie vom Erdboden verschluckt. Sie musste die Augen schließen, um die Kaskade von Fragen, die auf sie einstürzte, auszuhalten. Wer, was, warum. Sie hatte auf keine eine Antwort, hatte keine Vorstellung, wer dieser Mann war, nicht einmal, ob er Marcus tatsächlich entführt hatte oder ob ihr Verlobter freiwillig mitgegangen war. Der Gedanke überfiel sie so plötzlich, dass sie keine Gelegenheit hatte, ihn rechtzeitig abzuwehren, aber ebenso schnell tat sie ihn als völlig absurd ab. Dennoch geriet sie für eine kurze Zeitspanne seelisch ins Schlingern. Sie rieb sich die Schläfen.

Oder war der Ranger mit der Narbe ein Trugbild? War er gar nicht … wirklich? Eine Figur ihrer Einbildung? Das hier war Südafrika, das Land, in dem sogar Politiker Geisterheiler konsultierten, wie sie gelesen hatte, die mit den Ahnen redeten, Knöchelchen warfen, um in die Zukunft sehen zu können, und aus ekelerregenden Zutaten wie Schlangenblut Zaubermedizin zubereiteten.

Sie rang nach Atem, die Dunkelheit war erstickend. Noch nie zuvor hatte sie Angst im Dunkeln gehabt, auch als Kind nicht. Es war einfach nur dunkel gewesen, und irgendwann wurde es wieder hell. Immer. Das war so. Aber hier gab es Laute, die ihr fremd und sehr unheimlich waren, Lichtpunkte tanzten im Busch, und wenn sie verloschen, war die Nacht schwärzer und dichter. Bei jedem Rascheln hielt sie die Luft an, dachte an Scotty MacLean und die Mamba. Ein neues Geräusch drang in ihr Bewusstsein. Sie hob den Kopf. Weit entfernt, unterschwellig wie ein Erdbeben, vernahm sie rhythmisches Dröhnen. Hart und bedrohlich hämmerte das Geräusch durch ihren Körper. Trommeln? Sie presste die Hände auf die Ohren, nahm sie jedoch gleich wieder weg und lauschte angespannt.

Nichts. Kein Trommeln. Hatte sie sich das nur eingebildet?

Energisch rief sie sich zur Ordnung. Trotz aller Emotionalität hielt sie sich für einen vergleichsweise nüchternen Menschen, fest in der Wirklichkeit verankert. An übernatürliche Ereignisse glaubte sie nicht. Andererseits war das Licht trügerisch, vielleicht hatte es ihre Wahrnehmung getäuscht und sie Dinge sehen lassen, wo keine waren. Sie versuchte abzuschätzen, wie weit es von hier bis zu der Stelle war, wo sie gestanden und dem Kampf der beiden Männer zugesehen hatte. Zehn, fünfzehn Meter vielleicht, mehr bestimmt nicht, entschied sie, und aus so kurzer Distanz konnte sie sich nicht irren. Sie hatte gesehen, was sie gesehen hatte. Zwei Männer, die miteinander kämpften.

Ein trockener Knall ließ sie zusammenfahren.

»Unsere Männer haben gar keine andere Wahl.« Ricks Stimme.

»Die *erschießen* die Wilderer?« Ihre Frage.

Sie blieb stocksteif stehen und horchte in die Nacht. Atmete nicht. Hörte ihr Herz hämmern. Ihren Tinnitus kreischen. Aber einen weiteren Knall hörte sie nicht. Auch kein Trommeln. Ihr wurde im Nachhinein ganz schlecht vor Aufregung. Der Mond brach hinter den Wolken hervor, und sein Licht strömte durch Büsche und Bäume, warf tiefe Schatten mit klaren Konturen. Das Licht war kalt, aber hell. So hell wie die Sonne in Deutschland im Winter, zuckte es ihr durch den Kopf.

Was hatte sie getan, bevor sie diesen Knall gehört hatte? Sie presste angestrengt die Lider zusammen, fasste sich an die Stirn. Es dauerte, ehe sich der Wirrwarr in ihrem Kopf klärte.

»Marcus«, wisperte sie.

Der Ranger. Sie hatten miteinander gekämpft. Sie hatte Marcus brüllen hören. Der Ranger war keine Illusion, sondern beinharte Realität gewesen. Langsam ging sie im Kreis.

Plötzlich blieb sie stehen. Zwischen Geröll und nassen Blättern hatte sich etwas verfangen. Sie bückte sich. Ein Blatt Papier, wie es ihr schien. Mit spitzen Fingern zog sie es heraus und glättete es behutsam. Es war augenscheinlich ein Foto, aber derart verdreckt, dass sie praktisch nichts darauf erkennen konnte. Irgendein Tourist wird seine Familie abgelichtet haben, dachte sie, ließ es wieder in den Schmutz fallen und ging weiter. Doch im selben Augenblick erinnerte sie sich, wie der Ranger Marcus ein Stück Papier hingehalten und wie der es dem Mann heftig aus der Hand geschlagen hatte.

Schnell bückte sie sich und hob das Foto auf. Wie ein nasser Lappen hing es in ihrer Hand, und das Mondlicht reichte nicht aus, um Genaueres zu sehen. Trotzdem würde sie es mitnehmen, obwohl es in Fetzen zu zerfallen drohte. Schließlich drapierte sie es sich über den Arm, sodass es weder knicken noch reißen konnte. Zufrieden, eine so clevere Lösung gefunden zu haben, überlegte sie, was sie als Nächstes tun sollte, hatte aber Schwierigkeiten, ihre Gedanken folgerichtig zu ordnen, merkte auch, dass ihre Bewegungen so schwerfällig geworden waren, als befände sie sich unter Wasser. Sie schob ihren Zustand auf eine Art verzögerten Schock und hätte ein Königreich für eine starke Tasse Kaffee gegeben.

»Hilfe holen«, sagte sie laut. »Jemanden anrufen. Beweg dich, dir rennt die Zeit weg.«

Hastig zog sie ihr Mobiltelefon aus der Tasche, hielt aber inne. Wen sollte sie anrufen? Absurderweise dachte sie als Erstes an Olaf und Nicole Haslinger, aber das war natürlich Unsinn. Die Polizei wäre das Naheliegende. Sie grub in ihrem Gedächtnis nach, ob sie sich an die Notrufnummer erinnern konnte. Sie hatte auf dem Zettel gestanden, den Karen von der Autovermietung Marcus gegeben hatte, zusammen mit allen anderen Telefonnummern, die man in einem Notfall anrufen konnte. Dieser Zettel befand sich vermutlich in Marcus' Brieftasche, und die steckte vermutlich in der Gesäßtasche seiner Shorts, und er war …

Ihre Beherrschung brach in sich zusammen. Das Bild – ihr letztes Bild von ihm –, das sich unauslöschlich in ihre Netzhaut geätzt hatte, stand ihr vor Augen. Sie sah ihn auf sich zulaufen, seinen schreckensstarren Blick, hörte ihn schreien, sie solle wegrennen. Sah die bodenlose Angst in seinem Gesicht. Wurde von ihrer eigenen überrollt, ihn nie wiederzusehen, nie wieder seine Hände zu spüren, seine Stimme zu hören. Sie vergrub ihren Kopf in den Händen. Schwarze Verzweiflung drohte sie zu lähmen.

Ohne zu überlegen, schlug sie sich ins Gesicht. Hart. Es klatschte, es tat weh, aber der Schmerz sprengte den Angstpanzer weg, verlieh ihr die Kraft, sich auf das Wichtigste zu konzentrieren. Sie musste Hilfe holen. Für Marcus und für sich. Angst lähmt, und das konnte sie sich nicht leisten.

Wen sonst konnte sie anrufen? Sie nagte an ihrer Unterlippe. Rob Adams? Seine Nummer war mit Sicherheit in Marcus' Handy gespeichert, und das war … Sie biss so hart auf ihre Lippe, bis sie Blut schmeckte. Mit dem Handrücken wischte sie das Blut ab. Wenn doch bloß ihr Gehirn etwas schneller reagieren würde! Sie kniff die Augen zu, drückte mit Daumen und Zeigefinger auf ihren Nasensattel. Ganz fest, so fest, dass es wehtat, und endlich fiel ihr ein, dass sie eine Nummer tatsächlich auf ihrer SIM-Karte gespeichert hatte. Die von Jill Rogge von Inqaba.

Aufgeregt hob sie das Telefon, aber es gab nicht einmal den Hauch eines Empfangsbalkens. Blindlings drehte sie sich im Kreis. Wo verdammt war der Weg? Sie überlegte. Waren sie nach Norden gefahren? Oder nach Westen? Sie malträtierte ihren Kopf, verwünschte die Tatsache, dass sie nie bei den Pfadfindern gewesen war, wo man nützliche Dinge lernte, zum Beispiel wie man sich nachts im Wald orientieren konnte.

Segeln konnte sie, schwimmen wie ein Fisch und Schollen mit der Hand fangen. Aber das war hier im Busch nicht wirklich hilfreich. Während sie nachgrübelte, welche Fähigkeiten sie noch aufzubieten hatte, die ihr in dieser Situation weiterhelfen konnten, berührte sie das Foto auf ihrem Arm und fühlte, ob es mittlerweile halbwegs getrocknet war. Es war, und im flimmernden

Mondlicht wendete sie es hin und her im Bemühen, Einzelheiten auszumachen.

Es schien eine Gruppe Männer darzustellen, doch mehr war nicht zu erkennen. Offenbar hatte es eine entscheidende Bedeutung für Marcus. Seine Reaktion darauf war extrem gewesen. Behutsam faltete sie das Bild und schob es in die Hosentasche. Aber was dahintersteckte, das würde sie später ergründen müssen. Den Weg zu finden und einen Fleck an diesem gottverlassenen Ort, wo ihr Handy Empfang hatte, hatte oberste Priorität.

Wohin sie gehen sollte, wusste sie nicht, aber sie erinnerte sich daran, dass sie zuletzt durch lichte Buschsavanne gefahren waren. Eine Landschaft mit hellem Sand, niedrigen Schirmakazien und glitzernden Wasserlöchern. Entschlossen marschierte sie weiter. Das Konzert der Nachttiere hatte noch nicht eingesetzt, noch herrschte Stille nach dem Sturm, noch waren ihre Schritte das einzige Geräusch. Sie stolperte weiter.

Das Knurren, das auf einmal aus der Tiefe des Buschs drang, war so unterschwellig, dass sie es anfänglich gar nicht bewusst hörte, weil das Pfeifen in ihren Ohren ihren Kopf ausfüllte. Sie fühlte es mehr, es war kein wirklich wahrzunehmender Ton, eigentlich nur eine Schwingung der Luft, wie der vibrierende Nachhall der riesigen Gongs der buddhistischen Mönche. Doch dann schwoll es an und erreichte ihr Bewusstsein. Ein hoher, scharf abgeschnittener Schrei folgte, Jaulen, Tumult, als würde jemand um sich schlagen.

Sie erstarrte. Das Knurren konnte nur von einer Raubkatze stammen, und die musste ganz in ihrer Nähe sein. Ihr Herz raste, der Adrenalinpegel schnellte in die Höhe, und das riss sie aus ihrer seelischen Schockstarre. Plötzlich sah sie schärfer, registrierte trotz des Ohrpfeifens die winzigsten Geräusche, konnte wieder blitzschnell reagieren, und ihr erster Impuls war, sich platt auf den Boden zu werfen, sich unsichtbar zu machen. Doch gleichzeitig fiel ihr ein, dass der Geruchssinn der Raubkatzen legendär war. Auch auf einen Baum zu klettern war unsinnig. Zwar wusste sie nicht, wie weit hinauf ins Geäst ein Löwe es schaffen würde, aber sie hatte genügend Dokumentationen über Leoparden gesehen, die selbst hoch in der Baumspitze auf ziemlich dünnen Ästen balancierten. Und nachtaktive Katzen waren.

Um den Geruchssinn zu täuschen, könnte sie sich im Matsch wälzen, fuhr es ihr durch den Kopf. Also ließ sie sich fallen, rollte blitzschnell im nassen Boden hin und her, schaufelte mit beiden Händen Schlamm über sich, ließ nur Augen, Nase und Mund frei. Mit jeder Pore sog sie Gerüche ein, schmeckte sie, zerlegte sie auf der Zunge, um herauszubekommen, wo sich die Raubkatze im Busch versteckte. Flüchtig verspürte sie Verwunderung, dass sie völlig angstfrei und kühl handelte. Eine pulsierende Aufregung hatte sie gepackt, eine Art Jagdfieber, was an sich ein vollkommen abwegiger Gedanke war. Wenn überhaupt, dann war sie hier die Gejagte.

Im Unterholz raschelte es, dann hustete jemand. Hart, abgehackt und ganz in der Nähe. Sie fuhr zusammen. Angespannt bis in die Haarspitzen, lauschte sie. Aber der Laut wiederholte sich nicht. Auch das Knurren war verstummt.

Schließlich war sie überzeugt, das Knacken eines Astes mit Husten verwechselt und den Nachhall eines Donners für das Knurren eines Löwen gehalten zu haben. Energisch verbot sie sich jede weitere Spekulation. Ganz vorsichtig stemmte sie sich aus ihrem Schlammbett hoch und tastete nach ihrem Handy. Es war feucht geworden. Besorgt schaltete sie es an, das Display leuchtete auf, und nach kurzer Prüfung stellte sie erleichtert fest, dass es zumindest noch funktionierte. Mit angehaltenem Atem wartete sie, ob das Telefon Empfang bekam. Ein Balken flackerte, nur ab und zu, aber immerhin. Aufgeregt rief sie die Nummer von Jill Rogge auf.

Im Hörer knackte es, sie hörte Musik und laute Stimmen im Hintergrund. Und dann eine Frauenstimme.

»Hallo, wer spricht da bitte?«

Silke schickte ein Dankgebet gen Nachthimmel. »Bist du das, Jill?« Unwillkürlich dämpfte sie ihre Stimme. »Hier ist Silke Ingwersen. Aus Deutschland. Wir haben uns im Hilltop Restaurant getroffen …«

Jill lachte. »Hallo, Silke, ja, natürlich weiß ich, wer du bist. Wie geht es dir?«

»Wie man's nimmt«, antwortete sie und beschrieb im Flüsterton den Elefantenangriff. »Ja«, sagte sie auf Jills Frage hin. »Der Wagen ist nur noch ein Schrotthaufen.«

»Und Marcus? Ist er verletzt?«

»Von dem Elefantenangriff nicht.« Dann berichtete sie in knappen Worten, was Marcus zugestoßen war.

»Was?«, platzte Jill heraus. »O mein Gott! Ein Ranger hat ihn angegriffen?«

»Und entführt«, sagte Silke und betete, dass der Empfang nicht abreißen würde.

»Moment, ich geh mal nach draußen. Hier ist zu viel Krach. Wir haben hier eine Party.« Silke hörte, wie sie ihren Mann Nils rief, dann war der Lärm abrupt weg. »Wo bist du jetzt?«

»Keine Ahnung, wir haben uns irgendwann verfahren. Vom Mpila Camp sind wir nach Westen gefahren, wollten bei einem Hide aussteigen – den Namen habe ich vergessen –, aber da lagen fünf Löwen herum, deshalb sind wir weitergefahren.«

»Mphafa Hide vermutlich«, murmelte Jill. »Bist du im Busch oder auf einem Weg? Kannst du irgendetwas erkennen? Vielleicht einen Stein mit einer Nummer darauf?«

»Nein. Der Mond ist hinter einer Wolke verschwunden. Es ist stockdunkel … und unheimlich«, flüsterte sie und kämpfte ihre aufsteigende Verzweiflung nieder, versetzte sich zurück zu dem Augenblick, als Marcus in Richtung Camp gefahren war, und es fiel ihr wieder ein.

»Ich kann mich allerdings daran erinnern, dass wir etwa bei

Nummer 22 umgedreht sind«, flüsterte sie. »Kurz danach kamen die Elefanten.«

»Okay, dann haben wir das eingegrenzt«, sagte Jill und klang zufrieden. »Ich rufe gleich zurück, damit wir deinen Akku nicht überstrapazieren. Deine Nummer habe ich ja auf dem Display. Stell dein Telefon auf Vibrieren ein. Der Klingelton könnte jemanden aufscheuchen.« Jill erläuterte nicht weiter, wen oder was sie damit meinte, sondern unterbrach die Verbindung.

Silke hatte das unsinnige Gefühl, dass Jill damit ihre Rettungsleine gekappt und sie ihrem Schicksal überlassen hatte. In der Ferne ertönte Gelächter, kein menschliches, sondern ein grauenerregendes, manisches Kichern, das immer näher zu kommen schien, und von einer der unzähligen TV-Dokumentationen über Afrika hatte sie gelernt, dass es ein Hyänenrudel sein musste. Hyänen waren wie Geier – nur auf vier Beinen – und hielten sich häufig in der Nähe von Löwen auf, um von deren Tisch ein paar ordentliche Krümel abzubekommen. Instinktiv kauerte sie sich auf den Boden, machte sich so klein wie möglich, obwohl das im Busch vermutlich keine wirkungsvolle Strategie war. Regungslos wartete sie. Ihre Nackenmuskeln wurden bretthart vor Anspannung, das Pfeifen in ihren Ohren konkurrierte mit dem hohen Sägen der Zikaden, die Beule am Kopf pulsierte. Am liebsten hätte sie geheult, aber sie befahl sich, sich zusammenzureißen.

Nach einer Zeitspanne, die ihr wie Stunden vorkam, aber wohl nur Minuten andauerte, vibrierte ihr Telefon.

»Hallo«, wisperte sie.

»Hi, Silke. Nils hier«, kam die kräftige Stimme von Jills Mann durch die Leitung. »Hast du auf deinem Handy eine Möglichkeit, deinen genauen Standort zu erkennen? Eine App vielleicht?«

»Moment.« Sie blätterte durch ihre Apps. »Ich habe eine, einen Regenradar, der wohl Satellitenbilder von Google Earth benutzt.«

Sie öffnete die App. »Das Gewitter ist übrigens nach Osten abgezogen, das kann ich schon sehen.« Sie kicherte vor Aufregung. »Ich rufe jetzt den aktuellen Standort auf.«

Es dauerte quälend lange, bis der kleine blaue Punkt auf dem Satellitenbild erschien. Mit zwei Fingern zog sie es auseinander. »Es klappt«, jubelte sie unterdrückt. »Ich habe es vergrößert und kann Einzelheiten erkennen. Aber Straßennamen gibt es für das Reservat natürlich nicht«, fügte sie ernüchtert hinzu.

»Macht nichts. Beschreib einfach die Landschaft. Ich gebe dich zurück an Jill, die kennt die Gegend wie ihre Westentasche.«

»Siehst du den Umfolozi? Den Fluss?«, fragte Jill

Silke versuchte den Tinnitus, der ihren ganzen Kopf auszufüllen schien, wegzudrücken, um sich konzentrieren zu können. »Der Bildschirm ist so verdammt klein. Ich sehe zwar den Weg, glaub ich jedenfalls, und auch den Umfolozi, aber es ist wirklich schwierig, Genaueres auszumachen.«

»Das schaffst du«, sagte Jill und fragte mit ruhiger Stimme weiter, wollte wissen, wie das allgemeine Terrain aussah, bat Silke, Buschformationen und den Lauf des Umfolozi zu beschreiben. Silke antwortete, so gut sie konnte.

»Okay«, sagte Jill plötzlich. »Ich glaube, ich hab's. Kleinen Augenblick.«

Silke wartete angespannt, während leises Gemurmel aus dem Telefon drang. Die Buschgeräusche um sie herum klangen mit jeder Minute bedrohlicher, und tief im Inneren bezweifelte sie, dass irgendjemand sie in dieser Wildnis finden würde, bevor sie Opfer eines der umherstreifenden Raubtiere wurde.

»Da bin ich wieder. Meine Freundin Kirsty, die Verlobte des Rangers, der von der Mamba gebissen worden ist …«

Silke fiel sofort wieder die verweinte junge Frau bei Ricks Unterkunft ein. »Ist sie blond mit einem Pferdeschwanz und sportlicher Figur?« Als Jill das bejahte, sagte sie: »Ich weiß, wer das ist. Ich hab sie heute kurz getroffen.«

»Gut, dann wirst du sie ja erkennen. Sie ist bereits zu dir unterwegs. Nils gibt ihr gerade per Mobiltelefon deinen Standort durch. Sie ist die Einzige von uns, die über einen der Versorgungswege, die ausschließlich für Angestellte des Game Reserve bestimmt sind, nachts ins Reservat gelangen kann. Außerdem kennt sie sich bestens im Gelände aus.«

Silke bedankte sich, wollte schon das Telefon ausschalten, als ihr noch ein brennendes Problem einfiel. »Was soll ich machen, wenn ein Elefant hier aufkreuzt?« Ihre Stimme schwankte. Sie räusperte sich energisch.

»Hinknien und dich nicht rühren«, sagte Jill.

Silkes Kehle verengte sich jäh. Ihr Blick wanderte am nächsten Baum hoch, der vor ihr in den fahlen Himmel aufragte. Vier Meter groß wurden Elefanten. Den Baum schätzte sie auf deutlich weniger als vier Meter.

»Und wenn es ein Löwe ist?«, presste sie mühsam an dem Kloß in ihrem Hals vorbei. »Beten, dass er schon zu Abend gegessen hat?«

Für ein paar Sekunden war nur das Summen der Leitung zu vernehmen. »Jill? Hast du mich verstanden?«

»Schrei, wedle mit den Armen«, kam die knappe Anweisung. »Mach dich so groß wie möglich, aber auf gar keinen Fall darfst du dich umdrehen und weglaufen oder auf einen Baum klettern. Das musst du unbedingt befolgen, hörst du? Das würde sofort einen Angriff herausfordern.«

»Oh«, sagte Silke, und als in einem Busch nur Meter von ihr entfernt Äste knackten, sich ein großer dunkler Schatten zu bewegen schien, versuchte sie zu schreien, aber ihre Stimme streikte.

»Silke, ist alles in Ordnung?«, rief Jill durchs Handy.

Mit großer Anstrengung zwang sich Silke zu antworten. »Und das war wohl nicht als Scherz gemeint?«

»Ich meine das todernst«, erwiderte Jill. »Auf keinen Fall weglaufen, und wenn du irgendwo ein Erdloch in der Nähe siehst, verkriech dich darin. Aber vergewissere dich vorher, dass da gerade kein Warzenschwein drin schläft«, fügte sie hinzu, und auch der Satz klang nicht wie ein Scherz.

Silke hoffte inbrünstig, dass das alles nur ein grässlicher Albtraum war, sie gleich daraus aufwachen und Marcus sie in seinen kräftigen Armen halten würde. Während sie diese neue Anweisung Jills zu verkraften suchte, redete diese weiter: »Wir haben inzwischen den Ranger von Hluhluwe gesprochen, der seitdem wiederum versucht, einen der Ranger von Umfolozi zu erreichen. Und die Polizei ist auch schon alarmiert.« Sie lachte leise. »Du siehst – von allen Seiten galoppiert die Kavallerie zu deiner Rettung.«

»Danke«, stammelte Silke und brach in Tränen aus.

»Mach dir keine Sorgen, wir holen dich da raus«, sagte Jill mit überraschend sanfter Stimme. »Du machst das großartig, Silke. Einfach bewundernswert. Halt nur noch kurze Zeit durch, dann wird Kirsty bei dir sein, und Polizei und Ranger werden nicht ruhen, bis die deinen Marcus gefunden haben. Versprochen.«

»Danke«, wiederholte Silke noch einmal, bemerkte dabei, dass das Batteriesymbol auf ihrem Handy nur noch einen schmalen Strich aufwies. »Mein Akku ist fast leer«, flüsterte sie erschrocken. »Ich muss auflegen. Bis gleich.«

Hoffentlich, fügte sie schweigend hinzu und sah sich nach einem unbewohnten Erdloch um. Wenige Meter von ihr entfernt entdeckte sie tatsächlich eine tiefschwarze Grube, die relativ frisch gegraben wirkte. Ob sie bewohnt oder unbewohnt war, war nicht zu erkennen. Und waren es nur Warzenschweine, die in Erdlöchern hausten? Oder vielleicht auch Hyänen? Sehr vorsichtig machte sie einen Schritt darauf zu, hob einen Stein auf und zielte auf die Grube. Und traf. Woraufhin ein riesiger dunkelgrauer Schatten wie abgestochen kreischend aus dem Loch schoss und davonraste.

Versteinert vor Schreck, wagte sie es nicht, sich von der Stelle zu rühren. War das ein Warzenschwein gewesen? Ihr Blick flog über ihre Umgebung, aber im trügerischen Mondlicht sah sie nur mehr tanzende Schatten. Langsam sank sie in die Knie, legte den Kopf auf die Arme und richtete sich seelisch darauf ein, hier noch lange zu warten.

Nach fünf Minuten wünschte sie, ihr Tinnitus wäre noch durchdringender, damit sie die grässlichen Laute um sie herum nicht mitzubekommen brauchte. Schlurfende Schritte schienen sich zu nähern, ein größeres Tier durchwühlte grunzend das Unterholz, irgendwo lachten Hyänen, und sie sprang fast aus der Haut, als ihr das Röhren eines Löwen vom feuchten Nachtwind zugetragen wurde. Ihre Selbstbeherrschung begann zu bröckeln. Gespenstisches Lachen und grauenvolle Schreie, wie von verdammten Seelen in der Hölle, brachten sie an den Rand des Zusammenbruchs. Über ihr dehnte sich der nachtschwarze Weltraum, Myriaden von Sternen flimmerten, und ihr war, als taumelte sie einsam in die Unendlichkeit. Zitternd, von Angstschweiß durchtränkt, schlang sie sich die Arme um den Leib und hielt sich an sich selbst fest.

Noch tiefer kauerte sie sich auf den schlammigen Erdboden, presste die Hände auf die Ohren, kniff die Augen zusammen, kroch ganz weit in sich hinein, wollte nichts sehen und nichts hören. Hatte sie als kleines Kind Angst gehabt, war sie unter die Bettdecke gekrochen oder in die hinterste Ecke ihres Kleiderschrankes. Dahin wünschte sie sich jetzt zurück.

Die Zeit war nur noch ein Maß ihrer Einsamkeit.

Marcus sah nichts und hörte praktisch nichts. Aber er konnte fühlen. Jeden Knochen in seinem Körper, jeden Muskel, und sein Kopf war mit einem pulsierenden Schmerz ausgefüllt, der jegliche Gedanken von vornherein vernichtete. Trotzdem zwang er sich, sich auf die Sinne zu konzentrieren, die noch funktionierten. Fühlen und riechen. Seine Lage war mehr als unbequem.

Bäuchlings und kopfüber hängend, wurde er offenbar von einem ziemlich kräftigen Mann getragen, über die Schulter geworfen wie ein Sack. Seine Hände waren auf dem Rücken mit Plastikschnüren fixiert, die ihm tief ins Fleisch schnitten, seine Füße mit einem Band gefesselt, so eng, dass es ihm langsam das Blut abschnürte. Das tat lausig weh, aber das begrüßte er mit einer gewissen Dankbarkeit. Würde er nichts mehr spüren, wäre er ja entweder tot, oder seine Nerven wären bereits so massiv geschädigt, dass sie abgestorben waren.

Seinen Kopf hatte man mit einer Art Pflaster umwickelt. Er konnte spüren, dass es auf seinen Wangen haftete. Mit aller Kraft bewegte er seine Kaumuskeln, um das Pflaster irgendwie zu lockern, um Mund und Ohren, die man ihm offenbar zusätzlich mit irgendetwas zugestopft hatte, wieder einigermaßen einsatzfähig zu machen. Hoffnungsvoll mühte er sich, die Nase zu rümpfen, runzelte die Stirn, erinnerte sich, dass er Kathrins Kinder damit zum Lachen bringen konnte, indem er mit seinen Ohren wackelte. Diese Fähigkeit setzte er jetzt mit Enthusiasmus ein.

Seine Nase schien zugeschwollen zu sein, und er musste alle paar Sekunden nach Luft schnappen. Mit jedem mühsamen Atemzug wurde sein Lufthunger größer, das Gefühl, ersticken zu müssen, überwältigender. Konnte er das Band nur Millimeter lockern, würde das eine immense Erleichterung bedeuten. Fehlten noch die Augen, aber das war illusorisch. Um das Heftpflaster dort zu entfernen, brauchte er seine Hände, und jegliche Hoffnung, die Handfesseln zu lockern, hatte er aufgegeben. Es waren offenbar Plastikfesseln mit Ratschenverschluss, der auf der kleinsten Stufe eingerastet war. Er konnte es sich nicht leisten, Zeit und Kraft auf ein aussichtsloses Unterfangen zu vergeuden, also konzentrierte er sich auf seine Kaumuskeln.

Und tatsächlich musste sich an seinem Mund das Band ein wenig gelöst haben. Wenn er behutsam einatmete, sodass das Band nicht vom Unterdruck wieder festklebte, war es ihm möglich, lebensrettende Luft in sich hineinzutrinken. Obwohl sie wie eine Kloakenwolke schmeckte, erschien sie ihm unsagbar köstlich und frisch. Obendrein sagte es ihm etwas über die Gegend aus, durch die er getragen wurde. Es roch feucht, modrig, nach pflanzlicher und tierischer Verwesung. Ein fauliges Gewässer vielleicht oder ein Sumpfgebiet.

Mit dieser Feststellung konnte er allerdings nichts anfangen, denn nachdem der Ranger ihn angegriffen hatte, herrschte in seiner Erinnerung ein pechschwarzes Loch. Er hatte einen totalen Filmriss und nicht einmal ansatzweise im Gefühl, wie lange er weggetreten war.

Während er seine Kaumuskeln weiterhin strapazierte, versuchte er, die unmittelbar vorausgegangenen Ereignisse gedanklich zusammenzustückeln. Den Angriff der Elefanten sah er noch in allen erschreckenden Einzelheiten vor sich, auch dass die Dickhäuter den Geländewagen in einen Schrotthaufen verwandelt hatten, war ihm sehr präsent. Bildfetzen drehten sich vor seinen zugeklebten Augen, aber allmählich ordneten sie sich zu einem zusammenhängenden Film.

Irgendwann hatte er es geschafft, den Wagen zu verlassen, er hatte seine Silky herausziehen können, und sie war unverletzt geblieben! Sein Herz machte einen Doppelschlag, und er brauchte einige Sekunden, um seine aufsteigenden Tränen niederzukämpfen.

Auch an den Wolkenbruch, die Blitze, das Grollen des Donners erinnerte er sich gut – aber dann? Wie lange hatte man ihn schon durch die Gegend geschleift? Er mühte sich, seine Erinnerung wach zu rütteln. Aber das schwarze Loch blieb.

Unvermittelt drang eine Männerstimme dumpf durch die Blockade in seinen Ohren, er roch Abgase, und bevor er sich über die Bedeutung dessen klar werden konnte, wurde er von der Schulter gezogen und auf den Boden geworfen. Er landete hart auf metallenem Untergrund, stieß mit dem Kopf gegen eine Kante und jaulte innerlich vor Schmerzen auf. Er musste in einem Fahrzeug gelandet sein, vermutlich auf der Ladefläche eines Pick-ups oder eines Geländewagens. Der Wagen schwankte kurz, als jemand vorne einstieg, dann startete der Motor, und er spürte, dass sie über unebenes Gelände rollten.

Schon immer hatte er die Gabe gehabt, die Schlagfrequenz seines Herzens innerhalb kürzester Zeit auf den Ruhepuls herunterzubringen, und der betrug zwischen achtundfünfzig und fünfundsechzig Schlägen in der Minute. Also begann er, seine Herzschläge zu zählen, um die Zeit festzustellen, die man ihn herumkutschierte, um daraus später – wenn es denn ein Später für ihn geben würde – berechnen zu können, welche Entfernung der Wagen zurückgelegt hatte. Zumindest ansatzweise sollte ihm das gelingen. Allerdings müsste er dann in etwa wissen, wie schnell sie unterwegs waren. Einen Moment wälzte er das Problem hin und her, wollte schon aufgeben, als der Wagen über Bodenwellen holperte. Also mussten sie sich noch in Umfolozi befinden, vermutlich auf einem Seitenpfad, und da waren kaum mehr als zwanzig Stundenkilometer möglich. Mit neuem Mut zählte er weiter.

Nach etwa sechshundert Schlägen und einem kurzen Halt beschleunigte das Auto deutlich. Frustriert nahm er an, dass sie offenbar über eine Art Schnellstraße fuhren, die Geschwindigkeit war für ihn nicht mehr einzuschätzen. Es hatte keinen Sinn mehr weiterzuzählen, und so dachte er nur noch an Silky, stellte sich den Duft ihrer Haut vor, die weichen Lippen, ihre warme Stimme, und er schwor sich, dass er ihr nach diesem ganzen Schlamassel alles erzählen würde. Nichts würde er zurückhalten. Die Möglichkeit, dass er diese Gelegenheit nicht mehr haben könnte, drückte er konsequent weg. Schob einen innerlichen Riegel vor diesen destruktiven Gedanken.

Sein schöner Traum aber wurde jäh unterbrochen. Das Fahrzeug stoppte abrupt, eine Tür wurde aufgerissen. Wieder wurde er aufs Gröbste gepackt, herausgezerrt und auf den Boden geworfen. Dieses Mal landete er vergleichsweise weich, wofür er sehr dankbar war, denn sein Körper fühlte sich an, als hätten die Elefanten ihn und nicht den Wagen zertrampelt. Er erschrak, als sich jemand an seinem Kopf zu schaffen machte, und schrie auf, als man ihm das Pflaster mit einem brutalen Ruck von Mund und Ohren zog. Er war sich sicher, dass der Großteil seiner Haut daran hängen geblieben war.

»Nehmt das andere Pflaster auch ab«, befahl eine tiefe, männliche Stimme.

Marcus verkrampfte sich. Das Pflaster lief von Ohr zu Ohr quer über seine Augen. Dass seine Lider damit verklebt waren, erschreckte ihn mehr als der Elefantenangriff. Aber es blieb ihm keine Zeit, irgendwelche Abwehrbewegungen zu machen. Eine Hand griff in sein Haar, hielt seinen Kopf fest und riss das Pflaster mit der gleichen erbarmungslosen Kraft herunter. Marcus schrie auf, sah automatisch hoch, und für einen grausigen Moment glaubte er in seine eigenen lidlosen Augen zu sehen. Nach der ersten Schrecksekunde begriff er, dass jemand im Schein einiger brennender Holzscheite vor ihm kniete. Ein Mensch, obwohl das auf den ersten Blick nicht zu erkennen war. Ein Kopf, komplett haarlos, keine Ohren, keine Nase, nur zwei große Löcher, und wo die Lippen hätten sein sollen, saß wulstiges Narbengewebe. Schwarze, wimpernlose Reptilienaugen bohrten sich in seine.

Marcus senkte instinktiv seine Lider, um eine Provokation zu vermeiden. Er hatte den Eindruck, einen Mann vor sich zu haben, aber sicher war er sich nicht. Der Schattenriss eines hochgewachsenen, muskulösen Kerls in Jeans tauchte jetzt vor ihm auf. Vorsichtig blinzelte er hoch. Der Mann drehte sich nach links, und der flackernde Feuerschein fiel auf die sternförmige Narbe auf der Oberlippe.

Marcus' Mund wurde schlagartig papiertrocken. Es war über zwei Jahrzehnte her, dass er diese Narbe gesehen hatte, aber er erkannte den Mann sofort und wusste, dass sein Entkommen mehr als fraglich war. Sein Körper spannte sich gegen die Fesseln, seine Gedanken rasten, suchten einen Ausweg wie eine in die Enge getriebene Maus.

Doch die Panik regierte ihn nur für ein paar Sekunden, dann regte sich etwas in den tiefsten, schlammigsten Schichten seines Bewusstseins, wo er die Dinge, die er damals hatte lernen müssen, so tief vergraben hatte, dass er glaubte, sie längst verlernt zu haben.

Aber mit einem Schwall kehrte nun das Gefühl für jene Fähigkeiten zurück, und er erinnerte sich, dass er gut gewesen war in diesen Dingen, ziemlich gut. Reflexartig zuckten seine gefesselten Hände, er spürte die Impulse, die sein Gehirn in seine Glieder schickte, wusste, dass es seine einzige Chance war, diesem Mann zu entkommen. Am Leben zu bleiben. Für Silky.

»Mandla«, sagte er tonlos.

»Yebo«, knurrte der Zulu. »Es ist lange her, aber ich habe dich nicht vergessen.«

Marcus schwieg. Mandla, das Gesicht ausdruckslos, die Daumen lässig in seinen Jeansgürtel gehakt, holte unvermittelt mit einem Fuß aus und trat ihm mit großer Wucht in die Nieren. Der grausame Schmerz trieb Marcus die Luft aus den Lungen. Aber er hatte seine Sinne so weit beieinander, dass er sich sofort bewusstlos stellte, in der Hoffnung, Mandla würde etwas sagen, was ihm verriet, wo er sich befand und was der Zulu mit ihm vorhatte. Obwohl ihm das Letztere eigentlich klar war. Er schloss die Lider nicht vollständig, sodass er durch die Wimpern wenigstens die nähere Umgebung erkennen konnte. Im Hintergrund trieben sich einige Schwarze herum, wie viele es genau waren, konnte er nicht ausmachen.

Mandla winkte zwei der Männer heran. »Geht und sammelt Holz, genug für einen großen Haufen«, sagte er auf Zulu und sah auf Marcus hinunter. »Einen sehr großen Haufen.«

Marcus musste seine ganze Selbstbeherrschung aufbieten, um sich nicht mit einer Reaktion zu verraten, denn nun wusste er, was der Zulu vorhatte.

Auge um Auge, Zahn um Zahn.

Panik sprang ihn an wie eine mörderische Raubkatze.

18

Silke konnte kaum die Augen offen halten. Immer wieder fiel sie in einen bodenlosen, schwarzen Abgrund, schreckte hoch, nickte wieder ein, bis ein schlurfendes Geräusch sie hellwach werden ließ. Wolkenschleier zogen vor dem Mond vorbei, Schatten waren diffuser geworden und führten ihre Wahrnehmung in die Irre. Bäume verwandelten sich in lauernde Tiere, Büsche schienen sich zu bewegen.

Vorsichtig drehte sie den Kopf, um die Ursache des Geräuschs herauszufinden, konnte jedoch auf Anhieb nichts erkennen, bis sie einen Schatten wahrnahm, der schwärzer war als die anderen. Vor Schreck gelähmt, sah sie zu, wie der Schatten größer und größer wurde. Die Zeit, die sie benötigte, um zu begreifen, dass sich ihr jemand von hinten näherte – Mensch oder Tier –, betrug wohl kaum mehr als einen Herzschlag. Reflexartig rollte sie sich zusammen wie ein Igel bei Gefahr.

Sekunden später spürte sie eine Berührung an der Schulter, woraufhin sie fast Herzkammerflimmern bekam, aber sie reagierte instinktiv und blitzschnell, wie Jill ihr das geraten hatte. Sie sprang auf, ruderte mit hochgestreckten Armen und kreischte wie eine Feuersirene, bis jemand sie hart an den Armen packte und anschrie, sie solle sofort aufhören.

Es dauerte, ehe Silke registrierte, dass es eine weibliche Stimme war. Sie nahm die Arme herunter, klappte ihren Mund zu und wirbelte herum. Scheinwerferlicht sickerte durch den Busch, nahm der Landschaft ein wenig das Geisterhafte. Vor ihr stand die Frau, die sie bei Ricks Unterkunft getroffen hatte. Vor Erleichterung schossen ihr Tränen in die Augen.

»Gott sei Dank, dass Sie gekommen sind«, flüsterte sie. »Ich bin hier vor Angst fast gestorben. Lange hätte ich nicht mehr durchgehalten.«

»Hallo, ich bin Kirsty. Jill hat mich hergeschickt«, sagte die Frau. »Mein Wagen steht da drüben.« Sie deutete mit dem Daumen in den Busch.

Silke sah hin, hörte zwar einen Motor, doch erkennen konnte sie nichts. Kirsty nahm sie bei der Hand und führte sie durchs Gestrüpp, und unvermittelt traten sie auf einen Sandweg, der sich im fahlen Licht als silbernes Band durch den dunklen Busch schlängelte. Silke stellte fest, dass sie keine zwanzig Meter davon entfernt gewesen war. Der Geländewagen wartete mit laufendem Motor. Bevor sie einstieg, streifte sie ihre verdreckten, nassen Schuhe von den Füßen. Auf Kirstys besorgte Fragen versicherte sie ihr, dass sie nicht verletzt sei, nur eben einen wahnsinnigen Schrecken bekommen habe, weil sie glaubte, ein Löwe oder Elefant stünde hinter ihr, und sie auf Jills Rat hin so viel Geschrei wie möglich veranstaltet habe.

Kirsty quittierte das mit einem halben Lächeln. »Bei einem Löwen wäre das sicher einen Versuch wert gewesen, ein Elefant hätte jedoch sehr unwirsch reagiert.«

Silke blockte energisch die Bilder ab, die sich ihr aufdrängten, und schnallte sich an. »Wie geht es deinem Mann?«, fragte sie stattdessen. »Ich habe gehört, was passiert ist.«

Wäre Scott MacLean nur ein paar Sekunden früher oder später an der Mamba vorbeigegangen, dachte sie, wäre er nicht gebissen worden, Marcus und sie hätten die Buschwanderung mit ihm gemacht, sie wären nie in die Elefantenherde geraten … und wären jetzt … Mühsam stoppte sie ihre rasenden Gedanken.

»Danke, er kämpft …« Kirstys Stimme war belegt, doch sie behielt ihre Fassung. »Wir müssen abwarten. Aber er ist ein großer Kämpfer, er wird es schaffen. Er muss es schaffen. Wir wollen bald heiraten.«

Silke suchte nach Worten, um Kirsty zu trösten. »Er weiß das, und deswegen wird er es schaffen«, flüsterte sie schließlich, merkte selbst, wie lahm das klang, aber ihr fiel nichts anderes ein.

Kirsty warf ihr ein dankbares Lächeln zu und fragte ihrerseits, was genau hier im Busch passiert war. »Jill hatte keine Zeit, mir das ausführlich zu erklären. Sie sagte nur, dass dein Mann gekidnappt worden sein soll? Stimmt das?«

Silke, der das englische Wort für Verlobter gerade nicht einfiel, korrigierte sie nicht, sondern beschrieb stockend, was sie beobachtet hatte.

»Die beiden waren wie vom Erdboden verschluckt …« Sie brach ab, war zurück in der tintenschwarzen Dunkelheit. Im Busch. Allein. »Ich habe so furchtbare Angst, ihn für immer verloren zu haben«, flüsterte sie. »Wir wollen … wir hatten an diesem Wochenende eine sehr wichtige Party in München geplant. Aber dann hat er plötzlich verkündet, dass er nach Südafrika fliegen müsse, und zwar sofort. Und ich weiß nicht einmal genau, warum.«

»Wir werden ihn finden«, sagte Kirsty und klang zuversichtlich. »Rechtzeitig. Ganz bestimmt! Ihr seid Touristen, das bringt sogar unsere Polizei auf Trab. Seit der Fußballweltmeisterschaft sind die da einigermaßen sensibel geworden. Ihr könnt eure Party doch sicher nachholen.«

Im Zuckeltempo schaukelten sie über den holprigen Versorgungsweg. Kirsty fuhr konzentriert, und irgendwann passierten sie ein kleines Tor und gelangten auf die geteerte Landstraße.

Silke kämpfte indessen gegen die Müdigkeit, die sich wie eine bleierne Decke über sie gelegt hatte. Immer wieder verschwamm ihr Blick.

»Wie lange kennst du Scotty schon?«, fragte sie Kirsty, um wach zu bleiben.

»Schon seit Ewigkeiten. Wir haben ursprünglich an derselben Universität studiert, waren schon zusammen, und Scotty redete vom Heiraten …« Sie stockte, machte dann eine vage Handbewegung. »Aber wie das manchmal so ist, war da auf einmal ein anderer, in den ich mich restlos verknallt habe. Ich hab Scotty den Laufpass gegeben, er war furchtbar verletzt und hat sich zurückgezogen. Danach haben wir uns aus den Augen verloren.«

Ein Wagen kam ihnen mit aufgeblendeten Scheinwerfern entgegen, und sie hob schützend die Hand, um das Licht abzuwehren. Das Auto raste im Schlingerkurs an ihnen vorbei in die Nacht.

Silke war auf einmal wieder hellwach. »Das war knapp«, japste sie.

»Besoffen oder voll mit Drogen, vermutlich beides«, erklärte Kirsty. »Spätestens bei der nächsten Kurve landet der am Baum. Hoffentlich bevor er ein anderes Auto rammt.«

»Von dem anderen hast du dich dann offenbar getrennt«, sagte Silke, nur um etwas zu sagen.

Kirsty schnaubte. »Ganz so war es nicht. Der Kerl hat mich kurz vor der Hochzeit von einer Sekunde auf die andere sitzen lassen, das miese Schwein«, murmelte sie und umklammerte das Lenkrad.

Silke hatte den unangenehmen Eindruck, dass sie dabei an den Hals von ihrem Ex dachte. Die letzte Bemerkung schien Kirsty auch nur aus Versehen laut gesagt zu haben, also schwieg sie taktvoll. »Aber offensichtlich habt Scott und du euch ja irgendwann wiedergefunden«, meinte sie nach einer Weile.

»Ja, nach Jahren. Eines Tages standen wir uns auf einem Kongress in Durban gegenüber.« Ein Lächeln spielte um Kirstys Lippen. »Er liebte mich noch immer, das sagte er schon im zweiten Satz, und irgendwie haben wir da wieder angefangen, wo wir damals aufgehört hatten.«

»Manchmal ist das Leben doch wunderbar«, erwiderte Silke und freute sich, dass das Lächeln jetzt auch Kirstys Augen erreichte. Sie mochte die Frau.

»Seid ihr beide zum ersten Mal hier in Südafrika?«, wechselte Kirsty das Thema.

»Ich ja …« Silke biss sich auf die Lippen. Ihr war das spontan herausgerutscht.

»Dein Mann nicht?«

Instinktiv hielt Silke mit der Antwort zurück. Erst musste sie mit Marcus darüber reden, musste die Wahrheit herausfinden, ehe sie darüber mit einer Fremden diskutieren konnte. Sie schaute aus dem Fenster. Ihr eigenes Spiegelbild blickte sie schemenhaft aus dem dunklen Glas an. Die Augen waren schwarze Löcher in ihrem bleichen Gesicht, der Mund ein blasser Strich. Ein Gefühl von unendlicher Einsamkeit überfiel sie, und sie verspürte auf einmal das dringende Bedürfnis, mit jemandem über ihre Zweifel reden zu können. Scotts Verlobte, die ebenfalls unter immensem seelischen Druck stand, würde sie vielleicht verstehen.

»Ich weiß es nicht«, sagte sie leise. »Er behauptet, er sei noch nie in Afrika gewesen, in Südafrika schon gar nicht, aber er weiß Sachen über dieses Land, die eigentlich nur jemand wissen kann, der sich hier auskennt. Wann immer ich ihn deswegen zur Rede gestellt habe, hat er geantwortet, er habe es irgendwo gelesen. Und das stimmt auch meist. Er liest wahnsinnig viel und hat ein ganz fabelhaftes Gedächtnis …«

Sie berührte den verkrusteten Riss auf ihrer Wange, den ihr der Raubadler zugefügt hatte. »Aber wer weiß schon, dass es hier häufig Raubadler gibt oder wie hoch die Wellen an der Küste werden oder wie dieser Busch mit den riesigen Widerhaken heißt. Irgendwas mit Wachn … ich hab das Wort vergessen.«

Kirsty warf ihr einen schnellen Blick von der Seite zu. »Wag-'n-bietjie-bos? Das ist wirklich etwas, was nicht jeder Tourist wissen kann. Vielleicht ist er ja schon mal hier gewesen und hat nur vergessen, es dir zu erzählen? Männer sind manchmal komisch und haben oft ein sehr selektives Gedächtnis.«

»Kein Mensch vergisst, ob er mal in Afrika gewesen ist.« Silke schüttelte den Kopf. »Ich habe ihn mehrfach gefragt. Und mir fällt absolut kein Grund ein, warum er das verheimlichen sollte.

Marcus sagt, dass er Stress mit dem Boss einer Mine hier in der Gegend hat. Er hat mit dem Mann geschäftlich zu tun. Es wäre doch normal, wenn er deswegen schon einmal hier gewesen ist, oder? Und warum sollte er mir das nicht sagen? Ich versteh's einfach nicht. Und es zieht mir den Boden unter den Füßen weg«, setzte sie sehr leise hinzu.

Kirsty antwortete nicht. Mit zusammengezogenen Brauen starrte sie auf die Straße. »Eine Mine, hier?«, fragte sie schließlich. »Es gibt da eine nördlich von uns, die kürzlich in die Luft geflogen ist. Könnte es die sein?«

»Keine Ahnung«, antwortete Silke stirnrunzelnd.

»Was fördert die Mine?«

Kirstys Körpersprache hatte eine merkwürdig drängende Intensität angenommen, als hinge von Silkes Antwort Schwerwiegendes für sie ab. Silke konnte das nicht verstehen. So wichtig konnte das doch für diese Frau nicht sein, ob Marcus und sie schon einmal in Südafrika gewesen waren und was in dieser Mine gefördert wurde. Sie zuckte mit den Schultern.

»Seltene Erden, was immer das ist«, sagte sie.

Kirsty verriss kurz das Steuer, der Wagen schwänzelte quer über die Straße, aber sie bekam ihn sofort wieder unter Kontrolle. »Wie heißt dein Mann mit vollem Namen?«, fragte sie in eigenartig schleppender Stimme.

»Bonamour. Marcus Bonamour. Warum?«, fragte Silke erstaunt.

Ohne Vorwarnung rammte Kirsty das Bremspedal bis zum Boden durch, und der Wagen stoppte so abrupt, als hätten sie eine Mauer getroffen. Silkes Kopf schnellte vor, ihr Oberkörper wurde vom Sitzgurt zurückgerissen, der ihr schmerzhaft in die Brust biss.

»Bist du verrückt?«, schrie sie. »Was soll das? Du hättest uns fast umgebracht.«

»Raus«, sagte Kirsty in einer Stimme, die derartig hasserfüllt war, dass Silke zurückprallte.

»Was?«

»Raus, oder ich werf dich auf die Straße!« Die andere Frau griff an ihr vorbei und stieß die Tür auf.

Silke starrte ihr sprachlos ins Gesicht, das nur Zentimeter von ihrem entfernt war. Kirstys Züge waren verzerrt, sie fletschte die Zähne wie ein Raubtier. Erschrocken presste sich Silke ins Sitzpolster und drückte gleichzeitig mit beiden Händen die andere Frau weg. Es war offensichtlich, dass sie plötzlich wahnsinnig geworden sein musste. Wahnsinnig und gefährlich. Vermutlich hatte sie die schlimme Sache mit ihrem Verlobten seelisch völlig aus der Bahn geworfen.

»Kirsty, beruhige dich doch. Soll ich fahren?«

Weiter kam sie nicht.

»Steig aus, du dreckige Schlampe«, kreischte Kirsty und versuchte, sie gewaltsam vom Sitz zu stoßen. »Raus, ehe ich dich umbringe!«

Jetzt wurde Silke wütend. »He, lass das!«, schrie sie und boxte sie auf den Oberkörper. Nicht so hart, wie sie konnte, aber hart genug, dass die andere Frau sich an ihr festhalten musste, um nicht auf den Wagenboden zu rollen. Silke packte sie an beiden Armen und schüttelte sie, um sie zur Besinnung zu bringen. »Was ist eigentlich los mit dir? Was habe ich dir getan?«

»Tu doch nicht so – das wirst du schon wissen. Sonst frag mal diesen gewissenlosen Mistkerl!«

Damit versetzte ihr Kirsty mit beiden Händen einen unerwartet kräftigen Stoß. Silke streckte sich blitzschnell nach dem Haltegriff, bekam ihn aber nicht mehr zu fassen. Kirsty legte ihr ganzes Gewicht in den nächsten Stoß, und Silke fiel vom Sitz hart auf den Asphalt. Sie schrie vor Schmerzen auf. Sekunden später traf sie ein Gegenstand am Kopf, der abprallte und irgendwo in die Finsternis rollte. Über ihr knallte die Beifahrertür, und mit durchdrehenden Rädern schoss der Geländewagen davon. Steine und Sand wurden hochgeschleudert und trafen Silke im Gesicht und am Oberkörper, dann verschwanden kurz darauf die Rücklichter um die nächste Kurve.

»Mist!«, brüllte Silke in die Nacht. »Mist, Mist, Mist!«

Vor Wut liefen ihr die Tränen übers Gesicht. Für einen Augenblick erlaubte sie sich einen emotionalen Ausbruch, schrie, trommelte mit den Fäusten auf den Asphalt, war kurz davor, sich zu übergeben.

Schließlich zwang sie ihre Gefühle unter Kontrolle und wischte sich mit dem Handrücken die Tränen ab. Von irgendwoher musste sie Hilfe holen, und zwar so schnell wie möglich. Vermutlich wimmelte es hier von Straßengangstern. Und von Schlangen.

Hastig griff sie in ihre Hosentasche, in die sie ihr Handy gesteckt hatte. Jills Nummer hatte sie, und die würde mit Sicherheit noch wach sein, weil sie ja auf ihre Ankunft wartete. Außerdem war anzunehmen, dass hier der Empfang besser sein würde als im Wildreservat.

Aber die Tasche war leer, auf der anderen Seite erfühlte sie nur das Foto, das sie im Busch gefunden hatte. Sie steckte ihre Hand in die Gesäßtaschen. Auch nichts. Sie hatte keine Möglichkeit, irgendjemanden zu erreichen.

»Mist, verdammter«, murmelte sie noch einmal.

Die Überlegung, warum diese Kirsty so urplötzlich ausgerastet war, verschob sie auf später. Die unterschwellige Unruhe, was Marcus' Rolle betraf, kämpfte sie nieder. Die Wahrheit würde sie ohnehin erst erfahren, wenn sie ihn gesprochen hatte. Wenn sie ihn je wieder sprechen würde.

Im Augenblick musste sie einen Weg finden, hier wegzukommen. Sie blinzelte. Der Mond war nichts als ein weißes Schimmern hinter dichten Wolkenschleiern. Sie tastete über den Boden, erfühlte auf einmal zu ihrer Überraschung einen Schuh. Sie hielt ihn dicht vor die Augen und sah, dass es einer ihrer Ballerinas war. Das musste der Gegenstand gewesen sein, der sie am

Kopf getroffen hatte. Zwar konnte sie nicht erinnern, ob ein zweiter hinterhergeflogen war, aber es war auf jeden Fall eine Möglichkeit. Sie tastete weiter blind herum, aber einen zweiten Schuh fand sie nicht. Frustriert schleuderte sie den einen von sich und blieb einfach auf der Straße sitzen. Die Arme um die Knie geschlungen, versuchte sie, irgendeinen klaren Gedanken zu fassen. Was ihr nicht sehr gut gelang. In ihrem Kopf herrschte Chaos.

Ein entferntes Motorenbrummen ließ sie hoffnungsvoll hochschauen. Noch befand sich das Auto hinter einer Anhöhe. Der starke Schein der Scheinwerfer ließ kurz einen Lichtkranz über der Kuppe erstrahlen, dann fuhr das Fahrzeug über die Anhöhe in ihr Blickfeld, kam rasend schnell näher. Sollte sie auf die Straße springen, um es anzuhalten und um Hilfe zu bitten?

»Man weiß nie, wer sich im Wagen befindet.« Marcus' Stimme.

Sie zuckte buchstäblich zusammen, als die Erinnerung an den Augenblick in ihr hochschoss, als sie mit plattem Reifen mitten in Zululand festsaßen.

»Es gibt zu viele Gangster auf unseren Straßen«, hatte Vilikazi sie gewarnt.

Wie hypnotisiert starrte sie dem Wagen entgegen. Gleich würde sie in den Bannkreis der Scheinwerfer geraten. Wie das Reh, das ihr vor vielen Jahren in einer Winternacht auf einer der gewundenen Straßen im Bayerischen Wald vor den Kühler gelaufen war und das einfach geblendet stehen blieb, anstatt zu fliehen. Es geschah, was geschehen musste: Auf der eisglatten Straße konnte sie weder bremsen noch ausweichen und rammte das Tier mit voller Wucht. Das Reh wurde buchstäblich zerfetzt, und sie bekam den Geruch von frischem Blut monatelang nicht aus der Nase.

Das alles fuhr ihr jetzt durch den Kopf, und sie reagierte instinktiv. Gerade noch rechtzeitig, Sekunden bevor sie in die Lichtkegel geraten konnte, warf sie sich zur Seite, merkte allerdings zu spät, dass die Böschung steil abfiel, rollte immer schneller durch hohes Gras und Gestrüpp den Abhang hinunter, bis sie unten auf einer harten Oberfläche aufschlug und benommen liegen blieb. Die grellen Lichtfinger strichen über ihr ins Leere. Das Auto raste vorbei. Niemand hatte sie entdeckt. Sie atmete durch und rappelte sich in der schützenden Dunkelheit wieder auf.

Unschlüssig, was sie jetzt unternehmen sollte, bemühte sie sich, ihre Lage und Umgebung einzuschätzen. Rauchgeruch hing in der Luft, also hielt wohl jemand in der Nähe ein Feuer in Gang. Vielleicht ein Farmer, vielleicht war sie ganz in der Nähe eines Hauses? Mit vorgestreckten Händen tappte sie ein paar Schritte vorwärts, bis sie lanzenförmige, mannshohe Halme berührte. Ihre Hand glitt tiefer und traf auf die harten Stängel. Hohes Gras oder Zuckerrohr, dachte sie und tastete sich an dem Feld entlang. Das Gelände war einigermaßen eben, wenn auch mit spitzen Steinen übersät, die sich brutal in ihre blanken Fußsohlen bohrten.

»Verdammter Mist«, wimmerte sie und stolperte weiter.

Ein Windwirbel blies ihr eine Rauchwolke ins Gesicht, gleichzeitig hörte sie Stimmen und entdeckte hinter dichtem Gebüsch den flackernden Schein eines offenen Feuers. Vorsichtig setzte sie einen Fuß vor den anderen und schob sich näher, bedacht, nur kein Geräusch zu verursachen, und bald konnte sie vor Funken sprühenden Flammen die Silhouetten von Menschen erkennen. Sich an einem dünnen Baumstamm abstützend, lehnte sie sich vor.

Fünf Schwarze zählte sie, die um ein Feuer lagerten, alles Männer, wie sie schnell feststellte. Sie rauchten und tranken Bier aus Dosen. Die einzige Behausung, die sie ausmachen konnte, war ein Zelt, das aus aneinandergeklebten Plastiktüten bestand, die über vier armdicke Äste geworfen waren, die giebelähnlich gekreuzt oben herausragten. Ihr Blick wanderte zurück zum Feuer.

Einer der Schwarzen warf ein Holzscheit ins Feuer, eine Funkengarbe flog in die Nacht. In ihrem Schein sah sie schweißglänzende Gesichter, muskulöse Oberkörper, rot geäderte Augen, sehr weiße Zähne. Und hinter den Männern, an einen Baum gelehnt, zwei breite Hackbeile mit blanker Schneide, mehrere Kampfstöcke. Und ein Gewehr.

Silke erstarrte. Bildfetzen wirbelten durch ihren Kopf, wütende Zulus mit Hackbeilen und Kampfstöcken, Scheußlichkeiten, die in der Zeitung gestanden hatten, die Stimmen bedrängten sie. Marcus, Vilikazi, Rob Adams. Karen McKillop.

Lauf weg, riefen sie. *Die sind bewaffnet, die sind gefährlich! Das sind alles Gangster.*

Ihre Augen brannten vor Tränen. Sie starrte auf die Waffen, und ihr Traum von Afrika löste sich in einer roten Wolke von Gewalt auf. Plötzlich von der Situation überwältigt, sank sie in die Knie, verbarg ihren Kopf in den Armen und weinte lautlos.

Tiefe Stimmen drangen durch die Nacht zu ihr hinüber, süß wie dickflüssiger Honig. Eine seltsam beruhigende Melodie, die auf einmal alle schlimmen Bilder auslöschte. Stattdessen hörte sie Lachen, und unvermittelt meinte sie Jasminduft zu riechen, und ihr Herz tat einen Doppelschlag. Wenn sie Marcus finden wollte, musste sie das Risiko eingehen. Sie richtete sich auf und holte tief Luft. Ungeachtet des Lärms, den sie verursachte, lief sie durchs Gestrüpp auf die Gruppe zu. Kaum hatte sie den Saum des Buschs erreicht, schlugen zwei Hunde an. Sie blieb wie angewurzelt stehen. Das Bellen steigerte sich, wurde heiser, abgehackt, und sie musste ihre ganze Selbstbeherrschung aufbieten, um nicht schreiend zu fliehen. Das Bellen schlug in Jaulen um, und sie vernahm Gerassel und helles Klirren. Die Tiere waren offensichtlich angekettet. Sie stählte sich innerlich und trat entschlossen in den Lichtkreis der Flammen. Ihre Nerven waren zum Zerreißen angespannt. Durch die Rauchschwaden sah sie die Hunde, die am Ende ihrer Ketten wie wahnsinnig tobten.

Dem Mann, der sie zuerst bemerkte, blieb bei ihrem Anblick

ungläubig der Mund offen stehen. Er drehte den Schirm der blauen Baseballkappe, die er seitwärts aufgesetzt hatte, nach hinten und betastete regelrecht ihre mit Schlamm besudelte Gestalt mit den Augen. Nach eingehender Musterung lachte er laut los, stieß seinen Nachbarn an und sagte etwas auf Zulu. Seine Kumpane drehten sich um, gafften Silke kurz an und brachen dann ebenfalls in Gelächter aus.

Aber in Silkes Ohren war das kein fröhliches Lachen. Es klang für sie eher wie triumphierendes Jagdgeläut, das jeden Moment in aggressives Knurren umschlagen konnte. Der mit der blauen Baseballkappe stemmte sich langsam auf die Beine. Er war eine beeindruckende Erscheinung. Groß, muskulös und wohlgenährt. Silke sah ihm beklommen entgegen. Im Gegensatz zu seinen Freunden, die mehr oder weniger abgerissene blaue Overalls trugen, war er auch recht gut gekleidet. Kariertes Hemd, Jeans und brandneue Sneakers einer bekannten deutschen Marke. Er strahlte eine natürliche Autorität aus, und sie nahm an, dass er der Anführer der Gang war.

Nun standen auch die anderen auf und machten ein paar Schritte auf sie zu. Einer griff nach einem Hackbeil. Das Metall blinkte im Feuerschein.

Obwohl sie für einen Moment eine Welle von Panik niederkämpfen musste, blieb Silke eisern stehen, wich den Blicken nicht aus. »Hi«, sagte sie. »Könnt ihr mir bitte helfen?«

Das Ergebnis war sprachlose Fassungslosigkeit.

Schließlich fasste der Typ mit der Baseballkappe sich als Erster. Er lehnte sich vor, ließ seinen Blick enervierend langsam über sie wandern, blieb an ihren wunden Füßen hängen.

»He«, krächzte er rau und klickte ein paar Worte auf Zulu.

Mit einer hilflosen Geste hob Silke die Schultern. »Ich verstehe eure Sprache nicht«, sagte sie auf Englisch.

»Was willst du?«, wiederholte der Mann, nun auch auf Englisch. Sein Ausdruck war misstrauisch, der Ton barsch.

Silke schluckte trocken. »Ich weiß nicht, wo ich bin. Ich habe … einen Unfall gehabt, und mein Telefon ist weg.«

»Einen Unfall? Mit dem Auto?«, fragte der Zulu.

Was sollte sie darauf antworten? Wir sind von Elefanten angegriffen und fast zu Brei getrampelt worden, dann hat ein schwarzer Ranger meinen Mann entführt und die, die mich retten sollte, hat mich aus dem Wagen gestoßen und allein in der Nacht zurückgelassen? »Ja«, sagte sie kurz.

»Wo ist es?« Die unergründlichen Augen glitzerten.

»Im Umfolozi-Reservat«, antwortete sie wahrheitsgemäß.

»Ah«, murmelte der Mann mit der Baseballkappe nach einem Augenblick und lachte. »Wir werden dir helfen.«

Wie er das sagte, klang es fast drohend in Silkes Ohren, aber sie rührte sich nicht vom Fleck.

»Umfolozi ist groß«, fuhr der Mann fort. »Wo ist dein Auto? Wir holen es für dich.«

Seinem Gesichtsausdruck nach zu urteilen, schien der Zulu schon durchzukalkulieren, welchen Fang er da gemacht hatte. So jedenfalls kam es ihr vor. Seine Freunde grinsten wie hungrige Haifische, und es beschlich sie das höchst ungemütliche Gefühl, dass sie als Beute angesehen wurde. Leichte Beute. Aber jetzt wegzulaufen war falsch.

»Mach dich so groß wie möglich«, hörte sie Jill sagen, *»aber auf gar keinen Fall darfst du dich umdrehen und weglaufen. Das würde sofort einen Angriff herausfordern.«*

Jill hatte das auf Löwen bezogen. Aber es traf sicher auf jedes Lebewesen zu, das sie bedrohte. Vierbeinig oder zweibeinig. Sie stemmte die Arme in die Hüften. »Mein Name ist Silke. Wie heißt du?«, fragte sie den, den sie für den Anführer hielt, und war stolz, ihre Stimme unter Kontrolle zu haben.

Der drehte seine Baseballkappe nach vorn und schoss ihr einen abwartenden Blick zu. »Hellfire«, sagte er schließlich mit tiefer Stimme.

Silke nahm sich ihrerseits die Zeit, den Mann eingehend zu mustern. »Hellfire? Das ist ein merkwürdiger Name.«

»Yebo.« Raues Lachen, blitzende Zähne. »Hell and fire, Hölle und Feuer, das bin ich!«

Damit drehte er sich zu seinen Kumpanen um, und es entstand eine lebhafte Diskussion in rasend schnellem Zulu und ausladenden Gesten. Immer wieder glitten die Blicke zu ihr, dann steckten sie wieder die Köpfe zusammen, einer zeigte mit dem Daumen auf sie.

»Das Auto ist kaputt«, sagte sie auf Englisch.

Daraufhin wurde sie mit voller Aufmerksamkeit belohnt.

»Kaputt? Es fährt nicht mehr?« Hellfire starrte sie an. »Man kann es doch reparieren?«

Silke schüttelte den Kopf. »Nein. Elefanten haben es zertrampelt. Es ist nur noch ein Schrotthaufen.«

Das rief erst ungläubiges Staunen, dann konzentriertes Interesse und weitere lautstarke Diskussionen hervor. Soweit Silke es beurteilen konnte, hatte der Anführer etwas vorgeschlagen, was den vier anderen nicht behagte. Der Wortwechsel wurde hitziger. Silke verstand überhaupt nichts, bemühte sich, aus dem Gesichtsausdruck der Zulus etwas herauszulesen. Was ihr nicht gelang. Nur zwei Begriffe meinte sie wiederholt zu verstehen. Ikkili. Oder so ähnlich. Und ein hartes, entschiedenes »Tscha!«. Was immer das heißen mochte.

Schließlich knurrte Hellfire einen harschen Befehl und brachte damit die anderen zum Schweigen. Er drehte den Mützenschirm wieder zur Seite und musterte Silke aus schmalen Augen. »Du musst uns sagen, wo das Auto ist, sonst können wir dir nicht helfen. Verstehst du?«

O ja, sie verstand das nur zu gut. »Ihr helft mir, ich sage euch, wo das Auto ist. Mit meiner Tasche, meinem Pass und meinem Geld.« Heimlich drückte sie sich die Daumen platt und schickte zur Sicherheit noch ein Stoßgebet gen Himmel.

»Dein Geld, eh?« Hellfires Augen funkelten.

»Und meine Kreditkarten«, schob sie hinterher und wartete mit angehaltenem Atem.

Aber dann geschah etwas, womit sie überhaupt nicht gerechnet hatte. Der Zulu grinste, richtig nett, fast ansteckend.

»Wir helfen dir. Der hier«, er zeigte auf einen ausgemergelten Mann mit Zöpfchenfrisur und Augen, die tief in den Höhlen seines Totenschädels glühten, »das ist Wiseman. Er kann Autos reparieren. Wenn er gut drauf ist und sich sein Hirn nicht mit Tik vollgeschossen hat. Also, wir helfen dir«, wiederholte er.

»Yebo«, rief der kleine, dickbäuchige Mann neben Hellfire und grinste über sein fröhliches Clownsgesicht. Dabei prüfte er die Schneide seines Messers, indem er sanft mit dem Daumen darüberfuhr. Mit einem zufriedenen Ausdruck steckte er es in seinen Gürtel. Silke wurde es bei dem Anblick eiskalt.

»Wir bringen dich jetzt zu Iqili Greta auf die Farm«, verkündete Hellfire, packte sein Gewehr und marschierte ohne ein weiteres Wort los.

Aber Silke rührte sich nicht vom Fleck. »Wer ist diese … Ikkili Greta?«, rief sie ihm nach.

Hellfire schaute sie kurz über die Schulter an. »Iqili«, sagte er, und das Wort explodierte mit einem klaren Klick förmlich von seinem Mund. »Das bedeutet ›eine clevere Person‹. Iqili Greta ist sehr clever. Sie hat eine Farm nicht weit von hier.«

Wiseman zischelte manisch vor sich hin, packte aber wie die anderen Panga und Kampfstock und folgte Hellfire. Silke starrte ihnen verwirrt und unschlüssig hinterher. Was ging hier gerade vor? Dass der Zulu plötzlich seine menschenfreundliche Ader entdeckt haben sollte, glaubte sie nicht für eine Sekunde. Was also führte Hellfire wirklich im Schilde? Oder, besser gesagt, wie groß war die Gefahr, dass sie in eine Falle tappen würde?

»Woza«, rief Hellfire und winkte ihr auffordernd zu. »Come on«, fügte er auf Englisch hinzu.

Mit einem Gefühl von Beklommenheit folgte sie den Männern, die sie nicht beachteten, sondern weiterhin lebhaft miteinander diskutierten. Sie empfand es als sehr frustrierend, von einer Unterhaltung, die sich mit Sicherheit um sie drehte, nicht ein einziges Wort verstehen zu können. Der einzige Begriff, den Silke meinte, aus dem Gesprächsbrei unterscheiden zu können, klang so ähnlich wie »kokakuni«. Sie nahm sich vor, Jill Rogge zu fragen, was es hieß. Wenn sie Jill je wiedersehen würde. Und Marcus. Ihr wurde die Kehle eng.

Für ein paar Minuten lief sie verdrossen hinter den Männern her. Im bleichen Mondlicht wanderten sie im Gänsemarsch am Saum des Zuckerrohrfelds entlang. Anschließend führte Hellfire sie über eine geteerte Straße und weiter durch Gras und Gestrüpp.

Ohne Vorwarnung flammten plötzlich grelle Scheinwerfer auf, wütendes Hundegebell zerriss die Stille, und eine Stimme brüllte etwas auf Zulu. Silke blieb vor Schreck fast das Herz stehen. Geblendet blinzelte sie ins Licht.

Hinter einem doppelten, meterhohen Zaun rasten mehrere große Hunde auf und ab, knurrten, jaulten, bissen in den Maschendraht, und eine Person stand breitbeinig da und zielte mit einem Gewehr auf sie und die Zulus. Obwohl Silke nur die vom gleißenden Licht scharf gezeichnete Silhouette erkennen konnte, war sie sich sicher, dass es eine Frau war. Überrascht sah sie genauer hin. Eine weiße Frau offenbar, denn ihr kinnlanges Haar war glatt und hell.

»Ja!« Nur das eine Wort, ohne Fragezeichen. Unfreundlich.

»Hallo«, platzte Silke heraus.

Das Gewehr schwang augenblicklich herum, und sie starrte entsetzt in die schwarze Mündung. Die Hunde sprangen am Zaun hoch, gebärdeten sich wie wild. Die Zulus lachten und warfen Steine nach ihnen, woraufhin ihr Gebell in eine Art atemloses Geschrei umschlug.

»He, Iqili Greta«, rief Hellfire in gutturalem Englisch. »Wir bringen dir jemanden, ein verlorenes Hühnchen.« Er wies mit dem Daumen auf Silke, die im Scheinwerferkegel gefangen war wie damals das Reh im Bayerischen Wald.

Der Gewehrlauf senkte sich um ein paar Zentimeter. »Wer sind Sie, und was wollen Sie?«, war die harsche Frage.

Die Augenpartie der Frau lag im tiefen Schlagschatten der Scheinwerfer. Silke konnte ihren Ausdruck nicht erkennen. Freundlich erschien ihr die Farmerin nicht. Ihr Blick flog zu Hellfire. Er grinste sie unter dem Mützenschirm auf eine so entwaffnende Art an, dass sie von dem ganz und gar unverständlichen Impuls überrascht wurde, diese Greta links liegen zu lassen, weiter darauf zu vertrauen, dass Hellfire und seine Genossen ihr nichts antun würden, und bis zum Morgen bei den Zulus zu bleiben.

Stockholmsyndrom, schoss es ihr durch den Kopf. War ihre Wahrnehmung schon so weit verzerrt, dass sie die Realität ausblendete? Das sind Gangster, betete sie sich schweigend vor. Bewaffnet. Denen ist ein Menschenleben nichts wert. Ruckartig wandte sie sich wieder der Farmerin zu, musste sich räuspern, ehe sie antworten konnte.

»Ich heiße Silke, bin eine Touristin aus Deutschland und hatte einen Unfall.«

»Und da haben Sie ausgerechnet diese Kerle um Hilfe gebeten? Sind Sie verrückt geworden?« Ungläubig sah die Frau sie über den Gewehrlauf an. »Was haben Sie sich dabei gedacht?«

Ihr Ton und ihre Worte ließen bei Silke die Galle hochkommen. »Ich habe auf jeden Fall nicht automatisch angenommen, dass sie mir was antun wollten«, schrie sie rebellisch zurück.

»Das war extrem leichtsinnig und dämlich von Ihnen«, rief die Farmerin ungerührt. »Das hätte Sie Ihr Hab und Gut und Ihre Gesundheit kosten können. Mit ein bisschen Pech auch Ihr Leben … Ruhe!«, brüllte sie ihre Hunde an, woraufhin sich die Tiere jaulend auf den Boden warfen. Der Gewehrlauf schwang wieder in Silkes Richtung. Der Blick der Farmersfrau wanderte abschätzend über Silkes ramponiertes Äußeres. »Und wie haben Sie es angestellt, so auszusehen?« Sie verzog spöttisch ihren Mund. »Mit wem haben Sie sich denn um die Suhle gestritten – Nashorn oder Warzenschwein?«

»Warzenschwein«, war Silkes deutlich aggressiv gefärbte Antwort.

Die Zulus brüllten vor Lachen, die Frau mit dem Gewehr zeigte außer einem Zucken ihrer Mundwinkel keinerlei Regung, sondern schwenkte blitzartig den Lauf, bis sie die Zulus im Visier hatte.

»Zurück«, befahl sie, wobei der Gewehrlauf nicht um einen Millimeter schwankte. »Hellfire, nimm deine Kumpane mit und dann suka! Hau ab! Und zwar hamba shesha!«

Die Zulus grinsten und rührten sich nicht. »Wir haben das Hühnchen nicht angerührt, warum bist du so hässlich zu uns?«

»Weil ich keinem von euch Kerlen von zwölf Uhr bis mittags traue. Legt eure Waffen hin, und dann zieht euch zurück. Ich lasse dieses … Hühnchen jetzt zu mir rein. Ihr könnt euch eure Waffen später wiederholen. Also, wird's bald?«, raunzte sie die Zulus an.

Bei ihrem Ton sprangen die Hunde aufgeregt jaulend hoch, blieben aber dicht neben ihrer Herrin. »Suka!«, fauchte die Frau.

Nach einem kurzen Blickduell stieß Hellfire ein scharfes Kommando hervor, und seine Kumpane legten ihre Waffen auf den Boden und zogen sich murrend ein paar Meter zurück.

»Okay, kommen Sie her.« Die Frau winkte Silke heran.

Mit einem mulmigen Gefühl im Bauch näherte sich Silke dem Zaun, blieb jedoch kurz stehen und drehte sich impulsiv um. »Danke«, rief sie den Zulus zu. »Vielen Dank für Ihre Hilfe, Hellfire. Wir sehen uns.«

»Du musst ihren Eintopf mit Huhn versuchen, der ist gut«, brüllte Hellfire und rieb sich lachend den Bauch.

Silke zog verwirrt die Brauen zusammen. Eintopf? Dann aber rollte hinter ihr das Tor so weit zurück, dass es gerade breit genug für einen Menschen war. Sie zwängte sich hindurch und fand sich unversehens vor einem weiteren Tor wieder, sodass sie zwischen den beiden Zäunen gefangen war. Die irre Vorstellung überfiel sie, im Gefängnis gelandet zu sein, und sie wirbelte herum, doch das Tor hinter ihr schloss sich gerade mit metallischem Quietschen.

In diesem Moment glitt das Tor zum inneren Zaun zurück, und sie schlüpfte hindurch, blieb jedoch mit angehaltenem Atem stehen, als die Hunde auf sie zustürzten und sie mit nassen Nasen beschnüffelten.

»Entspannen Sie sich. Die wollen Sie nur kennenlernen, nicht fressen«, war die lakonische Erklärung von Iqili Greta. »Die spielen gern.«

Silke rührte sich nicht. Den Spruch kannte sie von unzähligen Begegnungen mit fremden Hunden. »Der will nur spielen«, war die unweigerliche Bemerkung der Besitzer, und schon fingen die Tölen an, sie schmerzhaft zu zwicken. »Aus!«, fauchte sie die Hunde an und hörte das spöttische Gelächter der Zulus im Hintergrund.

»Nun kommen Sie schon«, rief die Farmersfrau. »Ich sag Ihnen doch, die tun nichts.« Sie drehte sich um und marschierte zum Haus, das keine zehn Meter vom Zaun entfernt lag. Vom niedrigen Dachfirst des lang gestreckten Gebäudes schnitten Scheinwerferstrahlen die Nacht in Scheiben.

»Vorsicht, die fressen Hühnchen«, kam die Stimme Hellfires aus dem Dunkel. Vielstimmiges Johlen seiner Kumpane folgte.

Silke drehte sich um und winkte ihnen zu. »See you«, rief sie.

Ein tiefes, kehliges Lachen war die Antwort, dann war Ruhe.

Nachdenklich ging sie hinter Greta her, allerdings in gebührendem Abstand zu der Hundemeute. Fürs Erste war sie auf der Farm in Sicherheit, und darüber war sie mehr als froh, aber die Begegnung mit Hellfire und seinen Freunden hatte sie zutiefst aufgewühlt und völlig widersprüchliche Gefühle in ihr geweckt. Hellfire war ein Gangster, das war nicht wegzudiskutieren, dennoch hatte er ihr geholfen, hatte ihr kein Haar gekrümmt, sondern sie vor seinen eigenen Leuten beschützt.

Vor dem Haus blieb sie abrupt stehen. Alle Fenster waren schwer vergittert, die Türen zusätzlich mit Ketten gesichert. Die Farm wirkte wie ein Hochsicherheitstrakt. Weshalb musste sich die Farmersfrau so verbarrikadieren? Wo war sie hier nur gelandet?

Greta hielt die Eingangstür auf und winkte Silke hinein. Die Hunde blieben draußen, die Scheinwerfer erloschen, die Tür wurde verriegelt, die Alarmanlage angeschaltet.

»Hier entlang«, sagte Greta und schob sie in die Küche.

Sie war riesig, in der Mitte stand ein einladender Tisch aus hellem Holz, Töpfe hingen an Haken neben dem Herd, der – mit emaillierter Front und Messinggriffen – in Silkes Augen aussah, als stamme er aus dem vorletzten Jahrhundert. Sie wischte ihre Hand an ihren verdreckten Shorts ab, was nicht viel Erfolg hatte. Unschlüssig stand sie da, wagte es nicht, sich zu setzen.

Die Frau legte ihr Gewehr auf den Tisch. »Also, Sie heißen Silky?« Sie sprach das Wort englisch aus.

»Silke«, verbesserte Silke schnell. Der Kosename Silky gehörte Marcus allein. Marcus! Ein scharfer Schmerz stach sie unter dem Rippenbogen. Automatisch massierte sie die Stelle, aber der Schmerz blieb. Und die Vorstellung von dem, was der Ranger Marcus angetan haben könnte.

Die Frau beobachtete sie aufmerksam. »Silke – auch gut«, sagte sie, während sie zum Herd ging. »Ich heiße Greta Carlsson. Mir gehört die Farm. Ich denke, Sie sollten erst mal duschen. Sie …«, sie grinste belustigt, »Sie riechen etwas streng. Beim Frühstück können Sie mir dann erzählen, was vorgefallen ist, das Sie in die Fänge von Hellfires Gang getrieben hat. Danach sehen wir weiter.« Sie riss eine Tür am Ende der Küche auf.

»Tiny!«, brüllte sie. »Wir könnten hier Frühstück gebrauchen – Tiny ist mein Hausmädchen«, erklärte sie Silke. »Sie wird durch den Krach da draußen sowieso aufgewacht sein. Wenn es hier mal wieder rund geht, steht sie immer auf, egal, wie spät es ist. Sie sagt, sie hat nicht vor, im Bett ermordet zu werden.«

Silke starrte sie an. »Was?«

Greta ging zur Spüle, wusch langsam, wie in Gedanken versunken, ihre Hände. Schließlich drehte sie sich zu Silke um. »Was glauben Sie denn, was diese Kerle da vorhaben?« Sie blickte Silke mit milder Provokation an. »Bei der nächsten Gelegenheit schlachten die uns ab, wie sie das schon mit …« Sie brach ab, schluckte hart. Auf ihrem Gesicht spielte sich ein heftiger Kampf ab. »Ach verdammt, lassen wir das«, sagte sie schließlich und trocknete sich die Hände an einem Küchenhandtuch ab.

»Aber … aber«, stotterte Silke. »Hellfire und seine Freunde waren nur freundlich zu mir und haben mir sofort geholfen.«

»Was ich mir wirklich nicht erklären kann«, erwiderte Greta und starrte in die Nacht hinaus. Sie schien etwas zu sehen, was Silke nicht sehen konnte. »Sie haben riesiges Glück gehabt. Die sind wie hungrige … Hyänen.«

Das letzte Wort war eine mit Hass aufgeladene Verwünschung, und Silke hatte das deutliche Gefühl, dass die Bemerkung gar nicht mehr an sie gerichtet war. Während sie noch darüber nachdachte, flog hinter ihr die Tür auf, und eine übergewichtige Afrikanerin in Unterwäsche stürzte herein.

»Was ist passiert? Ist Hellfire hier? Kommt die Polizei?«, kreischte sie und zerrte sich gleichzeitig ein rotes T-Shirt über ihre wogenden Formen hinunter bis zu ihren bloßen Schenkeln.

»Nichts ist passiert«, antwortete Greta. »Sie sind weg.«

Das dunkle Gesicht tauchte mit angstvoll aufgerissenen Augen aus dem Halsausschnitt wieder auf. »Hatte das was mit Ihrem Mann zu tun? Wollte er ihn … ausgraben?« Als die Farmersfrau den Kopf schüttelte, atmete die Zulu hörbar durch und schob ihr

Haar zurecht, das steif vor Gel wie ein glänzend schwarzes Dach von ihrem Kopf abstand. Erst jetzt fiel ihr Blick auf Silke, und sie fuhr mit allen Anzeichen von Panik vor ihr zurück.

Greta fing den Blick auf. »Mach dir keine Sorgen, Tiny, das ist kein Schlammwurm. Das ist eine Frau. Sie heißt Silke und ist eine Touristin aus Übersee. Sie hatte einen Unfall.«

»Hallo«, sagte Silke.

Tiny schlug eine Hand vor den Mund und zog ein bestürztes Gesicht. »Oh, sorry, Madam. Sorry. Und Hellfire? Hat der was mit dem Unfall zu tun? Hat er ihr was angetan? Sie vergewaltigt?« Mit vorgeschobener Unterlippe musterte sie ihr Gegenüber eingehend.

»Nein, nein, er hat mir geholfen«, erwiderte Silke.

Die Zulu starrte sie perplex an. »Hellfire? Ihnen geholfen? Er hat Sie nicht …« Tiny ließ den Satz unbeendet.

Silke nickte, und Tinys verwirrter Blick flog zu Greta, die mit den Schultern zuckte. Die Zulu wiegte ungläubig den Kopf hin und her, schnalzte dabei mit der Zunge. »Soll ich Frühstück machen?«, fragte sie dann und knallte eine Pfanne auf den Herd.

»Ja, bitte«, stimmte die Farmersfrau zu. »Schinkenspeck und Eier. Für Sie auch, Silke?«

Silke schüttelte den Kopf. »Nur Kaffee, bitte.«

Im Augenblick würde sie nichts herunterbekommen. Durst hatte sie, und sie fror, obwohl es feuchtheiß war, aber das war mit Sicherheit eine verspätete Reaktion auf den Horror im Busch. Sie sah das verzerrte Gesicht des Rangers vor sich, hörte wieder Marcus' Stimme, der ihr zurief wegzulaufen, und jäh gaben ihre Beine unter ihr nach. In letzter Sekunde schaffte sie es gerade noch, sich seitwärts auf einen der Holzstühle fallen zu lassen. Mit beiden Händen klammerte sie sich an der Tischplatte fest und wartete, bis sich die schwarzen Flecken vor ihren Augen wieder verziehen würden.

»Hier«, hörte sie Greta neben ihr sagen. »Trinken Sie, dann geht's schon wieder. Und Sie werden etwas essen, sonst kippen Sie mir noch um. Keine Widerrede.« Sie drückte ihr ein Glas halb voll mit einer bernsteinfarbenen Flüssigkeit in die Hand.

Silke roch Alkohol, rümpfte die Nase, setzte das Glas aber trotzdem an. Ihre Zähne klirrten am Rand, gehorsam zwang sie die brennende Flüssigkeit die Kehle hinunter. Sie japste, als der hochprozentige Alkohol sie wie ein Schlag im Magen traf, doch dann breitete sich eine angenehme Wärme in ihr aus.

»Danke«, krächzte sie, betrachtete Greta zum ersten Mal genauer. Die Farmersfrau war von kräftiger Statur, eher vollschlank, schätzungsweise Mitte bis Ende vierzig, ihr Haar war mittelblond, und sie trug ein grün kariertes Hemd, das locker über ausgefransten Jeans hing. Sie hielt sich sehr gerade, was ihr eine Aura von Autorität verlieh. Gesicht, Ausschnitt, Arme und Hände waren tiefbraun gegerbt, und die Haut war von einem Netz feiner Falten durchzogen. Das Zeugnis eines Lebens unter der brutalen afrikanischen Sonne. Ein weißer Streifen am Haaransatz zeigte, wo tagsüber ihr Sonnenhut saß.

Überraschend lächelte Greta auf sie hinunter, und Silke stellte erstaunt fest, wie sehr ein Lächeln ein Gesicht verwandeln konnte. Verschwunden waren alle Härte und Unfreundlichkeit, vor Silke stand ein verschmitzter Kobold von einer Frau, deren hellblaue Augen vor Vergnügen tanzten.

»Ehrlich, ein Warzenschwein? Davon müssen Sie mir unbedingt erzählen«, sagte Greta.

Silke stand auf. »Natürlich, aber ich würde gern erst duschen, ich stinke bestimmt wie …«

»… wie ein Warzenschwein«, vollendete die Farmersfrau den Satz und lachte. »Tun Sie tatsächlich, und zwar ziemlich durchdringend. Kommen Sie, ich zeige Ihnen die Dusche.«

Silke wurde unerklärlicherweise warm ums Herz. Auf eine verschwommene Art fühlte sie sich an ihre Großeltern erinnert, obwohl Greta Carlsson wohl rund zwei Jahrzehnte jünger war. Eilig folgte sie ihrer Gastgeberin.

»Ich lege Ihnen was zum Anziehen hin, Ihre Sachen sind ja nicht mehr zu gebrauchen«, sagte Greta und öffnete die Tür zu einem altmodischen Badezimmer.

In der Mitte stand eine gusseiserne Wanne mit Füßen, die Löwentatzen nachgebildet waren. Das Waschbecken war ähnlich altmodisch wie die Wanne, der Spiegel darüber bräunlich angelaufen. Das einzige Fenster war ebenso vergittert wie alle anderen.

»Leider haben wir wohl nicht die gleiche Größe, aber vielleicht finde ich ein paar passende Kleidungsstücke.« Ihr Blick fiel auf Silkes Füße, und sie zog besorgt die Brauen zusammen. »Ich schau mal, ob ich ein paar Flip-Flops für Sie auftreiben kann. Pflaster und Desinfektionsmittel bringe ich Ihnen gleich. Die Wunden sehen nicht gut aus. Die müssen Sie unbedingt behandeln.«

Silke beugte sich vor und sah sich mit ihrem Spiegelbild konfrontiert. Ihre Augen starrten ihr rot geädert aus einer braunen Schlammmaske entgegen. Der Riss unter ihrem Auge war blutverkrustet. Sie verzog das Gesicht. »Ich sehe ja grauenvoll aus«, murmelte sie und betrachtete sich genauer. Jeder Quadratzentimeter ihrer Haut und Kleidung war mit braunem Schmutz bedeckt, der zum Teil eingetrocknet und rissig aufgebrochen war.

»Schlamm soll ja gut für die Haut sein.« Greta gluckste amüsiert.

Silke rubbelte vorsichtig an der Kruste herum, die daraufhin abbröckelte, als ihr etwas einfiel. Sie wandte sich zu der Farmersfrau um. »Ich werde im Wildreservat Inqaba erwartet. Könnten Sie für mich dort anrufen – ich habe mein Mobiltelefon irgendwo verloren und damit auch die Nummer der Lodge. Vielleicht haben Sie ein Telefonbuch? Bitte fragen Sie nach einer Jill Rogge, die ist …«

»Jill und ich kennen uns seit unserer Kindheit«, unterbrach sie Greta. »Und ich habe ihre Geheimnummer. Was soll ich ihr sagen?«

»Dass mit mir alles okay ist.«

Greta lachte kurz auf. »Das stimmt ja wohl nicht ganz, aber lassen wir das vorerst. Duschen Sie sich, danach können Sie mir beim Frühstück alles Nötige erzählen. Ich rufe in der Zwischenzeit Jill an.«

Silke nickte dankbar und zog die Tür zu.

19

Nach der wohltuenden Dusche versorgte sie ihre Füße, betupfte auch den Riss unter ihrem Auge mit Desinfektionsmittel und schlüpfte zehn Minuten später in das dunkelblaue Leinenkleid, das ihr Greta hingelegt hatte. Wenn sie den Gürtel aufs letzte Loch schnallte, passte es sogar einigermaßen. Die Flip-Flops stellten sich als viel zu groß heraus, und sie zog es vor, barfuß zu laufen. Ihre verschmutzte Kleidung lag noch auf dem Fußboden. Mit spitzen Fingern hob sie die Sachen hoch und inspizierte sie. Greta hatte recht. Weder das Oberteil noch die Shorts waren noch zu gebrauchen. Nur die Unterhose und den BH behielt sie.

Als sie die Taschen ihrer Shorts leerte, stieß sie dabei auf das Foto, das sie im Busch gefunden und fast schon vergessen hatte. Unter dem trüben Licht der Badezimmerlampe betrachtete sie es genauer. Es war zerknickt und verdreckt, aber sie konnte einigermaßen erkennen, was es darstellte.

Vor einem lichterloh brennenden Holzstoß standen zwei Männer eng zusammen. Einer davon war ein Riesenkerl mit einem immensen Bauch, einem Kopf wie ein Fußball mit Hamsterbacken und eng zusammenstehenden Augen. Unangenehmer Typ, entschied sie und sah sich den anderen an. Der Dicke hatte seinen Arm um einen Jüngeren mit Schlapphut gelegt, der etwas kleiner war und ziemlich steif und ungelenk wirkte. Links von den beiden befanden sich zwei weitere Männer, die merkwürdigerweise mit weit offenen Mündern lachten. Alle vier trugen Tarnanzüge. Rechts von der Gruppe rauchte ein Grill. Größere Fleischstücke waren auszumachen, unter anderem zwei Hähnchenhälften. Links war um einen Pfahl ein großer, oben abgeflachter Haufen Holz aufgetürmt.

Wie ein Scheiterhaufen, fuhr es Silke durch den Kopf, während ihr Blick zum unteren Teil des Bildes glitt. Zu Füßen dieser Gruppe lag ein dunkelhäutiger Mann auf dem Boden, aber da war das Foto so stark zerkratzt, dass sie nicht erkennen konnte, was er da machte, ob er vielleicht schlief. Auf jeden Fall war sein Oberkörper unbekleidet. Neben ihm kniete ein weißer Mann und starrte unter zusammengezogenen Brauen in die Kamera. Er trug keine Uniform.

Eine Grillparty, nahm sie an. Sie rollte das Foto zusammen und steckte es in eine der tiefen Kleidertaschen.

Beim Frühstück teilte ihr Greta mit, dass sie Jill Rogge erreicht habe, die ebenso wie sie selbst wissen wollte, warum Silke allein nachts mitten in Zululand herumgestolpert war. Silke erzählte Greta alles, allerdings nur in groben Zügen, und unterließ es zu erwähnen, dass Kirsty sie einfach aus dem Wagen geworfen hatte. Aber Greta bohrte nach.

»Ich habe mich mit Kirsty … gestritten«, gab Silke zu.

»Aha«, machte Greta, und es war deutlich, dass sie das nicht glaubte. »Na, das wird wohl eher umgekehrt gewesen sein. Kirsty hat ein unberechenbares Temperament, bei der weiß man nie. Die geht einem glatt an die Kehle, wenn sie wütend ist.«

Silke kommentierte das nicht. Bevor sie nicht die Hintergründe von Kirstys Ausraster kannte, würde sie kein Wort darüber verlieren.

Greta stellte einen Teller mit Spiegeleiern, Speckstreifen und knusprig gebratenen Kartoffeln vor sie hin. »Hier, Sie müssen etwas essen.«

Der Duft von dem krossen Speck stieg Silke in die Nase, und augenblicklich lief ihr das Wasser im Mund zusammen. »Danke«, sagte sie und spießte einen Speckstreifen auf. »Ach übrigens, Hellfire hat andauernd mit seinen Freunden über etwas diskutiert.

Natürlich habe ich nichts verstanden, aber sie schienen ziemlich aufgeregt zu sein und wiederholten immer ein Wort mit so einem scharfen Klicklaut am Anfang und Ende. Es klang wie ›kokakuni‹. Wissen Sie, was das heißt?«

»Kokakuni«, wiederholte Greta langsam, schien aber keine passende Übersetzung zu kennen.

Tiny, die an der Spüle stand, drehte sich um. »Qoqa ukhuni«, sagte sie mit zwei knallenden Klicks im ersten Wort. »Feuerholz sammeln.«

»Ja«, rief Silke. »Das war's.«

Greta nickte zustimmend. »Tiny hat recht. Das scheint mir richtig zu sein. Die wollten wohl Feuerholz sammeln.«

»Die saßen um ein großes Feuer. Vielleicht brauchten sie es dafür«, sagte Silke. »Zum Schluss rief er ›hambakasch‹ oder so ähnlich«, fügte sie hinzu und steckte das Speckstück in den Mund. Es schmeckte absolut himmlisch.

»Hamba kahle«, sagte Tiny. »Goodbye.«

Silke bedankte sich, und sie und Greta aßen schweigend und tranken dazu Kaffee, der für Silkes Geschmack ziemlich dünn war, aber heiß und trotzdem belebend. Danach brachen sie auf.

Die Klimaanlage des alten Landrover fauchte, blies ihr unters Kleid, die Beine hoch. Aber es war nicht nur der eiskalte Luftstrom, der Silke eine Gänsehaut verursachte. Es war das Gewehr, das auf der Ablage befestigt war, und es war der Pistolenknauf, der neben Gretas Sitz aus der speziellen Halterung ragte. Es waren auch die zwei Hunde, die hinter einem Gitter auf der geschlossenen Ladefläche lagen. Und die gespannte Aufmerksamkeit, mit der Greta während der Fahrt die Umgebung unablässig beobachtete. Als erwartete sie jeden Augenblick einen Überfall.

Vorsichtig fragte Silke Greta, wer dieser Hellfire war, der sie so gut kannte, dass er von ihrem Eintopf mit Hühnchen schwärmte.

»Ich bin mit Hellfire aufgewachsen. Wir waren Freunde«, war die ebenso überraschende wie knappe Antwort.

Silke musterte Greta erstaunt von der Seite und fragte sich, was passiert sein musste, um eine Frau wie Greta – die sie für ziemlich unerschrocken und bodenständig hielt – dazu zu bewegen, Freunde mit einem Gewehr zu bedrohen.

Greta, die offenbar ihren Blick aufgefangen und richtig interpretiert hatte, hob die Schultern. »Seit einem Jahr campiert Hellfire mit den anderen Kerlen illegal auf meinem Land. Sie überfallen mich in regelmäßigen Abständen, um mir genügend Angst einzujagen, damit ich meine Farm verlasse. So machen sie das immer. Fast alle meine Farmarbeiter sind abgehauen, Dutzende meiner Nachbarn sind schon geflohen, und eine Handvoll davon hat's erwischt. Sie sind entweder tot oder verletzt.«

Silke schwieg schockiert, versuchte sich ein solches Leben vorzustellen. Aber ihre Fantasie reichte nicht aus. »Wie halten Sie das aus?«

Greta schnaubte abfällig. »Da ich nicht freiwillig das Feld räumen werde wie meine Nachbarn, werden sie über kurz oder lang versuchen, auch mich zu töten. Aber ich tue mein Bestes, das zu verhindern.« Ihr Ton war fast gleichgültig, und sie streichelte bei diesen Worten mit abwesendem Ausdruck über ihr Gewehr. »Die Carlssons sitzen seit 1880 auf diesem Land, und ein paar abgerissene Landstreicher kriegen mich hier nicht weg ...« Den Rest des Satzes verschluckte sie. »Nur über meine Leiche«, flüsterte sie mit grimmiger Miene.

Und Silke glaubte ihr das aufs Wort.

Unmerklich hatte sich das Nachtblau gelichtet, und als sie die Auffahrt von Inqaba entlangfuhren, kündigte türkises Licht am Horizont den nahenden Morgen an. Ein offener Safariwagen voller Touristen kam ihnen entgegen. Auf einem winzigen Schalensitz über dem linken Kotflügel saß ein Zulu mit einem starken Scheinwerfer. Er leuchtete zu Greta hinüber und rief ihr etwas auf Zulu zu. Die Farmersfrau lachte, antwortete in derselben Sprache und bog anschließend auf den Parkplatz ein.

Im gelben Schein der Laternen warteten, von Mückenwolken umtanzt, Jill Rogge und ihr Mann. Jill, die ein schulterfreies, rotes Kleid trug, das ihre Figur bestens betonte, lief zur Beifahrertür und riss sie auf, kaum dass Greta angehalten hatte.

»Silke, bin ich froh, dass wir dich gefunden haben. Jesses, du siehst aber mitgenommen aus.« Sie deutete auf Silkes geschundene Füße. »Bist du sonst wo noch verletzt?«

Silke versicherte auch ihr, dass es ihr gut gehe und dass sie von Greta Carlsson mehr als gut versorgt worden sei. »Jedenfalls stinke ich nicht mehr wie ein Warzenschwein.«

Greta lehnte sich aus dem Fenster. »Sie hat sich mit einem Warzenschwein um sein Loch gestritten«, bemerkte sie grinsend. »Sie war unter der dicken Dreckkruste kaum noch als menschliches Wesen zu erkennen. Tiny hat sich fast zu Tode erschrocken.«

Nils reichte Silke seine Hand und half ihr vom Sitz herunter. »Nachher musst du uns alles haarklein erzählen.« Er nahm sie ohne viel Federlesens in den Arm und drückte ihr einen Kuss auf beide Wangen. »Keine Angst, wir finden deinen Marcus. Die Buschtrommeln dröhnen schon durchs Land, und auch in der hintersten Ecke Zululands weiß man, dass er gesucht wird. Wer immer ihn entführt hat, kann sich nicht mehr lange verstecken.«

Für einen flüchtigen Augenblick glaubte Silke, wieder den dumpfen Rhythmus von Trommeln im feuchten Nachtwind wahrzunehmen, sah Feuer flackern, dunkle Gestalten tanzen und Raubtieraugen im Dunkeln glühen. Urangst vor einer Welt der dunklen Mächte kroch in ihr hoch. Hastig riss sie sich zusammen.

»Kinder, ich muss wieder los«, rief Greta. »Tiny ist allein mit den Hunden, und die Zulumeute schleicht ums Haus. Lasst euch von Silke mal erzählen, wer sie zu mir gebracht hat. Ihr werdet es nicht glauben! Und macht ihr mal klar, in welche Gefahr sie sich dabei begeben hat. Diese Übersee-Touristen haben doch keine Ahnung, was hier abgeht. Die würden blindlings in eine Shebeen voller Gangster tappen und es nicht merken. Wenn ich schon das Gesäusel von den armen, unterdrückten Schwarzen höre …« Damit wendete sie den Wagen. »Lass mal was von dir hören, Silky«, rief sie noch.

Bevor Silke sich angemessen bedanken konnte, hatte Greta Gas gegeben.

Jill sah ihr mit hochgezogenen Brauen nach. »Na, Greta hat mich neugierig gemacht. Das klingt ja aufregend. Das musst du uns gleich erzählen.«

»Was ist eine Shiebien?«, wiederholte Silke lautmalerisch den Begriff, den Greta gebraucht hatte.

»So wird hier eine illegale Kneipe in den Townships bezeichnet«, antwortete ihre Gastgeberin. »Treffpunkt von Gangstern und anderen netten Zeitgenossen, also ein Ort, von dem man sich als Weißer tunlichst fernhalten sollte. Jetzt aber zu dir. Ich habe ein Doppelzimmer im Haupthaus für dich herrichten lassen, wenn es dir recht ist. Obwohl unsere Lodge natürlich einen sehr hohen Sicherheitsstandard hat, würdest du dich allein in einem Bungalow im Augenblick doch sicherlich nicht wohlfühlen. Oder?«

»Ganz bestimmt nicht. Da hast du recht. Was kostet denn das Zimmer?« Als die Eigentümerin Inqabas den Preis nannte, zuckte Silke zusammen. Der Preis war saftig, aber sie nickte ihre Zustimmung. Es blieb ihr ja nichts anderes übrig. Das Wichtigste war jetzt, ihre Tasche mit den Papieren und dem Geld aus dem Wrack zu bergen. Wobei der Pass das Allerwichtigste war. Den Verlust des Geldes konnte sie verkraften, aber im Ausland ohne Pass dazusitzen grenzte an eine Katastrophe. Ein deutscher Pass würde auch hier sehr begehrt sein. Für einen guten Fälscher war er mit Sicherheit sehr viel wert.

Aus ihrer Globetrotterzeit mit Tony wusste sie noch, dass der Pass ihr kostbarster Besitz im Ausland war. Ohne ihn gab es keinen Nachweis, wer sie war, ja, dass sie überhaupt existierte. In Mexiko war ihr der Pass einmal in einer Bar geklaut worden und damit ihr Existenznachweis zusammen mit dem gültigen Einreisestempel. Unversehens wurde sie als Illegale abgestempelt und fand sich in einer kakerlakenverseuchten, bis zum Bersten überfüllten Gefängniszelle wieder. Und nur weil Tony völlig überraschend – wenn auch nur kurzfristig – aus seinem Drogennebel aufgetaucht war und ihrem Vater ein Telegramm geschickt hatte, der wiederum die dortige Botschaft alarmiert hatte, öffneten sich nach drei entsetzlichen Tagen die Gefängnistore für sie.

Nie wieder war ihr die Sonne heller erschienen, die Luft süßer. Und nie zuvor hatte sie so banale Dinge, wie eine Tasse Kaffee im Restaurant trinken zu können, in ihr Auto zu steigen, wann immer ihr danach war, so intensiv genossen.

»In dein Zimmer bringe ich dich später«, unterbrach Jill ihren Gedankenfluss. »Wir haben heute eine große Party gefeiert, und unsere engsten Freunde sind noch hiergeblieben und warten darauf, dich kennenzulernen.«

Silke folgte ihr durch einen mit Lichterketten geschmückten Blättertunnel über die mit Lampions beleuchtete Holzterrasse, wo sie fast über einen Haufen nasser Planen und verknäulter, glitschiger Seile stolperte.

»Wir hatten hier ein Mordsgewitter«, bemerkte Jill. »Der Sturm hat kurzen Prozess mit meinem Partyzelt gemacht. Das sind die traurigen Überreste. Habt ihr auch was davon abbekommen?«

»Eine Sintflut, ja, die hatten wir. So was konnte man nicht mehr als Gewitter bezeichnen«, antwortete Silke und stieg vorsichtig über die Zeltreste. »Sturm allerdings kaum, nur ein Sturzregen, wie ich ihn noch nirgendwo auf der Welt erlebt habe. Aber mir hat's gereicht. Ich dachte, ich würde da mitten im Busch ertrinken.«

»Das passiert schon. Die Leute unterschätzen die Macht der Wassermassen, werden in die Flüsse oder Schluchten gespült und ersaufen da.«

»Da hab ich ja richtig Glück gehabt«, murmelte Silke spitz. »Ist denn hier nichts gemäßigt?«

»Selten. Das hier ist Afrika. Afrika kann brutal sein«, gab Jill zurück. »Und wer hat dir das angetan?« Sie deutete auf den langen Riss unter Silkes Auge, der unter dem orangefarbenen Desinfektionsmittel wieder geblutet hatte. »Scheint mir, als hättest du dir da die Haut mit einem Dorn aufgerissen, und es sieht nicht so gut aus.« Sie nahm Silke bei den Schultern und drehte sie zum Licht, das aus dem Wohnzimmer fiel.

»Ein Raubadler hat mich angegriffen«, sagte Silke.

»Ein Raubadler? Du machst Witze.« Jill musterte sie ungläubig. »Wo war denn das?«

Silke schilderte ihr den Angriff des riesigen Adlers auf der Veranda von Hluhluwe, und ganz plötzlich barst der Damm von Selbstbeherrschung, der sie während der letzten Stunden seelisch aufrecht gehalten hatte. Ihre Knie gaben nach, sie fiel gegen die Hauswand und schluchzte so hart, dass es einen Würgereflex auslöste und sie hustend und weinend an der Wand herunterrutschte.

»Entschuldigung … ich hör gleich auf«, keuchte sie und richtete sich mühsam wieder auf. »Vielleicht ist er schon tot … oder schwer verletzt … O Gott, was soll ich bloß machen …«

»Ist schon gut. Heul dich aus, du musst den Druck loswerden, sonst zerreißt es dir die Seele.« Schweigend streichelte sie Silke über den Rücken und wartete geduldig, bis das Schluchzen allmählich verebbte.

Nils, der gerade taktvoll an ihnen vorbei ins Haus gehen wollte, zog ein gefaltetes Papiertaschentuch aus der Hosentasche und reichte es Jill. »Ich geh schon rein zu den anderen und sage Bescheid, dass ihr nachkommt.«

Jill hielt Silke das Taschentuch hin. »Hier, putz dir die Nase, dann stell ich dir alle vor. Jeder hier wartet darauf, dir helfen zu können.«

»Tut mir leid, dass ich euch die Party verderbe«, flüsterte Silke.

Jill lachte los. »Nun ist aber gut. Du erinnerst dich doch, was Nils gesagt hat? Never explain, never apologize! Du musst an deinem schlechten Benehmen wirklich noch hart arbeiten. So geht das gar nicht ... Red keinen Unsinn«, setzte sie etwas ernster hinzu. »Hier in Afrika ist man füreinander da. Es könnte ja sein, dass man selbst einmal Hilfe braucht, und alle unsere Freunde sind mit großem Enthusiasmus dabei, sämtliche Leute zu kontaktieren, die uns helfen könnten. Hier kennt ja fast jeder jeden, jedenfalls was die alten Siedlerfamilien angeht. Und jeder hat Freunde und Bekannte, wie zum Beispiel die Regierungschefin von Zululand, mit der ich ab und an zu tun habe. Wir werden ein dichtes Netz über Zululand werfen, und irgendeiner wird sich darin verfangen, irgendjemand wird etwas gesehen haben. Wir werden ihn finden. Außerdem schwärmt die Polizei bereits aus. Angeblich, zumindest.«

Aber die letzten Worte sagte sie so leise, dass Silke sie erst im zweiten Anlauf verstand. Sie verursachten ihr ein unruhiges Gefühl im Magen, doch sie fragte nicht nach. Wollte es nicht so genau wissen. Nicht jetzt. Vielleicht später. Stattdessen erkundigte sie sich bei Jill, wo sie auf die Toilette gehen konnte. Sie brauchte ein paar Minuten allein, um sich zu sammeln.

Jill zeigte ihr den Weg. »Du musst unbedingt die Wunde im Gesicht desinfizieren. Solche Verletzungen können hier schnell vereitern, besonders wenn sie von einem Tier verursacht wurden. Raubadler sind sozusagen fliegende Bakteriencontainer. Im Badezimmerschrank sind Desinfektionslösung und Pflaster. Soll ich dir helfen?«

Silke lehnte dankend ab und schloss die Badezimmertür hinter sich. Nachdem sie sich das Gesicht gesäubert, den verkrusteten Riss unter ihrem Auge abermals behutsam gereinigt, desinfiziert und mit einem Pflaster versehen hatte, machte sie sich auf die Suche nach ihrer Gastgeberin. Sie ließ sich von Musik und Stimmen leiten, die durchs Haus drangen, und fand Jill mit den anderen

Gästen im Wohnzimmer, durch dessen weit geöffnete Flügeltüren die würzig frische Morgenluft hereinströmte. Die Rogges hatten sich zusammen mit einer brummig wirkenden Zulu, deren üppige Formen über die Stuhllehnen quollen, um einen Couchtisch versammelt. Zwei Stehlampen warfen Lichtpfützen auf honigfarbene Fliesen, an der Wand hingen vergilbte Fotos und meisterhaft gemalte Tieraquarelle. Im Licht wirkten die Gesichter der Anwesenden übernächtigt, die Augen gerötet. Es musste eine harte Partynacht gewesen sein, dachte Silke. Ein weiteres Paar kam von draußen herein. Die Frau war ungefähr Ende vierzig mit blondem Haar und sonnengebräunten Schwimmerschultern, die durch ihr nachtblaues Kleid gut zur Geltung kamen. Der Mann war nicht viel größer als sie, hatte ein zuverlässig wirkendes Gesicht und ein enorm kräftiges Kreuz, als hätte er sein Leben lang Holz gehackt.

Jill sprang auf. »Meine älteste Freundin Angelica Farrington und ihr Mann Alastair«, stellte sie vor. »Das ist Silke.«

Angelica streckte Silke die Hand entgegen. Ihr stahlblauer Blick und fester Händedruck flößten Silke sofort Vertrauen ein. Ihr Mann stand breitbeinig neben ihr und ließ sie an einen knorrigen Baum denken. Ihre Hand verschwand in seinen Pranken, dass ihr warm ums Herz wurde. Es musste wunderbar sein, solche Leute zu Freunden zu haben.

»Wir finden ihn, ganz sicher«, sagte er in markantem schottischen Akzent.

Jill nahm sie am Arm. »Komm, ich stelle dir die anderen vor.« Damit zog sie Silke zu der alten Zulu. »Das ist Nelly Dlamini, sie gehört zur Familie«, sagte sie auf Englisch. »Es gibt niemanden, der in Zululand irgendetwas gilt, den sie nicht kennt, und nichts, was hier passiert, bleibt ihr verborgen. Sie hat eine Trüffelnase für Geheimnisse.«

»Hm«, machte Nelly Dlamini stirnrunzelnd, aber ihre Augen leuchteten auf.

»Und das ist Jonas, ihr Enkel.« Jonas, smart in dunkler Hose und weißem Hemd, lehnte an der Wand und blinzelte müde durch seine Brillengläser. »Er hört sogar die Flöhe husten und das Gras wachsen«, fuhr Jill fort, »Er scheint seine Informationen aus den Molekülen der Luft zu saugen … Manchmal ist er mir ein bisschen unheimlich.«

Jonas rückte seine Brille zurecht. »Hi«, sagte er und grinste mit blitzendem Goldzahn.

Silke fand ihn sofort sehr sympathisch. Eine hübsche Frau mit schokoladenfarbener Haut in der Uniform einer Kellnerin sammelte mit abwesender Miene leere Gläser ein.

»Thabili, unsere Restaurantmanagerin«, erklärte Jill und wandte sich einem älteren Mann in schwarzem Hemd, ausgebeulten Chinos und Buschstiefeln zu, der einen Safarihut trug, der – soweit Silke es sehen konnte – aus Schlangenhaut gefertigt war. Er saß zurückgelehnt in einem altmodischen Ohrensessel. Sein Gesicht hatte die Farbe einer alten Walnuss und ebenso viele Falten. Farmer, schätzte Silke. Oder Großwildjäger. Er hatte so etwas an sich. Auf einer kalten Pfeife kauend, die Arme in herausfordernder Weise vor der Brust gekreuzt, musterte er sie. Ohne Hast ließ er seine Augen, die schwarz und funkelnd vor Lebendigkeit waren, über sie wandern, blieb sekundenlang an ihren nackten, verpflasterten Füßen hängen. Außer einer hochgezogenen Augenbraue konnte Silke aus seiner undurchdringlichen Miene nicht lesen, zu welchem Ergebnis er bei seiner Inspektion gekommen war.

»Guten Abend«, grüßte sie ihn leicht irritiert.

»Hm«, knurrte er und kniff seine Augen zu unfreundlichen Schlitzen. Mehr nicht.

Silke lag eine gereizte Bemerkung auf der Zunge, aber sie war jetzt einfach zu müde, um sich mit diesem unfreundlichen Kerl anzulegen. Außerdem gab es wirklich Wichtigeres. Sie nickte ihm kurz und kühl zu.

»Der Knurrhahn hier ist Napoleon de Villiers«, raunte Jill ihr schnell ins Ohr.

Sie sprach den Namen nicht französisch aus, sondern de Villjers. Silke merkte sich das. Schon bei der Autovermietung war ihr aufgefallen, dass Worte und Namen einer fremden Sprache hier offenbar gnadenlos der südafrikanischen Aussprache angeglichen wurden. Ein anderer Kunde hatte einen »Pjiuscho« bestellt – der Wagen stellte sich als Peugot heraus.

»Napoleon ist Natal-Uraltadel«, fuhr Jill fort. »Verwandt mit jedem, auf den es ankommt.«

»He, Jill, was hast du da zu flüstern?«, raunzte der Mann, der Napoleon hieß, und schüttelte erbost seine kalte Pfeife. »Willst du mich dieser Dame nicht vorstellen?« Er schob seinen Hut mit zwei Fingern auf den Hinterkopf und blickte Silke in die Augen. Und grinste ihr zu.

Jill kam seiner Aufforderung nach. »Silke, das ist Napoleon de Villiers, und wenn du ihn bei seinem Spitznamen Nappy nennst, spielst du mit deinem Leben oder mindestens mit deiner Gesundheit. Kommt auf seine Tagesform an. Wenn er schlecht drauf ist, holt er schon mal sein Jagdgewehr.« Sie lachte leise. »Ansonsten ist er relativ harmlos.«

Silke sah den Mann ruhig an und bildete sich schnell ihr Urteil. Ein lupenreiner Macho. Solche Dinosaurier waren ihr schon genügend begegnet, und sie konnte sie nicht ausstehen. Aber Spielchen konnte sie auch spielen. Ganz bewusst ließ sie sich ihrerseits Zeit, Napoleon de Villiers eingehend zu betrachten. Seine faltigen Züge waren scharf geschnitten, wie von einem ständigen Wind modelliert, und unter seinem Hut war weißes, drahtiges Haar zu sehen, das sich dicht um seinen Schädel kräuselte. Sie musste gestehen, dass er recht gut aussah.

»Guten Tag«, sagte sie schließlich kühl.

»Hier begrüßt man sich mit einem Kuss«, grollte der Mann mit dem Schlangenhut, während er hingebungsvoll seine Pfeife stopfte und anzündete. Schwerer, würziger Qualm breitete sich als Wolke um ihn aus.

»Ich kann Pfeifenqualm nicht ausstehen«, gab Silke zurück.

Das Ergebnis war ein anerkennendes Funkeln der schwarzen Augen. »Sieh an, sieh an.«

Aus der Tiefe des Hauses kam das metallische Klacken von hohen Absätzen auf den Fliesen, und gleich darauf betrat eine bildschöne junge Frau das Zimmer. Sie setzte sich in sehr eleganter Haltung auf die Lehne von Napoleon de Villiers Sessel und legte einen Arm um seine Schulter. Ihre Haut glänzte wie poliertes Mahagoni, und ihre verführerischen Kurven steckten in einem hautengen Nichts aus goldbedruckter, schwarzer Spitze.

Sie ist atemberaubend, dachte Silke und war sich ihres derangierten Äußeren schmerzlich bewusst. »Hallo, ich bin Silke«, sagte sie und befingerte das Pflaster, das ihre Wange zierte.

»Hi, ich bin Chrissie«, erwiderte die Frau mit rauchiger Stimme.

»Chrissie de Villiers«, ergänzte Napoleon und sah ungeheuer stolz aus. »Seit genau vier Wochen und zwei Tagen.«

»Noch nicht lange genug, um dir Manieren beizubringen. Nimm deinen Hut ab, Nappy, du befindest dich in Gesellschaft von Damen.«

Zu Silkes Verblüffung gehorchte Napoleon de Villiers seiner Frau widerspruchslos und hängte seinen Hut über eins von Chrissies hübschen Knien.

»Herzlichen Glückwunsch«, sagte Silke und fragte sich, wie diese beiden so gegensätzlichen Menschen zusammenpassten.

Jill hatte mit offensichtlichem Vergnügen dem Geplänkel zugehört. »Du willst sicher etwas essen«, unterbrach sie es. »Es sind noch Essensberge vom Buffet vorhanden. Was willst du haben?«

Prompt begann Silkes Magen zu knurren, denn von der großen Portion Eier mit Schinken, die ihr Greta angeboten hatte, hatte sie nicht viel herunterwürgen können. »Alles«, sagte sie und lächelte dankbar. »Und viel.«

Thabili lächelte. »Ich stelle Ihnen in der Küche etwas zusammen. Was möchten Sie trinken? Wein?«

Silke bestellte Mineralwasser. Gretas Schnaps steckte ihr noch in den Knochen.

»Bin gleich wieder da«, sagte Thabili und ging durch die geöffneten Flügeltüren nach draußen.

Nils lehnte sich vor, die Unterarme auf die Knie gelegt. »Was ist zwischen dir und Kirsty eigentlich vorgefallen? Nachdem Greta uns Bescheid gesagt hat, dass du bei ihr aufgetaucht bist, haben wir versucht, Kirsty zu erreichen, aber sie geht nicht ans Telefon.«

Silke biss sich auf die Lippen. »Wir haben uns … gestritten«, wich sie aus.

»Sie hat mich noch angerufen und Bescheid gesagt, dass sie dich gefunden hat«, mischte sich Jill ein, »und dass sie dich sofort nach Inqaba bringen würde. Danach habe ich nichts mehr von ihr gehört. Wir machen uns auch Sorgen um sie. Sie ist wegen Scotty völlig neben sich – was ja weiß Gott kein Wunder ist. Hat es einen besonderen Anlass für den Streit gegeben?«

»Ich weiß eigentlich selbst nicht recht, was da los war.« Stockend berichtete Silke von dem Vorfall. »Sie wollte wissen, wo die Mine ist, mit der Marcus Geschäftsbeziehungen hat, und wie Marcus mit vollem Namen heißt, und ich habe es ihr gesagt. Marcus Bonamour. Da ist sie ausgerastet und hat mich aus dem Auto geworfen.« Hilflos schaute sie in die Runde. »Versteht ihr das?«

Verwirrtes Schweigen breitete sich aus, bis Angelica auf einmal langsam und nachdenklich nickte. »Ich schon. Kirsty war vor vielen Jahren verlobt. Der Mann war ihre ganz große Liebe gewesen, für den sie ursprünglich wohl Scott MacLean aufgegeben hatte, und dann hat der Typ sie Knall auf Fall sitzen lassen. Kurz vor der Hochzeit war er weg, und sie hat nie auch nur ein einziges Lebenszeichen von ihm erhalten. Sein Name war Marcus Bonamour.«

»Shit«, sagte Nils leise. »Auch das noch.«

Das traf Silke wie ein Hammerschlag. »Was? Das kann doch gar nicht sein!«, protestierte sie vehement. »Er war doch noch nie in Südafrika. Das muss eine Namensgleichheit sein. So was soll es doch geben.«

Daraufhin wechselten die Farringtons und die Rogges einen schnellen Blick, den Silke zwar bemerkte, aber nicht interpretieren konnte.

»Vermutlich«, sagte Alastair Farrington mit beruhigender Stimme. »Was aber kein Grund ist, jemanden einer solchen Gefahr auszusetzen, egal, wer es ist. Ich werde mir meine Cousine mal vorknöpfen.«

»Bitte nicht«, wehrte Silke hastig ab. »Es ist ja glücklicherweise nichts passiert, und Kirsty hat sicher fürchterliche Angst um ihren Verlobten, da hat sie einfach überreagiert. Das kann man doch verstehen ...« Sie musste auf einmal nach Atem ringen, als sie dieses Wort aussprach. Verlobter. Kirsty und Marcus verlobt? Mit aller Macht wollte sie glauben, dass das alles auf einem Irrtum beruhte, kämpfte aber immer mehr mit dem steigenden Misstrauen, dass doch etwas daran wahr sein könnte. Die Unruhe in ihr dehnte sich aus, kribbelte an ihren Nerven. Sie rieb ihre Hände aneinander, aber das Kribbeln wurde nur stärker.

»Und auf welche Weise bist du an Greta Carlsson geraten?«, wechselte Jill das Thema. »Sie schien ja ziemlich fassungslos deswegen zu sein.«

Silke hatte Mühe, jede Gemütsregung aus ihrer Stimme herauszuhalten, um nicht zu verraten, was in ihrem Inneren tobte, während sie kurz beschrieb, wie sie Hellfire und seine Freunde getroffen und um Hilfe gebeten hatte.

»Du hast diese Kerle um Hilfe gebeten?« Nils pustete seine Wangen auf. »Na, dann kann ich verstehen, dass sich Greta aufregt. Das war bodenlos leichtsinnig. Die hätten dir die Kehle durchschneiden können.« Er zog mit dem Finger eine Linie über seine Kehle.

Silke glaubte im ersten Moment, dass er einen makabren Scherz gemacht hatte, aber ein Blick auf sein Gesicht sagte ihr, dass es ihm ernst war.

»Warum sollten sie das?«, rief sie streitlustig. »Ich weiß nicht, wovon du redest. Die Zulus waren sehr hilfsbereit, keiner hat mich auch nur angerührt. Im Gegenteil, sie haben mich sofort zu Gretas Haus gebracht.« Aufgebracht sah sie sich im Kreis der Anwesenden um. »Warum erzählt mir hier jeder, dass überall Verbrecher darauf lauern, mich zu überfallen? Versteh ich einfach nicht. Nur weil sie schwarz sind?«

»Autsch«, murmelte Nils.

Alastair zuckte mit den Schultern. »Afrika ist ein gewalttätiges Land. Das ist schon immer so gewesen. Groß frisst Klein, Reich frisst Arm. So ist das hier.«

»Es gibt keine Garantie, dass man überfallen wird«, bemerkte Nils mit leicht spöttischem Ton. »Aber die Wahrscheinlichkeit dafür ist groß.«

Silke schluckte die scharfe Entgegnung, die ihr auf der Zunge lag, herunter. »Ich bin nicht reich«, widersprach sie schließlich.

»Kommt auf den Standpunkt an, und denk mal daran, was deinem Marcus zugestoßen ist. Hier werden immer wieder Leute entführt, und es geht immer nur um Geld.« Nils hatte seine langen Beine auf den Couchtisch gelegt und lümmelte sich, einen Arm um Jill gelegt, in die Polster.

Darauf fiel Silke keine passende Antwort ein. »Das ist doch was ganz anderes«, sagte sie unsicher. »Auf jeden Fall werde ich mich bei Hellfire und seinen Freunden bedanken. Das verlangt zumindest die Höflichkeit, und außerdem hat Hellfire mir ja schließlich geholfen, nachdem mich eine Weiße …« Ihre Stimme versickerte. Sie hob die Schultern. »Wie dem auch sei, als ich dringend Hilfe brauchte, war er da, und ich bin ihm wirklich dankbar.« Sie sah Nils dabei an.

Nils aber blickte vor sich hin ins Leere, streichelte seiner Frau abwesend den Nacken. »Bonamour«, murmelte er, aber laut genug, dass ihn Silke verstand, obwohl die Bemerkung offensichtlich nicht für sie bestimmt war.

»Ja.« Sie blickte herausfordernd in die Runde. »Bonamour. Marcus. Und?«

Aber weder Nils noch einer der anderen antwortete ihr. Drückendes Schweigen legte sich über den Raum, und sie wurde sich einer wachsenden Spannung bewusst. Auf einmal fiel ihr das Atmen schwer. Sie verspürte eine unscharfe Bedrohung, durch wen oder was konnte sie nicht definieren.

Endlich brach Nils das Schweigen. »Kennst du die Familie deines Verlobten?«

Erstaunt sah sie ihn an. »Wieso?«

»Das würde einiges klären.«

»Was gibt es da zu klären?« Langsam wurde sie ernsthaft böse.

»Kennst du seine Mutter? Seinen Vater?«, bestand Nils auf seiner Frage.

»Seine Mutter habe ich noch nicht getroffen«, antwortete sie schließlich. Anders würde sie wohl nicht herausbekommen, was hier gespielt wurde. »Sie lebt irgendwo in Australien. Schon seit ewigen Jahren. Aber seinen Vater kenne ich.«

Die Spannung stieg abrupt. Acht Paar Augen richteten sich auf sie. Silkes Haut begann zu kribbeln. »Was ist?«

»Wo ist er?« Napoleon de Villiers lächelte nicht mehr. Seine Stimme war harsch, hatte alle Verbindlichkeit verloren.

»Marcus' Vater?« Silke runzelte die Stirn, verschluckte eine heftige Antwort. »In München. Warum?«

»Weißt du, wer er ist?«, fragte Nils sanft, fast mitleidig.

»Was soll die Frage? Ich weiß nicht, was du damit meinst. Er ist Marcus' Vater, was sonst?«

»Lass mich andersherum fragen: Weißt du, was er macht? Beruflich?«

»Nichts. Soweit ich weiß, ist er früher einmal Richter gewesen. Aber er ist wohl längst pensioniert. Auf jeden Fall arbeitet er nicht mehr. Er ist ja schon weit über siebzig.«

Jill lehnte sich vor. »Wo war er Richter?«

»Ich habe nicht die geringste Ahnung«, sagte Silke in die atemlose Stille und zuckte mit den Schultern.

Angelica mischte sich ein. »Hat er einen Akzent?«

»Hat er Geld?« Das kam von Nelly Dlamini.

Silke sah verwirrt zu der alten Zulu. »Wie bitte?«

»Einen Akzent«, kam Nils Nelly zuvor. »Spricht er bairisch oder astreines Hochdeutsch oder was?«

Silkes Herz begann urplötzlich zu hämmern. Sie atmete schnell und flach. Wie jemand, der Angst hat, doch sie konnte sich ihre Reaktion überhaupt nicht erklären. Was sollte es für einen Unterschied machen, in welchem Dialekt der alte Bonamour sich verständlich machte? Angestrengt versuchte sie, sich die Stimme und Sprache ihres zukünftigen Schwiegervaters ins Gedächtnis zu rufen, was schwierig war, denn der Mann war in ihrer Gegenwart eher schweigsam.

Und plötzlich traf es sie. Tatsächlich war ihr ein oder zwei Mal ganz nebenbei aufgefallen, dass seine Satzstellung gelegentlich ungewöhnlich war. Nicht wirklich falsch, aber im Umgangsdeutsch unüblich, und auch seine Aussprache hatte manchmal einen fremden Schatten, einen so schwachen allerdings, dass sie sich bisher nichts weiter dabei gedacht und es sofort wieder vergessen hatte. Sie öffnete den Mund, um zu antworten, kam aber nicht dazu, etwas zu sagen.

Napoleon de Villiers, der sie mit raubtierhafter Spannung fixiert und offenbar ihr Mienenspiel richtig interpretiert hatte, stieß einen Fluch aus. »Er ist es, verdammt noch mal, es ist dieser Dreckskerl!«, röhrte er und sprang auf. »Wir haben ihn. Ja!« Er stampfte einen wüsten Kriegstanz auf dem Fliesenboden. »Ja, ja, ja!«, brüllte er noch einmal.

»Nappy, krieg dich wieder ein«, sagte Alastair und legte ihm die Hand auf den Arm. »Denk an deinen Blutdruck.«

De Villiers schüttelte ihn ab. »Wir haben ihn«, sagte er erneut. »Endlich.« Er ließ sich zurück auf den Sessel fallen. »Herrgott, wie lange habe ich darauf gewartet.«

Totenstille breitete sich aus. Silke sank langsam auf einen Stuhl. Das Treffen mit den Rogges und ihren Freunden verlief überhaupt nicht so, wie sie es erwartet hatte. Niemand fragte nach Marcus, niemand schien Interesse daran zu haben, ihn zu finden. Die hektische Suche, auf die sie sich vorbereitet hatte, fand offensichtlich nicht statt. Das hier geriet zu einem Albtraum.

»Was heißt, wir haben ihn?«, fragte sie, bekam jedoch keine Antwort. »Was meinen Sie damit?«

Schritte näherten sich, Thabili kehrte mit einem Tablett zurück und setzte es auf dem Tisch neben Silke ab. »Kaltes Roastbeef, Salate und Rührei mit Schinkenspeck.«

Silke bedankte sich mit abwesender Miene, rührte das Essen aber nicht an, sondern ließ ihren Blick langsam über die Anwesenden wandern. Alle wichen ihr aus, bis auf Napoleon de Villiers. Der knorrige Alte starrte sie unter gesenkten Brauen an.

»Wir haben ihn. Was meinen Sie damit?«, flüsterte sie, fühlte sich wie ein Insekt unter einem Mikroskop. Was um alles in der Welt ging hier vor?

»Sie hat keine Ahnung«, warf Jill überraschend ein. »Das kann man doch sehen. Lasst sie in Frieden.«

»Und was soll das heißen? Wovon habe ich keine Ahnung?« Silke hielt es nicht mehr auf dem Stuhl aus, sprang auf und lief im Zimmer hin und her.

»Hat er Geld?« Nellys keuchende Stimme, sehr nachdrücklich. »Hab ich schon mal gefragt, aber noch keine Antwort gehört.«

Silke blieb abrupt stehen. Geld? Diese Frage hatte sie sich nie gestellt. »Warum wollen Sie das wissen? Was geht das Sie oder irgendeinen von Ihnen an?«

»Ich will's wissen.« Nelly rang nach Atem.

Silke hatte urplötzlich das grauenvolle Gefühl, unaufhaltsam in einen schwarzen Schlund gesaugt zu werden. Henri Bonamours Wohnung war sehr groß, ein Penthouse, das in einem der teuersten Vororte Münchens lag. Das allein sagte sehr viel über seine finanziellen Verhältnisse aus. Verzweifelt versuchte sie, sich die Wohnung ins Gedächtnis zu rufen. Die Kunstgegenstände, die überall herumstanden, denen sie nie recht Beachtung geschenkt hatte. Seinen Wagen der Oberklasse. Das kleine Apartment neben seinem, in dem seine Haushälterin lebte. Die Maßanzüge, die ihr geübtes Auge sofort erkannt hatte.

Henri Bonamour musste sogar ziemlich viel Geld haben. Man hätte ihn mit Fug und Recht als reich bezeichnen können.

»Ich glaube schon, dass er vermögend ist«, sagte sie vorsichtig und sah Nelly Dlamini an. »Aber bevor Sie fragen, ich habe keine Ahnung, wie viel Geld er hat, noch woher. Es interessiert mich nicht.«

»Was macht sein Sohn?« Napoleon de Villiers ignorierte ihre Bemerkung.

»Was geht Sie das an?«, rutschte es ihr heraus. Sie biss sich auf die Lippen. Sosehr sie diesen Mann ablehnte, es war nicht klug, ihn jetzt zu reizen. Schließlich erhoffte sie sich von ihm, dass er dazu beitrug, Marcus zu retten.

»Mein … mein Verlobter leitet eine Firma für seltene Erden.« Sie atmete tief durch, um sich unter Kontrolle zu bringen, musste daran denken, welche Reaktion diese Bemerkung bei Kirsty hervorgerufen hatte. »Er ist Geowissenschaftler, ein ziemlich bekannter sogar«, setzte sie hinzu und hoffte, das nicht genau erklären zu müssen. Sehr viel Ahnung hatte sie von Marcus' Beruf nicht, aber dann fiel ihr etwas ein. »Seinem Vater gehört die Firma, deren Geschäftsführer er ist, und vermutlich verdient der damit sein Geld.« Und außerdem ist sein Vater ein grässlicher Mensch, dem ich jede Schweinerei zutraue, doch das sagte sie nicht laut. Sie war froh, endlich eine Antwort auf Nellys Frage gefunden zu haben.

Eine lange Pause entstand, in der jeder sich in seine innere Welt zurückzog. Nelly schnaufte und rieb sich den Bauch, Napoleon de Villiers' kräftige Hand lag besitzergreifend auf Chrissies Schenkel, Jonas betrachtete konzentriert einen Gecko, der hinter einer Fliege herjagte, Thabili lehnte mit geschlossenen Augen an der Wand, und die Rogges und Farringtons saßen in identischer Körperhaltung da. Jill hatte ihre Hand in die von Nils geschoben und kaute auf ihrer Unterlippe.

Nils war abermals der Erste, der das Schweigen brach. »Beschreib uns genau, was heute Nacht passiert ist«, sagte er ruhig. »Von Anfang an, und lass nichts aus. Auch wenn du es für nicht relevant hältst. Für uns hat es vielleicht Bedeutung.«

Napoleon de Villiers nahm seine Hand vom Schenkel seiner Frau, richtete sich auf. Seine Pfeife war schon wieder ausgegangen, aber er schien es nicht zu bemerken. »Angeblich soll er ja entführt worden sein. Ich glaube kein Wort davon«, raunzte er. »Heraus mit der Wahrheit, junge Frau!«

Silkes Augen flogen von einem zum anderen. Plötzlich schoss ihr die Wut in den Kopf. »Nein«, fauchte sie Napoleon de Villiers an. »Das werde ich erst tun, wenn ihr endlich damit herausrückt, warum ich hier verhört werde, als sei ich eine Verbrecherin.« Herausfordernd erwiderte sie seinen bohrenden Blick. »Ich bin eine Besucherin dieses Landes, ich habe nichts getan, nichts genommen, was nicht mir gehört, und ich will jetzt verdammt noch mal wissen, was hier eigentlich los ist. Und ich bin *nicht* Ihre *junge Frau*. Mein Name ist Silke Ingwersen.«

Jill wirbelte herum und fixierte de Villiers zornig. »Jetzt ist es aber genug, verstanden, Nappy? Hör auf, den großen bösen Wolf zu spielen. Sie hat keine Ahnung, das seht ihr doch, oder seid ihr alle blind vor Hass?« Sie legte einen Arm um Silke. »Setz dich. Dein Essen wird kalt. Wir erklären dir alles.«

Silke aber wand sich aus Jills Umarmung und zog es vor, stehen zu bleiben. »Also, bitte, worum geht es hier?«

Stille senkte sich auf den Raum. An der Peripherie ihrer akustischen Wahrnehmung hörte Silke das grausige Lachen einer Hyäne. Sie schluckte hart.

Marcus konnte sich nicht gegen sein überwältigendes Schlafbedürfnis wehren, obwohl sein Körper ein einziger brennender Schmerz war. Er nickte oft ein, schreckte wieder hoch, meinte schon die Hitze des Feuers auf seiner Haut zu spüren, rutschte abermals weg, sobald er festgestellt hatte, dass Mandla noch immer nirgendwo zu sehen war.

Allerdings hatte sich das ohren- und nasenlose Wesen nur wenige Meter von ihm entfernt im Schutz eines riesigen Holzstoßes auf einem alten Sack zusammengerollt wie eine Schlange und beobachtete ihn aus seinen starren Reptilienaugen. Die Haut über dem Gesicht war so straff gespannt, dass es wie eine ausdruckslose Maske wirkte. Der Effekt war Furcht einflößend. Marcus verkrampfte sich. Er neigte weiß Gott nicht zu übersinnlichen Anwandlungen, aber das Wesen jagte ihm kalte Schauer über den Rücken.

Er schloss die Augen, um diese Fratze auszublenden, was zur Folge hatte, dass er nun die Gerüche stärker wahrnahm. Es stank widerlich. Nach Urin und Kot. Nach fauligem Abfall. War er auf einer Müllkippe gelandet? Oder hatte Mandla ihn in einen der illegalen Slums verschleppt, die überall wie Pilze aus dem Boden schossen? Nach kurzem Überlegen verwarf er diese Annahme. Wenn ihn sein Gefühl nicht trog, waren sie nach Norden gefahren, ins schwarze Herz Zululands. Aufs Land, wo Armut und Gewalt regierten, Krankheit und Tod an der Tagesordnung waren. Schon damals war das so gewesen, aber es war leicht gewesen wegzusehen.

Hinter der Hütte raschelte es, und unwillkürlich wollte er sich aufsetzen, aber ein stechender Schmerz, der ihm durch die linke Schulter schoss, hinderte ihn daran.

Er fluchte, weil er vergessen hatte, dass seine Arme auf dem Rücken gefesselt und seine Beine fest verschnürt waren. Mandla wollte offenbar sichergehen, dass er sich nicht befreien konnte. Er lag auf dem Bauch, sein Kopf war zur Seite gedreht, was an sich schon eine ziemliche Tortur war, weil er sich beim Golfen mit einer ungeschickten Bewegung das Genick verrenkt hatte. Vor einer gefühlten Ewigkeit in einem anderen Leben. München war so weit entfernt, dass er sich kaum an sein eigenes Haus erinnern konnte. Behutsam bewegte er sich, um die brutale Fesselung etwas zu lockern. Aber sie gab keinen Millimeter nach. Er schluckte ein Stöhnen herunter, zwang sich, trotz der Schmerzen den Kopf zu drehen, und blinzelte.

Die Reptilienaugen waren noch immer unverwandt auf ihn gerichtet. Er wich dem Blick aus. Das Einzige, was er jetzt tun konnte, war, sich wach zu halten und sich in einem unbewachten Augenblick seiner Fesseln zu entledigen. Er schielte an sich hinunter, um festzustellen, womit Mandla ihn verschnürt hatte. Es war ein relativ dünnes, gedrehtes Seil, nicht mit der glatten und glänzenden Oberfläche eines Kunststoffseils, sondern eins, das außen offenbar durch intensiven Gebrauch bereits aufgeraut war. Es musste aus Naturfasern hergestellt worden sein. Vermutlich Sisal. In Natal blühte in den Siebzigern die Sisalherstellung, daran erinnerte er sich gut. Und ein solches Seil war zu einem gewissen Grad dehnbar, besonders wenn es feucht war, und das war es nach dem Wolkenbruch in der vergangenen Nacht. Die Luft war schwer mit Feuchtigkeit, alle Materialien sogen sich damit voll. Sollte es allerdings trocknen und sich dabei zusammenziehen, bevor er es lockern konnte, würde es äußerst unangenehm für ihn werden. Er schätzte, dass dann zumindest seine Hände absterben würden.

Mit einem Stoßgebet, dass Mandla ein Seil minderer Qualität verwandt hatte, konzentrierte er seine ganze Kraft darauf, mit gezielten Muskelbewegungen seine Fesseln zu weiten. Anspannen, drehen, loslassen. Und noch mal, immer wieder, bis ihm das Blut in die Hände schoss und stach, als hätten sich Tausende von Ameisen in seiner Haut verbissen. Er empfand das als einen ganz und gar köstlichen Schmerz, zeigte es doch, dass das Seil lockerer geworden war. Aber noch nicht locker genug. Noch konnte er seine Hände nicht aus der Schlinge ziehen, doch nun war er immerhin hellwach. Ein Energiestrom schoss ihm durch die Adern. Fieberhaft arbeitete er weiter.

Es wurde zunehmend heller, und immer deutlicher schälten sich Einzelheiten aus dem Morgendunst. Unablässig schnellte sein Blick hin und her. Über das Reptilienwesen, den Holzhaufen, der sicherlich rund zwei Meter in der Höhe maß und oben abgeflacht war. Wie ein Scheiterhaufen. Sekundenlang drehte sich alles um ihn, aber er riss sich zusammen, ließ seine Augen weiter über die Umgebung wandern.

Rote Erde. Spärliches Gras. Struppig wuchernder Busch. Ein paar verkrüppelte Bäume. Auf der anderen Seite Reste einer Obstplantage. Eine armselige Palme, die vor einer baufälligen Hütte ihr kümmerliches Leben fristete, kam ins Blickfeld, dahinter eine hohe Bodenwelle, dann flach ansteigendes Land, dicht bedeckt von Gestrüpp und Müll. Daher vermutlich der ekelhafte Gestank! In der Ferne begrenzten grasbewachsene Hügelkuppen seinen Blick, und schemenhaft hinter dem Dunstschleier konnte er hier und da Hütten erkennen.

Ein karges Land, seiner saftig grünen Vegetation beraubt, ausgelaugt, zersiedelt. Unfruchtbar. Nun war er sich sicher, sich nicht geirrt zu haben. Er befand sich mitten in den Hügeln Zululands. Den Hügeln, die in seiner Erinnerung grün und fruchtbar gewesen waren. Aber vielleicht war das nur eine Illusion gewesen, damals. Vielleicht idealisierte er das alles nur. Er schob die Gedanken von sich und widmete sich erneut seinen Fesseln. Die Sonne kroch bereits über den Horizont, es wurde merklich wärmer, und

Schweiß prickelte auf seiner Haut. Vor Durst klebte ihm die Zunge am Gaumen, und er überlegte, ob er das Reptilienwesen um Wasser bitten konnte.

Doch plötzlich hörte er Stimmen. Gleich darauf bogen mehrere Männer um die Ecke der Hütte und näherten sich dem Holzstoß. Zulus, der Sprache nach zu urteilen, und es war ohnehin unwahrscheinlich, dass sich Mitglieder der Xhosas oder Ndebeles ins ländliche Herz von Zululand wagen würden.

Zuletzt erschien Mandla. Im Tarnanzug mit dem Maschinengewehr in der Faust.

Marcus' Puls beschleunigte sich. Mandla, der mit allen Wassern gewaschene Buschkrieger, würde ziemlich schnell bemerken, dass er seine Fesseln gelockert hatte. Eine Flucht war somit wohl schon im Keim erstickt. Verzweifelt versuchte er, seine lang eingerosteten Reflexe zu mobilisieren. Er war so verdammt jung gewesen damals, und es war so verdammt lange her. Denk nach, befahl er sich, denk verflucht noch mal nach.

Angespannt starrte er dem Mann mit der sternförmigen Narbe entgegen.

20

Napoleon de Villiers saß wie versteinert da. Sein Blick war nach innen gerichtet, mit den Zähnen malträtierte er den Stiel seiner Pfeife, dass es knirschte. Unvermittelt hob er gebieterisch die Hand, woraufhin Angelica, Alastair und Jill, die leise miteinander geredet hatten, verstummten. De Villiers schob Chrissies Knie beiseite, legte die Pfeife auf den Tisch und stand auf.

»Ich werde Silke zeigen, worum es geht.« Er knöpfte sein Hemd auf, streifte es von den Schultern, löste anschließend seinen Gürtel und schob seine Hosen auf die Hüfte. Dann drehte er sich mit dem Rücken zu Silke.

»Darum geht's. Unter anderem«, sagte er, seine Stimme voller Hass.

Silke zuckte instinktiv zurück, wollte sich abwenden, aber sie konnte nicht. Mit stummem Entsetzen nahm sie den Anblick der obszön rosa glänzenden Fläche in sich auf, die sich unterhalb von de Villiers' Schultern bis zum Ansatz von seinem Gesäß zog. Eine Brandwunde, wie sie registrierte, die durch den Kontrast zu der sonst nussbraunen Haut umso schockierender wirkte. Obendrein wand sich von seiner linken Schulter eine wulstige Narbe wie eine dicke, weiße Schlange bis hinunter zur Hüfte.

»Was … was hat das mit Marcus und mir zu tun?«, stammelte sie endlich.

»Mit Ihnen? Das hier?« Napoleon zog seine Hose hoch und drehte sich um. »Nichts. Das haben Henri Bonamour und sein Sohn zu verantworten. Aber Sie gehören zu dieser Sippe …«

Silke spürte, wie ihr das Blut aus dem Kopf wich. Ihre Lippen wurden eiskalt, und ihr wurde entsetzlich übel. Sie presste eine Hand auf den Magen und würgte und würgte, aber es kam nichts außer Galle. Nach Atem keuchend, lehnte sie an der Wand. Ihre Zähne schlugen aufeinander.

Nils und Jill schafften es nicht, so schnell zu reagieren, aber die Farringtons, die am nächsten saßen, waren sofort bei ihr und führten sie zur Couch. Wie ein Häufchen Elend sank sie neben Nils in die Ecke.

Angelica strich ihr mit einer fürsorglichen Geste das Haar aus der Stirn. »Ganz ruhig. Das werden wir alles klären. Und nichts davon ist deine Schuld. In unserem Land gibt es keine Sippenhaft.« Sie bedachte Napoleon de Villiers mit einem scharfen Blick.

Jill goss drei Fingerbreit Whisky in ein Glas und reichte es Silke. »Trink, das wird dir guttun. Das wird deinen Kreislauf wieder in Gang bringen.«

Silke verzog das Gesicht und schüttelte abwehrend den Kopf. »Nein danke. Es geht schon so.« Whisky schien hier als Allheilmittel zu gelten.

Aber Jill ließ nicht locker. »Du siehst aus wie einmal durchgekaut und ausgespuckt. Glaub mir, es hilft. Oder soll ich dir einen starken Kaffee machen lassen?«

Mit einer Grimasse nahm Silke ihr das Glas ab und nippte am Whisky, woraufhin ihr Magen jedoch sofort rebellierte. Hustend schob sie das Glas beiseite. »Kann ich bitte Wasser haben«, krächzte sie.

Angelica goss ihr ein Glas voll und hielt es ihr hin.

De Villiers stand noch immer halb nackt im Raum und rieb sich gedankenverloren den Ansatz der Narbe auf der Schulter.

Chrissie rutschte von der Sessellehne, war sichtlich zornig mit ihrem Mann. »Zieh dich an«, zischte sie ihn an. »Das war unnötig und grausam. Sie hat doch nichts damit zu tun.«

Schweigend zog sich de Villiers wieder an. »Das werden wir

noch herausfinden«, murmelte er schließlich. »Das ist noch lange nicht raus.«

Getroffen von seinem unversöhnlichen Ton, hob Silke den Kopf und fixierte ihn, war froh, dass ihre steigende Wut dafür sorgte, dass sich ihr Kreislauf wieder belebte. Sie setzte sich sehr gerade hin.

»Ich will jetzt genau wissen, was hinter Ihren Fragen steckt, verstanden? Ich lasse mir das nicht länger bieten. Ganz besonders lasse ich mir nicht bieten, dass ihr Marcus wegen so einer Ungeheuerlichkeit verdächtigt. Er kann so etwas unmöglich getan haben … unmöglich. Ich kenne ihn. Und er ist nicht hier, um sich zu verteidigen.«

Napoleon hatte wieder in seinem Sessel Platz genommen. »Dann lassen Sie mich mal erklären, wer Henri Bonamour wirklich ist, junge Dame.«

Silke wollte schon hochfahren bei dieser gönnerhaften Anrede, aber er brachte sie mit einer Handbewegung zum Schweigen. »Im Südafrika der Apartheid wurde dieser Mann nur der Hanging Judge genannt«, begann er. »Hangman Bonamour. Ich glaube, Sie verstehen genug Englisch, um das übersetzen zu können?« Er wartete Silkes Antwort nicht ab. »Ich war gegen die Apartheid, schon immer, seit ich wusste, was dieses Wort bedeutet. Irgendwann bin ich in den Untergrund gegangen, bis ein mieses Schwein von einem Polizeispitzel in unseren Reihen mich verraten hat. Ich wollte meine Mutter besuchen, die sterbenskrank war, und sie haben mich an ihrem Bett erwischt, verhaftet und eingelocht.« Er nahm seine Pfeife und drehte sie in den Fingern. Dann legte er sie zurück auf den Tisch.

»Der Staat hatte damals ein cleveres System«, fuhr er fort. »Auf den vagen Verdacht hin, dass man in Aktivitäten gegen den Staat verwickelt war, wurde man für einhundertachtzig Tage ins Gefängnis geworfen, durfte keinen Kontakt zur Familie oder einem Rechtsbeistand haben. Was im Gefängnis passierte …« Seine

Stimme verrann, und jeder im Raum hatte den gleichen entsetzten Ausdruck auf dem Gesicht. Nach einer Weile atmete Napoleon tief durch, als er weitersprach, spürte man wieder seine Stärke.

»Nach einhundertachtzig Tagen wurde ich freigelassen, durfte ein paar Schritte in die Freiheit, in den strahlenden afrikanischen Sonnenschein machen und wurde dann prompt für weitere einhundertachtzig Tage inhaftiert. Das wiederholten sie ein paarmal.« Napoleon de Villiers schwieg kurz, und niemand wagte zu atmen. »So lange, bis die Hölle zufriert«, flüsterte er schließlich. »Das pflegten der damalige Generalstaatsanwalt und sein Hangman zu bemerken.«

Er starrte auf seine Buschstiefel. Die Stille im Raum hätte man mit Messern schneiden können.

»Eines Tages haben sie für einen Moment nicht richtig aufgepasst, und ich bin abgehauen. Das war das erste Mal. Ein paar Jahre konnte ich mich verstecken, habe keine Nacht im selben Bett verbracht, aber dann haben sie mich wieder eingefangen.« Gedankenversunken spielte er erneut mit seiner kalten Pfeife, ließ sie zwischen den Fingern wirbeln, rasend schnell. Unvermittelt fing er sie und steckte sie zwischen die Zähne.

»Das Dumme war nur, dass sie inzwischen das Hundertachtzig-Tage-Gesetz gekippt und durch den Terrorism Act ersetzt hatten«, fuhr er fort. »Dieser Erlass erlaubte der Special Branch, Personen in Haft zu halten, bis ihre Fragen zufriedenstellend beantwortet waren und es keinen weiteren Zweck erfüllte, die Personen festzuhalten. Den Typen von der Special Branch war das Spielchen mit den einhundertachtzig Tagen – erst freilassen, dann wieder einfangen – einfach zu umständlich geworden.«

Er nahm die Pfeife aus dem Mund, ein grimmiges Lächeln spielte um seine vollen Lippen. »Ihr könnt euch sicherlich vorstellen, dass dieser Zeitpunkt nie eintrat. Viele Leute verschwanden einfach, niemand wusste, wohin. Oder sie rutschten – so die offizielle Version – im Bad auf einem Stück Seife aus und zogen sich dabei eine tödliche Kopfverletzung zu. Es musste unglaublich viele Seifenstücke in den Polizeizellen gegeben haben. Wenn sie nicht auf der Seife ausrutschten, wurden sie aus dem siebten Stock im Polizeipräsidium geworfen. Selbstmord, hieß es dann«, sagte de Villiers und fixierte Silke, die sich unter seinem Blick wand. »Sie haben mich hinter Gitter gebracht, und dann haben sie Anklage erhoben. Kein Wort davon stimmte. Aber am Ende hat mich der Hangman zum Tode verurteilt.«

Immer noch hielt er Silke mit seinem Blick fest. Sie wollte aus dem Zimmer fliehen, konnte aber keinen Muskel rühren. Hilflos, wie gelähmt, saß sie da und ließ den Horror über sich ergehen.

Keiner der anderen gab auch nur einen Laut von sich. Chrissie hatte die Hand ihres Mannes ergriffen und presste sie gegen ihre Brust. Napoleon de Villiers war unter seiner tiefen Bräune grünlich fahl geworden.

»Wisst ihr, wie sich das anfühlt, wenn man deinem Leben ein Ende setzt? Wenn du die Minuten zählen kannst, bis du am Strick zappelst?«, wisperte er. »Ich kann es euch sagen. Du pinkelst dir als Erstes in die Hose, aber wirklich fühlen tust du nichts. Wenn du Glück hast, ist noch genug Wut und Hass in dir, dass du in diesem Augenblick nicht vollends begreifst, was sie da sagen. Sonst stirbst du gleich da im Gerichtssaal.«

Silke hielt die Luft an und war froh zu sitzen. Ihre Beine hätten sie nicht getragen. Jill und Nils hatten ihre Hände ineinander verkrampft, genau wie Angelica und Alastair Ferguson. Nelly, Thabili und Jonas wirkten wie aus braunem Stein gehauen.

Napoleon de Villiers' Atem rasselte in seiner Kehle. »Die Richter in ihren schwarzen Roben hocken vor dir wie Geier, die auf Aas warten.« Seine Stimme war so rau, dass seine Worte kaum zu verstehen waren. »Und dann steht der Hangman auf und sieht dich an, und du weißt, dass deine letzte Stunde geschlagen hat.«

De Villiers' Blick kehrte sich nach innen, seine Augen waren schwarze Löcher, sein Gesicht eine Maske aus Stein. »Du wirst von hier zum Gefängnis gebracht werden«, rezitierte er langsam den uralten Gesetzestext, »und dort zum Ort der Exekution, wo du am Hals aufgehängt wirst, bis du tot bist, und danach wird dein Körper innerhalb des Gefängnisareals beerdigt werden, und möge Gott Gnade mit dir haben …« Seine Stimme brach.

Chrissie strömten die Tränen aus den Augen. »Nappy, Liebling.«

De Villiers sprach weiter, als hätte er sie nicht gehört. »Wenn einer gehenkt wurde, wussten wir Gefangenen es alle, nicht nur im Pretoria Central, dem Gefängnis, in dem alle in Südafrika zum Tode Verurteilten hingerichtet wurden, auch in anderen Gefängnissen, obwohl keiner weiß, wie die es dort erfahren haben. Und dann haben wir mit unseren Essgeschirren gegen die Eisengitter geschlagen.« Reflexartig presste er die Hände an seine Ohren. »Es waren die Trommeln des Jüngsten Gerichts.«

Chrissie zog den Kopf ihres Mannes in ihre Arme, ihre Tränen tropften auf seine Haare. »Es ist gut, mein Liebling«, flüsterte sie. »Es ist vorbei. Du bist sicher.«

Napoleon de Villiers lehnte sich an ihre Brust und ließ es mit geschlossenen Augen geschehen.

»Es ist alles gut, mein Darling«, wisperte Chrissie und lächelte durch den Tränenschleier, der auf ihrem Gesicht glänzte. »Ich bin bei dir.«

»O Gott, Nappy, das habe ich nicht gewusst«, flüsterte Jill und verbarg ihr Gesicht in Nils' Armen. Ihre Schultern zuckten.

Die Rogges und Farringtons schienen zu Eis gefroren, Nelly Dlamini, die sicher schon alles im Leben gesehen und mitgemacht hatte, wischte sich mit einem geblümten Taschentuch übers Gesicht, und Jonas, ihr Enkel, hatte seine Brille abgenommen und polierte sie mit steinernem Gesicht immer und immer wieder. Thabili hatte den Raum inzwischen verlassen.

Silke erstickte fast an dem Bedürfnis, auf der Stelle mit Marcus reden zu können, seine Bestätigung zu hören, dass alles Unsinn sei, wollte von ihm hören, dass er noch nie einen Fuß auf südafrikanischen Boden gesetzt hatte. Dass sein Vater natürlich nicht mit dem Hanging Judge, von dem Napoleon de Villiers hier redete, identisch war. Dass alles nur Hirngespinste eines alten Mannes waren, der durch sein schreckliches Schicksal unter Wahnvorstellungen litt. Wollte in seinen eigenen Worten hören, dass er Marcus Bonamour war, erfolgreicher Geschäftsführer einer Firma in München, Marcus, der sie liebte, Marcus, den sie bald heiraten würde.

Doch tief in ihrem Herzen, wo Logik keinen Platz hatte, nur Gefühle regierten, nistete sich Zweifel ein. Ein winziges Korn, scharf wie ein Glassplitter. Mit jedem Gedanken schnitt es ihr tiefer in die Seele, und schließlich begann die Wunde zu bluten.

»Ach, was soll's«, sagte Napoleon de Villiers jetzt unvermittelt. »Ich bin dem Hangman ja von der Schippe gesprungen. Unsere Genossen haben den Gefängnistransport überfallen, mit dem ich und ein paar andere zu den Galgen im Central Pretoria gebracht werden sollten, und uns befreit. Ich bin abgehauen und hab später in Angola für die Rebellenarmee so viele südafrikanische Soldaten abgeschossen, wie ich vor die Flinte bekam.« Er knetete die Armlehne seines Sessels. »Und wenn dieser Bonamour der Hangman ist, werde ich ihn kriegen, und dann wird er für seine Taten büßen.«

Sein Ton war nüchtern, aber Silke liefen eisige Schauer über die Haut. Sie wusste nicht mehr, was sie denken oder glauben sollte. Ihr inneres Gleichgewicht war völlig aus den Fugen geraten. Ihr Blick fiel auf das Essen, das Thabili ihr gebracht hatte. Der Geruch vom Rührei, das bereits in sich zusammengefallen war, bescherte ihr einen neuen Übelkeitsanfall. Nervös stemmte sie sich von der Couch hoch, wollte sich an dem Sessel Napoleon de Villiers' vorbeidrängen, blieb dabei mit dem langen Rock ihres Kleides hängen. Das zusammengerollte Foto fiel aus der Tasche, ihm genau vor die Füße.

De Villiers bückte sich automatisch, hob es hoch, machte schon Anstalten, es ihr zurückzugeben, als sein Gesicht auf einmal starr wurde. Mit fliegenden Fingern zog er eine Brille aus der Hemdtasche, setzte sie auf und studierte schweigend den großen, fetten Mann mit den Hamsterbacken, der direkt neben dem brennenden Holzhaufen stand.

Silke beobachtete ihn befremdet, doch angesichts der hasserfüllten Miene des alten Mannes spürte sie, wie der Zweifel in ihrem Herzen mit rasanter Schnelligkeit größer wurde, drohte, ihr die Luft abzudrücken. Ihre innere Unruhe steigerte sich zu nackter Panik.

De Villiers ließ das Foto sinken und sah sie an. »Woher haben Sie das?« Seine Stimme war heiser.

»Ich habe es an der Stelle gefunden, wo Marcus verschwunden ist«, krächzte sie. »Ich … ich wollte es schon wegwerfen, ich dachte, es wäre irgendein Foto … von einer Grillparty vielleicht …« Sie brach abrupt ab, als sie de Villiers' Gesichtsausdruck bemerkte.

»Grillparty«, knurrte er und fletschte die Zähne. »Richtig! Das war's. Eine Grillparty.« Er hielt Jill das Foto hin. »Sieh dir das an«, sagte er und zeigte auf den Dicken mit den Hamsterbacken.

Jill nahm das Foto und warf einen Blick darauf. Schlagartig wich ihr das Blut aus dem Gesicht, ihre Hand zitterte. Sekundenlang starrte sie auf die abgebildete Gruppe.

Silke bemerkte es und brach in Schweiß aus. Was gab es auf diesem Foto zu sehen, das Jill und de Villiers so erschreckte?

»Len Pienaar«, flüsterte Jill.

Nils nahm ihr das Bild aus der Hand. Konzentriert studierte er den großen Mann. Dann nickte er grimmig. »Len Pienaar.« Er legte seiner Frau eine Hand auf den Nacken. »Ganz ruhig«, sagte er leise. »Der Kerl ist tot. Er kann dir nichts mehr tun.«

Jill nickte stumm. Nils betrachtete die abgebildeten Personen noch einmal und musterte erstaunt den jungen Mann, der so verkrampft links neben dem riesigen Kerl stand, genauer. »Gib mir mal deine Brille, Nappy«, sagte er und streckte de Villiers die Hand hin. Der gab sie ihm kommentarlos, und Nils benutzte sie als Lupe. Dann hielt er Silke das Bild hin.

»Hier, sieh dir das an. Das ist, wenn mich nicht alles täuscht, dein Marcus. Der mit dem Schlapphut.« Er tippte mit dem Finger aufs Foto. »Zumindest erinnert er mich sehr an deinen Verlobten. Jünger, dünner, aber das könnte er doch sein, oder?« Sein Ton enthielt einen massiven Vorwurf.

Mit schweißnassen Händen nahm ihm Silke das Foto ab, musste sich zwingen hinzusehen. Schwarze Flecken tanzten vor ihren Augen, das Gesicht auf dem Foto verschwamm, und obwohl sie es nicht sicher bestätigen konnte, gab es für sie keinen Zweifel. Die Ähnlichkeit mit Marcus war frappierend. Seine Figur, die Art, wie er den Kopf hielt, die geraden Schultern. Der junge Mann musste Marcus sein.

Marcus, der behauptete, noch nie in Südafrika gewesen zu sein. Marcus, der Sohn von Henri Bonamour.

»O Gott«, war alles, was sie hervorbrachte. Ihr rutschte das Foto aus der Hand, ihre Knie gaben nach. Sie fiel zurück auf die Couch. In ihrem Kopf breitete sich sirrende Leere aus. »Ich glaube, der Kerl, der Marcus entführt hat, hat es verloren«, wisperte sie, »es muss eine Erklärung geben …«

De Villiers' Hände waren geballt, er trug anscheinend einen heftigen Kampf mit sich aus. Schließlich schien er zu einem Resultat gekommen zu sein. Er richtete seinen Blick auf Silke. »Wenn das wirklich Marcus Bonamour, der Sohn des Hangmans, ist«, sagte er langsam, »ist die Erklärung einfach. Der Hangman verkörperte das Apartheidsystem, er wird seinem Sohn nachdrücklich seine Weltanschauung vermittelt und dafür gesorgt haben, dass der in die Armee geht, um Leute wie mich zu foltern und zu töten. Mit Enthusiasmus.«

»Quatsch! Marcus doch nicht«, fuhr Silke ihn an, aber ihre Stimme schwankte.

Chrissie bückte sich nach dem Bild und betrachtete es ihrerseits mit zusammengezogenen Brauen. Ihre Augen weiteten sich. »Und das bist du«, flüsterte sie. »Der, der da vorne kniet. Das bist doch du.«

»Ja«, sagte Napoleon de Villiers ausdruckslos. »Das bin ich, und der Mann, der da auf dem Boden liegt, ist Mandla.« Er betonte den Namen auf der zweiten Silbe. »Und es war eine Grillparty, da hat Silke durchaus recht, und Mandla und ich waren die einzigen geladenen Gäste von Len Pienaar.«

Jill sog scharf die Luft ein. Auch auf den Gesichtern der anderen malte sich blankes Entsetzen.

Chrissie deutete auf den jungen Mann neben dem grobschlächtigen Dicken, den Nils für den Sohn des Hanging Judge hielt.

»Und der Junge da, hast du ihn dir genau angesehen? Hast du damals gewusst, dass es dieser Marcus ist? Der Sohn von Henri Bonamour?«

Ihr Mann setzte seine Brille wieder auf. »Der? Kann ich nicht genau erkennen. Das Licht hier ist lausig. Muss ich mir bei Sonnenschein ansehen.«

Nils langte wortlos in seine Tasche, zog sein Mobiltelefon heraus, schaltete das grelle Fotolicht ein und reichte de Villiers das Gerät. »Damit wird's gehen.«

Mit angestrengtem Stirnrunzeln betrachtete Napoleon de Villiers das Foto eingehend. »Ich kann's trotzdem nicht ordentlich erkennen. Der junge Mann sieht aus wie Twani. Das Kind, so nannten wir ihn. Er war noch nicht trocken hinter den Ohren, viel zu jung für den Krieg.« Er linste angestrengt durch seine Brille. »Ja, das ist Twani. Jetzt erinnere ich mich auch an diese Szene. Pienaar hatte von dem Jungen verlangt, dass er einen Gefangenen erschießen sollte. Vermutlich, damit der Kleine auch

Dreck am Stecken hatte, mit dem er erpressbar sein würde, wenn's notwendig war. So tickte dieser Pienaar. Aber Twani war ein unerfahrener, verwöhnter Bursche, der vermutlich sein bisheriges Leben zwischen Cricketplatz und Strandpartys verbrachte hatte.« Er grinste geringschätzig. »Er hatte ziemlich naive Vorstellungen von der Welt, aber um die Geschichte kurz zu machen, Twani versuchte, statt des Gefangenen Pienaar umzulegen. Das wäre ihm auch gelungen, wenn nicht einer der Typen, die sich Pienaar wie eine Meute Hunde als Schutz hielt, ihm die Pistole aus der Hand und ihn zu Boden geschlagen hätte. Darauf hat Pienaar sich halb totgelacht und Twani mithilfe seiner Handlanger festgehalten, seine Hand um die Pistole gedrückt und den armen Kerl erschossen.«

De Villiers' Blick war abwesend, seine Miene gequält. »Twani hat danach stundenlang nicht aufgehört zu kotzen. Als er nichts mehr drin hatte, wollte er fliehen, aber Pienaar fing ihn ein und kettete ihn wie ein Hündchen schlicht ans Lenkrad seines schönen neuen Casspirs.«

»Das ist ein gegen Minen geschützter, gepanzerter Truppentransporter«, raunte Alastair Farrington Silke ins Ohr.

Silke hatte das Gefühl, als drückte man ihr zunehmend die Luft ab. Antworten konnte sie nicht.

Chrissie räusperte sich hart. Sie deutete auf den Dicken, der dicht neben dem jungen Mann stand. »Aber hier scheint dieser Twani doch mitzumachen. Sieh mal, wie Pienaar ihn förmlich umarmt.«

»Umarmt?«, wiederholte ihr Mann. »Mitnichten. Dieser Schweinehund hält dem Jungen eine Pistole in den Rücken. Er zwang ihn zuzusehen, wie man uns … wie wir …« Er atmete schwer. »Nun, der Kleine war eindeutig nicht freiwillig dabei«, vollendete er den Satz schnell.

»Was meinst du damit?«, wisperte Chrissie. »Wobei sollte er zusehen?«

Napoleon de Villiers packte die Hand seiner Frau und presste sie fast blutleer. Seine Augen glühten wie schwarze Kohlestücke. Ihm war die Anstrengung anzusehen, die es ihn kostete weiterzusprechen. »Er sollte dabei zusehen, wie man uns brät. Auf dem Scheiterhaufen. Wie eine Leichenverbrennung in Indien. Nur waren wir noch keine Leichen.«

Totenstille folgte diesen Worten. Silke starrte ihn an, konnte nicht glauben, was sie gehört hatte. Erst langsam sickerte das, was Napoleon gesagt hatte, in ihr Bewusstsein. Sie schluckte trocken. Tränen stürzten ihr aus den Augen.

»Er …«, stammelte sie. »Marcus hat nicht …« Sie kam nicht weiter, fing an zu hyperventilieren.

De Villiers reagierte ungläubig. »Sie meinen, *das* ist Ihr Marcus? Sind Sie sich da wirklich ganz sicher?« Sein Ton war schroff, seine Zweifel unübersehbar.

Als Silke jedoch nur stumm nickte, steckte er die kalte Pfeife zwischen die Zähne und kaute heftig darauf herum. Es war offensichtlich, dass es ihm schwerfiel, ihre Aussage als Tatsache zu akzeptieren. Es dauerte einige Zeit, ehe er weiterredete. »Wenn Twani tatsächlich mit Ihrem Marcus Bonamour identisch sein sollte – und ehrlich gesagt, glaube ich das nicht für einen Moment, Twani kann nicht der Sohn des Hangman gewesen sein … Haben Sie ein Foto von Ihrem Marcus?«, unterbrach er sich selbst.

»Natürlich. Viele«, erwiderte Silke. »Aber nicht hier. Doch ich sage Ihnen, das ist Marcus.« Sie zeigte auf den jungen Twani.

»Das ist mir nicht genug.« Der Pfeifenstiel knirschte. »Wie ich sagte, wenn er es doch sein sollte, scheint er wohl das Gegenteil dessen zu sein, was ich angenommen habe. In dem Fall werde ich mich bei Ihnen entschuldigen. Aber nur, wenn sich zweifelsfrei herausstellt, dass Twani Ihr Marcus ist.« Er wedelte mit der Pfeife in der Luft. »Bis dahin …«

»Danke«, flüsterte Silke rau und versuchte den messerspitzen

Schmerz, den der bohrende Zweifel in ihrer Mitte verursachte, wegzudrücken.

»Ich habe *wenn* gesagt«, knurrte de Villiers scharf und wollte weiterreden, aber Nils fiel ihm ins Wort.

»So, Nappy, jetzt sind wir damit durch. Mehr können wir im Moment nicht tun, um das Rätsel zu lösen. Lasst Silke endlich berichten, was heute Nacht im Busch passiert ist. Ihr Marcus ist verschwunden, und die Zeit rennt uns davon, und zwar mit Siebenmeilenstiefeln!«

Silke wischte sich mit beiden Händen die Tränen weg. »Hat jemand ein Taschentuch für mich?«

Angelica zog eins aus ihrer Umhängetasche und reichte es ihr. Silke putzte sich die Nase, überlegte dabei, wo sie mit ihrer Geschichte beginnen sollte. Ratlos blickte sie in die Runde, sah, dass sie die ungeteilte Aufmerksamkeit aller hatte.

»Eigentlich fing alles schon in Deutschland an«, begann sie. »Aber die Vorgeschichte ist nicht wichtig. Sie betrifft nur Marcus und mich allein. Ich werde mit unserer Ankunft in Hluhluwe beginnen. Dort fiel mir ein bewaffneter Schwarzer in einer Art Tarnuniform auf, der uns anstarrte, als würde er uns kennen. Erst hab ich mir nicht viel dabei gedacht und es schnell vergessen. Wir fuhren weiter und hielten in Umfolozi am Game Capture Centre, und da war er auch und hat uns wieder angestarrt. Besonders Marcus, so schien es mir.«

Sie brach ab, sah sich vor dem Löwengehege stehen, spürte diesen Blick des schwarzen Rangers. Und dann hatte sich Marcus plötzlich in diesem merkwürdigen, unnatürlich klingenden Hustenanfall zusammengekrümmt und war anschließend davongerast, als wäre der Teufel hinter ihm her. Sie verkrampfte ihre Hände ineinander, spürte, dass sie nass vor Schweiß waren, erinnerte sich jetzt an das, was sie in dem Augenblick nicht wirklich registriert hatte. Dass er bleich vor Schreck geworden war. Dass er gewusst haben musste, wer dieser Ranger war. Ihr Puls hämmerte, der Tinnitus zischte.

»Marcus … Marcus erklärte mir, dass es ein Ranger der Wilderer-Patrouille sei, und sofort danach sind wir davongefahren.« Das war nicht wirklich gelogen, auch wenn sie ein paar Tatsachen unterschlug.

»Uns war die Zeit davongelaufen, und wir mussten umdrehen, um noch rechtzeitig ins Camp zu gelangen. Und dann gerieten wir in eine Elefantenherde.« Mit spröder Stimme begann sie, den Angriff der grauen Riesen zu schildern, doch die ganze Zeit sah sie Marcus' vor Schrecken verzerrtes Gesicht vor sich. »Anfänglich war es nur eine Kuh mit ihrem Jungen, nach und nach kamen andere. Besonders drei Elefanten fingen an, sich für unser Auto und uns zu interessieren, rissen an den Türgriffen, brachen einen Scheibenwischer ab, benahmen sich wie Hooligans. Ihnen folgten weitere Elefanten, und plötzlich waren es über hundert …«

Jäh war sie zurück zwischen den randalierenden Dickhäutern, spürte ihre eigene Todesangst, die Tritte, die den Wagen erschütterten, hörte das zornige Trompeten, roch ihre Ausdünstungen, sah die vor Wut glühenden Augen.

»Ich dachte, sie würden uns zu Tode trampeln«, flüsterte sie. »Sie haben nicht von uns abgelassen, bis unser Wagen nur noch ein Haufen zusammengedrücktes Metall war. Hinterher konnte ich nicht glauben, dass wir lebend da rausgekommen sind. Wir haben einfach nur Glück gehabt.«

Jill schob ihr wortlos das Whiskyglas hin. Silke trank nur einen kleinen Schluck.

»Dann brach das Gewitter los«, fuhr sie fort. Ihren Blick nach innen gekehrt, sah sie alles wie einen Film vor sich ablaufen. Mit nüchternen Worten beschrieb sie die schrecklichen Minuten bis zum Verschwinden von Marcus.

»Und der Ranger war plötzlich da?«, unterbrach Jill sie ungläubig. »Allein? Wilderer-Patrouillen gehen eigentlich immer zu zweit. War er zu Fuß?«

Silke zuckte mit den Schultern. »Ich kann nur berichten, was ich gesehen habe, und ich bin sicher, dass dieser Kerl allein war. Und ob er mit einem Fahrzeug gekommen war oder zu Fuß, weiß ich nicht. Ich habe keinen Wagen gesehen. Oder gehört, wenn ich es recht überlege.«

»Vielleicht war es ein Quad, und er ist querfeldein gefahren«, wandte Alastair ein. »Damit kommt man fast überall durch.«

Napoleon de Villiers lehnte sich vor. »Aber es war derselbe, den Sie schon in Hluhluwe gesehen haben? Er war schwarz, sagen Sie. Können Sie ihn genauer beschreiben? War er groß oder klein, alt oder jung?«

Silke schloss die Augen und versetzte sich zurück in die Situation. »Das Unwetter war apokalyptisch. Es goss wie aus Kübeln, Blitze zuckten unablässig, Donner krachte ohne Pause, und plötzlich war da jemand. Groß war er«, flüsterte sie. »Kräftig. Wie alt er war, kann ich nicht beurteilen ... Afrikaner scheinen kaum Falten zu bekommen.«

»Die Beschreibung trifft auf fast jeden der Ranger zu.« Die Enttäuschung in de Villiers' Stimme war hörbar. »Denken Sie noch mal nach. Hatte er irgendwas Besonderes an sich? Keine Ohren, nur ein Auge oder so?«

Silke sah ihn überrascht an. »Ja, natürlich. Er hatte eine Narbe auf der Oberlippe. Ganz eigenartig. Sie war rosa und geformt wie ein Oktopus.«

»Mandla!«, rief de Villiers und schlug mit der Hand auf die Sessellehne. »Derselbe Mann, der auf dem Foto auf dem Boden liegt. Verflucht«, brummte er und schien etwas zu sehen, was ihn erschreckte.

»Was ist?« Nils lehnte sich mit besorgtem Ausdruck vor.

De Villiers zögerte, aber nur kurz. »Sie müssen das ohnehin erfahren«, sagte er mit einem Seitenblick zu Silke. »Mandla hat geschworen, alle zu töten, die ihn damals gefoltert haben. Es gibt kaum eine Minute am Tag, in der er nicht daran denkt. Er jagt diese

Männer wie Tiere, hat nie aufgegeben. Wird nicht aufgeben, bis er den letzten erwischt hat. Bei Len Pienaar ist er nur Minuten zu spät gekommen. Nun hat ihm ein völlig verrückter Zufall Marcus geliefert. Nach all diesen Jahren. Dieses Foto ist über zwanzig Jahre alt. Ihr Mann muss so ziemlich der Letzte auf seiner Liste sein.«

Silke brach der Angstschweiß aus. »Aber der auf dem Foto war damals als Twani bekannt, und der hat doch nichts getan, das haben Sie selbst gesagt. Selbst wenn der Ranger nicht weiß, wer Twani wirklich war, muss er doch wissen, dass der Mann auf dem Foto unschuldig ist.«

De Villiers stierte ins Nichts, doch sein Mienenspiel war erschreckend. »Das hat Mandla wohl nicht mitgekriegt.« Die Worte waren fast unhörbar. Schließlich deutete er mit dem Pfeifenstiel auf den Haufen Holz. »Da haben sie ihn draufgelegt, das Holz angezündet und sich darangemacht, ihn zu grillen. Da verliert man schon mal die Übersicht«, flüsterte er. »Dann war ich dran«, setzte er mit glasklarer Stimme hinzu.

Als Silke verstand, was de Villiers gesagt hatte, begann ihr Herz zu rasen, und der Raum fing an, sich um sie zu drehen, die Stimmen wurden leiser, die entsetzten Gesichter der anderen entfernten sich in einem grauen Wirbel.

Als sie die Augen aufschlug, fand sie sich auf der Couch liegend wieder. Jill hielt ihre Beine hoch, und Angelica wischte ihr mit einem nassen Taschentuch das Gesicht ab.

»Okay, geht wieder«, ächzte sie und richtete sich vorsichtig wieder auf, musste einen Augenblick abwarten, bis der Raum aufhörte zu schwanken. »Entschuldigung«, wisperte sie.

Dieses Mal kommentierte Nils diese Redewendung nicht. Er lächelte sie mitleidig an. »Glaub mir, so was haut den stärksten Mann um, und nach allem, was du heute Nacht durchgemacht hast, ist es ein Wunder, dass du nicht längst zusammengeklappt bist.« Er stellte ihr eine Mokkatasse hin. »Hier, unser Wundermittel gegen Puddingbeine.«

Silke schnupperte misstrauisch. »Was ist das?«

Jill antwortete für ihren Mann. »Starker Kaffee, drei gehäufte Löffel Zucker und ein großzügiger Schuss Cognac. Glaub mir, danach kannst du auf dem Tisch tanzen.«

»Kann ich bestätigen«, sagte Alastair mit einem halben Grinsen.

»Augen zu und runter damit«, raunzte de Villiers sie an, aber sein weicher Gesichtsausdruck strafte den rauen Ton Lügen.

Silke gehorchte. Das Zeug war heiß, bitter, zugleich übersüß, und der Alkohol schoss ihr sofort in die Beine. Aber erstaunlicherweise spürte sie, wie das Blut ihr in Kopf und Wangen zurückkehrte, ihr Blick sich klärte und sie sich tatsächlich wieder kräftiger fühlte.

»Danke«, sagte sie leise. »Das Rezept werde ich mir merken.« Aber die Bilder, die Napoleon de Villiers' Worte in ihr hervorgerufen hatten, drehten sich in einem grellen Strudel vor ihrem inneren Auge. Ein Kälteschauer nach dem anderen jagte über ihre Haut. Mit einem Schluck leerte sie die Tasse, doch die Bilder blieben.

Nils musterte de Villiers mit dem durchdringenden Blick eines Reporters auf der Fährte einer Story. »Wie hast du es geschafft, Pienaar von der Schippe zu springen? Dem Foto nach war deine und Mandlas Lage ziemlich aussichtslos. Pienaar hatte laut deiner Erzählung seine Kettenhunde dabei, die hätten euch doch nie entkommen lassen.«

De Villiers lachte freudlos. »Meine Rebellenfreunde von der MPLA haben Pienaars Camp überfallen und uns befreit. Die Kettenhunde, wie du sie nennst, sind dabei draufgegangen, aber Pienaar ließen sie abhauen, diese Vollidioten.« Wieder kehrte er seinen Blick nach innen, ein böses Lächeln umspielte seine Mundwinkel. »Glücklicherweise hat er ja dann doch ein passendes Ende gefunden. Das hätte ich gern miterlebt.«

Silke musste sich räuspern. »Und Twani? Was geschah mit ihm?«

De Villiers hob die Schultern. »Keine Ahnung, vielleicht hat er nur Glück gehabt und konnte fliehen. Aber wenn er tatsächlich der Sohn des Hangman war, schätze ich, war der Einfluss seines Vaters so groß, dass selbst ein Len Pienaar ihn fürchten musste und deswegen dafür gesorgt hat, dass der Junge entkommt.«

»Was … was wird dieser Mandla tun?«

De Villiers schien sie nicht verstanden zu haben, denn er beschäftigte sich intensiv damit, seine Pfeife anzuzünden.

Chrissie stieß ihn an. »Sag's ihr einfach, es hat keinen Zweck, sie anzulügen.«

De Villiers ließ die Pfeife sinken. »Ich hoffe, dass er inzwischen zu Verstand gekommen ist.«

Silke sah den Ranger wieder vor sich, hörte sein wütendes Knurren, sah, wie er den Gewehrkolben hochschwang und … Mit aller Willenskraft stoppte sie das Video in ihrem Kopf. »Nein, der Kerl machte keinen zurechnungsfähigen Eindruck.«

»Dann sollten wir nicht länger hier herumsitzen, sondern Ihren Marcus suchen, sonst …« De Villiers vollendete den Satz nicht, und die Mienen der anderen machten klar, dass das auch nicht nötig war.

Unvermittelt packte Silke lähmende Müdigkeit. Sie konnte kaum noch die Augen offen halten und gähnte hinter vorgehaltener Hand. Außerdem war ihr furchtbar übel, sodass sie fürchtete, sich jeden Augenblick noch einmal übergeben zu müssen.

Jill, die ihren Kopf auf Nils' Schulter gelegt hatte und ebenfalls nicht hellwach wirkte, schien das mitbekommen zu haben. Sie richtete sich auf.

»Leute, Silke hier fällt fast vor Müdigkeit um, und ich sehe langsam alles doppelt. Wir sollten alle versuchen, noch ein paar Stunden Schlaf zu bekommen, sonst sind wir tagsüber nicht einsatzfähig.«

Napoleon de Villiers nahm seine Pfeife aus dem Mund. »Hast du eine genaue Karte von hier? Dann kann uns Silke zeigen, wo die Elefanten sie angegriffen haben.«

Jill langte neben sich, wühlte in einem Zeitschriftenstapel herum und zog eine Landkarte hervor. Angelica räumte rasch den Couchtisch leer, und gleich darauf beugten sich alle über die Karte.

»Sieh dir das an, Silke«, sagte Nils. »Kannst du uns ungefähr sagen, wo Kirsty dich aufgesammelt hat? Erinnerst du dich, dass du mit einer App auf deinem Mobiltelefon deinen Standpunkt gesucht hast?«

Silke beugte sich vor, rief sich die Karte, nach der sie durch Umfolozi gefahren waren, ins Gedächtnis, dann die auf dem Display ihres Telefons und verglich beides mit der Landkarte auf dem Tisch. Nach kurzem Überlegen legte sie ihren Finger auf einen Punkt. »Hier könnte es gewesen sein, aber hundert Prozent sicher bin ich mir nicht.«

»Wartet mal.« Jill ging aus dem Zimmer und kehrte gleich darauf mit einem iPad zurück. Sie schaltete es an, rief Google Earth auf, zoomte auf Umfolozi, vergrößerte das Bild, bis einzelne Büsche auszumachen waren. »So, jetzt kannst du es besser erkennen.«

Es dauerte nur ein paar Minuten, bis Silke sicher war, wo das Wrack liegen musste.

»Okay, ich habe eine ziemlich gute Ahnung, wo das ist«, sagte Napoleon de Villiers. »Die Gegend ist sehr wildreich, es gibt viele Antilopenherden. Das Gelände ist flacher als das von Hluhluwe, und es gibt viele Wasserlöcher dort, deswegen ziehen außer jeder Menge Antilopen besonders Nashörner und Elefanten in diesem Teil des Reservats herum.«

»Und die Katzen«, sagte Jill und schaltete das iPad aus. »Wegen der Antilopen.«

In den nächsten Minuten debattierten sie, wo man mit der Suche beginnen sollte. Die Meinungen gingen auseinander.

»Wir sollten das Gelände von Umfolozi absuchen«, schlug Angelica vor.

»Ich sag der Familie Bescheid«, bemerkte Jonas.

»Hmpf«, machte seine Großmutter bedeutsam.

»Am Telefon«, warf Chrissie ein. »Ich schlage vor, dass wir jeder unsere Kontakte in der weiteren Umgebung anrufen und fragen, ob die irgendetwas wissen.«

Nils faltete die Karte zusammen. »Gute Idee. Das geht am schnellsten, und wir erreichen die meisten Leute.«

De Villiers hievte sich aus seinem Sessel. »Es wird schon hell, wir fahren am besten nach Hause – nichts gegen eure Gästebetten, aber ich bin passionierter Eigenbettschläfer«, setzte er grinsend hinzu. »Wenn wir wieder aus den Augen sehen können, werden Chrissie und ich uns beide ans Telefon hängen, und wir melden uns, sobald wir irgendetwas erfahren haben.«

Jonas hatte sich über seine Großmutter gebeugt und half ihr aus dem Sessel. Stöhnend strich sich Nelly ihren lila glänzenden Rock glatt, nahm den Arm ihres Enkels und bewegte sich steifbeinig zur Tür. Dort blieb sie noch einmal stehen und wandte sich um. Ausdruckslos sah sie Silke an.

Silke hielt diesem kraftvollen, dunklen Blick stand, hatte den deutlichen Eindruck, dass sie hier einer genauen charakterlichen Einschätzung unterzogen wurde.

Nelly Dlamini nickte schließlich bedächtig. »*Ich* werde mit der Familie reden«, sagte sie und verließ mit Jonas das Zimmer.

»Sie mag dich«, flüsterte ihr Jill zu.

So hatte Silke das nicht interpretiert, aber trotzdem war es ein gutes Gefühl. Nelly Dlamini schien eine Persönlichkeit zu sein, die großes Gewicht in der hiesigen Gemeinschaft hatte. Ihr Wohlwollen war sicher viel wert.

Die Farringtons hatten sich wortlos mit einem Blick untereinander verständigt und standen ebenfalls auf. Alastair schwankte kurz, stützte sich bei seiner Frau ab. »Wir fahren auch nach Hause«, sagte er.

»Du bist besoffen, du kannst nicht fahren«, bemerkte Nils.

»Ha, den meisten Alkohol hat meine brave Leber schon abgebaut, aber keine Sorge, mein Eheweib fährt.« Er wandte sich Silke zu. »Kopf hoch, wir werden Marcus finden. Versprochen.«

Tot oder lebendig, ergänzte Silke in Gedanken und fröstelte.

21

Das Frühstück auf Inqaba war eine üppige Angelegenheit. Die Gäste drängten sich schwatzend um das Buffet, häuften unfassbare Berge auf ihre Teller und strebten anschließend mit einem seligen Gesichtsausdruck an ihre Tische zurück.

Silke, die allein unter dem Schirm einer leise raschelnden Palme saß, wurde schon vom Zusehen und dem Geruch satt. Sie würgte ein paar Löffel Obstsalat herunter. Niedergedrückt rührte sie anschließend Zucker in ihren Kaffee. Es war bereits die vierte Tasse, denn die Erlebnisse der vergangenen Nacht steckten ihr schwer in den Knochen. Physisch und psychisch. Dazu trug ohne Zweifel die Hitze bei und auch die Feuchtigkeit, die in Schwaden über dem Busch hing und sich auf allen Oberflächen niederschlug.

Die Kaffeetasse in beiden Händen, glitt ihr Blick über dichte, mit weißen Sternenblüten übersäte Büsche, über welliges Land hinunter zu einem Wasserloch, das schimmernd wie ein Silbertaler im satten Grün lag.

Sie sah zwei Giraffen, die mit grotesk abgespreizten Beinen am Ufer standen und ihren langen Hals hinunter zum Wasser gesenkt hatten, Impalas, die unter Schattenbäumen lagerten, und ein Flusspferd, das am Ufer graste. All das sah sie, aber sie nahm es nicht wirklich wahr. Ihr kam es so vor, als würde eine Wand aus Glas sie vom Rest der Welt trennen. Die lebhafte Unterhaltung der anderen Gäste verstärkte noch das Gefühl ihrer inneren Einsamkeit. Um sich abzulenken, zu verhindern, dass sie in einem See von Mutlosigkeit versank, zwang sie sich, ihren Tag zu planen. Das Wichtigste war, eine Möglichkeit zu finden, um ins Umfolozi-Reservat zu fahren, in der inbrünstigen Hoffnung, dass ihre Tasche noch immer im Wrack lag. Mit ihren Papieren und ihrem Geld. Außerdem musste sie so schnell wie möglich Karen von der Autovermietung anrufen und den Unfall melden. Sie hatte keine Ahnung, wie die Rechtslage war. Den Vertrag hatte Marcus abgeschlossen, und sie hatte ihn nicht gelesen, auch nicht unterschrieben. Warum auch. Das war Marcus' Sache, und er war in diesen Dingen viel besser als sie. Trübe starrte sie vor sich hin, schaute erst hoch, als eine der Kellnerinnen an ihren Tisch trat und ihr die Nachricht von Jill überbrachte, dass sie im privaten Haus der Rogges erwartet würde, wenn sie mit dem Frühstück fertig sei.

»Ich bin fertig«, sagte Silke, bat um die Rechnung, unterschrieb sie und machte sich gleich auf den Weg. Das Kleid von Greta Carlsson war angenehm luftig, allerdings konnte sie vor Schmerzen kaum noch auftreten. Nach näherer Inspektion hatte sie festgestellt, dass einige der Schnitte in ihren Sohlen bereits Anzeichen einer Entzündung zeigten. Sie musste sie unbedingt neu verbinden und irgendwoher ein Paar Flip-Flops bekommen. Vielleicht gab es welche in dem kleinen Laden der Lodge.

Jill Rogge wartete schon unter den Bougainvilleenkaskaden an der Treppe zur Veranda auf sie. Die Kellnerin musste ihr per Funk Bescheid gesagt haben. Nils stand abgewandt am äußersten Ende ans Geländer gelehnt und telefonierte.

»Hi, Silke.« Jill zog sie kurz an sich. »Ich hoffe, dir geht es jetzt etwas besser. Hast du noch einigermaßen gut geschlafen?«

Hatte Silke nicht, aber sie erwiderte, sie habe gut geschlafen, und bedankte sich für T-Shirt und Slip, die sie zum Schlafen angezogen hatte. Ihre eigene Unterwäsche hatte sie noch nachts im Waschbecken ausgewaschen, und die Klimaanlage hatte dafür gesorgt, dass die Sachen bereits trocken waren. Sie streckte einen lädierten Fuß vor.

»Ich kann kaum noch laufen. Gibt es in deinem Laden zufällig ein Paar Flip-Flops für mich?«

»Ich denke schon«, erwiderte Jill und betrachtete abschätzend Silkes Füße. »Welche Größe hast du?«

»Größe sechs«, antwortete Silke. »Kann ich bitte noch einmal Desinfektionsmittel und Pflaster haben? Einige der Wunden sind entzündet.«

»Natürlich, komm mit.« Jill führte sie durchs Wohnzimmer und wies den Gang entlang. »Dort ist das Bad. Im Verbandsschrank findest du auch eine antibiotische Salbe. Die solltest du unbedingt auftragen. Im Schrank unter dem Waschbecken liegen ungebrauchte Frotteeschlappen. In denen wirst du am besten laufen können. Diese Tür zur Rechten führt zu meinem Arbeitszimmer. Komm nach, sobald du fertig bist. Ich werde in der Zwischenzeit schon unseren Rundruf starten.«

Silke fand alles an seinem Platz und beeilte sich, schnell fertig zu werden. Die Füße dick bepflastert, schlüpfte sie aufatmend in die weichen Schlappen und machte sich auf den Weg zu Jill.

Jill saß auf der Schreibtischplatte und hing am Telefon, als sie das Büro betrat. Sie hielt die Sprechmuschel mit der Hand zu. »Wie ich sehe, hast du alles gefunden«, flüsterte sie. »Setz dich.« Sie wies auf einen bequemen Rattansessel. Kurz darauf beendete sie ihr Gespräch und wandte sich Silke zu.

»Kaffee?« Sie hob eine Kanne hoch, und als Silke dankend nickte, goss sie ihr eine Tasse ein und schob ihr anschließend Milchkännchen und Zuckerdose hin.

Silke bediente sich. »Ich muss auf jeden Fall die Autovermietung benachrichtigen. Hertz, aber ich habe die Nummer nicht. Sie ist in meiner Tasche, die – hoffentlich – noch im Wagen liegt. Weißt du, wie die Versicherungssituation hier ist, wenn Elefanten ein Auto zu einem Haufen zerknautschtem Metall zertrampeln? Müssen wir den Wagen bezahlen?«

»Das denke ich nicht.« Jill blätterte in dem Adressbuch ihres Handys. »Beim Abschluss des Mietvertrages wird man euch eine

Police angeboten haben, die genau eine derartige Situation abdeckt. Das ist hier so üblich. So war es doch, nicht wahr?«

»Weiß ich leider nicht. Verträge sind Marcus' Angelegenheit.«

»Na ja, es wäre ungewöhnlich, wenn ihr eine solche Police nicht habt. Bei Besuchen in den Wildreservaten kann schon allerhand passieren. Hier ist die Nummer.« Sie reichte Silke das Handy.

Silke wartete auf die Verbindung, dachte dabei mit großem Unbehagen an den zerstörten Wagen und an Marcus' Aussagen über seine finanzielle Situation. Und den Zustand ihres Kontos. Die Autovermietung meldete sich schnell, und sie erklärte Karen, was vorgefallen war.

»Ja, urplötzlich kamen sie aus dem Busch. Es war eine riesige Elefantenherde. Sie haben uns geradezu umzingelt, dann sind ein paar von den Biestern ausgerastet. Nein, völlig unprovoziert.« Sie dachte flüchtig an ihre Kreischattacke, aber das, entschied sie, war eine Reaktion auf den Angriff gewesen. Es gab keinerlei Anlass, das irgendjemandem auf die Nase zu binden.

Nach einigen Minuten legte sie mit einem zufriedenen Seufzer auf. »Du hast recht gehabt«, sagte sie lächelnd zu Jill, »wir haben eine solche Versicherung. Die Autovermietung schickt einen Fahrer mit einem Ersatzauto nach Inqaba und kümmert sich um das Wrack in Umfolozi. Halleluja!«

Nils kam von der Veranda herein, das Mobiltelefon noch am Ohr. »Ich habe eben die Polizei an der Strippe gehabt«, verkündete er.

»Und? Haben sie eine Spur?« Silke sah ihn gespannt an.

Mit mitleidigem Ausdruck schüttelte er den Kopf. »Nein, das nicht. Aber ich kenne ihre Boss-Polizistin gut. Vermisste Touristen, die womöglich entführt wurden, bereiten ihr schlimme Magenbeschwerden.« Dabei tippte er erkennbar genervt auf seinem Handy herum. »Ich habe versucht, sie zu erreichen, aber ich bekomme keine Verbindung.« Er setzte sich neben Silke.

Jill zog die Brauen zusammen. »Du meinst Fatima Singh? Hör mal, die Chefin von der … anderen Kommission. Du weißt schon. Die dürfte nicht zuständig sein.«

Nils beschäftigte sich konzentriert damit, eine Büroklammer aufzubiegen. »Noch nicht«, murmelte er vor sich hin.

Silke aber hatte den Ausspruch mitbekommen und blickte von einem zum anderen. »Könnt ihr mir das bitte erklären? Wer ist wofür zuständig und wer nicht, und wer ist Fatima Singh?«

»Captain Fatima Singh ist die Leiterin der hiesigen …«, Jill zögerte mit einem Blick auf ihren Mann, »einer hiesigen Abteilung. Sie ist eine kleine, nicht sehr hübsche Inderin mit vorstehenden Zähnen und Damenbart, die meist schlechte Laune hat und wie eine pummelige Hausfrau wirkt, aber sie hat Haare auf den Zähnen und ist eine sehr gute Polizistin. Obendrein ist sie eine der wenigen, die nicht bis in die Knochen korrupt ist.«

Silke brauchte einen Augenblick, um das alles zu verdauen. »Das klingt ja alles sehr gut, aber warum ist die noch nicht zuständig? Welcher Kommission gehört sie denn an?«

»Mach dir keinen Kopf wegen solcher Sachen«, sagte Nils und piekte mit der aufgebogenen Büroklammer auf den Reset-Knopf seines Handys. »Das blöde Ding hat sich schon wieder aufgehängt.« Genervt sah er zu, wie das Display des Telefons dunkel wurde und das System herunterfuhr.

Silke ließ nicht locker. »Tu ich aber. Ich mach mir einen Kopf. Es geht hier um Marcus. Ich muss wissen, was getan wird, um ihn zu finden. Behandelt mich bitte nicht wie ein kleines Kind.«

»Du hast natürlich recht.« Jill kickte Nils unter dem Tisch ans Bein. »Du musst erfahren, was hier vorgeht, und wir wollten dich nicht als Kind behandeln. Wenn das so bei dir angekommen ist, tut es mir leid. Du hast in den letzten Stunden mehr als genug durchgemacht, da wollte Nils dich einfach nicht zusätzlich belasten.«

»Okay, aber ich bin nicht aus Zucker«, konterte Silke in scharfem Ton, den sie sofort bereute. Schließlich gaben sich die Rogges jede erdenkliche Mühe, um ihr zu helfen, obwohl sie außer reiner Freundlichkeit keinerlei Anlass dazu hatten. »Tut mir leid. Ich meinte, dass ich einiges verkraften kann.« Sie sagte das mit einem Lächeln.

Jill erwiderte das Lächeln. »Es ist so: Captain Singh ist von der Mordkommission, und die ist natürlich nicht zuständig. Es geht ja hier nicht um Mord. Zuständig wäre Captain Sangwesi, Leiter der Kriminalpolizei, passend die Bulldogge genannt. Das heißt, er beißt zu und lässt nicht wieder los. Außerdem hat er keinerlei Scheu davor, sich mit jedem anzulegen, Vorgesetzte eingeschlossen. Bei ihm wäre die Suche nach Marcus wirklich in den besten Händen. Zufrieden?«

»Natürlich, danke, dass du es mir erklärt hast. Und was wird Captain San… wie heißt der noch?«

»Sangwesi«, antwortete Nils.

Jill hatte schon wieder das Telefon am Ohr und wählte.

»Danke, was wird der jetzt unternehmen?«

Nils wich ihrem Blick aus. »Der Captain wird sicher alles einsetzen, was ihm zur Verfügung steht«, antwortete er mit einer Floskel.

Silke kratzte diese Antwort schon wieder an den Nerven, aber sie bemühte sich um einen freundlichen Ton. »Was soll das heißen?«

»Manchmal gibt es nicht genug Leute, oder die Einsatzwagen sind nicht funktionsfähig, oder sie haben kein Benzin, oder beide sind unterwegs. So etwas …«

»Beide?« Silke sah ihn ungläubig an.

Nils antwortete nicht, zuckte nur vielsagend mit den Schultern. »Afrika. So ist es eben hier. Die Polizeistation hier hat nur zwei Einsatzwagen zur Verfügung. Es ist Verschwendung von Zeit und Nerven, sich darüber aufzuregen.«

Silke bemühte sich, auch diese Information zu verdauen.

Jill, die inzwischen noch ein kurzes Gespräch geführt hatte, legte auf und lehnte sich seufzend in ihrem Schreibtischsessel zurück. »So, das hätten wir. Alle, die wir kennen, sind benachrichtigt, die wiederum werden ihre Kontakte anrufen. Zusammen mit den Kontakten der Farringtons, von Jonas Dlamini und Nappy de Villiers dürften wir praktisch ganz Zululand erreichen. Aber ich habe noch nichts Konkretes gehört. Ein paar Vermutungen stehen im Raum, die jedoch so vage sind, dass es keinen Sinn hat, darüber zu reden. Alle haben versprochen, im Laufe des Tages zurückzurufen. Hast du noch eine Idee, mit wem wir sprechen könnten?«, fragte sie ihren Mann.

Nils dachte kurz nach, schüttelte dann den Kopf. »Scott MacLean könnte vielleicht noch helfen, aber der fällt ja vorerst aus. Obwohl sich sein Zustand stabilisiert und sogar minimal verbessert hat.«

»Aber ich wüsste noch jemanden«, mischte sich Silke ein. »Wir haben auf der Fahrt nach Hluhluwe ein älteres Ehepaar kennengelernt. Wir hatten einen Platten, mitten in Zululand, und warteten auf den Ersatzwagen von der Autovermietung. Ich geriet, ehrlich gesagt, ziemlich in Panik, nachdem wir eindringlich davor gewarnt worden waren, auf der Strecke anzuhalten. Und dann kamen diese Zulus. Vier waren es.«

Mit wenigen Worten schilderte sie, wie die Männer mit den Hackbeilen das Auto inspiziert hatten, Marcus' irrwitzigen Versuch, die Zulus zu überfahren, und deren drastische Reaktion.

»Die hätten uns glatt umgebracht, wenn ich nicht das Fenster heruntergekurbelt und mich für Marcus entschuldigt hätte. Und tatsächlich haben die von uns abgelassen«, sagte sie. »Warum, ist mir noch immer ein Rätsel. Kurze Zeit später hielt noch ein Wagen, ebenfalls Zulus, und sie schienen in der Gegend sehr bekannt zu sein. Duma hießen sie. Sarah und Vilikazi Duma. Sarah hat mir ihre Telefonnummer gegeben. Vielleicht könnten die uns helfen?«

»Ach nee«, warf Nils erstaunt ein. »Vilikazi und Sarah. Du hast recht, die hatte ich völlig vergessen. Die kennt hier fast jeder, und die kennen jeden, der irgendwie von Bedeutung ist. Vilikazi war jahrelang prominent in der Politik vertreten, das Gleiche gilt für seine Tochter Imbali. Und Sarah …« Er lachte. »Sarah ist Sarah. Eine Frau wie sie gibt es nicht ein zweites Mal. Habt ihr euch länger mit ihnen unterhalten?«

Silke nickte. »Das haben wir. Sarah hatte heißen Tee und Kekse dabei, und sie warteten mit uns, bis der Ersatzwagen angekommen war. Ich fand sie nicht nur sehr beeindruckend, sondern auch ungeheuer sympathisch. Wer genau sind sie?«

Nils antwortete ihr. »Vilikazi ist ein ANC-Urgestein, einer, der mit Mandela gekämpft hat. Nachdem er sich aus der Tagespolitik zurückgezogen hatte, hat er bis vor etwa einem Jahr für eine Organisation gearbeitet, die verschwundene Opfer der Apartheid aufspürt. Ich habe mit einem befreundeten Rechtsanwalt seine Nachfolge angetreten.« Für ein paar Sekunden schwieg er. »Manchmal ist das ganz schön hart, denn meistens finden wir nur noch Tote«, fügte er leise hinzu.

»Ruf ihn an«, sagte Jill.

Nils überprüfte sein Telefon. »Na endlich, es ist wieder zum Leben erwacht.« Er rief Vilikazis Nummer auf. Der Anruf wurde offensichtlich sofort angenommen.

»Hi, Vilikazi, alter Junge, geht's euch gut?«, sagte er. »Mann inne Tünn«, schob er dann auf Deutsch dazwischen, bevor er auf Englisch weiterredete. »Du klingst ja heiser wie ein alter Löwe. Versorgt deine Frau dich anständig?« Er lauschte für einen Augenblick und grinste dann breit. »Kann ich mir lebhaft vorstellen. Grüß sie von mir. Jetzt aber zu meinem eigentlichen Anliegen. Sag mal, habt ihr vorgestern zwei grünschnäbelige Touristen mit einem Platten mitten in Zululand getroffen? Erinnerst du dich? Tatsächlich?« Er lächelte Silke an und hob den Daumen. »Ja, die sind bei uns eingetroffen, das heißt, zumindest die Frau, aber inzwischen ist allerdings eine wesentlich ernstere Situation als ein platter Reifen eingetreten«, fuhr er fort und gab Vilikazi Duma alle Einzelheiten über die Entführung weiter.

»Mandla Silongo soll es gewesen sein. Die Frau beschrieb die Narbe unter seiner Nase, und sein Vorgehen bei der Entführung, die sie mit ansehen musste, zeugt von seiner bekannten Brutalität. Ich denke, es gibt keinen Zweifel. Wir haben ein Foto gefunden, das die Theorie untermauert. Nappy de Villiers hat es bestätigt.«

Mit vorgeschobener Unterlippe lauschte er noch einen Augenblick. »Okay, ich warte auf deinen Anruf. Gute Besserung, grüß deine Frau von uns«, sagte er zum Schluss und legte auf. »Vilikazi liegt mit einer Bronchitis im Bett, Sarah bewacht ihn mit dem Nudelholz im Anschlag«, berichtete er und grinste immer noch.

»Glaub ich nicht«, bemerkte Jill trocken. »Wie ich Sarah kenne, hält sie ihn mit dem Gewehr in Schach.«

»Sarah?« Silke sah sie erstaunt an. »Tatsächlich? Sie wirkte so … gemütlich. Wie eine gemütliche, liebenswerte Großmutter.«

Jill lachte lauthals. »Sarah? O ja, das ist sie. Das Abbild einer liebenswerten Großmutter. Unter anderem. Sie ist eine formidable Person, sehr intelligent, obwohl sie das gern versteckt.«

Silke sah sie verständnislos an. »Aber … aber wieso … ein Gewehr? Was hat sie denn früher gemacht?«

»Früher? Hausmädchen bei Weißen, was sonst. Andere Jobs gab es für schwarze Frauen kaum. Obwohl sie Glück gehabt hat. Jahrelang hat sie für eine Deutsche gearbeitet, die sie heute als ihre Freundin bezeichnet. Aber ebenso wie Vilikazi war sie im Untergrund für den ANC aktiv. Mit der Waffe, denke ich. Näher habe ich noch nicht nachgefragt.« Sie lachte wieder. »Eigentlich will ich es auch nicht so genau wissen, außerdem bezweifle ich, dass ich eine ehrliche Antwort von ihr bekommen würde.«

»Ach, du liebe Güte!«, sagte Silke und versuchte die Bilder der beiden Sarahs deckungsgleich übereinanderzulegen. »Was für ein Land!«

Was für Menschen.

Welch ein Unterschied zu meinem eigenen Leben, wollte sie hinzufügen, aber der Wind trug einen Trompetenstoß vom Wasserloch zu ihnen herüber. Sie fuhr hoch und fiel wie ein Stein zurück mitten zwischen die mörderische Elefantenherde. Ihr brach der Schweiß aus, im Nu war sie durchnässt. Sie sah Mandla vor sich, den unheimlichen Ranger, Scott, der sich die Hand abgehackt hatte. Greta Carlsson in ihrem freiwilligen Gefängnis.

Verwirrt starrte sie vor sich hin, fand sich momentan nicht zurecht. War sie wirklich erst Mittwoch durch das verschneite München gestapft, wo die größte Gefahr war, dass ihr nasse Füße und eine Erkältung drohten?

»Bist du okay?«, hörte sie Jill besorgt fragen. »Du bist ja weiß wie die Wand geworden.«

Silke kehrte mit einem Ruck in die Wirklichkeit zurück. Um einen Moment Zeit zu gewinnen, ehe sie antwortete, strich sie sich langsam über die Stirn. »Ja, alles in Ordnung«, sagte sie schließlich. »Ich musste nur an den Überfall der Elefanten denken und daran, was danach passierte. Wie macht ihr das alles?«

»Was meinst du?«

Silke vollführte einen Halbkreis mit der Hand. »Das alles hier. Die elektrischen Zäune, Großmütter, die mit einem Gewehr umgehen wie andere mit dem Kochlöffel. Die ständige Bedrohung … Männer mit Hackbeilen … wilde Tiere …«

Jill lächelte. »Ach, damit werde ich fertig, aber weißt du, was mir Angst einjagt?«

»Eine randalierende Elefantenherde?«

Nils grinste. »Tut sie nicht, kann ich dir versichern. Aus eigener Erfahrung. Im Gegenteil, sie redet mit den Kolossen.«

»Na ja, ganz so ist es ja nicht«, wehrte Jill ab. »Aber wovor ich einen Horror habe, ist die Geschwindigkeit, mit der ihr über eure Autobahnen rast. Schon von meiner ersten Fahrt dort habe ich ein Trauma fürs Leben davongetragen. Entsetzlich. Mit mehr als zweihundert Sachen sind die an uns vorbeigejagt.« Sie verdrehte theatralisch die Augen. »Autos meine ich! Keine Flugzeuge.«

Silke musste lachen und war dankbar, wenigstens für ein paar Minuten von der harschen Wirklichkeit abgelenkt worden zu sein. »Das ist Gewöhnungssache und nichts im Vergleich zu dem, womit ihr hier täglich konfrontiert werdet. Ich bewundere euch. Ich hätte das Land längst verlassen.«

Mit dem unangenehmen Gefühl völliger Unzulänglichkeit schaute sie auf die Jahre ihres Lebens zurück. Bis auf ihre wilde Zeit mit Tony, was hatte sie schon erlebt? Was hatte sie zustande gebracht? Was wäre von ihr geblieben, wenn sie unter den Tritten der Elefanten gestorben wäre?

Unversehens hatte sie den scharfen Geruch von Desinfektionsmitteln in der Nase, war zurück in London, sah die drei weißen Tabletten im kalten Schein der Laborlampe vor sich. Für Sekunden taumelte sie am Rand eines pechschwarzen Nichts, aber Jills Stimme riss sie zurück. Nur das innere Zittern blieb. Es würde sie wohl bis zum Ende ihres Lebens begleiten.

»Ich bin hier geboren. Jeder Quadratzentimeter hier trägt die Fußabdrücke meiner Vorfahren. Sie sind hier begraben …« Jill spielte versunken mit einem Kugelschreiber. »Ich glaube, ich würde innerlich verbluten, wenn ich mein Land verlassen müsste«, fuhr sie nach einer Pause fort und ließ den Stift kreiseln. »Wohin sollten wir auch gehen? Meine Ururgroßeltern stammen aus Deutschland. Johann Steinach aus dem Bayerischen Wald, Catherine, seine Frau, aus der Gegend um Hamburg. Sie beide haben Inqaba gegründet und dem Busch abgetrotzt. Soweit ich weiß, lebt niemand mehr von Catherines Familie dort oben. Aber eine Familie Steinach gibt es noch im Bayerischen Wald …«

Silke verspürte eine fast schmerzhafte Sehnsucht nach ihren Großeltern. Nach ihrer unerschütterlichen Liebe, ihrer Wärme. Der Geborgenheit in ihren Armen. Nach ihren eigenen Wurzeln. »Es ist sehr schön dort. Warst du schon mal da?«

Jills Brauen zuckten. »Zwei Mal war ich dort, habe die Steinachs und die Bernitts besucht, die Familie meines ersten Mannes.« Bei der Erwähnung des Namens verzog sie ihr Gesicht, als hätte sie auf eine Zitrone gebissen. »Aber seitdem ist die Verbindung abgerissen. Wir waren uns einfach … zu fremd. Mit dem Menschenschlag komme ich nicht klar, jedenfalls nicht mit dem, mit dem ich verwandt bin, und in dem Klima würde ich eingehen wie ein … wie eine Bougainvillea im Winter. Im deutschen Winter. Heimat ist da, wo man nicht wegwill«, sagte sie mit einem versonnenen Lächeln.

Silke hob erstaunt den Blick. »Woher hast du denn den Spruch? Der kommt aus *meiner* Heimat.«

»Meine Ururgroßmutter Catherine Steinach sagte das immer.«

»Kluge Frau, deine Ururgroßmutter.«

»Oh, das war sie. Eine bemerkenswerte Frau. Ungeheuer praktisch veranlagt. Sehr durchsetzungsfähig. Und sie konnte fluchen wie ein betrunkener Matrose.«

»Was dich aufs Genaueste beschreibt, mein Herz, besonders das Letztere.« Nils grinste sie an und wich geschickt ihrem Boxhieb aus.

Jill warf einen Blick himmelwärts. »Ich bin ein sanftes Lamm und im Gegensatz zu meiner wilden Vorfahrin geradezu gesittet.«

»Ach, ja? Glaub ihr kein Wort«, sagte er zu Silke. »Meine Frau ist im Busch aufgewachsen, legt sich mit Schlangen und wütenden Nashörnern an, lernte schießen, kaum, dass sie ein Gewehr halten konnte, und fluchen kann sie, dass einem die Augen tränen, kann ich dir versichern.«

»Ach Unsinn«, widersprach Jill, lächelte jedoch verschmitzt.

Ihr Funkgerät knackte, und Jonas meldete sich. Jill drückte auf die Sprechtaste. »Ja, was ist?«

Jonas war gut zu verstehen. Offensichtlich hatte jemand von der Autovermietung angerufen und Bescheid gesagt, dass eine unvorhergesehene Verzögerung eingetreten war und der Ersatzwagen erst am frühen Nachmittag gebracht werden würde.

»So lange kann ich nicht warten«, sagte Silke. »Kann ich hier in der Nähe einen Wagen mieten? Möglichst mit Navigationssystem.« Sie trank den Rest ihres Kaffees aus und stand auf. Doch mit einem betroffenen Ausdruck sank sie wieder zurück auf den Stuhl.

»Was ist?« Nils sah sie fragend an.

»Meine Tasche mit meinem Pass und Geld liegt noch im Auto. Natürlich auch mein Führerschein, und ohne den und den Pass kann ich ja wohl kein Auto mieten, oder?«

Jill winkte ab. »Das ist kein Problem. Wenn es Schwierigkeiten mit dem Auto gibt, miete ich es auf meinen Namen. Wir können das später auseinandersortieren. In Ordnung?«

Silke nickte dankbar. »Ich muss irgendwo ein Mobiltelefon kaufen …« Sie stockte. Ohne Geld war das wohl auch nicht möglich. »Es bleibt mir nichts anderes übrig, ich muss schnellstens zurück zum Wrack. Bevor es jemand anderes findet. Hoffentlich liegt meine Tasche noch drin … Na ja, hoffen kann ich doch, nicht?«, setzte sie angesichts des skeptischen Gesichtsausdrucks der Rogges hinzu. »Vielleicht hat die Polizei es ja inzwischen lokalisiert und die Tasche sichergestellt …«

Aber sie hatte diesen Satz noch nicht zu Ende gesprochen, als sich laute Schritte näherten. Sekunden später platzte Kirsty ins Büro. Das Haar hing ihr strähnig ins Gesicht, die blauen Augen waren gerötet, das Gesicht vom Weinen geschwollen.

Bei ihrem Anblick überrollte Silke die Erinnerung an die letzte Nacht mit verstörender Wucht. Empört fuhr sie hoch.

Doch Kirsty hatte sie schon entdeckt und blieb wie angewurzelt stehen. »Da bist du ja. Bist du hierhergelaufen?« Ihr Blick wanderte zu Silkes wunden Füßen. Sie verzog ihren Mund. »Wohl nicht.«

Auch Nils war aufgestanden. Seine Miene war hart. »Kirsty! Gut, dass du kommst. Was zum Teufel hat dich denn letzte Nacht geritten? Das war ja wohl der Hammer, was du dir da geleistet hast, oder?« Er streckte einen Finger hoch. »Erstens Silke mitten in der Nacht, zweitens im tiefsten Zululand«, der zweite Finger folgte, »und dann drittens aus dem Auto zu werfen, wobei sie sich weiß Gott wie schlimm hätte verletzen können. Sie hätte überfahren werden können oder überfallen.« Drei Finger zeigten anklagend auf Kirsty. »Das war versuchte Körperverletzung, das ist dir wohl doch klar. Das ist ein Straftatbestand. Sie könnte dich anzeigen.«

»Ich weiß!« Kirsty hob beide Hände. »Ich hab einen kompletten Aussetzer gehabt … hier.« Sie zog ein Handy aus den Taschen ihrer Shorts und hielt es Silke hin. »Das habe ich in meinem Wagen gefunden. Und die auch.« Sie schüttelte einen verdreckten Schuh aus einer Plastiktüte Silke vor die Füße. »Wo der andere ist, weiß ich nicht.«

Silke allerdings war so froh, wenigstens ihr Handy mit allen Nummern wiederzuhaben, dass ihre Empörung in sich zusammenfiel. »Danke. Wie geht es Scotty?«

»Es gibt Hoffnung«, war die knappe Antwort.

Jill verschränkte die Arme vor der Brust. »Sag mal, Kirsty, wie kommst du eigentlich darauf, dass Silkes Marcus dein ehemaliger Verlobter ist?«

Die wischte sich über ihre verquollenen Augen. »Das ist ganz einfach. Mein erster Verlobter hieß Marcus Bonamour, Silkes Verlobter heißt auch so. Die Familie von meinem Marcus besaß eine Mine im Busch in Zululand, Silkes … Verlobter«, sie stolperte bei dem Wort, »soweit ich das mitgekriegt habe, ebenfalls, und die Mine fördert seltene Erden, wie die von dem Mistkerl, der mich hat sitzen lassen. Ein bisschen viel der Zufälle, denke ich.« Sie starrte Silke an.

»Und? Was ist, wenn?«, fauchte die. »Was ich übrigens nicht glaube. Aber selbst wenn das stimmen sollte – warum hast du *mich* aus dem Auto geschmissen? Ich hab dir doch nichts getan.«

Kirstys Augen wurden schmal. »*Du* hast ihn mir gestohlen!«

»Das ist doch völlig idiotisch, ich hab ihn erst vor zweieinhalb Jahren kennengelernt«, rief Silke, bemüht, ihre Beherrschung nicht zu verlieren. »Wann wart ihr zusammen? Wenn es tatsächlich Marcus war, was ja weiß Gott nicht sicher ist – vor etwa zwanzig Jahren?«

»Und weswegen ist er jetzt wieder nach Südafrika zurückgekehrt? Kannst du mir das mal erklären? Einfach nur so? Vielleicht hat er mich gesucht.« Kirsty war so erregt, dass sie kaum verständlich reden konnte.

»Das ist doch alles Quatsch! Er ist noch nie vorher in Afrika gewesen, geschweige denn in diesem Land.« Langsam fing Silke innerlich zu kochen an.

»Außerdem hätte er in dem Fall ja wohl nicht ausgerechnet Silke mit auf die Reise genommen«, bemerkte Nils. »So blöd ist nicht mal ein Mann.«

»Genau«, bestätigte Silke und funkelte Kirsty an. »Du hast dich völlig verrannt. Mein Marcus ist nicht dein Marcus, und damit hat's sich. Mach dich nützlich, fahr ins Krankenhaus und halt die Hand deines Verlobten, der braucht dich.«

»Nimm Scottys Namen nicht in den Mund, du …« Tränen strömten Kirsty aus den Augen. »Hau bloß ab!« Abrupt wirbelte sie herum und rannte von der Veranda. Doch mitten im Lauf stoppte sie plötzlich, schwang herum und fixierte Silke.

»Heißt der Vater von … deinem Marcus Henri Bonamour?«

Entsetzt starrte Silke die Frau vor sich an. »Ja«, flüsterte sie, plötzlich heiser.

Kirsty Collier stemmte die Hände in die Hüften, ihr blonder

Zopf peitschte hin und her wie der Schwanz einer wütenden Katze. »Ich wusste es doch! Es ist dasselbe widerliche Schwein! Ich werde ihn bei der Polizei anzeigen. Die werden begeistert sein, wenn sie den Sohn vom Hangman erwischen …« Plötzlich füllten sich ihre Augen abermals mit Tränen. »Ich hätte es wissen müssen, er war schon so komisch, als er aus Angola kam«, flüsterte sie rau, wirbelte herum und rannte davon.

»Angola? Was meinst du mit Angola?«, rief Silke hinter ihr her. »Warte! Marcus war doch auch noch nie in Angola!« Aber ihr wurden die Hände feucht, weil sie vor Unsicherheit kaum klar denken konnte.

Silke lief zur Verandatür, wollte ihr folgen, doch Nils hielt sie zurück. »Lass, sie ist im Augenblick wirklich nur beschränkt zurechnungsfähig. Rede später mit ihr.«

»Okay«, stieß sie abwesend hervor. »Die … die Sache mit Scotty ist ja auch furchtbar genug, um jeden fertigzumachen.« Sie sah Nils an. »Aber was ist, wenn sie wirklich der Polizei Bescheid sagt?«

»Ich kümmere mich darum. Mach dir keine Sorgen. Außerdem glaube ich nicht, dass sie es tut. Sie war einfach nur furchtbar wütend, und dann tendiert sie dazu, unsinnige Dinge zu sagen.«

Silke nickte nur. Was hatte Kirsty gemeint? Wann war Marcus in Angola gewesen? Warum? Die Fragen prasselten auf sie ein. »Was war in Angola?«

»Grenzkrieg«, antwortete Jill und sah sie dabei nicht an. »Bürgerkrieg, in den sich Südafrika eingemischt hat. Auf der Seite der Regierungstruppen.«

Silke starrte sie an. Krieg? Ihre Gedanken liefen Amok. Was hatte das mit Marcus zu tun? Mit gesenktem Kopf stand sie regungslos da, hatte das Gefühl, dass ihr Leben gerade wie ein baufälliges Gemäuer zusammenbrach. Nur mühsam riss sie sich zusammen und hielt mit gequältem Lächeln ihr Handy hoch.

»Ich bin ja nun wenigstens wieder ein halber Mensch. Man ist ja heutzutage völlig amputiert ohne Telefon, nicht wahr … gar nicht handlungsfähig …« Sie redete zu schnell, um die Fragen, die ihr im Kopf herumrasten, nicht hören zu müssen. Aus den unergründlichen Tiefen ihrer Gedanken schoss einer an die Oberfläche, der ihr sofort akute Magenschmerzen verursachte.

»Herrje, ich muss den Vater von Marcus anrufen. Er hat ein Recht zu erfahren, was hier vorgefallen ist.« Sie blätterte durch die Kontakte in ihrem Telefon. »Entschuldigt mich bitte.« Sie trat ans Fenster, wählte und zuckte zusammen, als Henri Bonamours scharfe Stimme an ihr Ohr drang.

»Bonamour«, bellte der ehemalige Richter.

Silke nannte ihren Namen und setzte zu einer Erklärung an, war bestrebt, sich auf das Wesentliche zu beschränken.

»Sie und Marcus sind wo?«, unterbrach sie Marcus' Vater nach ihren ersten Worten ungläubig. Sein Ton war scharf.

»In Südafrika, KwaZulu-Natal, um genau zu sein. Marcus muss bei einer Mine nach dem Rechten sehen, von der wir erst hier erfahren haben, dass die Ihnen gehört.«

Der Richter lachte kalt. »Ach, das hat er Ihnen erzählt?«

Die Implikation der Bemerkung war zweideutig. Meinte er, dass Marcus gelogen hatte, oder war er erstaunt, dass sein Sohn *ihr* Derartiges erzählte? Ihr war das nicht klar, deswegen antwortete sie ihm nicht, sondern berichtete hastig, was weiter geschehen war. Marcus' Vater hörte zu und unterbrach sie nicht noch einmal.

»Marcus und dieser Ranger Mandla haben miteinander gekämpft, ich wurde von einem Blitz geblendet … als ich wieder etwas erkennen konnte, waren beide verschwunden. Mehr weiß ich nicht. Wir versuchen alles, um ihn zu finden«, schloss sie lahm.

»Mandla«, murmelte der Richter. »Sieh einer an.«

Silke fiel auf, dass er den Namen auf der zweiten Silbe betonte, wie Napoleon de Villiers es tat.

»Wer weiß von dem Ganzen?«, fragte er, bevor sie reagieren konnte.

»Ach, alle hier«, antwortete sie unsicher. »Mir ist von den Besitzern einer Lodge sehr geholfen worden. Die und deren Freunde haben jeden in Zululand kontaktiert, den sie kennen, und das sind praktisch alle in der Gegend. Auch die Polizei ist informiert. Sie meinen, dass sich über kurz oder lang jemand meldet, der weiß, wo Marcus festgehalten wird.«

Schweigen begrüßte ihre Worte. Sie wollte sie eben wiederholen, weil sie annahm, dass er sie nicht verstanden hatte, als Henri Bonamour antwortete. »Das ist anzunehmen«, sagte er und legte auf.

Verblüfft ließ Silke das Handy sinken. Was sollte das nun wieder heißen? Alle Bemerkungen des alten Richters schienen kryptisch zu sein, und sie wusste einfach nicht, was sie davon halten sollte. Auf Jills Frage, wie der Vater die Nachricht aufgenommen hatte, wusste sie keine eindeutige Antwort zu geben. Sie zuckte mit den Schultern. »Er hat aufgelegt. Einfach so.«

»Übrigens, sollte die Presse von der Entführung Wind bekommen, wirst du keine Ruhe mehr haben. Die werden dir überall auflauern«, wandte Nils ein. »Sei ein bisschen umsichtig und leg dir am besten eine zensierte Kurzversion der Geschichte zurecht.«

Diesen Aspekt hatte sie überhaupt noch nicht bedacht. Mit der Presse hatte sie noch nie etwas zu tun gehabt. »Eine Kurzversion?«, wiederholte sie geistesabwesend. »Okay. Ich werde darüber nachdenken. Aber irgendwie muss ich nach Umfolozi kommen …« Eine Pressemitteilung war ihre allerletzte Priorität, außerdem bezweifelte sie, dass jemand an ihr interessiert sein könnte.

»Jonas muss ohnehin ins Game Capture Centre, um einige meiner Tiere zur nächsten Versteigerung anzumelden«, unterbrach sie Jill und hob das Funkgerät. »Ich frage mal nach, ob er dich mitnimmt.« Nach einem kurzen Wortwechsel auf Zulu schaltete sie das Gerät wieder aus. »Das ist geregelt. Er wartet in fünf Minuten auf dem Parkplatz. Passt dir das so?«

»Wunderbar. Danke.« Silke war restlos erleichtert. Mit Jonas, einem Zulu, an ihrer Seite würde sie sich bei dem Unterfangen, ihre Sachen aus dem Autowrack zu bergen, doch deutlich sicherer fühlen.

Die Haut auf Marcus' Wangen war durch das ständige Hin- und Herdrehen blutig geschabt und sein Mund voller Dreck, aber das kümmerte ihn nicht. Er merkte es nicht einmal. Eben war es ihm beinahe gelungen, seine rechte Hand aus der Schlinge zu ziehen. Es fehlten nur noch Millimeter, und Mandla, der gerade aufgetaucht war, hatte es aus einem ihm unerfindlichen Grund versäumt, seine Fesseln zu überprüfen, eine Tatsache, die ihm einen heftigen Adrenalinstoß bescherte. Um sich nicht zu verraten, schob er die Hand vorsichtig wieder zurück in die ursprüngliche Position, fuhr aber fort, das Seil zu dehnen.

Der Strick, der seine Handgelenke fixierte, war mit dem verknotet, der um seine Beine geschlungen war, und ihm war natürlich klar, dass er mit gefesselten Beinen nichts ausrichten konnte, selbst wenn er beide Hände freibekäme. Er überlegte fieberhaft und kam endlich zu dem Schluss, dass er vielleicht doch nicht ganz so hilflos war.

Sollte Mandla oder einer seiner Kumpane nahe genug an ihn herankommen, dass er sie packen konnte, hätte er unter Umständen eine Chance, egal, ob seine Beine frei waren oder nicht. Die Augen könnte er einem Angreifer eindrücken, vielleicht die Nase brechen. Oder abbeißen. Oder dem Kerl eins in die Fresse hauen und ihm die Nase ins Gehirn prügeln.

Er dachte in Worten, natürlich, aber als daraus in seinen Gedanken Bilder wurden, hasste er Mandla mit jeder Faser seines Körpers dafür, dass der ihn zwang, diese Fertigkeiten wieder zu aktivieren, nachdem er es geschafft hatte, sie zwei Jahrzehnte lang zu vergessen.

Aber immer noch besser, als wenn er diese Fertigkeiten nicht zur Verfügung hätte oder womöglich ein Weichei mit einem Berg von Skrupeln wäre, das nicht den Mut hätte, sich zu wehren. Der Gedanke zumindest tröstete ihn.

Mandla baute sich vor ihm auf, so nahe, dass Marcus, durch seine Bauchlage behindert, ihm nicht in die Augen sehen konnte, sondern nur dessen schlammverschmierte Buschstiefel vor der Nase hatte. Sekunden später traf einer der Stiefel ihn in der Seite, der Schmerz überschwemmte seinen Körper, und ohne dass er sich bremsen konnte, platzte ihm der Kragen.

»Bist du komplett verrückt geworden, du kranker Mistkerl?«, schrie er ihn an. »Glaubst du, du kommst damit davon? Ich bin Tourist, du Idiot, ganze Hundertschaften der Polizei suchen nach mir, darauf kannst du dich verlassen!« Ein weiterer Tritt trieb ihm den Atem aus dem Leib, und er musste erst einmal nach Luft schnappen.

Mandla lachte. Laut, amüsiert und voller Spott. Er ging vor Marcus in die Knie. »He, ngulube mhlope Bayede!«

Sei gegrüßt, weißes Schwein, übersetzte Marcus für sich und war froh, dass er die Sprache noch nicht verlernt hatte, gab sich jedoch alle Mühe, das nicht zu zeigen.

Ihre Blicke verhakten sich. Mandlas Augen waren undurchsichtig wie schwarz lackierte Steine, sein Blick schien sich geradewegs in sein Gehirn zu bohren. Marcus starrte wie gebannt in diese Augen und fand kein Fünkchen Gnade, kein Vergeben. Das Schweigen zwischen ihnen war eine unüberwindliche Mauer aus Hass.

Eine Ewigkeit dauerte dieses lautlose Duell an. Dann, überraschend, grinste der Zulu. »Niemand sucht dich, weißes Schwein«, gluckste er auf Zulu. »Die Polizisten sind hungrig, sie brauchen Geld für ihre Familien. Ich habe Geld, und ich habe dich.« Ohne

Vorwarnung verzerrten sich seine Züge. »Grillparty«, flüsterte er rau auf Englisch.

Marcus wurde schlagartig kalt, seine Nackenhaare stellten sich auf. Aber Angst würde nur seine Sinne trüben und seine Reaktionsschnelligkeit lähmen. Das durfte er nicht zulassen. Am meisten beunruhigte ihn, dass Mandla offensichtlich die Polizei bestochen hatte. Nichts Ungewöhnliches in diesem Land. Was man haben wollte, musste man kaufen, und derjenige, der am meisten zahlte, bekam, was er forderte. So war das. Und glaubte man den Medienberichten, war hier so gut wie jeder käuflich, auch die Polizei. Sollte Mandla das getan haben, hieß es, dass die Ordnungshüter einen weiten Bogen um diese Gegend machen würden. Ordnungshüter! Fast hätte er losgelacht. Welch ein amüsanter Euphemismus.

»He, Jimmy«, brüllte Mandla auf Zulu und stand auf. »Mehr Holz, verstanden! Der Haufen reicht für diesen Braten nicht aus. Hamba shesha, du fauler Affe, sonst schlitz ich dir ein zweites Maul in deinen Hals!«

Ein ausgemergelter Schwarzer mit knochigen Schultern schlich heran. Auf die Beschimpfung reagierte er nur mit aufsässigem Schweigen und einem instinktiven Griff an die Kehle. Sein Blick huschte zwischen Mandla und Marcus hin und her, dann verschwand er im Gebüsch. Mittlerweile erschien eine Gruppe von fünf Afrikanern, die Marcus vorher noch nicht gesehen hatte. Sie schleppten Äste und Zweige heran und schleuderten sie auf den Holzhaufen.

Marcus drehte seinen Kopf so, dass er die Männer im Blick hatte, ignorierte den heißen Schmerz, als er mit den offenen Wunden über die harte Erde schurrte. Der offensichtliche Anführer der Gang war ein überraschend gut gekleideter, muskulöser Typ mit einer blauen Baseballkappe auf dem Kopf. Er hatte einen schweren Baumstamm herangeschafft – der nach Marcus' Schätzung dicker war als sein eigener Oberschenkel – und suchte jetzt einen geeigneten Platz, ihn abzulegen.

»Mandla«, rief er und tätschelte den Stamm. »Wohin mit diesem schönen, dicken Baum?«

Mandla kam hinter dem Scheiterhaufen hervor, taxierte den Baum mit erfreuter Miene und zeigte auf eine Lücke an der Basis des Haufens. »Genosse Hellfire, du bist stark! Leg ihn hierher, der wird schön lange brennen. Und schön heiß.«

Marcus merkte sich den Namen, was nicht schwer war. Hellfire war dem Anlass sehr gemäß, er vermied jedoch den Gedanken, für wen der Scheiterhaufen bestimmt war. Jeden Gedanken an seinen Vater schob er ebenfalls energisch beiseite. Sein Hass auf den Mann würde ihn lähmen. Er schwor sich, wenn er diesem Albtraum entkommen würde, würde er sich mit seinem Vater auseinandersetzen. Ein für alle Mal. Der alte Mann sollte nie wieder Gelegenheit bekommen, sich in sein Leben einzumischen. Und das Wort Sohn in dem Firmennamen Bonamour & Sohn würde er löschen lassen. Sollte jemand anderes den Geschäftsführer in der Firma spielen. Und den Laufjungen und Sündenbock für den großen Henri Bonamour.

Marcus spürte, wie die Wut in seinem Bauch wühlte, sodass er nicht bemerkte, dass jemand herangeschlichen war, bevor ihn wieder ein Tritt in die Nierengegend traf. Er schluckte ein Stöhnen hinunter und schielte hoch. Einer der Kumpane dieses Hellfires grinste auf ihn herunter, ein jüngerer Mann mit pickeligem, vorzeitig gealtertem Gesicht und alberner Zöpfchenfrisur, der herumzappelte, als stünde er auf heißen Kohlen. Der ist high bis an die Augenbrauen, schoss es Marcus durch den Kopf. Vermutlich auf Tik, die augenblickliche Lieblingsdroge in den Straßen Südafrikas.

»Wer ist das?«, fragte der Mann mit schriller Fistelstimme. »Wieder so ein dämlicher Tourist?« Er stieß einen Laut zwischen Kichern und Grunzen hervor. »Wir hatten so eine letzte Nacht. Sie hatte gelbe Haare, aber war so braun wie wir, weil sie voller Dreck und Schlamm war.« Er kicherte. »Sie sagte, sie hat sich mit einem Warzenschwein um sein Loch gestritten … Sie stank!« Sein Kichern endete in einem Hustenanfall. »Und dann hat sie erzählt, dass Elefanten auf ihrem Auto herumgetrampelt sind …«

Marcus durchfuhr es wie ein Stromstoß. Redete der Mann von Silky?

»… in Umfolozi«, sagte der Zulu gerade. »Aber wir haben nicht aus ihr herausgekriegt, wo das war. Ich hätte sie gerne …« Er rammte sich mehrfach die Faust in seine Handfläche und grinste breit, dass sein goldüberkronter Vorderzahn blitzte. »Dann hätte sie mir das bestimmt erzählt. Aber das macht auch nichts, einer der Ranger ist mein Cousin. Der wird wissen, wo wir suchen müssen.«

Marcus war starr vor Entsetzen. Der Kerl meinte offenbar wirklich Silky. Ihm sprang das Herz fast aus der Brust. Er konnte nicht nachfragen, natürlich nicht. Wenn es nicht um seine Silky ging, würden seine Fragen die Zulus erst auf ihre Spur und sie in Lebensgefahr bringen.

Mandla sah Hellfire unverwandt an. »Was habt ihr mit der gemacht?«, fragte er langsam.

In den folgenden Sekunden, bevor der Zulu antwortete, starb Marcus mehrere Tode. Würde er jetzt erfahren, was diese Gangster mit seiner Silky angestellt hatten? Sie vergewaltigt? Gequält? Getötet? Sein Herz zitterte.

»Wir haben die Frau zu Iqili Greta auf die Carlsson-Farm gebracht«, hörte er Hellfire sagen. »Die Polizei mag es nicht, wenn wir Touristen …« Er zog mit einem Grinsen, das Marcus eiskalt und niederträchtig vorkam, eine Hand über die Kehle. »Da werden die unangenehm, auch wenn sie sonst unser Geld nehmen.« Er rieb Daumen und Zeigefinger in der uralten Geste aneinander.

Marcus hätte fast vor Erleichterung geheult. Wenn es sich bei dieser Touristin tatsächlich um seine Silky handelte, war sie wohl im Augenblick in Sicherheit. Mit einem unhörbaren Seufzer ließ er seinen Kopf zurücksinken, hob ihn aber wieder, als er Schritte hörte. Gleich darauf schoben sich Mandlas schmutzige Schuhspitzen vor seine Nase. Er stählte sich in der Erwartung, dass einer der Stiefel in seinem Gesicht landen würde.

»Iqili Greta«, murmelte Mandla und sah auf Marcus herab. »Cha!«, flüsterte er. »Das ist kein dämlicher Tourist. Das ist der Sohn vom Hangman.«

»Hau«, entfuhr es Wiseman. Er hockte sich vor Marcus hin und starrte ihm in die Augen. »Der Hangman, eh?«

»Yebo«, sagte Mandla. »Der Sohn des Hangman. Wir kennen uns aus Angola.« Er lächelte. »Und die Frau, die ihr gefunden habt, ist seine Frau.«

»Aii!«, rief Wiseman mit vor Gier glitzernden Augen.

Marcus riss, ohne zu überlegen, seine rechte Hand aus der Schlinge, wappnete sich, dem Zulu an die Kehle zu gehen, aber gerade noch rechtzeitig erkannte er die Aussichtslosigkeit dieses Unterfangens. Niemals würde er es allein mit diesen sechs Männern aufnehmen können. Sie würden ihn töten. So sicher wie das Amen in der Kirche. Und dann war seine Silky ihnen allein ausgeliefert. Behutsam schob er die Hand zurück, hoffte nur, dass keiner seine Aktion mitbekommen hatte.

»Ich bin durstig«, sagte er, um den Zulu abzulenken.

Der lehnte sich überraschend vor, rollte ihn auf den Rücken, riss ein Blatt von einem Busch und stopfte es ihm in den Mund. »Da, friss, Mhlope!«

Marcus war so froh, dass Mandla nicht die gelockerten Fesseln bemerkt hatte, dass er eifrig auf dem Blatt kaute. Es schmeckte bitter und irgendwie ranzig, und er hoffte, dass es nicht giftig war. Er wartete, bis Mandlas Aufmerksamkeit auf Jimmy gelenkt wurde, der mit einem Arm voll Holz auftauchte, dann spuckte er das Blatt wieder aus.

»Die Frau ist also auf der Farm von Carlsson?«, hörte er Mandla fragen.

»Nein«, antwortete Hellfire. »Iqili Greta hat sie nach Inqaba gebracht.«

Marcus war so glücklich über diese Mitteilung, dass ihm die Tränen in die Augen stiegen.

»Inqaba«, schrie Wiseman und tanzte aufgeregt herum. »Inqaba!«

Marcus fragte sich, warum der Mann darüber so aufgeregt war, konnte sich jedoch keinen Reim darauf machen, ganz gleich, von welcher Seite er es auch betrachtete.

22

Silke machte sich rasch fertig und lief durch den Blättertunnel zum Parkplatz, wo Jonas bereits am Geländewagen lehnte. »Hi«, begrüßte er sie, öffnete erst ihr die Tür und stieg dann selbst ein.

Silke kletterte auf den Beifahrersitz. »Vielen Dank, dass du mich fährst. Sonst hätte ich nicht gewusst, wie ich nach Umfolozi kommen sollte. Meine Tasche mit allen Papieren und dem Geld ist im Wrack zurückgeblieben, und da muss ich unbedingt zuerst hin. Und anschließend müsste ich Marcus' und meine Sachen aus dem Bungalow räumen. Wir haben ihn nur bis heute gemietet. Ich hoffe, dass ich nicht zu viel verlange?«

Dass sie sich später, wenn der Ersatzwagen geliefert worden war, auf die Suche nach Hellfire und seinen Genossen machen wollte, behielt sie für sich. Hauptsächlich deswegen, weil sie sich selbst noch nicht ganz klar über diesen plötzlichen Impuls war und weil sie sich auch sicher war, dass alle versuchen würden, sie davon abzuhalten.

»Kein Problem. Aber wir sollten uns beeilen. Es gibt viele Hyänen im Park …« Er grinste vielsagend.

Silke spürte die Gänsehaut, die ihr über den Rücken kroch, fragte jedoch vorsichtshalber nicht nach, was der Zulu damit meinte. Die Sorge, dass ihre Tasche mit allen Papieren vielleicht schon von jemand anderem gefunden worden war, saß ihr ohnehin im Nacken.

Nach einer Fahrt durch ein von Blechhütten zersiedeltes Gebiet, wo gackernde Hühner, Ziegen und Kühe die Fahrbahn bevölkerten und Frauen mit stumpfem Gesichtsausdruck am Wegrand Schnitzereien und Körbe mit Avocados anboten, bogen sie ab und rumpelten die letzten paar hundert Meter über die rote Sandstraße zum Umfolozi-Reservat.

Am Nyalazi Gate war der Schlagbaum heruntergelassen, und eine uniformierte Afrikanerin, die Maschinenpistole über die Schulter gehängt, marschierte vor dem riedgedeckten Gebäude auf und ab. Jonas fuhr vor und stieg aus.

»Wir müssen uns im Büro anmelden. Hast du noch deine Reservierungsnummer? Sonst kommen wir gar nicht erst rein.«

Silke biss sich auf die Lippen. Die war in Marcus' Brieftasche. Vermutlich. Sie sagte das Jonas. »Aber die müssen doch irgendwo die Unterlagen haben, wo sie das nachsehen können. Das sollte doch kein Problem sein?«

Jonas lachte. »Na, vielleicht haben die ja heute einen guten Tag«, sagte er und führte Silke in das dämmrige Gebäude.

Der Angestellte hinter dem Tresen, der ebenfalls uniformiert war, begrüßte Jonas auf Zulu.

»Reservierungsnummer und Ihren Pass, bitte«, sagte er anschließend zu Silke. An der Wand hinter ihm lehnte ein unfreundlich aussehendes Gewehr.

Silke erklärte ihm auf Englisch ihre Lage. Jonas stand schweigend neben ihr. Fünf Minuten später und nach einer nervenzermürbenden, ergebnislosen Diskussion darüber, dass sie ohne Reservierungsnummer nicht in den Park gelassen werden würde, platzte ihr der Kragen.

»Mein Name ist Silke Ingwersen«, sagte sie langsam und sehr deutlich, »der meines Mannes Marcus Bonamour. Wir haben einen Bungalow im Mpila Camp bis heute gemietet, und ich will meine Sachen dort abholen. Wir sind gestern in eine Elefantenherde geraten, die unser Auto zertrampelt hat, und dann sind wir … überfallen worden.« Instinktiv hielt sie die Tatsache zurück, dass ein Ranger Marcus entführt hatte. »Die Polizei wurde übrigens schon heute Nacht alarmiert. Ich bin sicher, sie durchkämmen bereits den Park«, zischte sie.

Der Mann musterte sie ohne Gemütsbewegung. »Wir können Sie ohne Pass und Reservierungsnummer nicht reinlassen«, wiederholte er.

Silke holte tief Luft und lehnte sich vor. »Ich habe Ihnen doch erklärt, was geschehen ist.«

»Tut mir leid, ich kann nichts für Sie tun«, erwiderte der Mann und betrachtete gelangweilt einen Gecko, der über die Wand huschte.

»Lass mich das erledigen«, mischte sich Jonas endlich ein, sagte kurz etwas auf Zulu und legte ein paar Geldscheine auf den Tisch. Die Scheine verschwanden, dafür tauchten sofort zwei Tageskarten für den Wildpark auf.

Minuten später traten Silke und Jonas wieder hinaus in den gleißenden Sonnenschein, der Schlagbaum wurde gehoben und gab ihnen den Weg in den Umfolozi-Park frei. Insgeheim war sie sich sicher, dass Jonas sich über sie amüsierte. Warum sonst hatte er sie so lange mit dem Uniformierten diskutieren lassen? Aber das war ihr egal. Hauptsache, sie waren einigermaßen unbehelligt ins Reservat gelangt.

»Danke«, murmelte Silke. »Das Geld gebe ich dir nachher zurück. Wenn ich meine Tasche gefunden habe. Jetzt muss ich mich erst mal abregen. Die sind ja sturer als jeder Büromensch bei uns in Deutschland.«

Jonas schmunzelte. »Die haben eben ihre Vorschriften, und davon weichen sie keinen Millimeter ab. Ihnen ist kein Spielraum für die Abwägung einer Situation erlaubt. So ist ihnen das eingetrichtert worden, und das entspricht auch ihrem Wesen. Da kann man nichts daran ändern, das kann man nur akzeptieren. Aber nun müssen wir einen Weg finden, wie wir in den Bungalow kommen. Ich kenne da ein paar Leute, mit denen werde ich mal reden.«

»Viel wichtiger ist es mir, das Wrack zu finden. Vom Mpila Camp aus werde ich die Stelle vermutlich wiederfinden. Hast du eine Karte dabei?«

»Klar.« Jonas fischte eine Karte aus dem Handschuhfach und reichte sie ihr.

Es war die gleiche, die Marcus beim Eintritt zum Park gekauft hatte. Silke fuhr mit dem Zeigefinger die gewundenen Linien entlang, die die Wege darstellten, prüfte mit einem Blick aus den Fenstern immer wieder die Umgebung, quetschte ihre Erinnerung nach jedem Quäntchen Hinweis aus, welchen Weg sie genommen hatten. Auf Google Earth und der Karte sah alles doch anders aus. Endlich war sie sich sicher, dass sie den Bereich, wo das Unglück passiert war, gefunden hatte.

»Hier, etwa hundert Meter vor der Abzweigung Nummer 23, haben wir gewendet, kurz darauf saßen wir in der Elefantenherde fest.«

Jonas umfuhr mit Schwung ein Schlagloch und hielt dann an der Straßenseite. Gemeinsam studierten sie die Karte.

»Okay«, sagte er. »Ich weiß, wo das ist. Willst du vorher noch zum Bungalow?«

Silke schüttelte den Kopf. »Dazu bin ich jetzt zu nervös. Bevor ich nicht weiß, ob meine Tasche noch da ist, habe ich keine ruhige Minute. Außerdem will ich das Wrack bei Tageslicht untersuchen. Vielleicht finde ich doch noch einen Hinweis darauf, wohin Marcus verschleppt worden ist.«

»Eine unerfreuliche Sache«, bemerkte der Zulu ernst. »Von einer Entführung mitten im Game Reserve habe ich noch nie gehört. Das wird wieder einige Touristen abschrecken, und das können wir gar nicht gebrauchen.«

Silke nickte stumm.

Jonas fuhr schweigend weiter und sehr schnell. Silke wurde herumgeworfen wie ein Sandsack, obwohl sie sich am Haltegriff festhielt und ihre Beine gegen die Seiten gestemmt hatte.

»Geht's nicht ein bisschen langsamer«, keuchte sie. »Hast du nicht die Befürchtung, mit irgendeinem großen Tier zusammenzustoßen?«

Er nahm sofort den Fuß vom Gas. »Oh, tut mir leid. Ich glaube nur, dass wir uns beeilen sollten, denn wenn die Polizei das Auto vor dir findet, werden die nicht zulassen, dass du irgendetwas daraus mitnimmst. Egal, ob es dein Pass und dein Geld oder sonst was ist.«

»Sch…«, fluchte Silke, verschluckte jedoch den Rest des Schimpfwortes. »Okay, fahr so schnell, wie du es verantworten kannst. Ich halte mich fest.«

Jonas trat aufs Gas. Nach den ersten hundert Metern schloss Silke allerdings die Augen, um nicht mitzubekommen, wie haarscharf und wie oft sie einem Zusammenstoß mit einem Zebra oder Büffel entgingen. Aber weil ihr dabei übel wurde, öffnete sie die Augen wieder. Die nächste Dreiviertelstunde wurde für sie zu einem wahren Horror. Irgendwann jedoch sah sie etwas kurz im Busch aufblinken.

»Stopp!«, rief sie. »Ich habe da einen Lichtblitz gesehen. So als würde das Sonnenlicht von Metall oder Glas reflektiert werden. Fahr bitte ein Stück zurück, zehn Meter ungefähr.«

Jonas setzte zurück und spähte angestrengt in die Richtung, die Silke ihm wies. »Ich glaube, du hast Glück«, meinte er schließlich. »Da vorn ist das Wrack und keine Uniform in Sicht. Ein Seitenspiegel scheint immerhin intakt zu sein«, bemerkte er, als ein Sonnenstrahl durch die Akazien flimmerte und blendend zurückgeworfen wurde.

»Dem Himmel sei Dank«, rief Silke, sprang aus dem Auto, noch bevor es vollständig zum Stehen gekommen war, und rannte zu den Überresten des Geländewagens.

Der zerbeulte Haufen war nur noch mit viel Fantasie als Fahrzeug zu erkennen, und Silke brauchte eine Weile, bis sie in etwa die Vordersitze lokalisiert hatte. »Ich muss da reinklettern, rette mich bitte, wenn ich stecken bleibe.«

Aufgeregt begann sie, Zweige und Äste beiseitezuräumen. Fliegen flogen auf, Käfer stoben davon – Silke kümmerte sich nicht darum, so sehr war sie darauf versessen, ins Innere des Autos zu gelangen. Der Weg durch die zerborstenen Seitenfenster war unmöglich. Zu viel Glas war stehen geblieben, sie würde sich die Haut aufreißen, außerdem hatte sie vergessen, dass der Spalt zwischen Sitzen und Dach zu schmal war, um hindurchzugelangen.

In diesem Moment erinnerte sie sich, dass Marcus durch die Frontscheibe nach draußen gekrochen war. Gebückt versuchte sie unter der ragenden Motorhaube das Wageninnere zu erkennen, aber vergeblich. Ein Wust von Blättern und Ästen, verklebt mit nasser Erde, war vom Wolkenbruch vor dem Wrack aufgeräumt worden und verwehrte ihr den Blick. Hastig schaufelte sie den Blättermatsch beiseite und wand sich dann bäuchlings durch die geborstene Scheibe und sah sich um. Abgerissenes Grün hatte sich in den Mulden des eingedrückten Dachs gesammelt, und ein metallisch blau schimmernder Käfer wuselte aufgescheucht darunter hervor. Sonnenflecken spielten auf dem feuchten Blätterhaufen vor ihr. Silke sah nur flüchtig hin.

Und schrie gleich darauf entsetzt auf.

Die vermeintlichen Sonnenflecken bewegten sich, und erst nach panischen Sekunden erkannte sie, dass keinen Meter von ihr entfernt eine dicke Schlange lag, die ihren diamantförmigen Kopf wie ein Periskop auf sie gerichtet hatte und ihre gespaltene Zunge hervorschnellen ließ. Das Reptil war goldbraun gemustert und fixierte sie unverwandt mit glänzend schwarzen Augen.

Silke erstarrte in Bewegungslosigkeit.

»Was ist los?« Jonas spähte zu ihr hinüber, wuchtete dabei einen abgebrochenen Ast beiseite.

»Schlange«, krächzte Silke. »Direkt vor mir … in der Mulde.«

Jonas ließ den Ast fallen und blickte genauer hin. »Das ist eine Puffotter. Zieh dich ganz langsam zurück, lass das Biest dabei nicht aus den Augen. Du darfst auf keinen Fall hektische Bewegungen machen.«

Silke hätte fast laut gelacht. Toller Rat, wenn man schlotterte wie Espenlaub. Aber sie riss sich zusammen und zog sich Zentimeter für Zentimeter zurück, ihr Blick klebte dabei auf der Schlange, die aufgeregt züngelnd ihren Leib ringelte.

Kaum war sie außer Reichweite des Reptils, schleuderte Jonas Äste, Erdklumpen und Steine auf das Wrack, bis die Puffotter aufgescheucht auf die Erde glitt und blitzschnell ins Gebüsch schoss.

»Ist sie weg?«, flüsterte Silke und streckte den Hals vor, um sich selbst zu vergewissern.

Jonas warf noch ein paar Erdklumpen. »Glaub schon. Lass mich aber erst mal richtig nachsehen.« Mit einem langen Ast stocherte er an der Stelle herum, wo sie die Schlange zuletzt gesehen hatten, umkreiste anschließend das Auto und stieß den Ast in alle Winkel und Löcher, in denen sich ein Reptil hätte verstecken können.

»Okay«, sagte er schließlich. »Die Luft ist rein, aber halt trotzdem die Augen auf.«

Silke näherte sich dem Wrack mit größter Vorsicht, ging auf die Knie und spähte hinein. Nichts rührte sich. Sie verdrehte den Hals und suchte die über ihr hängenden Sitze mit den Augen ab.

Und dann entdeckte sie die Schlaufe ihrer Umhängetasche, die sich im Gestänge des Beifahrersitzes verfangen hatte.

»Heureka«, flüsterte sie. »Da ist sie.«

Alle Angst vor Schlangen beiseite schiebend, aalte sie sich soweit in den Innenraum, dass sie mit ausgestrecktem Arm die Schlaufe zu fassen bekam. Sie zerrte daran, aber die Tasche war eingeklemmt. Glücklicherweise war der Schulterriemen aus breitem Büffelleder, und nach minutenlangem Rucken und Zerren kam die Tasche so überraschend frei, dass Silke von der Motorhaube auf die Erde rutschte. In fieberhafter Eile öffnete sie die Tasche. Und stieß einen unterdrückten Freudenschrei aus.

Pass, Führerschein und Geldbörse waren noch da. Alles war zwar vom Regen durchweicht und verklebt, aber das war ihr egal. Irgendwie würde sie die Sachen trocknen können. Am wichtigsten war, sie hatte alles wieder und man konnte ihr Foto, ihre Daten und das Einreisevisum im Pass erkennen.

Auf allen vieren schob sie sich noch einmal ins Frontfenster, falls sich noch etwas im Wagen befand, das sie mitnehmen konnte. Doch trotz genauester Untersuchung konnte sie nichts entdecken. Vorsichtig wand sie sich rückwärts hinaus und stand auf. Greta Carlssons Kleid hing, mit rotem Schlamm durchtränkt, schwer an ihr herunter. Sie kratzte daran, was aber die Flecken allenfalls verschlimmerte.

»Ich werde es sofort waschen, wenn ich wieder auf Inqaba bin. Es wird sicher schnell trocknen.«

»Gib es Prisca, dem Hausmädchen. Die wird es für dich waschen«, sagte Jonas und wippte nachdenklich auf den Fußspitzen. »Du solltest das Wrack fotografieren. Schon wegen der Versicherung und auch als Beweismaterial für die Polizei. Hat dein Handy eine Kamera?«

»Hat sie. Eine sehr gute sogar. Das ist eine blendende Idee.« Silke prüfte, ob die Kamera noch funktionierte. »Perfekt, alles in Ordnung.«

Sie fotografierte das zerstörte Auto von allen Seiten, kletterte sogar auf einen abgebrochenen Baumstamm, um den zermalmten Wagen von oben aufzunehmen.

Jonas stand kopfschüttelnd daneben. »Totalschaden, ein Fall für die Versicherung. Mein Himmel, irgendetwas muss die Dickhäuter geradezu in Raserei versetzt haben, so wie sie hier gewütet haben. Ihr könnt von Glück sagen, dass ihr das überlebt habt.«

Silke wurde aus dem Nichts von einem Schwall schrecklichster Angst um Marcus überfallen. Sie spürte, wie ihr das Blut aus dem Gesicht wich. »Das ja«, murmelte sie. »Das ja, aber …«

Jonas legte auf einmal den Finger auf die Lippen. »Schsch«, flüsterte er. »Ich glaube, die Polizei ist im Anmarsch.«

Und tatsächlich hörte Silke Motorengeräusch. »Gut, dann kann ich mich gleich erkundigen, wie weit die mit der Suche sind, ob sie schon Spuren gefunden haben, ob sie wissen, wo er ist.« Ein Schluchzen fing sich in ihrer Kehle.

Aber der Zulu winkte mit einer vehementen Handbewegung ab. »An deiner Stelle würde ich mich jetzt erst einmal verkrümeln. Lass sie doch in Ruhe Spuren sichern, dann können sie dich auf Inqaba verhören. So ein Verhör kann lange dauern, kann ich dir aus eigener leidvoller Erfahrung versichern, und der Ausgang kann unangenehmer werden, als man angenommen hat. Das heißt nicht, dass unsere Polizisten unfähig sind, eher …«, er suchte nach einem Wort, »eher unerfahren«, ergänzte er. »Vielleicht willst du erst deine Geschichte auf die Reihe bekommen? Du hast doch letzte Nacht kaum geschlafen und wirkst noch ziemlich durcheinander. Polizisten reagieren immer komisch, wenn man die Sache erst auf die eine Weise schildert und sich dann später korrigiert, egal, aus welchen Gründen. Sie zwingen dich, deine Geschichte immer und immer wieder zu wiederholen, und irgendwann erinnerst du dich nicht mehr, was du vor einer halben Stunde gesagt hast. Da haken sie dann nach.«

Silke hatte den Eindruck, dass er auch in diesem Fall aus eigener Erfahrung sprach. Vielleicht war es wirklich ratsamer, erst einmal von der Bildfläche zu verschwinden.

»Du solltest auch so früh wie möglich eure Botschaft einschalten«, fügte Jonas hinzu. »Das raten wir allen Touristen, die hier in Schwierigkeiten geraten. Wenn ein deutscher Staatsbürger entführt worden ist, sollten die das erfahren.« Er warf ihr einen schwer zu deutenden Blick zu. »Er ist doch Deutscher, nicht wahr?«

Silke erstarrte. Besaß Marcus überhaupt die deutsche Staatsangehörigkeit? Vergeblich versuchte sie, sich daran zu erinnern, welche Farbe sein Pass hatte, den er bei der Einreise vorgelegt hatte. Burgunderrot? Oder? Es wollte ihr ums Verrecken nicht einfallen. Sie hatte einen totalen Blackout in dieser Hinsicht.

»Natürlich«, stotterte sie. »Klar ist er Deutscher. Was sonst?«

Jonas nickte und strebte eilig zum Geländewagen. Silke folgte ihm wie in Trance und kletterte hinein. Kurz bevor sie um die nächste Ecke bogen, erhaschte sie noch einen Blick auf mehrere Fahrzeuge.

»Das sind keine Polizisten«, bemerkte sie.

Jonas wandte sich um. »Du hast recht, das sind Ranger. Die werden dir überhaupt keine Auskunft geben können. Wir sollten schleunigst versuchen, in den Bungalow zu gelangen. Vielleicht hat die Polizei ihn noch nicht versiegelt.«

»Eigentlich sehe ich nicht ein, warum ich mich vor der Polizei verstecken soll«, begehrte Silke auf. »Ich habe nichts getan, Marcus hat nichts getan. Im Gegenteil, wir sind überfallen und er ist entführt worden, und mir läuft die Zeit weg. Wer weiß …« Sie stockte.

Unversehens explodierte der Schmerz in ihrer Mitte, und sie vergrub ihr Gesicht in den Händen und weinte und weinte.

Jonas fuhr abrupt links heran und legte ihr wortlos die Hand auf die Schulter. »Ist gut«, murmelte er rau.

Die sanfte Berührung war zu viel für Silke. Sie brach völlig zusammen. Als sie keine Tränen mehr hatte, zerriss hartes, trockenes Schluchzen ihre Kehle. Ihr Körper schrie nach Marcus. Seine Wärme, die Zärtlichkeit seiner Hände, sie sehnte sich danach, seine ruhige Stimme zu hören, ihn zu fühlen, zu riechen. In seinem Kuss zu ertrinken, den Schutz und die Sicherheit seiner Arme zu spüren.

»Ich habe so eine fürchterliche Angst um ihn«, wisperte sie und hob ihr tränenüberströmtes Gesicht, »dass er nicht mehr lebt … Meine Zukunft wird so leer sein …«

»Schsch«, flüsterte Jonas. »Denk jetzt nicht darüber nach, beruhige dich. Wir finden ihn. Alles wird gut werden.«

Leise murmelte er etwas auf Zulu. Es klang, als würde er ein Kind trösten wollen. Seine tiefe Stimme, die dahinfloss wie dicke Sahne, die Melodie seiner Sprache taten nach einiger Zeit ihre Wirkung, und Silke richtete sich endlich wieder auf. Mit dem

Handballen wischte sie sich die Tränen vom Gesicht. [illegible]
Angst blieb, und die bohrende Unruhe meldete sich wiede[illegible]
horchte in sich hinein. Kannte sie Marcus überhaupt, oder hat[illegible]
sie bisher nur mit einer Fassade gelebt? Einer Hülse mit dem Äußeren von Marcus Bonamour? Dem Sohn des Hangman. War ihr gemeinsames Leben nichts als eine Illusion? Ihre Bauchmuskeln verkrampften sich. Diese Ungewissheit richtete fürchterliche Verwüstungen in ihr an.

»Am schlimmsten ist es, so hilflos zu sein«, flüsterte sie und putzte sich die Nase mit dem Papiertaschentuch, das ihr Jonas zugesteckt hatte. »Ich kann nichts tun, als herumsitzen und warten, bis sich jemand meldet, der etwas weiß.«

»Die Hügel und Täler hier haben Augen und Ohren«, sagte Jonas und lenkte den Wagen zurück auf den durchfurchten Pfad. »Nichts geschieht hier unbeobachtet. Klatsch und Tratsch ist die liebste Freizeitbeschäftigung aller Zulus. Meine Stammesgenossen wissen längst, was mit Marcus geschehen ist, und vermutlich auch, wo er festgehalten wird. Wir müssen nur den Richtigen fragen.«

»Nur«, wiederholte Silke frustriert und überlegte, wie sie Hellfire und seine Leute aufstöbern konnte. Es hatte wohl keinen Sinn, Greta Carlsson zu fragen.

Als sie im Mpila Camp ankamen, stellten sie zu ihrer beider Erstaunen fest, dass niemand vor dem gemieteten Bungalow Wache stand – außer der ortsansässigen Warzenschweinherde, die vor der Haustür grunzend nach Leckerbissen wühlte. Silke sprang eiligst aus dem Wagen und konnte das Haus ungehindert betreten.

Die Zimmer waren noch nicht aufgeräumt worden, ihre Sachen lagen dort, wo sie und Marcus sie hatten liegen lassen. Jonas bot ihr an, beim Packen zu helfen, was sie dankend annahm. Sie warfen alles in Windeseile in die Koffer, wobei sie sich ein Paar ihrer Sandalen herausfischte, und innerhalb von Minuten konnten sie das Gepäck im Wagen verstauen.

Silke schwang sich auf den Beifahrersitz, streifte die Schlappen ab und zog ihre Sandalen an. »So, das wäre geschafft. Nun müssen die uns nur noch rauslassen.«

»Ach, mach dir keine Sorgen. Die lassen uns raus«, gab Jonas selbstsicher zurück.

Am Ausgang nahm er einige Unterlagen vom Rücksitz und stieg aus. »Bleib hier. Ich bin gleich zurück«, sagte er, überquerte den sonnenheißen Platz und verschwand im Gebäude.

Silke blieb im Wagen, öffnete die Tür weit. Ein Schwall Hitze strömte hinein, das gleißende Licht reflektierte von der Motorhaube, dass ihre Augen tränten. Sie lehnte den Kopf ans Polster und zog sich in ihr Innerstes zurück, während sie auf Jonas wartete.

Jonas war tatsächlich innerhalb von zehn Minuten zurück. »Alles in Ordnung«, verkündete er.

Erst jetzt wurde Silke klar, wie nervös sie während dieser zehn Minuten gewesen war. Warum, fragte sie sich. Nur weil man sie hier festgehalten hätte? Bis sie – was getan hätte? Strafe gezahlt? Nüchtern betrachtet, was hätte Schlimmes passieren können? Nichts, gab sie sich zur Antwort. Gar nichts.

Aber eine Frage blieb. Was machte dieses Land mit ihr? War sie auf dem Weg, genauso paranoid zu werden wie die Einheimischen?

Sie schüttelte sich kurz und zwang sich, einem blau schillernden, amselgroßen Vogel nachzusehen, der vor ihnen in einem Busch herumturnte.

Am Nyalazi Gate zeigten sie ihre Tageskarten hervor und gelangten, ohne weiter aufgehalten zu werden, auf die Straße, die zu Inqaba führte. Ihr fiel ein Stein vom Herzen.

»Eigenartig«, murmelte Jonas irgendwann. »Ich hätte ein großes Aufgebot an Polizei beim Wrack erwartet, und auch dass der Bungalow inzwischen noch nicht versiegelt worden war, finde ich eigenartig.«

»Vielleicht haben die verschlafen«, scherzte Silke.

»Hm«, machte er, wirkte aber sehr nachdenklich. »Ich werde gleich, wenn wir zu Hause sind, bei der Polizei nachhaken. Ich kenne da jemanden.«

Hier, so ging es ihr durch den Kopf, kannte immer jeder jemanden.

Captain Sangwesi hatte keine gute Laune an diesem Tag, obwohl nach der Sintflut der vergangenen Nacht die Sonne vom tiefblauen Himmel strahlte. Seit er morgens einen Anruf bekommen hatte, tobte er mit finsterer Miene durch die Polizeistation, was seine anwesenden Leute dazu veranlasste, seine geblafften Anweisungen schnell und möglichst genau auszuführen.

Sangwesi riss die Tür von seinem Büro auf und streckte den Kopf raus. »Habt ihr ihn endlich?«, brüllte er.

»Yes, Sir, ich hab ihn. Glaube ich«, antwortete die junge Frau im Rang eines Sergeants, die gerade ihrem Kollegen, mit dem sie sich einen Schreibtisch teilte, eine dünne Akte reichte.

»Was heißt ›glaube ich‹, Sergeant Khumalo?«, raunzte Captain Sangwesi sie an. Er schob seine bullige Gestalt in den Raum, den ein hoher Tresen vom Eingangsbereich trennte.

Vor dem Tresen drängelten sich mehrere Schwarze und ein Weißer mit Schlapphut, Vollbart und schäbigem Anzug, der sich lautstark beschwerte und dabei seinen blutigen Arm hochhielt, was aber keinerlei Reaktion bei den Beamten hervorrief. Drei oder vier Polizisten waren damit beschäftigt, Anzeigen aufzunehmen, zwei weitere schleppten einen Mann, der sich heftig wehrte, aus dem Raum, vermutlich in eine der Arrestzellen. Alle redeten oder riefen durcheinander. Der Lärmpegel war beachtlich.

»Ruhe!«, donnerte Captain Sangwesi, und als die eingetreten war, wandte er sich an Sergeant Phindile Khumalo. »Zeigen Sie her«, befahl er.

Sie drehte den Bildschirm ihres Computers so, dass der Captain den Eintrag gut lesen konnte, und zeigte auf das Bild eines jungen, beklommen dreinblickenden weißen Mannes. »Marcus Bonamour« stand unten in kleiner Druckschrift mit weiteren Einzelheiten.

»Das ist sein Einstellungsfoto von der Armee. Ich denke, das ist er. Marcus Bonamour, der Sohn von Hangman Bonamour.«

Sangwesi studierte das Foto eingehend, grunzte endlich zufrieden und eilte zurück in sein Büro. Mit Schwung knallte er die Tür zu.

Sergeant Khumalo kämpfte mit sich, ob sie den Captain mit einem brennenden Problem behelligen konnte, stand nach kurzem Zögern auf, ging zu seiner Tür und klopfte. Auf eine laute, aber einsilbige Antwort streckte sie den Kopf in das Büro. »Der Mann soll entführt worden sein. Für eine umfangreiche Suche haben wir nicht genug Leute. Was sollen wir unternehmen?«

»Nichts«, beschied ihr Captain Sangwesi.

»Und wenn das Autowrack lokalisiert ist?«

»Dann schleppen wir es ab, es wird untersucht, und erst danach ziehen wir unsere Schlüsse. Das wird alles einige Zeit in Anspruch nehmen. Aber bis jetzt weiß niemand, wo das angebliche Wrack liegt. Wir haben bisher keinen Anruf bekommen. Wir wissen noch nicht einmal, ob es überhaupt ein Wrack gibt.« Damit widmete sich der Captain wieder seiner Morgenzeitung.

Sergeant Khumalo zog die Tür zu und drehte sich zu ihren Kollegen um. »Business as usual«, rief sie. »Wir haben keinen Anruf bekommen.«

Die anwesenden Polizisten nahmen es unterschiedlich zur Kenntnis. Einer der älteren trug ein zufriedenes Lächeln im Gesicht, die anderen fuhren mit dem fort, womit sie gerade beschäftigt waren.

Kaum hatte die Sergeantin das Büro des Captains verlassen, legte der die Zeitung beiseite, hob den Telefonhörer und wählte. Er wartete, bis der Mann mit den vielen Orden auf der Brust sich meldete, der in KwaZulu-Natals Hauptstadt in dem größten Büro des denkmalgeschützten Backsteinbaus des Polizeihauptquartiers saß.

»Er ist es«, sagte Sangwesi.

»Einen haben wir, den anderen kriegen wir auch noch«, war die erfreute Antwort. »Das ist eine sehr gute Nachricht. Gut gemacht. Ich bin sehr zufrieden mit dir. Wir haben lange darauf gewartet, den Hangman zu finden, und das ist die erste heiße Spur. Komm nächsten Sonnabend zu mir nach Pietermaritzburg. Wir treffen uns im Golden Horse und belohnen uns mit einem Abend im Casino.«

The Golden Horse Casino! Das Beste vom Besten. Captain Sangwesi strich mit einer geschmeichelten Geste über den Backenbart, den er sich neuerdings hatte wachsen lassen. »Danke, Genosse. Es ist mir eine Ehre.«

»Ich werde ein Doppelzimmer fürs Wochenende reservieren. Bring eine deiner Frauen mit.«

Captain Sangwesi lachte in sich hinein. »Ich fürchte, keine von ihnen ist im Augenblick abkömmlich.«

»Ah«, erwiderte der Mann im Polizeihauptquartier und lachte ebenfalls. »Ich werde für Ersatz sorgen. Hast du besondere Vorlieben?«

»Ich hab gern was Richtiges in der Hand. Nicht eine von diesen verhungerten Kleiderstangen, die aussehen wollen wie die weißen Models«, erklärte Sangwesi und bekam bei dem Gedanken nicht nur Herzklopfen.

»Ich hab da schon was im Auge«, sagte der Mann am anderen Ende der Leitung. »Bonamour ist aus Deutschland eingereist, sagst du?«

»Yebo«, antwortete der Captain. »Von München über Frankfurt nach Johannesburg und dann Durban. Deswegen glaube ich, dass der Alte in München sitzt.«

»Ich werde sofort unseren Mann im Konsulat in München anrufen. Wir werden ihn finden und … uns um ihn kümmern. Sobald etwas geschieht, werde ich dir Bescheid sagen.«

»Kümmern?«, wiederholte Sangwesi und zertrat blitzschnell eine Kakerlake, die unter der Fußleiste hervorhuschte.

»Nun ja«, erwiderte sein Gesprächspartner mit einem leichten Zögern in der Stimme. »Wir werden sehen, was sich ergibt. Wir müssen natürlich vermeiden, Aufsehen zu erregen.«

»Natürlich«, stimmte Sangwesi zu. »Und was sollen wir wegen des Sohnes unternehmen? Mandla ist wahnsinnig geworden, sagt unser Informant. Was Pienaar mit ihm in Angola gemacht hat, hat seinen Verstand über den Rand in die Hölle gestoßen, und der Sohn vom Hangman war dabei. Deswegen will Mandla ihn wie ein Lamm auf dem Grill braten, wie uSathane es bei ihm versucht hat. Mein Informant hat geholfen, das Feuerholz heranzuschleppen. Wenn der Sohn tot ist, haben wir gegen den Vater kein Druckmittel mehr.«

»Pienaar«, murmelte der Mann in Pietermaritzburg nachdenklich. »uSathane, der Satan. Vielleicht hätten wir Mandla bei unserem Überfall auf uSathane in Angola einfach liegen lassen sollen.«

»Sollten wir das vielleicht korrigieren?«, schlug der Captain vorsichtig vor.

»Das wäre natürlich eine Lösung, aber im Augenblick nicht notwendig. Mandla kann mit dem Sohn machen, was er will. Soll er seinen Spaß haben. Jetzt, da wir wissen, wo wir ihn finden können, kriegen wir den Hangman auch ohne Druckmittel.«

»Also tun wir nichts. Das ist von Vorteil. Ich habe ohnehin zu wenig Leute. Bevor ich es vergesse – ich brauche etwas Bares für meinen Informanten.«

»Wer ist es?«

»Ein kleiner Scheißgangster auf Tik. Meist ist er bis über die Augenbrauen vollgedröhnt. Aber er hat offenbar noch genug funktionierende Hirnzellen, dass er Mandlas Aufenthaltsort nicht rausrückt, bevor er Geld sieht.«

»Wie viel?«

»Fünf Büffel«, antwortete Captain Sangwesi und meinte damit fünf Hundert-Rand-Scheine, auf denen der Kopf eines prachtvollen Büffels prangte.

»Aber nur, wenn er alles ausspuckt«, wies ihn sein Vorgesetzter an. »Sonst sieht er keinen Cent.«

Sangwesi versicherte ihm, dass er die Sache in diesem Sinne handhaben würde. Die beiden Männer verabschiedeten sich herzlich, und als Captain Sangwesi sein Büro für die Mittagspause verließ, trug er ein breites Lächeln auf seinem Gesicht, das alle seine bemerkenswert weißen Zähne leuchten ließ.

»Ihr findet mich in der Bar«, teilte er seinen Leuten mit und stolzierte hinaus in den blendenden Sonnenschein. Der Tag muss gefeiert werden, dachte er und sah wohlgefällig einer jungen, fülligen Zuluschönheit nach.

23

Auf Inqaba wechselte Silke sofort ihre Kleidung. Sie genoss es, in ihre eigenen Sachen, Shorts und ein luftiges Oberteil, schlüpfen zu können. Mit dem Kleid von Greta im Arm machte sie sich auf die Suche nach dem Hausmädchen der Rogges. Sie fand Prisca auf dem Hof hinter der Küche von Jills Privathaus, wo sie weiße Wäsche in die Sonne hängte. Der Himmel war leuchtend blau, der warme Wind wehte den herrlichen Duft des Frangipanis herüber, und irgendwo flötete ein Vogel. Silkes Herz wurde plötzlich leicht, und die Zuversicht, dass sich alles zum Guten wenden würde, strömte durch ihre Adern.

Prisca, eine junge Zulu mit vergnügt funkelnden, schwarzen Augen, nahm ihr lächelnd das Kleid ab und versprach, es sofort zu waschen. »Es wird schnell trocknen, Madam. Heute Nachmittag bringe ich es Ihnen aufs Zimmer«, sagte sie und widmete sich wieder ihrer Arbeit, wobei sie mit sahniger Stimme ein wunderschönes Lied ihres Volkes sang, das von warmen, dunklen Tönen und klingenden Höhen getragen wurde.

Silke kamen urplötzlich die Tränen.

Als sie an Jills Büro vorbei zu ihrem Zimmer ging, hörte sie das Funkgerät schnattern. Die Tür stand offen, und unwillkürlich blieb sie stehen. Jill hatte das Funkgerät bereits in der Hand.

»Ja, Jonas, was ist?«

Jonas' Stimme war auch für Silke gut zu verstehen. Offensichtlich war jemand von der Autovermietung mit dem Ersatzwagen angekommen. Sie klopfte leise an und trat ein. Jill machte ihr ein Zeichen, einen Moment zu warten, und beendete auf Zulu das Gespräch.

»Hi, Jill. Ich bin gerade zufällig vorbeigekommen und habe mitgehört, was Jonas gesagt hat. Es scheint wohl jemand von Hertz für mich gekommen zu sein?«

»Da sind sie noch nicht, aber sie haben Bescheid gesagt, dass sie in etwa einer halben Stunde hier sein werden«, bestätigte Jill.

»Könntest du mir die genaue Beschreibung geben, wo ich Greta Carlssons Haus finde? Ich möchte mich bei ihr bedanken und ihr das Kleid zurückbringen.«

»Klar. Bist du schon einmal im Linksverkehr gefahren?«

»Ein Mal«, sagte Silke und sah die verrückte Fahrt über die gewundenen Hügelstraßen der karibischen Insel Tortola vor sich, auf der Tony und sie für eine Woche auf ihrem Weg nach Mexiko gestrandet waren. Bis heute wusste sie nicht, wie sie es geschafft hatte, weder Hühner, Ziegen, Rinder noch einheimische Passanten, die in karibischer Muße mitten auf der Straße einherschlenderten, umzufahren. »Ein Mal«, wiederholte sie.

»Na, das ist dann ja geklärt. Ich sag Jonas Bescheid. Hier ist Gretas Adresse.« Sie zeichnete eine Linie auf eine Straßenkarte. »Du fährst den Highway hier entlang, biegst dort ab, dann verfolgst du die Straße, bis du das Schild mit der Aufschrift ›Carlsson's Farm‹ siehst.« Jill machte dort ein Kreuz und reichte ihr die Karte. »Denk daran, immer dein Telefon eingeschaltet zu lassen. 112 ist die Notrufnummer vom Mobiltelefon aus.«

»Warum hat Greta Carlsson solche Schwierigkeiten mit diesem Hellfire?«, fragte sie.

»Der will ihr Land, sie will es nicht hergeben«, war die knappe Antwort.

»Aber es gehört doch ihr.«

Jill schnaubte spöttisch. »Die Eigentumsverhältnisse von Ländereien in Südafrika sind … nun, sagen wir, häufig umstritten.«

»Greta hat mir aber erzählt, dass ihre Vorfahren schon seit 1880 dieses Land besitzen. Das muss doch zählen. Geht die Polizei nicht gegen solche Leute wie ihn vor?«

Jill warf ihr einen mitleidigen Blick zu. »Extrem selten. Meistens sympathisieren sie mit den Besetzern.«

Horrorszenen von Farmbesetzungen in Simbabwe, die im deutschen Fernsehen gezeigt worden waren, von ermordeten Farmern, geplünderten, brennenden Häusern, spulten sich in Silkes Kopf ab. »Spricht nicht gerade für die Unabhängigkeit eurer Polizei.«

Jill gab darauf keine Antwort, aber in ihrem Gesicht konnte Silke lesen, dass diese Bemerkung einen Nerv getroffen hatte. Schamröte flutete ihr Gesicht.

»Sorry«, flüsterte sie. »Natürlich verstehe ich nichts von den hiesigen politischen Verhältnissen, und ich wollte sicherlich nicht den deutschen Zeigefinger hochhalten.« Zu ihrer Erleichterung wurde die Bemerkung mit einem schnellen Lächeln von Jill belohnt. In Zukunft würde sie auf ihre Wortwahl achten müssen, um nicht Gefahr zu laufen, ständig jemand auf die Zehen zu treten. Vorsichtig tastete sie sich vor. »Hellfire hat mir Gretas Eintopf angepriesen, und Greta erzählte, dass sie und Hellfire früher Freunde gewesen seien, dass er auf der Farm gewohnt habe … Weißt du, was vorgefallen ist, dass sie sich heute so hassen, dass sie mit Waffen aufeinander losgehen?«

»Wie ich sagte, es geht um Land. Wie immer in Südafrika.« Jill hob die Schultern. »Hellfire behauptet, dass seine Vorfahren damals gewaltsam von dem Gebiet vertrieben wurden, wo heute Gretas Farm steht, und dass sein Großvater dort begraben liegt. Das ist ein Grund in Südafrika, offiziell Anspruch auf das Land anzumelden.«

Jill trat ans Fenster und betrachtete ein leuchtend grünes Chamäleon, das in seinem seltsam schaukelnden Gang die Veranda überquerte. »Es gibt mehrere Gräber von Greta Carlssons Familie dort und ein unmarkiertes, aber niemand weiß, wer drin liegt. Oder was.«

»Oder was?«

Ein grimmiger Zug erschien um Jills Mund. »Hellfire hat oft genug gezeigt, dass er sehr kreativ ist«, war die ominöse Antwort.

Damit musste sich Silke zufriedengeben. Der Verdacht, dass diese Bemerkung sich nicht nur auf Hellfire bezog, sondern auch auf Vorfälle zielte, die Jill und ihre Familie betrafen, drängte sich ihr sofort auf, den Rest erledigte ihre Fantasie. Die Frage, wie man in einer solchen Atmosphäre leben konnte – besonders mit Kindern –, verkniff sie sich. Das ging sie nichts an. Sowie Marcus in Sicherheit war, würde sie darauf bestehen, das Land sofort zu verlassen. Ohne über die einheimischen Märkte gebummelt zu sein. Auch auf den Kurzurlaub am Meer würde sie verzichten.

Sie ging in ihr Zimmer, pulte in Windeseile ihre durchweichten Papiere und Geldscheine aus der Tasche, breitete sie behutsam auf dem Bett aus und trocknete sie mit dem Föhn. Obwohl die Tinte der Stempel in ihrem Pass teilweise leicht verlaufen war, waren die Eintragungen zu ihrer Freude doch klar zu lesen. Sie ließ die Sachen noch weiter zum Trocknen liegen. Einem Impuls folgend, packte sie ihre Buschstiefel in eine Plastiktüte, ergriff ihre ramponierte Tasche, setzte die Sonnenbrille auf und lief durch den Blättertunnel, der im Sonnenlicht wie eine lichte, grüne Kathedrale wirkte, zum Parkplatz.

Zufrieden stellte sie fest, dass Karen, die Chefin der Autovermietung, höchstpersönlich auf dem Parkplatz neben dem Ersatzwagen auf sie wartete. Ein Mitarbeiter lehnte am Kotflügel eines zweiten Autos. Silke nahm an, dass er Karen zurück nach Umhlanga fahren würde.

Sie begrüßte beide mit Handschlag. »Wunderbar, dass Sie jetzt schon da sind.«

»Ich würde gerne mit Ihnen zusammen ins Umfolozi-Wildreservat fahren«, sagte Karen. »Ich möchte mir ein Bild vom Zustand des Wagens machen. Für die Versicherung. Wir fahren zusammen, Tuli …«, sie deutete auf ihren Mitarbeiter, »Tuli folgt uns mit meinem Wagen.«

»Ich habe leider eine andere Verabredung«, winkte Silke hastig ab. »Aber ich war heute schon am frühen Morgen dort und habe extra für Sie Fotos gemacht.« Sie fischte ihr Handy aus der Umhängetasche, rief die Bilder auf und reichte Karen das Gerät. »Mit dieser Taste können Sie die Fotos durchblättern. Ich könnte Ihnen die Bilder auch an Ihre Mail-Adresse schicken.«

Karen und ihr Mitarbeiter beugten sich über das Telefon. »Jesus«, stieß Karen hervor, Tuli riss die Augen auf und pfiff durch die Zähne. »Ihr könnt froh sein, dass ihr aus dem Metallhaufen lebend herausgekommen seid.« Karen betrachtete Silkes Arme, die mit blauen Flecken und Kratzern übersät waren. »Und wie es scheint, einigermaßen unverletzt.«

»Sind wir«, sagte Silke kurz. »Soll ich Ihnen genau beschreiben, wo das Wrack liegt?«

Karen bat darum, und Silke beschrieb die Stelle so genau wie möglich. »Haben Sie eine Karte? Dann kann ich Ihnen das noch präziser zeigen.«

»Ja, natürlich.«

Nachdem Karen die Karte auf der Motorhaube ausgelegt hatte, tippte Silke mit dem Zeigefinger auf die Stelle. »Hier liegt es. Auf der linken Seite, wenn Sie vom Mpila Camp dorthin fahren, aber im Busch, sodass man schon genauer hinsehen muss, um es zu finden.«

»Okay«, erwiderte Karen. »Ich weiß, wo das ist.«

Silke überlegte, ob sie ihr mitteilen sollte, dass die Ranger den Wagen bereits gefunden hatten und dass mit Sicherheit die Polizei inzwischen auch eingetroffen war. Karen würde bestimmt nicht in die Nähe des Wracks gelassen werden. Aber das war Karens Problem, entschied sie und sagte nichts.

Anschließend erklärte ihr Karen die Funktionen des Ersatzwagens, einem hochgelegten SUV, und drückte ihr die Schlüssel in die Hand. »Wir müssen uns beeilen. Wir kriegen ein Gewitter.«

Silke blickte hoch und bemerkte, dass der Himmel inzwischen eine giftig schieferblaue Farbe angenommen hatte. Da zog wohl wirklich wieder ein Unwetter auf, und wenn es nur annähernd die Stärke des Wolkenbruchs der vergangenen Nacht entwickelte, würden die Straßen in kürzester Zeit eher Flüssen gleichen. Sie würde den Besuch bei Greta vorerst verschieben. Schnell verabschiedete sie sich von Karen, versprach, ihr die Fotos sofort per E-Mail zu senden, und winkte dem Wagen nach.

Danach ging sie auf ihr Zimmer und setzte sich aufs Bett. Die Luft war drückend, ihr Kopf summte, ihre Glieder wurden plötzlich bleischwer. Sie ließ sich zurücksinken, und innerhalb einer Minute war sie eingeschlafen.

Das Unwetter brach mit apokalyptischer Gewalt über Zululand herein. Innerhalb von Minuten war die Sonne ausgelöscht, Blitze zischten über den tintenschwarzen Himmel, Donner ließ die Erde erzittern.

Jill stand an der Rezeption ihrer Lodge und hielt einen zusammengefalteten, mit Tesa zugeklebten Zettel in der Hand. Hinter ihr strömte der Regen in einem rauschenden Wasserfall vom Dachüberstand, spritzte ihr in den Nacken, aber sie spürte es nicht, weil dieses Stück Papier plötzlich wie ein glühendes Stück Kohle zwischen den Fingern brannte. Jonas hatte es ihr hingeschoben. Nur ihr Name stand darauf, falsch geschrieben, und die schmutzigen Abdrücke von vier Fingern waren schwach darauf zu erkennen. Instinktiv wusste sie, dass eine schwarze Wolke über Inqaba aufgezogen war, die nichts mit dem Unwetter zu tun hatte.

Sie drehte es hin und her. »Wer hat das gebracht?«

Jonas, der sich gerade etwas notierte, blinzelte über seine Brillengläser. »Keine Ahnung. Es lag hier. Sieh nach, dann weißt du es.« Mit ungeduldigem Stirnrunzeln beugte er sich wieder über seine Notizen.

Jill nickte. Das war ohne Zweifel ein praktischer Rat. Sie betrachtete die bräunlichen Fingerabdrücke auf dem linierten Papier. Wem gehörten sie? Dem Boten oder dem, der ihren Namen daraufgeschrieben hatte?

Jonas sah hoch. »Und? Was steht drin?«

»Ach, ich habe jetzt keine Zeit. Ich beschäftige mich nachher damit«, sagte sie leichthin und steckte den Zettel in die Hosentasche. »Gib mir mal einen Stift, bitte.« Mit einem Nicken nahm sie den Filzstift, den ihr Jonas hinhielt, entgegen und schrieb ein paar Worte auf einen Inqaba-Briefbogen, steckte ihn in einen Umschlag und reichte den Jonas. »Gib den bitte Silke Ingwersen.« Damit lief sie zu ihrem Privathaus.

In ihrem Arbeitszimmer angekommen, kickte sie die Tür hinter sich zu. Die Wahrheit, dass ihr untrüglicher Instinkt für Ärger hellwach geworden war und dass sie unbeobachtet sein wollte, wenn sie nachsah, was es mit diesem Zettel auf sich hatte, wollte sie Jonas nicht auf die Nase binden. Sie schlitzte ihn mit ihrem Brieföffner auf, entfaltete langsam das Papier. Wie der Umschlag war es verschmutzt, und auch die in ungelenken Druckbuchstaben geschriebene Nachricht war voller Fehler.

Ich will tausend Rand, sonst weiß die Polizei, wer der Tochter vom Hangman hilft. Pack das Geld in eine Tüte, stell sie an die Wurzel vom Ubabamkhulu. Sonst wird dein Wasser krank.

Der Zettel rutschte ihr aus der Hand, ihr Herz setzte kurz aus. Mit weichen Knien schaffte sie es gerade noch bis zu ihrem Schreibtischstuhl und ließ sich hineinfallen.

Die Tochter des Hangman? War damit Silke Ingwersen gemeint? Abwesend schrieb sie den Namen unter die Zeilen. Dass Silke nicht die Tochter von Henri Bonamour war, noch nicht einmal seine Schwiegertochter, war im Prinzip eine unwichtige Kleinigkeit. Allein von der Vorstellung, welche Wirkung die Neuigkeit haben würde, dass die Tochter des Hangman Unterschlupf auf Inqaba gefunden hatte, wurde ihr schlecht. Niemand würde hinterfragen, ob diese Nachricht wahr war. Der Name des Hangman würde genügen. Seine Erwähnung würde einen Tumult auslösen.

Mit einem Anflug von unkontrollierbarer Verzweiflung stützte sie den Kopf in die Hände. Mit genügend Bösartigkeit würde man Nils und ihr vorwerfen können, den Sohn des Hangman zu schützen – und noch schlimmer – zu wissen, wo sich Henri Bonamour aufhielt. Der Mann wurde mit Sicherheit, wie andere Verbrecher aus der Apartheidzeit, weltweit von der südafrikanischen Justiz gesucht. Und vermutlich von gewissen geheimen Organisationen auch, die allerdings wohl nicht vorhatten, ihn vor Gericht zu stellen. Ihr lief es kalt den Rücken hinunter.

Die nächste Verhandlung vor dem Land Claims Court fand in einigen Wochen statt. Wie würde es sich auswirken, wenn die Anwälte der Gegenseite den Namen des Hangman in den Ring werfen und dann genüsslich darauf hinweisen würden, dass sich dessen Tochter auf Inqaba aufhielt?

Relevant war es sicher nicht, aber die emotionale Sprengkraft würde enorm sein. Der Hauch eines Verdachts allein würde genügen, die umliegenden Clans gegen sie und Nils aufzubringen. In allerkürzester Zeit würde sich dieser Verdacht zu einem Monster aufblähen, das ihre Familie verschlingen könnte. Ihre Augen streiften die Mitteilung.

Pack das Geld in eine Tüte, stell sie an die Wurzel vom Ubabamkhulu.

»Verdammt«, fluchte sie leise und zwirbelte den Zettel in der Hand. Ubabamkhulu hieß eigentlich Großvater, aber so wurde ein uralter Natal-Mahagonibaum, der in der Mitte des Dorfs der Dlaminis stand, bezeichnet. Es war der Indababaum des Clans. Unter den ausladenden Zweigen seiner tiefgrün glänzenden Blätterkrone fand das tägliche Leben der Dorfbewohner statt. Hier war die lokale Klatschbörse, hier wurden Gerüchte geboren. Schneller als Gestank zogen sie in die Täler Zululands, durch die Ritzen der Hütten, wurden ausgeschmückt und aufgebauscht, wurden immer bösartiger, machten die Menschen verrückt, bis der Erste eine Waffe hob. Die Fehden der Clans untereinander reichten Jahrzehnte zurück, forderten ständig Dutzende von Opfern.

Ihre Nackenmuskeln spannten sich krampfartig an, ein schneidender Schmerz schoss ihr bis in die Schultern. Sie stöhnte mit geschlossenem Mund. Diesen Schmerz kannte sie. Der fünfte Halswirbel von oben war blockiert. Schon wieder. Vor zwei Wochen erst hatte sie die letzte Sitzung bei ihrem Physiotherapeuten gehabt, dem es nach Monaten endlich gelungen war, diese Blockade zu lösen. Inzwischen hatte er seine Praxis nach Umhlanga Ridge verlegt, vermutlich, weil es dort mehr gut zahlende Patienten für ihn gab, und Umhlanga war gute drei Autostunden entfernt.

Vielleicht sollte ich Nellys Sangoma konsultieren, dachte sie. Laut Nelly war er phänomenal und hatte für alle Leiden eine Kur. Ob seelisch oder körperlich. Flüchtig überlegte sie, ob sie dann wie ihre Nanny ein Huhn opfern müsste. Vielleicht sogar eine Ziege? Weil sie weiß war? Der Schmerz flackerte wieder auf, sie fischte eine Packung Ibuprofen aus der Schreibtischschublade und spülte eine Tablette mit dem abgestandenen Rest ihres Kaffees herunter. Das musste vorläufig genügen. Sie steckte den Rest der Packung in die Tasche ihrer Shorts, falls die erste Dosis nicht ausreichen würde.

Mit leerem Blick schob sie den Zettel hin und her. Der Schrift nach war der Erpresser ein einfacher Mann, mit Sicherheit wohl ein Zulu, ungelernter Landarbeiter vielleicht. Es war zu vermuten, dass er zu Jonas' Familie gehörte. Warum sonst hätte er den Indababaum als Übergabeort gewählt?

Impulsiv entschied sie, Jonas vorerst nicht danach zu fragen. Das Wichtigste war, einen Weg zur Schadensbegrenzung zu finden, doch dazu brauchte sie Nils, der für derartige Situationen einen gesunden Instinkt besaß. Sie sah auf die Uhr. Um diese Zeit sollte er in seinem Arbeitszimmer sein, das schräg gegenüber ihrem lag, und an der Reportage für eine große deutsche Tageszeitung über den Minenstreik schreiben. Sie warf den Zettel auf den Schreibtisch und verließ ihr Büro, vergaß jedoch in ihrer Eile, die Tür zu schließen. Durch den Luftzug segelte der Zettel auf den Boden, was sie aber nicht bemerkte.

In seinem Arbeitszimmer war ihr Mann nicht, und sein Funkgerät lag auf seinem Schreibtisch, das hieß, dass er Inqaba verlassen hatte. Mit einem ärgerlichen Ausruf zog sie ihr Mobiltelefon hervor und kehrte in ihr Zimmer zurück.

Marcus hätte vor Wonne schreien können, als er das mächtige Rauschen des herannahenden Regensturms vernahm. Wasser und Feuer waren Antagonisten. Mit innerer Aufregung beobachtete er, wie sich der Himmel verdunkelte.

Die ersten Tropfen fielen, dann öffnete sich der Himmel, Wassermassen strömten herunter, liefen in reißenden Bächen über den harten Boden, spülten rotbraune Schlammlawinen über das trockene Holz des Scheiterhaufens, durchtränkten sogar den dicken Ast, den Hellfire herangeschleppt hatte. Hoffnung flutete heiß durch seine Adern. Das Holz war viel zu nass, damit würde Mandla so schnell kein Feuer machen können.

Es sei denn, Mandla kippte literweise Benzin darüber.

Der Gedanke schoss ihm durch den Kopf, bevor er sich dagegen wappnen konnte. Nervös überlegte er, wie viel Benzin Mandla für einen Holzstoß dieser Größe brauchen würde. Zwanzig Liter? Dreißig Liter? Oder weniger? Es war ein lockerer Haufen, Mandla hatte nur ein paar wirklich dicke Äste gefunden, die genügend Hitze entwickeln konnten, um das übrige Holz in Brand zu setzen. Durch den Regenschleier taxierte er die Ausmaße des Haufens. Drei bis vier Meter lang, zwei Meter hoch. Ungefähr.

Mindestens zwanzig Liter würde Mandla benötigen, da war er sich sicher, und die musste er erst einmal haben und heranschleppen. Wenn er nicht hier in den zu erwartenden Schlammmassen ertrank, waren seine Überlebenschancen gerade deutlich gestiegen.

Mit einem tiefen Seufzer öffnete er weit den Mund und fing die dicken Regentropfen auf. Das köstliche Nass rann seine ausgedörrte Kehle hinunter und war süßer als alles, was er je in seinem Leben geschmeckt hatte.

Mit neu gewonnener Kraft widmete er sich wieder seinen Fesseln, riss mit einem Ruck seine Hände auseinander. Obwohl das Seil ihm in die Handgelenke schnitt, probierte er es weiter. Bis er es nicht mehr aushalten konnte, dann ließ er locker. Er machte seine rechte Hand schmal, faltete den Daumen und kleinen Finger unter der Handfläche, biss die Zähne zusammen und zog. Ihm schossen die Tränen in die Augen, nicht weil er sich dabei eine tiefe Fleischwunde am Handgelenk eingehandelt hatte, sondern weil er die Hand tatsächlich freibekam.

Unauffällig tastete er mit seinem Blick die Umgebung ab, um sicherzugehen, dass er unbeobachtet war. Dann rollte er so weit zur Seite, dass er den Arm unter seinem Körper hervorziehen konnte. Im gleichen Augenblick bemerkte er am Rand seines Blickfeldes einen diffusen Schatten hinter dem Wasservorhang. Der Schatten nahm Konturen an, und bevor er seinen Arm wieder in die ursprüngliche Position bringen konnte, schlängelte sich aus dem einheitlichen Silbergrau das merkwürdige, haarlose Wesen heran.

Es war ein Mann, das war eindeutig, und Marcus war nach und nach klar geworden, dass seine entsetzlichen Narben von Verbrennungen herrühren mussten. Der Mann musste irgendwann mal in ein Feuer gefallen oder geworfen worden sein. Und praktisch bei lebendigem Leibe geröstet. Die schrecklichen Augen blieben an seinem befreiten Arm hängen. Lange, ehe sie langsam an ihm hochkrochen und sich in seine bohrten. Schweigend.

»Hi«, sagte Marcus impulsiv, fragte sich jedoch sogleich, welchen Sinn das haben sollte. Von dem Mann war keinerlei Mitleid zu erwarten. Unsicher, was er jetzt unternehmen würde, blinzelte er ihn an. Vor seiner Nase hämmerte der Regen auf die Erde, und mit jedem Tropfen spritzte ihm die rostbraune Brühe in die Augen.

Die vernarbten Lippenwülste zogen sich auseinander und entblößten überraschend weiße Zähne. Marcus begriff erst nach ein paar Sekunden, dass der Mann lächelte. Er lächelte? Marcus sah ihn ungläubig an. Tatsächlich, der Mann lächelte! Es war grausig anzusehen. Und jetzt stieß er eine Reihe von Grunz- und Zischlauten hervor. Es klang in Marcus' Ohren wie »hiheitu«. Leise wiederholte er es mehrmals für sich. Hi hei tu. Hi hei tu. Wie heißt du?

»Marcus«, antwortete er.

»Acus«, freute sich der Mann. »Acus.« Er zeigte auf sich selbst. »Thoko.« Er grinste.

Der Anblick tat Marcus weh. »Hallo, Thoko«, sagte er, war sich jedoch nicht sicher, wohin diese Unterhaltung führen würde. Er ließ es darauf ankommen und fragte einfach. »Kannst du mir helfen?« Mit einem Ruck wälzte er sich halb auf die Seite, damit der Mann sehen konnte, in welcher Weise ihn Mandla verknotet hatte.

Thoko lachte. Ein heiseres, keuchendes Geräusch, aber er kam näher. Marcus konnte es kaum glauben. Doch als Thoko seine Hände vorstreckte, wurde ihm schwindelig vor Enttäuschung und Bestürzung. Thokos Finger waren nur noch als Knubbel unmittelbar am Handteller zu erkennen. Mit denen würde er nicht einmal einen Stock greifen können, geschweige denn komplizierte Knoten auffummeln. Ob sie verbrannt waren oder sie jemand abgehackt hatte, war nicht eindeutig auszumachen. Betroffen starrte er Thoko an. Es waren alte Narben, diese Scheußlichkeiten mussten viele Jahre zurückliegen. Die Tatsache, dass er Mandlas Kumpan war, ließ ihn vermuten, dass seine Verletzungen aus der Apartheidzeit stammten.

Auf Anhieb fielen ihm einige Namen von Männern ein, die sich auf so etwas spezialisiert hatten. Namen, die er eigentlich längst verdrängt hatte. Die Liste wurde angeführt von Len Pienaar. Der Mann war die Verkörperung des Bösen, und noch jetzt standen ihm die Haare zu Berge bei der Erinnerung an die Dinge, die dieser Mensch getan hatte. Dinge, die auch dem härtesten Kerl den Magen umdrehen mussten.

Ein schurrendes Geräusch stoppte seinen Absturz in die Hölle seiner Vergangenheit. Er schielte hoch. Thoko schob sich heran, halb liegend, und streckte seine Füße vor.

»He hich au die Heite«, grunzte er und verzog seine verbrannten Lippen zu einem Grinsen.

Dreh dich auf die Seite? Hatte der kleine Mann das gemeint? Sollte er sich auf die Seite drehen? Zögernd wälzte er sich herum, und gleich darauf spürte er eine Berührung, nahm mit steigender Aufregung wahr, dass Thoko sich mit den Zehen an dem Knoten um sein linkes Handgelenk zu schaffen machte. Ungläubig hielt er still. Noch ungläubiger reagierte er, als die Spannung ums Handgelenk nachließ und Thoko sich kurz darauf mit einem Quietschen aufsetzte.

»Hettig, hettig, heine Hand is ei!«, johlte er.

Marcus gelang es sofort, den Ausruf zu übersetzen. »Fertig, fertig, deine Hand ist frei.«

Ein Adrenalinstoß trieb ihm den Puls hoch. In größter Hast arbeitete er seine Hand aus der Schlinge frei, setzte sich auf und machte sich daran, die Fesseln an seinen Füßen zu lösen, knurrte vor Frustration, weil die Knoten durch den Regen so festgezurrt waren, dass es ihm für einen Augenblick unmöglich erschien, das Seil lockern zu können.

Durch das Rauschen des Regens aber drangen auf einmal andere Laute an sein Ohr. Menschliche Stimmen. Mindestens von zwei Leuten, so kam es ihm vor. Er blockierte seine Furcht zu versagen, arbeitete mit höchster Konzentration, während die Stimmen immer näher kamen.

Fieberhaft dehnte er das Seil, brach jeden Fingernagel in dem Bemühen ab, die Knoten zu lösen. Als es ihm endlich gelang, die gelockerten Schlingen über die Fußknöchel zu streifen, konnte er sich gerade noch beherrschen, nicht laut vor Freude loszuschreien.

Die Stimmen wurden lauter, schon war er imstande, einzelne Worte zu verstehen. Es mussten mindestens zwei Männer sein, und er hatte keine Waffe, mit der er sich verteidigen konnte. Ihm blieb nichts weiter übrig, als sich auf der Stelle wieder in den Matsch zu werfen, Arme und Beine in die ursprüngliche Stellung zu bringen, während er sich den Hals verrenkte, um zu sehen, wer sich da näherte. Binnen Sekunden hatte er die Antwort.

Ein Autoreifen rollte ins Bild, ein kichernder Mann – es war der irre wirkende, spindeldürre Zulu mit Zöpfchenfrisur – hielt den Reifen am Laufen. Als er sich umdrehte und ihn mit goldblitzendem Vorderzahn angrinste, erkannte Marcus in ihm den Junkie, der über Silky geredet hatte. Plötzlich blieb der Mann stehen, der Reifen verlor an Schwung, eierte und fiel auf den Boden. Direkt vor Marcus' Gesicht. Schlamm spritzte ihm erneut in die Augen. Er blinzelte.

Dann roch er Benzin. Und da wusste er, wofür dieser Reifen gebraucht wurde.

Und für wen.

Über ihm krachte der Donner, gleichzeitig fuhr ein Blitz herunter.

Es roch nach Schwefel.

Thoko wimmerte.

24

Silke wurde von Krachen und dem blendenden Blitz geweckt. Sie schoss senkrecht hoch und starrte einen Augenblick verwirrt um sich. Erst als ihr Blick ihre ramponierte Tasche erfasste, stürzten die Eindrücke der vergangenen Nacht und der darauffolgenden Stunden über sie herein. Noch schlaftrunken sprang sie aus dem Bett und tappte zum Fenster. Die Welt war hinter einem schimmernden Vorhang verschwunden, Regen prasselte hart wie Kieselsteine gegen die Scheiben, und graue Schemen tanzten wie manische Geister im Nebel. Es dauerte etwas, bis sie erkannte, dass es die Palmen auf der Veranda waren.

Nach einer ausgiebigen Dusche wollte sie Jill wenigstens eine Anzahlung auf das Zimmer geben und sich vor allen Dingen dafür bedanken, dass sie ihr ohne das geringste Zögern Unterschlupf gewährt hatte. Obwohl Marcus der Sohn vom Hanging Judge war. Geschützt durch einen Regenschirm, den ihr Thabili gegeben hatte, lief sie zum Privathaus der Rogges.

Dort klopfte sie, aber niemand antwortete ihr. Der Wind trieb ihr trotz des großen Dachüberstands den Regen in den Rücken, und kurz entschlossen schob sie die Glastür zum Wohnzimmer auf, lehnte den Schirm draußen an die Hauswand und flüchtete sich ins Trockene. Unschlüssig blieb sie stehen, rief mehrfach nach Jill. Doch auch jetzt antwortete niemand. Langsam ging sie durchs Wohnzimmer in den Flur und blieb vor Jills Arbeitszimmer stehen, dessen Tür einen winzigen Spalt offen stand. Jill schien da zu sein, denn sie konnte ihre Stimme hören. Offenbar befand sich noch jemand im Büro, und sie zögerte, ob sie stören sollte, als sie ein paar Worte verstand.

»Hat sich denn Dirk mal gemeldet? Er wollte doch in Deutschland recherchieren.« Jill klang gereizt. »Was, eine Geheimnummer, die Dirk Konrad mit seinen Beziehungen nicht herausfindet? Das ist ja was ganz Neues.«

Silke lehnte sich vor. Jill wandte ihr den Rücken zu und hatte einen Arm um die Taille geschlungen, als würde sie frieren.

»Sie darf es auf keinen Fall erfahren«, stieß Jill hervor. »Nach allem, was sie in den letzten Stunden durchgemacht hat, würde es ihr den Rest geben ...« Eine Pause entstand, Jill lief, das Mobiltelefon am Ohr, eine Hand in ihren Haaren vergraben, am Türspalt vorbei.

»Ja, ja, ich weiß, Nils«, hörte Silke sie mit uncharakteristischer Heftigkeit erwidern. »Sie ist stark und hält sich großartig, aber das kann kein Mensch verkraften.« Eine Pause entstand, in der nur ihr erregtes Atmen zu hören war. »Wir müssen sie woanders unterbringen. Hier ist sie in Gefahr und wir auch.«

Silke zog sich behutsam einen Schritt zurück. Das schien eine sehr private Unterhaltung zu sein. Sie würde später wiederkommen.

»Aber ganz bestimmt nicht!« Jill schrie fast ins Telefon. »Die Sache mit ...« Plötzlich kippte ihre Stimme. Tränen verwischten ihre nächsten Worte. »Die Sache mit Len Pienaar letztes Jahr hat gereicht«, hörte sie Jill schließlich tränenerstickt flüstern. »So etwas kann und will ich nicht noch einmal durchstehen. Als Erstes werde ich die Kinder bei Angelica in Sicherheit bringen, und zwar sofort.«

Silke zuckte zusammen. Den Namen Len Pienaar hatte sie schon letzte Nacht gehört. Jill hatte ihn erwähnt und war dabei leichenblass geworden. Und was hatte Napoleon de Villiers gesagt, als er sich das Foto angesehen hatte? Etwas so Ungeheuerliches, dass sie es eigentlich nicht glauben konnte. Die Worte wirbelten in ihrem Kopf durcheinander.

Es war eine Grillparty, und er wollte uns braten, hatte er gesagt und damit diesen Pienaar gemeint. Und jetzt weinte Jill, die Frau, die die Härte des afrikanischen Lebens konditioniert hatte, die furchtlos Wilderern gegenübertrat, die nervenstark mit angreifenden Elefanten und hungrigen Löwen fertigwurde. Was ging hier vor?

»Nein«, hörte sie Jill. »Kannst du dir vorstellen, was geschieht, wenn es heißt, wir verstecken die Tochter vom Hangman? Auch wenn wir alle wissen, dass Silke das nicht ist?«

Silke gefror das Blut in den Adern zu Eis. Jill hatte von ihr gesprochen. Im Zusammenhang mit dem Hangman? Oder hatte sie sich verhört? Sie wagte kaum zu atmen, während sie angestrengt weiterlauschte. Jill hatte sich offenbar in den Schreibtischstuhl gesetzt, denn alles, was Silke von ihr sehen konnte, waren die braun gebrannten Beine.

»Du weißt, wie Gerüchte hier ratzfatz zu angeblichen Tatsachen werden«, rief Jill. In ihrem Ton war keine Spur mehr von Tränen. »Denk daran, dass der Land Claims Court bald in unserer Sache tagt. Die Anwälte werden sich darauf stürzen wie Hyänen auf Aas! Eine Verbindung von Inqaba zum Hangman! Herrgott, das wäre ein gefundenes Fressen für die Presse. Stell dir das nur einmal vor! Wir müssen etwas unternehmen, und wir müssen Silke da heraushalten. Sie hat überhaupt nichts damit zu tun, außer, dass sie den Sohn vom Hangman heiraten will, und dass er das ist, hat sie eindeutig nicht gewusst … Okay, komm, so schnell du kannst. Ich fahre die Kinder jetzt zu Angelica, und wenn ich den zu fassen bekomme, der uns das antut, bringe ich ihn um«, sagte Jill mit Stahl in der Stimme.

Der Stuhl wurde heftig zur Seite gestoßen, und Jills Schritte klatschten auf dem Fliesenboden. Silke zog sich blitzschnell ins Wohnzimmer zurück. Sollte sie die Hausherrin hier finden, wäre es vergleichsweise unverfänglich. Aber Jill stürmte aus ihrem Arbeitszimmer, eine Tür knallte, dann war es ruhig.

Getrieben von einer sprungartig steigenden Angst, schlich Silke die paar Schritte zu Jills Arbeitszimmer, in der vagen Hoffnung, eine Erklärung zu finden. Die Tür war glücklicherweise nicht verschlossen. Sie steckte den Kopf ins Zimmer und stellte aufatmend fest, dass der Raum menschenleer war.

Auf dem Schreibtisch stand ein nicht eingeschaltetes Notebook, daneben lagen zwei unordentliche Papierstapel und ein aufgeschlagener Aktenordner.

Durch die Luftbewegung wurde ein Zettel über den Boden geweht, der wohl unter dem Schreibtisch gelegen hatte, und landete direkt vor ihren Füßen. Nach winzigem Zögern bückte sie sich, hob ihn auf und las, was da geschrieben stand.

Erst nach mehrmaligem Lesen begriff sie, dass offenbar jemand versuchte, Jill zu erpressen. Damit, dass sie der Tochter vom Hangman half. Dem Hanging Judge.

Der Tochter? Verständnislos starrte sie auf ihren eigenen Namen, den jemand mit Bleistift in einer deutlich kultivierteren Handschrift daruntergekritzelt hatte. Jills Schrift? War sie gemeint? Hatte sie sich nicht verhört? Was hatte das mit ihr zu tun? Nichts, gab sie sich selbst zur Antwort, das hatte eben auch Jill gesagt, aber jemand schien anderer Ansicht zu sein.

»Wisst ihr, wie sich das anfühlt, wenn du die Minuten zählen kannst, bis du am Strick zappelst?« Noch einmal drängte sich Napoleon de Villiers' Stimme in ihre Gedanken.

Er hatte davon geredet, dass er zum Tode verurteilt worden war. Vom Hangman.

Marcus' Vater.

Für Sekunden schien sich der Boden unter ihren Füßen in Treibsand zu verwandeln. Was ging hier vor? Die Vorstellung, dass die Polizei sich für ihren Aufenthalt interessieren könnte, jagte ihr einen Adrenalinstoß durch die Adern. Sie musste an die grauenhaften drei Tage im mexikanischen Gefängnis denken und hätte sich um ein Haar übergeben.

Bevor sie sich dessen bewusst wurde, war sie aufgesprungen, zur Tür gerannt, durchs Wohnzimmer, hinaus auf die regennasse Terrasse. Ließ den Schirm stehen und hetzte zum Haupthaus.

»Silke, ich habe eine Nachricht von Jill für Sie«, rief ihr Jonas von der Rezeption zu, als sie dort vorbeirannte, und wedelte mit dem Brief.

Wortlos schnappte sie sich den Umschlag und lief hinauf in ihr Zimmer. Dort warf sie wahllos Geld, ihren Pass, Sonnencreme, Taschentuch, Lippenstift – was immer ihr in die Hände fiel – in ihre Umhängetasche, nahm die Plastiktüte mit ihren Buschstiefeln, knallte die Zimmertür hinter sich zu und floh über die Treppe aus dem Haus in den strömenden Regen.

»Sie fahren weg?«, rief ihr Jonas durch den schimmernden Wasserfall, der vom Dachüberstand fiel, entgegen.

»Ja, ich will zu Greta Carlsson«, antwortete sie abwesend. Sie vergaß, dass sie das Zimmer bezahlen wollte.

»Wollen Sie denn keinen Schirm?«, rief Jonas noch hinter ihr her.

Ohne darauf zu reagieren, rannte Silke durch den tropfenden Blättertunnel zum Auto und sprang hinein. Mit beiden Händen strich sie ihr nasses Haar zurück. Das Regenwasser leckte ihr den Rücken hinunter, durchweichte den Bund ihrer Leinenhosen. Ein unangenehmes Gefühl. Sie verstaute ihre Tasche in der Schublade unter dem Beifahrersitz, warf die Plastiktüte mit ihren Buschstiefeln hinter sich auf den Boden, öffnete eine Klappe in der Mittelkonsole und legte das Handy griffbereit dort hinein. Sie vergewisserte sich, dass nichts im Auto offen herumlag, drehte den Zündschlüssel und pflügte mit einer Bugwelle durch die gelben Schlammströme.

Über ihr tobte das Gewitter. Donner erschütterte die Atmosphäre, Blitze zischten über den violettgrauen Himmel, der Regen war so stark, dass sie den Straßenrand kaum erkennen konnte und nach wenigen Metern links heranfuhr. Sie schaltete den Motor aus und starrte mit leerem Blick in die silbergraue Wasserlandschaft. Der innere Druck, der sich nach dem, was sie soeben erfahren hatte, immer mehr aufbaute, schien sich als faustgroßer

Kloß in ihrem Hals zu manifestieren. Sie schluckte und riss den Brief, den ihr Jonas gegeben hatte, auf. Die Nachricht war kurz, trotzdem musste sie sie mehrmals lesen, um ganz sicher zu sein, dass sie sich nicht irrte.

Napoleon de Villiers ließ ihr mitteilen, dass Marcus und Twani identisch seien und dass er sich hiermit entschuldige und alles tun würde, um ihn zu finden. Darunter standen seine Telefonnummer und die Bitte, ihn sofort anzurufen.

Silke kreuzte die Arme auf dem Lenkrad, legte ihren Kopf darauf und ließ ihren Tränen freien Lauf. Der innere Damm brach und schwemmte den schwarzen Morast von Zweifel, Angst und Unsicherheit weg, in dem sie in den letzten Tagen immer tiefer versunken war. Zurück blieben die Scham, dass sie an Marcus gezweifelt hatte, und die Angst, dass sie ihn nicht rechtzeitig finden würde. Sie zog ihr Handy hervor, prüfte den Empfang und wählte die Nummer von de Villiers.

»Hier ist Silke«, sagte sie auf Englisch, als er sich meldete. »Ich habe Ihre Nachricht bekommen und wollte mich bedanken.«

»Silke«, dröhnte er. »Es tut mir leid.«

»Ist schon okay«, flüsterte sie. »Ich bin nur so froh …« Ein Schluchzen saß ihr in der Kehle.

»Das kann ich verstehen, aber nun können Sie sicher sein, dass Ihr Marcus ein guter Junge ist. Ein sehr guter. Aber leider ist da noch etwas.«

Silkes Herz machte einen erschrockenen Satz.

»Mandla wird das nicht wissen. Erstens war er so schwer verletzt, dass er nicht viel mitbekommen haben dürfte, und zweitens ist Twani erst dazugekommen, kurz bevor Pienaar …« Er stockte, räusperte sich anschließend ausgiebig. »Gerade als Pienaar das Feuer anzündete«, vollendete er seinen Satz schnell. »Mandla muss glauben, dass Twani einer von denen war und mitgemacht hat.«

Ihr brach der Schweiß aus. »Was soll ich nur tun?«, wisperte sie.

»Ich habe alle meine Kontakte aktiviert, und ich bleibe am Telefon, bis einer von denen anruft und mir sagt, wo Mandla zu finden ist.«

Silke hatte nicht vor, so lange zu warten, aber das teilte sie Napoleon de Villiers nicht mit, wollte sich auf keinerlei Diskussionen einlassen, wollte nicht hören, wie gefährlich ihr Unterfangen war. Sie war zu der Ansicht gelangt, dass die meisten weißen Südafrikaner einen pechschwarzen Filter vor ihren Augen trugen und ihr herrliches Land sowie ihre afrikanischen Mitbürger nur noch in düsteren Farben sahen.

»Rufen Sie mich an, wenn Sie etwas hören oder wenn Sie Hilfe brauchen. Jederzeit, hören Sie?«, sagte Napoleon de Villiers gerade. »Und ich meine das genau so, wie ich das sage. Jederzeit.«

Sie bedankte sich ausgiebig, ließ Chrissie grüßen, schaltete darauf das Telefon auf lautlos und startete den Wagen. Nachdem sie die Grenzen von Inqaba hinter sich gelassen hatte, fand sie nach wenigen Kilometern an der Straße, die zwischen den flachen Hügeln vor Hlabisa hinunterführte, das, wonach sie gesucht hatte. Einen kleinen Laden. Sie fuhr langsamer und sah genauer hin.

Wellblechdach, abblätternde Farbe, ein winziges vergittertes Fenster. Auf dem steinigen Sandplatz davor Plastikfetzen, in einer Ecke Bierdosen und unter dem Dachüberhang zwei weiße Plastikstühle, die von pfeiferauchenden alten Zulus besetzt waren. Daneben hockten ein paar Männer an der Hauswand am Boden, alles Schwarze, unterhielten sich, tranken Bier und löffelten Undefinierbares aus Pappkartons. Die meisten rauchten dabei.

Unter den herunterhängenden Zweigen eines herrlich grünen Baums, dessen dichtes Laub den strömenden Regen abhielt, stand ein halbes Dutzend Frauen mit aufgeschnittenen Plastiktüten als Schutz vor dem Regen um Kopf und Schultern drapiert. Ihre Unterhaltung wurde von viel Gelächter und sehr lebhaften Gesten begleitet.

Silke parkte den Wagen neben der Straße, stieg aus und rannte durch den Wolkenbruch zum Laden. Jeder auf dem Vorplatz wandte sich ihr ruckartig zu.

»Guten Morgen«, rief sie und täuschte dabei wesentlich mehr Selbstsicherheit vor, als sie tatsächlich empfand. Entschlossenen Schrittes marschierte sie in das kleine Geschäft. Stickig heiße Luft schlug ihr entgegen, es roch nach Essen und Gewürzen. Im Hintergrund ratterte ein alter Kühlschrank laut vor sich hin. Sie brauchte einige Augenblicke, bis sich ihre Augen an das Halbdunkel gewöhnt hatten. Über ihr trommelte der Regen mit so infernalischer Lautstärke aufs Wellblechdach, als würde jemand Steine darauf werfen.

Ein halbes Dutzend dunkler Augenpaare war auf sie gerichtet, und für ein paar Sekunden bekam sie Panik, ließ es sich jedoch nicht anmerken.

»Ich möchte gern etwas zum Mittagessen für ein paar Freunde kaufen … Es sind Zulus«, fügte sie etwas verlegen hinzu. »Können Sie mir bitte sagen, was ich nehmen soll, um ihnen eine Freude zu machen?«

Vielleicht war es ihre entwaffnende Art oder ihr Anliegen, vermutlich aber beides – auf jeden Fall veränderte sich die Atmosphäre im Laden, als würde ein Sonnenstrahl aus dem dunklen Himmel brechen. Wie auf Kommando begannen alle Anwesenden durcheinanderzureden und mit der dicken Verkäuferin hinter dem Tresen rasend schnell auf Zulu zu diskutieren. Silke hoffte, dass es um die Auswahl der Speisen ging und nicht darum, wie man sie am besten um ihre Wertsachen erleichterte. Mit angehaltenem Atem wartete sie.

»Eh, Madam«, wandte sich die Verkäuferin schließlich ihr zu. »Mopaniraupen in Tomatensoße wäre das Beste.« Ihre Worte wurden von energischem Kopfnicken aller begleitet.

»Raupen?« Silke war sich nicht sicher, ob sie nicht nach Strich und Faden veralbert wurde. Vielleicht hatte sie das nicht richtig verstanden. »Kleine Tiere, die auf Blättern herumkriechen … so.« Sie wackelte mit ihrem Zeigefinger.

Brüllendes Gelächter war die Antwort, überall wackelten Zeigefinger.

»Yebo, Madam, kleine Tiere«, grölte ein Mann und streckte ihr etwas hin, was Silke zuerst wie eine große, vor Tomatensoße tropfende Garnele erschien. »Mopaniraupen«, sagte er und steckte sie grinsend in den Mund.

Silkes Magen protestierte, aber sie beruhigte ihn mit dem Gedanken, dass beides Getier war – nur krabbelte das eine eben auf den Bäumen, das andere schwamm im Meer herum.

»Wie schmeckt das?«, lautete ihre unvorsichtige Frage, und Sekunden später starrte sie auf einen dieser fetten Engerlinge, der ihr direkt vors Gesicht gehalten wurde. Sie schluckte.

»Versuch mal, ist gut«, rief der Mann, und Silke konnte in seinem Gesicht lesen, dass ihm das Ganze allergrößtes Vergnügen bereitete.

Todesmutig nahm sie ihm das rot tropfende Etwas ab, schloss die Augen und biss hinein, was ihr stürmischen Beifall einbrachte. So schnell sie konnte, würgte sie die Raupe hinunter, stellte allerdings dabei fest, dass dieser ungeborene Schmetterling eigentlich nach nichts schmeckte, nur höllenscharf gewürzt war. Hustend und mit tränenden Augen schaute sie in die Runde.

»Die Soße ist sehr gut«, krächzte sie.

»Und die Mopaniraupe?«, rief der Mann und schob sein Gesicht neugierig vor.

Silke wedelte mit der Hand. »Nun … wir Leute aus Europa sind …«, sie presste eine Hand auf ihre Magengegend, »wir sind ein bisschen empfindlich … nicht so mutig wie Zulus.« Sie zog ein entschuldigendes Gesicht, was ihr eine weitere Lachsalve einbrachte.

»Vielleicht will sie lieber Bunny Chow?«, rief der Mann.

»Bunny Chow? Was … was ist das?«, fragte Silke vorsichtig, hoffte nur, dass es nichts mit einem Kaninchen zu tun hatte. Momente später hielt man ihr ein halbes Toastbrot hin. Es war ausgehöhlt und mit einem undefinierbaren Eintopf gefüllt. Sie schnupperte. Es roch nach Curry. Curry mochte sie, aber sollte sie das mit den Fingern essen? Hilfe suchend sah sie sich um.

»Sie kommt aus Europa, sie braucht einen Löffel«, kicherte die Verkäuferin, fischte einen Blechlöffel aus einer Schublade, wischte ihn an ihrer Schürze ab und reichte ihn Silke.

Silke verdrängte das Bild von einem Pelz wimmelnder Bakterien auf dem Löffel und probierte das Essen unter den wachsamen Blicken aller. »Das ist gut«, konnte sie noch ausrufen, bevor der Curry wie Feuer ihre Kehle hinunterrann. Mühsam kämpfte sie um Haltung. »Wirklich … sehr gut«, japste sie.

»Eh, sehr gut, sehr gut, richtig?«, rief die Verkäuferin. »Was soll ich einpacken?«

Nach einer Viertelstunde hatte sie den Handel abgeschlossen. Fünf Portionen Mopaniraupen in Tomatensoße, zwei Bunny Chows, jeweils in separate Plastikbehälter gefüllt, und fünf Flaschen Bier wanderten in zwei Plastiktüten.

»Nicht mehr Bier«, ermahnte die Verkäuferin. »Sonst …« Sie machte beeindruckend vor, wie ein Betrunkener sich bewegte. »Dann werden Männer verrückt im Kopf und wissen nicht mehr, was sie tun. Gefährlich, sag ich dir, sehr gefährlich!«, rief sie und riss dramatisch die Augen auf.

Silke lachte und verließ den Laden. Die übrigen Kunden folgten ihr auf dem Fuß. Trotz des Regens hatte sich eine Traube aufgeregt schnatternder Kinder um ihren Wagen gebildet. Begierig schauten sie sich im Inneren des Autos um. Zwei Jungen versuchten, einen Rückspiegel zu demontieren, ein Scheibenwischer hatte schon dran glauben müssen.

»Suka!«, brüllte der Mann, der ihr die Mopaniraupe angeboten hatte. »Zieht Leine, ihr kleinen Dreckswürmer!« Er hob einen Stein auf und sprintete auf die Kinder zu, die kreischend auseinanderstoben.

In der Zwischenzeit setzte ein Mann in olivfarbenem Achselhemd gerade dazu an, mit einer Eisenstange ein Seitenfenster einzuschlagen.

Silkes Herz stand fast still vor Schreck.

»Cha!«, röhrte der Mann mit den Mopaniraupen.

Als der mit der Eisenstange keinerlei Anstalten machte, von seinem Vorhaben abzulassen, zog ihr Beschützer zu Silkes Entsetzen eine Pistole aus dem Hosenbund, legte auf den Mann an und zischte etwas auf Zulu. Die beiden lieferten sich mit Blicken einen schweigsamen Kampf, aber endlich senkte sich die Eisenstange langsam, und alle Umstehenden zogen sich von Silkes Auto zurück.

Vorsichtig trat sie an die Fahrertür und entriegelte die Türen. Schnell verstaute sie die Tüten im Kofferraum und fischte im Schutz der Heckklappe einen Zwanzig-Rand-Schein aus ihrer Tasche. Sie drückte das Geld ihrem selbst ernannten Leibwächter in die Hand. »Danke«, sagte sie leise.

»Yebo«, grinste der Mann. »Sei vorsichtig, Mama, es gibt viele böse Leute hier. Nicht anhalten! Das ist zu gefährlich. Du bist reich«, fügte er mit einem glühenden Blick hinzu, der ihren Wagen, sie selbst und ihre Tasche, die sie noch nicht weggepackt hatte, umfasste.

Silke nickte mühsam und hatte noch Herzrasen, als sie bereits zwei oder drei Kilometer vom Laden entfernt war. Kurz sah sie noch einmal auf die Karte, auf der Jill den Weg zur Farm von Greta Carlsson markiert hatte, und nach einer Weile fand sie problemlos das Schild. Sie parkte den Wagen unter einem überhängenden Busch, hoffte, dass er von der Straße aus nicht sofort zu sehen war.

Einen Moment blieb sie sitzen, merkte gleichzeitig, dass das Gewitter abzog. Der Donner war nicht mehr als ein leises Grollen in der Ferne, die Nässe begann zu verdampfen, und die ersten Sonnenstrahlen verwandelten die Wassertropfen in glitzernde Juwelen. Sie zog ihre Buschstiefel an und stieg aus.

Die Böschung war vergleichsweise steil, aber sie war sich fast sicher, dass sie hier heruntergerollt und im Dreck gelandet war. Sie hob den Kopf und schnupperte. Trotz der Nässe war der Rauchgeruch, den sie letzte Nacht wahrgenommen hatte, deutlich zu riechen, und durchs Gestrüpp entdeckte sie auch das Zuckerrohrfeld. Mit leichtem Herzflattern hob sie die beiden Plastiktüten aus dem Kofferraum, verschloss das Fahrzeug sorgfältig, schickte einen um Beistand heischenden Blick zum Himmel und rutschte vorsichtig auf der regennassen Böschung hinunter.

Die Feuerstelle fand sie schnell. Sie war erkaltet, offenbar waren Hellfire und seine Freunde seit dem frühen Morgen nicht mehr hier gewesen. Enttäuscht sah sie sich um, spähte durch das Zweiggewirr der Büsche und entdeckte einen mannshohen Verschlag aus Kistenbrettern, aufgerissenen Pappkartons und Plastikplanen. Schritt für Schritt näherte sie sich dem Verschlag und schob nach einem schnellen Blick in die Umgebung die Plane vor dem Eingang beiseite.

Dumpfer Geruch schlug ihr entgegen, innen war es dunkel, nur durch die Ritzen, wo die Plastikplanen vom Wind verschoben worden waren, fiel genügend Licht, dass sie ein paar Gegenstände erkennen konnte. Decken, ein zerbeulter Kochtopf, Kleidungsstücke, die gefaltet an der Rückwand lagen, einige hingen an einem Nagel. Offenbar war das die Unterkunft der fünf. Neugierig machte sie einen Schritt hinein. Doch kaum hatte sie die Plane hinter sich zufallen lassen, hörte sie Stimmen. Lautes Gelächter. Männerstimmen. Sie kamen von der anderen Seite des Verschlags.

Schleunigst schlüpfte sie unter der Eingangsplane wieder nach draußen, bewegte sich sicherheitshalber in weitem Kreis um Hellfires Unterkunft, hielt sich in Deckung, bis sie Hellfire und zwei seiner Freunde erblickte. Sie standen dicht zusammen und schienen sehr aufgeregt.

Der kugelbäuchige Zulu mit dem fröhlichen Clownsgesicht

nahm einige Geldscheine aus einer schwarzen Brieftasche und schaute nach, ob die übrigen Fächer ebenfalls etwas enthielten. Schließlich zog er drei Kreditkarten hervor, allesamt goldfarben. Er warf die leere Brieftasche auf den Boden und begann mit einem Ausdruck reinster Gier, das Geld zu zählen.

Der Mann, den sie für den jüngsten im Kreis hielt, ein muskulöser Typ mit rasiertem Schädel, fischte gerade eine Geldbörse aus einer teuer aussehenden Damenhandtasche, öffnete sie und kippte den Inhalt auf seine Handfläche. Er stieß einen erfreuten Pfiff aus und blätterte mit funkelnden Augen durch ein Bündel Geldscheine.

Silke bemerkte auch, dass beide offensichtlich neue Kleidung trugen, die auf den zweiten Blick allerdings nicht wirklich passte. Die Schuhe und die Hose des kleinen Zulus waren deutlich zu groß für ihn, die des Jüngeren reichte dem nur bis zum Knöchel. Stirnrunzelnd fragte sie sich, was hier vorging, und sah zu Hellfire hinüber, der abseits an einer Kamera herumspielte. Einer Kamera mit großem Objektiv und ausklappbarem Display. Einer teuren Kamera.

Ihr Blick flog weiter, und erst jetzt entdeckte sie die Umrisse eines Geländewagens, der von herunterhängenden Zweigen verdeckt wurde. Im Auto saß ein weiteres Mitglied von Hellfires Gang, auf sein vorgebeugtes Gesicht fiel ein flackernder Lichtschein. Ein Fernseher? Aber dann begriff sie. Der Mann hatte ein Notebook auf dem Schoß. Sie zog die Brauen zusammen. Was ging hier eigentlich vor?

Dann traf es sie wie ein Schlag. Hellfire und seine Genossen waren offenbar eben von einem Raubzug zurückgekehrt und zählten die Beute.

Nichts wie weg hier, schrie es in ihrem Kopf. Lauf!

Von den schweren Plastiktüten behindert, rannte sie unbeholfen los. Stolperte, fing sich, konnte aber einen Fluch nicht unterdrücken.

»Du bist zurück«, hörte sie die unverkennbare Stimme Hellfires hinter sich. Sie klang erstaunt.

Silke drehte sich so schnell um, dass sie fast das Gleichgewicht verlor. »Hallo«, stotterte sie, konnte sich erst vor Schreck nicht rühren, hielt ihm jedoch hastig die Plastiktüten entgegen. »Hier, ich hab euch was fürs Mittagessen mitgebracht«, sagte sie rasch, um ihre plötzliche Angst zu überspielen.

Die Zulus kamen herüber zu ihr. Breitbeinig bauten sie sich in einem engen Kreis um sie herum auf, und Silke wurde auf einmal bewusst, dass ihr praktisch der Rückzug abgeschnitten war.

»Auf gar keinen Fall darfst du dich umdrehen und weglaufen! Das würde sofort einen Angriff herausfordern.« Das hatte Jill gesagt.

Wie von einer unsichtbaren Macht festgehalten, blieb sie stehen, ihre Arme wurden von den Plastiktüten heruntergezogen. Ihr brach der Schweiß aus.

25

Nachdem Jill mit Nils gesprochen hatte, rief sie sofort Angelica an, um ihrer Freundin von der Erpressung zu berichten.

»Kannst du die Kinder für ein paar Tage nehmen? Es ist nur eine Vorsichtsmaßnahme. Ich will nicht schon wieder einen Trupp Bodyguards engagieren, das bringt die Kinder völlig durcheinander. Ich will einfach kein Risiko eingehen.«

»Natürlich. Da brauchst du doch nicht erst zu fragen. Ich hole sie in einer halben Stunde ab, das erspart es dir, extra herzukommen. Du hast sicher genug um die Ohren.«

Jill stimmte ihr dankbar zu. »Ich hoffe nur, dass sie dir nicht auf der Nase herumtanzen. Im Augenblick sind sie ziemlich außer Rand und Band. Ehrlich gesagt, bin ich froh, wenn die Schule wieder losgeht.«

»Mach dir bloß keine Sorgen. Meine Jungs und auch Michaela sind da, und die lieben deine Kinder, wie du weißt. Wir werden sie einfach gnadenlos verwöhnen, dann fressen sie uns aus der Hand.« Angelica lachte ihr lautes, herzliches Lachen.

Auch Jill musste lachen, wurde aber sehr schnell wieder ernst. »Inqaba ist nicht mehr das, was das Wort bedeutet, eine Zuflucht«, flüsterte sie. »Meine Tante Irma hatte das mal vor Jahren gesagt, und sie hatte recht. Sie hat uns mit Kanarienvögeln im Käfig verglichen, dessen Stäbe angesägt sind und vor dem ein Rudel hungriger Raubkatzen lauert. Über kurz oder lang kriegen die uns, hat sie gesagt, und es hat sich seitdem nichts geändert.«

»Jilly, nimm dich zusammen«, befahl Angelica. »Du bist dabei, in ein seelisches Loch zu fallen. Das kannst du dir einfach nicht leisten. Du hast doch schon ganz andere Sachen durchgestanden. Wo ist Nils?«

»Unterwegs, wie üblich, wenn ich ihn brauche«, knurrte Jill. »Aber er wird bald zurück sein.«

Angelica lachte laut. »So sind die Männer. Aber was würden wir ohne sie machen! Also, ich fahre in den nächsten fünf Minuten los. Wir sehen uns dann gleich.«

Jill legte auf und machte sich auf die Suche nach Kira und Luca. Kira stöberte sie bei ihrem Pony auf, Luca lag, die Kopfhörer seines MP3-Players in die Ohren gestöpselt, in einer Hängematte auf der Terrasse und las. Jill zog ihm die Kopfhörer weg.

»Mami!«, jaulte er empört los.

»Ich muss mit euch reden«, sagte Jill und wartete, bis sich ihr Sohn aus der Hängematte gehievt hatte.

»Angelica kommt gleich und holt euch für ein paar Tage ab.«

»Warum denn das?«, rief Kira alarmiert. »Das geht nicht, ich muss bei meinem Pony bleiben. Es ist sonst einsam.«

Jill sah sie an und dachte, wie bildschön ihre Tochter geworden war. Tiefblaue Augen, glänzend dunkle Locken, ein Lachen, mit dem sie jeden mühelos um den kleinen Finger wickelte, besonders ihren Vater. »Es muss sein, jetzt tut mir den Gefallen und macht ein einziges Mal keinen Stress.«

Aber die beiden taten ihr diesen Gefallen nicht, und ihre folgende Unterhaltung verlief lautstark, bis Kira plötzlich innehielt und sie eindringlich ansah.

»Irgendwas ist doch, was du uns nicht sagst, oder? Komm, Mami, wir sind doch keine kleinen Kinder mehr. Du sagst immer, man muss ehrlich miteinander umgehen.«

Jill stöhnte innerlich über Kiras Fähigkeit, ihr ihre eigenen Worte im richtigen Augenblick um die Ohren zu hauen. Sie gab sich geschlagen.

»Okay, ich sag's euch, aber nur, wenn ihr dann ohne Gemotze mit Angelica fahrt.« Die Kinder stimmten mit neugierigen Blicken zu. Jill allerdings hatte nicht die Absicht, ihnen die volle Wahrheit zu sagen. »Es gibt Leute, die es auf unser Land abgesehen haben, und es könnte Streit geben.« Das war vage genug, hoffte sie.

»Klasse! Wir könnten doch wieder Bodyguards haben, wie letztes Jahr. Das war supercool«, rief Luca und hüpfte auf und ab. »Die hatten Pistolen und haben mich sogar auf die Toilette begleitet.«

»Worüber du dich damals ziemlich aufgeregt hast.« Jill strich ihm übers Haar. Aber ihr fehlten die Zeit und die Energie für eine längere Diskussion. Erfahrungsgemäß waren die beiden hartnäckiger und gerissener in ihren Argumenten als ein gewiefter Anwalt. »Ihr fahrt zu Angelica, und damit basta. Kapiert?«

Offenbar war ihr Ton unmissverständlich, denn die beiden trollten sich ohne Widerrede.

»Angelica wird in einer halben Stunde hier sein. Bis dahin müsst ihr gepackt haben«, rief sie hinter ihnen her und ging zur Rezeption, um sich bei Jonas zu erkundigen, wo Silke steckte.

Erstaunt sah er hoch. »Sie ist doch zu dir zum Haus gegangen. Hast du sie nicht gesehen?«

Jill erstarrte. »Sie war in unserem Haus? Wann?«

Der Zulu zuckte mit den Schultern. »So vor einer Stunde, vielleicht etwas weniger. Sie war eine ganze Zeit lang dort, deswegen nahm ich an, dass ihr miteinander gesprochen habt. Übrigens war sie ziemlich durcheinander, als sie zurückkam. Habt ihr euch gestritten?«

Jill wurde eiskalt. Sollte die Deutsche etwa ihr Telefonat mit Nils mitbekommen haben? Was das bei Silke ausgelöst haben könnte, wollte sie sich erst gar nicht vorstellen. »Nein, natürlich nicht. Wir haben uns irgendwie verpasst. Wo ist sie jetzt?«

»Sie wollte zu Greta Carlsson fahren.«

»Ich muss sie unbedingt sprechen.«

Jonas musterte sie aufmerksam. »Sie hat das Zimmer noch nicht bezahlt.« Sein Tonfall verwandelte den Satz in eine Frage.

Jill schüttelte den Kopf. »Darum geht es natürlich nicht. Das mit dem Geld hat Zeit.«

»Es hat doch nichts mit dem geheimnisvollen Brief zu tun?«, fragte er argwöhnisch.

»Ach wo«, rief Jill schnell. »Absolut nicht. Ich rufe sie einfach an. Sie hat ja ihr Handy wiederbekommen.«

Um weiteren neugierigen Fragen aus dem Weg zu gehen, verließ sie eilig die Rezeption und zückte ihr Handy.

Silkes Stimme ertönte, seltsam blechern, und informierte sie, dass sie nicht zu erreichen sei und man doch bitte eine Nachricht hinterlassen möge.

»Silke, hier ist Jill, bitte ruf mich sofort an, wenn du das hier abgehört hast. Danke.«

Zunehmend nervös wählte sie daraufhin Gretas Nummer.

»Hi, Greta, Jill hier!«, meldete sie sich, als sie die Stimme der Farmersfrau vernahm. »Sag mal, ist Silke schon bei dir abgefahren?«

»Was heißt abgefahren?«, war die erstaunte Antwort. »Die war heute noch gar nicht da. Und wie kommst du darauf, dass sie hier sein könnte?«

»Weil sie gesagt hat, sie würde zu dir fahren. Um sich zu bedanken.« Jill lief ruhelos auf der Veranda auf und ab. »Außerdem wollte sie dir dein Kleid wiederbringen.«

»Also, hier ist sie nicht. Ich komme gerade von meinen Ziegen, die zu meinem Entzücken das Unwetter vollzählig überlebt haben. Der Regen hat verheerenden Schaden angerichtet, und manchmal habe ich es wirklich satt. Manchmal denke ich, ich sollte Hellfire einfach das Land überlassen und …« Sie sprach nicht weiter, sondern seufzte nur vielsagend.

»Lass uns ein anderes Mal darüber reden, im Augenblick habe ich keine Zeit. Silke war also nicht bei dir?«

»Nein, war sie nicht. Ich hatte die Hunde beim Haus gelassen, und die hätten so viel Krach gemacht, dass ich das auch bei den Ställen gehört hätte. Niemand außer Tiny und zwei meiner Farmarbeiter war heute hier. Und eine Horde Paviane, die in den Hühnerstall eingebrochen ist und alle Eier geklaut hat und …«

Jill war nicht nach munterer Unterhaltung zumute. »Ich mache mir Sorgen«, unterbrach sie Greta. »Ich glaube, Silke hegt etwas schwärmerische Vorstellungen über die Verhältnisse hier bei uns. So die übliche naive Afrikaromantik … *Jenseits von Afrika* mit Meryl Streep und Robert Redford im goldenen Savannengras, freundliche Eingeborene, wenn du weißt, was ich meine. So ist wenigstens mein Eindruck von ihr.« Sie hatte nicht vor, Greta den wahren Grund ihres Anrufs zu erzählen. Die Erpressung würde sie vorerst geheim halten.

»Ich weiß genau, was du meinst!«, lachte Greta. »Als sie hier mit Hellfire und seiner Gang auftauchte, dachte ich, ich seh nicht richtig!«

»Genau das meine ich, und das macht mich ganz kribbelig. Wenn du irgendetwas hörst, sag mir bitte Bescheid.«

Nachdem Greta ihr das zugesichert hatte, wählte Jill sofort Nils' Mobiltelefonnummer.

»Gut, dass du anrufst«, rief er, bevor sie etwas sagen konnte. »Ich habe eben eine E-Mail von Dirk auf meinem Handy bekommen. Du wirst nicht glauben, was passiert ist.« Er machte eine Kunstpause, dann fuhr er fort. »Der Hangman ist tot. Es stand offenbar in allen deutschen Zeitungen, Dirk hat einen Ausschnitt im Anhang mitgeschickt. *Pensionierter Richter stirbt an Schussverletzung,* lautet die Überschrift, dann heißt es weiter: Der ehemalige Richter Henri Bonamour wurde heute Morgen in seiner Münchner Wohnung erschossen aufgefunden. Die Waffe lag neben der Leiche und so weiter. Um es kurz zu machen, es wird angenommen, dass er Selbstmord begangen hat. Aber sie müssen ihn noch obduzieren und klären, woher die Pistole stammt. Sie ist nicht registriert, und dafür hat er offenbar keinen Waffenschein besessen, obwohl sich eine legale Waffe in seinem Besitz befand. Na, ich bin gespannt, was dabei herauskommt.«

»Es wird angenommen, und die Pistole ist nicht registriert«, wiederholte Jill langsam. »Warum habe ich dann plötzlich dieses dumme Gefühl im Magen, dass es allmählich zu viele Zufälle sind? Marcus Bonamour entführt, wir kriegen einen Erpresserbrief, Henri Bonamour erschießt sich angeblich mit einer nicht registrierten Waffe. Das stinkt doch!«

»Das tut es, ganz gewaltig. Dirk gräbt bereits nach. Und weswegen hast du mich angerufen?«

Jill hatte sich aufs Verandageländer gesetzt und zwirbelte abwesend eine abgerissene Amatungulublüte zwischen den Fingern. »Silke Ingwersen ist heute am späten Vormittag mit dem Ersatzmietwagen angeblich zu Greta gefahren, ist da aber nie angekommen. Ein weiterer Zufall, der mich äußerst nervös macht.«

»Mist«, knurrte Nils. »Das kann natürlich eine ganz harmlose Erklärung haben«, fügte er schnell hinzu.

»Kann ...« Jill ließ die zerpflückte Blüte zu Boden fallen.

»Hm, wir können sie ja schließlich nicht als vermisst melden. Das wäre wirklich übertrieben. Sie kann tun und lassen, was sie will.«

Jill ließ sich alles noch einmal durch den Kopf gehen und gab dann ein zustimmendes Geräusch von sich. »Ich kann ums Verrecken keinen Zusammenhang zwischen Marcus' Entführung und Silkes Verschwinden finden. Aber ...«

»Eben, also hak es ab«, fiel Nils ihr ins Wort. »Du bist nicht für sie verantwortlich.«

»Möchte ich ja gerne. Es abhaken, meine ich, aber vielleicht gibt es eine Verbindung, vielleicht ist die einfach nicht logisch zu erklären. Ich werde den Gedanken nicht los, dass ihr etwas zugestoßen ist. Du hast Silke ja auch kennengelernt. Ich schätze, dass sie glatt jemanden im Auto mitnimmt, der am Straßenrand winkt. Manche Touristen stolpern halt so naiv durch Südafrika wie ein Kätzchen durch ein Minenfeld. Denk daran, wie sie an Hellfire geraten ist. Sie hat einfach nur Glück gehabt, dass er ihr nicht die Kehle durchgeschnitten hat.«

Für einen Augenblick schwieg er. »Vielleicht liegt es an uns. Vielleicht sollten wir unseren eigenen Blickwinkel mal überprüfen«, sagte er schließlich. »Vielleicht ist der einfach verbogen, überholt oder zu eng. Was weiß ich. Vielleicht sehen wir unser Land einfach durch die falsche Brille.«

»Das sind ja ganz neue Töne. Wie willst du denn die Kriminalstatistiken wegdiskutieren?«, brauste sie auf.

Und dann hörte sie es wieder. Ohne Vorwarnung. Grölende, hasserfüllte Männerstimmen. Aus dem Dunkel der afrikanischen Nacht waren sie herangestürmt. Ein Dutzend Männer, ausnahmslos schwarz, Kampfstöcke schwingend, Maschinenpistolen in der Faust. Brüllend. Die Worte hatten sich in ihre Seele geätzt.

»Bulala isiBhunu! Bulala isiBhunu!« Tötet die Farmer.

»He, Liebling. Was ist los? Bitte sag was!« Nils' Stimme klang weit entfernt. »Okay, ich breche hier ab und komm gleich nach Haus«, rief er, als sie nicht antwortete.

»Nein.« Sie nahm alle ihre Selbstbeherrschung zusammen. »Brauchst du nicht. Alles in Ordnung.« Sie stockte, als sie die Gewissheit überfiel, dass ihr Leben zum wiederholten Male vor einer Wende stand. Dass nichts mehr so sein würde, wie es gewesen war. »Es ist nie vorbei«, wisperte sie.

»Ich weiß, Liebling«, sagte Nils leise. »Und mach dir nicht zu viele Sorgen um Silke Ingwersen. Sie ist ein Gast wie jeder andere, und wir haben sie alle gewarnt, nicht zu leichtsinnig zu sein. Sie ist erwachsen, sie muss wissen, was sie tut.«

»Ja, du hast recht«, stimmte Jill ihm zu. »Da bleibt uns also nur abzuwarten. Komm bald nach Haus, Honey.«

Sie legte auf, holte sich aus der Küche eine Cola und ließ sich in einen Rattansessel auf der Veranda fallen.

Es hatte aufgehört zu regnen, ein leicht modriger Geruch stieg aus den Amatungulubüschen auf, legte sich über den herrlichen Duft der weißen Sternenblüten. Jill nahm es kaum wahr. Gedankenverloren schlug sie mit den Fingerspitzen einen Trommelwirbel auf der Stuhllehne. Tamtata – Tamtata. Ohne Unterlass. Schließlich traf sie eine Entscheidung und wählte erneut Gretas Nummer.

»Greta, ich bin's noch einmal. Wir haben ein Problem. Es betrifft Silke, und ich brauche dabei deine Hilfe.«

Die Farmerin gab einen Laut zwischen Brummen und Knurren von sich. »Wie kann ich dir helfen?« Die Frage hatte einen misstrauischen Unterton.

Jill presste die Lippen zusammen. Greta Carlsson war dafür bekannt, dass sie das Gras wachsen hörte, und auch, dass man sie nicht leicht dazu bewegen konnte, in einer Sache etwas zu unternehmen, wenn sie persönlich keinen Sinn darin sah. Sie würde ihre Worte sehr vorsichtig wählen müssen. »Hat dir Silke irgendetwas von sich erzählt?«

»Nein«, antwortete Greta langsam. »Wenn ich es recht überlege, weiß ich nur, dass sie sich mit Kirsty gestritten hat, woraufhin die sie aus dem Wagen geworfen hat. Unmögliches Benehmen von der Frau! Kirsty, meine ich. Ich möchte mal wissen, was die sich dabei gedacht hat.«

»Gar nichts, vermutlich. Du kennst doch Kirstys Temperament. Die handelt erst und denkt dann. Aber darum geht es nicht. Kannst du mir versprechen, dass du das für dich behältst, was ich dir jetzt anvertraue? Ich meine das sehr ernst, Greta.«

»Ach, um Himmels willen, Jill, du weißt, dass ich Tratsch hasse.«

»Gib mir dein Wort.«

»Wäre es nicht besser, wenn du es einfach für dich behältst?« Greta klang genervt.

Jill seufzte innerlich. Sie befürchtete, Greta beleidigt zu haben, und wenn sie es recht überlegte, konnte sie das sogar nachvollziehen. Greta hatte tatsächlich den Ruf, grundsätzlich keinen Klatsch weiterzutragen. »Tut mir leid, Greta, ich wollte dir nicht auf die Zehen treten, aber bei uns ist eine … nun, eine sehr unerfreuliche Situation eingetreten, und ich brauche wirklich deine Hilfe und deine Verschwiegenheit.«

»Na, dann schieß mal los.«

Jill atmete tief durch. »Weißt du, wer Silke Ingwersen wirklich ist?« Es war eine rhetorische Frage, sie erwartete keine Antwort. »Sie ist die Verlobte von Marcus Bonamour, und der ist der Sohn von Hangman Bonamour.«

Für Sekunden vernahm sie nur das Rauschen in der Leitung. Dann pfiff Greta Carlsson durch die Zähne. »Ach du Sch…« Sie sprach das Wort nicht aus.

»Präzise, aber das ist nur der Anfang«, erwiderte Jill und erzählte daraufhin Greta rückhaltlos alles. »Erst ist Marcus Bonamour verschwunden – vermutlich von einem Ranger entführt –, und nun ist auch seine Frau … Verlobte nicht auffindbar. Und um dem Ganzen die Krone aufzusetzen, haben wir heute eine Mail von unserem Freund Dirk aus Deutschland bekommen. Henri Bonamour hat Selbstmord begangen. Angeblich. Mit einer nicht registrierten Waffe. Das sind mir einfach zu viele Zufälle.«

»Ach komm, dafür, dass Silke nicht erreichbar ist, kann es hundert rationale Erklärungen geben«, rief Greta. »Vielleicht hat sie es sich unterwegs anders überlegt und ist zum Shoppen gefahren. Vielleicht wollte sie sich neue Klamotten kaufen, Schuhe, Make-up und was weiß ich, was man als Frau sich heutzutage so ins Gesicht und in die Haare schmiert. So wie die gestern Nacht aussah, wäre das doch ganz normal.«

Jill ließ die Cola sinken. Greta hatte vielleicht recht. Das wäre eine wirklich logische Erklärung. Sie selbst hätte wohl auch so gehandelt. Befreit setzte sie die Dose wieder an und kippte den Rest hinunter.

»Hast du sie angerufen?«, fragte Greta.

Jill wischte sich mit dem Handrücken über den Mund. »Klar. Als Erstes. Keine Antwort, nur ihre Mailbox.«

»Na und?«, sagte Greta. »Funkloch, Batterie platt, sie tankt gerade oder hat das Telefon abgeschaltet.«

»Glaub ich nicht. Sie hat mir versprochen, das Telefon angeschaltet zu lassen. Und wenn ich an Hellfire und diese Gang denke …«

»Hellfire«, murmelte Greta mit abwesend klingender Stimme.

Etwas in ihrem Ton reizte Jill. »Weißt du, wo er zu finden ist?« Schweigen antwortete ihr. »Greta? Weißt du, wo man Hellfire finden kann? Ich habe das dumme Gefühl, dass Silke ihn aufsuchen will, und noch einmal hat sie vielleicht nicht so viel Glück, dass sie ungeschoren davonkommt.«

»Ach du Sch…«, brach es erneut aus Greta heraus. »Meinst du wirklich, dass sie so leichtsinnig und dumm ist?«

»So sieht sie das bestimmt nicht. Wie ich schon sagte, sie hat keinerlei Erfahrung mit den hiesigen Verhältnissen, und wenn ich sie richtig einschätze, sieht sie immer erst das Gute in Menschen. Hellfire hat ihr letzte Nacht geholfen – warum auch immer –, aber in ihren Augen ist er sicherlich ein Guter. Also, weißt du, wo wir Hellfire finden können? Wenn sie zu ihm gefahren ist, könnte sie in Lebensgefahr schweben. Campiert er immer noch mit seinen Kumpels auf deinem Land?«

Nur das Knistern der Leitung war zu vernehmen. Jill rollte die leere Coladose genervt auf der Stuhllehne hin und her. »Bitte, Greta, ich kann es doch an deinem Schweigen hören, dass du es weißt.« Als Greta weiterhin kein Wort sagte, holte sie tief Luft. »Da gibt es noch etwas, was du vielleicht wissen solltest, und außer Nils und mir weiß das bisher niemand. Ich werde von jemandem damit erpresst, dass ich angeblich der Tochter des Hangman Unterschlupf gewähre. Derjenige verlangt Geld, ansonsten plant er, unser Wasser zu vergiften. Bisher hatte ich das Gefühl, dass Hellfire dahintersteckt. Allerdings habe ich keine konkreten Beweise. Zur Vorsicht habe ich aber Kira und Luca bereits zu Angelica ausquartiert.«

»Hellfire will Fred exhumieren lassen.« Gretas Worte waren fast nicht zu verstehen.

»Wie bitte? Er will was?«, rief Jill entsetzt.

»Fred exhumieren.«

»Meinst du deinen verstorbenen Mann?«

»Meinen ermordeten Mann«, erwiderte Greta scharf. »Und Freds Vater soll ebenfalls ausgegraben werden.«

»Was? Warum?«

»Er will einen DNS-Test machen lassen, um herauszufinden, ob er der Sohn von einem der beiden ist. Und wenn sich der Verdacht bestätigt, hab ich ein Problem.«

»Das ist die Untertreibung des Jahrhunderts«, entgegnete Jill leise. »Himmel, das habe ich nicht gewusst, Greta. Das heißt doch, dass er mindestens auf die Hälfte deines Landes Anspruch hätte.«

»Der will bestimmt alles. Du weißt doch, wie es ist. Wenn die Gräber seiner Vorfahren auf dem Land liegen ... Da ist es heutzutage wohl völlig egal, ob die schwarz oder weiß oder gestreift waren. Vorfahren sind Vorfahren.«

Dieses Argument kannte Jill nur zu gut, und sie wusste auch, dass die Wahrscheinlichkeit, dass Hellfire damit durchkommen würde, durchaus hoch war. Greta würde von ihrem Land, aus ihrem Haus, aus ihrer Heimat vertrieben werden. Es war drei Jahre her, dass sie ihren Mann tot in seinem Arbeitszimmer gefunden hatte. Buchstäblich in Stücke gehackt. Man hatte ihn, wie der Gerichtsmediziner später feststellte, mit einem Beil angegriffen. Vermutlich einem Panga, hieß es. Der Täter wurde nie gefasst, aber unter den Farmern kursierte das Gerücht, Hellfire hätte etwas damit zu tun. Die Farmergemeinde rückte darauf noch näher zusammen. Das Waffenarsenal wurde aufgestockt, scharfe Polizeihunde angeschafft und Paniksirenen eingebaut. Zusätzlich wurden Zäune erhöht, noch mehr elektrische Drähte gezogen, deren Voltzahl bis zur gesetzlich erlaubten Grenze geschaltet war. Und, wie Jill gehört hatte, oft darüber.

»Warum hast du nie etwas gesagt?« Ihre Stimme schwankte. Greta tat ihr so leid, dass es schmerzte.

»Was hättet ihr denn tun können?«, sagte Greta leise. »Es hätte nichts geändert.«

Darauf fiel Jill keine Antwort ein. »Wenn es sich herausstellt, dass er tatsächlich der Sohn von Fred oder seinem Vater ist, kannst du ihm dann nicht einen Kompromiss vorschlagen? Ihm einen Teil von deiner Farm überschreiben? So habe ich mir damals den Dlamini-Clan vom Hals gehalten, und ich muss sagen, es klappt sehr gut.« Von den Ansprüchen der anderen Clans erwähnte sie nichts.

Greta stieß ein spöttisches Lachen hervor. »Diese Möglichkeit habe ich immer verdrängt. Ich bin nicht masochistisch veranlagt und hole mir meinen eigenen Mörder aufs Land.«

»Woher weißt du das? Das mit der Exhumierung, meine ich.«

»Ach, das habe ich im Vorbeigehen von meinen Farmarbeitern aufgeschnappt.«

Ihr Ton traf Jill ins Herz. Greta klang einsam, verzweifelt und unsicher, und Jill sah sie vor sich. Als Frau allein in dem weitläufigen Haus, das Gewehr immer griffbereit, hinter meterhohen Zäunen, wie im Gefängnis. Tag und Nacht auf jedes Geräusch lauschend, immer in Angst vor einem Überfall, immer in Angst, dabei umgebracht zu werden. Sie kannte das. Das alles hatte sie selbst durchgemacht. Das hieß massive Schlafstörungen, plötzliche Panikattacken, das vegetative Nervensystem spielte verrückt. Dazu kamen meist noch akute Geldsorgen. Auch der gelassenste Mensch begann da nach einiger Zeit, Gespenster zu sehen. Ihr kam ein Gedanke. »Du hast es also nicht von ihm direkt gehört?«

Die Antwort ließ auf sich warten. »Nein«, kam es schließlich von Greta.

»Könnte es sein, dass deine Arbeiter und Hellfire Streit haben?«

»Du meinst, die wollten Hellfire in die Pfanne hauen?«, rief Greta ungläubig. »Willst du damit sagen, dass Hellfire ein kleines Unschuldslamm ist? Also ehrlich, Jill! Der Mistkerl ist ein Schwerstkrimineller. Wenn er Geld braucht, raubt er Leute aus, wenn er ein Auto will, entführt er eins, und der Fahrer hat noch Glück, wenn er dabei nicht draufgeht. Ach verdammt, das kannst du doch nicht ernst meinen …« Schwer atmend brach Greta ab.

»Natürlich hast du recht. Der Typ ist ein Krimineller, nicht mehr und nicht weniger. Aber hör mir einfach mal zu. Wenn ich genau darüber nachdenke, dann ist mir kein Vorfall zu Ohren gekommen, wo es bei Hellfires Überfällen Tote gegeben hätte. Dir etwa? Oder auch nur Schwerverletzte?«

»Wenn man von Fred absieht …«

»Aber der Mord ist doch nie aufgeklärt worden, oder? Und in dem Fall muss noch immer der Grundsatz jedes Rechtssystems gelten, der da heißt: im Zweifel für den Angeklagten.« Sie biss sich auf die Lippen, war sich nicht sicher, ob sie das sagen sollte, was ihr auf der Zunge lag. Dann aber tat sie es dennoch. »Ihr seid doch mal Freunde gewesen. Du und Hellfire.«

»Das ist eine Ewigkeit …« Greta brach ab. Ihre Hunde bellten im Hintergrund, hoch und aufgeregt, als würden sie einen Eindringling verbellen. »Warte mal kurz, die Hunde drehen gerade durch. Ich muss nachsehen, was da los ist.«

Jill wartete, lauschte dabei Gretas hastigen Schritten, ihren scharfen Befehlen, gab sich jede erdenkliche Mühe, die Bilder zu verscheuchen, die ihr jetzt vor Augen tanzten. Hunde bellten schließlich oft und oft grundlos.

»Da bin ich wieder«, hörte sie Gretas Stimme.

»Was war los?«

»Weiß ich nicht. Es war nichts zu sehen.« Greta dehnte die Worte, als wollte sie noch etwas hinzufügen, tat es jedoch nicht.

Die Leitung sirrte, die Hunde murrten. Jill holte Luft, um irgendetwas zu sagen, was es Greta leichter machen würde, sich aus der Affäre zu ziehen. Vergiss das mit Hellfire, wollte sie gerade sagen, als die Farmersfrau sie unvermittelt unterbrach.

»Na, denn. Auf geht's«, sagte Greta und klang entschlossen.

Eine jähe Unruhe überfiel Jill. Greta neigte zu spontanen Entscheidungen, und die fielen oft drastisch aus. Wenn sie aufgebracht war, preschte sie vorwärts, ohne Rücksicht auf ihre eigene Sicherheit »Wie meinst du das?«

»Ich geh den Kerl suchen, was sonst?«

»Himmel, nein, so hab ich das doch nicht gemeint«, rief Jill, fühlte einen kleinen Stich, weil sie es natürlich genau so gemeint hatte. »Sag mir doch einfach, wo er zu finden ist. Nils und Philani können dann hinfahren und sich mit ihm auseinandersetzen.«

»Es ist höchste Zeit, dass ich die ganze Sache kläre. Es hat keinen Sinn, Vogel Strauß zu spielen. Ich melde mich«, war die knappe Antwort. Ein Klick signalisierte, dass sie die Verbindung unterbrochen hatte.

»Greta … nein, lass das!«, rief Jill.

Aber die Leitung blieb stumm.

Jill starrte ins Leere. Was hatte sie da nur angerichtet? Sie war hin- und hergerissen zwischen der Erleichterung, dass Greta sich auf die Suche nach Hellfire gemacht hatte, und der Befürchtung, dass ihre Freundin sich ihretwegen in große Gefahr begab. Instinktiv wählte sie Nils' Nummer, wie immer, wenn sie unsicher, traurig oder durcheinander war.

»Es gibt ein Problem«, sagte sie, als er sich meldete, und erklärte ihm aufgeregt, was Greta vorhatte.

»Greta weiß genau, was sie tut«, war sein einziger Kommentar. »Ich bin schon auf dem Weg nach Hause.«

Mit sanftem Rauschen fing es wieder zu regnen an. Jill flüchtete sich ins Haus, ins Geschichtenzimmer, das Herz von Inqaba. Um diesen Raum hatte Johann Steinach sein Haus gebaut. Eine Wolke Honigduft vom Bienenwachs, mit dem die Holzdielen poliert waren, vermischt mit dem Geruch nach alten, ledergebundenen Büchern, die in der hohen Luftfeuchtigkeit Schimmel angesetzt hatten, stieg ihr in die Nase. Und für einen Augenblick war es ihr vergönnt, zurück in ihre helle Kinderwelt zu schlüpfen.

Doch die Illusion währte nur ein paar Atemzüge lang. Dann

landete sie wieder in der Gegenwart, in der es Menschen gab, die ihr und ihrer Familie mit dem Tod drohten.

Sie setzte sich im Schneidersitz auf den Boden, wie sie es schon als Kind immer getan hatte, wenn sie nachdenken musste, lehnte sich an das deckenhohe Bücherregal und starrte durch die offene Glastür hinaus in die silbrige Regenwelt. Noch hatte das Unwetter nicht seine volle Stärke erreicht. Ein einzelner Sonnenstrahl schaffte es, die Wolken zu durchdringen, und brachte eine rosa Bougainvilleadolde und das wellige, grüne Land im Hintergrund zum Glühen. Die Wirkung war prächtiger als das schönste Gemälde, und sie konnte sich daran nicht sattsehen. Ihr Land. Wie konnte es hier so herrlich sein und konnten gleichzeitig so grauenhafte Dinge geschehen? Zum wiederholten Mal waren diese beiden Welten so weit auseinandergedriftet, dass sie nicht mehr von Ufer zu Ufer sehen konnte.

Der Sonnenstrahl verlosch. Die Bougainvillea verglühte, ihr Land versank wieder im Grau.

Der Brief des Erpressers drängte sich erneut in ihre Gedanken. Sie suchte in der Tasche ihrer Shorts danach, fand ihn aber nicht. Offenbar hatte sie ihn im Büro vergessen. Sie stand auf und ging in ihr Büro. Überall suchte sie. Auf ihrem Schreibtisch, unter dem Schreibtisch, sie suchte den gesamten Boden ab und schließlich die Schränke. Aber sie fand ihn nicht. Beunruhigt versuchte sie sich ins Gedächtnis zu rufen, was sie getan hatte, bevor sie aus dem Zimmer gerannt war, um Nils anzurufen. Es fiel ihr nicht ein.

Dennoch musste sie auf der Stelle etwas unternehmen, um herauszufinden, wer hinter dieser Aktion steckte. Sie griff ihren Regenschirm und rannte zum Weg, der in das Dorf des Dlamini-Clans führte.

Jonas fing seine Chefin ab, als sie an seinem Büro vorbeistürmte. »Jill!«

»Keine Zeit!« Ohne sich umzusehen, hastete sie weiter.

Jonas lehnte sich weit aus dem Fenster. »Solltest du aber, es ist wichtig«, rief er hinter ihr her.

Jill zögerte kurz und drehte sich dann mit deutlicher Ungeduld um. »Was ist? Mach es kurz, bitte. Ich habe es wirklich eilig.«

»Sicher. Aber du solltest ins Büro kommen. Was ich dir zu sagen habe, ist nur für deine Ohren bestimmt.«

»Und für meine, nehme ich doch an«, warf Nils ein, der von beiden unbemerkt durch den Blättertunnel gekommen war.

Jonas sah ihn über Jills Schulter an. »Und für deine, selbstverständlich. Wenn die Chefin nichts dagegen hat.«

»Was ist denn so geheim? Hast du dich etwa mit einem anderen herumgetrieben? Hi, Honey«, fügte er leise hinzu und küsste sie.

»Nils, gut, dass du da bist. Ich wollte ins Dorf gehen, um mich umzuhören, wer … na ja, du weißt schon.« Ihr schneller Seitenblick streifte Jonas.

»Das wird nicht nötig sein.« Jonas trommelte mit einem Bleistift auf seinen Tresen.

Jill starrte ihn an. »Was heißt das?« Ihre Nervosität flackerte wieder auf. Was veranlasste Jonas zu einer solchen Aussage?

Jonas erhob sich und öffnete die Tür zu seinem Büro. »Was ich zu sagen habe, geht niemanden außer euch etwas an.« Er verschwand in dem Zimmer, und gleich darauf öffnete sich die Tür neben dem Tresen, und er steckte seinen Kopf heraus. »Nun kommt schon!«

Von Nils sanft geschoben, trat Jill widerwillig ein. Jonas schloss die Tür und setzte sich hinter seinen Schreibtisch.

»Also? Raus damit. Was ist so geheim?«, fragte Jill und sah ihren alten Freund herausfordernd an.

»Prisca kam vorhin zu mir. Sie hatte im Haus geputzt und dabei den Zettel gefunden, den ich dir vorhin gegeben habe. Erinnerst du dich?«

»Natürlich«, fauchte Jill und stellte sich vor, wer inzwischen alles von der Erpressung wusste. Sie würde sich Prisca nachher mal vornehmen. Diesen Zettel hätte sie ihr – und nur ihr – geben dürfen, auf der anderen Seite hätte sie sich selbst in den Hintern treten können, dass sie ihn nicht weggeschlossen hatte.

»Sie hat ihn gelesen«, fuhr Jonas fort, »und sie hat das einzig Richtige getan, sie hat ihn nicht herumliegen lassen oder in den Müll geworfen, wo ihn jeder hätte finden und lesen können, sondern sie hat ihn mir gebracht. Und ich habe ihn gelesen. Seitdem habe ich mich ein bisschen umgehört.«

Weder Nils noch Jill unterbrachen ihn, sondern hörten ihm hoch konzentriert und zutiefst beunruhigt zu.

»Na ja, Jilly, du weißt ja ...«, Jonas formte wieder eine Brille mit Zeigefinger und Daumen, »und meine Ohren hören alles.« Er hob die Hand, als Jill den Mund aufmachte, um etwas zu sagen. »Warte, ich bin noch nicht fertig. Ich habe etwas gehört. Einer von Hellfires Gang ist ein Mann namens Wiseman, und er gehört zum äußeren Kreis meiner Familie. Kann prima mit kaputten Autos umgehen, hat aber vor Monaten angefangen, Tik zu rauchen. Die Auswirkungen kannst du dir ja vorstellen, und auch, dass er ständig Geld braucht.«

Jill hatte sich langsam auf einen der Stühle niedergelassen, die vor Jonas' Schreibtisch standen. Nils setzte sich auf den anderen und nahm ihre Hand. »Und du meinst, dieser Wiseman hat deswegen den Erpresserbrief geschickt?«

Jonas lächelte, dass sein Goldzahn blinkte. »Ich weiß es.«

»Woher?«

Jonas zuckte mit den Schultern und lächelte noch immer.

Nils sprang auf. »Okay, gut gemacht, Jonas. Wo können wir den Kerl erwischen?« Sein Körper war angespannt, die Stirn kampfeslustig gesenkt. Es war für Jill klar, dass Wiseman keine Chance haben würde, sollte Nils ihn zwischen die Finger bekommen.

Jonas antwortete nicht, sondern schaute auf einen Punkt im Nichts.

Jill drückte Nils' Hand und machte ihm ein Zeichen, sich zu gedulden. Sie warteten.

Endlich wanderten Jonas' Augen zurück zu ihnen. »Überlass ihn mir, Jilly. Geh nach Hause, hol deine Kinder von Angelica zurück und vergiss die Sache. Ich werde mich darum kümmern.«

Nach einem intensiven Blickwechsel nickte Jill und zog Nils hoch. »Du sagst mir Bescheid?«, sagte sie zu ihrem alten Freund.

»Ich sag dir Bescheid«, antwortete Jonas und lächelte sein schönstes, goldzahnblitzendes Lächeln.

Jill und Nils verließen sein Büro Hand in Hand. »Ich möchte nicht wissen, was er mit Wiseman macht«, raunte sie leise ihrem Mann zu, als sie den Weg zu ihrem Haus einschlugen.

»Hm«, machte er. »Aber ich bin froh, dass Jonas sich darum kümmert. Wir hätten eigentlich nur die Wahl, zur Polizei zu gehen – und das wäre im Hinblick auf die Sache mit Silke Ingwersen und dem Hangman schwierig –, oder wir könnten ihn uns selbst vornehmen, und das wäre gar nicht gut. Das kann nur in einer Situation enden, die ich mir nicht einmal vorstellen möchte. Gott sei Dank, dass es Jonas gibt.«

Ja, dachte Jill und schämte sich, dass sie an Jonas gezweifelt hatte.

Aber wie hatte Jonas so schnell herausbekommen können, wer hinter der Erpressung steckte? Der Gedanke machte sich in ihrem Kopf breit, bevor sie ihn verhindern konnte.

Sie drückte ihn weg.

Im Haus angekommen, rief sie Angelica an. Ihre Freundin bat, die Kinder noch zum Abendessen behalten zu dürfen, berichtete, wie viel Spaß die beiden mit Michaela hätten und dass sie lieb und fromm wie Lämmer seien.

»Ich habe doch prophezeit, sie fressen mir aus der Hand.«

Jill lachte, bezweifelte das ernsthaft, aber natürlich stimmte sie erleichtert zu.

Arm in Arm stand sie nun mit Nils an der offenen Glastür und schaute auf ihr Land. Der Regen hatte praktisch aufgehört, und unter dem zarten Wasserschleier verlief das Grün der Hügel wie mit Aquarellfarben gemalt im Kobaltblau der Ferne. Die Schönheit trieb ihr die Tränen in die Augen.

Nur ein paar hundert Meter von Greta Carlssons Farm entfernt stand Silke da, hielt noch immer die Tüten mit dem Essen in den Händen und überlegte fieberhaft, wie sie heil aus dieser Situation herauskommen konnte. Weglaufen war nicht möglich. Die drei Zulus bildeten mittlerweile einen so engen Kreis um sie, dass sie den Rauchgeruch in ihrer Kleidung riechen konnte.

Trotzig hob sie ihr Kinn und sah Hellfire in die Augen. »Ich habe euch Mittagessen mitgebracht. Mopaniraupen und Bunny Chow.« Das Wasser lief ihr aus den Haaren übers Gesicht, kitzelte ihr den Rücken herunter, und sie musste den Impuls unterdrücken, sich dort zu kratzen.

Hellfires Augen leuchteten ungläubig auf. »Mopaniraupen? Du hast Mopaniraupen gekauft?« Er griff nach einer Plastiktüte und schaute hinein. »Mopaniraupen«, rief er, öffnete einen Behälter, steckte den Finger in die Soße und leckte ihn ab. Er schnalzte mit sichtlichem Vergnügen. »Das ist gut! Mit Tomatensoße. Und Bunny Chow.« Er hob eine Tüte mit dem gefüllten Weißbrot heraus.

Ihr Geschenk stellte sich als voller Erfolg heraus, und Silke fiel ein Stein vom Herzen. Jeder nahm mit breitem Grinsen einen Behälter mit Mopaniraupen und Bunny Chow entgegen

»Den letzten bewahren wir für Wiseman auf. Der hat irgendwo anders geschäftlich zu tun, sagt er«, erklärte Hellfire. »Wir setzen uns zum Essen in den Wagen. Komm mit, Silke. So heißt du doch, oder?«

Sie nickte und folgte ihm, weil ihr gar nichts anderes übrig blieb. Hellfire hielt ihr die Beifahrertür auf. Noch ganz zittrig von der Aufregung, kletterte sie hinauf. Der Dicke und sein Kumpan setzten sich zu dem Mann, der auf der Rückbank auf einem Notebook herumtippte. Hellfire reichte ihm eine der Plastiktüten nach hinten. Verblüfft klappte der Mann den Computer zu, nahm das Essen entgegen. Er fischte eine Raupe heraus, biss ein Stück ab und klickte kauend ein paar Worte auf Zulu.

Dabei wanderte sein Blick auf eine Art über Silke, dass ihr kalte Schauer über den Rücken krochen. Sein Gesichtsausdruck erinnerte sie an eine Raubkatze, die Beute erspäht hat. Was für ein Klischee, dachte sie, aber hier in der afrikanischen Wildnis konnte sie einfach nicht anders, als Vergleiche aus der Tierwelt heranzuziehen.

»Bist du mit dem Auto gekommen?«, fragte Hellfire sie mit vollem Mund.

Sie straffte ihre Schultern. »Ja. Ich habe es nahe der Straße geparkt, und wie ich sehe, habt ihr jetzt ja auch eins«, setzte sie todesmutig hinzu. »Und eine Kamera und neue Klamotten, die euch nicht passen.«

Die vier Schwarzen hörten abrupt auf zu essen und fixierten sie. Ihr schoss das Blut ins Gesicht, und später konnte sie nicht erklären, welcher Teufel sie geritten hatte. Sie wurde wütend. »Ihr habt jemanden überfallen. Die Sachen sind alle gestohlen, das kann ich sehen.«

Hellfire schluckte seinen Bissen herunter. Dann musterte er sie mit leichtem Lächeln. »Jemanden überfallen? Ja, das haben wir«, gab er seelenruhig zu. »Einen reichen, weißen Farmer und seine dicke Frau. Wir haben ihnen ihr Auto genommen, ihre Kamera, den Computer, einen Koffer mit Kleidung und ihr Geld.« Er grinste breit.

Eine lange, abgrundtiefe Pause entstand.

Silkes Blick fiel auf das Gewehr, das auf der Ablage befestigt war, und die Pistole, die Hellfire auf der Zwischenkonsole neben ihr abgelegt hatte. »Und ihr Leben?«, presste sie mühsam hervor.

»Nein, nicht ihr Leben«, erwiderte Hellfire sanft. »Nur ihren Besitz, das, was wir mit unseren Händen fassen können.«

»Und woher kommt das?«, flüsterte sie und zeigte auf die frischen Blutflecken auf dem Hemd des Mannes mit dem Clownsgesicht.

Der rieb träge grinsend über die Flecken. »Ach, das ist nichts. Der Typ hat nur ein bisschen Nasenbluten gekriegt.«

Hellfire wischte sich mit dem Zipfel seines T-Shirts die Tomatensoße vom Kinn und betrachtete Silke lange. »Wir haben keine Jobs«, erklärte er ihr schließlich. »Niemand in dieser Gegend hat Jobs. Es gibt nichts für uns zu tun. Wovon sollen wir leben? Wir hungern, und von dem Wasser, das wir trinken müssen, werden wir krank, unsere Familien hungern und sind krank, also nehmen wir uns von denen, die mehr haben als wir. Außerdem haben die dicke Versicherungen«, ein spöttisches Lächeln umspielte seine vollen Lippen, »denen sie dann erzählen, dass wir ihnen die goldene Rolex, große Diamantenklunker ihrer Frauen, teure Handys, Kameras und Tausende von Rand geklaut haben, auch wenn sie nur Kleingeld hatten, ihre Uhren aus rostfreiem Stahl waren und der Schmuck ihrer Frauen billiges Geglitzer aus dem Supermarkt. Die melken die Versicherungen wie Kühe, ein beliebter Sport unter den Reichen Südafrikas. Die sind heutzutage übrigens nicht immer weiß.«

Sprachlos, beschämt, starrte sie ihn an, und ganz langsam dämmerte es ihr, dass sie sich das Leben dieser Männer und ihrer Familien mit ihrem europäischen Kopf nicht vorstellen konnte. Höchstens die Geschichten über die Zustände in Deutschland nach dem Krieg, die sie als Kind gehört hatte, kamen dem nahe.

»Bist du verheiratet?«, platzte sie heraus und biss sich sofort auf die Lippen.

Hellfire lachte amüsiert. »Eine Frau kostet viel Geld, mindestens neun Kühe, besser sind zehn oder zwölf. Wenn ich die Kamera und das Notebook verkaufe, kriege ich dafür vielleicht vier Kühe. Nicht genug. Der Preis, den ich für das Auto bekommen könnte, würde reichen, aber meine Freunde müssen auch ihren Anteil abbekommen.«

»Wie heißen deine Freunde?«, fragte Silke und sah einen nach dem anderen an.

Der Mann mit dem Computer hieß Samuel, der mit dem Clownsgesicht Meatball, der Muskulöse mit dem kahl rasierten Schädel Prince.

Meatball grinste über das ganze Gesicht, Prince schnitzte mit seinem Panga an einem Stock herum, und Samuel erwiderte ihren Blick ausdruckslos.

Silke antwortete mit einem unsicheren Lächeln.

»Warum bist du wiedergekommen?« Hellfire beäugte sie forschend.

Silke zuckte zusammen. Fast hätte sie vergessen, was sie eigentlich von den Zulus wollte. Stockend berichtete sie, was ihr und Marcus im Wildreservat zugestoßen war.

»Ein Ranger?«, rief Hellfire aus. »Wie sah er aus?«

Sie beschrieb Mandla. »Napoleon de Villiers sagte ...« Sie unterbrach sich. »Kennt ihr den?«

Hellfire nickte kaum wahrnehmbar, die verschlossenen Gesichter der drei anderen zeigten keine nennenswerte Regung.

»Also, ich habe mit Napoleon de Villiers gesprochen«, fuhr sie fort, »und er hat mir gesagt, dass er Mandla heißt.«

Bei dem Namen Mandla huschte ein ungläubiger Ausdruck über Hellfires Gesicht. »Mandlà?«, wiederholte er mit korrekter Betonung.

»Genau, ich muss ihn finden, ich muss meinen Mann finden, ehe es zu spät ist.« Dass Marcus der Sohn des Hangman war, verschwieg sie. Natürlich.

Sie wartete, aber der Zulu schien in Gedanken versunken. Er wischte mit der letzten Mopaniraupe den Rest der Tomatensoße auf und steckte sie in den Mund. Silke nahm an, dass er sich nicht ganz schlüssig war, ob er ihr, der weißen Touristin, helfen sollte. »Ich bin sehr erstaunt«, sagte Hellfire unvermittelt, »warum sollte Mandla Silongo deinen Mann entführt haben? Ich kenne Mandla. Er ist ein guter Mann. Er hat eine schwere Zeit gehabt.« Er hob den Kopf und sah ihr in die Augen. »Sag mir den Grund. Sonst kann ich dir nicht helfen.«

Silke war sich sicher, dass das keine leere Drohung war. Sein Blick war abweisend, seine Miene verschlossen. Verunsichert dachte sie nach. Hellfire war ihre einzige Chance, Marcus zu finden. Erzählte sie ihm nicht die Wahrheit über Marcus und den Hangman, würde er ihr nicht helfen. Wie er reagieren würde, wenn sie es ihm erzählte, konnte sie nicht abschätzen. Aber sie überlegte nur kurz, dann traf sie eine Entscheidung.

»Marcus ist der Sohn von Henri Bonamour. Ich glaube, hier wird er der Hangman genannt.«

Es war, als hätte sie eine Bombe geworfen. Hellfire starrte sie an. »Der Hangman?«, krächzte er. »Er ist hier?«

»Der Hangman? Nein, er lebt in Deutschland. Sein Sohn, der nichts mit dem zu tun hat, was sein Vater getan hat, ist hier. Geschäftlich.«

»Dein Mann ist sein Sohn. Ein Sohn tut, was sein Vater sagt«, erwiderte Hellfire mit lauerndem Ausdruck. »So ist es.«

Silke wischte die Bemerkung mit einer Handbewegung beiseite. »Marcus ist nicht wie sein Vater. Er ist ganz anders, er ist ein guter Mann«, sprudelte es aus ihr heraus, dann zügelte sie sich. Ihr würde der Zulu wohl nicht glauben. Es gab nur einen, an den sie sich wenden konnte. »Du kennst Napoleon de Villiers?«

»Ich habe von ihm gehört«, war die vorsichtige Antwort.

Also kannte er de Villiers, dachte Silke und kratzte in Gedanken das zusammen, was sie über die Verbindung von de Villiers zu Mandla und diesem Pienaar gehört hatte. »Mr. de Villiers kennt Mandla«, begann sie und wählte ihre Worte mit Bedacht. »Beide waren zur selben Zeit in Angola, und beide fielen einem Mann namens Len Pienaar in die Hände.«

Erleichtert stellte sie fest, dass dieser Name Hellfire und auch Meatball etwas sagte, dessen Clownsgesicht schlagartig jede Fröhlichkeit verlor.

»Marcus war so schockiert von Pienaars Grausamkeiten gegen seine Gefangenen, dass er versucht hat, ihn zu töten. Pienaar hat ihn daraufhin schwer misshandelt. Marcus war auf der Seite von Mandla«, setzte sie verzweifelt hinzu, weil außer heißen Blicken keinerlei Reaktion von den Zulus kam. »Napoleon de Villiers kann das bezeugen. Marcus' Name damals war …«, sie zögerte, fing Hellfires Blick ein, »Twani, man nannte ihn Twani«, vollendete sie den Satz.

»Eh«, sagte Hellfire. Sonst nichts. Seine Miene war vollkommen ausdruckslos, sein Blick verschleiert.

Für Silke war es offensichtlich, dass er ihr nicht glaubte. Schweigend zog sie ihr Handy hervor und wählte Napoleons Nummer. Als sie seine Stimme vernahm, meldete sie sich und erklärte ihm mit kurzen Worten, worum es ging, erklärte ihm auch, was sie von Hellfire wollte.

»Lass mich mit diesem Hellfire sprechen«, sagte de Villiers.

Silke hielt dem Zulu das Telefon hin. »Mr. de Villiers will mit dir reden.«

Nach kurzem Zögern nahm Hellfire das Telefon und führte auf Zulu ein knappes Gespräch mit Napoleon de Villiers.

»Was du sagst, stimmt«, meinte er anschließend und reichte ihr das Handy.

Silke hatte eine plötzliche Eingebung. »Bitte warten Sie eine Sekunde«, rief sie de Villiers übers Telefon zu und packte Hellfire am Arm. »Hast du Mandlas Telefonnummer? Kannst du ihn erreichen?«

Als Hellfire nickte, hätte sie vor Erleichterung fast losgeheult.

Der Zulu rief die Nummer auf und las sie ihr laut vor. Silke teilte sie de Villiers mit.

»Bitte rufen Sie Mandla an. Mir wird er ganz bestimmt nicht glauben.«

»Mach ich«, versicherte ihr de Villiers und unterbrach die Verbindung.

Ein Hoffnungsfunke flammte in ihr auf, der gleich darauf wieder in sich zusammenfiel. Auch ein Anruf von Napoleon de Villiers bei Mandla garantierte ihr nicht, dass Marcus keine Gefahr mehr von ihm drohte. Wenn Mandla buchstäblich durch seine Erlebnisse verrückt geworden war, würde auch Napoleon de Villiers ihn in seiner dunklen Welt nicht mehr erreichen. Außerdem wusste sie nicht einmal, ob Marcus überhaupt noch am Leben war. Langsam steckte sie ihr Telefon wieder ein.

Hellfire hatte sich inzwischen seinen Genossen zugewandt und ratterte ein paar Sätze auf Zulu herunter, woraufhin die ihrerseits Silke mit steinernem Ausdruck anstarrten. Hellfire kaute auf einem Fingernagel, beobachtete sie dabei aber scharf.

»Und jemand erpresst die Eigentümerin der Lodge Inqaba damit, dass ich bei ihr ein Zimmer gemietet habe«, sagte sie in dem Bemühen, dem Zulu eine Reaktion zu entlocken.

Hellfire ließ seinen Fingernagel in Ruhe. »Was?«

»Irgendein Verrückter weiß, dass Marcus der Sohn von Henri Bonamour, dem Hangman, ist, behauptet obendrein, dass ich dessen Tochter bin. Er bedroht die Chefin von Inqaba, weil ich bei ihr wohne. Anscheinend will er das Wasser von Inqaba vergiften, wenn sie ihm nicht eine große Summe zahlt.« Angespannt wartete sie auf die Wirkung der Aussage.

Der Zulu wechselte einen Blick mit seinen Freunden.

»Wiseman«, knurrte Prince und fuhr mit dem Daumen über die blanke Schneide seines Pangas.

Hellfire nickte, aber Silke hatte keine Ahnung, von wem die Rede war. »Der Mann verlangt Geld«, fuhr sie in der verzweifelten Hoffnung fort, die vier Zulus irgendwie dazu zu bewegen, ihr zu helfen. Und zwar schnell. Ihr Bauchgefühl sagte ihr, dass ihr nur noch wenig Zeit verblieb.

Dass Marcus nur noch wenig Zeit verblieb.

Ihr wurde schlecht.

»Ich bezahle euch dafür«, platzte sie heraus. Der Reichtum eines Zulus wurde in der Anzahl seiner Kühe bemessen, das hatte sie mitbekommen, und auch, dass ein Mann in diesem Land eine bestimmte Anzahl von Kühen als Brautgeld für seine zukünftige Frau zahlen musste. »Was kostet eine Kuh?«, fragte sie.

In Hellfires Augen blitzte es auf. Mit kalkulierender Miene musterte er sie. »Fünftausend Rand … mindestens.«

In etwa waren das fünfhundert Euro. Sollte sie das jedem zahlen? Insgesamt zweitausendfünfhundert Euro? Fünfundzwanzigtausend Rand. In Gedanken überschlug sie die Summe, die ihre Kreditkarte noch hergeben würde. Viel Luft hatte sie nicht mehr. Aber das war egal. Marcus' Leben war schließlich nicht mit Geld zu berechnen.

Irgendwo hatte sie gehört, dass der Mindestlohn hier in etwa bei eintausendachthundert Rand im Monat lag. Vor Steuern und anderen Abgaben. Dafür konnte man höchstens eine halbe Kuh bekommen. Das zumindest gab ihr ein Gefühl für das Verhältnis. »Zehntausend Rand für jeden«, sagte sie schnell. »Bar.«

Die Reaktion war sehenswert. Etwas wie Schock spiegelte sich auf den dunklen Gesichtern. Angespannt lehnten sich die Männer vor.

»Zehntausend Rand? Für jeden?« Hellfires Augen glitzerten.

Sie nickte. »Für jeden.« Damit hatte sie die ungeteilte Aufmerksamkeit der Zulus.

»Wann?«

Sie verbarg ihre Verunsicherung. Feilschen konnte sie, aber in ihrem bisherigen Leben war es höchstens um den Preis in der Größenordnung eines Kleidungsstücks gegangen. Hier pokerte sie um Marcus' Leben. Ihr wurde die Kehle eng. »Wenn Marcus frei ist«, sagte sie mit fester Stimme.

Prince streckte ihr seine Pranke hin. »Ich will deine Kreditkarte. Ich werde sie für dich verwahren.«

Silkes Gedanken überschlugen sich. Vermutlich würde der Mann von ihr die PIN-Nummer verlangen und auf dem kürzesten Weg zum nächsten Geldautomaten marschieren, um ihr Konto restlos leer zu plündern.

Dann allerdings fiel ihr ein, dass sie noch eine Karte hatte, von der sie nicht mit einer PIN-Nummer abheben konnte, sondern mit ihrer Unterschrift quittieren musste, und ihre Unterschrift war vergleichsweise schwer zu fälschen. Das hatte bereits jemand versucht und war dankenswerterweise kläglich gescheitert.

»Okay.« Sie hielt ihm die Karte hin.

»Wozani, kommt«, rief Hellfire und sprang aus dem Auto.

Seine Genossen und auch Silke folgten ihm. Nach einer kurzen, aber sehr lebhaften Diskussion mit seinen Genossen nahm Hellfire Samuel den Computer aus der Hand und bedeutete Prince und Meatball, die Umhängetasche, die leeren Geldbörsen und alles andere, was verräterisch herumlag, in eine Plastiktüte zu stecken und in sicherer Entfernung von der Feuerstelle zu vergraben. Auch den Computer wickelte er in Plastik ein, verschwand damit jedoch in der Hütte. Als er wieder herauskam, waren seine Hände leer.

»Wozani!«, rief er noch einmal, nahm Silke bei der Schulter und schob sie zum Wagen.

»Ich fahre mit meinem Auto.«

»Das dauert zu lange, wir müssen uns beeilen.«

Fünf Minuten später schnurrte der geklaute Geländewagen, der das neueste Modell von Mercedes war, über den Highway. Silke betete, dass der Bankmanager in München die Karte nicht sofort sperren würde, falls Prince sich nicht an sein Wort halten sollte und versuchen würde, Geld abzuheben, bevor Marcus gerettet war.

Minuten zuvor war Greta Carlsson nicht weit von ihnen entfernt aus ihrem alten Landrover gestiegen. Es hatte aufgehört zu regnen, die Sonne kämpfte sich durch die restlichen Wolken. Es war brütend heiß, wie immer um diese Jahreszeit. Manchmal wurde ihr das Klima einfach zu viel. Es machte müde und lethargisch, und in solchen Phasen war sie versucht, alles hinzuwerfen. Die Farm an den höchsten Bieter zu verkaufen, ihre Sachen zu packen und …

An diesem Punkt jedoch lief sie immer gegen eine Wand. Wohin sollte sie gehen? Nach Europa? Amerika? Australien, wie so viele Südafrikaner, die ein sichereres Umfeld suchten? Bis jetzt hatte sie für sich keine Lösung gefunden und wurschtelte sich weiter durch ein Leben, das ihr alles abverlangte. Mut, Kraft, Durchhaltevermögen. Und eine sehr robuste Gesundheit.

Sie wischte sich das verschwitzte Haar aus der Stirn und verfrachtete ihren Hund in den vergitterten hinteren Teil des Autos. Das Gewehr aber nahm sie mit. Natürlich. Sie ging nie unbewaffnet aus dem Haus. Bevor sie den Wagen leise verschloss, ließ sie alle Fenster um einige Zentimeter herunter und kraulte den Bullterrier beruhigend hinter den Ohren. Der Hund zeigte alle Anzeichen von Erregung, gab aber keinen Laut von sich. Er war gut abgerichtet.

Mit dem Gewehr über der Schulter machte sie sich auf den Weg durchs Gestrüpp. Sie wusste genau, wohin sie gehen musste, und es dauerte nicht lange, bis sie die Plastikhöhle von Hellfire und seiner Gang durch die Zweige schimmern sah. Von den Zulus entdeckte sie zwar keine Spur, doch von irgendwoher drangen Stimmen zu ihr herüber. Lautlos, auf Deckung bedacht, bewegte sie sich weiter. Es war ja nicht unbedingt nötig, dass sie von einem der Männer überrascht wurde. Schon gar nicht von Hellfire. Sie traute ihm nicht über den Weg, egal, was Jill Rogge sagte.

Zu ihrem Erstaunen vernahm sie auf einmal eine Frauenstimme. Sie war sich sicher, dass sie einer Weißen gehörte. Schwarze Stimmen hatten ein anderes Timbre. Tiefer, rauer, aber auch wärmer. Ungebeten mischten sich Erinnerungen an frühere Zeiten in ihre

Gedanken, als sie noch klein gewesen war und Hellfire ihr einziger Freund. Vorsichtig schob sie ein paar Zweige beiseite und lehnte sich vor.

Die vertraute Gestalt Hellfires erblickte sie sofort. Er stand mit dem Rücken zu ihr und redete auf drei Männer ein. Es waren seine Kumpane, wie sie sofort feststellte. Den kleinen Dicken und den Jüngeren mit den Muskelpaketen hatte sie erst kürzlich dabei erwischt, wie sie sich im Morgengrauen mit einer ihrer trächtigen Ziegen aus dem Staub machen wollten. Mit einem gezielten Schuss vor die Füße hatte sie die Diebe schnell dazu überredet, die Ziege loszulassen und die Farm schleunigst zu verlassen. Der Vierte im Bunde war ein großspuriger, insolenter Rüpel, mit dem sie sich auch schon mehrfach angelegt hatte. Sie seufzte.

Auf den zweiten Blick fiel ihr auf, dass die Kerle sich neu eingekleidet hatten, und von der Tatsache, dass die Klamotten nicht für sie gemacht schienen, schloss sie schnell, dass sie jemanden überfallen hatten. Sie packte ihr Gewehr fester, wünschte sich für einen sehnsüchtigen Moment, dass Fred bei ihr wäre und sie sich mit diesen kriminellen Scheißkerlen nicht allein auseinandersetzen müsste. Fred war körperlich sehr imposant gewesen. Wie ein Felsen hatte er den Zulus getrotzt. Der schwarzen Flut, wie er das nannte. Wie so oft, wenn sie sich allein fühlte, konnte sie seine Stimme hören.

»Das ist mein Land«, hatte er immer gesagt. »Es war das Land meines Vaters und meines Großvaters und dessen Vater davor. Hier bleibe ich, bis ich sterbe.«

Und so war es geschehen. Vor drei Jahren war er unter den Hieben eines Hackschwerts gestorben. Hellfires Gang war das gewesen, das hatte sie bisher immer geglaubt. Jills Argumente hatten zwar einige Zweifel an Hellfires Schuld gesät, aber wer sonst sollte es gewesen sein?

Einer der Farmarbeiter vielleicht? Oder irgendein Gangster, der Geld brauchte? Jemand aus Freds Umfeld, der ihn gehasst hatte, aus welchem Grund auch immer? Jemand, der einfach Weiße hasste?

Sie musste einsehen, dass sie sich möglicherweise – wohlgemerkt, wirklich nur möglicherweise – geirrt hatte. Noch war sie nicht bereit, Hellfire aus Mangel an Beweisen freizusprechen.

Gerade in diesem Moment trat Hellfire beiseite und gab den Blick auf eine weitere Person frei. Erst traute sie ihren Augen nicht, dann aber war sie sich sicher. Es war tatsächlich diese verrückte Deutsche, diese Silke. Verblüfft beobachtete sie die Gruppe. Es war ihr ein Rätsel, warum die Frau hier war. Wollte sie einen ethnischen Erlebnistag mitmachen? In die Eingeborenenkultur eintauchen? Zuzutrauen wäre es ihr, dachte sie, ehe ihr wieder einfiel, was ihr Jill über die Entführung von Silkes Verlobtem erzählt hatte. Und das warf ein ganz anderes Licht auf die Situation. Sie nahm ihr Gewehr von der Schulter, entsicherte es und spähte aufmerksam hinüber.

In diesem Moment packte Hellfire Silke an der Schulter und schob sie vor sich her. Wurde sie hier gerade Zeuge einer weiteren Entführung? Alarmiert legte Greta den Finger auf den Abzug, aber es blieb ihr keine Möglichkeit mehr zu handeln. Hellfire stieß die Deutsche zu einem Geländewagen, den Greta vorher nicht bemerkt hatte, und verfrachtete sie auf den Beifahrersitz, während seine Genossen sich auf dem Rücksitz breitmachten. Der Motor wurde gestartet, und Hellfire setzte zurück.

Greta wartete nicht darauf, bis er gewendet hatte und losgefahren war. Sie rannte zurück zu ihrem eigenen Wagen, warf sich hinein und folgte den Zulus mit aufheulendem Motor. Von hier aus gab es nur einen Weg, und der führte auf den Highway, und sie kannte eine Abkürzung.

In der Polizeistation klingelte das Telefon auf Captain Sangwesis Schreibtisch. Am Apparat war der Mann aus Pietermaritzburg. Er teilte dem Captain mit, dass der Hangman tot aufgefunden worden sei.

»Er ist den Schwalben in die Berge gefolgt.«

Captain Sangwesi wurde nachdenklich. Das hieß, dass der Hangman Selbstmord begangen hatte. Freiwillig?

»Freiwillig?«, fragte er.

»Natürlich«, entrüstete sich sein Genosse in Pietermaritzburg, aber der sarkastische Unterton war unüberhörbar. »Das Problem hat sich erledigt.«

»Sein Sohn ist noch nicht gefunden worden«, gab Sangwesi zu bedenken.

»Natürlich setzen wir alles daran, den Mann zu finden«, war die salbungsvolle Antwort.

»Natürlich«, sagte Captain Sangwesi zufrieden.

»Bis Sonnabend dann«, verabschiedete sich der Mann mit den vielen Orden.

Captain Sangwesi lehnte sich in seinem Drehstuhl zurück und befahl Sergeant Khumalo, ihm eine Tasse Kaffee zu bringen. Schwarz, mit viel Zucker.

26

Marcus' Blick klebte auf dem Reifen, der dicht vor seinem Gesicht lag. Sein Puls hämmerte ihm in den Ohren. Necklacing. Hinrichtung mit dem »Halsband«. So nannte man es in Südafrika, wenn ein mit Benzin gefüllter Autoreifen einem Menschen bei lebendigem Leib um den Hals gelegt und angezündet wurde. In den Achtziger- und frühen Neunzigerjahren wurden Dutzende Menschen so getötet. Weil sie vermeintliche Polizeispitzel waren oder der Hexerei verdächtigt wurden. Oder weil irgendjemand denjenigen aus dem Weg haben wollte. Neuerdings war diese grausige Methode in den Townships wieder aufgelebt, und die Anzahl der Fälle stieg sprunghaft. Er hatte nicht die Absicht, zu dieser Statistik beizutragen.

Heimlich bewegte er im Rücken Hände und Füße, spannte die Muskeln an, dehnte sie, bis sie sich wieder geschmeidig anfühlten, verlor dabei weder Mandla noch diesen irren Kerl mit der Zöpfchenfrisur aus den Augen. Gleichzeitig sah er sich nach etwas um, was er außer seinen bloßen Händen als Waffe benutzen konnte. Einen größeren Stein, einen dicken Ast, ein Stück Blech. Irgendetwas. Selbst eine Plastiktüte wäre nicht schlecht. Man konnte einen Strick daraus drehen oder sie jemandem über den Kopf stülpen.

Aber so weit sein Blickfeld reichte, erstreckte sich nur lehmiger Matsch. Weich, nass, nichts, womit man einem Angreifer effektiv eins überziehen konnte. Ihm blieben nur seine Hände. Er konnte versuchen, Mandla damit die Augen in den Kopf zu drücken. Wenn er nahe genug an ihn herankam.

Seine Augen glitten zu dem hochgewachsenen Zulu. Der lehnte

bewegungslos, die Arme vor der Brust verschränkt, an der Hütte und beobachtete ihn wie ein Geier, der Aas erspäht hat. Ihre Augen trafen sich, und er war sich sicher, dass Mandla erkannt hatte, was in ihm vorging, denn er verzog seinen Mund zu einem gehässigen Grinsen. Marcus unterdrückte den Impuls, aufzuspringen und ihm an die Gurgel zu gehen. Das Gewehr des Zulus hing an einem Haken griffbereit an der Hüttenwand, und der Knauf seiner Pistole ragte aus seinem Gürtel. Ihm war klar, dass bei einem Buschkämpfer wie Mandla die Reaktionsschnelligkeit im Nanosekundenbereich lag. Er wäre tot, bevor er den Ranger erreicht hatte. Der musste erst näher an ihn herankommen, bevor er eine Chance hatte, ihn zu erwischen.

In diesem Moment jedoch verschwand Mandla in die Hütte und trat die Tür hinter sich zu. Marcus' Adrenalinspiegel stieg. Das bedeutete, dass er noch eine Gnadenfrist hatte, solange er Zöpfchenfrisur, der sich noch immer im Hintergrund herumtrieb, austricksen konnte. Also galt es zu warten. Sein Blick wanderte weiter.

Thoko war nicht mehr zu sehen. Wie ein Schatten war er bei Mandlas Ankunft blitzschnell in Richtung Hütte gehuscht und lautlos verschwunden. Dieses jämmerliche Bündel Mensch mit dem großen Herzen, dem er, wenn er tatsächlich einigermaßen unbeschadet davonkommen sollte, zu einem nicht geringen Teil sein Leben zu verdanken haben würde. Er schwor sich, Thoko zu einem ordentlichen Arzt zu bringen, einem richtig guten plastischen Chirurgen, der sich der grauenvollen Verstümmelungen des kleinen Zulus annehmen konnte. Und wenn – falls – er je wieder in sein altes Leben nach München zurückkehren konnte, würde er seinen Vater zur Rede stellen.

Gott, wie er diesen Mann hasste. Wut schoss in ihm hoch. Der Damm seiner Erinnerungen brach, und alles, was sich aufgestaut hatte, überschwemmte ihn mit schrecklicher Wucht.

Sein Vater war der Teufel, der Menschen kalt lächelnd in den

Tod geschickt hatte. Auf die eine und andere Weise. Er hatte sie nicht nur ins Pretoria Central zur Hinrichtung geschickt, sondern Männern wie Len Pienaar überlassen. Pienaar war Kommandeur einer geheimen Eliteeinheit von Polizeioffizieren gewesen, die auf Vuurplas, der berüchtigten Folterfarm der Geheimpolizei, mit satanischer Grausamkeit politische Gefangene gefoltert und getötet hatten. Es war an der Zeit, ihn endlich zur Verantwortung zu ziehen.

Dafür und auch für Kirsty. Dass er sie ohne Vorwarnung verlassen musste, sich nie wieder melden durfte, hatte ihn jahrelang gequält. Anfangs hatte er mehrmals von München aus ihre Nummer gewählt und sofort wieder aufgelegt, immer die Drohung seines Vaters in den Ohren. Nur einmal war er nicht schnell genug gewesen, und sie hatte sich gemeldet. Der Klang ihrer Stimme hatte ihn umgehauen. Ihm war heiß und kalt geworden, und in einer Art von Kamikazeanfall hätte er um ein Haar alle Vorsicht über Bord geworfen und ihr gesagt, dass er es sei und dass er sie liebe.

Aber Kirsty hatte schon immer ein hitziges Temperament gehabt. Nachdem sie ihn zwei Mal laut, aber vergeblich aufgefordert hatte, sich zu melden, hatte sie ein grobes Schimpfwort durch die Leitung geschleudert und aufgelegt. Das war fast achtzehn Jahre her, und erst Silky hatte die Dämonen verscheucht und ihn erlöst. Kirsty war in seiner Erinnerung zu einem blassen Schatten geworden. Sie gehörte nicht mehr zu seinem Leben.

»Du darfst keinen Kontakt mit irgendjemand aus Südafrika aufnehmen, mit niemandem, der weiß, dass wir aus dem Land stammen«, hatte sein Vater ihn wieder und wieder gewarnt. »Schon gar nicht mit Kirsty Collier. Sie hat schon immer alles herumgetratscht. In kurzer Zeit würden sie uns aufstöbern, und was das bedeuten würde, weißt du, und auch, dass du bis zum Hals mit drinsteckst.« Dann erschien wieder das kalte Lächeln auf dem harten Gesicht.

Ja, sein Vater musste endlich zur Rechenschaft gezogen werden.

Ein Geräusch, das dem einer stotternden Kreissäge ähnelte, riss ihn aus seinen Gedanken. Er blinzelte hoch. Zöpfchenfrisur tanzte mit irrem Lachen um ihn herum wie Rumpelstilzchen, wobei er einen Gegenstand in der Hand hielt, der nach einer Handgranate aussah. Er schaute genauer hin. Es schien tatsächlich eine Eierhandgranate zu sein, und eben versuchte dieser Wahnsinnige, den Ring, der an der Pin befestigt war, über den kleinen Finger zu streifen. Sollte ihm das gelingen, würde ein Ruck genügen, und das Ei würde detonieren. Marcus machte sich bereit, aufzuspringen und den Mann unschädlich zu machen, bevor der Gelegenheit hatte, die Granate scharf zu machen.

Vielleicht aber reißt sich dieser Verrückte auch selbst in der Mitte entzwei, fuhr es ihm durch den Kopf. Wie einst Rumpelstilzchen. Für wenige Sekunden war er abgelenkt.

Aber das genügte.

Es passierte alles so schnell, dass ihm keine Zeit für eine Gegenwehr blieb. Während Rumpelstilzchen vor ihm herumkasperte, war Mandla unbemerkt hinter seinen Rücken geschlichen. Ein harter Schlag traf Marcus hinter dem Ohr, vor ihm explodierten Millionen Sterne, und er konnte sich sekundenlang nicht mehr rühren. Starke Arme umschlangen ihn und schleiften ihn grob über den Boden.

»Das Halsband, das Halsband«, kreischte Rumpelstilzchen.

Hellfire bog vom Highway ab und fuhr einen schmalen Pfad entlang, bis sie eine verwilderte Obstplantage erreichten. Silke blinzelte in den gleißenden Himmel. Dem Sonnenstand nach zu urteilen, lag das Gelände an einem Nordhang.

»Wo sind wir?«

»Auf einer Farm«, antwortete Hellfire. »Gehörte mal einem Apartheid-Weißen.«

Silke fragte nicht, wer der jetzige Besitzer war. Hellfires Ton sagte ihr, dass das Thema brisant sein könnte.

»Ich bin auf dieser Farm aufgewachsen«, hörte sie Hellfire auf einmal leise sagen. »Sie gehörte Iqili Gretas Familie. Es war mein Zuhause.«

Die Bemerkung schien nicht für sie bestimmt zu sein, also schwieg sie, aber in seinen Worten schwang ein Verlangen mit, das ihr Herz berührte, und sie begriff, dass das Verhältnis von Hellfire zu Greta doch wesentlich vielschichtiger zu sein schien, als auf der Oberfläche zu erkennen war. Es war, als hätte der Zulu ihr ein Fenster geöffnet, durch das sie auf sein Leben blicken konnte, seine sorglose Kindheit, die er auf dieser großen Farm mit der Tochter des weißen Eigentümers verbracht hatte, auf die Umstände, die ihn aus diesem Paradies vertrieben und ihn zu dem gemacht hatten, was er jetzt war. Ein schwer bewaffneter Straßengangster, der unter Plastikplanen hauste und seinen Lebensunterhalt mit Raubzügen bestritt.

Dem sie Marcus' und ihr Leben anvertraute. Verwirrt widerstand sie im letzten Moment dem plötzlichen Impuls, ihre Hand tröstend auf seinen Arm zu legen, wie sie es bei Marcus getan hätte.

Geschickt umfuhr der Zulu riesige Schlaglöcher voller Wasser, pflügte mit dem Wagen durch eine Mondlandschaft aus abgeholzten Bäumen, dann wieder rumpelten sie durch verfilztes Gestrüpp, bis eine Lichtung rostrot durch die Zweige schimmerte, auf der von Schlingpflanzen überwucherte Obstbäume standen.

Hellfire parkte unter einem dicht belaubten Baum, an dem zu Silkes Erstaunen flaschenkürbisgroße Avocados hingen. Sie stieg aus und versank bis zu den Knöcheln in einer der rötlich schimmernden Pfützen, die den Boden durchzogen. Prompt sickerte das Wasser durch die Schnürung ihrer Buschstiefel. Sie nahm es nicht einmal wahr. Die Angst um Marcus beherrschte sie mittlerweile vollkommen, machte sie gefühllos für alles andere.

»Ich sehe nichts«, flüsterte sie Hellfire zu. »Bist du sicher, dass Mandla sich hier aufhält?«

Als Antwort zeigte er wortlos einen kaum schulterbreiten Trampelpfad entlang und lief ihr voran. Hastig folgte sie ihm, Meatball, Prince und Samuel taten es ihr nach. Der Boden war aufgeweicht, die Hitze unerträglich, die Luftfeuchtigkeit so hoch wie in einem Dampfbad. Silke lief der Schweiß in die Augen, aber auch das registrierte sie kaum. Niemand sprach. Nur das schmatzende Geräusch ihrer Schritte begleitete sie.

Der Weg vor ihnen beschrieb eine scharfe Kurve, und als sie diese umrundeten, schlug ihnen Benzingeruch entgegen. Schwach, aber Hellfire blieb abrupt stehen, hielt Silke am Arm zurück, stoppte gleichzeitig mit einer Handbewegung seine Freunde. »Vorsicht«, flüsterte er und zeigte nach vorn.

Etwa vierzig Meter vor ihnen öffnete sich der Weg zu einer Lichtung. Der freie Blick war ihnen allerdings durch einen Abfallhaufen und struppiges Gebüsch verwehrt. Der Benzingeruch verstärkte sich, und alles, was Silke denken konnte, war, dass Mandla ein Feuer machen würde, um Marcus …

Sie schnappte nach Luft. Ein weißes Rauschen blockierte ihre Ohren, Lichtpunkte tanzten ihr vor den Augen. Sie hielt es nicht mehr aus, riss sich los und rannte zur Lichtung

Silke entdeckte zwei ineinander verknäulte Gestalten. Einer war ein Zulu in einer verdreckten Tarnuniform, und sie war sich sicher, dass es Mandla war. Sein Widersacher war ein Weißer mit dunkelbraunem Haar. Er war sehr groß, mit breiten Schultern, und strahlte geballte Kraft aus. Aber er war völlig verdreckt und nicht zu erkennen. Es konnte nicht Marcus sein. So groß war er nicht, seine Schultern waren ihr nie auffällig breit vorgekommen, und diese rohe Kraft, mit der der Mann den Ranger im Schwitzkasten hielt, konnte nicht ihrem Marcus gehören.

Der Mann stieß ein Knurren aus, dann einen lauten Fluch. Auf bairisch? Ihr blieb fast das Herz stehen.

»Marcus?«, rief sie unsicher.

Hellfire packte ihre Schulter und hielt sie fest. »Leise«, flüsterte er und deutete nach rechts.

Erst dann fiel ihr Blick auf Wiseman. Er hampelte kichernd umher, schüttete dabei eine Flüssigkeit aus einem Benzinkanister über den Boden, den Scheiterhaufen, die Büsche, spritzte sie in Richtung der beiden Männer. Benzingestank zog ihr in die Nase. In der linken Hand hielt Wiseman einen eierförmigen Gegenstand, den sie auf die Entfernung nicht identifizieren konnte.

»Was … was hat der da in der Hand?«

»Sieht aus wie eine Handgranate«, war Hellfires knappe Antwort.

»O Gott«, wisperte sie.

»Er ist verrückt«, flüsterte der Zulu ihr ins Ohr. »Wenn er sich erschrickt …«

Ihr Blick flog zu Marcus und Mandla. Der Benzinfluss schlängelte sich unaufhörlich näher an die kämpfenden Männer heran, hatte sie jedoch noch nicht erreicht. Ohne Feuer war das Benzin harmlos. Vielleicht war das die letzte Chance.

»Marcus!«, schrie sie auf und riss sich von Hellfire los.

Am äußeren Rand ihres Blickfelds nahm sie wahr, dass Wiseman eine blitzschnelle Pirouette drehte.

»Marcus!«, schrie Silke noch einmal.

Diesmal hatte er sie offenbar gehört. Sein Kopf flog herum. »Silky, hau ab! Renn weg!«

Für einen kostbaren Augenblick starrte Wiseman verwirrt auf Silke, dann auf den Benzinkanister in seiner einen und die Granate in der anderen Hand, als könne er sich nicht entscheiden, wie er es bewerkstelligen sollte, sie scharf zu machen. Schließlich ließ er den Kanister fallen. Benzin schwappte über seine brandneuen Laufschuhe, aber er kümmerte sich nicht darum. Mit beiden Händen packte er die vermeintliche Granate, drückte auf einen Hebel, und eine kleine blaue Flamme sprang hoch.

»Es ist ein Feuerzeug«, flüsterte Hellfire nach einer Schrecksekunde. »Keine Granate.«

»Silky!«, brüllte Marcus. »Lauf weg, verdammt!«

Im selben Augenblick krachte ein Schuss. Wisemans Arm wurde nach hinten gerissen, das brennende Feuerzeug flog ihm aus der Hand. Mit einer ungelenken Bewegung hechtete er hinterher, um es zu fangen, doch Greta trat aus dem Schatten, das Gewehr im Anschlag, und zog den Abzug durch.

Wiseman fiel vornüber in die Benzinlache.

Wie hypnotisiert folgte Silke dem Feuerzeug mit den Augen, das sich im Flug drehte, glühende Kringel in das Blau des Himmels malte und schließlich in einem Bogen abstürzte und in den Benzinsee fiel. Eine Stichflamme schoss hoch, und in der Zeitspanne eines Lidschlags explodierte ihre Welt, die Lichtung verwandelte sich in ein Feuermeer.

»Hilfe!«, gellte sie. »Marcus, hilf mir!«

Aber Marcus' und Mandlas Gestalten verwandelten sich vor ihren Augen in tanzende Schemen, wie Hitzeschlieren über Asphalt, dann verschwanden sie hinter der lodernden Wand. Silke wirbelte herum, um zu fliehen, sah jedoch sofort, dass es für sie kein Entkommen gab.

Ölig schwarze Rauchschwaden krochen auf sie zu. Die Flammen fraßen sich bereits durch den Buschgürtel, der den Platz begrenzte, lichterloh brennendes Holz knallte wie Silvesterfeuerwerk, Funken sprühende Fackeln tanzten durchs Gestrüpp.

Schon versengte ihr glühende Luft die Lungen, ihre Augen brannten, und ihre Haut schien zu schrumpfen, dennoch analysierte sie blitzartig ihre Lage. Das Stück Land war mit zentimetertiefem Matsch bedeckt, es wuchs kein Strauch darauf, nur hier und da ragten nasse Grashalme aus dem Schlammgelb hervor. Das Feuer würde hier keine Nahrung finden.

Diese Annahme stellte sich jedoch schnell als falsch heraus. Mühelos stürmten die Flammen über kahle Stellen und rasten auf den Scheiterhaufen zu, verschlangen dabei Sauerstoff, sodass sie um jeden Atemzug kämpfen musste. Sie spürte schon den Sog des Feuersturms, und die Hoffnung, dass er bald nicht mehr genügend Sauerstoff zur Verfügung hätte und in sich zusammenfallen würde, war aussichtslos.

Ein Röhren erfüllte die Luft, die Hitze wurde unerträglich. Der Wind zerrte an ihrer Bluse. Sie musste husten, als ihr Rauch ins Gesicht wehte, und ihr wurde mit einem Schlag bewusst, dass sie am Rauch ersticken konnte.

»Silke, spring!«, hörte sie da Greta schreien. »Los! Da ist eine Lücke!«

Silke drehte sich im Kreis, suchte die Lücke. Und fand sie. Sie war schmal, aber es würde reichen. Sie zögerte sekundenlang, um den richtigen Absprung zu finden.

»Verdammt, spring doch endlich!«, kreischte Greta.

Und Silke sprang. Doch der Boden war glatt wie nasser Schnee, sie rutschte aus und fiel mit dem Gesicht nach unten in den Matsch. Sie stemmte sich wieder hoch, aber zu ihrem Entsetzen schloss sich in diesem Moment die Lücke. Die Feuerwand war undurchdringlich geworden.

Ihre Reaktion kam geradewegs aus den Tiefen ihres Stammhirns. Mit schlängelnden Bewegungen grub sie sich in den nassen Schlamm ein, rollte herum, bis auch ihr Rücken bedeckt war, warf sich zurück auf den Bauch, schaufelte unter sich eine Höhlung, groß genug für ihr Gesicht, groß genug, dass sie atmen konnte, und schützte ihren Kopf mit den schlammbedeckten Armen.

Und dann bestand ihre Welt nur noch aus dem Brüllen des Feuers, das sich langsam entfernte, bis sie nichts mehr vernahm, auch ihren eigenen Schrei nicht.

Es war der Schrei eines Menschen in höchster Todesangst, bei dem die Welt für Sekunden stillzustehen schien und Marcus das Blut in den Adern gefror.

Hilflos musste er zuhören, wie ihre Stimme erstarb, hilflos stand er der Feuerwand gegenüber, die sich immer schneller ausbreitete.

Neben ihm stand Mandla, das Telefon in der Hand, aus dem noch Napoleon de Villiers deutlich zu hören war, der wiederholte, was er zuvor Silke gesagt hatte. Wer Marcus Bonamour wirklich war. Mandla starrte mit verständnislosem Ausdruck erst das Telefon und dann Marcus an.

»Twani?«, sagte er langsam, und ganz allmählich breitete sich ein schneeweißes Lachen auf seinem dunklen Gesicht aus. »Twani, eh?«

Mit ein paar Sekunden Verzögerung, in denen er erst im Nachhall mitbekam, was Mandla da gesagt hatte, fuhr Marcus jäh herum. »Woher weißt du …?«

Mandla hielt das Telefon hoch. »Ein Freund hat es mir gerade gesagt. Dass du Twani bist. Dass du damals, in Angola …«

Marcus musterte ihn mit zusammengezogenen Brauen. »Ja, verdammt«, rief er ungeduldig, »ich hatte mit dem Monster Pienaar nichts zu tun. Ist das der Grund, warum du mich gekidnappt hast, du blöder Kerl?« Er fixierte ihn wütend. »Das tragen wir nachher aus, jetzt haben wir keine …« Aber er kam nicht weiter.

Mandla machte einen Schritt auf Marcus zu, packte ihn an beiden Ohren, zog sein Gesicht zu sich heran und drückte ihm einen schallenden Kuss auf die Lippen. Breit grinsend trat er daraufhin zurück.

Marcus starrte ihn mit offenem Mund an, zu überrascht, um einen klaren Gedanken zu fassen.

»Wir haben keine Zeit, ich weiß«, sagte Mandla, noch immer mit diesem etwas albernen Grinsen im Gesicht. »Ich hab deine Frau gehört. Wir müssen auf die andere Seite vom Feuer gelangen, und ich kenne hier jeden Grashalm. Ich werde dich zu ihr bringen. Ich schulde dir was.«

Endlich fand Marcus seine Stimme wieder. »Rechtsrum oder linksrum, du verrückter brauner Affe?«, krächzte er.

Mandla lachte, drehte sich wortlos um und joggte so schnell davon, dass Marcus Schwierigkeiten hatte, ihm zu folgen. Sie rannten querfeldein, durch Büsche, deren Zweige Marcus ins Gesicht peitschten, über geröllbedeckte Wege und eine Anhöhe hoch.

»He, warte mal«, rief Marcus und blieb auf der Anhöhe stehen. Konzentriert ließ er seine Augen über das Flammenmeer fliegen, in der verzweifelten Hoffnung, Silke zu finden.

»Siehst du sie?«, flüsterte er.

»Cha!«, gab Mandla zurück. »Nein.« Es klang wie das Fallen eines Beils.

Marcus erschauerte. Es war unmöglich, etwas hinter den schwarzen Rauchwolken zu erkennen, obwohl es ihm so erschien, als ob das Feuer allmählich in sich zusammenfiel, und auch, dass in seiner Mitte ein kreisförmiger Bereich davon verschont worden war. Doch die tanzenden Feuerzungen, die Hitzeschlieren und Rauchschwaden konnten seine Wahrnehmung auch täuschen. Es war sinnlos, von hier aus weiterzusuchen.

»Okay, hamba!«, rief er und sprang in großen Sätzen von dem Hügel herunter in den verbrannten Bereich.

Das Feuer fand tatsächlich kaum noch Nahrung, die Flammen waren niedrig, züngelten nur noch, die Holzstämme glühten, aber sie brannten nicht mehr lichterloh. Marcus hatte freien Blick über den Brandherd.

Und dann sah er das verkohlte Etwas, einen verkrümmten Körper, einen Kopf mit gebleckten Zähnen, die Arme wie um Hilfe flehend halb hochgereckt, die Beine angezogen. Ihm wurde schwarz vor Augen, und er ging in die Knie. Mandla fing ihn auf, bevor er in die heiße Asche fiel, und stellte ihn wieder auf die Beine. Vornübergebeugt wartete Marcus, dass sich der schwarze Vorhang vor seinen Augen hob.

»Sssss«, machte es neben ihm.

Mühsam zwang er sich, die Augen zu öffnen, und entdeckte Thoko, der vor ihm hockte und ihn mit glücklichem Ausdruck angrinste.

»Icht heisse rau ...«, zischelte er.

»Was?« Marcus rappelte sich auf. Er hatte nichts von Thokos Gezischel verstanden, hatte auch keine Zeit, lange darüber nachzudenken.

Thoko wiederholte die Laute, begleitete sie mit aufgeregten Handbewegungen, zupfte ihn an seinem Bein. Marcus sah auf ihn hinunter. Hicht heisse rau?, murmelte er für sich. »Hicht heisse rau?«, fragte er laut.

»Icht heisse rau«, bestätigte Thoko mit ängstlichem Gesichtsausdruck.

»Icht heisse rau«, sagte Marcus noch einmal sehr langsam, und dann verstand er auf einmal. »Nicht weiße Frau? Meinst du das?«

Thoko kreischte los, sprang auf und taumelte in begeistertem Freudentanz im Kreis. Offenbar war seine Übersetzung richtig. Marcus hielt ihn fest und zwang ihn, ihm in die Augen zu sehen.

»Thoko, wie sah die Frau aus?«

Thoko sah sich um, hüpfte dann zu einem vertrockneten Grasbüschel, packte ihn mit seinen verstümmelten Händen und rupfte ihn ab. Kichernd drapierte er das blassgelbe Gras über seine kahle Stirn. »Haa«, rief er. »Haa.« Seine schwarzen Reptilienaugen funkelten aufgeregt. »Haa«, stieß er noch einmal hervor, warf das Gras weg und deutete mit seinen Fingerstummeln auf seine Augen. Schließlich hob er sein Gesicht und seine Hände zum Himmel und nickte strahlend.

Marcus beobachtete ihn konzentriert. Meinte der kleine Mann, dass es eine Frau mit gelbem Haar und blauen Augen war? Um sich zu vergewissern, zeigte er erst auf seine eigenen Augen, schüttelte dabei heftig den Kopf und stach mit dem Zeigefinger in Richtung Himmel, der tiefblau über ihnen strahlte.

Thoko tanzte begeistert. »Hebo!«, zischte er. »Hebo!«

Adrenalin rauschte durch Marcus' Adern, sein Mund wurde papiertrocken, und ein inneres Zittern erschütterte seine Seele. »Yebo«, hatte der kleine Kerl gesagt. Ja.

»Sie lebt?«, stotterte er. »Thoko, sag, was ist mit ihr geschehen? Das Feuer! Ist sie davongekommen?«

Thoko krächzte und führte anschließend eine Pantomime auf, die Marcus in ihrer Dramatik den Atem nahm.

Der kleine Zulu streckte seine Arme hoch und schlängelte sich auf beeindruckende Weise und fauchte dabei vernehmlich. Marcus verstand sofort, was er darstellte. Eine züngelnde Flamme.

»Yebo«, flüsterte er. »Feuer.«

Thoko nickte und imitierte weiter fauchend das Feuer, wirbelte herum, zeichnete mit seinen Armen einen weiten Kreis um sich. Das wiederholte er immer wieder.

Das Feuer war um sie herum, übersetzte Marcus für sich, sie war also eingeschlossen. Die Vorstellung haute ihn innerlich um. Er presste kurz die Lider zusammen, öffnete sie jedoch sofort wieder und ließ den kleinen Zulu nicht aus den Augen.

»Okay«, sagte er leise. »Weiter.«

Angst und Entsetzen verzerrten jetzt Thokos zerstörtes Gesicht, sein lippenloser Mund war wie in Todesqualen verzogen, er stieß heisere Schreie aus, die Marcus durch Mark und Bein fuhren. Er konnte es kaum noch ertragen, dem Schauspiel weiter beizuwohnen.

Thoko warf sich jetzt theatralisch auf den Boden, rollte ein paarmal herum, bis er auf dem Bauch liegen blieb, bedeckte seinen Kopf mit den Armen und rührte sich nicht mehr.

Marcus stöhnte. Auf der einen Seite hätte er vor Ungeduld schreien und den kleinen Mann schütteln können, um endlich Gewissheit zu haben, was geschehen war, auf der anderen Seite scheute er voller Furcht vor diesem Augenblick zurück. Jetzt war noch alles möglich, jetzt konnte er noch glauben, dass Silke irgendwie der

Feuerhölle entkommen war und überlebt hatte. Dass alles endlich wieder so sein würde, wie es gewesen war. Und für immer so bleiben würde. Am liebsten wäre er in diesem Schwebezustand geblieben. Auf ewig.

»Und was ist dann passiert?«, fragte er und hielt den Atem an.

Thoko rappelte sich grinsend hoch, deutete einen Hechtsprung an und stellte anschließend pantomimisch dar, dass er eine Last in seinen ausgestreckten Armen davontrug.

»Sie hat's geschafft?«, flüsterte Marcus. »Sie hat überlebt?«

Der kleine Mann nickte, aber er war noch nicht fertig. Mit bekümmertem Mienenspiel ließ er seine Finger über seine dünnen Arme und Beine trippeln, über seinen Kopf, strich dann mit beiden Händen übers Gesicht, schüttelte aber dabei heftig den Kopf und grinste breit.

»Mach das noch mal«, sagte Marcus.

Thoko wiederholte seine Darbietung, und Marcus konzentrierte sich, aber es dauerte eine qualvolle Ewigkeit, bis er glaubte, den Sinn zu begreifen.

Eine weiße Frau war von jemandem aus dem Feuer gerettet worden, hatte anscheinend Brandwunden an Armen, Beinen und am Kopf davongetragen, doch wenn er es richtig deutete, war das Gesicht unverletzt geblieben.

»Sie lebt«, flüsterte Marcus, und es klang wie ein Gebet. »Wer hat sie gerettet?« Er sah Thoko durchdringend an. »Wer war es?«, drängte er, als Thoko nicht gleich antwortete.

»Hellhire«, quietschte der kleine Zulu. »Hellhire ... Hellhire!«

Marcus verstand nichts, doch er hatte das Wesentliche erfahren. Den Namen von Silkes Retter würde er schon später herausbekommen. Auch wenn ein winziger Zweifel, ob es wirklich Silke gewesen war, blieb, hatte er jetzt keine Sekunde zu verlieren.

»Mandla«, brüllte er und wollte schon losrennen, aber Thoko zupfte ihn am Arm und zeigte auf einen schmalen Weg, der sich durch verbranntes Unterholz schlängelte, machte das Geräusch eines startenden Motors nach und drehte ein imaginäres Lenkrad.

Marcus begriff sofort. »Yabonga kakhulu, umngane wami«, stieß er hervor. Mein Freund, sagte er aus tiefster Seele und streichelte dem kleinen, verstümmelten, großherzigen Mann über den Kopf. »Ich komme zurück, Thoko. Mandla!«, brüllte er dann noch einmal. »Wo ist das nächste Krankenhaus?«

Er wartete nicht auf eine Antwort, sondern sprintete den Weg entlang, den Thoko ihm gezeigt hatte.

Mandla folgte ihm, und kurz darauf entdeckten sie einen Wagen, einen zerbeulten Landrover. Die Fahrertür stand offen, der Wagen war leer, auch ein Schlüssel steckte nicht im Zündschloss. Doch ein kurzer Blick sagte Marcus, dass der Wagen kein hochmodernes Gefährt mit einer elektronischen Sicherung war, sondern ein uraltes Modell.

Mit der Faust schlug er hart gegen die Kunststoffverkleidung unter dem Zündschloss, die sich bei dem zweiten Schlag löste und herunterfiel. Ohne viel Federlesens riss er die beiden Zündkabel heraus und führte die Drähte mit den blanken Enden zusammen. Es knisterte, Funken sprühten, der Motor hustete, soff aber mit einem kurzen Jaulen gleich wieder ab.

Marcus knurrte vor Frustration und versuchte es ein weiteres Mal. Und dann klappte es. Der Motor startete.

»Los Mandla, beweg deinen Hintern!«, brüllte er.

Der Zulu schwang sich mit einer geschmeidigen Bewegung auf den Beifahrersitz und schnallte sich an, während Marcus bereits zurücksetzte.

»Kennst du jemanden, der Hellhire oder so ähnlich heißt?«

Zu seiner Überraschung nickte der Ranger. »Hellfire. Ich kenne ihn. Er ist ein Gangster, aber okay. Hat nur Hunger und keinen Job. Wie das hier so ist.«

Das genügte Marcus. Er trat aufs Gas, dass das Geröll in alle Richtungen spritzte.

Das Krankenhaus war klein, die Gegend ländlich und offensichtlich arm, und Marcus unterdrückte die bange Frage, ob jemand mit schweren Brandwunden hier wirklich professionelle Hilfe finden würde. Die Zustände in den hiesigen Krankenhäusern waren berüchtigt.

Die Auffahrt war von einer weißen, mit roten Bougainvilleen überrankten Mauer begrenzt. Ein Gedanke traf ihn, und er trat auf die Bremse, sprang aus dem Wagen, riss einen mit Blüten übersäten Zweig ab und warf ihn Mandla zu. Der fing ihn und stach sich prompt an den Dornen. Mit anklagendem Blick lutschte er den Blutstropfen ab.

»Wofür brauchst du dieses Gestrüpp?«

»Sie liebt Blumen«, sagte Marcus zur Erklärung und raste weiter die Auffahrt hinauf.

Direkt vor dem Eingang stoppte er das verdreckte Fahrzeug, ignorierte die empörten Proteste einer schwarzen Schwester, die aus dem kleinen Empfangsbereich hervorgeschossen kam, und stürmte mit dem Bougainvilleazweig an der gestikulierenden Schwester vorbei.

»Erklär ihr, was los ist«, schrie er Mandla zu und rannte ins Innere des Gebäudes.

Es war klimatisiert und wirkte einigermaßen sauber. Hinter einem Tresen saß eine Schwester in kurzärmeliger, hellblauer Uniform. Sie schrieb konzentriert und zeigte keinerlei Anzeichen, dass sie den Besucher bemerkt hätte.

Marcus knallte eine Hand auf den Tresen, um ihre Aufmerksamkeit zu erregen, was ihm sofort gelang.

Die Schwester fuhr erschrocken hoch.

»Sir?« Eine freundliche, warme Stimme. Dann erfasste sie seine verdreckte, abgerissene Gestalt. Ihr dunkles Gesicht verschloss sich. »Was wollen Sie?« Das klang schon deutlich unfreundlicher.

»Ich suche Silke Ingwersen.« Er buchstabierte den Namen. Auf den verständnislosen Blick der Frau hin wiederholte er Silkes

Namen sehr langsam und deutlich, buchstabierte ihn danach erneut. »Sie hat Brandwunden. Ist sie heute hier eingeliefert worden?«

Es dauerte unerträglich lange, bis sie die Einträge in ihrem Buch nachgeprüft hatte und wieder hochsah. »Sind Sie ein Angehöriger?«, fragte sie mit zweifelndem Unterton.

Marcus' Knie zitterten. Das hieß doch wohl, dass Silke tatsächlich hier war?

»Ihr Mann«, krächzte er. »Ich bin ihr Mann.« Ein Klumpen getrockneter Schlamm fiel von seiner Hose ab und klatschte auf den Fußboden.

Die Schwester sah es und musterte ihn daraufhin mit einer Mischung aus Spott und Misstrauen. »Wir können doch nicht irgendjemanden zu der Patientin lassen. Können Sie sich ausweisen?«

Das konnte er natürlich nicht. Seine Brieftasche war irgendwo im Busch oder auf Mandlas Grillplatz auf der Strecke geblieben.

»Ich habe meine Brieftasche verloren. Geld, Ausweis, Führerschein – alles«, sagte er und hob die Hände wie bei einer Bankrotterklärung.

»Dann müssen Sie warten.« Sie senkte ihren Kopf wieder auf ihre Schreibarbeit.

Marcus knurrte einen Fluch, wirbelte herum und rannte den nächsten Gang hinunter, öffnete die erste Tür, erblickte eine alte, schwarze Frau mit Schläuchen in den Armen, murmelte eine Entschuldigung und lief weiter. Die Schwester schrie ihm etwas nach, worum er sich nicht im Geringsten kümmerte. Kurz darauf schrillte ein Alarm, und er hörte schnelles Fußgetrappel. Unbeirrt öffnete er die nächste Tür. Die Schritte wurden lauter, kamen näher, und er beschränkte sich jetzt darauf, die Namensschilder neben den Türen zu lesen. Aber Silkes war nicht dabei.

Plötzlich wurde ihm bewusst, dass hinter ihm ein heftiger Tumult entstanden war.

Im Laufen warf er einen Blick über die Schulter. Und blieb stehen. Mandla, genauso verdreckt wie er, stand mit dem Rücken zu ihm im Gang, mit jeder Faust hatte er einen schwarzen Sicherheitsmann gepackt und brüllte das Krankenhauspersonal an, das sich an ihm vorbeizudrängeln suchte. Alle wichen zurück, die beiden Sicherheitsleute protestierten lautstark, was ihnen allerdings nichts nützte. Mandla schüttelte sie, bis sie den Mund hielten.

»So ist es brav, Jungs«, sagte Mandla und grinste.

»Frag sie, welche Zimmernummer Silke Ingwersen hat«, rief ihm Marcus zu.

Mandla nickte und knurrte ein paar unverständliche Worte. Beide antworteten etwas, was Marcus nicht verstehen konnte.

»Was?«, schrie er.

»Fünfundvierzig«, krächzte eine Schwester mit zittriger Stimme. Es war die von der Rezeption.

»Hast du gehört, Quarkgesicht?«, rief ihm Mandla zu. »Nummer fünfundvierzig. Lauf!«

Und das tat Marcus. Er raste die Gänge entlang, bis er vor der Tür stand. Als er die Klinke herunterdrücken wollte, hörte er leise Stimmen aus dem Zimmer dringen. Er ließ die Klinke fahren. War Silke nicht allein? Vielleicht lag noch eine weitere Patientin in dem Raum. Das war die simpelste Erklärung, sagte er sich, blieb aber trotzdem stehen und lauschte weiter.

»Sie müssen zurück in Ihr Zimmer gehen, die Schwester will Ihre Verbände wechseln«, hörte er eine männliche Stimme sagen. Ein Arzt wahrscheinlich. »Und außerdem müssen Sie sich wieder hinlegen. Sie brauchen Ruhe. Sie haben eine Rauchvergiftung. Unter anderem.«

Dann ein paar Worte in einer Stimme, die rau wie ein Reibeisen war. Marcus verstand zwar das Gesagte nicht, aber er war sich sicher, dass der Sprecher ein Zulu war. Was machte der bei Silke? Doch das konnte natürlich auch ein Arzt sein, beruhigte er sich.

»Es wird alles gut werden«, sagte eine ruhige Frauenstimme in dunklem Timbre. Das war mit Sicherheit eine Weiße. Silke? »Du musst dich jetzt ausruhen.«

Nein, das war nicht seine Silke. Enttäuscht lehnte er sich an die Wand.

»Danke«, sagte dann jemand, der so heiser sprach, dass es für ihn nicht auszumachen war, ob es sich um eine Frau oder einen Mann handelte. »Ich habe nur solche Angst, dass …« Der Satz endete in krampfhaftem Husten.

»So, jetzt lassen Sie die Patientin bitte allein.« Wieder der Arzt, dieses Mal sehr energisch. »Sie muss schlafen. Ich schicke eine Schwester, die Ihnen etwas zum Schlafen gibt.«

»Yebo«, sagte die schwarze Stimme auf Zulu. »Wir gehen gleich. Einen Augenblick noch.«

Im selben Moment ging die Tür auf, und ein weiß gekleideter Mann, dem ein Stethoskop aus der Brusttasche hing, kam eilig aus dem Zimmer. Er war ebenholzschwarz und trug eine randlose Brille. Als er Marcus erblickte, blieb er stehen.

»Was wollen Sie hier? Suchen Sie jemanden?«, fragte er mit gerunzelten Brauen.

»Ich will meine Frau besuchen«, antwortete Marcus.

Der Arzt musterte ihn, und Marcus wurde sich seiner Erscheinung bewusst. Schlamm bildete mit fettigem Ruß eine feste Kruste auf Haut und Kleidung, Hemd und Shorts waren zerfetzt, er blutete aus zahlreichen Wunden. Verlegen strich er sein Haar aus dem Gesicht. Die Augen des Arztes blieben auf einem besonders tiefen und langen Schnitt an seinem linken Arm hängen. Sanft nahm er den Arm in seine Hand und schob die Wundränder auseinander.

»Ich hoffe, der andere hat auch was abgekriegt?«, sagte er und grinste. »Das muss gesäubert und genäht werden.«

»Ach, das ist nichts. Ich hatte einen Unfall«, murmelte Marcus.

»Ja, ja.« Der Arzt grinste noch breiter. »Und wie heißt Ihre

Frau?«, erkundigte er sich und untersuchte eine Wunde auf Marcus' Wange. »Gehen Sie zur Ambulanz, ich schicke Ihnen gleich eine Schwester dorthin, die die Schnitte säubert.«

»Silke Ingwersen. Silke I-n-g-w-e-r-s-e-n«, buchstabierte Marcus langsam.

»Aha.« Der Arzt schnupperte. »Das heißt, Sie sollten wohl erst einmal duschen, mal sehen, was darunter zum Vorschein kommt. Danach sehe ich mir Sie genauer an. Außerdem erschrecken Sie Ihre Frau, wenn Sie so zu ihr gehen. Und das kann sie jetzt überhaupt nicht vertragen. Die Duschen sind dort hinten.« Der Arzt zeigte auf eine Tür am Ende des Gangs und wollte sich entfernen.

Marcus hielt ihn am Arm fest. »Wie …«, er musste sich räuspern, »wie geht es ihr? Bitte.«

»Einen Moment.« Der Arzt schob die Brille hoch, zog die Patientenakte unter dem Arm hervor und schlug sie auf. Mit dem Zeigefinger fuhr er am Geschriebenen entlang, und es dauerte, ehe er die Eintragungen überflogen hatte.

Marcus hielt die Luft an und starb tausend Tode.

»Wir haben ihre Wunden versorgt und sie wegen ihrer Rauchvergiftung behandelt …«, sagte der Doktor und las schweigend weiter. Endlich lächelte er Marcus an.

»Sie hat unglaubliches Glück gehabt und, wie ich von ihrer Begleiterin erfahren habe, einen Schutzengel mit dem merkwürdigen Namen Hellfire.« Er klappte den Notizblock zu und warf ihm einen neugierigen Blick zu. »Keine Angst, sie wird wieder ganz gesund, und dem Kind ist nichts passiert.«

Marcus sackte das Blut in die Beine. War es doch nicht Silke, sondern irgendeine andere Frau? Für Sekunden trudelte er einem schwarzen Abgrund entgegen. »Welches Kind?«, wisperte er schließlich.

Der Arzt musterte ihn mit freundlichem Spott. »Ihre Frau ist schwanger. Im zweiten Monat. Wussten Sie das nicht? Nein, offensichtlich wussten Sie das nicht.« Er legte die Hand auf den

Türgriff. »Ich glaube, Sie überzeugen sich besser selbst. Aber nur fünf Minuten, dann muss sie schlafen. Verstanden?«

Marcus nickte. Sprechen konnte er nicht.

Der Arzt grinste fröhlich und steckte den Kopf ins Krankenzimmer. »Sehen Sie mal, wer gekommen ist«, hörte Marcus ihn rufen.

Und dann stand er vor Silkes Bett und brachte keinen Ton hervor, weil ihm die Tränen aus den Augen stürzten und er hemmungslos schluchzte. Er sah hinunter auf seine Silky. Arme und Beine waren dick verbunden, ihr Kopf ebenfalls, aus dem Verband ragten ein paar abgesengte, kurze Haarbüschel, als wäre sie in der Mauser. Ihr Gesicht war frei und bis auf den Kratzer, den ihr der Raubadler zugefügt hatte, unverletzt. Und ihre Augen leuchteten blau wie wilde Kornblumen. Ihm wurden die Knie weich.

Silke starrte ihn sprachlos an.

Als das Schweigen zu lange andauerte, warf der Arzt über den Brillenrand einen argwöhnischen Blick auf Marcus. »Das ist doch Ihr Mann?«, fragte er Silke mit hochgezogenen Augenbrauen. »Oder soll ich den Sicherheitsdienst rufen?«

Kindergelächter schwebte im warmen Wind durchs offene Fenster herein, der Duft von frisch gemähtem Gras hing in der Luft, kristallklar stiegen die Flötentöne eines liebeskranken Rotflügelstars in den Himmel. Es war ein Augenblick, so schimmernd, dass er die Sonne mit seinem Glanz überstrahlte.

Silke brachte noch immer keinen Laut hervor. Doch ganz allmählich, wie eine sanfte Welle, breitete sich ein rosiges Leuchten auf ihrem Gesicht aus. »Hallo«, flüsterte sie. »Hallo«, sagte sie noch einmal, und in diesem einen Wort lag alles, was er zu hören gehofft hatte.

Langsam streckte sie ihm ihre bandagierte Hand entgegen, und Marcus nahm sie zwischen seine, als wäre sie das Kostbarste auf dieser Welt. Auch er bekam kein Wort hervor, zog ihre Hand an die Lippen und küsste die Fingerspitzen, die aus dem dicken

Verband ragten. Das Leuchten in Silkes Augen hüllte ihn ein, der Rest der Welt hörte auf zu existieren.

»Komm, Thandowethu, bring mich in mein Zimmer, die wollen allein sein«, drang die schwarze Stimme an sein Ohr.

Er wandte sich um, und erst jetzt bemerkte er den Mann, der in der Nähe des großen Fensters im Rollstuhl saß. Im ersten Moment meinte er, eine Mumie vor sich zu haben. Hände, Oberkörper und Beine des Mannes waren bandagiert, auch sein Kopf war mit weißen Binden umwickelt. Aber seine funkelnden, schwarzen Augen und das breite Lächeln waren sichtbar. Hinter ihm stand eine Frau, eine Weiße, in Arbeitskleidung, wie sie Farmer trugen. Kurzärmeliges Hemd, lange Bermudashorts, feste Schuhe. Alles war mit getrocknetem Schlamm und schmierigem Ruß bedeckt.

»Gut, wir kommen später wieder«, sagte sie, beugte sich zu Silke hinunter und streichelte ihr zärtlich die Wange.

»Siehst du, Silke, ich hab's dir doch immer wieder gesagt, alles wird gut, du musst nur fest daran glauben«, flüsterte sie ihr zu und löste die Bremse von dem Rollstuhl. Marcus nickte sie knapp und wortlos zu.

»Ngikufisela inhlanhla!«, sagte der Mann im Rollstuhl zu Silke. »Sizokubona. Kusasa.«

Fragend sah Silke die Frau an. »Greta?«

»Er wünscht euch Glück und sagt, dass wir euch morgen besuchen«, erklärte diese mit dem verschmitzten Lachen eines Kobolds.

»Was antworte ich darauf?«, fragte Silke.

»Yebo, yabonga kakhulu«, sagte der Zulu mit der schönen Stimme.

Silke sprach es ihm langsam nach, und ihr strahlendes Lächeln spiegelte sich in dem dunklen Gesicht.

»Komm jetzt«, wandte der sich an seine Begleiterin. »Wir lassen Silke jetzt allein. Sie muss mit ihrem Mann reden.« Er lehnte sich in dem Rollstuhl zurück und musterte Marcus. »He, Twani, sie ist sehr stark, aber du musst auf sie aufpassen«, rief er.

Die Frau löste die Bremsen, schob den Rollstuhl zur Tür und öffnete sie.

Marcus sah ihnen nach. »Wer sagt, dass ich Twani bin?«, fragte er ruhig.

Der Mann im Rollstuhl lachte ein dickes, sahniges Lachen. »Das pfeifen die Spatzen von den Dächern.«

»Wie heißt du?«, fragte Marcus.

»Hellfire.« Der Zulu grinste ihn erwartungsvoll an.

Marcus runzelte die Stirn. »Hellfire«, murmelte er kopfschüttelnd, sah einen muskulösen Mann mit einer Baseballkappe auf dem Kopf einen besonders großen Baumstamm auf den Scheiterhaufen schleifen. Er fixierte den Zulu. »Hellfire!«

Der nickte und hob eine verbundene Hand zum Salut. »Yebo. Hellfire. Das bin ich.«

Die Frau rollte ihn auf den Gang hinaus.

»Salani kahle«, hörten sie ihn noch rufen.

»Hambani kahle«, gab Marcus die korrekte Antwort.

Die Tür fiel ins Schloss, und sie waren allein. Stille strömte wie eine sanft steigende Flut in den Raum. Marcus drehte sich langsam zu Silke um. Sie sahen sich in die Augen.

»Du riechst etwas streng«, flüsterte Silke schließlich und kicherte heiser. »Um nicht zu sagen, du stinkst. Wie ein Müllhaufen.«

»Und du bist das Schönste, was mir je zu Gesicht gekommen ist«, erwiderte er.

Sie zog ihn zu sich hinunter. »Was heißt Thandowethu?«, wisperte sie ihm ins Ohr.

»Mein Darling«, antwortete er leise und legte ihren Kopf behutsam an seine Brust.

Ein Klingen schwebte im Raum, die Luft schimmerte. Würziger Kräuterduft, vermischt mit dem von sonnenwarmer Erde – dieser unbeschreiblich herrliche Geruch von Fruchtbarkeit und frischem Wachstum –, füllte das Zimmer, und der Himmel draußen war grenzenlos weit.

Der Arzt hatte sich in den Hintergrund zurückgezogen und betrachtete die beiden mit einer gewissen Sehnsucht in seinen dunklen Augen. Dann verließ auch er leise lächelnd das Zimmer.